大
方
sight

The Covenant of Water

水之契约

THE
COVENANT
OF
WATER

Abraham Verghese

［美］
亚伯拉罕·维基斯
著

寇潇月
译

中信出版集团｜北京

图书在版编目（CIP）数据

水之契约 /（美）亚伯拉罕·维基斯著；寇潇月译.
北京：中信出版社，2025.7. -- ISBN 978-7-5217
-7752-9

Ⅰ. I712.45

中国国家版本馆 CIP 数据核字第 20256VG802 号

THE COVENANT OF WATER
Copyright © 2023 by Abraham Verghese
Published by arrangement with Mary Evans Inc., through The Grayhawk Agency.
Simplified Chinese translation copyright © 2025 by CITIC Press Corporation
ALL RIGHTS RESERVED
本书仅限中国大陆地区发行销售

水之契约

著者： ［美］亚伯拉罕·维基斯
译者： 寇潇月
出版发行：中信出版集团股份有限公司
（北京市朝阳区东三环北路 27 号嘉铭中心 邮编 100020）

承印者： 中煤（北京）印务有限公司

开本：880mm×1230mm 1/32 印张：21.875 字数：582 千字
版次：2025 年 7 月第 1 版 印次：2025 年 7 月第 1 次印刷
京权图字：01-2025-1995 书号：ISBN 978-7-5217-7752-9
定价：72.00 元

版权所有·侵权必究
如有印刷、装订问题，本公司负责调换。
服务热线：400-600-8099
投稿邮箱：author@citicpub.com

献给玛丽亚姆·维基斯
以表追思

有河从伊甸流出来,滋润那园子。
　　　　　　　　——《创世记》,第二章,第十节

使卵石臻于完美的,并非锤的敲打,而是水的载歌载舞。
　　　　　　　　——拉宾德拉纳特·泰戈尔

目 录

印度语言词汇音译、原文、释义对照表　1

第一部

第一章	常与你同在	2
第二章	相拥相守	5
第三章	未尽之言	15
第四章	主妇的启蒙	19
第五章	柴米油盐	30
第六章	成双成对	37
第七章	母女连心	55
第八章	直到死亡将我们分开	60
第九章	在小事上忠心	67

第二部

| 第十章 | 桌板背面的鱼 | 76 |

第十一章	阶级	83
第十二章	两个巨物	89
第十三章	放大	94
第十四章	技艺之艺	100
第十五章	黄金单身汉	108
第十六章	艺术之术	115
第十七章	另类	122
第十八章	石庙	125
第十九章	搏动	132
第二十章	玻璃房	138
第二十一章	预先警告	149
第二十二章	芒果静物	152

第三部

第二十三章	我们未出世时，上帝便已知晓	161
第二十四章	转心换念	178
第二十五章	家中的陌生人	190
第二十六章	隐形的墙	199
第二十七章	向上挺好	206
第二十八章	伟大的谎言	211
第二十九章	晨间奇迹	218

第四部

第三十章	恐龙与山间车站	226
第三十一章	更深的伤口	231

第三十二章	负伤的战士	236
第三十三章	写字的手	244
第三十四章	携手同心	251
第三十五章	对症良药	257
第三十六章	阴间没有智慧	264
第三十七章	出师不利	267

第五部

第三十八章	帕兰比尔邮局	272
第三十九章	地理与婚姻的命运	277
第四十章	负面的标签	284
第四十一章	劣势的优势	290
第四十二章	和睦相处	297
第四十三章	回家去	309
第四十四章	肥美之地	313
第四十五章	定亲	324
第四十六章	新婚之夜	333
第四十七章	害怕那棵树	340
第四十八章	雨神	353
第四十九章	视线	369

第六部

第五十章	山峦险境	377
第五十一章	甘愿被蹂躏的心	385
第五十二章	和以前一样	391

第五十三章	石女	398
第五十四章	产房天使	412
第五十五章	胎儿为女	426
第五十六章	失踪	428

第七部

第五十七章	不可征服	433
第五十八章	点灯	439
第五十九章	仁慈的压迫者与感激的被压迫者	443
第六十章	医院的神启	456
第六十一章	命中注定	470
第六十二章	今晚	474

第八部

第六十三章	有身与无身	485
第六十四章	屈戌滑动关节	493
第六十五章	如果上帝能说话	504
第六十六章	分界线	519
第六十七章	出来就好	523
第六十八章	天堂的猎犬	530
第六十九章	看见想象的东西	537
第七十章	投入深渊	544
第七十一章	死人要复活成为不朽坏的	552
第七十二章	冯·雷克林豪森病	557

第九部

第七十三章	给未来新娘的三条规则	565
第七十四章	窥见思想	577
第七十五章	意识状态	583
第七十六章	苏醒	587
第七十七章	革命之路	592
第七十八章	看好了	604
第七十九章	上帝的安排	609

第十部

第八十章	不能眨眼	616
第八十一章	过去遇见未来	624
第八十二章	艺术作品	630
第八十三章	爱病人	642
第八十四章	已知的世界	654

致谢	666
说明	672

印度语言词汇音译、原文、释义对照表

* 方框内标识表示该词为马拉雅拉姆语、泰米尔语或梵语特有词汇，无标识则为多种语言的通用词汇。

A

阿查严	Achayen	父亲；伯伯。喀拉拉基督教徒对男性长辈的尊称。马
阿辰	achen	父亲；神父。马
阿达库	adakkavum	内敛，彬彬有礼。马
阿迪瓦西	adivasis	土著部落；原住民。
阿杜朴	aduppu	火炉。马
阿尔米拉	almirah	衣橱；柜子。
阿拉亚拉姆	aranjanam	佩戴在腰间用来辟邪的链子，一般由金或银制成。马
阿嬷	Amma/Ammay	妈妈。
阿嬷奇	Ammachi	对母亲或祖母的爱称；或指代老年女性。马
阿纳	ãna	大象。马
阿尼谚	aniyan	弟弟。马
阿帕	Appa	爸爸。马
阿帕姆	appam	薄煎饼，由发酵的米糊混合椰奶煎制而成。
阿普潘	appooppan	老人；爷爷；外公。马
阿奇内	Achine	对男性长辈的尊称。马
阿沙犁	ashari	其他落后阶层[1]，传统从事木匠、建

---

1 目前，印度法律将落后群体分为"表列种姓"（Scheduled Castes, SC）、"表列部落"（Scheduled Tribes, ST）、其他落后阶层（Other Backward Classes, OBC）等，以给予特权。表列种姓即为过去的贱民，其他落后阶层意为表列种姓和表列部落以外的落后阶层。

1

		筑师工作。马
阿维内-瓦他	Avaneu vatta	他疯了。马
阿沃里	avoli	鲳鱼。马
啊哟	ayo	天哪！上帝啊！
哎笃	Edo	喂。马
艾塔狄-穆尔坎	ettadi moorkhan	八步蛇。Moorkhan意为眼镜蛇。马
安拉	ara	金库；库房；隔间。马
唵—诃利—斯里—犍纳帕提—那玛	Om hari sri ganapathaye namah	保佑万事顺利的真言，大意为"向繁荣之主、宇宙之主致敬"。
奥德库	othukkavum	谦逊。马

B

巴布	babu	源自印地语中的"父亲"，原本是类似"先生"的尊称，在英属印度指能用英语写作的本地职员，后逐渐变为贬义词，指代受过一些英语教育的印度人。
巴塔尔	Pattar	婆罗门种姓之一。马
白甘-巴塔	baingan bharta	烩茄子泥。
比迪	beedi	用印度乌木叶卷成的细香烟。
波提	podi	粉末。
波坦	potten	聋哑人，笨蛋。马
波图	pottu	印度教、耆那教或佛教徒点在额头上的红点。
泊菀	poovan	喀拉拉传统种植的一种小香蕉。

C

楂卡	chakka	波罗蜜。马
茶鲁曼	cheruman	表列种姓之一，传统从事农业劳作。马
查鲁-卡塞拉	charu kasera	喀拉拉的传统木制躺椅。马
查塔	chatta	长袖或五分袖的V领白色衬衣。马
晨腾古	chenthengu	矮种红椰，果汁甘甜。

D

达围	*thavi*	长柄勺。马
耽槃多离	*dhanwantharam*	耽槃多离是药王，阿育吠陀之神。
多俾	*dhobi*	表列种姓之一，专职清洗衣物。

E

恩呐-嘀	*ena-di*	什么？（表示惊讶）马

F

范德-马塔兰	*Vande Mataram*	"向母亲致敬"。出自孟加拉作家查特吉（Chatterjee）的同名诗歌，诗歌的前两节成为印度的非官方国歌。

G

戈沙	*gosha*	在印度指遵循伊斯兰教义、戴面纱的女子。
勾麻	*golmaal*	麻烦事。
古达	*goonda*	被雇用的打手或暴徒。

H

哈尔瓦	*halwa*	甜点；酥糖。

J

吉拉	*jeera*	孜然。
加乐比	*jalebi*	花环形状的油炸甜面圈。
迦梨格特	*kalighat*	kalighat是加尔各答的一个地区，也是迦梨女神庙的所在地，其字面意思为迦梨女神的河岸。在印度教神话中，迦梨是一位凶恶的女神，象征着破坏和重生。
迦尼谚	*kaniyan*	其他落后阶层，传统上从事乡村教师、占卜、阿育吠陀，等等职业。马

贾普	jhaap	耳光；挥击。
贾特卡	jatka	一匹马的马车。泰
金迪	kindi	用于洗手洗脚的长嘴金属水壶。马

K

卡贾尔	kajal	也称为kohl，是源自古埃及的黑色化妆品，用于绘制眼线，流行于中东、非洲、南亚多地。
卡拉-卡帕	kalla kappal	偷渡船。
喀乐	kall-uh	椰花酒。由椰子树花苞的汁液自然发酵而成，味道酸甜清爽。
卡丽敏	karimeen	绿腹丽鱼。马
卡帕	kappa	木薯。马
卡塞拉	kasera	椅子。马
卡瓦尼	kavani	妇女外出时，搭配芒杜穿的乳白色镶金边披肩，穿着时绕过左肩塞进芒杜。马
坎吉	kanji	咸的大米稀饭。
考兰古	kurangu	猴子。泰
珂查嬷	Kochamma	字面意思为"年轻的母亲"，可用作小姨、婶婶等女性长辈的昵称，也可广泛用于称呼富有的、地位较高的已婚妇女。马
可喀莫	kekamo	能听见吗？马
可托	kehto	听见没有？马
库尔塔	kurta	长袖无领、长而肥大的印度衬衣。
库努库	kunukku	戴在耳骨上的大金耳环。马
库提	kutty	孩子。马
夸尔巴纳	kurbana	弥撒圣祭，也作Qurbana。马

L

| 拉杜 | laddu | 烤制的圆球形甜点。 |
| 啰他 | ratha | 马车；战车。 |

4

| 罗诐 | raga | 另译拉格，是印度古典音乐中的旋律体系。该词字面意思包含旋律、颜色、欲望、热情、贪欲，等等。印 |

M

麻库	macku	迟钝、愚蠢的人。泰
麻隶	maali	园丁。
嬷	ma	小姐。该词是Amma的简称，在泰米尔语中可以用来称呼包括母亲在内的所有女子，表示亲昵。泰
马缇	mathi	沙丁鱼。马
芒杜	mundu	印度南部居民的一种下装，形式为白色或乳白色的裹身布。马
蜜努	minnu	饰有十字架的吊坠。马
敏-维维查图	meen vevichathu	炖鱼。马
摩西妮亚塔姆	mohiniyattam	喀拉拉邦的传统古典舞。Mohini是印度教神明毗湿奴的女性化身；attam意为有节奏的运动或舞蹈。马
摩耶	maya	幻，幻觉。印
末恩	mon	小男孩。马
末儿	mol	小女孩。马
末丽	molay	对小女孩亲昵的称呼。马
末内	monay	对小男孩亲昵的称呼。马
木坦	muttam	庭院。马
穆库	mukku	用力。泰

N

| 拿玛姆 | namam | 不同信仰的信徒涂在额头上的宗教标志。泰 |

O

| 欧拉 | ola | 欧南节抛击球游戏所用的小球，由椰树叶编织而成。马 |

5

P

帕安	*paan*	一种用槟榔叶包裹各种各样的食材做成的小吃,包括坚果、小茴香、豆蔻等。
帕拉亚尔	*parayar*	泰米尔纳德邦及喀拉拉邦等地区的低种姓群体。
帕勒哈勒	*palaharam*	糕饼;点心。马
帕鲁	*pallu*	纱丽的尾部。
帕尼扬	*paniyan*	南印度古老的表列部落。
帕亚萨姆	*payasam*	牛奶米布丁。
潘得尔	*pandal*	帐篷;节庆大棚。
槃努-卡纳	*pennu kaanal*	相亲过程中,男方及其长辈相看女方的环节。马
婆罗米	*brahmi*	假马齿苋,据称有益于大脑发育和记忆力。
扑稌	*puttu*	圆柱形的椰子米糕。
蒲如库	*puzhukku*	椰香咖喱炖菜,将豆子、块茎植物或波罗蜜炖熟或蒸熟后,与碎椰肉、姜黄、辣椒等调料混合而成。马
普迦	*puja*	供奉、敬拜,指印度教徒礼敬、祭祀神祇的仪式。
普拉梧	*plavu*	波罗蜜。马
普拉雅	*pulayan/pulayar/ pulayi*	表列种姓之一,传统从事农业劳作。马

Q

恰巴堤	*chapati*	印度烤薄饼。
乾闼婆	*Gandharvas*	半神半人的天上乐师。梵
切奇	*chechi*	姐姐。
切塔蒂	*chedethi*	姐姐。马
丘鲁-维朗比	*choru vilambi*	饭好了。马

S

萨尔	*Saar*	先生(由sir演变而来)。

萨帕-噶乌	sarpa kavu	意为"蛇居"，sarpa意为蛇，kavu原意为小树林，是下层种姓的神圣场所。马
萨伊普	sa'ippu	对于西方人的尊称，类似"老爷"。马
桑吉	sanji	包；袋。
沙塔瓦里	shatavari	长刺天门冬，据称有助于保胎、平衡荷尔蒙。
少阿辰	chemachen	见习神父。马
舍瓦	seva	服务，服侍。
首卢迦	shloka	韵文之名，三十二个梵文音节为一首卢迦。梵
苏咋嘛喏	sughamano	你还好吗？马
娑度	sadhus	圣人，苦行高僧；也是语气词，类似"善哉"。梵

T

塔产	thachan	其他落后阶层，传统从事木匠、建筑师工作。马
塔迪扬	Thadiyan	胖子。马
塔拉瓦德	tharavad	喀拉拉地区高阶层种姓家庭共同生活的祖居，常见于那雅尔种姓、穆斯林等。马
塔利	thali	装食物的浅底大圆盘。
塔伊尔-萨丹	thayir sadam	咸酸奶泡饭。泰
泰拉	thera	果干。马
檀卜朗	thamb'ran	主人；大人。马
堂比	Thambi	弟弟；侄子；小伙子。泰
托土	thorthu	棉布薄毛巾。马

W

| 瓦达 | vada | 炸豆饼，印度南部的一种小吃，可以有包子、甜甜圈等不同形状。 |

瓦卡蒂	vakkathis	砍树刀；钩刀。马
瓦拉	vaala	带鱼。马
瓦拉里	valare	非常。马
瓦卢姆	vallum	木板船。马
瓦那卡姆	vanakkam	你好。泰
瓦斯图	Vastu	住宅；住宅的所在地。"Vastu Shastra（住宅的学问）"是印度的风水学、堪舆术。梵
瓦伊迪昂	vaidyan	土医。马
维拉库	velakku	灯，油灯。
维图卡提	vettukathi	砍树刀；钩刀。马
尾步底	vibuthi	圣灰；力量。传说湿婆曾将梵天、毗湿奴和所有世界化为灰烬并涂抹在身上。Vibuthi代表湿婆溶解、破坏与转化的神秘力量。印度教徒通过把Vibhuti涂抹在身上，表示对湿婆的臣服和奉献。梵
乌鲁里	uruli	锅。喀拉拉及周边地区传统的扁圆形大口径炊具。马
乌派栗	ooperi	炸大蕉片。

Y

伊德利	idli	印度蒸米糕，为蓬松的圆形糕点，由发酵黑扁豆和大米制成面糊后蒸制而成。
伊拉姆	illam	南布迪里婆罗门的住宅。马
伊来	illay	不是吗？马
伊莱奇- 奥拉缇亚图	erechi olarthiyathu	煎肉。马

Z

朱巴	juba	喀拉拉传统长上衣，形同库尔塔。马

第一部

第一章 常与你同在

1900年，印度南部，特拉凡哥尔

她十二岁，明天一早就要嫁人。母亲与女儿躺在席子上，泪湿的脸颊黏在一块儿。

"女孩儿这辈子最难过的一天就是出嫁，"她母亲说，"后头啊，上帝保佑，都会好的。"

不一会儿，母亲的啜泣声变成均匀的呼吸，然后便化作极为轻柔的鼾声。在女孩听来，它统领着周围散落的夜之声：木板墙叹息着吐出白昼的热气，狗在外院的砂石地上嚓嚓踱着步。

一只鹰鹃叫道：克里克嗒？克里克嗒？哪边是东？哪边是东？她想象鸟儿俯瞰着这片园地和坐在她们屋子上头的一方茅草顶。它看到屋前的潟湖，看到屋后的稻田和小溪。这鸟也许还要叫几个小时，吵得她们睡不了觉……可叫声戛然而止，就好像有条眼镜蛇偷袭了它似的。在接下来的寂静中，溪水也并未奏响催眠的乐曲，只是嘟嘟囔囔地淌过光滑的石子。

天还没亮她便醒了，母亲还睡着。窗外，稻田水波粼粼，仿佛锤打过的白银。前廊上，她父亲那把漂亮的查鲁-卡塞拉，也就是躺椅，落寞地闲置在那儿。她掀起木质长扶手上架着的写字板坐了下来。她觉得藤编中还留有父亲魂魄的印记。

潟湖边，四棵椰子树横向生长，它们轻抚水面，似乎是在欣赏自己的倒影，而后才直起身子探向天空。再见了，潟湖。再见了，小溪。

"末丽？"前一天，她父亲唯一的弟弟忽然这样叫她，让她有些吃惊。这段时间他并不常常对她用末丽——女儿——这个亲昵的称呼。"我们给你找了户好人家!"他的语气油腻,好像她只有四岁,而不是十二岁。"你的未婚夫就看重你出身好,是神父的女儿。"她知道,叔叔盘算着把她嫁出去已经有一阵子了,但还是感觉他安排这桩亲事的样子似乎很急。她能说什么呢?这些事都是长辈决定。母亲脸上无助的表情让她尴尬。她很想尊重母亲,却只觉得她可怜。后来,等别人都走了,母亲说,"末丽,这儿已经不是我们的家了。你叔叔他……"她在恳求,仿佛她女儿说过什么反抗的话。她欲言又止,神色不安地四下张望——墙上的壁虎也会传话。"那儿的日子和这儿的,又能有多大区别呢?还是圣诞节吃大餐,大斋期斋戒……礼拜日去教堂。一样的圣体圣事,一样的椰子树,一样的咖啡树。这门亲挺好的……他条件挺好的。"

一个条件挺好的男人为什么要娶一个条件不好的女孩,没有嫁妆的女孩?他们对她隐瞒了什么?他有哪里不好?年纪算一个——他四十了,已经有一个孩子。几天前,在媒人来过以后,她偷听到叔叔斥责母亲,"就算他姑姑淹死了又怎么样?又不是家里遗传疯病。谁听说过淹死能遗传的?他们就是眼红咱的好亲事,肯定要揪住一点,危言耸听。"

她坐在他的躺椅上,轻轻摸着被摩挲光滑的扶手,有一瞬间想到了父亲的手臂。他和大多数的马拉雅里人一样,像只可爱的大熊,手臂上、胸脯上,甚至背上都是汗毛,摸上去永远是毛绒绒的。就是在这张椅子上,她坐在他的怀里学会了字母。后来,她在教会学校成绩不错,他说:"你头脑很聪明,但更重要的是,你要有好奇心。你以后要去读高中,还要去读大学!凭什么不能去?我绝不会让你像你妈妈那样早嫁。"

主教将父亲派驻到了蒙骰卡杨附近一所麻烦重重的教堂。因为穆斯林商人的影响,那里一直没有固定的阿辰。那不是拖家带口能去的地方——正午时分,晨雾还在侵扰膝盖,到了晚上,升腾的雾气简直能贴上下巴。彼处的湿气能引发气喘、风湿、不断的高烧。上任不到一年,他浑身打着战回来,皮肤发烫,尿液发黑。还来不及求援,他的胸口已停止了起伏。母亲将一面镜子举到他的唇边,上面不见白雾。她父亲的呼吸只是空气了。

那才是她这辈子最难过的一天。嫁人怎么会比那更差呢?

她最后一次从藤椅起身。她父亲的椅子和屋内的柚木板床于她就像是圣人的遗物,那上面还沾着他的气息。如果能把它们带到她的新家就好了。

家里有人醒了。

她擦了擦眼睛,挺直身子,抬起头,昂首去面对这天即将发生的一切,去面对分别的不堪,去离开这已不是家的家。混沌与痛苦在上帝的世界里是无法领悟的谜团,但《圣经》告诉她,那背后自有秩序。就像父亲常说的,"信仰就是相信规律存在,即便你看不出来"。

"我会没事的,阿帕。"她说着,眼前浮现出他忧心的样子。如果他还在世,她今天不会出嫁。

她想象着他会怎么回答。做父亲的总要等女儿嫁得良人才不再操心。我希望他是对的人。但末丽,不管怎样我都确信,在这里守护你的上帝在那里也同样会守护你。这是他在福音书里许下的允诺。"我就常与你们同在,直到世界的末了。"

第二章　相拥相守

1900年，印度南部，特拉凡哥尔

　　去新郎的教堂要耗费几乎半天时间。船夫载着他们划过迷宫般交错的陌生河渠，岸边的朱槿探出火红的花枝。两旁的房屋离得如此之近，她几乎伸手就可以碰到那个蹲着颠箩筛米的老妇。她听得到有个男孩儿在给失明的耄耋老者读《曼诺拉马报》，老人揉搓脑门，仿佛新闻害他头痛。房屋连接着房屋，每间都自成一个小小宇宙，其中也有和她一般大的孩子目送他们经过。"你们去哪里？"光着上身的好事之徒张嘴打探，露出一口黑牙，他黑色的手指——牙刷——沾满炭粉举在半空。船夫瞪了他一眼。

　　驶离渠水，他们钻入一汪层层叠叠的荷莲，植被之厚足以容她踏足。她情不自禁，握紧了深深扎根的花茎摘下一朵。莲花脱开池泥，扬起一片水花。那粉莹莹的宝石简直是一个奇迹——在如此浑浊的水中竟能生出这等尤物。叔叔怒目看向她的母亲，母亲虽一言不发，心里却担心女儿弄脏白色的上衣和芒杜，或是细金镶边的卡瓦尼。果甜的香气在船上散开。她数到了二十四片花瓣。推开层叠的莲叶，他们划进一片开阔的湖泊，对面的湖岸几乎遥不可见，水面平滑如镜，她好奇大海是否就是如此。此时，她几乎都快忘记自己就要出嫁。在一处繁忙的栈桥旁，他们转乘一条巨大的独木舟，船的头尾如干豆荚般翘起，撑竿的是几个精瘦、结实的男子。二十多位乘客站在船中间，举着伞遮挡阳光。她意识到，自己去的地方实属遥远，回家不是易事了。

　　不知不觉间，湖泊缩窄变成大河，船顺入水流加快了速度。终于，远处出现了一座小山坡，那上面有一个雄伟的十字架守护着一座小教堂，它双臂的影子投到了河面之上。这是圣多马到达之后设立的七座半教堂之一。她和所有上过主日学校的孩子一样，可以一口气背出它们的名字：科东格阿尔卢尔、帕拉伍尔、尼拉那姆、帕拉约、尼拉卡尔、科卡曼格兰、科兰，还有半座很小的教堂位于特里维坦科德。即便如此，亲眼看到一座还是让她震惊不已。

从兰尼镇过来的媒人在庭院里来回踱步。他身上朱巴的腋下都湿透了，汗渍漫过胸前连成一片。"新郎早就该到了。"他说。那几绺他撸到头顶的毛发已经耷拉回了耳朵边，形似鹦鹉的冠毛。他紧张地咽了下口水，脖子里像是有块石头在上下滚动。众所周知，他老家的土壤盛产两种特产：上好的稻谷和甲状腺肿大。

到场的男方亲戚只有新郎的姐姐坦卡玛。这个胖胖的女人微笑着用自己的双手握住了准弟媳的小手，满是怜爱地捏了捏。"他会来的。"她说。阿辰在长袍外披上了仪式圣带，又系上刺绣的腰带，而后两手一摊，无声问道，人呢？无人回答。

尽管天气潮热，新娘还是忍不住发抖，她不习惯穿查塔和芒杜。从今天开始，再也没有长裙，没有花衬衫。她会跟母亲、婶婶一样，穿上这套在圣多马派基督徒的世界中，属于所有已婚女子的制服，而白色是它唯一的颜色。下身的芒杜和男式的差不多，但是裹扎得更仔细些。多余的布料来回折叠三次，打褶塞进后腰形成扇尾，挡住穿者的臀部。遮挡也是上面这件宽松的V领短袖衬衣——白色查塔——的用途。

日光从高窗切入教堂，投下长斜的影子。焚香的气味弄得她的嗓子痒痒的。这里和家乡的教堂一样，没有长条的祷告椅，只是在红色抛光水泥地面上铺了椰棕毯，而且同样只是前头才有。她叔叔咳嗽了两声，声音在空旷中回荡。

她原本盼着自己的堂姐——她最好的朋友——能来参加婚礼。堂姐前一年已经出嫁，当时也是十二岁。新郎同样是十二岁，家境不错。婚礼上,那男孩子看起来蠢得像只水桶。比起仪式进程,他显然更喜欢抠鼻孔。阿辰当时只好暂停夸尔巴纳,压低声音训他道:"别抠了!再抠也抠不出黄金来!"堂姐在来信中说,自己在新家里和大家族的其他女孩子一起睡一起玩,说还好她不用管那个讨厌的丈夫。母亲看过信后了然地说道,"唉,有一天就都不一样了。"新娘思忖,是不是现在就要不一样了?到底又是什么不一样呢?

气氛一阵骚动。母亲把她往前推了一把,自己退开了。

她隐隐觉得新郎站到了身边,阿辰立马就开始了仪式——他家是有母牛要产仔吗?她直直地盯着前方。

在阿辰脏兮兮的眼镜片上,她瞥见一抹反光:教堂入口的光线映衬出一个高大的轮廓,他的旁边是一个小小的人影——她自己。

四十岁该是什么样的感觉呢?他比她母亲的年纪还要大。她突然想到一个问题:如果他是丧妻,为何要娶她而不娶她的母亲?但她知道答案:寡妇的命不比癞子好多少。

忽然,阿辰的诵祷犹豫着渐弱下去。原来,她未来的丈夫正转过身来端详她,而他的后背——竟大逆不道地——转向了神父。他凝视她的脸,喘息着,好像是刚才疾走了很远。她不敢抬头,但闻到了他身上泥土的气息。她不由得开始颤抖。她闭上了眼睛。

"可这只是个孩子!"她听到他大喊。

当她睁开眼,她看到祖叔父伸出手试图拦住即将离开的新郎,可他的手却被无情弹开,仿佛它只是爬上席子的一只蚂蚁。

坦卡玛跑出门去追逃婚的新郎。她肚子上的赘肉来回晃动,双手压着也无济于事。她追上他时,两人已走到了一块卸重石附近——那是一块及肩高的石板,架在两根插入土地的石柱上,是个让行路人能卸下头顶的重物歇口气的地方。坦卡玛跑到他前方,一边后退一边将手抵在弟

7

弟健硕的胸膛上,想要让他慢下来。"末内……"她这样叫他,因为他比她小太多,不像弟弟更像儿子。"末内……"她喘着气。虽然刚才发生的一切都是严肃的大事,可这会儿她弟弟像是农夫推犁一样地推着她,这滑稽的场景逗得坦卡玛忍不住笑了。

"看着我!"她命令道,但嘴角仍带着笑意。他那眉头紧皱的表情她看到过多少次了?他还是个小婴儿的时候就是这样。他才四岁时,他们的母亲就撒手人寰,是坦卡玛代替了她的角色。她给他唱歌,抱着哄他,让他的眉头一点点舒展开来。再后来,在他们的弟弟骗走了本该属于他的房子和财产时,也只有坦卡玛为他说话。

他慢下脚步。她太了解他了,这个沉默寡言的男人。如果上帝奇迹般地打开他紧锁的话匣子,他会说些什么?切奇,我站在那个发抖的小东西旁边,就只想问:"难道这是我要娶的人?"你看到她嘴唇哆嗦的样子了吗?我家里本来就有个孩子要照顾了,不能再来一个。

"末内,我明白,"她回答道,好像他确实说话了似的,"我知道你在想什么。但别忘了,你妈妈和你奶奶嫁人的时候可才九岁。是,她们还是孩子,而且到了新家也要继续当孩子养,直到她们长大。可婚姻不正是这样才能和睦美满吗?抛开这些都不说,你就先为那个可怜的小姑娘想想。大婚当天,被一个人扔在教堂里头?啊哟,多丢人呢!谁还会再娶她呢?"

他仍然在走。"她是个好姑娘,"坦卡玛说,"多好的人家呀!你儿子小乔乔需要人照顾。你小时候我怎么带你,她就可以怎么带他。就让她在你家里长大吧,她需要帕兰比尔,帕兰比尔也需要她。"

她绊了一跤,他扶住她,她又笑了。"哪怕是大象也不会倒着走啊!"也只有她会将他脸上的那一丝不对称解读为微笑了。"末内,是我给你挑了这个姑娘。别以为那个媒人干了多少活,是我去拜访了她母亲,是我看了这姑娘,虽然她不知道我见过她。我第一次挑得不就很好吗?你第一任妻子是多好的人哪!——愿上帝保佑她安息——她也会同意的。所以,现在就再相信一次你的切奇吧。"

媒人在跟神父商量着什么,后者喃喃道:"这都是什么事儿啊?"
耶和华是我的岩石,我的山寨,我的救主。小新娘的父亲曾教她在害怕时这样说。我的岩石,我的山寨。祭台中仿佛升起神秘的力量,像神父的白色罩衣一般落到她的身上,让她的心彻底平静下来。这座教堂由十二门徒之一祝圣,那个亲手触碰过耶稣伤口的人,就曾站在她现在所站的地方。她感到一种超越想象的心神交汇,她听到了没有声音也无需动作的话语。它说,我常与你同在。

然后,新郎的一双赤脚再次出现在她身旁。报福音传喜信的人,他们的脚踪何等佳美。可这双脚是粗野的,连荆棘也穿不透那上面的厚茧。它们能踢倒腐坏的树根,会循着缝隙爬上椰树。他动了动脚,知道有人在品评它们。她忍不住了,偷偷打量了他一眼。他的鼻子尖挺,像把斧头,嘴唇饱满,下巴突出。他的头发乌黑油亮,一丝白发都没有,这倒让她有些意外。他的肤色比她深很多,但长相还不错。让她有些吃惊的,是他聚精会神盯着神父的眼睛。那是猫鼬盯着蛇的眼神,它等待着对方的出击,好随时躲避、转身、掐住它的脖颈。

仪式一定进行得飞快,因为她回过神来时,母亲已经在帮新郎撩开她的头纱了。他站到她身后,手搭在她肩上,给她的脖子系上了一枚金色的小蜜蟒。他的手指掠过她的肌肤,烫得好像烧红的煤块。

新郎在教堂的登记簿上画了潦草的签字,接着把笔递给了她。她填了她的名字,写了日、月和1900年。她抬起头时,他已经在往外走了。神父看着他远去的背影说,"怎么?他灶上煮着饭吗?"

栈桥边,小船随着波涛上下摇晃,时而不耐烦地拉扯一下系泊桩上绑着的缆绳。她的丈夫不在这儿。

"你丈夫还小的时候就喜欢靠脚走路,"她新添的大姑子说,"我可不行！能坐船为啥还要走路？"坦卡玛的笑声引得她们也露出笑容。可现在到了水边，母亲和女儿必须要分离了。她们紧紧拥抱——谁知道下次相见是什么时候？她有了新的姓氏、新的家，虽然还未曾到过，但她已经属于那里，必须舍弃旧家了。

坦卡玛的眼睛也湿润了。"你别担心，"她对悲恸的母亲说，"我会像待亲女儿那般待她的。我在帕兰比尔会住上两三个礼拜，到时候她做起家务来肯定比唱赞美诗还拿手。别谢我，我孩子都大了，我那丈夫不想我我还不回去呢！"

年轻的新娘松开母亲，双腿发软，几乎要摔倒。坦卡玛及时将她一把搂到背上，像背小婴儿那样背她登上了等候多时的船。她本能地用腿夹紧坦卡玛壮实的腰身，把脸靠到她圆润的肩膀上。倚在坦卡玛肩头，她回头凝望栈桥上摆着手的寂寥身影。巨大的石头十字架屹立在她身后，衬得那身形愈发矮小了。

年轻的新娘与她丧妻的新郎所共有的家园位于特拉凡哥尔，它处在印度南部的尖端，一面靠着阿拉伯海，另一面紧邻西高止山脉——一片平行于西海岸的狭长山区。流水定义了这片土地，语言凝聚了此方百姓：马拉雅拉姆语是他们通用的语种。在大海与白色沙滩交界之处，海水的手指探进内陆，与沿着西高止葱郁的山坡蜿蜒而下的河流缠绕联结。此地是流淌着小溪与大河的童话世界，是水泊与潟湖星罗棋布的栅格花窗，是回水区与翡翠绿的荷花池构建的错杂迷宫。同时，它也是一个循环流动的庞大整体，因为她的父亲曾说过，所有的水系都彼此相连。它孕育的族群——马拉雅里人——就和他们周遭的流水一样灵动。他们姿态敏捷，黑发飘逸，从这家亲戚串到那家，时刻都有笑声流淌。他们仿佛是血管中随脉搏涌动的血细胞，而季风就是驱动他们的巨大心脏。

这片土地上，椰子树与糖棕树茂盛富饶，甚至晚上闭起眼睛，镶金边的树影都依然摇曳着在眼前浮现。预示好运的梦里一定要有湖泊与羽状的绿叶,若是没有,便得算作可怕的噩梦。若是马拉雅里人说"大地",他们的意思一定也包括了水在内,因为区分这两者就像让鼻子离开嘴巴一样毫无道理。乘着一艘艘小艇、独木舟、驳船、摆渡船,马拉雅里人和他们的货物流遍了特拉凡哥尔、科钦和马拉巴,其迅捷令困于内陆的人难以想象。在没有正经的道路、准点的公交与桥梁的地方,水道就是高速公路。

在我们这位年轻新娘的时代,王朝可追溯至中世纪的特拉凡哥尔与科钦的王室都处于英国人统治下,两地属于所谓的"王公土邦"。彼时,共有五百多个土邦被套在英国的犁轭下,占到了印度总面积的一半,其中大部分是无足轻重的小地方。而那些较大的土邦——海得拉巴、迈索尔、特拉凡哥尔——也被称作"礼邦",它们的王公有权获得从九响到二十一响不等的礼炮迎送,鸣放次数反映了这位王公在英国人眼中的重要程度(一般还体现了王室车库里有几辆劳斯莱斯)。为了能保住宫殿、轿车、地位,也为了能共享统治权,这些王公从子民身上收来税金后,会拨出十分之一交到英国人手里。

与马德拉斯或孟买"管辖区"的情况不同——那些领地由英国人直接管理,遍地都充斥着他们的身影——我们的新娘在特拉凡哥尔土邦的村子里,连一个英国士兵或者文官也不曾见过。未来有一天,特拉凡哥尔、科钦、马拉巴这三个说马拉雅拉姆语的地区会合并成为喀拉拉邦,在印度的尖角占据一片鱼形的沿海地域。鱼头指向锡兰(现在的斯里兰卡),鱼尾朝向果阿邦,鱼眼则惆怅地望向大洋彼岸的迪拜、阿布扎比、科威特和利雅得。

无论在喀拉拉邦的何处,拿起一把铁锹插入泥土,铁锈色的水便会如手术刀下的血液一般泉涌而出。这一汪掺着肥沃红土的灵药,能滋育任何一种生命。你可以不相信传说中所谓堕下的活胎被遗弃到这片土壤后还能长大变成野人，但没有人可以否认，这里蓬勃生长的香料旺盛到世界上其他任何地方都难以媲美。在公元前的几个世纪，来自中东的水手总是驾驶着阿拉伯帆船，张起三角帆兜着西南风航行至"香料海岸"，在这里采购胡椒、丁香、肉桂。等到信风转向，他们便回到巴勒斯坦，将香料卖给从热那亚、威尼斯过来的商贩，发上一笔小财。

对香料的狂热痴迷席卷了整个欧洲，其传播方式与梅毒和瘟疫如出一辙——都是靠水手和船。不过，这一波传染却不无益处：香料延长了食物的保存期限，也延长了食用者的寿命。好处还不止于此。伯明翰的一位神父原本靠着嚼肉桂掩盖酒气，结果却发现教区里的女信徒对他的魅力无法抵挡，他还匿名撰写了一本后来十分流行的小册子：《新口味之甜与辛：适合男子及其女伴的或诡谲或宜人的交媾技法欢愉杂记》。药剂师则采用姜黄、藤黄、胡椒制成的药剂治疗水肿、痛风和腰痛，并为奇迹般的疗效欢欣鼓舞。而一位马赛的内科医师还发现，将生姜涂抹在小而软弱的阴茎上后，这两种属性都能逆转，至于伴侣，则可获得"极大愉悦，她甚至不允许他停下"。奇怪的是，西方的厨师却从没想过把胡椒籽、茴香籽、小豆蔻、丁香、肉桂烘干磨碎，再加上芥末籽、大蒜和洋葱倒油煸炒，这样做出来的玛莎拉便是所有咖喱的基础。

香料在欧洲的价格节节攀升，几乎等同于稀世珠宝。几个世纪以来，那些将它们从印度运来的阿拉伯水手自然没有透露过香料的来源。到了十五世纪，葡萄牙人（还有后来的荷兰人、法国人、英国人）开始派出远征舰队去寻觅这些天价香料生长的土地。大海上的探险者好似血气方刚的小伙儿嗅到了风尘女子的脂粉香。她在哪儿？东方，永远是东方。

但瓦斯科·达伽马从葡萄牙航向了西方，而不是东方。他沿着非洲的西海岸航行，绕过非洲大陆的尖角，又沿着另一侧继续向上。在印度洋的某处，达伽马抓住了一个阿拉伯引航员，施以酷刑，让他带领他们找到了香料海岸——今天的喀拉拉邦——并在卡利卡特附近靠岸登陆。

这是当时世界上航程最远的海上征途。

卡利卡特的扎莫林并没有把达伽马放在眼里,对他那个把珊瑚和铜器当作贡品送来的葡萄牙君主也印象不佳,毕竟扎莫林的礼物可是红宝石、翡翠与绸缎。至于达伽马宣称他的伟大目标是将基督之爱传播给野蛮人,他更是觉得可笑。这个白痴难道不知道,在他到达印度的一千四百年前,在圣彼得还没踏进罗马城的时候,十二门徒之中的另一位——圣多马——就已经乘着阿拉伯的贸易帆船来到了他们眼前的那片海岸?

传说中,圣多马在公元五十二年抵达印度,在靠近今天科钦的地方上了岸。他遇到了一个从寺庙出来正要回家的男孩。"你的神听得到你的祷告吗?"他问。男孩说,他的神肯定听得到。圣多马将水泼到空中,水滴悬浮不动。"你的神能做到吗?"通过这些不知是魔术还是魔法的展演,他让一些婆罗门家族皈依了基督教。后来,他在马德拉斯殉道。那些最先皈依的圣多马派基督徒始终忠于信仰,从不与外人通婚。经年累月,他们的群落越发茁壮,共同的习俗与教堂将他们紧紧团结。

而在近两千年后,那些最早的印度基督徒的两位后裔,一位十二岁的新娘和一位中年的鳏夫,结婚了。

"过去了就是过去了。"等到我们年轻的新娘成为祖母,她同名的孙女请求她讲祖先的故事时,她会经常这样说。小姑娘听传闻说,他们家的族谱藏着太多秘密,他们的祖先有奴隶、有杀人犯,还有个被免去圣职的主教。"孩子,过去的事情已经过去了,再说了,我每次记起来也都不一样。我可以给你说说未来,需要由你创造的未来。"但是孩子不答应。

这故事该从何开始?从"怀疑的"多马开始?那个必须亲眼看到耶稣的伤口才愿意相信主的门徒?从其他为信仰殉道的教徒开始?孩子吵着要听的是她们自己家的故事,是她祖母嫁进来的这座鳏夫的宅院的故事。在水乡之邦，这座院落却避水而居，立于陆地中央，处处笼罩着神秘。但祖母有关于此的记忆尽由细丝织就，时间已将这块绸布蛀满了孔洞，只有神话和寓言才能将其填补。

有几件事是祖母确信的：若一个故事要在听者身上留下印记，那它讲述的必须是世人生活的真相，所以无可避免，它只能是家族的故事，讲家族的兴盛与伤痛，讲逝去的亲人，包括徘徊不前的灵魂。这故事应该蕴藏教诲，告诉人们应该如何生活在上帝的国度，一个欢乐永远无法弥补悲伤的地方。好故事带来的，甚至比仁慈的上帝愿做的更多：它可以卸下秘密的重担，让一家人重归于好。但秘密的纽带可以比血缘更牢固，无论是隐瞒还是坦白，它都能将一个家族撕得粉碎。

第三章 未尽之言

1900年，帕兰比尔

新娘梦见自己和亲戚家的孩子一起在潟湖里泼着水花。他们挤上狭窄的小船，故意弄翻它又费劲地爬上去，笑声回荡在水岸。

她醒过来，有些迷茫。

一座小山丘在她身旁随着呼噜声上下起伏。坦卡玛……对，这是她在帕兰比尔的第一个晚上。这个名字生涩地擦过她的舌尖，像是舔到一颗豁口的牙。隔壁是她丈夫的房间，没有任何声音。坦卡玛的身躯包裹着一个小男孩——她只能看到他脑袋上光亮蓬乱的头发，还有一只小手摊着掌心，刚好伸过头顶。

她竖起耳朵，这里好像少了些什么，缺失的声音让她有些不安。忽然，她醒悟过来：她听不到水声。她一定是思念那温柔的呢喃，才在梦里编造了它的存在。

昨天，瓦卢姆——一种有木板加固的独木舟——将她和坦卡玛送到了一座小栈桥边。她们穿过狭长的田野，四周的椰子树星星点点，高耸的树冠上挂满了果实。四头奶牛啃着青草，脖子上系着长长的绳子。她们走过一排排香蕉树，宽大的香蕉叶耷拉下来，互相摩挲拍打，枝头垂着一串串红色的香蕉。空气中馥郁着黄缅桂的花香。三块已经被磨得发亮的石头在浅浅的小溪中担当踏脚石。接着，小溪展开变作池塘，水岸长满露兜草和结着红果的晨腾古矮椰子树。一块楔形的浣衣石躺在塘边，坦卡玛说那儿是她洗澡的地方。溪水汨汨流淌，听上去是好兆头。她刚到栈桥时便找房子在哪，但它并不在河边，那想来一定是在溪边了……可她什么也没看到。"这里所有的地,统共五百多英亩[1],"坦卡玛左右指着,骄傲地说道,"都属于帕兰比尔。大部分还是野地,都是小山丘,还没开垦。那些大概开垦过的地也只有一部分在耕种。在你丈夫征服这里之前,这儿不过是一片丛林,末丽。"

五百多英亩……直到昨天,她的家还不到两英亩。

她们沿着一条两侧长满木薯的小径继续往前走。终于,她看到了房子,它高高地立在山坡上,日光衬出它的剪影。她盯着自己将度过全部剩余人生的家。屋顶的中间是熟悉的凹陷,两侧尾部微微翘起。延伸至低处的屋檐挡住阳光,为围廊带来阴凉……可她满脑子只想问:为什么要建在山坡上?为什么不在溪边?或者河边?不是那里才会有客人、有新闻、有各种好事发生?

现在,她平躺着,研究起了这间屋子:墙壁是上油抛光的柚木,不是野波罗蜜木,墙顶端凿了十字形的开口,好让热气流走。吊顶同样是柚木,可以抵挡一下高温。窗户上打了细木条,这样微风能自由流动。当然,这儿也有一扇通往围廊的两截门,上截开着,邀请清风入内,下截则关闭起来,防止鸡和其他没有脚的动物进来——这里和她告别的旧房子相差无几,只是更大一些。每一位塔产,或者说木匠,都遵循同一套古老的瓦斯图学问,不管是印度教教徒还是基督教教徒都不会违背。在好塔产看来,房屋就是新郎,土地就是新娘,结合这两者所耗费的心力可不比占卜师匹配星座来得少。如果一户人家遭遇不幸或者被鬼魂缠身,人们都会说肯定是房子选址不吉利。于是,她再一次忍不住好奇:为什么要建在这儿,离水那么远?

忽然,树叶沙沙作响,大地震动,吓得她的心怦怦直跳。门边有什么东西挡住了星光。这是常住这家的鬼魂来作自我介绍?接着,一丛茂

---

[1] 约2平方公里。——译者注,下同

密的灌木似乎从打开的上截门生长到了屋子里，树干上似乎还盘绕着一条粗壮的蛇。她动弹不得，发不出声音，只知道她怕是要在这幢远离水边的神秘宅子里遭遇不测了……可是，死亡会带着茉莉花的味道吗？

一小把连根拔起的茉莉悬在她上方，举着它的是一只象鼻。花丛晃悠着越过其他熟睡的人，径直停在了她的面前。她感到一股温暖、湿润、古老的气息扑面而来，细小的泥土颗粒落到了她的脖子上。

她的恐惧消散了。她有些迟疑地伸手接过了礼物。那对象鼻孔竟这样像人，教她有些吃惊。鼻子边缘的皮肤更白，还长着斑点，它柔软得像嘴唇，却又灵巧敏捷得像两根手指。它在她的胸口嗅了嗅，挠了挠她的手肘，然后摸索着寻到了她的脸。她憋着笑。热烘烘的呼吸吹在她的脸上，像是神父在礼拜后为信徒祝福。这气味像是《旧约》里的产物。象鼻子没有发出一丝声音，又溜了回去。

她转过身，发现自己有个目瞪口呆的观众。两岁的乔乔已经坐了起来，正隔着坦卡玛的腰身盯着她，眼睛睁得老大。她咧开嘴笑了，不由自主地起身招他过来，然后背着他走到屋外，追随幽灵离去的方向。

在帕兰比尔的每一个角落，她都能感觉到灵魂的存在，就和其他人家一样。屋外的木坦里有一个总是在散步。暗夜里，看不见的鬼魂仿佛漫天的萤火虫，不停地闪烁。

在高耸的椰子树旁的空地上，一只眼睛悬在蒲扇般的叶丛上方，瞳孔反射出微光，摇摇晃晃的，像是微风中的灯盏。当她的视觉逐渐适应黑暗，庞大如山的额头慢慢浮现，紧接着是懒懒拍打着的双耳……一座用黑夜雕刻的石像。大象是真的，不是幽灵。

乔乔心不在焉地用一只手搂着她的脖子，手指捏着她的耳朵。他舒舒服服地趴在她背上，好像他自打出生以来都是她背着的一样。她有些想笑，就在昨天，她还趴在坦卡玛的背上。他们俩——都是半个孤儿——静静地立在那里。在送花的生灵面前，四周的鬼魂俯首听令，退到了即将消散于晨曦的暗影之中。

在她之前短暂的人生里,她曾见过受人崇拜、享有无数贡品的神庙圣象,也见过拖着沉重脚步穿过村庄前往森林的伐木象。但眼前这头遮住星星的野兽,一定是世界上最大的象。看着它悠闲地咀嚼,优雅地舞动长鼻将叶子塞进微笑的嘴里,她觉得心定了不少。

往大象的上风口看去是一座土坝,每棵椰子树下都有这样一圈围住水和粪肥的堡垒,在那后头不远处,有个男人睡在一张棕绷床上。

她丈夫的手肘和膝盖伸到了下陷的床框外面。他弯曲强壮的左臂枕在脸下,手指并拢,那模样让她看到了一丝送茉莉的访客的影子。

第四章 主妇的启蒙

1900年，帕兰比尔

厨房里，她脚下的夯土地面踩上去凉凉的，四周的墙壁被烟熏得黑乎乎的，散发着食物的香气。一进到这处光线阴暗的栖所，她便有了回家的感觉。坦卡玛弯着腰，举着一根粗金属管子吹气。她鼓着腮帮子，想要哄阿杜朴里闷了一夜的余烬再次焕发生机。在这座带底座的炉灶上，六个砖砌的灶口架着四口锅。她惊讶地发现，坦卡玛身为一个胖女人动作竟如此麻利。她的手快出虚影，这边给煎洋葱的平底锅下扔些椰子壳喂火，那边给炉灰铺平，好让米饭慢慢咕嘟。坦卡玛给新娘倒了一杯用牛奶煮的咖啡，加了棕榈糖。"我做了扑桗。"坦卡玛说着，把一块松软的白色米糕从圆柱形的木筒蒸模里推出来，放到了新娘的香蕉叶上。她把给乔乔的那份碾碎，拌了香蕉和蜂蜜，然后把前一晚的煎牛肉——伊莱奇-奥拉缇亚图——和咖喱鱼块——敏-维维查图——重新热了热。"这个鱼现在是不是更好吃了？陶锅就是这点好！好好珍惜它，只用它煮敏-维维查图，不要做别的东西，明白吗？这样你的咖喱每年都会更好吃。如果我们家着火了，丈夫和陶锅只能选一样的话……哼，我只能说他这辈子已经很圆满了，陶锅煮的咖喱会帮我度过丧偶之痛的！"

坦卡玛的笑声响彻屋内。新娘盘腿坐着，注视着她在帕兰比尔的第一顿早饭。她感到有些晕眩：它太奢侈了，比她和母亲一周吃的食物都丰盛。

"你丈夫站着就吃完了，他一直都这样，这会儿已经下地干活去了。"坦卡玛坚持说新娘就应该什么也不做，就应该被宠着。她也想听坦卡玛的，可这与她本性不符。她盯着坦卡玛的手指，想记住她往咖喱里放了哪些佐料，但是总有至少两锅菜在同时烹饪，所以很难记清楚。她猜坦卡玛的手指一定自己有记忆，因为它们的主人只顾聊天，根本没把它们放在心上。乔乔跑来拉她走，自豪地要做她的导游，带她走遍每一间屋子，完全不记得他两个小时前已经来过一遍。这座建筑是L形的，一支是原本的老房子，架在很高的底架上，离地面很远。它的中心是金库，叫作安拉，里面放着全家的财富——现金，珠宝，稻谷。安拉下方是一个地窖，两侧则分别是一间没人住的卧室和一间很大的食物储藏室。储藏室的隔壁就是厨房。室外有一条狭窄的围廊连接起所有房间。建筑比较新的一支架空更低，三面环绕宽阔宜人的围廊。这边有一间很少用的起居室，还有两间毗邻的大卧室——她丈夫睡一间，她、乔乔、坦卡玛睡另一间，最后还有个房间被用作杂物间。

新旧两排房屋拥着一个长方形的木坦，也就是庭院，院里铺满了从河床拖来的鹅黄、金黄、白色的卵石。每天早上，一个叫萨拉的普拉雅女人会拿着扫帚来收拾木坦，清扫枯叶顺便铺平卵石，留下一片扇形的痕迹。木坦是铺开垫子晒煮过的稻谷的地方，是将衣物挂在晾衣绳上的地方，也是乔乔踢足球的地方。

午饭后，她、乔乔、坦卡玛会睡很长时间的午觉。她丈夫从不午睡，大部分时间都在外面干活。她偶尔瞥见田里的他时，他身边总跟着几个普拉雅，他因为人高马大，肤色又比他们白，所以特别显眼。到了晚上，坦卡玛闲下来了，他们仨就坐在厨房外的围廊上。坦卡玛会给他们讲无穷无尽的故事，还让他们尽情享用从地窖拿来的零食。过了一阵子，她才后知后觉地发现坦卡玛的故事其实都是给她的指导。夜里，她试着在睡前回忆这些故事，但那会儿也是思乡之情攥紧她心神的时候，不管想什么都会想到家。坦卡玛对她的喜爱让她不由得想起母亲，由此更添一分悲伤。她只有确定所有人都睡着了，才敢开始哭泣。

在她来此的第二天早上,鱼贩子的吆喝声传来,坦卡玛让新娘招她过来。五分钟之后,那女人就来到了厨房外头,身上沾着河水的气息。坦卡玛帮她把沉重的筐子从头上搬了下来。

"啊,这位就是新娘吧!"鱼贩说着,一边拨拉手臂上的鱼鳞一边蹲了下来,"就是为了她我今天才特别带马缇来。"她煞有介事地揭开筐子上盖的麻袋布,仿佛里面是珍贵的珠宝。

坦卡玛拿起一条沙丁鱼闻了闻,捏了捏,就啪地把它丢回同伴的身上。"专门给新娘的,是吧?这么特别的话,那你留着吧。那块布下面又是什么?啊!瞧瞧哎!那些马缇又是给谁的?是还有哪家结婚我没听说吗?拿来吧!别废话!"

第二天,新娘看到普拉雅沙缪尔吃力地顶着一只装椰子的大篮子穿过木坦。坦卡玛告诉过她,他是帕兰比尔的工头,一直都寸步不离地跟着她丈夫,扫木坦的萨拉是他的妻子。坦卡玛说,沙缪尔一家几代以来都是他们的帮工,可能他的祖先在古时候就给他们家签了卖身契,那个时候法律还没禁止。在特拉凡哥尔,普拉雅是最低的种姓,很少能有自己的财产,甚至连他们住的小茅屋都是地主的。光是看到他们,就足以让一个婆罗门受到污染,要行沐浴礼才能洗净。

在篮子的重压下,沙缪尔颈部与手臂的肌肉突起,好像一根根缆绳紧绷在他那结实矮小的身躯上。他赤裸的胸膛上下起伏,肋骨像是露在皮肤外而不是被裹在里面。他身上没什么体毛,就是脸上唇上有点胡茬,还有剪得乱糟糟的头发。他两鬓已经有些花白,看起来和她丈夫差不多年纪,但坦卡玛说他要年轻些。

沙缪尔一见到她,脸上立马绽开了笑容。他的颧骨亮得像两团光滑的乌木,洁白整齐的牙齿更显得他长相周正。看到有机会欢迎新娘,他流露出的兴奋很有些孩子气。"啊!"他似乎想说什么,但首先有更要紧的事得处理,"末丽,你能不能叫坦卡玛切奇出来?这个篮子太重了,你可能帮不了我。"

坦卡玛帮他放下篮子后,他赶紧取下盘在头顶上的托土,抖落开擦了把脸。他脸上一直挂着笑,视线就没从新娘身上挪开过。"后面还有更多篮呢。我们一早上都在爬树,檀卜朗和我一起。"他指向远处,她看到她丈夫抱着胳膊骑在一棵歪脖子椰子树上,跨着一段几乎水平的树干。他悠闲地荡着双腿,似乎想事情入了神。这景象唤起了她对高处的恐惧,让她不寒而栗。她无法想象怎么会有地主冒着生命危险亲自去干普拉雅的事情。

"你怎么能让檀卜朗上去呢?婚礼才过了多久?"坦卡玛假装生气地说道,"说实话,是不是他上去了,你就可以少做一半了?"

"啊,你去拦他试试。他和这位小檀卜朗一样,"他边说边戳乔乔的肚子,"在天上比在地上开心。"听到自己被叫作小主人,乔乔很得意。

沙缪尔赤裸的胸脯上还沾着树皮的碎屑。他一面对檀卜朗的妻子笑着,一面小心翼翼地把蓝格子托土沿长边对折起来甩到左肩上。她有些不好意思地垂下了眼睑,刚好看到他变了形的右脚踇趾。它扁得像枚硬币,指甲也不见了。

坦卡玛说:"啊,沙缪尔,那请你帮我们削三只椰子吧。然后你去洗洗,再过来吃点东西。你新的女主人会把菜端给你的。"

沙缪尔有他自己的陶土碟,平时就挂在厨房外屋檐下的钩子上,他吃饭也是在这里,就坐在屋后的台阶上。普拉雅从不踏足屋内。萨拉在家也给他做饭,但是在主屋吃上一顿能帮他省下些稻谷。他把碟子冲了冲,先用它盛满水喝了个精光,然后才在台阶上蹲坐下来。新娘给他送来了坎吉——大米稀饭,还有一块鱼和腌柠檬。

"你还喜欢这里吧?"他往嘴里塞了一大口粥,边吃边问道。她害羞地站在他跟前,点了点头。她的手指不自觉地画着字母"ആ",这是"阿纳",也就是"大象"的第一个字母,她总莫名觉得这个字母长得也像大象。"我来帕兰比尔的时候比你还小呢,就是个小孩子,真的是。"

他说道,"那时候这里都还没有房子呢,我老担心我们睡觉的时候会被踩扁。有了房子,就得到了保护。秘诀就是屋顶,你知道吗?你猜我们为什么把屋顶都造成这样?"

在她看来,这里的屋顶和别处差不多。只不过正面的山形墙——木板上有镂空图案的房子的正脸——是每家都不一样的。不管在哪里,茅草顶的屋檐都会扑出来,就好像屋顶要把房子吞掉似的。沙缪尔指着上面,"如果椽子像那样凸出来,大象就找不到一个平整的面往上靠了。靠不了,也推不了。"他教她的时候,和乔乔一样自豪。她有点喜欢他。

"大象在我到这儿的第一天晚上来问候我了。"她小声坦白。

"是吗?好个达摩达兰!"沙缪尔摇着头大笑,"那家伙想来就来,想走就走。我那晚都快睡着了,但是我感觉到地在晃,我就知道是它。我出去一看,果然乌尼就坐在达摩背上,抱怨它天黑了还要从伐木场出来。啊,不过他也没发太多牢骚,每次达摩过来,他都能放一晚上的假回家陪老婆。檀卜朗会睡在达摩边上,他们聊天呢。"

她听说过,养一头大象是很贵的。不只是聘用乌尼——他肯定是象夫——的费用,更主要的是给达摩喂食的花销。

"达摩达兰是我们的吗?"

"我们的?太阳是我们的吗?"沙缪尔像学堂的先生那样看着她,等她自己摇头否认。"啊啊,达摩达兰就和太阳一样,是它自己的主人。我总跟乌尼开玩笑说,达摩才是真的象夫,就算它让乌尼坐在背上、假装是他在控制方向也一样。还没有人告诉你达摩的故事吗?啊,沙缪尔来跟你讲。在远还没有这座房子的时候,有一天,檀卜朗和我父亲睡在外面,他们听到了恐怖的号哭声,是大象在嘶鸣,大地都在颤动!树干轰隆隆裂开,就像打雷一样。我父亲以为是世界末日来了。等到天蒙蒙亮,他们看到小达摩达兰就躺在那边,侧着身子,一只眼睛没了,流着血,一根象牙断在了它的肋骨之间。攻击它的那头公象一定是发狂了。檀卜朗拿绳子绑住象牙,然后站在远处给它拔出来了。你看过那根象牙了没？就在檀卜朗屋里。达摩达兰疼得直在那儿嚎，伤口里的血咕嘟咕嘟地往外冒。檀卜朗——他胆子可真大——他爬到达摩的身上，用叶子和泥巴把那个洞给塞上了。然后他一点一点地把水喂到达摩达兰的嘴里，整天整宿地坐在那儿和它说话。他给达摩说的话比他这辈子给人说的加起来都多，我父亲是这么说。过了三天，达摩达兰站起来了。过了一周，它就自己走了。

"又过了几天，檀卜朗和我父亲砍了一棵大柚木，打算把它撬起来挪到空地上去。这时达摩达兰从森林里走出来，帮他们把木头推到了空地上，就这么简单。大象喜欢干活。它搬木头搬得可好了。现在它和伐木工一起在柚木林场干活，但是它只有想去的时候才去。哪天一时兴起，它就回来。它一定是来看檀卜朗的新婚妻子的，我看就是这样。"

在坦卡玛的指导下，她慢慢适应了帕兰比尔的新生活。每过去一天，她抛在身后的家似乎就黯淡一点，于是她的思念便更加迫切。她不想忘记。早饭过后，坦卡玛说："我在想，今天我们可以一起做波罗蜜哈尔瓦，因为乔乔和我都特别想吃！"乔乔拍起他的小手。"末丽，生活只有两样东西是甜的：爱和糖。如果你前一个得到的不够，那么后一个就多吃点！"坦卡玛已经把一块块的波罗蜜煮好了，现在要把它们捣成泥，和融化的棕榈糖混合在一起。"告诉你一个秘诀，搅拌波罗蜜的时候，你要闭上眼睛，想象你希望丈夫给你的东西。"坦卡玛龇牙咧嘴地使劲闭紧双眼，露出了门牙的牙缝。"现在加一撮小豆蔻，一点盐，再来一小勺酥油。好啦！还得再放凉。来尝尝，是不是很好吃？"她压低了声音，"我不是开玩笑，末丽，这是婚姻幸福的关键。你许好愿，然后让你的丈夫吃掉这个哈尔瓦，不管你想要什么都会实现的！"

终于，她勉强掌握了家务的节奏，可以在坦卡玛的监督下完成几道菜了。可她刚生出些许自豪，坦卡玛即将离开的消息就给她心里蒙上了一层阴影。当坦卡玛不吝溢美之词夸赞她的咖喱鸡时，她上一秒还面露喜色,下一秒便已抱紧坦卡玛,脸埋在她厚实的肩膀里掩藏泪水。留下来吧!别走了!可是,她已经深深地爱上坦卡玛,这些话难以启齿。坦卡玛有自己的家要经营,有自己的丈夫在等她。她喃喃道:"我永远都不会忘记你的好的,我要怎么才能报答你?""啊,等你也有儿媳的时候,像对待宝石那样对待她,那就是报答我了。"

* * *

在坦卡玛要走的前一天,她探出厨房瞥了一眼天空,发现日头已经升到了正上方。"末丽,剪一片香蕉叶,给你丈夫包个午饭,让他尝尝你的香炒四季豆和我们煎的马缇。多放点米饭。他肯定和沙缪尔在外面,整天就知道巡查他的土地。看到那棵椰子树了吗?他应该就在那附近。"新娘顺从地舀了几大勺食物放在香蕉叶上,再把叶子折起,用线捆牢。她又拿上装吉拉水——孜然水——的小铜壶,然后便出门了。坦卡玛的离别近在咫尺,她感到心神不定。这天早上,她发现帕兰比尔没有纸笔,她本想写下坦卡玛的几道菜谱,这下泡汤了。万一她记不起来该怎么办?

小径两边都是和她肩膀一般高的野草。坦卡玛说过,这里原本密密麻麻地长满了这种高草,不管是上帝还是天光都穿不透,而草丛底下遍地都活动着蝎子、眼镜蛇、大老鼠和咬人的蜈蚣。"管他是印度教徒还是基督教徒,哪个疯子会想在这儿安家?"坦卡玛说,"你丈夫来这儿,是因为我们弟弟要花招把他从家里赶出来了。他骗着他在一张纸上画了个记号。"沙缪尔的父亲,普拉雅尤汉南也跟了过来,他觉得服侍正统的继承人是他的职责。再后来,尤汉南把妻子和儿子也接了过来。两个男人搭了个简单的窝棚。"你能想象吗?我弟弟和他的普拉雅睡在同一个屋檐下?还和他们一起吃饭?什么种姓隔离,人都在地狱里了,还隔离什么?托圣人保佑,他们才活了下来。第一个礼拜,老虎就叼走了他们唯一的一只羊。他们发烧的日子比退烧的日子还多。但是他们又是挖土,又是给沼泽地排水,一刻不停地开垦。末丽,我和你说这些,不只是因为我为弟弟骄傲,更重要的是你得知道,他做事的方式和别人不一样。尤汉南就像他的父亲一样,而沙缪尔对你、对你的家庭也会是一样的,这辈子他都会照顾你的。"坦卡玛说,她丈夫靠着分出溪边已经开垦好的土地,怂恿了一位技艺高超的印度教塔产和一位铁匠搬到这里,并且他向他们保证,普拉雅的小茅屋都会建在下游,这样他们就不用担心受到礼教上的污染。后来,陶匠、金匠、石匠也搬来了。等到她丈夫的房子建好,他又给好些亲戚分了一到两英亩的地块。只要他们耕种土地,卖掉收成,这些亲戚就可以从他这里再买去更多的地。"你听明白我在说什么了吗,末丽?他是真的把这些地给分出去了!他们是可以把地留给他们的孩子的。他是想让这里繁荣起来,到现在他也还没完工。谁知道呢?说不定我下次来的时候,这儿可能就会有大马路、粮店、学校……"

"教堂?"她试着提议道,不过坦卡玛并未作答。

她找到她丈夫的时候,他正抬头盯着树,他赤裸的胸口沾满树皮屑,腰间挂着一把锋利的维图卡提,砍刀的弯头朝后。看到她来,他有些惊讶。他接过了食物。"这个坦卡玛!"他脸上没什么表情,话音里却带着笑意。他背靠着树干坐下,但不忘先把他的托土铺在地上,好让她坐在上面。他狼吞虎咽,她一语不发。她意外地发现,他的羞怯不比她少。

他吃完后站起来说:"我和你一起走回去。"

她听到一阵欢笑打闹的声音。在他们左边,是一条她还未见过的小溪流,一截原木横跨溪上。对岸的空地上,摆着一块巨大的卸重石。这些笨重的石块像是原始文明的遗迹,设立在行人必经的小路旁,头顶重物路过的人,都可以将东西放在横平的石梁上略加休息。她看到有个年轻人对着那根石梁又是推又是晃,另外还有两个朋友在跟着起哄。他们三个的额头上都有檀香膏涂抹的竖线。推石头的那个身材健壮,头发几乎都被剃光，只留下最前面的一小撮扎了根小辫。石梁被推下了支柱，掉到地上激起一片红色尘土。始作俑者一脸的兴奋与得意。

她眼前浮现出沙缪尔从磨坊回来的样子：他头上摇摇晃晃地顶着一袋沉重的大米粉，指望着在卸重石前稍稍弯曲膝盖就能把粉面顺势挪到石板上。可现在他必须得接着走，要不然就只能把粉面丢到地上，等有其他人路过时再帮他抬到头上。在这个几乎所有东西都是如此搬运的地方，在这个不是雨水导致路面塌陷、便是车辙凹凸使得牛车难行的地方，在这个只有步道小径才最稳妥的地方，这样的歇脚地儿就是上帝的恩典。

几个年轻人注意到这对夫妇，便都不作声了。他们看起来养尊处优，可能这辈子也不需要扛什么重物，用不上卸重石。从衣着外表判断，她觉得他们应该是那雅尔。在帕兰比尔的西端就住着一个那雅尔大家族。那雅尔是武士种姓，世代受雇于特拉凡哥尔王公，为之抵御外敌。她父亲的那雅尔朋友看着就很像那雅尔，那人专门蓄了一把浓密的小胡子来搭配他魁梧的身型。如今在英国人统治下，王公改由他们保护，那雅尔军队便没了用场。戈文德·那雅尔为此愤愤不平。"他还算什么特拉凡哥尔的统治者？他就是把我们的税钱拱手送给英国人的傀儡。英国人有什么好'保护'他的呢？敌人不是已经在墙内了吗？"

她的丈夫提起芒杜，露出膝盖，大步冲向原木桥，但一到溪边，他过桥的时候又谨小慎微起来。看到此景，小年轻嘻嘻窃笑，但眼见这样一头大公象靠近，他们还是紧张地站直了身体。她胃里一阵痉挛。但出乎她的意料，她丈夫看都不看他们，转而在石板前蹲了下来。"噢，你们有力气把它推倒，那你们有力气把它放回去吗？"

"你来啊？"男孩子厚颜无耻地说，但话音有一丝发颤。

她丈夫双手抓住了地上石梁的一头，把它抬到腰间，然后走向前将它立直。接着他把它放倒支在肩上，石梁像跷跷板似的来回晃悠。他扛着石梁先设法搭上了一端再去搭另一端，颤动的大腿如同两根树干，脖颈上紧绷的肌肉好似粗绳。他靠着架好的横梁喘了口气，然后猛地一推，石梁又跌了下去。它砰地撞到地上，翻滚到几个年轻人的脚边，逼得他们连连后跳。他挑了挑眉毛，给年轻人下了战书。该你们了。

空地上方笼罩着诡异的寂静，仿佛连水滴也悬在了空中。终于，她丈夫朝她喊道："他们不过是穿得像男人罢了。这孩子他父亲和我把这块石头架起来的时候，这只还没出生呢。现在，库塔槃·那雅尔必须来给他的小牛犊收拾烂摊子，不过对他来说，搬这石头就跟捏牙签一样。"他转过身，背对着他们往回走。

年轻人弯下腰试图搬起石头，头顶的小辫被甩到了额前。他咬牙切齿，额头青筋虬露，刚把石头竖起来，肌肉却已脱力，他的朋友们赶忙冲上去撑住石梁，免得他被压扁。他想借势把石头扛起，它却在他肩上剧烈摇摆。三个人最后成功地把石梁放了回去，但一个个都东倒西歪、满身淤青，最高的那个肩膀上还流了血。这一切她丈夫都没看见。他怒气冲冲地走回她身边，神色严厉得让她害怕。他干脆地摆了一下脑袋，一并表达了对午餐的谢意以及他现在要回去干活的决心。她跑回了家。

坦卡玛一看到她的表情便让她坐下。"算那帮小孩运气好，他这是克制住了。"坦卡玛听到事情经过后这样说道。她这话并不能让人安心，新娘手里的水杯不停地抖。"末丽，别担心，他从来都不会无缘无故生气的，而且也不会生你的气。他永远都不会亏待你的。"坦卡玛伸出一只胳膊搂住她，"我知道，刚到一个新地方心里肯定害怕。我结婚的时候，我丈夫和我都才十岁，他就是个捣蛋鬼，我们互相都装看不见。我们只不过是一所大房子里的俩小孩儿，那里头反正有好多小孩儿。男孩子都坏得很。有一次，我看到他坐在木头上盯着小溪，我就悄悄走过去，把他推到水里了！"她的笑声特别有感染力，新娘的嘴角也忍不住上扬，"到现在了他还老喜欢提这一茬！是啊，我们那时候互相讨厌，但是你看,事情总会变的,别怕。"坦卡玛看着她,又认真地补充道,"我是想说,我弟弟就像个椰子,只有外面硬。你是他妻子,他关心你,就和坦卡玛关心你一样,懂了吗?"她试着去懂。从来都善于言辞的坦卡玛似乎也不习惯说这么多话。"你什么也不用做,不怕,时间久了你就都明白了。"

第五章　柴米油盐

1900年，帕兰比尔

随着坦卡玛离开，宅子陷入了一片寂静，仿佛沉入深水，几乎没有光线可以穿透。不安的乔乔不许继母离开他的视线，即便是晚上睡觉，他小小的手指也蜷在她的头发里。他们俩独处的第一个夜晚，她失眠了，不是因为隔壁房间丈夫的鼾声，而是因为这是她身边第一次没有躺着一个大人。他的鼾声虽然遥远，却令人心安，时不时地，鼾声会被咳嗽声打断，随后是一段沙哑的嘟囔，仿佛打盹儿的老虎被戳了一下。他会说梦话，说得比她来之后他对她说的加起来都多。她见过他和达摩达兰嬉戏的样子——大象已经神秘地离开，正如它神秘地来——她知道他也有天真的一面。不过，她唯一敢对他说的话，还是只有晚饭做好了。

白天，沙缪尔来了好几次，问她需不需要什么东西，听到她不需要还有些失望。他的关心让她感动。

"沙缪尔，有样东西我确实需要。"

"喔，什么都行！"

"纸，信封，还有笔，我想给母亲写信。"

他脸上兴奋的笑容逐渐消失。"啊。"显然，他不熟悉此类商品。即便如此，他从市场回来的时候还是给了她一个惊喜，从他头顶松垮的口袋里，他一脸自豪地掏出了好多信封、纸张，还有一支笔。

亲爱的阿嬷奇：

展信安。坦卡玛之前一直都留在这里。我适应得很好。我可以烧好几道菜。

她父亲死后不久,母亲就做不了厨房的主了,她总是哀叹,没能在女儿嫁人之前教会她做饭。

现在就只有我和乔乔了。他像我的影子一样跟着我。如果没有他,我对你的思念怕是更甚。他只有一处总给我添乱,就是我要给他洗澡的时候。

她第一次尝试时,乔乔极力反抗。但她还是往他头上淋了水,结果,他脸色忽地刷白,眼皮眨巴得像扑棱的蛾子,眼珠子在眼眶里乱转。她吓坏了,以为他要惊厥发作。她再也没往他的头上淋过水,而是改用一块毛巾给他擦脸擦头发。即便如此,每天依然逃不过一番战斗。现在她看出来了,帕兰比尔的男人和特拉凡哥尔的水处于战争状态。这件事她就不和她可怜的母亲说了。又或许,她已经知道?

我要怎样才能管好这个家呢?我怎样才能做一个更好的女主人?

她想把这句话抹掉,因为她母亲已经既管不了家,也不是家里的女主人了。她丧夫不久,大家族里对她的批判就开始了,她丈夫的弟弟和弟媳换了副面孔。她母亲现在可能就睡在围廊上,要被他们欺负、被当成女佣使唤。而与此同时,她的女儿在帕兰比尔吃穿不愁。安拉里的稻谷满得快要溢出来,上锁的钱箱里从来不缺钱币。

每天晚上祷告的时候,我都告诉自己:"阿嫲奇这会儿也在祷告呢。"这样我就觉得你近在咫尺。我好想你,但是我只能在夜里乔乔看不见我的时候哭。要是我把《圣经》带来了就好了。这里没有。我知道帕兰比尔很远,但是求你了,阿嫲奇,来看我吧,来住上几天。我丈夫不喜欢坐船出远门。如果你不能来,那也许我可以试着回去,但我得带着乔乔……

她想象母亲读着信,泪水滴落信纸,就和现在的她一样。她的脑海中,母亲将信折好塞在枕头下,和她仅有的其他物什一起收在铺盖卷里。可接着,在那画面里她看到一只手——她婶婶的——趁着母亲洗澡时,探进她的铺盖卷翻来找去。这个想法让她没有问母亲,现在家里少了张嘴,她是不是能吃得好些。她内心有一种想让那些偷窥的眼睛看到这些话的冲动,想让他们知道他们的灵魂有多么不堪,但是,这只会让她母亲的境况更加艰难。

回信在三周后经由那位主持婚礼的阿辰送来了。他每两周去一次戈德亚姆的教区办公室,顺便收寄信件。一个小男孩把它送到了家门口。信中,母亲对她的爱与吻倾泻而出,她说得知女儿在坦卡玛的教导下成为家中主妇,她颇为骄傲。在信的最后,母亲一反往常,严词劝诫女儿不可回家省亲,但也没有说明缘由。至于女儿请她前来帕兰比尔探望的殷切恳求,母亲也没有回应。这封信只让她对母亲的生活状况更加担忧。

坦卡玛的说教在她的头脑里东一句西一句地乱窜,好似松开的麻花辫。香蕉串的最下面一层永远都是偶数,上面一层永远都是奇数。如果有人偷走一只香蕉,坦卡玛就会发现。如果要保持数量规律不变,他们就得从每层都偷走一只香蕉,可那样就太明显了。但话说回来,谁会偷呢?注意观察——这大概才是坦卡玛的用意。而在这天早上,她并没能做到。她忽略了一只花斑母鸡急促的咯咯叫声,也没注意到它几次三番非要闯进厨房,只是嘘嘘地赶它。

"它要下蛋啦,阿嬷奇!"乔乔说。

乔乔刚刚叫她"阿嬷奇"?小妈妈?她胸中涌起自豪。她把乔乔拥进怀里。"我的小男子汉,没有你我可怎么办呀?"

她抓起母鸡,把它安置在食物储藏室的粮袋上,又给它罩了一只篓筐。黑暗中的母鸡气呼呼地冲她闹腾个不停。"对不起，你完事儿的时候我肯定竖起耳朵听着，我保证。"

他们很少有客人，她觉得很孤独。她有时做白日梦，幻想母亲从栈桥一路慢悠悠地走上来，送她一个突然造访的惊喜。这个景象她编织了太多遍，甚至一天要不由自主地往河的方向望上好几次。

她唯一正式见过的来客只有乔治和多莉，他们俩住在南边紧挨着帕兰比尔庄园的小房子里。他们是来看坦卡玛的，而且只来了那一次。乔治是她丈夫弟弟的孩子，就是那个骗走遗产的弟弟。他们的房子所坐拥的两英亩土地，是她的丈夫送给这位侄子的，因为到头来，乔治的父亲还是个穷死鬼，给乔治和他的双胞胎弟弟留下的除了债务什么也没有。她一下子就喜欢上了多莉珂查嬷。（多莉至少比她大五岁，所以她叫她珂查嬷。）多莉很漂亮，一双眼睛像小鹿。她文文静静的，从不急着说话，表情有种圣徒般的沉静。乔治则很活泼，是热衷交际的人。让新娘最意外的是，他竟然乐于跑进温馨的小厨房，扎到女人堆里，这是她丈夫绝对干不出来的。她觉得奇怪，为什么她丈夫能如此慷慨地施以侄儿援助之手，同时却并不怎么与他亲近。沙缪尔说乔治和檀卜朗不一样，不算是个好农夫，不过要是把她丈夫当标杆的话，怕是也没人能合格了。也许，乔治觉得自己配不上大伯的馈赠。

乔乔一刻也不愿和他的"阿嬷奇"分开，除非她要去溪边洗澡，或是乐此不疲地跃入栈桥附近的河水。乔乔总是在家焦急地等她归来，对他来说，任何形式的"洗澡"都仍是每天必经的一场搏斗。她喜欢自己沐浴的去处。溪水在这儿汇聚成一汪池塘，水深流缓，清澈见底。她能看到里面游动的小鱼，脚却几乎碰不到池底。楔形的浣衣石躺在岸边红毛丹树的阴影里，树枝上垂下毛茸茸的红色果实，仿佛一颗颗挂饰。

帕兰比尔的芒果要泛滥了。普拉雅沙缪尔和他的帮手搬来了一筐又一筐,厨房外的门廊上堆起了一座小山。装得满满的口袋被送去了普拉雅的茅屋、送给了工匠、送给了亲戚,可剩下的还是太多了。金灿灿、黄澄澄、粉扑扑的果子香甜而饱满,果香飘满了厨房。乔乔淌着果汁的下巴都泛红了。她捣了尽可能多的果浆来做糖浆和果酱。剩下的果浆她做成了泰拉——芒果干。她先把果浆混合糖和熟大米粉一起煮,然后把果糊平摊在一张房门那么大的席子上,再放到太阳下去晒。乔乔的任务是赶走鸟和虫。等它干了,她就往上再摊一层,干一层加一层,直到果干有大约一英寸[1]厚,可以切成条为止。看到她丈夫早饭和午饭后都要拿走一条泰拉边嚼边干活,她心里乐开了花。

她还会专门帮乔乔把生芒果切上几刀,掰成莲花的样子——这是她母亲教她的小窍门——再给上面撒上盐和红辣椒粉。乔乔把每一块酸辣的果肉都吃得一干二净,然后便噘着小嘴跑来跑去嘶嘶地吸气。他的嘴里火烧火燎,但还是央求着要再来一个。

他们的安拉——那个位于老房子正中间的没有窗的房间——造得就像一座堡垒。它的单开门有普通门的三倍厚,上面挂了一把巨大的锁,她手里有钥匙。屋子的门槛特别高(为了存放稻谷),她丈夫还能跨过去,她自己就得用爬的。一到里面,她的脚就陷进及膝高的谷粒里。她一周至少得开一次安拉,都是为了从钱箱里拿钱,偶尔才需要取出或是贮存稻谷。在安拉的正下方,从隔壁闲置卧室的小楼梯下去,是一间黑漆漆的散发着霉味的地窖。她的泡菜都存在这儿,放在高大的陶瓷坛子里。透过木板上镂刻的通风格窗,细小的光束照射进来。每座宅子都有屋内的鬼和屋外的鬼,而帕兰比尔的鬼她还不认识。她决心要和住在地窖的这位好好谈一谈,因为她有理由怀疑,这只鬼极度嗜甜。她觉得它就躲在角落,在那些蜘蛛网后面。它应该是个温柔悲伤的幽灵,也许还

---

1 约2.5厘米。

有些胆小，比起她提防它，它更提防她。"你想吃什么就吃吧，我不介意的，但是请一定把盖子盖好。"她勇敢地站在它面前说道。她本来还想再加一句，请别来打扰我，但就在这时，乔乔气恼的声音传来："阿嫲奇？你在哪里？要是玩捉迷藏，你得藏在我看得见的地方，不然不公平！"她忍不住咯咯笑起来。地窖密闭的空气中，一丝光亮闪过，她猜是鬼魂也在笑。直到她钻出来回到屋里，她才想到那个幽灵会不会是乔乔逝去的母亲。

当季风到来，乌云倾倒雨水，她激动难抑。在她父亲家里，她和其他孩子会给头发涂好油，拿上肥皂和椰棕刷踏进瓢泼的大雨，在从天而降的瀑布里兴高采烈。他们期盼季风与期待圣诞节一样热切，在此期间，躯体和灵魂都将得到洗涤。尘土和粘在茎梗上的虫壳被一扫而光，湿淋淋的叶片闪闪发亮。若是没有了季风，这片以绿为标识、以水为货币的国度也就不复存在。人们就算是抱怨水涝，念叨自己又犯了痛风或风湿，脸上也挂着微笑。

大雨从来不会阻挡任何人的脚步。她走到哪里，雨伞就跟光环似的跟到哪里，伞下的她光着脚丫欢快地踏进水洼，哗啦啦地溅起水花。沙缪尔用糖棕树皮给自己做了一顶挡雨的帽子，大片的水帘从他的头顶淌下。但是，雨水却以她百思不解的方式将她的丈夫禁锢住了，她也不敢打听缘由。渐渐地，她习惯了看到他一连几个小时，甚至是整天坐在围廊上，像个不被允许玩耍的孩子。他闷声不响，怒视着乌云，仿佛这样就能劝它们原路而返。他有乔乔陪他，因为乔乔和他一模一样。有一次，她丈夫正往回走，毫无预兆的狂风暴雨突然来袭，没有带伞的他被打了个措手不及。雨点似乎让他脚步踉跄，他双腿颤抖着跑向栖身之所，好像落在他头上的不是水滴而是石头。另一天傍晚，她看到他坐在井边洗澡，他总是先给身体一小部分打上肥皂冲干净，再洗下一块地方。他没看到也没听见她的出现，她想逃走，却被眼前他赤身裸体的景象钉在原地。各种情绪在她心里交集：偷窥的愧疚；强烈的想笑的冲动；好像反而是她没穿衣服的尴尬；还有看到她丈夫完全袒露而生出的痴迷。他看起来比任何时候都更强壮威严，虽然这种循序渐进的洗澡方式显得他有些幼稚。他吝啬用水的动作有种熟练的从容和优雅，但其中看不到一丝愉悦。

每天早上，当她重新唤醒炉子里的余烬，厨房都像一位毫无保留的姐妹欢迎她的到来，让她心中充满喜悦。现在她相信，这一切都是缘于乔乔善良的母亲保佑。地窖可能是她的魂魄最喜欢停留的地方，在那里，缥缈无形的灵能最近似地化作实体，但它也会飘到楼上来——或是被噼啪作响的炉火吸引，或是因为它听到了自己的孩子在和新的阿嫲奇聊天。要不然，新娘做的菜怎么能远远超出她的期望，毕竟坦卡玛的菜谱已经在她脑子里无可救药地糊作了一团？她总不能以为全都是入了味的陶锅的功劳。不，这是对她用心照顾乔乔的报答。她可以感知到，有一种与房子共生共息的存在，她知道，它把这里打理得很好。

第六章　成双成对

1903年，帕兰比尔

在她嫁来的三年里，她把厨房外屋檐下的廊道逐渐改造成了自己的小天地。她在这里摆了一张棕绷床，午饭后和乔乔在上面睡觉。平日里，她在这儿教五岁的小男孩认字。这个位置让她既能盯住灶上的锅，也能瞥见木坦里晒在席子上的稻谷。乔乔睡着的时候，她就坐在小床上一遍又一遍地翻看这座宅子里唯一的印刷品——一期老旧的《曼诺拉马报》。她舍不得扔掉这份报纸，要是没有它，这里就没有任何东西、没有任何文字能让她读上一读了。她已经懒得去苛责自己为何不把《圣经》带来帕兰比尔，相反，她把不满转嫁到了乔乔的母亲身上。一个基督教家庭，家里竟然没有一本圣书，真是匪夷所思。

乔乔翻了个身，她抬起头，刚好瞥见沙缪尔头上顶着麻袋从集市采购回来。他在她面前蹲下，把口袋里的东西拿出来，再把袋子叠起来收好。

沙缪尔拿托土擦着脸，视线落到了报纸上。"上面说的什么？"他用下巴指了指报纸，双手把托土展平甩到肩上。

"沙缪尔，你觉得打我上次给你念完以后，会有什么新东西自己爬进去吗？"

"啊，啊。"他应着。但在花白的眉毛下，他的眼睛和小孩子一样藏不住失落。

过了一周，沙缪尔从粮店回来时，一边清空麻袋一边像往常那样念叨，"火柴，两罐椰油，三根苦瓜，大蒜……四头，《马拉雅拉曼诺拉马报》……"他说着把报纸拿出来放下,好像这就是另一样蔬菜。当她惊喜万分地把报纸紧紧抱在胸前,他也忍不住露出了喜色。"以后每周都来。"见她喜欢,他自豪地说道。她知道,这事儿只有她丈夫才能办成。

那天上午晚些时候,她看到她丈夫坐在离房子不远的树上,离地却有十英尺[1]高。他背靠着普拉梧——波罗蜜树——的树干,一条腿搭在树枝上,嘴里叼着一根牙签。她有点想向他挥一挥报纸,传达自己的感激之情。她至今依然不理解,他为何宁愿选择一棵高入云端的栖木,也不愿躺进他那把查鲁-卡塞拉,把脚跷在长扶手上。他专属的那把椅子依他的体型而制,大得吓人,却被冷落在围廊上。她观察着高处的他,心想他的侧脸还挺英俊。在树下她看不见的地方,一个普拉雅说了些什么,她丈夫听到后扔掉牙签笑了起来,露出整齐坚固的牙齿。你应该多笑笑,她心想。他打了个哈欠,伸着懒腰挪了挪身子,她光是看着心里都一阵哆嗦。即便是这点高度,摔下来也是致命的。每次,当她发现他在远处的高树上,人小得就像是平滑的树干上长出了奇怪的小包,她都不敢细看。沙缪尔说,他是在制高点上阅读土地,规划灌溉渠往哪儿修建,新稻田在哪儿开辟。

每天晚上她端来晚餐后,她丈夫吃着的时候,她就给他读《曼诺拉马报》。他从来不会自己拿起来看。报纸点亮了她的光阴,对她心里深邃的孤独却无济于事,而她也羞于承认。坦卡玛原本答应会回来,后来却写信说她丈夫病得卧床不起,所以说不定什么时候还能再来。至于她母亲,季风来了三次又走了三次,可她们还未见到面!她母亲不许她回去,可即便她想回,一个年轻女子也无法独自踏上这样的旅程。而平时像只手镯一样贴在她身上的乔乔,则连船栈也不愿靠近,更别提上船了。她怀疑她的丈夫也是一样。

---

[1] 约3米。

这天她做完晚祷，与主攀谈起来。"能收到报纸我真是太高兴了，我丈夫显然是关心我想要什么的。我该跟他再提这件事吗？我不是要抱怨，可如果这家人信基督，我们为什么不去教堂呢？我知道您听过我说这些了，要是我母亲能来，我就去和她商量，不会打扰您了。"

也许是她喋喋不休的祷告得到了回应，母亲在沉默了好几个月之后，终于寄来了一封信。沙缪尔在去磨坊的路上会顺便去一下教堂，这次他是激动地双手捧着信回来的，因为他也知道这封信有多宝贵，他的兴奋程度几乎和她不相上下。

我亲爱的女儿，我的宝贝儿，看到你的信我的心都要化了。你都不知道我吻了它多少次。你堂妹碧吉要结婚了。我每天都去教堂凭吊你父亲、为你祈祷。我最珍贵的记忆首先都来自他，其次是来自你。我想说的是，珍惜这段婚姻中的每一天吧。尽妻子的本分，照顾丈夫，繁衍子嗣，还有什么比这些更重要呢？祷告时记得为我祈福。

后来那几天，她把信看了一遍又一遍，每次都像瞻仰圣物一般亲吻它。可无论她读多少次信，她的担忧都丝毫未减。她不愿接受生活的现实：女人一旦嫁出去，就是永远放弃了她儿时的家；而寡妇的命运，则是嫁到哪里就留在哪里。

墙上的日历——从报纸里裁的——看起来像是数学表格外加天文图，上面画了月相，标明了每一天不宜出行的时刻。现在，日历告诉她今天是大斋期的第一天，应斋戒五十五天，直到耶稣受难日。她将放弃食用肉类、鱼类、牛奶，今天她甚至粒米不沾。

这晚，当她丈夫坐下准备吃饭时，她在桌上放了一片现切的香蕉叶和一杯吉拉水。他用手把叶子抚平。她在心里把排练好的话术又练了一遍，正准备开口时，他的拳头却砸扁了香蕉叶的叶茎——咔！咔！——把她吓了一跳。他把吉拉水泼在油绿的叶面上，又大手一挥，把溢满桌面的水洒向了屋外的木坦。时机错过了。她默默端上米饭、泡菜、酸奶……然后，她捧着肉菜走近，想看看他会不会念及今天是斋戒的第一天，摆手示意不要。不，他早就迫不及待了。她凭什么觉得今年会不同以往？

在接下来的几天，她任何鱼肉都不曾沾唇。她怀念过去一家人相互陪伴着一同斋戒的日子，但如今的孤独只是更坚定了她的决心。

"你应该多吃点，"斋期过半时，沙缪尔对她说，"你现在太瘦了。"沙缪尔说这样的话有些僭越。"是檀卜朗这么说的，他很担心。"她觉得自己像是报纸里报道的那群在秘书处门口安营扎寨、绝食抗议的人士，依靠变得更虚弱以求被看见。

"如果檀卜朗这么觉得，那他应该自己告诉我。"

夜里，她磨蹭着做别的事情，没有按时祷告。最后，一直等到倦意袭来，她才蒙上头，面向挂在卧室东墙上的十字架站好。传统礼仪这样要求，是因为弥赛亚将从东侧进入耶路撒冷。她说不出祷词，一个字都说不出来。上帝难道感受不到她的失望？最后，她说："主啊，我不想一直请求。您看得到我前进路上的阻碍。如果您想让我去教堂，那您一定要帮助我。我只想说这些。阿门。"

坦卡玛曾说，从丈夫那里得到想要的东西的秘诀，是在做波罗蜜哈尔瓦的时候许愿。但打破僵局的不是哈尔瓦，而是她的伊莱奇-奥拉缇亚图。从早上她就开始烘炒香菜籽、茴香籽、胡椒、丁香、小豆蔻、肉桂、八角，用杵臼把它们舂成粉末，再把混合的香料抹在羊肉块上腌制入味。下午，她把洋葱煎至金黄，再加入新鲜的薄椰子片、芥末籽、生姜、大蒜、绿尖椒、姜黄、咖喱叶以及早上舂好的香料粉，煸香后放入羊肉。她熄灭柴火只留下余烬，揭开锅盖慢慢收汁，让每一块肉都裹上浓稠的深色酱料。那天晚上，她一面让乔乔去跟他父亲说"丘鲁-维朗比"——饭好了——一面把肉回锅，用椰油佐以新鲜的咖喱叶和椰子块一起煎。她端出羊肉时，焦香红亮的肉块还在滋滋冒着油。等不及她把羊肉舀到香蕉叶上，他已经把一块喂进了嘴里。他忍不住。

他吃饭时她安静地站在一边，但比平时更近一些。前几天晚上她已经把报纸给他读完了，得等新的一期了。突然，上帝赐予了她开口说话的勇气。

"羊肉还可以吗？"她问。她知道这道菜比之前的任何一次做得都要好吃。

字词离开她的唇边，像是从金迪长长的壶嘴里流出的水。她像旁观者似的看着它们倒进了他耳朵的杯子里，仿佛说话的不是她自己，而是另有其人。

正当她以为自己的鲁莽惹恼了他，他的大脑袋却左右晃了晃，表示赞赏。汹涌而来的喜悦让她想拍手，想跳舞。有史以来第一次，他吃完没有立马站起来用金迪倒水洗手，而是仍旧坐在桌边。

他听得到她咚咚的心跳吗？

乔乔一直躲在柱子后面偷看他们，听到她对父亲讲话，他大为震惊。他想说悄悄话，声音却太响了些："阿嬷奇，别告诉他！我保证我明天会洗澡的。"

她赶紧用手捂住嘴，但笑声已经扑哧溜了出去。

一开始，屋里静得可怕，而后却爆发出了最出其不意的巨响：她丈夫竟在哈哈大笑，声音洪亮得出奇。乔乔走到亮光下，一脸迷惑。等他醒悟过来发现他们是在笑自己，他气得直冲过来打她的腿，然后哭着跑开了，她都来不及拉住他。见到此景，她丈夫笑得更厉害了，整个人都仰靠在了椅背上。笑声让他变了模样，显露出她从来没见过的一面。

他伸出左手擦了擦眼睛，笑意仍挂在脸上。

之后，言语滔滔不绝地从她的口中冒了出来。她告诉他那天下午乔乔该洗澡时,她到处找他,最后却发现他藏在高高的波罗蜜树上,困在了普拉梧的树冠里。她丈夫明快的笑容还在,她继续说了下去:乔乔在学习字母和数字了,但她每次都得先用撒了辣椒粉的酸芒果贿赂他才行。不过她自己更爱吃沙缪尔今天买回来的那种大蕉……她发现自己越扯越远,便不作声了。蛐蛐儿的虫鸣乘虚而入,一只牛蛙也加入了合唱。

然后,她丈夫问了她一个在很久、很久之前也许就该问她的问题:"苏咔嘛喏?"你还好吗?

他直直地看着她。自打三年前的教堂里他出现在她面前,这是他第一次这样仔细地注视她。

她试图迎上他的目光,他的眼睛有一股强大的力量,如同他们结婚时那座教堂的祭台。她想起婚礼仪式中的一句祷词:如同基督是教会的头,丈夫也是妻子的头。

她突然明白了为何从他们婚礼那天开始,他就一直同她保持距离,一边缄默不语,一边却远远地照顾她的需求,确保她生活舒心。这不是冷漠,恰恰相反,他知道自己是最轻而易举就能令她畏惧的人。

她垂下目光,先前的口才消失不见。但她被问了一个问题,他还在等她回答。

她的腿脚有些发软。一种奇怪的冲动让她想走向他,用手指轻抚他抱在胸前的胳膊。这是对亲昵、对人类接触的渴望。在家里的时候,她每天都会拥抱、亲吻,母亲的体温每晚伴她入眠。而在这里,要不是有乔乔,她怕是要枯萎了。

她听到椅子刺啦一声被挪开,他是不想等她的答案了。她柔声说道:"我想我的母亲了。"

他扬起眉毛,似乎无法确定这话音是不是他的幻想。

"还有,如果能去教堂也不错。"她的声音大得不自然。

他看起来像是在认真思考这个提议,然后他拿金迪倒水洗了手,走下通往木坦的台阶,离开了。她的心收紧了。太蠢了,要求得太多了,太蠢了!

那天夜里,她等乔乔睡着后便回去打扫厨房,给炉里的灰烬盖上椰子壳,好让它撑到天亮。收拾完,她回到和乔乔共用的卧室,心情沉重。

地上敞开的金属箱子让她吃了一惊,里面是一摞叠放整齐的白色衣衫,想来是乔乔生母的。她带来帕兰比尔的全部行头,只有婚礼上的那身查塔和芒杜,外加三套替换的,无一例外都是明亮的白,这是圣多马派基督徒妇女的传统装扮。童年时期五颜六色的短纱丽和半裙都被她留在了家。她自己那几件查塔的肩部已经有些紧了,依稀看得出胸部萌发的轮廓,可这种无形状可言的服饰,原本是要表示那里什么都没有的。她现在习惯穿的,是坦卡玛留下的一套肥大的查塔和芒杜,旧得已经快磨烂了。箱子里乔乔母亲的查塔正合身。她端详着镜中的自己,看到身体的变化:她长高了,还胖了点。一年多前,她来了初潮。虽然母亲预先给她讲过,她还是吓坏了。她煮了姜茶缓解疼痛,依照印象里挂在晾衣绳上的月经带的样子,给自己做了几条。月经带洗好要晾干的时候,她用毛巾和被单打掩护。整整四天她都觉得不舒服,心不在焉,但还是要打起精神继续做事。她找不到人安慰自己,更没有人会陪她庆祝。即便到了现在,那四五天仍是艰辛的磨炼。

在箱子最下面,她找到了一本《圣经》。你居然一直都有本《圣经》,还不告诉我?不过这发现着实令人惊喜,她很快就把气恼抛诸脑后,不过等下次再去地窖,她可一定要好好说道说道。

周日到来,她惊讶地发现她丈夫穿上了白色的朱巴和芒杜,这是他结婚时的那套衣服。她平日里看到的他向来是赤裸上身,撩起芒杜下摆扎在腰间,左肩搭一条托土,与为他工作的普拉雅毫无二致。唯一能把他区分开的,是他人更高、更宽,说明抚养他的家庭食物充裕。他对沙缪尔喊道:"叫萨拉看一下乔乔,我们要去教堂。"

她赶忙飞奔回去换衣服。"主啊,等我到了您的居所再好好地感谢您。"

他们走陆路,朝船栈的反方向去。她紧紧抓着《圣经》,紧赶慢赶地跟着,他每走一步她都要跑两步。她太兴奋了,跑跳的双脚几乎都不沾地。不一会儿,他们走到了架着原木桥的小溪,木头上长满滑溜溜的苔藓。"你先走。"他说,她雀跃着过了桥。他跟在后面,紧咬牙关,每一步都小心翼翼稳扎稳打。一到对岸,他便撑着卸重石喘气,歇过来才继续上路。他们走路到教堂花的时间比乘船要多出许多。终于,他们穿过河上一座宽可通车的大桥。

看见人群接连涌入教堂,她已是心潮澎湃,尽管她一个人也不认识。"我在那儿等你。"他说道,他的手指向教堂墓园边上一棵菩提,树枝垂下的气根仿佛长长的胡须。她满心欢喜,也顾不得许多,仍旧往教堂里走,同时拉起了卡瓦尼盖在头上。她都忘了看到这么多信徒做礼拜是什么感觉,这么久以来她第一次体验到什么叫摩肩接踵。她终于是布匹的一部分,而不是一根被扯散的线头了。

男人都在左边,女人都在右边,仿佛中间有一道隐形的分隔线。圣体圣事的经文如此熟悉,她如获至宝地诵念每一句。当阿辰掀起圣器上的纱巾,布料在他手中微微颤动,她在那一刻感受到了上帝的存在,圣灵涤荡着她,一浪接着一浪,她几乎要飘离地面。喜悦的泪水模糊了她的视线。"我在这里!主啊,我在这里!"她默默哭泣。

礼拜结束,她来到室外,发现她丈夫正从墓园出来,神色凝重。兴奋的欢声笑语从栈桥与渡船那儿飘到他们的耳边。两人沉默着往回走。

"她走了五年了……"他突然开口,声音负担沉重的思绪。

乔乔的母亲。听到他这样提起她,她有种奇怪的感觉。是嫉妒吗?她是希望,有朝一日他也会以同样浓烈的情感提起她吗?她安静听着,生怕一说话就掐断了他的诉述。

"当一个孩子被夺走母亲,"他说,"你要怎么原谅上帝?"

他的句子与句子相隔很远,仿佛横跨了河流。这一回,当他们渡过原木桥时由他先走。站在对岸,他凝视着身着亡妻衣物的年轻妻子,仿佛这是他第一次见到她。

"她要是能看到我们该多好,"他仍旧站在原地,"我希望她能看见你照顾乔乔照顾得有多好,看见乔乔有多么爱你,她要是知道了一定会高兴的。我希望她能看到。"

这番赞美让她头晕目眩,手中更攥紧了原本属于他口中那位女子的《圣经》。她站得离他很近,必须努力仰起头才能看到他的脸,她觉得自己快要摔倒了。

"我知道她能看到我们。"她语气坚定。她可以告诉他为什么,但他不需要解释,只需要事实。"她在照料一切。我放太多盐的时候,她会拉住我的手,米饭煮得太久,她会提醒我。"

他眉头一扬,然后露出了如释重负的表情。他叹了口气。"乔乔都不记得他母亲。"

"没关系,"她说,"有她的祝福,现在我就是他母亲。他不需要记得,也不需要哀悼。"

他们一动不动。他低头看她,目光热切,她没有闪躲。她看到他身上有什么东西瓦解了,就好像紧锁的安拉被猛地推开大门,他身体构筑的堡垒豁然洞开。他的神情逐渐释然,依稀的微笑标志着经年累月的痛苦终于宣告结束。他重新上路时,脚步轻快了许多,夫妻两人并肩同行。

第二个周日,他提议她独自乘船去教堂——他不去,所以她无需绕远走路。他陪她走到栈桥,那里已经聚集了好些妇女和夫妻。当船夫将船撑离岸边,她回头望见她的丈夫站在一丛槟榔树之间,苍白瘦小的树干衬得他的躯干越发粗壮黝黑。他的根比任何一棵树扎得都要深，即便是达摩达兰也推不走他。

他们四目相对。船驶离河岸时，她留意到他的神情：那是悲伤与羡嫉。她同情他，一个无法走水路的人，也许这辈子都没有听到过船头冲破水流的声响，没有感受过追波逐浪的欢畅，没有被溅到过船夫撑篙激起的水花。他也不会知道一个猛子扎进河里的爽快，听不到入水时的咆哮与随之笼罩一切的寂静。所有水系彼此相连，她的世界无边无垠，而他站在自己的界限之内。

在她十六岁生日这一天，她听到厨房外一阵喧闹。孩子们兴奋地欢呼，挤在后门台阶边的鸭群嘎嘎叫着扇动翅膀，都忘了它们已被剪去了飞羽。哪怕不听粗重的铁链丁零当啷的声响，她也已经猜到是谁来了。果然，她转过身便见到一只古老的眼睛，它竟贴着厨房的窗户朝里张望。她笑开了花。"达摩！你怎么知道的？"她还从未有过这样奇妙的经历——她可以只盯着那只眼睛，不用分心去看庞大的身躯。她惊讶地注意到它乱蓬蓬的睫毛，还有花纹精致的肉桂色虹膜。瞬息之间，她看到了达摩的灵魂……它也看到了她的。她感觉得到它喜欢她、关心她，正如它在她嫁来的第一夜前来拜访时一样。

"等我一下，我有好吃的给你。"她在做敏-维维查图，这会儿正是关键的时候。她把马鲛鱼排放进陶锅，里头熬着火红的酱汁。辣椒粉赋予它鲜艳的颜色，煮透的红葱、姜、香料给予它黏稠的质地。但真正造就它独特味道的是藤黄果，又名马拉巴罗望子。她必须反复尝味道，小心地平衡酸与咸。如果咖喱不够酸，她就要加点藤黄果泡的水；如果已经太酸，她就得把藤黄果块捞出来一点。

庞然大物不耐烦地跺了跺脚，震得屋椽直掉灰。

"别闹！如果我的咖喱做砸了，我可要去找檀卜朗告状！"

她出来时，手里拎着一桶匆忙搅拌的酥油米饭。达摩的微笑让她想起乔乔最调皮的样子。来乞食的土狗凯撒激动地来回蹦跶，但它也留心着时刻跟象腿保持距离。达摩达兰捏住桶沿，像拿一只顶针似的把桶从她手中提起，将里面的东西统统倒进了嘴里。它用舌头沿桶边舔了一圈，然后把桶放在地上，用鼻子摸索有没有漏的。

乌尼骑在达摩的脖子上，两只光脚挂在它巨大的耳朵后面，看起来像一只被困在树上的猫。从象夫黝黑的麻子脸上很难看出他的愁容，但他粗浓的眉毛已经挤作了一团。

"你看！"乌尼指着木坦上的一片狼藉，"我想拽它去大树边那个老地方，但它偏不，非要先到厨房来。"

她伸手去摸达摩的象鼻子。"它是来给我过生日的，这里没人知道我生日，但它居然知道。感谢你来，我的达摩，愿上帝保佑你。"她忽然有些不好意思——她对自己的丈夫也没用过这样亲热的语调。达摩卷起鼻子，敬了个礼。

她在厨房拾掇停当，便去最古老的椰子树下找达摩，那是它固定的歇憩处。乌尼用链子把达摩的后腿拴在了一截树桩上，但这顶多只能算是提醒，束缚不了什么。达摩可以把它像树枝一样轻易折断，而且经常这么干。同往常一样，全帕兰比尔的孩子都跑了过来。消息已经传开，达摩回家了。蹒跚学步的幼童没有衣服，只有腰间系着金光闪闪的阿拉亚拉姆，他们毫不避讳自己的赤身裸体，但因为害怕达摩，只敢躲在大点的孩子身后。她看到了乔乔，他的胳膊搂着铁匠的儿子，两个小朋友都是六岁，但乔乔要高出一个头。她远远观察着他们，象和孩子都让她觉得有趣。

达摩把鼻子伸进水桶，喷了小观众们一身水。小家伙们兴奋极了，尖叫着四下逃散。等他们再聚拢起来，它又故伎重施。

达摩很讲究，它不像牛羊，不会在自己的象粪旁边吃东西。如果乌尼想让它待着不动，就得坚持不懈地铲走达摩达兰排出的所有产物。对乌尼来说，这是永无止境的工作，对年幼的观众而言，却是乐趣无穷。

"那是什么？"铁匠的女儿指着达摩肚子下面问道，那儿垂着一根粗粗的、弯曲的棒子，圆润的末端泛着苔绿色。这女孩儿今年七岁。"那也是象鼻子吗？"

"傻瓜，才不是。"她弟弟说，尽管年纪比她小一岁，他的语气却不容置疑，"那是它的小多马。"

男孩子们哄然大笑，什么都不懂的小宝宝笑得最响。

"呵！"铁匠的女儿气恼地反问，"可它也不小啊？要我说，它的象鼻子比那个奇怪的玩意儿更像它的小多马。"

孩子们都沉默了，各自思考着这个问题。弟弟回头去看金匠两岁的孙子。小家伙长着罗圈腿和滚圆的肚子，手指插在鼻孔里，一脸迷茫。其他人这会儿也都研究起了他未行割礼的肉嘟嘟的阴茎，还有末端皱巴巴的小口。然后，他们又对比着看了看达摩达兰的鼻子。

"可能确实是鼻子更像。"铁匠的儿子说道。

达摩的鼻子摇来晃去，仿佛是独立于大象本体的存在。它的动作果断明确，简直像人一样。达摩用前脚压住椰树叶的叶柄，钳子似的鼻尖抓住叶片一把扯下，干净利落。它卷起这束叶片在树干上啪啪拍打，把虫子拍掉再塞进嘴里。它咀嚼着，鼻子再次垂下，但紧接着它就像坐不住的调皮小男生一样，从乌尼的肩上抢走了毛巾，像挥舞旗帜那样舞动它，直到乌尼又把它抢了回去。

"要是我的小多马能像它的鼻子一样就好了。"她听到铁匠的儿子说，"那样的话我就可以伸它上去摘芒果，甚至还能摘椰子。"她看到乔乔在认真听，同时一只手悄悄地在两腿之间摸索。她捂着嘴溜到一边，一直跑到没人听见的地方，才笑得连腰都直不起来。

这天晚饭时，她把敏-维维查图盛给丈夫。他尝了一口，肯定地点了点头。马上就是第五个年头了，她却依然担心自己的厨艺。

"我做咖喱的时候达摩过来了，它还把眼睛贴在厨房的窗户上。"

他开怀大笑,乐得直摇头。"有酥油饭吗?我晚上给它带一点。"他的表情和乔乔央求酸芒果的时候特别像。

"但是它来的时候吃了一桶……"她说。

"哦,是吗?那……"

"不过我可以再做一点。"

这下他似乎满意了。他清了清嗓子。"达摩以前从来没去过厨房,说明它喜欢你。"他抬眼看她,眼神带着点害羞和挑逗。她放下报纸,转身去厨房准备酥油饭。

是,我知道达摩喜欢我,它可是来给我过生日的。它在想什么我都清楚,倒是你的心思我从来都不明白。

她拎着酥油饭回来,她丈夫却看也不看。他挑了挑眉毛,示意她坐下,然后把一只抽绳小布袋放在了她面前的桌上。她从里面拿出两只又大又重的金耳环。它们的外层精雕细琢,里面是中空的,要不然它们的重量可能会把耳朵扯穿。耳环的拧扣藏在一只金线花丝的罩壳里头。她盯着它们,简直不敢相信自己的眼睛。她,竟然是这对库努库的主人?所以,这就是金匠上个月动不动过来的原因?她从小就羡慕别人的库努库。这种圆环并不是戴在软软的耳垂上,而是要戴在耳朵上方的卷边,穿过像贝壳边缘一样逐渐变薄的地方。她需要先在软骨上打耳洞,然后用槟榔叶塞住洞口,让它一点点扩大到足以容纳这么粗的拧扣。很多女人平时只戴拧扣,当她们在特殊的场合接上大圆环,看起来就像是耳朵边上伸出了两只拢起的手。

她不像其他新娘有首饰陪嫁,她的全部家当就只有结婚戒指、婚礼上他戴在她脖子上的小蜜努,还有她五岁刚打耳洞时就戴着的两只小小的金耳钉。

她不敢相信他竟记得她的生日,以前那些年他从来没表示过。现在,她是那个说不出话来的人了。她丈夫从不读报,但作为农夫,他对

49

季节和日期的变换是再清楚不过。她听到远处传来叶子在树干上拍打的声音，是达摩在吃东西。她又一次开始怀疑，这身形庞大的两位难道是一伙儿的。

待她缓过神来，迎上他注视的目光，她的丈夫正微笑地看着她。然后他什么也没说就提着桶走了。今天晚上，他要睡在达摩旁边的小床上，乌尼则回家去陪妻子。

达摩在帕兰比尔的时候，大地随它的行走而震动。它吃饭的声音——枝条折断的咔嚓声、叶子粉碎的沙沙声——让她心里很踏实。但没过几天达摩达兰就回伐木场了，它和檀卜朗一样，工作的时候才最开心。它不在，帕兰比尔的静似乎更静了。

一天夜里，她正要沉入梦乡时，她丈夫突然出现了。她警觉地坐起身，以为出了什么事。他的身躯撑满了门框，挡住了屋外的光线，但他平静的表情让她安下了心。一切都好。他一手举着小油灯，另一只手伸向她。

她轻轻挪开熟睡的乔乔，握住他递来的手，他毫不费力就把她拽了起来。他们一同走出房间，她的手指仍旧窝在他的手心。牵手的感觉很新鲜，两人都没有松开。但是要去哪里？他们拐进了他的房间。

瞬间，她的心狂跳，她觉得自己咚咚的心跳声一定响彻橡梁，怕是要把乔乔都吵醒。血涌向她的四肢，仿佛她的身体已经知道将面临什么，即使她的脑子还在五步开外。在那一刻她还无法知晓，未来的她将如何珍惜每一个他无声出现带她离开的夜晚；她还无法知晓，尽管她现在嘴唇哆嗦，浑身颤抖，体内仿若冰窖，两腿发软无力，可以后当她再看到他站在门口伸手邀约时，心中涌动的将是兴奋与自豪，还有对他的渴望。

但眼下的她只有惊慌。她今年十六岁，对将要发生的事情有些大致的概念，虽说那些知识只是源于不经意间对上帝其他造物的观察……可她还没准备好。这事儿具体要怎么发生？就算她有心问这问题，她又能问谁？哪怕问母亲也很尴尬。

他温柔地引她坐上他的柚木床，躺在他的身边。她的畏惧没有逃过他的眼睛，他注意到她在颤抖，泪水几乎要夺眶而出，牙齿咯咯地打战。他没有说什么安慰的话语，只是把她搂进怀里，一只手从她枕下穿过，紧紧地抱住她，不松手，仅此而已。他们就这样躺着，躺了很久。

终于，她的呼吸平缓下来，他温热的身体让她不再颤抖。这就是《圣经》里说的那些？雅各与利亚同寝；大卫与拔示巴同寝……万籁俱寂。起初，她只能听到星辰低鸣。而后，一只鸽子开始在屋顶上咕咕叫唤。她听到黑头公婉转的三连音，听到木坦里依稀的拖曳声，轻轻的脚步声，一定是凯撒在追自己的尾巴。最后，还有某种鼓点似的声音不断重复，她听不出那是什么。忽然她明白过来：那是他的心跳声，那么响，几乎与她的同步。

聆听着含混而低沉的咚咚声，她的心放下了，它让她想起自己正躺在和她结婚已经快五年的男人的臂弯里。她回想起他对她默默的照顾，想起他给她订报纸，第一次送她去教堂，现在又每周日陪她走到栈桥。在这些关心她的举动中，在她说起乔乔或给他读报时他看她的骄傲眼神中，他都在间接表达对她的喜爱。而在那天晚饭时，他虽一言未发，却用一副珍贵的耳环说出了他的感受，这份礼物象征着她已是成熟的女人，聪慧的贤妻。这一刻原本可以出现在过去几年的任何时候，可他一直等到了现在。

过了许久，他抬起头来面向她。他歪着脑袋扬起眉毛，好像在提问。她明白，他是在问她准备好没有。事实上，她不知道。但她知道自己相信他，如果他带她来此，就说明他知道她已经准备好了。这一次，她的眼神没有闪躲，她迎上他的目光，注视他的眼睛，在为人妻的四年多里，这是她第一次看进他的灵魂。她点了点头。

主，我准备好了。

他撑起手臂趴在她上方，引导她接受他。第一下，尖锐的疼痛袭来，她咬住嘴唇，掩盖没能忍住的叫喊。他犹疑地停下，后退，她却将他拉到近前，把脸埋进他肩膀与胸肌之间下凹的弧线，藏起自己震惊的表情，她不想让他知道，她对现在的状况有多难以置信。在他握住她的手，带她来到这个房间之前，他们从未有过任何触碰，连不小心的都没有。牵他的手也好，躺在他怀里也好，她都不可能准备好面对这个。她觉得自己好蠢，怎么会想象不到，当初坦卡玛口中的"到时候自然就懂了"居然意味着对她身体的突破，意味着他要完全进入到她的体内。她觉得被所有那些没有告诉她实情的女人背叛了，她们明明可以让她有更多准备。她不能理解，为何在他异常轻柔的动作和对她无微不至的关心之后，伴随而来的却是与之矛盾的那一下刺痛与随即而来的隐隐不适。他反复的冲击越发猛烈，速度越来越快。这事儿怎样算是结束？她要不要做点什么？就在她担心他会不会弄伤她，想要叫嚷让他停下来时，他的身体僵住了。他脊背弓起，表情迷离，似乎有些痛苦——仿佛倒是她无意间弄伤了他。她起先是无知的参与者，现在是惊恐的旁观者。他试图屏住呼吸，却还是发出一声痛苦的呻吟……紧接着他浑身战栗，然后就彻底不动了。他筋疲力尽地趴倒，整个人的重量压在她身上，全身尽是湿漉漉的汗水。

她脑中一团乱麻，但她忽然欣喜地意识到，自己似乎已经活着挺过了这场磨难。她觉得这场景有点好笑，自己被压在那儿动弹不得，而他却瞬间如此无助。她不只是挨过了这一遭而已，她自己的身体、她在刚才所行之事中扮演的角色甚至夺走了他所有的力气，让他现在扎根在她的身上。到了这会儿，她终于渐渐恢复了思考的能力，才明白过来，自己已然跌跌撞撞地蜕变成了真正的女人。时间一分一秒地过去，他的身子压得她喘不过气，可奇怪的是，她不想让他离开，她不想失去这种充满权力和自信的感觉，她仿佛有了支配他的能力。

在后来的几年里，即使他出现在门口向她伸手的时机偶尔有些不巧，她也从不拒绝。因为在他温柔的拥抱和其后并不雅观的过程中，他表达的是他无法言说而她需要听到的，也是她此刻躺在他身下时才第一次领悟到的——她是他的世界不可或缺的一部分，正如他是她世界的全部。现在的她还无法想象，她在他的脸上看到的欢愉将来也时不时会是她的感受，或者她将学会用难以察觉的方式引导他去取悦她。此刻，她只觉得他充斥着她的身体，她快要被劈成两半，可这也是结婚以来，她第一次感到自己如此完整，如此圆满。

渐渐地，她感到他在她体内攥着的力量松懈了，终于，他翻了个身睡到了旁边，只留一条粗壮的大腿还搭在她身上。他的抽离使得她感到一阵刺痛。她被暴露了，她两腿间曾经对外界封闭的地方现在只剩下空洞。她都不认识自己这处最私密的部位了，感觉它似乎发生了永久的改变。有水从她的腿间流下，她想去洗澡，可即便身上一抽一抽地生疼，她却不情愿离开。她喜欢这种感觉，她丈夫熟睡着，无知无觉地躺在她身边，脑袋靠着她，手搭在她胸上，几乎和他儿子一模一样。

之后的日子里，她在晚餐时敢和他说更多的话了。她不只说家里的大事小情，还聊她的想法、她的感受，甚至诉说她的回忆，她不必再担心他会有什么回应。于他而言，聆听就是倾诉，他极致专注的样子简直就是文采斐然。很少会有人如此倾听，在他这儿却犹如家常便饭。在她认识的所有人里，几乎只有他是严格按照两只耳朵一张嘴的比例去使用它们的。她爱他，在此之前她甚至都不知道她还能这样爱一个人。在她看来，爱不是拥有，而是她原本身体的尽头仿佛在他的身上得到了延伸，她可以触及更远，更有自信，更有力量。然而，正如所有稀少而珍贵的事物，它也带来了新的焦虑，那就是失去他的恐惧。她害怕那颗心脏不再跳动的一天，那将是她的末日。

帕兰比尔的日子又回到了原本的节奏：饭要做，芒果要摘，稻谷要打，过复活节、过欧南节、过圣诞节……这套顺序她太过熟稔，已经成了她丈量时光的尺。在旁人看来，一切都如以前一样，但自那夜过后，丈夫与妻子之间的所有隔阂都已消失不见。

"主，谢谢您……"她在祷告时说，"我无需提及细节，毕竟，我在世间有什么事是您不知道的呢？但是我想问您，四年前我丈夫逃离祭台时，我听到您对我说'我与你同在'，那会儿您是不是也对他说话了呢？您有没有对他说，'回去吧'，有没有告诉他，'她是我为你选的那个人'？"

她沉默片刻。"因为我就是的，主，我就是那个人。"

第七章 母女连心

1908年，帕兰比尔

在她生命第十九年的一天早上，她疲惫不堪地醒来，沉重的忧郁压得她起不来身。乔乔在用椰树叶给她编一只小球，想逗她开心。"上下，上下，然后要下上，下上，你知道了吗？"他念叨着，完全不记得当初是谁教的他。他十岁了，已经比他的阿嬷奇还要高，她的年纪就快变成他的两倍，然而只要是他们俩单独在一起，他就好像又回到了幼稚的孩提时期。忧心的乔乔扶她去了厨房，可单单是吹燃炉烬这一个动作，就已经让她上气不接下气。

午饭过后她便回房休息，直到她丈夫冰凉的手放在她的额头上她才醒过来。窗外西下的夕阳吓了她一跳，她什么晚饭都没做，泪水瞬间涌出了眼眶。他给了乔乔一个眼神，让他出去。

怎么哭了？他用眉毛发问。

她只是摇头，可他坚持要答案。

"原谅我吧，我不知道我这是怎么了。"他的表情在说，他知道还有隐情。

自从他们圆房以来，她一向毫无保留地对丈夫吐露心声，唯有母亲的事她从来不说。要让他知道自己在嫁来之前的生活有多潦倒，她觉得丢脸。她十六岁那年曾大着胆子求沙缪尔陪她回家探望母亲。她让沙缪尔去请求檀卜朗的允许，檀卜朗答应了。叫沙缪尔替她去问，是因为她不想让丈夫陷入拒绝她的尴尬境地。她给母亲写了信，告诉她自己探访的日期。她暗自下定决心，如果去了以后发现母亲境况凄惨，那她就带她回帕兰比尔。至于她丈夫，她只能寄希望于他能懂，毕竟丈夫没有照顾岳母的义务。在她出发前两天,母亲的信到了,她断然拒绝女儿前来探访,称这只会让事情更糟。信中还说,叔叔允诺他们很快会一起到帕兰比尔来。当然,这事儿后来就没下文了。

"我很担心我母亲。"最后她泣不成声地说道。隐瞒已久的心事终于说出了口,她释然了。"我就是有种直觉,他们肯定在虐待她,说不定都不给她吃饭。我父亲过世后,叔叔待我们很不好。我母亲写信时什么都说,就是不说自己过得怎么样。我都能感觉得到,她日子肯定很难熬。"

她丈夫铁砧似的大手仍旧放在她额头上,脸上却毫无表情。

第二天,他和沙缪尔在她醒来前就已经走了,一整天都不见他们的踪影。直到夜幕降临,他们仍然没有回来。她焦虑得坐立难安。

第三天的下午,一辆牛车从船栈那里沿着小径摇摇晃晃地驶上坡来,一路蹭着两旁过于茂盛的木薯叶子。沙缪尔和车夫坐在前排,他的肩膀后面露出一个熟悉的身影正探头张望。

她都不记得她母亲的额头有那么高,鼻子有那么尖,过于消瘦让这两个特征更加明显。她头发白了,两颊因为缺了臼齿而凹陷,仿佛自上次一别已经过了五十年而不是八年。她步履蹒跚地下车,手里抓着几件微薄的行李:一本《圣经》,一只银杯,一卷衣物。母女两人紧紧相拥,她们仿佛互换了身份:这次是母亲回到了女儿安稳的怀抱,把头埋在女儿的胸口哭泣,不再掩藏这许多年的艰辛。

"末丽,"她母亲终于止住了啜泣,"上帝保佑你丈夫。我看到他来,还以为是你出事了。他四下看了一眼,马上就明白了。他说:'我们走。'末丽,我都觉得丢脸,你叔叔一点儿礼数都没有,连水都不给人家倒一杯。然后那个女人突然跳出来,说我欠他们的钱,欠他们……呼吸的钱吧,我猜。你丈夫就伸出一根手指,"她竖起手指头,像是在试探风向,"'一个字都别再说了,'他说,'这不是我岳母该过的日子。'

56

我头也不回就离开了那个鬼地方。"

沙缪尔兴高采烈地笑着,却也不忘数落她的女儿:"你怎么不早点给檀卜朗说?你母亲过得和教堂外那个乞丐一样!就只有围廊上的一个小角落给她铺席子。"

母亲羞愧地低下头,说道:"你丈夫送我们上了船,他说他走另一条路回来。"

她带母亲来到两人日后要一起住的卧室,看母亲端详每件家具:给她放衣物的阿尔米拉,写字桌,带镜子的梳妆台。母亲看到了镜中的自己,难为情地把两鬓的白发别到了耳后。她又领母亲到厨房,给母亲倒了茶后,便麻利地舂了椰子,从储藏室拿了鸡蛋,热了点鱼肉和鸡肉咖喱,又切了四季豆来炒,她边做边嘱咐沙缪尔,一定要吃了再走。"哦,我的孩子,"她母亲看着盛到面前的食物,泪水流下脸颊,"我什么时候见过肉和鱼和蛋放在同一片叶子上啊?"

晚些时候,母亲坐在棕绷床上看着她忙前忙后,伸手拦住了跑个不停的她。"别弄啦!我不要哈尔瓦,不要拉杜,我什么都不要了!快坐下,让我好好地看看你、抱抱你,我的宝贝儿。"看着母亲打量自己的样子,她知道自己变了很多,她已经不是母亲记忆中的那个幼小新娘了,她现在是乔乔能干的小妈妈,是帕兰比尔的女主人。母亲摸着女儿浓密的头发,怀念着给她梳辫子的时候。她捧着女儿的脸,对着灯光左看右看。"我的小姑娘,现在是个女人了——"突然,她母亲坐直了身体,盯着女儿两颊和鼻梁中间蝙蝠状的色斑,惊奇地扬起了眉毛。她瞪着眼睛大喊:"我的天哪,末丽!你有孩子了!"

她马上就知道母亲说得没错。也许她心里那样渴望母亲是有原因的,毕竟她自己就要担任同样的角色了。

半夜,她独自在围廊上徘徊,一边为重逢的美梦成真而喜悦,一边却忧心地祈祷。凌晨一点,她看到远方出现了一点光亮,那是一捆干枯的椰叶扎成的火把。

她向丈夫飞奔而去,仿佛几年未曾见他。她激动难抑,像孩子一样跳到他的怀里,两腿环绕在他滚烫的腰间。他赶了两天的路,浑身好似烧得正旺的火炉。他手里的火把被丢到一旁,掉在地上溅出几个火星便熄灭了。他抱住她,她如释重负地把头埋在他的脖颈。她默默祈祷,永远都别老去,永远都别离开,她知道自己要得太多。我的岩石,我的山寨,我的救主。

他在井边擦洗了身子。吃饭时,他的眼睛都快睁不开了。他回溯了一遍自己的旅程,她在掌心描摹他迂回的路线。他走了十八个小时,超过五十英里[1]。

他回房睡觉,困得连灯也没有拿。她跟着他跨过了他房间的门槛。平时如果不是他领着她,她几乎从不进来。她在他身边躺下,然后拉过他的手放在自己的肚子上,笑着看他。他迷惑不已,过了好一会儿,疲惫的脸上才浮现出恍然大悟,他笑了。她听到一声低沉的惊叹。他将她揽到身边,却又突然住了手,怕自己的拥抱太粗鲁。如果上帝可以赐她永远停留在某一刻,现在就是她想要的那一刻。

她听到他的呼吸逐渐沉缓,他熟睡的脸上仍带着欢喜,他的手也还放在她的肚子上,捧着他的孩子。躺在他胳膊与胸膛之间的那一隅神圣的港湾,她无欲无求。"主,原谅我。"她以为上帝没有回应她的祷告,但其实上帝对时间的概念和她不同,上帝的日历不是她挂在厨房的那幅。凡事都有定期,天下万务都有定时。

她不必责备自己为何不早些救出母亲。过去了就是过去了,她心想。往事不可追,唯未来可期。她必须向前看,同时心怀信念,相信上帝的规律一定会呈现。

这个曾经在祭台前颤抖、如今依偎在丈夫身边、现下又有了孩子的

---

[1] 约80公里。

女孩,她还想象不到,未来有一天,她将成为整个帕兰比尔家族的族长。她还不知道,假以时日,乔乔给她取的称呼将成为她当之无愧的名号,那是小家伙认识的第一个英文单词,刚学会就用在了她身上——他不是要笑她个头矮小,而是要向她致敬——那个词便是"大"。他叫她"大阿嬷奇"。她还不知道,很快她将成为所有人的"大阿嬷奇"。

第八章　直到死亡将我们分开

1908年，帕兰比尔

生下女儿后，她之前的人生便一去不复返了。她的躯体任由这个她深爱的小小暴君摆布。小东西会在她熟睡时粗暴地宣召她，不由分说地钻进她怀里，硬生生地从她的乳头吮吸出乳汁，她的胸部已经肿得自己都不认识了。

她几乎已经记不起那些只有乔乔和她的夜晚，他们是怎么搭着彼此的手脚入眠，乔乔又是怎么把手缠在她的头发里，生怕自己又做漂在河里的噩梦时她不在身边。那时候，她真的能眼睛看着灶上的三口锅，一只耳朵听母鸡什么时候下蛋，另一只耳朵提防沙沙的雨声，好及时去收晒在外面的稻谷吗？而在做这一切的同时，她还要给乔乔扮大老虎？现在，她几乎寸步不离安拉旁边那间老卧室，它是为了给她生产专门收拾出来的。她与帕兰比尔的联结因为这个女儿变得更加坚实，因为在这个孩子眼里这儿就是家，至少在她出嫁前都是如此。

在她坐月子的最后阶段，多莉珂查嬷不用人请就自己搬了进来，帮她做家务、照顾乔乔。多莉安静随和，从来不提她和乔治遇到的难处。原本，开朗健谈的乔治在他那一小方田地上应该能种出足够的椰子、木薯、香蕉供一家人的温饱，甚至应该还有盈余，但不知怎的，他们的生活捉襟见肘。沙缪尔说是因为乔治不会做计划，还爱耍小聪明，为了少干活不种大米改种小麦，结果发现小麦收成不好，买的人也少。乔治一定是知道自己让叔叔失望了，所以躲得远远的。但多莉不一样，每天早上十点宝宝吃了奶睡着以后，多莉珂查嬷都会给新妈妈的头发涂上发油，用加了香料的椰油给她按摩。大阿嬷奇连连道谢时，多莉说："当初我们一无所有,我还怀着第一个孩子,是你丈夫救了我们。乔乔的母亲那时就是这样照顾我。现在你让我出力,反倒是帮了我的忙呢。"多莉让她放心去小溪边好好洗个澡。"别担心,小末儿"——小婴儿现在还没有正经名字,只被唤作"小女孩儿"——"少你一会儿也不会掉块肉的。"

同时,她的母亲接手了厨房。那个从牛车上战战兢兢走下来的双颊凹陷、头发花白的老妇人,现在可以将尘封近十年的想法尽情释放,尽管她的精力已大不如前。

乔乔不明白为什么他的大阿嬷奇要和宝宝在一起待那么久,也不明白为什么宝宝睡觉的时候他不能发出声音。有一天早上,他实在是妒火中烧,就爬到了高高的普拉梧上,假装被困在了树上大喊救命,结果没人理他。他气坏了,爬下树,拿一条托土打包了他所有的宝贝,宣布要永远搬去多莉珂查嫲家。多莉和乔治任由着他,他们家的孩子在他们的席子旁边给他也铺了一张。就这样,乔乔在帕兰比尔之外度过了第一个夜晚,全程盼着房子在他离家出走的时候倒掉。

第二天,家里来消息说大阿嫲奇想他了,乔乔飞也似的跑回了家,但到了家门口,他又慢下脚步,装作是不得已才回来。他母亲一个劲儿地亲他,亲到他不得不卸下伪装。"你可是我的小男子汉啊!你不在我怎么去地窖里拿泡菜呢?只有你在,那里的鬼魂才会欢迎我呀。"她的小男子汉邀请了他的新朋友来家里做客,很快,木坦就回荡起小朋友玩耍的笑声,吵吵闹闹的,让她想起了自己的童年,那时候,亲戚和邻居家小孩的声音不绝于耳。谢天谢地,小末儿大部分时间都能呼呼大睡。偶尔,她照顾着小末儿的时候会听到有孩子号啕大哭。要是在以前,她定会忙不迭地去查看出了什么事,现在,她对自己说:"孩子会哭就说明还活着。"

一个月后,她搬回了自己的卧室,比起安拉隔壁那间她产子的房间里的床,她还是更喜欢地上熟悉的竹席垫子。小末儿睡在她旁边折叠了几层的毛巾上，乔乔和她母亲睡在她另一边各自的席子上。早上，每张席子都裹着枕头卷起，码在墙上的搁板上。

每天晚上，她丈夫会在洗完澡后出现在她房间的门槛前。她母亲如果在，便会借口说厨房有活然后离开。沉默的大山或许也会有只言片语，但一定是他和妻子单独相处的时候。他肱二头肌隆起，双手捧着裹住小小身体的布包，将属于他的婴儿抱在赤裸的胸前，而新妈妈则惊奇地看着他布满老茧的大手把小末儿一整个吞没。"你吃得还好吗？"她问。"好，'大阿嫲奇'，"他揶揄她道，"但你母亲做的伊莱奇-奥拉缇亚图不如你做的好吃。"他无意间奉上了一句让她欣慰的夸赞。

她回想起坦卡玛说她弟弟像椰子：外面是令人生畏的粗硬纤维，里面却是一层层珍宝。它的汁水能抚慰腹痛的幼儿，柔软的白色果肉是每一道马拉雅里佳肴的必备佐料，这些果肉晒成椰子干还能榨出椰油，剩下的油渣可以用作牛饲料，椰子的硬壳可以做成一把绝佳的达围，也就是长柄勺，而硬壳厚实的外衣晾干后搓成长条，就能编成椰棕绳。如果没有椰子，特拉凡哥尔的生活就会停止运转；如果没有她丈夫，帕兰比尔也就不复存在。可他却说她母亲的伊莱奇-奥拉缇亚图"不如你的好吃"，那是他在用自己的方式说，他想她了。

晚上，她把孩子哄睡，身上浸湿的衬衣散发着乳汁的味道。她心想，她丈夫会不会在哪天夜里她睡着时来找过她？他有没有试着摇醒她？还是说，看到她母亲和两个熟睡的孩子，他就停下了脚步没有进来？事实上，她也还没准备好。分娩的磨难还历历在目，她身上撕裂的伤口总算不再那么痛，但她的身体还在冒出其他奇奇怪怪的令人尴尬的症状，好在它们似乎都在随着时间流逝而减轻。她还需要好一阵子才能痊愈。每个月，她都会听到一些生产出了岔子的故事，什么有个女人大出血死了，或者是有个孩子生到一半卡住了，母子都命悬一线。"谢谢您，主，谢谢您让我安然无恙地渡过这一关。"她没有告诉主，自己想念与丈夫的亲昵，想念爬到他床上时的激动难耐，那时她的心怦怦直跳，他的心跳听着也是一样。"好吧，总不可能只要前因不要后果。"她说道，但她只是自言自语，有些事情上帝是不用知道的。

帕兰比尔的生息韵律总是踏着相同的步调，但也从不缺乏新的变化。这天乔乔兴奋地报告说，前一天夜里，乔治的双胞胎弟弟兰詹连同他的妻子和三个孩子，拉着他们世间的所有财物突然到这儿来了。大阿嫲奇都不敢想象多莉的窘境，她那间小房子要怎么塞进那么多东西。兰詹和乔治一样，父亲也什么都没给他留下。他原本找了一份不错的差事，是在库格的茶庄做经理助理。薪水还算丰厚，但住在波里贝塔山间让一家人备感寂寞。然后不知发生了什么事，教那妻子用绳子捆住她的丈夫，把他塞进马车，带全家人下了山，最后毫无征兆地出现在了乔治和多莉珂查嫲的家。这位妻子长着方下巴，是个粗壮女人，每次说话前习惯先挤一下眼睛。她看着有些凶悍，尤其是她还戴着一个巨大的木质十字架，那个尺寸似乎钉在墙上比挂在胸前更合适些。她随身带着的《圣经》紧紧攥在手里，好像怕别人抢了去。多莉的孩子私底下叫她"正经珂查嫲"，因为（据乔乔说）在她眼里什么都不正经。她不是在斥责孩子们已经犯下的罪孽，就是在批判他们将要犯下的恶行。

几天后，大阿嫲奇看到双胞胎前来拜访他们的大伯，两人像好朋友一样手拉着手往山坡上走来。他们长得一模一样，不过兰詹看着更老成一些。他和他兄弟一样，有种小男孩似的躁动，就好像他身体里转着一个古怪的机轮，牵动他的嘴唇、眉毛、眼睛、四肢不停地乱舞，连走路的姿势也怪怪的。虽然两人目前的境况不怎么样，他们脸上倒都显出不知哪来的乐观——这一点着实教人钦佩。他们在进去见她丈夫前，尽力表现出了严肃的样子，但他们再出来时却兴奋得不得了，像刚放学的男孩子一样又跑又跳。后来她得知，丈夫把一小块还未开垦的坡地转让给了兰詹，位置正毗邻乔治的耕地。他可能一听到侄子回来的消息就打定了主意，这样他对兰詹和乔治就一视同仁了。丈夫的慷慨令她敬佩，但他却不肯表现出同等的温情，也不会给侄子宝贵的忠告帮助他们过得更好。那不是他做事的方式。

乔乔报告说，双胞胎决定拆掉乔治和多莉的小房子，建一座两家共有的住宅，要用最好的木料和上等的黄铜管件——那正是这些年吃苦受累的多莉珂查嫲该住上的房子，不过这全靠兰詹和正经珂查嫲拿出了他们全部的积蓄。新房子的地基大部分都在乔治的地上，他那边有井，排水也更好。兰詹的地一部分给了通往新房的道路，剩下的基本都用来种植卡帕和大蕉。房子的两翼中间将是一间共用的厨房。大阿嬷奇不由得为多莉珂查嫲捏了把汗。

这座房子快容不下乔乔了。他不敢碰水，所以不能和别的孩子比试跳水或者游泳，但他统治了高空，树就是他的疆域。他的胆量和鲁莽都无人能及，猴子见到他在树上的灵巧劲儿都要自叹弗如。他能在高处的枝杈上蹦蹦跳跳，然后跃上相邻的树枝或是抓着藤蔓从树梢荡下来，再一个后空翻落到地上的枯叶里。最后这个特技让他成了更小的孩子眼中的王。

一个周二，在被雨水关了两天禁闭后，大点的孩子都跑到河边去游泳了，只剩幼小的娃娃来看乔乔爬上大树再抓着藤蔓飞荡。可他的手没能抓住湿滑的藤蔓，后空翻只做了一半。落地时，他的身子太前倾，惯性还在推着他继续往前冲，直到他脸朝下栽进了一条积满雨水的浅排水沟。水花四溅，小孩子们纷纷鼓掌，更让他们觉得好笑的是，乔乔居然不想站起来，而是继续在水潭里瞎扑腾，活像一条上了钩的鱼。小家伙们捂着肚子都快笑疯了。快看乔乔呀！他可真厉害！但是乔乔一直不肯起来，他们便觉得没趣，逐渐散开了。

"乔乔藏在水里不跟我们玩。"一个小孩跑去告诉大阿嬷奇。

她沉浸在给小末儿哺乳的宁静中，微微笑了笑。

几秒钟后,婴儿被她从乳头上一把扯下,宝宝的双臂倏地伸开,似乎想抵挡突如其来的下坠。她放下婴儿。"什么水?"她惊叫道,"指给我看!在哪儿?"小孩吓呆了,但还是指向了灌溉渠。她拔腿就跑。

她看到乔乔的肩背和后脑勺浮在水面上,湿漉漉的头发闪着光——每次给他洗头都跟打仗一样。她跳进混浊的沟渠,脊椎被震得生疼,渠底比她想象的还浅,水几乎都不到她的膝盖。她把他翻到地上,挤压他的肚子,污泥从他的嘴里冒出来。她哭喊着:"呼吸啊,乔乔!"然后她开始尖叫。"啊呦,乔乔!我求求你,你呼吸啊!"哭号刺破苍穹,传遍了方圆一英里。她听到脚步声踏着湿漉漉的落叶接连而至。她的丈夫跌到她身边,跪在地上。他捏他儿子的胸腔,压他的肚子。沙缪尔上气不接下气地跪倒在夫妻二人的对面,伸手去掏乔乔嘴里的污泥。他掏出来一捧,又一捧,可乔乔还是不肯呼吸。乔治抓住乔乔的脚踝把他倒吊起来,兰詹则上下摇晃他的胳膊,水涌了出来,但他还是不肯呼吸。兰詹把嘴贴上乔乔的嘴,往他的肺里吹气,乔乔倒挂着,两臂垂在耳边,像是一条被称重的鱼……但他还是不肯呼吸。他们把他放在地上,轮流往他的嘴里吹气,捶他的背,压他的肚子。她像个疯女人一样围着他们打转,扯自己的头发,难以置信地哭喊着,对他们大叫:"别停下!别停下!"然而,乔乔活着的时候犟,死了更犟,就是不肯为她喘上一口气,他父亲来了也没用,沙缪尔来了也没用,所有来了的人都没用,他就是不肯呼吸一口来免去他们的心碎。他们费的所有力气似乎都只是在玷污他毫无生气的躯体。最终,她丈夫推开众人,把儿子抱在怀里,呻吟着,颤抖着。

她意识到远处传来了尖厉的啼哭,哭声用尽了一双小小的肺的所有力气,而后它猛地吸了一口气,又是一阵号啕。她把小末儿忘得一干二净!如果你还会哭,说明你还活着。她后退着,视线不敢离开乔乔。她跑回屋里抱起孩子,撩起衬衣,把乳头直杵到了孩子脸上。婴儿被粗暴的动作惊到,哭得更响了。她盯着孩子的脸,看着她光溜溜的牙龈和一脸不满的丑陋模样。这孩子不知餍足地渴求她的奶头,让她油然生出一股厌恶。终于,小嘴吸了上来。

她把孩子抱在胸口,又跌跌撞撞地跑出去看她的乔乔。那个十年人生里有八年都和她形影不离的小跟班,她的小男子汉,这会儿被他父亲抱到了围廊的长椅上。男孩儿的肚子鼓得骇人。她哀恸的丈夫转过身,伸手撑着廊柱,像是要把它推倒,但柱子却是唯一能支撑他站立的东西。乔乔的脸上带着迷惑的表情。她在儿子身边蹲下,手搭在他冰凉的额头上哀号起来。小末儿吓得翻起白眼,狠命咬着乳头。主啊,大阿嫄奇心想,只要您把乔乔还给我,我愿意拿这个新生命来换。这念头一出,她顿感羞耻,这才恢复了一些理智。她伸手去拉她的丈夫,他仍旧抵着廊柱不动。他的悲恸与欢乐一样沉默。

第九章　在小事上忠心

1908年，帕兰比尔

"在地上淹死了"，她忍不住这么想。事情发生后，她一遍遍做着相同的噩梦：她头上顶着她的孩子、母亲、丈夫，重负压得她踉踉跄跄，可她一旦停歇就会沉入土地，泥巴灌进嘴里。好不容易走到卸重石那儿，石梁却躺在地上，毫无用处。她左看右看想找路人帮忙，却只有她孤身一人。

不知怎地，她挺了过来，只有这样，帕兰比尔才能挺过来。如果她父亲在，他一定会鼓励她"在小事上忠心"。什么都没能改变他的信仰，包括他自己遭过的罪。但她讨厌这一节，她对她的上帝感到恼火。"您在大事上都不忠心，教我怎么在小事上忠心？"

令她讶异的是，她对她悲痛中的丈夫也感到气恼。怒气在她的心里一点点积聚，就好像一只马蜂窝，一开始不过是木托梁上的一坨泥巴，但它不断变大，外壳上出现一个个洞口，很快里面就传出持续的嗡鸣。她祈祷自己的怒气可以消散。即使上帝辜负了她，她也还是祈祷，毕竟在这种时候，人类除了祈祷又能做什么呢？"我从没见他沾过一滴椰花酒，也没人敢说他贪婪或懒惰。他从未打过我，以后也不会动手。主啊，他不应受我的怒火，他也一样失去了孩子。我到底为什么会这么生气？"

她在他洗完澡后去了他的房间，孩子交给了母亲照顾。在晚饭前的这个时候，他一般都是半躺着，手搭在额头上，仿佛被洗澡这件事耗尽了精力。她注意到了他的这些习惯，但从来不知道它们意味着什么。

出乎她的意料，他今天没有躺着，而是挺胸抬头坐在床上，好像他知道她要来,并且鼓足了勇气准备应对一切。

"我得知道。"她言简意赅,站在他面前,她的视线和他在同一高度。他微微把右耳侧向她。她猜到了他听力不好,已经有一段时间了,只是他的沉默让症状不那么明显。她重复了一遍。他观察着她的嘴唇,看她还有没有别的要说。

但凡是个人都会问,知道什么?但他不会。她也不等他回应。"我得知道那个"——她烦躁地绞着手指——"那个'病'。"

就这样,她给它取了个名字,这至少是完成了第一步。她给了这个东西一个称呼,这个自打媒人来说媒,她就隐隐约约感觉到了的东西:家里遗传溺水的流言,建得远离河水的房子,他对雨水的厌恶,他奇怪的洗澡方式——这些毛病他们的儿子也全都有。那个"病"。在请教别人如何捕蛇之前,你得先知道它的名字。

他没有装作不知情,但他也没动。即使坐着,他也还是比她高,但她第一次觉得他们的年龄差距这么小。

"这是为了我们女儿好,"她说,"只有这样我才能保护她。这也是为了我们以后会有的孩子,托上帝保佑。我得知道你知道的。为什么乔乔那么怕水?而你,我的丈夫,为什么从来不坐船?这个'病',小末儿也有吗?"

他站起身来,高大的身影笼罩着她,她不由得心跳加速。他以前从没让她有过受威胁的感觉,她整个人都紧张起来。可他却只是跨到她身后,伸手从离天花板最近的搁板上,取下来了一只塞在上面的包裹。它用布包着,外面系了一圈绳子。他把布包举到门外,抖掉了上面的灰。

"这是她的。"他说道,仿佛有这句解释就足够了。他在她身旁坐下,解开破烂的粗麻布,露出里面精致的卡瓦尼布料。她闻到了旧日的时光,闻到了另一个女人的气息,那个味道偶尔也会出现在地窖里,在他第一次带她去教堂时给她的那箱衣物上也有。是乔乔的生母。这包东西最上面是一只半透明的小棉纱袋,她看见里面有一只婚戒,还有一枚蜜努——圣罗勒叶形状的小金坠子，上面还有金珠组成的十字架。他曾在婚礼上把它系在已故妻子的颈上，就像他们结婚时给她戴上她的蜜努一样。

他把棉纱袋拿开，递给她一张小方纸，是乔乔的洗礼记录。看到这个，她愧疚得心如刀绞，好像这一刻是她在向乔乔的生母告知她儿子的死讯。她忍着不让泪水流下。她不敢去看她的丈夫。她的怒气消散了。

这时，他的大手掏出一叠纸卷。纸张边缘皱皱巴巴的，边角上是衣鱼啃食的痕迹，纸面则被窃蠹咬出了月牙形的孔洞。他小心翼翼地展开脆弱的长卷，那似乎是一幅巨大的地图或者图表，由很多张纸沿长边粘贴而成，但用作胶水的米糊对衣鱼来说等同于美味佳肴，基本上已经被吃干净了。他把它铺在两人的腿上，上面的字迹已经黯淡，再过几年，这些纸张就会化作尘埃。

纸上是一棵树。粗壮黝黑的树干歪歪扭扭，枝条上有几片树叶，树叶有名字、日期、附注。她记得父亲画过类似的族谱，那时她坐在父亲的腿上，听他娓娓道来："马太给我们记录了耶稣的家谱，从亚伯拉罕开始到大卫共有十四代，然后从大卫到巴比伦因禁又有十四代，从流亡到耶稣降生又有十四代。"她父亲认为马太一定是漏掉了两代人。"他是个税吏，他就是喜欢把十四重复三遍显得工整，但它肯定是不精确的！"

她腿上这棵树并不工整，但它精确到了极致。她立马就明白，这里记录的正是那个摧残帕兰比尔家族的痼疾。但不同于马太的福音，这是一份藏于橡梁之间的秘密档案，只有家族成员才得以阅览，而且还要等到他们不得不看的时候。所以她是要经历丧子之痛，才有权获知这些吗？她可是和这个男人生了个孩子啊！他们有血脉的纽带，他却对她隐瞒了这一切。

她把油灯举得尽可能更近。有个新一些的笔迹记录了乔乔的出生，一定是乔乔的母亲写的——为什么她可以看到这张纸？她是已经知道

"病"的存在，所以问他了吗？还有另一双执笔的手，颤颤巍巍的，从马拉雅拉姆语字母的圆圈、弧线和竖线的阻滞中，能看出来记录者已是年迈。这位很是勤奋，写了很多条。也许是她丈夫的母亲？或是他的祖母？在这之前还有另一个人，再之前还有。图录中还夹着古老粗糙的小纸条。

他的视线越过她的肩膀向下瞥去，双拳紧握。

她把写有乔乔名字的枝丫当作锚点，看出帕兰比尔这一支往前可以追溯七代（不算小纸条），往后是两代。她觉得自己踏进了未知的死水，历史如同氤氲褪色的墨水和折皱的纸张一样晦暗不清。这家祖上出过几位奴隶贩子、两位杀人犯，还有一位叛教的神父巴忒罗——上面就是这么写的。她读着某个名字边上的一段话，"和他叔叔一样，但是更年轻"——她努力辨识紧紧挤在一起的小字——"所以从未成家"。在她丈夫三代前，一位"帕帕辰"旁边的附注说："他的父亲撒迦利亚也在四十岁后出现耳聋，闭眼时行路不稳。"一张纸条上写着："男孩比女孩更常遭难。尤其注意精力旺盛的孩子，他们勇敢无畏，只是怕水。待他们被带到河边，各位母亲自会明了。"

他们说的正是乔乔。这是哪一位母亲写下的警告？

她的视线回到族谱上那棵大树，看向一个在树杈上一再出现的符号。

"这个奇怪的十字架下面的波浪线是什么意思？"她问。

"这不是字吗？"他柔声说道。

她转头看他，彻底惊呆了。这么久以来，每天晚餐时都是她给他读报，从没见他自己看过报纸。她以为他是懒得看，结果他竟然不认字！她怎么会到现在都不知道呢？他的问题那样单纯，让她想起刚来时见到的乔乔，她的泪水又要决堤了。

她摇了摇头。"不，这不是字。"他说："那它看起来就像是水，加一个十字架。"

她对丈夫刮目相看。他是文盲，但他一眼就看明白了那是什么，清楚得像是观察树干上霉菌的粉末。"没错，"她轻声说，"这是水上的十字架，说明他们死于溺水。"

他问："珊塔玛在上面吗？她是我父亲的姐姐。"她找到珊塔玛，指给他看，水上的十字架画在她名字旁边。"我出生前她就淹死了。"

是哪一位悲痛欲绝的母亲想出了这个符号？在油灯摇曳的火光下，波浪线上的十字也像一棵光秃秃的树，立在新起的土丘前：这是一座坟墓。

"每一代都有人死于溺水。"她说着，手指追随着字迹。有些十字旁有注释，她念出声来："湖……小溪……庞巴河……"

她丈夫抬了抬下巴，指向他们的痛心之处。"灌溉渠。"该由她来写下这几个字。

媒人对"病"知道多少？她母亲和叔叔呢？他们是知道但没有告诉她吗？还是他们觉得这是天方夜谭？但不管怎么说，她丈夫都是知情的。她不想对她的爱人心生恨意，但她必须得把话说明白。

"我真的希望你能早点告诉我，"她说，"那样我们就能保护好乔乔，不让他荡秋千，还爬那么——"

"不！"她丈夫怒声喝道，吓得她差点弄掉了手里的族谱。他站了起来。她见他冲别人发过这么大的火，但冲她还从来没有。"不！我母亲就是那样，把我关在家里，像囚犯一样。我只不过是想跑，想跳，想爬树。我母亲过世以后，坦卡玛和我弟弟们也不让我出去。我看这张纸的时候，就只能看到曲曲绕绕的笔画，"他说着，伸出手戳着族谱，"你知道是为什么？她从来都不让我上学，就因为学校在河对岸。哪怕我只是在岸边走她都不让。我现在知道了，不管去哪儿都是有路的，只是要走远一点罢了。我的姐姐弟弟遇水都不会出问题，他们就能去学校。有一次,我离家出走,然后我弟弟和坦卡玛就把我锁了起来。他们说是因为他们爱我!但那是因为他们害怕,他们无知!"他的语气缓和下来,"我母亲和坦卡玛是好意,她们想保护我,和你想保护乔乔一样。但结果是害我变得不堪一击。我弟弟骗了我,就是因为我不认字。"他在屋里来回踱着步子,"相信我,我和乔乔不用人说,也会离水远远的。就算我们不会游泳,我们也能做别的事情,我们能走路,我们能爬高。你以为失去了唯一的儿子我不难过吗?但如果一切能重来,我什么也不会改变。乔乔不需要被拴在绳儿上。我儿这辈子虽短,但他活得像只老虎,他爬得高,跑得快,这足以弥补他做不了的那一件事情。"他哽咽了。平复了一下之后,他继续说道:"我没有隐瞒,我以为你知道,至少你叔叔肯定知道。如果你之前不知道,那我很抱歉。如果你问了我,我会告诉你的,但我不可能像个癫子一样摇着铃铛昭告天下。这是我的一部分,就好像金匠他老婆脸上有天花留的疤,陶匠他儿子长了马蹄足。这就是我,我就是这样的人。"

她忘记了呼吸。他这一晚上说的心里话比他们结婚八年说的都多。每一个他——男孩、父亲、丈夫——都在一同愤怒,一同悲伤。

他的神情柔和起来。"你可以嫁得更好的。"

她去握他的手,他却把手抽开,走出了房间。

她的脑子里一团乱麻。到现在为止,还没有迹象表明小末儿怕水,但即便她没有"病",她的人生也已经有了污点,她能把坏掉的种子传给下一代。

她的手颤抖着记下了乔乔生母亡故的年份。接着,从她丈夫的名字开始,她画了一支新的树枝。她写下自己的名字和她结婚的日期,又让他们的结合生出另一根枝丫,在上面写下"小末儿"。她会在小末儿满六个月前带她去洗礼,等那时候她再来记录她的教名和生日。小末儿结婚以后,她的名字后面又会长出多少枝丫呢?"主,现在我也是这里面的一分子了,"她说,"这'病'是他的也是我的,我怎么能把问题都推给他呢？"

她在乔乔名字下面写上了他离世的年份，然后画了三条波浪线，因为她的手指在抖，画它倒很容易。乔乔那么努力地想要逃避这个元素，最终却还是因它而死，这是多么残酷，又是多么冤枉。在波浪线上方她画了十字架，它好似各各他山上的一棵树，三个端点各自分叉，让人联想起圣多马十字，却也像被修剪得光秃秃的树杈，张着利爪撕扯天空。现在，她陪乔乔的母亲一起心碎。我知道他是你的孩子，但他也是我的孩子，我们在一起的时间更长。我是那么爱他。她的笔尖摩挲纸面，艰难地在细小的空当里塞下马拉雅拉姆语圆润的字形、弯曲的收尾和回旋的笔画："溺亡于灌溉渠。"她的脑海中浮现出乔乔年幼时的画面，他一嘴豁牙冲着她笑——要是她把那些乳牙留下来了就好了，那样她至少还有个念想！他总是吵着闹着要用它们种出獠牙，事后又想不起埋在哪里。

写完后，她盯着长卷——水之树，也许可以这样叫它。这个"病"是一种诅咒还是疾病？这两者有区别吗？她知道有家人家的孩子骨头易断，眼白泛蓝。他们长大以后病症就消失了，看着与常人无异。可后来，一对堂兄妹私奔远走，他们的孩子从子宫出来的时候就骨折了。出生第二年，那孩子胸骨塌陷，脊柱扭曲，腿向上翻折像只青蛙，不到三岁就死了。

她把纸张重新卷好，用丝带替换绳子把它扎牢。她把水之树拿到自己的房间，它现在是她的了。从今往后，将由她负责修缮、保存这份族谱，她会给它增添附注，再传给下一代。

晚上她给他盛饭时，他避开了她的目光。她母亲做的是咖喱蛋，酱汁深红浓稠，白煮蛋上切了三道口子让调料入味。她母亲的眼睛红红的，但绝口不问她丈夫紧闭的卧室门后传出的叫嚷。

那一夜，母亲与女儿共同祷告。"愿在世的与已故的一齐呼求：'祝福已经来到的、将要来到的那位，他将叫人从死里复活。'"

她摘下头巾,和小末儿依偎在一起,乔乔本该在的地方空落落的,她觉得她有资格和上帝坦诚直言。

"主,也许您不愿治愈它有您的理由,我也领会不了,但如果您不想治或是您治不了,就请赐予我们能治好它的人。"

第二部

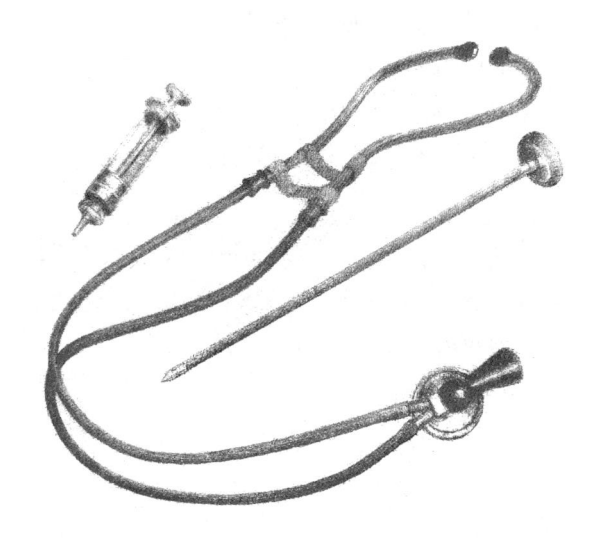

第十章　桌板背面的鱼

1919年，格拉斯哥

每周六，迪格比的妈妈都会带他去欢乐剧场，格拉斯哥最好的剧场。许多年之后，当他回忆起那些下午，他总会觉着鼻子痒痒的，仿佛又闻到了座椅上散发的杰伊斯牌消毒水的味道。但那种刺鼻的清洁剂从来也掩盖不住地板和墙壁渗透出来的陈腐烟味。

售票员约翰尼低头盯着地板，看到的却再也不是当年打职业拳击的擂台。他已经懒得唠叨十岁的小男孩儿不该来看表演秀。午间场的大幕由舞女拉开，迪格比的妈妈总是用手挡住他的眼睛，直到第二个节目魔术师上场才松开。迪格比眼前的重影却要到再下一个节目才能散去，一般不是吞剑就是杂耍。

中场休息后，观众已是几大品脱烈酒下肚，叫得更响，脾气也更坏。手卷烟的烟气缭绕，比克莱德河的晨雾更甚。喜剧演员打扮成格斗士登场，只不过挥舞的不是钉头锤而是香烟。只消八分钟，烟屁股就会烫到他们的手指，节目也就得落下帷幕。不过大部分时候他们不到五分钟就会被嘘下台。

迪格比的妈妈全程都板着脸，她的思绪在很遥远的地方，她那样子总是让他担心。她是在怀念自己身处那个舞台的时候吗？她放弃了剧场生涯，也许还放弃了出人头地的机会，因为她怀上了他。或者她想起了那个她在这儿遇见的后来毁掉一切的男人？迪格比仔细观察着台上的演员。他从来没见过他父亲，但反正阿奇·基尔戈当年应该是跟着一群混混，从一个镇子游荡到另一个，在每个城市泡差不多的酒吧（在格拉斯哥是"萨里·海德"），见到酒馆老板的脸比自家的小崽子都亲切，晚上也总睡在差不多的剧团旅馆，比如"麦太太之家"。迪格比的妈妈有一次告诉他，阿奇·基尔戈曾经把一条腌鲱鱼钉在了餐桌桌板的背面，就因为麦太太不让他赊账。迪格比问，为什么要钉在桌板背面。"动动脑子啊，迪。东西臭在那旮儿是不是永远都找不着？那家伙就那样，把他看得再扁都不够，他脑袋上戴个高帽都能从蛇肚子底下出溜过去。"

有人说阿奇上了开往加拿大的船，有人说他就没离开过，阿奇·基尔戈最大的本领就是玩消失。迪格比只知道，他是一个会把鱼钉在桌板背面然后一走了之的人，他把迪格比钉在他妈妈的子宫里然后也一走了之。迪格比猜他一定有很多同父异母的兄弟姐妹，他想象着他们分散在混混路线上的其他小镇里：爱丁堡、斯特灵、邓迪、邓弗里斯、阿伯丁……

振奋人心的压轴节目总是那曲《每个士兵都会有一个女孩》。直到他们走出剧场，迪格比的耳朵都还在嗡嗡响。他觉着有些飘飘然，仿佛比空气还轻。他只希望老妈也能有这种感觉。

迪格比想象不出，还有什么能比生在这个时代更令人激动。怀特兄弟在1903年发明了第一架比空气更重的飞机，但苏格兰的每个小男生都知道，不久之后巴恩韦尔兄弟就在堤道角干成了一样的事。他做梦都想驾驶一架双翼机，变得比空气还轻！那样他就可以带他老妈飞过格拉斯哥，飞得远远的。他会让她露出微笑，他会让她自豪。

每周三，他们俩都要享受一把周中的奢侈——去加洛盖茨大街吃晚饭。迪格比等着她轮班结束和几千名"胜家"工人一起涌出工厂。新教佬总是最先出来，然后才是他母亲这样的天主教徒，他们拿的钱最少，干的活最苦。她的上司是个新教佬，也是流浪者的球迷，理所当然。格拉斯哥和大部分的苏格兰城市一样，被宗教狠狠地劈成了两半。他的外祖父母随爱尔兰大饥荒的移民潮流落至此，城市东区自那时起就逐渐变成了天主教的大本营（也成了凯尔特人足球俱乐部的发源地）。

迪格比喜欢仰头盯着六层楼高的方形钟塔看。工厂大楼就在钟塔的两侧，它们如火车般向两边延伸出一英里[1]长。这座塔楼是格拉斯哥有名的地标建筑，每一面都有重达两吨的巨型钟表，每面表盘上方都写着巨大的"胜家"两字，从城市的任何角落都能看见。迪格比还不会写自己名字的时候就已经会拼"胜家"了。站在这么近的地方仰望它，迪格比觉得自己面对的就是上帝，上帝的名字就是"胜家"。上帝有它自己的火车和车站，可以把零件从铸造厂运到海伦斯堡、邓巴顿或者格拉斯哥。上帝每年能源源不断地吐出一百万台缝纫机，雇用的员工有一万五千人。上帝让他妈妈有钱挥霍在迪格比的画纸和水彩上。上帝让他妈妈和他能从姥姥家搬出来自己住，想怎么闹腾就怎么闹腾，只要他们开心，每天晚饭都能吃果酱，他们也确实吃得很开心。

成百上千双靴子走下工厂的台阶，靴底的平头钉踏响隆隆的轰鸣。很快他就找到了妈妈，一头红发，很漂亮。男人们看她的眼神总让他气鼓鼓地生出保护欲。"滚！我受够男人了，迪，"有次她甩掉了一位追求者后说，"就是一张吃饭扯谎的嘴，别的啥用都没有。"

她走向他，脸上没有笑容。"他们把组装工裁到只剩十来个，我们这帮子全得卷铺盖走人。啊憋不住了，连尿尿的时间都没有。都是因为那啥'工业效率'！"这天他们没有下馆子，取而代之的，是妈妈的工友围坐在她的餐桌边制订罢工计划。迪格比听到他们说上帝——伊萨克·胜家先生——其实是个魔鬼。上帝一夫多妻，跟好多老婆和情妇生了二十几个孩子。听起来，上帝很像阿奇·基尔戈。接下来那一周，他妈妈每天晚上都忙着开会召集支持者，每次都深夜才回家。她眼里闪着光，人却苍白而疲倦。

* * *

他在切晚饭的面包时，听到楼梯上传来了她的脚步声，比往常早了

---

[1] 约1 600米。

太多。他有种不祥的预感。"他们给我开了,迪,把你老妈给赶出来了,他们找着由头了。"如果她指望朋友们为她罢工抗议,那她要失望了。而且,因为她不是在职员工,罢工基金也不给她发补贴了。

没有办法,只能搬回姥姥家。姥姥是个肠胃容易胀气,整天疑心自己生了什么病的人,她只要听到教堂钟声就得画个十字,迪格比在她嘴里名叫"狗杂种"。迪格比和妈妈睡在前厅里——没有果酱了,有时候面包也没有。他早上上学时,妈妈头上还蒙着被子,晚上放学时,她还是蒙着被子。她了无生气的眼睛让他想起布里盖特鱼市的冰面上躺成一排的黑线鳕鱼。"欢乐剧场出来的能是啥好玩意儿。"姥姥冲她女儿得意地说道。

小孩的世界就是这样崩塌的。放学回来的路上,高塔上的四眼怪兽盯着他的一举一动。他的脑海中不再奏响舞台上的歌曲。他和妈妈是不速之客,硬挤进了"假清高还多事儿的老太婆"的这间充斥着棺材臭气的房子。这是他妈妈的口头禅。

到这间小破公寓上门看诊的医生说他妈妈是"紧张性综合征"。她稍微振作一点,迪格比就陪她去工厂,再去会计室,再去药店。工作,不管是什么工作,都有疗愈效果。但她脸上几乎就写着"红毛芬尼亚刺头"[1]几个大字,卖肉的就是这么叫她的。她有力气的时候会去打扫房子——她自己就是病号,倒被雇用去照顾别的病号。

冬天太冷了,迪格比在屋里也得戴着帽子,但他要写作文,不得不脱了一只手套。姥姥在她女儿耳边唠叨个不停。"甭在家杵着呀,家里煤也用完了,吃的也见底儿了。你出去讨去啊,卖去啊,你不就这么沦落到今天的吗?"

* * *

她被开除七年后,他们还是住在姥姥家。放学后,他总是出于习惯

---

[1] 芬尼亚(fenian)是辱骂爱尔兰天主教徒的脏话。

守着他妈妈，坐在她身边，拿着邻居送他的沾了水渍的账本画速写。他用笔墨勾勒出了一个丰富的肉欲世界。有穿高跟鞋的漂亮女人，她们的小腿化作诱人的立柱；有肩部瘦削、臀部饱满的女人，戴华丽的帽子，穿皮草短外套。某几张里，衣襟之间挤出一只浑圆的乳房。报纸上的广告是进一步润色身形的绝佳参考。眼睛他是画得越来越好，虹膜之上的一小块方形的反光为他的造物赋予了生命，让它们得以凝视她们的造物主。等迪格比发现邓巴顿路上的克莱德班克图书馆有一本解剖学课本以后，他画的女人开始有透明的皮肤，露出她们的骨骼和关节。不管人类可以多么令人失望，骨骼、肌肉、内脏却都是恒常确定的，一想到这他便觉得安心。一座不会变化的内在建筑……除了"外生殖器"。女人的私处和他以为的相差甚远：一丛毛茸茸的小丘，然后是继续掩藏一切的唇形入口，留给他无尽的疑惑。

　　他妈妈曾经是他见过的最有魅力的女人，但如今她失业多年，已经不再怎么打扮。她从来不说话，大部分时间都待在床上。即便如此，她胳膊搭在脸上的轮廓，她的小臂与手腕形成的角度，再到手掌和手指间的夹角，都流露出她天生的优雅。她的红头发已不再鲜艳如火焰，额前的一抹白发让她看上去好像是蹭到了未干的油漆。偶尔，她会盯着儿子看，她的目光惩罚着他，让他觉得自己是她所有不幸的罪魁祸首。虽然她如今已上了年纪，但他无法想象哪天她会像姥姥一样，嘴角长满发炎的裂纹，像是给那张臭嘴加了两面书挡。

　　迪格比的妈妈唯一一次冲他发火，是他提议自己辍学去找工作。"你要是敢整这出我就不活了，"她火冒三丈地说，"我就是想着你在班里名列前茅，才硬熬过这苦日子，我做梦都盼着你有出息，不许教我失望。"

＊　＊　＊

　　可到头来，是她让他失望了。那时候他已几乎成人，历经千辛万苦拿到了卡内基院校奖学金。他打算学医，因为人体和它的运作是那样让他着迷。

那个周日，他参加完一整天的新生活动回来，姥姥不在家。在他的写字桌上方，他妈妈令人作呕地冲他吐出舌头，一条有正常三倍大的、蓝色的舌头。她青蛙似的眼睛嘲讽着他。房间里一股味道，说明她失禁了。她挂在房梁上，脚趾不过将将离地。他的校服领带勒进了她颈部蓝色的皮肉里。

迪格比踉跄后退，撞到了门，手中的书掉落一地。这就是他为什么一直保持警惕，这就是他担心的事情，只不过他从来不敢明说。他没有胆量靠近尸体，不敢抱她下来。

他等着老太太自己去看。姥姥发出一声尖叫，然后啜泣声源源不断地淌出了房间。警察把尸体放了下来。邻居们直瞪瞪地盯着白布下的轮廓。他妈妈的灵魂早就死了，现在她的肉体也跟上了。

迪格比走出家门。这天是五月二十二日，本世纪已过去四分之一，那场尸横遍野的战争刚过去十年。多死一个人几乎没有任何影响，但对他不一样。他的脚带他越走越远，他想要靠近人群、灯光、笑声。不一会儿，他进了一家酒吧，里面是熙熙攘攘狂欢的人群。他得对女招待扯着嗓子大喊，才要来两杯啤酒。"给我爷和他朋友的。"他说着，冲后屋摆了摆头。啤酒很难喝。他想到了阿奇·基尔戈。你个王八蛋今晚喝了没？你知道不，你没老婆了。至于对他妈妈，他没有泪水交加，只有怒语相向。妈你想过我没？难道你真觉着，你去的那地儿能更好？

他被酒吧的人扔了出去，他不太清楚缘由。下一秒，他又出现在了一间狭小幽暗、充满酒气的房间，喝酒的人严肃而沉默。他推搡着挤到一群男青年旁边，他们恶狠狠地白了他一眼。"我爷要两杯啤酒。"他又一次说道，不过这回他懒得找桌子坐下，直接在吧台就喝空了一杯。他注意到正对面的墙上有面蓝白相间的旗帜，然后他发现，那些闷闷不乐的客人都戴着相同色系的围巾。见鬼，我跑到流浪者的酒吧来了！他努力憋笑，但没能忍住。"去他妈的流浪者！"他摇了摇头。刚才那句话他说出声了吗?

有个男人叫迪格比跟他出去,但迪格比有个更好的主意:他就待在这儿喝他的第二杯啤酒。

一记拳头击中他的耳朵;一只玻璃瓶被哐地敲碎,某个尖锐的东西划过他的嘴角。酒馆老板绕过积满啤酒的吧台,一把揪住他,把他扔到了人行道上。"滚犊子,要不然他们叫你笑不出来,小命儿甭要了!"迪格比跌跌撞撞转过墙角,意识到对那些沉默寡言的男人而言,杀了他可能比喝酒更解气,这才不由得清醒了些。

墙角的报摊上,上百张一模一样的帅气脸庞扬扬得意地讥笑着他。"林德伯格加冕时刻",头条标题这么写着,"美国的英雄"。顺着脸颊流进他嘴里的液体似乎有点甜,带点金属味。他的袖子血红一片,他的眼睛很难聚焦。真的有人能飞越大西洋?对!硕大的字母确实这么说,飞机的名字是"圣路易斯精神"。林德伯格着陆了,他妈妈飞上去了。他一点都不觉得痛。

第十一章　阶级

1933年，马德拉斯

"旅行能广博见识，也能通畅肠道。"塞得港街上小摊贩的烤羊肉串把迪格比给放倒了，害得他在船舱里躺了两天起不来床。这下，他倒是有足够的时间来好好品味艾伦·埃尔德教授在格拉斯哥送给他的这句临别赠言。他恢复过来的时候，他们已经出了苏伊士运河，正通过巴布·厄耳·曼德海峡，"泪之门"。这条狭窄的海峡不过十八英里[1]宽，连接起了红海和印度洋。站在船首，他能在一侧看到吉布提，另一侧则是也门。除了派驻伦敦的三个月，他来到人世间的二十五年都是在格拉斯哥度过的，原本他也可以在那里继续过完剩余的人生，永远不会看到这里交汇的海域，也不会亲眼看到，尽管英吉利海峡、地中海、红海、印度洋的性子各不相同，它们却是同一片水。所有的水都彼此相连，只有人和陆地才有隔断，而他的那片陆地他是待不下去了。

他脚下的船仿若活物一般，时而咆哮，时而叹息。他走在甲板上，戴着一顶宽檐帽。这顶帽子并不能挡住海面反射的阳光，所以他的脸还是晒黑了，弄得左脸上浅色的锯齿状伤疤愈发显眼。它从嘴角一直延伸到左耳，扯皱了脸颊的皮肤。阿拉伯海变幻的气息与色彩——蔚蓝、深蓝、漆黑——映衬着他心里的潮起潮落。海平线升起又落下，咸咸的水雾打在他的脸上。他有种奇妙的感觉，似乎他正站在原地，跃向自己的未来。

---

[1] 约29公里。

他偷偷瞥了一眼一等客舱。虽然为自己的好奇心感到惭愧，但他也着实惊叹于舱里的沙发、长绒椅和厚实的锦缎窗帘。屋内还有入墙式的移门，方便男仆和女仆随时照料他们的雇主。船上有位王公，他和他的扈从订走了所有一等客舱。迪格比住在楼下一层，独自享有一间小小的舱房。在他楼下还有两个等级，等级之间的隔离非常严密，他几乎只能听见而不是看见他们的存在。

糟糕的海况引致了晕船，又或许是烤羊肉串造成的不适在颠簸下复发了。作为医生，他对自己的症状没法客观判断。在他连着两顿饭都没去餐厅后，和他同桌的班纳吉来看望他。

看到迪格比几乎连头都抬不起来，担忧的班纳吉去端了热汤和复方樟脑酊回来。药剂中樟脑和八角的气味顿时散满了客舱，平息了他的肠胃。班纳吉——他让迪格比叫他班尼——二十岁不到，长着一张娃娃脸，看着像是一个还在喝牛奶和奶油的小男孩，仿佛还从来没沾过肉食。他孜孜不倦地防晒，浅棕色的皮肤比晒黑了的迪格比还白。班尼看起来太小了，实在不像是在伦敦读了四年书后取得了资格证的律师。他所选择的这条路径很像甘地在上世纪末的经历，班纳吉提及这一点时，语气平静却不无自豪。

迪格比重新回到饭桌上时，安·西蒙兹太太——马德拉斯管辖区税收官的老婆——说，"今晚吃鸭子"，似乎都没注意到迪格比之前的缺席。她的脸很宽，没有棱角，迪格比看见她就想起斗牛犬，恰好她也有一双湿漉漉的垂眼。从第一天开始，她就在这桌发号施令，摆出一副特等舱乘客大发慈悲愿意和老百姓同吃同喝的架势。迪格比听着她的长篇大论，不由得回忆起在伦敦圣巴特医院见习的三个月——那是他在医学院三年级时获得格拉斯哥竞赛第一名的奖励。在他进入巴特的病区工作之前，他从来都不知道自己有口音，也没想到他会因此在别人的眼里沦为愚蠢的乡巴佬。醒悟来得犹如当头一棒。他没法完全摆脱口音，但可以让它不那么明显。他尽力避免使用任何会给他打上标签的词汇、短语或发音。不过，他的努力骗不过西蒙兹太太的眼睛，她基本上无视了他的存在。这时，他无意间听到她跟坐在对面的食客说："我们英国人才知道印度需要什么，你去看了就知道了。"

那天晚饭后，迪格比和班尼在甲板上散步。尽管两人已经缔结了友谊，但他们还从未谈论过政治。迪格比承认自己对格拉斯哥以外的世界知之甚少，甚至连医院外的事情都不太了解。"过去几年我都住在医院，也没什么看报纸的机会，除非它出现在伤口的纱布下面，或者我切开的腹腔里。"他在船上的图书馆里补习了之前的新闻，封面头条写的都是德国决意增加军备，撕毁《凡尔赛和约》。他们好战的新任总理承诺要带领国家走出经济绝境。但是关于印度的新闻几乎没有。

"你可以问问西蒙兹太太。"

"那倒也不必。"迪格比说。

班尼笑了，他一边擦眼镜，一边眯着眼睛看向迪格比。"迪格比，你为什么要去印度？"

迪格比望向远方仿佛是依照铅垂线排列的云。他想象着更远处的陆地。他们此时航行在印度的西海岸，正经过卡利卡特或科钦。"恐怕说来话长了，班尼。我特别喜欢做手术。我之前是个好学生，然后又是个好的实习外科医生。充满激情，全神贯注。不需要我值班的时候，我就在急诊室晃荡，指望碰上紧急事故让我参与抢救。但是到了有机会拿格拉斯哥的外科研究生名额的时候，才发现我去的教堂不对。格拉斯哥以外的地方更没有希望，所以我加入了印度医务部队，希望能当外科医生。"

"因为你是天主教徒，是这个意思吗？他们怎么发现的？"班纳吉问道，"你的名字？"

"不是，我的名字可以是新教徒也可以是天主教徒。喏，像帕特里克、蒂莫西、戴维这种就很容易暴露。我的问题是我拿着奖学金上了圣阿洛伊修斯学院,一所耶稣会学校,这种事情太难隐瞒了。但就算没有这条,我好像也在发送什么秘密信号一样,"迪格比犹疑地看着他的同伴,"你肯定觉得很难理解。"

班纳吉笑了。"完全没有,这种感觉还挺熟悉的。"

迪格比有些尴尬,对方自打出生就活在英国的统治与奴役下,他说这种话真是愚蠢。不过不管是相貌还是口音,班尼都比他更像英国人。"对不起……"

"你说什么对不起?你是所谓阶级制度的受害者。我们印度人已经把这种制度贯彻了几百年。天生就有特权的婆罗门,什么权力都没有的贱民,还有中间的那几层。每个人都被鄙视,但每个人也都可以鄙视下面的人,除了最底层的那些。英国人不过是入乡随俗,给我们都往下挪了一级。"

轮船绕过印度南端的尖角,继续驶向科罗曼德尔海岸。午夜,迪格比独自站在甲板上,漆黑的波涛翻滚出绿色与蓝色的荧光,仿佛大海深处有烈焰呼啸。只有他一个人见证了这瑰丽而神秘的景象(第二天他才从乘务员那里得知,水中的是会发光的浮游生物,非常少见),它似乎是在告诉迪格比,随着这场旅程,他过往的人生已如脏污的手套一般被他脱下撇开。尤其是现在,他抛下了被大萧条拖垮的格拉斯哥,抛下了那儿的土话,抛下了他最后一位在世的亲人,他抛下了所有,只剩那座城市留给他的溃烂伤口。格拉斯哥唯一繁荣的产业只有暴力。医院后面的戈尔巴尔贫民窟,还有城里的其他几个地方,都是滋养暴力的温床,每晚的急诊室里都能看到它的阴影。身为实习医生,迪格比给一些被娴熟的刀法划破的脸缝过针。下手的是那些彼此交恶的剃刀党,"比利小子""诺曼征服者",受害者脸上永远都是被划出两道对称的伤口,从嘴角一直上扬到耳朵——这辈子都要带着的"格拉斯哥微笑"。迪格比庆幸自己的伤疤只有一边。打碎的瓶子没有剃刀那么锋利,在他的酒窝边上又留下了一个粗糙的假酒窝。这是他想要忘却的人生打下的苍白烙印。他可以原谅格拉斯哥带给他的伤疤、赐予他的失望，原谅它导致了妈妈的自杀。这些都算不上是离开的理由：即使是苦难，只要是熟悉的苦难，便也有慰藉在其中。他不能原谅的，是在像奴隶一样勤勤恳恳、为手术台付出了卓越甚至近乎疯狂的奉献之后，被一道重兵看守的门拦住去路并且拿不到密码。他的导师埃尔德教授虽然来自爱丁堡的上层阶级，却不在乎什么阶层。他尽力帮他，给他指了一条出路。"我知道有个地方能让你积累大量经验，运气好的话还能找到很优秀的外科导师。你考虑过印度医务部队吗？"是你的跑不了，迪格比心想。这是他妈妈爱说的一句话：他命中注定的事情一定会发生，不管用什么方式。

他在马德拉斯下船，感觉到了另一个星球。这个城市有六十万人口，仿佛全都挤在了码头——至少在身陷嘈杂、迷茫与热浪之中的迪格比看来是这样。他吸入混合熟制皮革、棉花、鱼干、焚香、海洋的空气，它们是这个古老文明散发的悠远气息中最突显的味道。

码头的装卸工像蚂蚁一样成群结队地从货舱涌出，他们的一侧肩膀拽着虎爪钩，钩上挂着的沉重麻袋让他们弓下了腰，汗水在他们黝黑的皮肤上闪闪发亮。聚集在海关外的女人们身着图案夸张而明艳的纱丽，组成了一片绿、橙、红的锦簇海洋。迪格比的目光被各种妆饰吸引，这边的鼻翼上钉着晶莹宝石，那边光洁的额头上画着红点，再那边的耳垂上挂着摇摇晃晃的金饰，呼应纱丽上厚重的镶边，他简直看花了眼。外面，人力车和马车停成一排，凑齐了彩虹的所有颜色。马德拉斯好像一块生机勃勃、无拘无束的调色盘，打开了新世界的大门。他紧绷的某根神经松弛了下来。

在海关大棚里，他看见安·西蒙兹太太迎上了一个结实矮小的男人，估计那就是她的丈夫，地区税收官。在此重逢之际，双方都没有表现出喜悦之情。她大步迈向一辆小车，下巴昂得高高的，粗短的鼻子指向伦敦威斯敏斯特的方向，脸上的神情仿若皇家贵族。

"喂！我都说了不行！你这个自以为是的巴布！找打吗？"

迪格比转身看到一个英国人涨红了脸，正从海关办公桌后站起身，俯视着班纳吉。这场面让他脊背发凉。他猛然意识到，仅仅是来到这里，他就已经成为占领者中的一员。他天生就有特权，可以第一批走下廊桥，迅速在证件上盖章通过，并且不会遭到那样的对待。

潮湿闷热的海关大棚里，时间静止了，大家等着看事态的发展。迪格比急促地呼吸着温室的空气，下意识地往前走了两步想要帮忙。

就在这一刻，另一名海关官员出面调停。班纳吉不过是想在轮船停泊的十二个小时里，下船去马德拉斯看望朋友，然后再继续北上前往加尔各答。高级官员不耐烦地瞅了一眼他的下属，给班纳吉的证件盖上章，放他走了。班尼的视线落到迪格比身上。他的肿泡眼此时已变得如岩石一般坚硬，眼神中透露着坚决的恨意，和一个被征服的国家在等待时机到来时，那种毫不动摇的决心。只一瞬间，那目光便消失了。他送给迪格比一抹恬淡的笑容，转身向单独开给有色人种的出口走去。他没有挥手告别。

第十二章 两个巨物

1933年，马德拉斯

来港口接迪格比的医院职员震惊地发现他没有行李箱，只有一个破旧的手提包。他们坐上了一辆人力车——拉车的不是役畜，而是一个男人。热浪和轻微的登陆病让迪格比晕头转向，映入他眼帘的是宽阔大街上闲逛的牛，街道两边一闪而过的棕色脸庞，在尘土飞扬的人行道上埋头做工的鞋匠，低矮的白墙楼房和上面手绘的广告牌，聚集在死水潭边的几间小茅屋。他们停在了离港口不远的一间小楼跟前。旁边就是朗梅尔医院，他的新工作单位。

一个穿白衬衫、白裤子、光着脚的矮个子男人，冷不丁地给迪格比戴上了一顶茉莉花环，然后双手合十放在颏下向他鞠躬。穆图萨米将担任迪格比的厨师兼管家。对于拿沙丁鱼罐头当早饭、午饭和晚饭的迪格比来说，私人厨师这个概念他难以理解，更别说这个人还会给他戴花环。穆图洁白的牙齿在他炭黑的脸上如灯塔般耀眼，他的额头上用粉末画了三道横线——迪格比后来才知道这叫尾步底，是一种神圣的印度教标志。不久之后，他就会在每天早上都看到他点燃樟脑，对着塞在厨房架子里的小神像祈祷，然后给自己涂上这三道圣灰。穆图花白的头发从中间分开，用头油梳到脑后，整个人看起来非常平和。迪格比洗了个澡，坐下来品尝穆图准备的餐食：米饭搭配穆图称之为"鸡肉考尔马"的菜肴——鸡肉混合橘黄色的酱汁。迪格比饿坏了，而与考尔马拌在一起的米饭异常美味，全新的滋味仿佛在他的舌尖发起了暴动。他快吃完了，才发觉自己的口腔在燃烧，额头上沁满了汗珠。他拿冰水浇灭火焰后躺倒在了床上，顶上的吊扇在懒洋洋地转动。他睡着前的最后一个念头是，得让穆图给他的菜里少放点易燃的佐料，让他慢慢习惯了再说。他一口气睡了十一个小时。

第二天一早，民事外科医生助理迪格比·基尔戈来到由几幢白色两层小楼组成的朗梅尔医院报到。这里离港口不远，病房里甚至能飘进焦油和海水的气味。他去找他的上级，民事外科医生克劳德·阿诺德，却发现他并不遵循医院的工时。伴随着阿诺德办公室主任一声声令人费解的"阿诺德医生这会儿马上已经就快应该到了，先生"，一个小时过去了。这位主任加上英印裔秘书和一个赤脚院工，三个人一起冲着迪格比微笑。"喝茶吗，医生？还是来点刻度咖啡？"所谓的"刻度咖啡"居然还挺香甜，是用泡沫丰富的热牛奶煮出来的。他们告诉他，这种咖啡的名字来源于比重计和乳汁计上面的标记，它们的作用是确保牛奶别掺太多水。

吊扇吹着被石块压住的文档，纸张边缘沙沙作响。除此之外，鸦雀无声。三名雇员展现出了怠惰的技巧，在令人窒息的闷热中纹丝不动。迪格比每次看向漂亮的女秘书，她的眼睛都眨巴个不停，可能是什么摩斯密码，他心想。她可爱的双臂是深色皮肤，但她的脸被厚厚的一层粉涂得刷白，跟她血红的唇膏、油亮的黑发形成了鲜明的对比。看着她，他想起了聚光灯下的歌舞女郎。

快到中午的时候，办公室职员突然开始摆弄纸张，院工也站起身来。他们好像收到了什么秘密的指令。几分钟之后，一名四十多岁的金发英国男子，身着笔挺的白色亚麻西服套装和镜面抛光的棕色皮鞋出现在了门口，院工从他伸出的手中接过一顶凉盔帽。他注意到迪格比，却只是扬起眉头。他肩膀宽阔，可能以前是个运动员；长相算是英俊，可蜡黄的面色和浮肿充血的眼睛暗示了他生活浪荡。他的小胡子比头发颜色更深，而且在迪格比看来有一点滑稽。

资深民事外科医生克劳德·阿诺德细细打量着他刚刚下船的下属。

他眼前的年轻人头发茂密，有个美人尖，左脸上有个奇怪的不规则酒窝，上身披着件皱巴巴的海军蓝制服外套，下身是一条只有受虐狂才会在马德拉斯穿的羊毛裤。迪格比在审视之下不自在地扭动身体。克劳德·阿诺德身上带着公学子弟面对下层人的那种自信。他研究了一下迪格比的简历，纸张在他的手里微微颤动。他递上一支烟，看到迪格比拒绝，他又一次挑起眉毛，仿佛这个年轻人又挂掉了一个测试。过了许久，克劳德才喝完咖啡站起身来，示意迪格比跟上。

"你负责两个外科病区。当然是在我的监督下。"克劳德扭头向身后说道，"两个都是本地人病区，谁让你倒霉，小子。我负责英印人和英国人的病区。你手下有两个LMP，彼得和克里希南。"他慢下脚步，美美地吸了一口香烟，似乎是要让迪格比看看他错过了什么好东西。"我对LMP没兴趣，我要真医生，才不要装模作样的巴布。"迪格比知道，LMP是执照医师，只需要读两年学位课程就可以开业行医。"不过你知道，这儿是印度，没有他们不行，反正他们都这么说。"

克劳德的脚步停在本地男性病区前。"霍诺琳护士长在哪里？"他不耐烦地问一个微笑着迎上来的棕色皮肤的护士。护士长到药房去了。

在这间层高很高的狭长房间里，两侧的病床上都躺满了病人，其余的病人躺在床和床之间的席子上。外面的走廊则被更多躺在席子上的病人占据。有一个男人的肚子肿得触目惊心、脸上瘦得只剩颧骨，他坐在床边，用两根火柴棍似的手臂支撑身体。看到迪格比注视自己，他报以微笑，只是他的面容如此憔悴，看起来更像是在龇牙儿。迪格比点头致意。这副苦难的景象他再熟悉不过，这种语言可以跨越国界。本地女性病区在走廊另一侧，也是满的。

克劳德·阿诺德医生的英印人病区目前接收了一位病人，房间里另外还有一个独自照看他的见习生。另外几张细心铺就的病床都空置在那里。阿诺德没有带迪格比去参观英国人病区。他以后会知道，英国人病区由楼上的六间独立病房构成，全都空着。熟悉这片儿的英国病人和英印病人如果有外科问题，都宁愿选择火车站附近的综合医院，再不济也是去罗亚佩答医院。

二楼，洗手池通向两间手术室。"今天是你的病区的手术日，"克劳德说，"周二和周五归你。本地病区有一阵子没医生了。是，我们有LMP，如果我允许的话，他们倒是也能做点儿大手术。不过那样的话，用不了几天，他们就会跑到小村庄里开诊所，管自己叫医生了。"克劳德指了指软木板。"你自己看看。"说完他就溜出了视线。

这一天手术安排表的长度令人震惊：两台截肢，一连串的睾丸积液和疝气，还有四台切开引流——用来处理热带脓肿。不过，迪格比没看到有大型手术贴出来。克劳德·阿诺德回来了，眼里焕发着之前没有的光彩。迪格比闻到这位资深民事外科医生身上有一股药水味。

"所以说，你是个外科医生。"克劳德突然开口道，他看向迪格比，神情平添了一分魅力，甚至带了些许笑意。

"呃，不算是，克劳德医生，我总共做了一年——"

"胡说！你就是外科医生！顺便，叫我阿诺德吧。"他这新的自来熟的语气特别像需要最后一个击球手再得十分的板球队队长。"你多开几刀就会了。记住，基尔戈，这帮人要么由你来治，要么就没得治。勇敢点！"克劳德嘴角上翘，好像他刚刚给他分享的是什么行业机密，或者是个笑话。"不如你就直接开干吧，"克劳德说着，转向等在一边的手术室护工，"给基尔戈医生找个更衣箱，还有他需要的其他东西。"入职培训就这样结束了。

还没等迪格比反应过来，他已经洗了手，套上了手术服，戴上了手套。尽管这间手术室和格拉斯哥相隔了一片大陆，里面弥漫的气味却是如此熟悉：乙醚、氯仿、苯酚，还有不久之前引流的脓肿遗留的臭味。但与格拉斯哥的相似处也就到此为止了。迪格比紧盯着从手术巾开口露出来的惊悚画面：一个胀成西瓜大小的阴囊，已经都快碰到膝盖了。阴茎被囊肿埋在下面,好像藏在腹部肥肉里的肚脐眼。他在手术表上看到"睾丸积液"那几个字的时候,脑海中的画面可不是这样的。在他想象中,不过就是围绕睾丸的鞘膜腔内积聚了少量液体。他给一个孩子做过单侧睾丸积液的手术,很简单的操作。可他记忆中那个温柔地肿成柠檬大小的阴囊,跟眼前这个布满褶皱的棕色庞然巨物毫无关系。隔壁的手术室正在做截肢手术,那边的LMP要过好一会儿才能来帮忙。克劳德已经不见了。而迪格比则身处在每个外科医生都最害怕的噩梦里:病人吸入了乙醚,切口敞开着,但里面的器官一个都不认识。他的腿有点发软。

站在他对面的泰米尔器械护士在口罩下冲他微笑。

"它……很大。"迪格比挤出几个字,他戴着手套的双手紧握在一起,好像一名主教。

"啊,是啊,医生……大的呀。"器械护士赞同地说道,她的语气像是在说"大的呀"是一件值得庆贺的事情,如果太小都不值得进她的手术室。她头部的动作和穆图的一样让他迷茫:在苏格兰表示"不"的动作,在这里表示"是",只要里面加了一点摇摆和扭动就算。"不过还没到膝盖的呀。"护士又说,话音里流露出一丝失望。迪格比花了一秒钟才明白过来这里对睾丸积液(还有腹股沟疝也是,他以后就知道了)的分类是:"没到膝盖"和"到膝盖了",后者才真的配称之为"大的呀"。如果这个样本是条鱼的话,她可能已经把它扔回河里了。

迪格比汗如雨下。一只手伸过来,在他的汗滴到病人身上之前抹了一把他的额头——是那个赤脚院工,乙醚的面罩也归他管。护士揭开盖在手术器械盘上的包布,等他发号指令。

"说真的,我没见过这么大的。"迪格比拖延着时间。

"大的呀。"她重复道,但已经少了刚才的热情,她不理解为什么医生还不开工。如果是在格拉斯哥,和她一样角色的那个头发花白的护士可能已经在说:"哎呀,这玩意儿是老大了,你都叨叨两遍了,光动嘴皮子它也小不下去啊,赶紧动刀子吧。"

第十三章　放大

1933年，马德拉斯

一个大块头的白人妇女冲了进来，她粗糙的手指压着脸上的口罩，匆忙之间没有系带子。她头顶上的手术帽戴歪了，边角露出了灰白的头发。"我是护士长霍诺琳·查尔顿，刚在病房正好没见着你。"她上气不接下气，"哎哟我的妈，克劳德这就给你扔战场上啦？我的老天爷！他也不让你先缓缓，真的是。"她说话带着浓重而熟悉的口音，一听就知道是个乔德人[1]。

他从手术台退开。"护士长，我……"她长满细纹的蓝色双眸将一切尽收眼底。

她绕过台子走到他身边，低声道："都好着呢吧？"

"好，好！谢谢……呃，不是……我遇着点儿小麻烦。"他轻声回答，"我要是先检查过病人就好了，要是能让我先想想这个手术咋做，有啥步骤……我做过睾丸积液，但是护士长，这个……我都不知道从哪儿下手。"

"哎呀，可不咋的！"她安慰他道，"彼得或者克里希南本来能带带你，不过他们都太忙了。这么着吧，按理说你用不着助手，不过今儿是你第一天，你要是不嫌弃，我去洗个手一起来。"

他简直想亲她，可她已经出去了。迪格比松开自己的双手，重新铺了一下褐色西瓜旁边的布单子，纯粹就是为了找点事情做。器械护士欣

---

[1] 英格兰纽卡斯尔及周边地区的人，因为地处英格兰和苏格兰之间，当地人的口音与苏格兰有些相似。

赏地点了点头。迪格比还不习惯员工这么尊敬他。在格拉斯哥,他是被器械护士欺负的那个,主治医师、主任医师都拿他开涮。这和他的宗教信仰没关系,单纯只是医院的论资排辈,不过他们也免不了要问他:"你去的哪所学校?"或是打探他是哪家的球迷:"你看哪个队的?"他惭愧地意识到,在英属印度,他作为白人便已经高于所有的非白人了。那个护士不会再做任何让他感到更难堪的事情。

她礼貌地问道:"医生,十十一十五?"

"他说他要十号刀片,谢谢你,护士。"护士长霍诺琳及时出现在对面,破译了她的问题,这回她的发音标准得能进英国广播公司。

霍诺琳双手紧握阴囊,仿佛是抱着一只橄榄球准备放到底线上。"马德拉斯这里的丝虫病太多了,它会把淋巴系统堵住。肿起来的腿——那种象皮肿——人人都知道,但是每有一条大象腿,就有五十个这玩意儿。"她用力捏,让皮肤绷紧。"我会先在这里做一个比较长的纵向皮肤切口。"她指着中缝的右边一点点,中缝是一条深色的线,下方对应的肉膜将阴囊分成了左右两腔。

皮肤在他的刀刃之下分开,血从边缘涌了出来。迪格比在结扎一个个出血点的过程中找到了自己的节奏,他的心跳慢了下来,一切重回正轨。

在她的建议下,他在食指上缠上纱布,然后将阴囊的皮肤从胀满水的气球上剥离,他重复着动作,直到整个积满液体的鞘膜腔完全从那半个阴囊中显露出来,简直像一颗亮闪闪的巨型法贝热彩蛋。

"你可以引流了,我去拿个脸盆。"她说着转过身去。

但是迪格比已经一刀戳在了气球上。一股清亮的黄色液体喷射而出,他还来不及别过头就被滋中了脸。霍诺琳抓住阴囊,把喷泉对准脸盆。"好吧,你刚才就算是受洗了,这就得了,孩子。"她大笑着说。院工帮他擦了眼睛。

气球瘪下去以后,迪格比把睾丸外围多余的鞘膜剪掉,只留下一点边缘,然后将切口缝合了起来。"这都能做件衣裳了。"霍诺琳举着剪下来的亮晶晶的组织说道。

他在阴囊的另一侧重复了一遍这个步骤,接着把两个切口都缝好。"太感谢你了,护士长。真不知道没有你我该怎么办。"

"叫我霍诺琳就行啦,孩子,"她说,"你做得可太棒了。这和你在苏格兰做的那个手术是一样的,就是病理结构放大了而已。"

这个词一下子点出了迪格比对印度的第一印象。以后,他一旦看到熟悉的病症在热带发展到令人震惊的程度,他就会用这个词表达:"放大了。"

迪格比每天骑自行车去上班,因为他觉得自己有手有脚的,受不了被人力车拉着跑。这天早上,他出门便看见门口小路上那棵高耸的盾柱木花满枝头,一片金黄。他转上满是尘土的柏油大路,赶超了自行车后座上载着一大筐脏衣服的洗衣工。迪格比每天必经的大榕树是众多产业的聚集地。代写书信的已经开张了,他跷着二郎腿,大腿上支起一块纸板当桌子,正在抄录妇女口述的话语。小摊贩把他的塑料镯子一个个摆到地上铺着的布单上;采耳的在等顾客上门。大树的另一边,身着橙黄色长袍的占卜先生将手中的扑克牌捻成一把扇子,为开业做热身准备,旁边放着的是他的鸟笼子。迪格比之前已经见识过,那只鹦鹉会跳出来,衔出一张扑克牌揭示顾客的命运,然后它会伤感地望一眼天空,再回到自己的笼子里去。

路过茶摊时,迪格比注意到一个茶客正眯着眼睛,试图透过乳白色的眼角膜看东西。迪格比观察到他突出的眉毛和马鞍形的塌鼻梁——这个人有先天梅毒,毫无疑问。如果迪格比在老家还有值得写信的人,他也许会记录下这些早间见闻,描述一下身材矮小、长相英俊的泰米尔人,写写他们鲜明的罗马人特征、炯炯有神的眼睛,还有时刻挂在脸上的微笑。站在他们旁边,他觉得自己很苍白,一脸红斑,还经不起晒。

迪格比全身心地投入到了本地外科病区的运营中。他的LMP彼得和克里希南是各种小手术的一把好手：睾丸积液，包皮环切，截肢，尿道狭窄，引流脓包，切除脂肪瘤和囊肿。他们毫无保留地把自己的技术传授给他。而他在别的方面做到了与两位LMP看齐，那就是一天能喝上好几加仑[1]的水，同时吃上一片盐片或是一碗咸酸奶。热浪与闷湿持续不断。他听说会有短暂的雨季，但大多数年头里它其实也配不上这个名号。

在迪格比到来之前，本地的病人如果要做大手术——甲状腺切除术、乳房切除术、十二指肠溃疡手术、头颈部的肿瘤切除——就会被转去马德拉斯医学院附属综合医院。现在，迪格比会接手一些他比较有把握的手术，其中最普遍的是消化性溃疡。这些常年受病痛折磨的病人连饭钱都挣不到，嘱咐他们每日服用抗酸药没有意义。在手术中，迪格比并不去管十二指肠里千疮百孔的溃疡，反而切掉胃里一大块产生胃酸的部分——胃部分切除术。然后，他将剩余的胃接到一段空肠上，这样就绕开了溃疡。迪格比觉得艾尔德教授仿佛在看着自己，每做一个步骤都能听到他的声音。他缝着肠道，耳边响起教授的话："如果看起来可以，那就是太紧了；如果看起来太松，那就可以了。"手术的效果立竿见影，病人立马就可以摆脱疼痛，开始进食。在手术日，他能速战速决做三台这样的手术，然后才开始做别的事情。

有个消化性溃疡的患者在手术后四天还是没能恢复肠道功能。迪格比问克里希南："我不明白，手术很顺利，脉搏和体温也正常，切口恢复得也好。怎么他的肠道就是没动静呢？"

"也许他就是需要你去安慰他一下，先生。你去跟他说，发自内心的那种，我来翻译。"

满腹狐疑的迪格比在床边蹲下。"森蒂尔，我们把溃疡治好了，你

---

[1] 1加仑约为4.55升。

现在一切正常。"男人紧盯着迪格比的嘴唇,根本不看克里希南,仿佛从迪格比嘴里冒出来的就是泰米尔语。"你很快就什么都能吃了。"森蒂尔显得如释重负,他老婆还想要摸迪格比的脚。迪格比觉得自己像个傻子。

那天快下班时,迪格比、彼得、克里希南、霍诺琳一起在她的办公室喝茶,见习护士探进头来说:"护士长!患者森蒂尔排气了呀!"

"感谢上帝!"霍诺琳感慨,"放屁者,可活命!"

迪格比一口茶水喷出来。

阿诺德很少出现,他的病区也基本上是空的。这天,迪格比和护士长在度过了漫长的一天之后,坐在她的办公室里休息。迪格比忍不住问道:"霍诺琳,克劳德到底是什么情况,我就是想说……我有点搞不懂。为什么他的病区……就是怎么说,他为什么……?呃……"

霍诺琳默不作声,乐得看他尴尬。"好吧!迪格比·基尔戈,你忍很久了吧,嗯?啊,你早晚会听到他的故事的,妥妥的,可能还得添点儿油加点儿醋。克劳德·阿诺德到底是咋回事?除了克劳德谁知道呢?你知不知道,他还有俩弟弟,都在印度。老幺在北边做省督,手底下管的地儿比英格兰、苏格兰、爱尔兰加起来都大。老二是总督的第一秘书。换句话说,他俩都混到ICS的头头了。"ICS的意思是印度文官制度,依靠这套机制,仅仅一千多个英国行政人员竟掌控了三亿人口,堪称管理学奇迹。"你要问克劳德自个儿咋没爬上去,哎哟,那咱可不知道咯。他好喝酒,算是个原因吧,不过这毛病可能也是后来才有的。他们哥儿仨不是伊顿出来的就是哈罗出来的,反正都是名校,换句话说就是公学子弟,绝对的一表人才,但他就是没混出啥名堂。"她连珠炮似的絮叨起来,每当只有他们两个人在一起时,她的乔德口音就露出来了。"公学就是英属印度的中心,是它的魂儿。孩子,你上的是公学不?"

迪格比笑了。"你要是觉得我上过就不会问我了。"

"甭管你信不信，我当年差点儿和一个拉格比毕业的订了婚。公学就给这帮男孩子教了三样东西，那就是死背书、讲排场、搞运动。我的休伊把他的古典文学、拉丁语、《伯罗奔尼撒战争史》都记得滚瓜烂熟，但要让他画张地图，找找我们的纽卡斯尔在哪儿，那他可真得挠头！就知道'我们要奋斗，我们要赢'，那帮小崽子学的就是他们以后注定要统治世界。瞧瞧，我们在这儿建的楼多高，还有那个觐见大典，你有没有印象，庆祝维多利亚女王加冕为印度女皇——搞得好像她来了一样。这用来吓唬本地人可太好使了，但它之所以好使，还是因为那群ICS的家伙每个人都从骨子里相信他们是在做好事，是在给世界带来文明。"

听到她对大英帝国的开化使命滔滔不绝的愤怒，迪格比有点震惊。他报名的时候根本没怎么思考过使命的事情，但他确实从一开始就为新得到的优待而感到羞愧。他没有再问霍诺琳休伊的事情，她也没有主动说。她的好心情已经变味儿了。

她拿出一瓶雪莉酒，自顾自地倒了两小杯，完全不理会迪格比挑起的眉毛。混杂着坚果和焦糖香味的甜蜜令人惊喜，他的杯子一会儿就空了。

"霍诺琳，我们在这儿难道就一点好事都没做吗？"他轻柔地问。

她慈爱地看着他。"哎，好孩子，你做的是好事儿！我们都是！我们这家医院、铁路、电报，都是好事儿。但这是他们的国家，迪格比，我们把它抢走了，据为己有。我们抢走茶叶、橡胶，拿走他们的织布机，逼他们花十倍的价钱买我们的棉布……"

"我在船上碰到了一个年轻的印度律师，"迪格比说，"他人很好，在我生病的时候还照顾我。他说我们总有一天会离开印度。"

霍诺琳盯着她的杯子，仿佛没有听到他说话。

"唉，得，可不咋的嘛。"她过了一小会儿说道。"你赶紧走吧，"她拿走他的杯子，又添了一句，"别顶嘴，你要是不走我也回不去家。你今儿够辛苦的了，拿出点儿英国老爷的样儿去俱乐部玩玩儿吧，去喝杯正经的酒。"

第十四章　技艺之艺

1934年，马德拉斯

早晨，迪格比一走进本地病区，一坨巨大的甲状腺肿块就蹦到了他的面前。它从锁骨一直膨胀到下巴，吞噬了整个颈部，患者的脸在它上方就仿佛是毒蘑菇上的一颗小豆子。阿乌达依娜亚奇是一个瘦瘦小小的女人，她灿烂的微笑弥补了囊肿的粗鲁。她双手合十向他问好："瓦那卡姆，大夫！"她刚入院的时候，因为甲状腺过于活跃，导致心悸、颤抖以及畏热。两周的碘化钾饱和溶液——SSKI——减轻了她的症状，这让她高兴得不得了。但SSKI解决不了她这个巨大的疙里疙瘩的肿块，它紧紧抻着她脖子上的皮肤，让甲状腺肿表面网布的饱满血管清晰可见。

"瓦那卡姆，阿乌达依娜亚奇！"因为做不到上手去处理她的囊肿——或者说是没有莽撞到那个程度，他心里有些过意不去，但他努力学会了念她长得可怕的名字。要想切除她的甲状腺肿，他需要一位经验丰富的外科医生来教他。另外还有舌癌和喉癌的手术他也需要指导，因为嚼食帕安这个很不美观的习惯，这两种癌症在这里特别普遍。他介绍阿乌达依娜亚奇去马德拉斯医学院，但她不肯。只有给她开了奇迹药水的"吉格比大夫"才能给她动手术。克里希南帮她翻译："她说她只相信你，她会等到你同意为止。"

"霍诺琳，"迪格比走进病房时说，"别再给那个囊肿喂东西了，我发誓就这一个晚上它又长大了。"

"你抱怨它，它也不会变小呀。我把你周二的门诊取消了，我们去拜访拉维，综合医院的V.V.拉维昌德兰医生。他很聪明……是马德拉斯医学院第一位印度裔的外科终身教授。省督如果要做手术，他老婆就悄悄去请拉维。所有人都知道他是最厉害的,而且他人也很和善,是很好的老师。我和他是在坦焦尔一起工作的时候认识的。"

"瞧瞧,瞧瞧,这都是谁呀?"一个穿着白色休闲裤和白色短袖衬衫的印度人如一阵风似的回到办公室,身后跟着三个实习生。一阵高亢的笑声抢先从他口中跑出来,然后才是惊叹:"克劳德·阿诺德的助理想学习?奇迹啊!大部分人只想从克劳德那里逃走吧!"他举手投足都透着兴奋,好像随时都可能爆发出一阵狂笑,笑盈盈、圆鼓鼓的脸颊让他的眼睛眯成了一道缝。迪格比发现自己也不由得扬起了嘴角。拉维昌德兰医生同时握住了霍诺琳和迪格比的手。他梳着光滑的背头,已经早早有了白发和后退的发际线。他圆润的额头上涂着拿玛姆,一个竖着的三齿叉标记,中间一道是红的,两边是白的,说明他是毗湿奴派,信奉毗湿奴是众神中至高无上的神。

拉维昌德兰放开了迪格比的手,但仍旧抓着霍诺琳的。他饱满的嘴唇笑起来能让人放下一切戒备,而且迪格比很快就发现这是他的常态表情。"迪格比医生,要不是这位伟大的女士,我可能早就倒在坦焦尔,就地火化了。我那会儿真是忙得焦头烂额,每一天,从早到晚。"他抑扬顿挫的语调让迪格比想起他小楼隔壁的卡纳提克音乐教师,他总是一遍遍地训练他的学生们掌握介于西方do、re、mi之间的一大堆半音。"但是霍诺琳女士出手了,没有商量的余地。她制订了日程表,规定不管怎么样,每天都必须在四点半一起喝下午茶,然后我就必须回家,私人诊疗只能从'后晌儿'七点开始。这还不止,她还禁止我在家里看病,这样我才有机会睡觉。"

"有啥用啊,拉维,你还是总给病人你家的地址啊。"

拉维狂笑不止,他确实无药可救。"啊哟,霍诺琳,那些坦焦尔的病人到现在还要跑两百五十英里[1]过来找我,我劝他们别来了他们都不

---

1 约402公里。

听啊!"他在专业上的自负有种莫名的魅力。

　　侍应生端来了茶和黄油饼干;速记员把一叠表格推到拉维面前,他看也不看就签了字。一个穿着蓝色制服打赤脚的人一瘸一拐地走进来——迪格比后来才知道他叫维拉潘,是拉维以前的病人,现在的司机——他把一只巨大的六层银色食盒放在了拉维杂乱的桌子上。维拉潘把顶部的长勺子从插孔里抽出,给盖子解了锁,然后他把每一层都拿下来,让拉维看一眼,闻一闻,最后他把饭盒全部装回去就走了,留下一屋子香菜、莳萝籽、小扁豆的香气。

　　"我看出来了,有些事情还是老样子,"霍诺琳说,"说起来,你妈现在怎么样?"

　　"我妈挺好的,神明保佑。"拉维说,"迪格比,这午饭是我妈妈亲手做的,毕竟我是她唯一一个讨债鬼。"他淘气地咯咯笑了起来。"要是她知道我每天都把饭拿到全是病菌的病房里给病人吃,她得把厨具全都毁掉,一日去寺庙沐浴三次,五日里只能吃大麦和酥油。不过她已经怀疑我了,我回家的时候,她会问我'苦瓜怎么样',她明明就知道没有苦瓜!维拉潘车里还有一只母亲大人不知道的食盒,我待会儿上门出诊的时候吃。没办法,羊肉考尔马配千层饼太好吃了。都是亲爱的霍诺琳护士长诱惑我、腐蚀我,她做的那个火腿豌豆泥——我就是从那时起开始吃肉的。以后有一天,我会捐出自己全部的财产来赎罪的——穿上橙黄色的教袍,住到贝拿勒斯,最后在那里与世长辞。"

　　在这整段时间里,三个实习生一直默默旁听着,一个办公室文员给拉维拿来了一沓收据,他完全没有被打断思路,一边说一边查看了每一张。

　　"格拉斯哥,是吗?哦,迪格比,我多想去啊!格拉斯哥!爱丁堡!都是外科医生的圣地啊,不是吗?要是能去那里考试该多好啊,给我的名字后面加上美妙的FRCS头衔……皇家外科学院院士!啊哟,我连船票都买好了!"

　　"那你为什么没去呢?"迪格比迟疑地问道。

"因为三千年的历史，"拉维严肃地说，"我们婆罗门认为海洋是肮脏的，如果跨越海洋去其他陆地，我们的灵魂就会堕落，终身受到诅咒……"

"给他说实话，拉维，"霍诺琳说，"是因为你妈。"

他放声大笑。"还是霍诺琳说得对呀。啊哟，我圣洁的妈妈啊……她会死的。如果我出了国，那就是弑母了。就算她活下来，她唯一的讨债鬼也已经脏了，哪怕他躲在她视线之外，她这辈子也不能和他说话了。就因为这，我留下来了。不过迪格比，跟我说说你为什么要冒着永世诅咒的风险跨越大海？你是在逃离什么？还是要追求什么？"

热血涌上迪格比的伤疤。拉维昌德兰的笑眼看向那里，流露出了好奇和怜悯。迪格比一时不知道该说什么。

"会脸红的外科医生总比不会的好，"拉维对霍诺琳说，"他的上司都是克劳德·阿诺德了，我就不难为他了。迪格比，你知不知道克劳德的家门口停了一辆劳斯莱斯？你猜他为什么要买？因为我有一辆！我的劳斯莱斯是全马德拉斯第一辆，它成了你同胞们的眼中钉！'这个巴布怎敢如此无礼！'"拉维模仿着上流英国人的口音，他的大笑中断了叙述。"那省督必须也买一辆，过了好一阵子，克劳德·阿诺德也买了。但是克劳德那辆车不开，就是放在那里装饰房子的，和我妈妈额头上的波图是一个作用。迪格比，我婚也没结，兢兢业业，为了这份职业我放弃了很多最基本的东西，难道我该把奢侈品也放弃吗？在我自己的国家，我出门还不能爱怎么走就怎么走吗？"

忽然拉维冲着迪格比身后的什么人大喊了一句，听着像是泰米尔语里的脏话，他的笑容消失了。"真没耐心！"他说，微笑又慢慢浮现，"每天都在赶，我的事儿已经多得昨天的安排要挤到明天了。反正呢，迪格比，如果霍诺琳喜欢你，那我也喜欢。来吧，我今天第一台是疑似胃癌做胃切除术，如果还没有发展到晚期的话。"

手术室里，迪格比负责打下手，他要预判拉维昌德兰的一举一动，同时又得小心不能妨碍到他。胃窦里有一个石头般的硬块，就在幽门上方一点点。幽门是胃的出口，这里哪怕只是长一个小肿瘤也会引起患者的注意，因为他们略微吃几口饭就会很饱。拉维用手抚摸肝脏的表面，然后把小肠拉出来，放在手上把整整二十英尺[1]都检查了一遍，寻找是否有病灶转移。然后他又检查了骨盆。"没有扩散，我们做远端胃切除，换边，现在我就是你谦卑的仆人。"迪格比切除了半个胃。技术高超的拉维昌德兰不露痕迹地让他的视野和操作空间都变得更好，有他做助手，迪格比觉得自己的手术水平高得不真实。他做完以后，他们眼前便只剩下残留的十二指肠——胆汁、胰液都会流入此——和剩余的残胃。

"现在怎么办，我年轻的朋友？"

"我会把十二指肠缝合，形成盲端，然后把一段空肠与残胃连接。"这是他熟悉的那一套在朗梅尔给消化性溃疡做的流程。

"胃空肠吻合术，是吗？为什么不直接把胃接到十二指肠上呢？做毕I式？为什么不保留正常的通路，避免十二指肠残端漏的风险？"

迪格比将双手合在一起，他的手套上一直到指关节后面都是血，敞开的腹部等着他拿主意。"说实话，"他犹豫地说，"我在朗梅尔做了太多例胃空肠吻合术了。对我来说，缝合剩余的胃和十二指肠的切口比较复杂，不如做我熟悉的、有把握的。是，这样会遗留十二指肠的盲端，但它漏液的风险比我把胃和十二指肠吻合来得小，在我手里是这样。"

"回答得很好！最好的可行方案不一定是可行的最好方案！当然，如果癌症复发，我们讨论的这些都没有意义。开始吧。"

每周在综合医院和拉维昌德兰一起手术，正是迪格比踏上印度之旅时想得到的那种外科教育。他像海绵一样吸收着这位杰出外科医生的每

---

[1] 约6米。

一句金玉良言,拉维给其他人做手术时他也磨蹭着不想离开。与此同时,阿乌达侬娜亚奇等待着,铁了心要"吉格比大夫"切除她的甲状腺肿。她热心地给护士长和护士们打下手,照顾新来的病友,于是被允许一直留在病房。她已经成了这个大家庭的一分子。

在首次拜访拉维昌德兰的五周后,迪格比带着阿乌达侬娜亚奇在清晨乘人力车来到了综合医院。拉维用泰米尔语亲切地问候她。他摸了摸她的肿瘤,然后叫她举高双臂保持住,两臂的肱二头肌贴着脸颊。很快,她的脸涨得紫红,人开始喘不上气。"看到了吗,迪格比?管这叫'拉维预兆'好了,它说明肿瘤长到她的胸部了。我们要是从上面搞不定,就得锯开胸骨了。我给你打包票,这绝不是什么常规手术。"

焦虑的患者急着要用泰米尔语和拉维说什么,拉维安慰了她一番,然后故作无奈地对迪格比说:"我跟她保证了,只有这个白人主刀这场手术,我不过是伟大的'吉格比大夫'的助手。"

患者进入麻醉后,拉维事无巨细地操心起来,先是要了一个更大的沙袋放在患者的肩胛骨之间,好让她的颈部突出来,然后又让人把手术台的尾部调得更低些,使颈部膨胀的静脉再减少一点血流。"细节能带来很大的改变,迪格比,上帝就在细节里。"

两人才开始没一会儿,手术区域就堆满了止血钳,他们暂停操作,把出血点全都结扎好。和拉维预计的一样,阿乌达侬娜亚奇的甲状腺肿块一直延伸到了胸部,即使是他的长手指也取不出来。"拉维昌德兰之勺,谢谢。"他转向器械护士说道,她拿出来的长器具迪格比从未见过。拉维把它滑入胸骨下方,在什么都看不到的情况下,全凭感觉,把甲状腺肿块的下端从胸部提了出来。"你认出我的器械了吗,迪格比?这是插在我食盒两边插孔里的勺子,把每层盒子固定在一起用的。我妈妈还总是怪司机把勺子弄丢。它功能还挺多的,是吧?能用来捞咖喱鱼,也能用来捞甲状腺肿块!"手术结束后,拉维很担心。"第一个晚上是最危险的,床边一定要备好气管切开包,还要有一个护士值班,谢谢。"

担心是有道理的：气管的环状软骨正常情况下能支撑气道，但阿乌达依娜亚奇的软骨环因为长期受到甲状腺肿的压迫已经变薄，术后的肿胀很可能会导致危险的气管塌陷。

迪格比一整天都在朗梅尔忙着门诊和查房，但晚饭后，他又骑着自行车来到了综合医院。几周以来，阿乌达依娜亚奇每天早上都用微笑迎接他，她那么相信"吉格比大夫"，他很害怕最后出现坏的结局。

晚上的医院静悄悄、阴森森的，偶尔有几声咳嗽或呻吟打破寂静。迪格比走过开放病房，脚步声在走廊里回荡。一个坐在昏暗灯光下的护士惊讶地抬起头，害羞地笑了一下。她的微笑萦绕在他的心头，他有些向往能亲近一个女人。

阿乌达依娜亚奇睡得很熟，她床边有气管切开包，但不见有任何护士。一小时后，一个邋邋懒散的见习生回来了，看到迪格比她吓了一跳。他放她回去，打算自己亲自守夜。为了消磨时间，他开始在素描本里画起手术的步骤图。

* * *

迪格比被一阵尖利的呜咽声吵醒，一睁眼就看到绝望的阿乌达依娜亚奇在奋力吸入空气。这种可怕的声音——喘鸣——意味着气道阻塞。他一个箭步跃到她身边，心里为自己睡了过去而感到羞愧。她惊惧的脸上没有因为看到"吉格比大夫"而露出喜悦，她知道自己就要死了。迪格比一边扯开气管切开包，一边大声叫人来帮忙。这是他最恐惧的噩梦：在光线不好的情况下，给一个正在挣扎的病人做气切。他划开敷在她刀口上的纱布，惊讶地发现她的颈部已经不是刚做完手术时那个松软的样子了——它胀得那么大，仿佛是甲状腺肿跑回来复仇了！他切断三针皮肤缝合线，一大团血块立刻就从他的指缝间滑落到床单上，好像一坨邪恶地狞笑着的果冻。阿乌达依娜亚奇立马放松了下来。这时其他人赶到，手电筒的光线打到了伤口上，可以看到里面没有正在出血的地方。气管现在暴露在外,他完全可以做气管切开术。但是他没有看到新的出血点,而且阿乌达依娜亚奇已经呼吸稳定,表情平静,她甚至还试着笑了一下。

他应该把她推回手术室,在她被麻醉以后仔细探查伤口,找一找是不是还有出血点在渗血。但现在是凌晨四点钟,一个外来者想要在这个时间点把手术室准备好,得要上帝显灵才行。他实在不愿给拉维打电话,便把皮肤盖回去,没有缝线,只是用纱布松松地罩在上面。如果有任何新出血的迹象,我就马上推她回去。

早晨,外科过来查房,拉维走在最前面。他审视着水池里正在融化的那一大团血块。阿乌达依娜亚奇的笑容回来了,但V.V.拉维昌德兰医生没有在笑。他检查了伤口,随行的实习生和外科医生助理紧张地把重心从一只脚换到另一只脚。"你们谁在昨天晚上检查过这个病人?"一片寂静。"迪格比,你在这里是好事,但那个血块出来的时候,她应该在手术室里。你应该立刻给我打电话的。"

"她的呼吸好转了,如果——"

"别给我如果,别给我但是,也别给我白甘-巴塔!"拉维严厉地打断他,"为了患者,你可以叫醒我,叫醒耶稣基督他本人,因为要叫醒麻醉师,你还需要上帝帮你。但是患者该去手术室就必须去,没有商量的余地!"他怒气冲冲地看了迪格比几秒钟,然后神情才和缓下来。他拿起迪格比摊开的素描本。"啊,挺好的呀,这些手术图谱从来不出血,是不是?"

拉维和外科团队正要离开病房时,他忽然停下脚步转过身,害得他身后的跟班接连撞上前一个人。他的话音充斥着整个病房:"基尔戈医生,能做任何一种手术的外科医生是好医生,而能将自己的难题负责到底的外科医生是伟大的医生。"

这句赞誉让迪格比红了脸。

第十五章　黄金单身汉

1934年，马德拉斯

"我在城里还没见过这么多当兵的呢。"霍诺琳说。她和迪格比坐在新埃尔芬斯通剧院里，躲避外面的炎炎烈日。来看周日午场的人组成了一片板寸头和卡其布的海洋。"我一直盼着朗梅尔是我最后一个驻地呢。要是再打仗，他们会把咱们从民事部门调到军事去的。话说回来，让我干啥我肯定干，但这世道是疯了吧，我说。日本入侵中国？那万一他们再来打印度怎么办？那帮子德国人更甭提了，那个新总理，我看他够呛。"

"看报纸上的说法恐怕是早晚的事——战争，我是说。"迪格比震惊地发现之前有一百万印度士兵参加了大战，而且死了有十万人。社论里说，如果想再次征召印度人加入不列颠印度军队参战，除非拿独立来换，否则他们绝不会答应。

"早晚的事？上帝啊，你可别这么说！"她在她的大藤编包里徒劳地翻来找去，最后放下包接过迪格比递来的方巾蘸了蘸眼睛。"我几个哥哥都在大战里没了，可真是要了咱可怜的老娘的命。那些政客？全是一帮老爷们儿，迪格比，"她伤心地说，"要是女人说了算，咱们说啥也不会让孩子去送死。"

如果战争打响，迪格比就会被派到部队上。他记得格拉斯哥的艾伦·埃尔德教授曾经说过，唯有战争才是外科医生真正的学校。但这个想法迪格比是不会告诉霍诺琳的。

电影三连映的最后一部是《城市之光》，卓别林的动作喜剧让所有人哄堂大笑。这个笑泪交织的故事——流浪汉爱上盲女，为她筹钱治眼疾——真是一剂良药,让人们暂时忘却了战争这个话题。

他们从剧院出来时,仿佛已经过了一辈子那么久。虽然已近黄昏,天气仍是酷热,空气凝滞不动。几乎是一瞬间,迪格比就觉得他的唇上和眉间已经冒出了汗珠。尽管街边的小摊飘来炸瓦达的香气,身处热浪中的他还是没什么胃口。

"玛丽娜海滩。"霍诺琳果断地告诉驾驶贾特卡的车夫。那人染着槟榔渍的大板牙和他马儿的牙如出一辙。人和马都动弹得不太情愿。

"有卓别林,男人还是有希望的,"霍诺琳的心情好了很多,"真爱胜过一切。我要是能收了他我就收了他。"

"不过恐怕他不太爱说话吧?"

"要的就是这啊!"霍诺琳说。

到了瓦拉加路上,马儿一阵嘶鸣,加快了步伐;车夫坐直了身子;霍诺琳闭上眼睛,深吸了一口气;迪格比终于感到有些饿了。

这些细微的变化就像是交响乐团演出前的校音,宣告每天最重要的节目已然开场,它就是科罗曼德尔海岸上生活的重心:晚风。马德拉斯的晚风是有实体的,它的原子交织在一起,化作清凉的手掌抚摸皮肤,那触感就仿佛是喝下一整杯冰镇饮料,或是一头扎进山间的清泉。它声势浩大地来,绵延整片海滩,不急不躁,坚定可靠,在半夜之前都不会有一丝懈怠,那时人们早已被它哄入美妙梦乡。它不在乎什么阶级或特权,一视同仁地抚慰着住在花园小别墅里的外籍侨民,光着膀子与妻子坐在一室户屋顶上的文员,也抚慰着蹲在路边的流浪汉。迪格比发现,即使是向来乐呵呵的穆图,也会在某刻变得心不在焉、少言寡语、闷闷不乐,他期待的解脱来自苏门答腊与马来亚的方向,它会在孟加拉湾蓄力成形,带来兰花和海盐的气息,它是用空气散播的鸦片酊,让攥紧的放松,把紧锁的解开,最终让人遗忘白天残酷的灼热。"是,是,你们有你们的泰姬陵,有你们的金庙,有你们的埃菲尔铁塔,"一个受过良好教育的马德拉斯人会这么说,"但有什么能比得上我们马德拉斯的晚风呢？"

映入眼帘的沙滩是如此辽阔，衬得湛蓝的大海仿佛是条融入天际的细丝带。他们所在的位置，正是英国人在印度的第一个立脚点，一个小小的贸易站，东印度公司的前身。到了十七世纪，贸易站需要建一座堡垒——圣乔治堡——来贮存即将运往家乡的香料、丝绸、珠宝、茶叶，同时还要提防本地军阀抢夺货物，另外还要提防法国人，提防荷兰人。就这样，马德拉斯之城从堡垒的两边绽放开来。迪格比已经对这座城市熟悉了很多，他骑着自行车到处探索，拼凑出了这里的居民分布。堡垒旁边的"黑人城"在威尔士亲王来访时改名成了乔治城。英印裔聚居在普拉萨瓦尔坎和维佩里，而外国人则喜欢住在埃格莫或是更奢华的郊区努甘巴卡。婆罗门拥有一块飞地麦拉坡，而穆斯林则集中在戈沙医院附近或是崔普利凯恩区。他和霍诺琳来到了马德拉斯玛丽娜大道上，它的设计者是之前一位姓名奇长的省督，叫作芒斯图尔特·埃尔芬斯通·格兰特·达夫。这条壮阔的海滨大道往前往后都要延伸出数英里。

沿着玛丽娜大道，面朝大海，矗立着一座又一座意欲留存千秋万代的宏伟建筑。在迪格比看来，建筑师们似乎是因为远离了英国白厅的束缚，尽情放飞了他们的东方幻想，才兴建了这些雕梁画栋的庙堂来向帝国致敬。他和霍诺琳在大学评议会大楼前下了车。大楼上高耸的几座宣礼塔仿佛是交配繁衍了后代，生出了一窝同样顶着雪白顶冠的小塔。迪格比看到文艺复兴、拜占庭、穆斯林、哥特这些元素在同一座建筑上争奇斗艳。它就是用来让原住民敬畏的，迪格比心想，就和胜家的钟楼一样。

"我就该讨厌这些大楼才对，"霍诺琳说，"但我走的时候一定会舍不得它们，肯定的。"

迪格比一脸困惑，霍诺琳在印度的时间比在英国还长。

看到他的表情，霍诺琳笑了。"哦迪格比，我喜欢这城市，我也喜欢住在这儿，但这个国家要不了多久就会独立的。我平时不说，是因为这话能算得上是异端邪说，你说是不？当然了，要是印度人留咱，那我也就不走了。"

他们俩光着脚走在沙滩上，看上去是很奇特的一对儿：头发花白、步履沉重的妇人挽着年轻些的憔悴男子，他深色的头发像是抹了海娜染料一样微微泛红，脸上的伤疤给他添了一丝孩子气。他们坐下，眺望大海。三个渔民蹲在双体船的阴影下，背朝着海水吸烟。

"我很惭愧，报名的时候我对印度什么都不了解，"迪格比忽然说，"我满脑子想的都是积累手术经验——好像印度医务部队是为我服务的一样。"他不得不提高嗓门，好盖过海浪拍下时的咆哮。"我觉得我不会习惯在这里受到的优待的，我害怕我习惯以后的样子。"

一对年轻的夫妻如胶似漆地走过，女子头发上别着的茉莉花留下一抹香气。护士长瞧着他们，叹息道："迪格比，你干吗老跟着霍诺琳大妈转呢？我那几个护士可都瞅着你呢。"

他不好意思地笑了。"我还没这方面的打算呢，太复杂了。"

"嗯，是啊，行吧，你在我这儿倒落得清净。"

"我的意思是……"

"你知道我那些英印裔姑娘的问题是什么吗，迪格比？我的护士们，还有那几个秘书？她们命不好，有些人看着比你我还白，但有啥用啊。她们以为，嫁给你这样的她们就真成英国人了，但实际上你想带她们进马德拉斯俱乐部都费劲儿，然后你的娃还是英印裔，还得碰一样的石头。孩子，就你那受伤的气质，再加上你又是个了不得的外科医生，姑娘就喜欢你这样的。我的意思就是，你要当心点。"

迪格比紧张地笑笑，心想还好在黄昏下她看不到他脸红。

"不用担心，霍诺琳，我已经习惯一个人了，这样总好过……"剩下的半句他无法启齿。

霍诺琳脸上流露出悲伤，或者是同情？"迪，原谅她，放手吧。"

一时之间，他还没反应过来。在马德拉斯，他只有对她才鼓起勇气倾诉过母亲的事情，包括之前和之后那艰难的几年。孤独所到之处，秘密也会滋长,他的秘密——他的弱点——就是在母亲的背叛后,他不敢去爱。

"我放手了,霍诺琳。"

"啊,是吗,"她看向远方的大海,微风迎面拂过头发,"你要说服的人不是我,对吧,孩子?"

圣诞前夕,迪格比正打算回家,霍诺琳冲进他的病房,身后还跟着一个高大健壮的白人男子。"迪格比,快跟我们来。这是弗朗兹·迈林,克劳德医生两天前收治了他妻子,她现在状况很不好。"

迈林有着橄榄球运动员的体型,颈部和上半身块头很大。他长着一头红发,他怒不可遏的脸这会儿也是红的。他们上楼的时候,霍诺琳复述了一遍重点,考虑到丈夫在一边,她措辞很谨慎:迈林夫妇刚坐船从英国回来,在旅途的最后三天,莉娜·迈林出现腹痛、呕吐,并且症状逐渐加剧。他们一下船就直奔郎梅尔,克劳德·阿诺德的入院诊断是消化不良。"那是三十六个小时之前的事儿了。"霍诺琳说。

迈林大吼:"她进来的时候他碰都没碰她,然后就再也看不到他人了!她就是躺在那里,越来越糟。"

英国人病区空荡荡的,只有莉娜·迈林一动不动地躺在那里,纤细得像只小鸟。她呼吸急促,几缕深色的卷发粘在额前。她忧虑地看着迪格比走近。弗朗兹说:"小心别撞到她的床,稍微动一下她都会疼得更厉害。"

单单这句描述就提示了腹腔感染引起的腹膜炎,迪格比的检查也证实了这一点:她的右腹部摸起来发硬。他注意到她舌头干燥,嘴唇干裂,眼睛有黄疸,皮肤冰冷黏腻。当他一边叫她深吸气,一边轻轻按压她右侧肋骨下方时,她立刻瑟缩着止住了呼吸——迪格比的手指碰到了她发炎的胆囊。他没有斟字酌句。"我很确信有结石堵住了你的胆囊,现在里面积满了脓液。"他避开了"坏疽"这个词,以免让两人更加紧张,"我们必须马上手术。"

"那个混蛋说是晕船!"弗朗兹气愤地说,"他在哪?这是犯罪!"

手术室里,迪格比一打开腹腔,就看到了他担心的一幕:一只肿胀、发炎的胆囊表面覆盖了一片片深色的坏疽。克劳德,这就是你说的消化不良。他在胀满积液的胆囊上穿刺了一个小洞,黄色的脓水、绿色的胆汁,连带着色素性胆结石一股脑地涌到纱布垫上被引流管吸走。他揭去了尽可能多的胆囊,只留下附着在肝脏上的部分。胆囊管他避开了,那是胆囊清空的通道,在炎症这么严重的情况下切到那里是很危险的。莉娜的组织在源源不断地冒血。在关闭腹腔之前,他在肝床附近留置了一根橡胶引流管。手术之后,莉娜·迈林非常苍白,血压很低。迪格比赶忙去了"血库"——其实就是个带制冷机的柜子——并用定型试剂测出她是B型血,很稀少的血型。血库是他的创意,这是他们比其他市医院先进的地方之一。输了一品脱血后,莉娜的血压升高,面色也红润了起来。

"这是谁的血?"弗朗兹问。

"我的。"迪格比说。他的血型让他成了一个万能献血者,幸运的是,库里正好存了两包他自己的血,就是拿来派这个用场的。"我还要给她再输一瓶。"

迪格比和弗郎兹一起守夜。到了早上,莉娜显然好了很多。他得知迈林夫妇在印度另一边的海岸有个庄园,就在科钦附近。弗朗兹描述起他们多年来在西高止山脉上的家园,表情终于放松下来,那里是他种植茶叶和香料的地方。"基尔戈医生,你一定要来看看。"

中午,迪格比回来时发现克劳德·阿诺德正站在床尾查看莉娜的病历,弗朗兹则抱着胳膊站在旁边。他虎视眈眈地盯着克劳德,不耐烦地想要开口说话。莉娜侧着脸看向旁边。

"嗯,"克劳德注意到迪格比进来,说道,"看来是多亏了基尔戈医生啊……"说完他就从迪格比身边一闪而过,在他们反应过来之前扬长而去。迪格比忙安慰火冒三丈的弗朗兹消消气。

过了一会儿,迪格比走出病房,克劳德忽然从他身后冒了出来。他一定是一直躲在柱子后面等他。如果说迪格比之前还心存幻想,以为阿诺德会有点不好意思,甚至对他的助手有感激之情的话,他很快就明白自己大错特错。

"你明明放根引流管就好了,还挖掉一部分胆囊?这不算标准操作吧。"克劳德背对着病房门口,没有注意到弗朗兹·迈林已经悄然站到了他身后。"要我说,迪格比,这真是太不负责任、太鲁莽了。"

震惊的迪格比还没想出来该怎么反驳,克劳德已经再一次扬长而去。但这一次,只听弗朗兹骂了一句脏话,他宽大的手掌已经拍到克劳德肩上,抓着他一把转了过来,克劳德脸上的傲慢瞬间变成了诧异和惊恐。在弗朗兹挥起拳头的当口,迪格比赶忙跳到两人中间,逼得拳头偏离方向,只落到了克劳德的胸上。克劳德跑了。弗朗兹盯着朗梅尔外科主任医师逃离的背影怒吼:"回来啊,你这个懦夫!你说谁不负责?你连基尔戈医生的一半都比不上!"话音在克劳德空落落的病房里回荡。之后在莉娜住院的时间里,克劳德再也没有出现。

后来事实证明,莉娜才是夫妻俩当中话更多更擅交际的那个。她记得住每一个见习护士的名字,他们也巴不得为她多做点事情。引流管三天后就拆掉了,术后十天,她便可以出院了。

到了告别的时候,弗朗兹抓着迪格比的肩用力捏了捏。这个魁梧的汉子感动到说不出话来。

莉娜握起迪格比的手。"迪格比,"她直接喊他的名字,让他有些惊讶,"我要怎么报答你呢?你是我的救命恩人。你要是不来庄园看我们,我们可真的会生气的,你需要假期,答应我你会来的好吗?"迪格比含混不清的回复显然不足以令人信服。"迪格比,"她说,"你在印度有亲人吗?"

"没有。"

"哦,你有,我们现在就是亲人了。"

第十六章　艺术之术

1934年圣诞节，马德拉斯

努甘巴卡是克劳德居住的街区，此处将英国的风貌重现在了南印的画布上。两旁树木林立的街道都起了些诸如学院路、斯特林路、哈多斯路这样的名字。花园别墅和小楼外的灌木全修剪成了"金字塔上的鸟""球上球""小兔子"这几种造型，几乎没别的花样。其中，当属小兔子最受欢迎。迪格比怀疑它们都是出自同一位四处接活的麻隶之手，要不然很难解释为什么每只兔子都长得有点像猫鼬。

要在马德拉斯幻想自己身处伦敦的贝尔格拉维亚，就必须忽略掉现实里躺在学院路正当中的那只死掉的流浪狗，还要坚定地相信这就是圣诞节的第四天，即使这天潮湿得让圣诞歌里那四只鸣唱的鸟儿绝对不想鸣唱，酷热难耐到那只死掉的流浪狗其实只是热得中暑倒在了路上。它颤颤巍巍地站起来，害得迪格比不得不猛转车头才绕开了它。

在环形红土车道的映衬下，克劳德瓷白的房子显得非常耀眼。车道上已经停满了车子。二楼的阳台栏杆和一楼的廊柱之间都点缀着油灯，灯火伴着西下的夕阳，给房子笼上了一层如梦似幻的光辉。"克劳德啊，要是你在医院的工作上也能花这么多心思就好了。"迪格比咕哝道。他纠结了很久是否要出席这场圣诞派对，最后他觉得如果不来，他们本就不妙的关系可能会雪上加霜。

门廊下停放着一辆耀眼的黑绿拼色的劳斯莱斯。迪格比正打算把自行车靠到墙边时，一个仆从忽然把车接了过去。他的笑容似乎是在向他保证这辆车马上就会被藏起来，绝对不会有人发现。

客厅里熙熙攘攘，一棵圣诞树在攒动的人头中矗立着，棉花球做的"雪"吸饱了湿气，从枝条上耷拉下来。女士们都穿着长裙晚礼服，有些是露背款，但所有都是无袖款，另有丝巾披在肩上。

迪格比刚骑出了一身汗，只想把进门时刚穿上的海军蓝制服外套赶紧脱下来。他从三个女人背后走过，她们身上花香调的香水散发着巴黎或者伦敦的风情。他听到克劳德在说话，他的口齿只是稍稍有点含糊："……王公夫人只有在车后座才能喝东西，她躲在帘子后面，她的司机就在前面绕着庄园开。"有个女人问了什么问题，迪格比没有听清，但是他听到克劳德回答说："亲爱的，劳斯莱斯是不会坏的，只有很偶尔的时候，它可能会无法前进。"

迪格比走过一个被运动奖杯和相框塞得满满当当的柜子，照片里是两个不一样大的男孩儿，最新的一张里两人看着都是十几岁的样子。侍应生端来威士忌，但迪格比只拿走了餐巾。他躲进饭厅悄悄抹了把脸和脖子，感觉自己的穷酸相和这个场合格格不入。这里厚实的橡木餐桌、高脚酒杯、金属的餐盘架都让他想起了亚瑟王的骑士。迪格比背对着派对的人群，面朝三幅装裱好的大型风景画站着，身上还在不停地冒汗。他有点恼怒自己不该过来。

得嘞，迪，过两分钟你就冲回那群人里头，跟那王八蛋握个手，再祝他过个乐乐呵呵的圣诞节，哦反正新年钟声敲响之前他也不会来医院，那就再加一句万事如意新年快乐阖家幸福。但是咱先冷静下来，迪，先把脑门儿擦擦，然后领子下头也抹抹，赏赏他了不得的藏画——这是牧场对吗，克劳德？这可怜巴巴的湖，这小野花儿，咱就说"很不错"吧。呵，可能还没人给出过这等评价呢。这最后一幅……他说是幽暗的森林？这是个幽暗的……粪堆吧……真是垃圾，我谢谢您。这么夸张的金框子，是不是想说"我们应该挂在博物馆里"……可惜就是一堆垃圾，以后也是一堆垃圾，不管谁叫得再响它们也是……

"这些画不怎么样，是吧？"一个沙哑的女声说道。他猛地转过身，却发现自己差点就要贴上一位女子。她美艳动人,比他略高一点。两人都退后了一步。她身上的麝香精油带着一丝檀香与失落文明的气韵,和那些巴黎香水完全不同,他感觉仿佛一脚踏入了王公夫人的闺房。"侍应生说你不想喝威士忌,我给你拿了杯石榴汁。我叫西利斯特。"

哦,不会吧!可别是他老婆。

"我是克劳德的爱人。"她两手各举着一只杯子。

她棕色的头发用银箍拢到脑后,在脖子上方绾成了发髻。她的脸型是三角形,稍微有点上颌前突,看上去好像噘着嘴。从正面看,她五官俊美,几乎透着些英气。她年纪和克劳德差不多,四十出头的样子。三颗红宝石缀在她的胸前,项链在锁骨间若隐若现。

"迪格比·基尔戈。"他伸出手准备和她握手,但她的两只手都腾不开,他赶紧接过给他的那杯石榴汁。

"克劳德可说你是个画家。"

他他妈是怎么知道的?她饶有兴致地看着他。

"只能算是爱好,"他说,脸上有些发烫,"我只是试着捕捉我看到的东西。"

她大大的栗子色的眼睛在红宝石的衬托下显得更温暖了。如果说克劳德是疏离的、冷漠的,她就是他的反面,她的凝视直白而热切。可他也注意到挂在她嘴角边的冷酷,只不过她一笑就不见了。

"油画?"

"水彩。"他说。她还在等他继续。"我……呃,我喜欢变幻莫测、不能预知的东西。"

"你画肖像吗?"她问道,同时高昂起头。她是在特意摆姿势吗?她并非是要让他难堪,而是在调节气氛。

"偶尔吧,画的。我……马德拉斯可看的东西太多了。街上人们的脸,穿纱丽的妇女,还有榕树啊,风景啊……?"他举手示意那几幅裱框的油画。他语无伦次。

她靠他更近,压低声音问:"迪格比,说实话,你觉得这几幅画怎么样?"

"嗯……呃……还不错吧。"

"所以说你喜欢它们咯?"栗子色的眼睛盯着他,他撒不了谎。

"呃,那倒也不至于。"

她开心地笑了。"它们原本是克劳德父母的,我讨厌死它们了——我是说画儿,你懂的。"

这是这个晚上他第一次感觉到自在。

她又一次昂起了头。"我能给你看样东西吗?"她不等他回答,径直走了出去。他跟上她的脚步,眼睛盯着她后颈上凌乱的碎发。在楼梯口边的会客厅里,墙上挂着一幅很简单的米色画布的作品。它大约有十二英寸宽、十六英寸高[1],装在原木画框里,画上是一个坐着的印度女人,她的头转向一边,肩膀转向另一边。画作的风格像孩子一般,简单却有艺术感,色彩鲜艳。它并不注意人体结构是否正确或写实,人物却栩栩如生。他细细观察起这幅画作。

"真是太棒了!"迪格比说,"你看,这鼻子不过是一根线条,眼睛只是两个椭圆……寥寥几笔曲线,纱丽就出来了,还有这姿态,"——他用手在空气中描摹着轮廓——"只用了三种颜色,这个女人就跃然纸上!它没有任何复杂的东西,却如此精妙。这是你画的吗?"

明快的笑声再次响起。她颈部的曲线和画作相互呼应,她之所以给人留下高挑的印象,正是因为这条曲线和她极为细长的手臂。她的优雅几近笨拙,他觉得很美。

"不,不是我画的,但这画儿确实是我的。为了把它挂出来我还吵了半天。这是迦梨格特绘画,我小时候住在加尔各答的时候看到的。这些画在神庙里铺天盖地,是给远道来朝圣的教徒做纪念品用的。他们一

---

[1] 约为30厘米宽,41厘米高。

般画《摩诃婆罗多》和《罗摩衍那》里的那些人物。如果依着我,我就把那几幅老掉牙的庞然大物给丢掉,换这些挂上去。"他们一齐笑了起来。"对,我就是想有一屋子的迦梨格特。"她举起手臂,手掌向下,五指张开,仿佛是将一大把迦梨格特抛到了墙壁上。他的视线掠过她肱三头肌的弧线、小臂的斜坡、下压的手腕和指关节的折角,最后随着她光洁的指甲望向墙面。在他的脑海中,他看到这间屋子挂满了那些生动而独特的肖像。

他强迫自己继续去看画。他伸出手指临摹人物,想要记住它。

"它像一首澎湃的诗,"他说,"就算画家是在大批量地作画,他用的词汇却是简练而传神的。"

"正是!我觉得最有意思的是,一个村民完成了一生一次的朝圣,然后花辛苦钱买了一件纪念品,结果这个纪念品就源自他的村子。这原本就是乡村里的手艺,和编织竹篮一样,但是这个手艺人搬到了城里,做起了朝圣的生意,然后就把商品卖给了他以前的邻居,而这幅画就挂到了一切开始的地方!"

"或是,它挂到了一间会客厅里,主人是最……有眼光的英国女人。"迪格比说。他的脸红了,"美"这个字默悬心间。

"我知道你这么说是想要夸我,迪格比。"她轻柔地说。至少她没有不开心。一段漫长的沉默。"我还有其他的迦梨格特,那群人是欣赏不来的,他们只会觉得它故弄玄虚。"她笑容洋溢地跟某个人挥了挥手,但马上那种冷酷又浮现在了她的嘴角。"说起来,你喜欢马德拉斯吗?"

"喜欢!在这里获得的手术经验真是无与伦比,而且这里的人也很温暖、很友善。"

他说话时心里想的是穆图,他是那么贴心地照顾他,哪怕做一件很小的事情也充满自豪。两人结识几个月后,穆图害羞地带妻子和两个孩子来打招呼,现在他们就像一家人一样。

"迪格比,你去过摩诃钵利之城吗?"她试探性地看着他。

"我听说过，石头神庙，是吗？"

"哦，太难形容了……"她犹豫地看向一边，"那是我最爱的地方，我觉得你也会喜欢那里的，你相信我吗？"

"我相信。"

"想象一片美丽的一望无际的沙滩。"她的那双手又挥舞着变出了画面，"突然，你的面前出现了天然形成的岩石，那些巨石比这间房间还要大，有的比这座房子还要大上二十倍。它们有些浸在水下，有些嵌在沙滩里。古代工匠用它们雕刻出了神庙，有些不过娃娃屋那么大，有些堪比剧院，里面还有座位。它们都是用一整块石头凿出来的，你能想象吗？据说，这里曾经是训练雕塑学徒的地方。摩诃钵利之城是神庙中各种意向的词典，每个动作都有含义。所有的神都在那里：舞蹈的湿婆、杜尔迦、象头神。那儿还有狮子、牛、大象——比动物园里的动物还多。"

他穿越到了那片沙滩上，他已经看到微风拂起她颈间的秀发，在她身后，是暮色中古老庙宇的剪影。他感到咸湿的水雾溅在脸上，闻到大海混杂着她香水的气息。他深吸一口气。

"我看到了。"他说。

"是吗？"她的手指指向前方，"现在仔细看海浪退潮的地方，看到水下的暗影了吗？那是更多的神庙，迪格比！一排排的神庙，被大海隐藏，被时间隐藏。我们以为永远消失了的东西，总有一天会重新出现。"

一阵刺耳的大笑将他们拉回现实，沙子变回了硬木地板，拥挤的客厅再次出现。圣诞树下，英属印度的统治者把酒狂欢，缠着头巾的侍应生满上一只威士忌酒杯，仿佛这场宴席永远都不会结束。

"很美的旅途，阿诺德太太。"

"叫我西利斯特吧，'阿诺德太太'说得我比海下的神庙还老。我们一定要让你去一次。那些人是万万不会去摩诃钵利之城的。"她转向他，端详着他的脸，"我很高兴你喜欢这里，很少有人愿意这么说，我也不知道是为什么。有很长一段时间我都以为这里只是暂时的，克劳德特别确定他会被调到加尔各答去,就是我长大的地方,或者是调到德里,所以我过了很久才安顿下来。"

这房子看上去远不止是安顿下来而已,但他觉得这里不适合她。在他的想象中,她应该住在切蒂纳德的小宅子里,中间是庭院和雕饰华丽的泳池,池边有可以躺下的石椅,室内吊一把双人柚木秋千,卧室里凉风习习……

"我们都快待满二十年了,你敢想象吗?"

"我相信很快就会有下一个驻地的。"他结巴地说。

"天哪可千万别!我可能早些年还盼着,但现在我已经爱上这里了。我的孩子也管这里叫家,虽然他们每两年才回来一次。为什么要离开呢?就算我们离开了,克劳德也还是克劳德,我也还是……"她移开视线,重又欣赏起那幅画来,好像她才是客人,正被领着观摩主人的藏品。

他努力记忆她的侧影:眉毛、鼻子、微翘的上唇唇峰,再到下唇的红缘,然后他的视线滑过她的甲状腺软骨、环状软骨,最后落到胸骨上方那处柔软的凹陷。他的手指想轻抚这段轮廓。

西利斯特转过头,正好看到他面部泛起红晕。她的眼睛盯着他的脸,表情耐人寻味。她扫视了一圈客厅,派对的喧嚣包围着他们,却穿不透两人结成的茧。他们看到了克劳德,他满脸通红,眼睛都有些睁不开了。

"我为什么要和你说这些呢,年轻的迪格比·基尔戈?"她沙哑的声音几乎低到听不见。她又一次看向他,扬起眉毛,等待他的答案。

"因为,"他简单地说道,"你知道我会在乎。"

她的瞳孔骤然放大,胸前的红宝石随之升起。她的眼睛闪烁着光芒。良久过后,她说:"你不会犯和我一样的错误,对吧?"她的凝视柔和下来,再一次带着笑意,伤感的表情消失了。

"什么错误……西利斯特?"

"就是,迪格比,就是对已有的证据视而不见,对未来的伴侣抱有不切实际的幻想。"

第十七章　另类

1935年，马德拉斯

欧文·塔特尔贝里和妻子珍妮弗是霍诺琳的英印裔好友，现在也是迪格比的朋友——珍妮弗是一个接线员，她丈夫则是火车头司机。欧文整天都站在贝茜的司机室里，眼前是她密密麻麻的表盘和操纵杆。贝茜是他嘶嘶冒蒸汽的"夫人"，是他年幼时的梦想成了真。他负责到绍勒努尔的线路，几乎没有机会坐下。"我看太阳从孟加拉湾升起，"他说，"再看它在阿拉伯海落下，我难道不是世上最幸运的男人吗？"

迪格比想换个更好的交通工具，汽车太贵，但二手的摩托可能还行。欧文传话说他有一辆，价格应该会让迪格比满意。迪格比和霍诺琳乘贾特卡来到了佩兰布尔铁路职工住宅区。这里四周竖着围墙，是位于城市边缘的英印裔领地，它像是小孩子用玩具搭的村庄，到处都是一模一样的小房子。在中央的空地上，小男孩们拿一只网球打板球，青少年们则扎堆待在几架秋千旁，身后是大人们警惕的目光。这里看不到一条纱丽或芒杜——只有连衣裙、长裤、短裤。

在塔特尔贝里门口停放着一辆看不出是什么牌子的轿车，焊点都裸露在外面。霍诺琳先进屋去，欧文则带迪格比到后院去见埃斯梅拉达，欧文说，只要一笔小钱，她就是他的了。价钱确实便宜，但迪格比有些担心她是不是真的如欧文所说，是"顶呱呱的好车"。欧文答应，会给迪格比讲讲机械运作的原理——这和他了解的人体运作正是两个对立面。埃斯梅拉达名义上是一辆凯旋，不过欧文承认，她的油箱、车把、前叉、发动机支架、底盘、排气管，还有木头打的挎斗，统统都是佩兰布尔铁路车棚出品，所以理论上来说，她也可以算半辆火车——只有单缸发动机是原装的。"你和她还不熟的时候,她会有点冷淡,"欧文坦白,"但是她也会非常牢靠,谁都比不上。我太爱她了,你这辈子修车就包在我身上,讲好了。"有欧文坐在挎斗里指导,迪格比发动起埃斯梅拉达,在住宅区里绕了几圈。等他们回来时,他已经动了心。"她就跟我家人一样,迪格比,要不是我现在有车了,我肯定还要留着她的。你看到我的车子哇?漂亮哇?再涂个漆就好了。"

他们必须得吃了晚饭才能走,"不可以推辞"。坐在霍诺琳旁边的是一个肩膀宽阔的年轻人,穿着熨烫笔挺的裤子和干净的蓝衬衫,他的袖子卷到了手肘上方,露出了健壮的肱二头肌。珍妮弗介绍说这是她弟弟杰布。他皮肤比他姐姐更白,头发是浅棕色。他有力的大手握紧了迪格比,说:"我姐夫一定是很喜欢你,才会把埃斯梅拉达让给你。"

欧文说:"医生你要知道,现在和你握手的可是未来的奥林匹克运动员。要是杰布进不了我们的曲棍球队,我真不晓得谁还能进哦。"

"天哪,别乌鸦嘴啦。"杰布说。

珍妮弗说:"我弟弟连车票长什么样子都不知道,但他一定要说自己是个检票员。"涂着红唇的她露齿一笑,"他们每天早上都给他吃生鸡蛋,中午吃羊肉,然后他一整天就是打曲棍球。还蛮舒服的,对吧?"

杰布的白皙和他姐夫的棕黑皮肤形成了鲜明的反差。欧文的手被太阳晒得黝黑,指甲边永远有圈油渍,人却也更淳朴。

杰布平时和妈妈住一起,就在几幢房屋开外。不一会儿她也来了,一起吃饭的还有欧文的姨妈,塔特尔贝里家的两个小孩和一个侄女。一大家子人陪同他们的贵客,紧挨着围坐在桌边。迪格比陶醉地看着眼前这幅家庭生活的图景:孩子们坐在大人的腿上;杰布舅舅给大家倒自家酿的烈酒,这酒的劲儿比火车头还大;珍妮弗端来了一锅炖,她管它叫"皮什帕什"——这道菜将米饭、羊肉、土豆、青豆、香料统统炖在一起,好一顿美味佳肴。

欧文自豪地看着妻子。"能娶到她我真是走运啊,你说是不是,医生？谁能想到她会嫁给我这么一个棕皮！"

从铁路职工区出来以后，他们驾驶着埃斯梅拉达路过一片又一片的茅屋和简易搭建的破烂房子。这样的对比令迪格比震惊：英印裔的领地排除了本地人，他们自己却又被他们支持的统治种族排除在外。可话说回来，他的境况也是一样。迪格比·基尔戈：格拉斯哥的被压迫者；此处的压迫者。这个念头让他郁闷。

第十八章 石庙

1935年，马德拉斯

西利斯特的司机把车停在了迪格比屋外。在他的隔壁，一个老人正在用颤悠悠的低沉嗓音带着女孩子们唱"苏帕巴坛"。这首颂歌几无变化的音阶、它的旋律和切分音都仿佛已经融入了她的生命。从她小时候在加尔各答时就陪着她的泰米尔保姆，贾纳基，会在给她梳头时唱这首歌。这首颂歌的作用，是在蒂鲁伯蒂著名的神庙唤醒名为文卡特斯瓦拉的神明。

西利斯特的父母去世后，贾纳基就成了她仅剩的家人。再后来，克劳德不顾她的反对，把两个尚且年幼的儿子送进了英国寄宿学校，那时的西利斯特觉得房子里连一丝生气都没有了。为了让她振作起来，贾纳基带她去了蒂鲁伯蒂。她们赤着脚加入了成千上万个爬山者的队伍，脚下的石阶被之前的几百万朝圣之人磨得光滑亮泽，就在那时，她再一次听到了"苏帕巴坛"。万众信徒同行共进，每个人都怀揣着自己的忧愁，这给了她力量。当贾纳基让理发师剃下她的头发送给神庙时，西利斯特也照做了。随着她的长发一绺绺落在地上，悲伤也松开了紧攥的手。在队伍里排了几个小时之后，她终于亲眼看到了文卡特斯瓦拉，胳膊上立时起了一片鸡皮疙瘩。那个十英尺高[1]、披罗戴翠、安宁祥和的存在不只是一座神像，它不是对谁的描绘，而是毗湿奴真正的化身。它散发出如此巨大的力量，她感到脚下的山石都在震动，她的人生已经改变。

克劳德回来时，如果问一声，他也许就会了解她的蜕变，会知道她

---

[1] 约3米。

已决意投身于舍瓦。但他没有,他只是盯着她的光头沉默。舍瓦意为通过服务忘却自身,对她来说这有很多种形式,包括每个工作日去马德拉斯孤儿院做义工。

迪格比肩上挎着一只布桑吉出来了,很少有英国人会背这种包。他上了车,脸上又是紧张又是激动,西利斯特觉得他就像是要出去郊游的小学生。

一只棕色的手举着罐头盒塞进车窗。"萨尔忘记炸饺了。"穆图说。

"我能吃一个吗?"西利斯特撬开罐子,拿出一只炸饺咬了一口,热腾腾的馅料冒出蒸汽。"老天,"她身体前倾着,小心不让脆皮掉到自己橙色的库尔塔上,"我从来没吃过这么好吃的。"

"如果小姐喜欢,我做很多的。"穆图说。

他们开远了之后,西利斯特笑着说:"他叫我小姐,好像我还是学生一样。"迪格比只是微笑,不知怎么张口。

到了阿迪亚尔的城郊,他们跨过河流,行驶在开阔的湿地上。迪格比结结巴巴地说:"说实话,我昨晚一夜都没睡着。"

"哦?"

"我怕我让你以为我很懂艺术。我长大的环境应该和你不一样,我从来都没去过欧洲的那些博物馆什么的,我在伦敦工作的那几个月都没有出过医院的门。好了!我总算说出来了。"坦白让他红了脸。

"迪格比,我要让你失望了。我可以跟你保证,我从小到大也没去过什么博物馆。我父母是加尔各答的传教士,我们家就是个两居室,只有一个保姆,不像我知道的其他人家可能有十个仆人。你别愁眉苦脸的呀,我那是万幸!因为他们太穷了,没钱送我去英国,所以我不用刚满五岁就被迫和家人分开。这是惯例,你知道吗?把小孩子送上船,远渡重洋去上寄宿学校——克劳德就把我两个儿子送走了。每过两年,从船上就会下来一个又长高了点的孩子,他怎么可能还是你儿子?他只能跟你握握手,说'你好,母亲',因为他对'妈咪'的印象早就淡薄了。"

福特T型车松散的悬架晃得他们俩齐刷刷地左摇右摆,节奏正适合吐露心迹。"我算运气好的,他们至少还会回来。有些孩子每年夏天都在伊灵或者贝斯沃特和什么安德森'奶奶'、波莉'阿姨'过,她们收笔钱就可以代替你的角色。真是太残忍了。"

"那为什么还要这么做?"

"为什么?因为权威的医学专家说了,如果孩子留在印度,伤寒、麻风、天花都会要了他们的命,就算他们活下来,他们也会变得弱不禁风、虚伪懒惰。但我们这么多人不是都在这儿活得好好的?你去看,这话就写在文官手册里呢!什么'血液品质恶化',某某FRCS医生说的。顺便,这里有的是好学校。但那样的话,我可怜的儿子就得和英印裔一起上学,就会和他们的妈妈一样,说话带'叽叽'的口音,被人起外号叫'十五安那',即使他们不是英印裔。"一卢比是十六安那,西利斯特这样的身份就意味着差一点。她的愤懑可能吓到了他,就连她自己也有些惊讶。她意识到,他在听她倾诉的时候是那样全神贯注,就像一张空白的画布,任由她涂抹自己的思绪。上帝啊,他看起来都懵了,对他温柔点。

"我完全没想到,"他说,"一个从来没去过英国的英国女人。"

克劳德提到自己有个新外科助理的时候,只说他是格拉斯哥来的天主教徒。这点信息足以让克劳德给一个人归类。但她身旁的男人远不止于此。不假思索地,她伸手去摸他脸上歪歪扭扭的伤疤。他神色赧然,仿佛她揭露了他身上无比不堪的一面,尽管她的意图恰恰相反。她赶紧继续话题,掩饰两人的惊诧。

"我还是去过祖国的。毕业的时候,我父母有个朋友承担了旅费,我那次去是因为好奇。"她记得船在严寒中驶向蒂尔伯里雾蒙蒙的港口,那是她第一次看到伟大的伦敦城。她满心期待的高楼大厦灰扑扑的,燃煤的尘烟吞噬了它们。在冷冰冰的乡村小镇，联排的小房子共用中间的墙壁，像甜品店里的哈尔瓦一样挤在一起。就连晾衣绳上的衣服都是灰的。"我拿了一笔奖学金，是一所培养女子传教士的学校。说来你可能不信，我本来是想立志学医的。但是，我离开印度没几个月，父母就过世了。霍乱。"她平静地说道。

她望向出现在左侧的大海。迎面来了一辆车，双方都需要小心挪动，要不然车轮就会陷进沙地里。

等她转过头来时，她发现迪格比正盯着她，好像一位画家在研究他的模特。

"我也是孤儿。"他害羞地说。

在摩诃钵利之城，西利斯特拉着迪格比穿越沙丘。他们眼前是丝带般的奶白色沙滩，暗色的石影点缀其间，仿若船只的残骸。"那五座用同一块巨型岩石凿刻出来的石雕叫作啰他，"西利斯特说，"意思就是战车，它们是一个车队，而且——"她忽然顿住，"跟着导游最没意思了，迪格比，你自己去逛吧。我在第五个啰他那里等你，旁边有大象的那个，你会看到的。"他毫不犹疑就走开了。见他没有推脱，她稍稍有点失望。

在第一个啰他前，一对女性雕像守在门口，她们比真人更大，姿态婀娜，一条布匹勉强遮住了她们的乳房，另一片遮着下体。她看到迪格比掏出了自己的素描本。这位格拉斯哥天主教徒的孤儿——多么凄惨的描述——会怎么看待神圣的建筑上出现如此肉欲的雕塑呢？

她坐在第五个啰他的阴凉里，摘下太阳镜仔细观察着这座拱形的杰作。她第一次参观过这里后，就立刻学习了所有她能找得到的关于神庙艺术的知识。踏上这条路几年后，她又举办了一场南印度画家的画展。有个匈牙利中间商对她的策展能力钦佩有加，买了很多幅作品。他建议她，要"买你喜欢的，买你买得起的"。就这样，她成了收藏家。所以我现在才在这里吗？我是在收藏迪格比？

过了很久，她才看到迪格比从第四个啰他后面冒出来，像是从帽子里变出来的兔子。他一瞥见她，笑容便闪过一丝担忧——他让她久等了吧？他们穿过沙丘向北走，那边，司机带着大篮子等在一棵桐棉树的树荫下。她铺开一条毯子。他们正前方是一块巨大的黄色砂岩，高五十英尺[1]，长是高的两倍，它的表面杂乱无章地记述着神、人、动物的各种故事。迪格比一边盯着浮雕，一边狼吞虎咽地吃着她做的番茄酸辣酱三明治，这会儿他终于不再拘谨了。"这又是什么？"他问，嘴里还在咀嚼。

"《恒河降凡》，那道裂隙就是恒河，它应允王的祈祷降临人间，但如果它直接奔流而下，大地就会粉碎，所以湿婆让它从自己的头发上落下——你看到拿着三叉戟的湿婆了吗？我最喜欢的是那些成对儿飞在天上的，那些是乾闼婆，是半神，我喜欢他们毫不费力地飘浮的样子。你还可以看到劳工、矮人、婆度……看到那只用后腿站立、假装是圣人的猫了吗？还有跑来崇拜它的老鼠？这里面有幽默，有戏剧，每次看都会发现新的东西。"

迪格比三口并两口地吃掉了三明治，然后便要去拿他的素描本。"我们可以在这儿待一会儿吗？"

"当然！我带书了。"她靠在树上，翻开了小说。

她醒来的时候，迪格比正仔细端详着她。她是什么时候睡着的？她坐起身来，伸出一只手。"可以给我看看吗？"他犹豫了一下，交出了素描本。他快速记录了他的印象，每页三四个。兼具画家的眼睛和解剖学知识，他画的速写非常精准。

"哎呀，你画得好大呀！——哦，好多！我发誓，我是想说你画得好多。"他笔下的胸部并不比雕塑上来得更夸张，可仍旧看得出来，他的铅笔落于白纸时对它们有所偏爱。他捕捉到了所有手部的姿势，那些是手印，是舞者的语言。"迪格比，我都无话可说了，你太有天赋了！"

---

[1] 约15米。

她往后翻,看到一个戴染色太阳镜的女人,熟睡中的她隐约张着双唇轻轻呼吸。她觉得自己好像偷窥狂,正在窥探某个纵情于石庙者的休憩。纸面上,她的画像与石头凿刻的形象放在一起,交融了不同的世纪。她观察着这另一个自己。用恭维这个词形容他这幅肖像并不恰当,应该说是共情——他们周围的雕塑也具备一样的特质。那些古代的雕刻家首先一定是虔诚的信徒。如果他们对所刻画的对象没有喜爱,他们就只不过是在砍砍石头,是他们的爱慕为它们赋予了生命。她感觉自己的脸在发烫。迪格比还很单纯,但通过几小时的细致观察,再加上他工作中那些生死攸关的亲密接触,他对女性形体的把握很是熟练。

迪格比紧张地看着她。"我喜欢,"她说,语气连她自己都不认识,"你很有天赋……"克劳德有对她表现出过一丝一毫这样的爱慕吗?她突然有种冲动,想要挣脱现在的生活。

"逃离。"她听到迪格比说,仿佛读出了她的心思。

她的脸又红了。"你说什么?"

"是逃离,不是天赋。我小时候会画一些我想象中比我的生活更幸福的世界。脸啊,姿势啊,就是我在这里看到的这种。"

创造的欲望,是不是都源于想要破坏?想要把什么东西重新拼好?"逃离什么,迪格比?"

他神情凝固,如砂岩般一动不动,仿佛她又触碰到了他的伤疤。最后,他用了故作明快的语气,让她无法再做任何追问,说道:"他们对裸体真是一点都不避讳啊,是不是?可以看得出来,他们完全接纳自己的身体。"他直视着她。

她点点头。"没错。我和我的保姆贾纳基去过北边的克久拉霍神庙群,那里的浮雕非常令人震惊,有亲密的夫妻、妓女……呃,可以说每个细节都描绘出来了。去那里的教徒如果看到这样的画面印在电影海报上一定会觉得伤风败俗,但是在神庙的墙壁上,它就是神圣的。那些浮雕只是如实地反映了他们的经文,重点就是'生活如斯'。"

"这要弄到格拉斯哥大教堂指不定出啥事儿呢！"迪格比故意放松了平时的警惕，露出些口音。他收获了她的笑声。"说真的，"他继续说道，"我一直都不喜欢基督教一上来就说我们都有罪。我姥姥总说所有男孩儿都会撒谎偷东西，互相包庇，我肯定也是一样，说得我耳朵都起茧子了……对不起，西利斯特，希望我的信仰，或者说我的无信仰，没有冒犯到你。"

她摇了摇头。在她父母死后，她又怎能继续坚持他们的信仰？鬼魂萦绕着她和迪格比，那当中并不只有留痕于岩石的古代雕塑家。

"迪格比，你父母是怎么去世的？"她的问题悬在空中，像一个乾闼婆。迪格比的脸色阴沉下来，一个小男孩在无法言说的苦难面前强装镇定。"当我没问，好吗？"她说，"当我没问。"

迪格比的嘴张了张，好像是想说些什么，但最终他还是闭紧了双唇。

回去的路上两人都沉默无言。她感受着穿越历史的余晖，那是摩诃钵利之城留给游客的礼物。她有些担心她的旅伴。他们俩都取材于"失去"这匹料子。她偷偷瞄了他一眼，瞥见他坚毅的下巴和瘦削却结实的肩膀。行了，他又不是骨瓷做的，他会没事儿的。

"西利斯特……"到了他家后，迪格比开口说道，因为一路没有讲话，他嗓音沙哑。

她靠近他，趁他能说下去之前握住了他的手。"迪格比，谢谢你陪我度过这么美好的一天。"

"这本来是我要说的！"他抗议道。

她笑了，虽然伤感与某种奇怪的渴望正涌上她的心头。她握紧他的手指，遏制冲动，坐得笔直。她低下头，看着两人的手。

"你是个好人，迪格比，"她说，"再见了。好啦，我帮我们俩把话都说了。"

第十九章　搏动

1935年，马德拉斯

迪格比发誓不去想她。迪格比每分每秒都在想她。就像雕琢岩石一样，她被凿刻进了他的脑海。他对她的思念持续了一个称不上雨季的雨季，一场称得上台风的台风，然后又经历了一个转瞬即逝的"春天"。他仍旧闻得到咸湿的海浪，尝得到三明治里的酸辣酱，他的眼前随时都可以浮现出西利斯特的睡颜，那张脸上写着她受过的磨难，即使她的伤痕没有他的明显。

他有一样东西可以当作慰藉：埃斯梅拉达。到目前为止，她都对得起欧文的要价，确实是"顶呱呱的好车"。她的怪癖是有点多，但只要主人足够耐心，她一定会有所回报。每到周末，她便载着他去发现新的风景，探索城市的边缘：圣多马山、阿迪亚尔海滩，甚至还有隔壁县的塔姆巴拉姆。

尽管他比骑自行车时走得更远了，可他的朋友圈子还是就那么点大：霍诺琳、塔特尔贝里夫妇、拉维昌德兰。莉娜·迈林会给迪格比写滔滔不绝的长信——她恢复得很不错，代弗朗兹问好。她寄给他一张尽此庄园客舍的照片，非常诱人。她说他可以去那里写写生，休息休息。他保证，等来年夏天马德拉斯热得受不了的时候，他一定去。

* * *

迪格比和霍诺琳应塔特尔贝里夫妇的邀请，参加了铁路协会年度舞会。珍妮弗说，这场盛会"绝对不能错过"，而事实上，整个英印裔社区似乎也确实无人缺席。白发苍苍的阿爷阿奶和小婴儿在角落里打盹儿,完全无视舞台上的乐队"登齐尔和公爵们"正从摇摆舞一路演奏到波尔卡。一位性感的女歌手上台,唱了一首《四月雨》和一首《星尘》。迪格比看着一对中年夫妇在拥挤的舞池里缓缓穿行。他们的婚龄已经足以让两人在彼此的身体上留下印记。

珍妮弗不顾迪格比的抵抗,硬是把他拽了起来。"我来教你,别紧张,"她说,"这哪有做手术难。"迪格比宁愿做个胃切除术。"把屁股扭起来。"她鼓励他说。

她弟弟杰布的到来引起了一阵骚动——只见他身边簇拥着好几个漂亮的女伴。"佩兰布尔的王子驾到了啊。"珍妮弗皱起眉头说。与此同时,一个年轻女子刺啦一声顶开椅子,气冲冲地走出了大厅。她的父母兄弟紧随其后,每个人出门时都死死瞪着杰布。杰布站在一旁,谦逊、有礼貌,眼睛盯着水泥地。珍妮弗摇摇头,告诉迪格比:"玛丽和杰布本就是青梅竹马。他还送了她戒指。结果这个月,我弟弟就这么把她给甩了。我到现在还在生气呢。"

迪格比坐回位子上,看着杰布像竞选议员一样四处走动。他向"登齐尔和公爵们"挥手致意,他们也把他像王室成员一样对待。他从珍妮弗身边走过,她冷脸不理他,可紧接着他就从她身后将她一把抱起放到了舞池上。"登齐尔和公爵们"奏响一曲恰恰,所有人的目光都聚集到了这对姐弟的舞姿上。杰布扭动着屁股,指尖娴熟地微微发力,不露声色地引领舞伴。迪格比很羡慕这种他自知永远无法掌握的技能。他再一次震惊于姐弟俩样貌上鲜明的对比,杰布是蓝眼睛,棕色头发,珍尼弗则是炭黑色的眼睛,黑色的波波头,左边翘着一缕波浪卷。她要是穿上纱丽,发缝抹上红粉,再在额头点一颗波图,绝对能以假乱真泰米尔女子。至于杰布,他完全可以是一个刚从意大利度暑假回来,有些晒黑了的英国男人。

杰布拉着他已经绽开笑颜的姐姐转着圈坐回椅子上,立马却又盯上了一位矜持的年轻美人。她身上的礼服白得发光,从上到下都印着巨大的红玫瑰,深开的领口露出丰满的胸脯。哦不,不是她——他看上的是这位姑娘圆润的妈妈。杰布身着高腰休闲裤和花边礼服衬衫，像斗牛士一样巧妙地带领阿姨遨游舞池。他时不时对阿姨隐藏的舞蹈天赋表示惊叹，阿姨则证明了二十年前她也是炙手可热的一枝花……这整段时间里，阿姨那位矜持的女儿却越发紧张，因为她知道一件迪格比直到现在才看出端倪的事情——从杰布走进来的那一刻起，所有的一切都是误导，都是烟幕弹，因为命运早已注定，在他眼里，这世上早就只剩下一位姑娘，那就是阿姨这位身穿白色玫瑰裙的可爱女儿。那是"一见钟情我亲爱的"，"可别听他们瞎讲八讲"，"都是那个雌老虎玛丽还有她装腔作势的兄弟在造谣"，"一帮乡下人"，"瞎说的"，"骗人的"，"自己是井底的青蛙还拦着人家闯荡看世界"……

欧文跟迪格比说杰布的新女友叫玫玫的时候，他已经不怎么惊讶了。他忍不住想知道，西利斯特会怎么看这出错综复杂的情感大戏。但西利斯特终究只是白日幻梦，而有血有肉的女人们正披着缭绕的香氛从他身边掠过，用眼神勾他一起去开展一场冒险。一个小时后，迪格比和霍诺琳离开时，舞会才正高潮。

迪格比慢悠悠地骑着摩托车，比自行车也就稍微快一点儿——挎斗里载着人的时候，埃斯梅拉达的最大速度就是这样了。海风滋养心灵，也涤去一切烦忧。迪格比把风镜推到了额头上，霍诺琳头发在脑后乱飞，脸上带着微笑。

"杰布满脑子都是玫瑰花吧。"迪格比冲身后喊道，旋转白裙上的鲜红玫瑰依然在眼前打转。他很想聊聊西利斯特，可当然，他从没提过她，也没提过那次出游，甚至没有跟任何一个人说过她的名字。

霍诺琳大笑，也喊着回答道："玫瑰要是永远不凋谢，那就只是惹人厌的杂草了。美的东西之所以美，就是因为你知道它不长久。"

好吧，杰布肯定知道这一点，迪格比心想，但玫玫知道吗？而且，如果说转瞬即逝的才是美，那你得不到的美该怎么说呢？也许那样的美就是永恒的吧。

三伏天的到来，标志着在朗梅尔的工作又开始了新的一年。穆图在厨房的日历上给这天做了个标记。

迪格比一边走着，一边用方巾擦去滚落的汗珠，路过手术室的准备间时，他注意到转运床上的病人有些眼熟。那人的蓝眼睛和略略晒黑的皮肤让他看起来像是个英国人，这在朗梅尔的手术病人里可不常见。

迪格比抬眼瞄了一下克劳德的手术清单，上面只有一个名字——杰布。

"没什么，"杰布说，在这里碰到迪格比让他有点尴尬，"就是倒霉长了个脓包。"他指着脖子上一个发炎红肿的凸起。"我想着让阿诺德医生帮我切掉。你晓得哇，克劳德可是个忠实的体育迷。我们在镇上的每场比赛他都要去的。"

"你这长了多久了？"迪格比问，不过他心里其实想说，我背上有个蜱虫都不会叫克劳德帮我拔的。他凑近了，仔细观察。

"哦，已经好几个月了吧，应该是。就是这东西现在有点碍事了。"克劳德的院工过来将杰布推进了手术室，杰布欢快地挥手道别。

已经好几个月了？这话让迪格比心下有些不安，突然，他警觉起来。

他派一个见习护士去找霍诺琳，让她有空就来手术室。他自己换上手术服，跟进去打算再多看一眼。氯仿已经起效，杰布的眼睛闭着。肿包很红很大——看起来确实很像皮肤脓肿。也许我想错了，迪格比思索着。可当他把手指搭在上面时，它并不像脓肿那样发烫，相反，正如迪格比所担忧的那样，它在搏动，它随着心跳，一下下地抬起、撑开他的手指。

"哎哟，这不是基尔戈医生吗？"克劳德说着从他身后走上前来，他已经洗好手，穿好了手术服。与此同时，霍诺琳用手按着口罩也溜了进来。现在离中午还早，但迪格比总觉得他闻到了一股酒精代谢物的味道。"本地病区还不够你忙吗？来这里观摩啊？"如果克劳德有在微

135

笑的话,那一定是被手术口罩挡住了,反正他的眼睛里肯定没有一丝笑意。

"呃,对不起,只不过我认识杰布,"迪格比说,"他是我朋友的弟弟。我刚巧在准备间看到他了。"他压低声音,"我在想……我有点担心……克劳德医生,这个会不会是动脉瘤,不是脓肿?"

克劳德的眼神霎时变得冷酷无比,那里面赤裸裸的恨意吓得迪格比内心一颤。有那么一瞬间,迪格比疑惑这难道是因为西利斯特,可他犯的所有罪行都只发生在他的脑子里。

克劳德恢复了正常。"瞎说什么呢,小鬼。"他说,"你来了这么久,应该认得出皮肤脓肿了吧?它里面胀满脓水,是下面的血管在传递搏动。我们是在热带,化脓性皮肤感染比痤疮还多呢。"

他的口齿并没有含混不清,反而特意将每个字都念得清清楚楚。克劳德说的也有可能是对的。

"只是,它摸着不发烫……"迪格比说,"也许先穿刺一下就可以确认……"

"这是个化脓的脓肿,"克劳德斩钉截铁道,"我切这些东西的时候你还在拿手指画画呢!站那儿好好看着。"

手术刀上的消毒液还未干,克劳德·阿诺德医生就将它划进了肿块。又厚又白的脓液涌了出来,克劳德转身看向迪格比,似乎想说"瞧见了吧",可他还未张口,一股鲜红的动脉血就滋地一下喷中了克劳德的头。他一怔,本能地往后跳,可他动得还不够快,因为紧接着又一股喷涌而出的鲜血击到了他身上,节奏正与杰布的心跳吻合。

克劳德连连后退,绊倒了凳子。迪格比大步向前,手套也没戴就抓起手术巾往动脉瘤上压,因为那确实是一个动脉瘤——动脉管壁的局部薄弱。霍诺琳扔开口罩,也上来帮忙。

克劳德的切口太长太深,按压根本止不住决堤的鲜血。纱巾红了,迪格比的手指也红了,血从手术台滴落,在地上积成了小潭。迪格比大喊着要穿好线的持针钳。此时杰布的脸已经白得可怕。迪格比把纱巾拿开时，敞开的切口涌出的血流已经减弱了许多。他粗鲁地缝上血管，但杰布的心脏却不再跳动，因为已经没有血需要它来输送了。病人的血都排空了。杰布的眼睛半张着，迪格比觉得他在盯着他看，似乎是要问他：你为什么要让他动手？

凳子砰然倒地的声音吸引来了所有听见响动的人。一小群人站在手术室里，注视着眼前惊悚的景象。"完了，这下完了！"站在六英尺外的克劳德说，打破了手术室里漫长的寂静。

克劳德的脸几乎和杰布的一样白，只是侧边还沾着鲜血。所有人的眼睛都盯着克劳德·阿诺德，盯着他现在的落魄模样。

"那鬼东西本来也早晚会要了他的命，"克劳德说，"没什么区别。"他嘟囔着，踉跄走了出去。

第二十章 玻璃房

1936年，马德拉斯

在教堂的窗边，迪格比可以看到紧挨着的墓园。克劳德，你送了多少冤魂到这儿来？那人第二天竟跟什么也没发生似的，依旧来"上班"。可迪格比转念又打了个寒战，心底里有个声音在警告他说：别妄加论断，迪格比，没有外科医生是永远不犯错的。

葬礼不得不从佩兰布尔改到维佩里的一个更大的场所。整个英印裔社区都出席了，女士们戴着帽子和黑色的面纱。棺材旁的花环层层叠叠，迪格比几乎都看不到后面的祭台。靠着曲棍球棒的相框里，放了一张杰布帅气非凡的照片，迪格比看它像鲁道夫·瓦伦蒂诺。教堂很热，仪式很长，空气中弥漫着栀子花的腻香。

当杰布的队友身着蓝色队服和白色裤子，以整齐的队列将棺材抬下过道时，一声女子的哭号划破寂静，啜泣声顿时充满教堂。

来到室外，迪格比听到有人喊他名字。欧文握住了迪格比的手。他佝偻着背，似乎没睡过觉。"医生，我们晓得手术室里发生了什么，我们都晓得。我晓得你尽力阻止了。"

迪格比没对医院外的任何人说过一个字。

"我想跟你讲，"欧文挺直了腰板，说道，"我们去见过院长了，真是个诡计多端的混蛋！他想的全都是怎么保护克劳德。然后铁路的大领导出面，代表家属给省督请愿，省督传唤了印度医务部队的首长，而且承诺会进行调查。我们不会就这么算了的，迪格比。"他观察着迪格比的神情，"我知道他是你老板什么的，但是医生，不要护着那个王八蛋。"

"欧文，如果有人问我，我会照实说的。"迪格比言简意赅。

欧文点了点头。他说："杰布不是十全十美的人，还要过一阵子他才会浪子回头，但他罪不至此啊。"

迪格比问了一个困惑他许久的问题："欧文，杰布为什么不去铁路医院呢？"

原来，答案是他的新欢，玫玫。"玫玫刚巧就是院长的女儿。你也晓得，杰布呢，就是喜欢拈花惹草。总之，玫玫发现他还在跟其他小姑娘献殷勤，光火得不得了，然后她爸也知道了。最讨厌的是，这个人就住在我们家对面。他一回来就大吵大闹，他儿子也跟着哇啦哇啦，说我们家这个不好那个不好。然后所有人全冲上去打作一团，曲棍球棒、石头、拳头全拿出来了，我妈也进去踢了两脚。所以你也懂了，医生，杰布不好去铁路医院。"

尊敬的《邮报》编辑：

杰布·佩林翰身为有望加入奥林匹克曲棍球队的运动员，其离世是我们国家的悲剧；而其家属的遭遇，则是我们国家的耻辱。佩林翰先生死于朗梅尔医院一名外科医生的医疗过失，但即便省督已承诺调查，如今两个月过去，听证会却依旧遥遥无期。在此期间，家属及英印裔社区代表始终无法取得尸检报告副本。

佩林翰先生是不幸的，他遇到的医生此前便因种种劣迹而遭政府综合医院开除，没有欧洲人愿意请他治疗。但是，他依然可以任职朗梅尔医院，拿着丰厚的薪水，做着少量的工作，而这点少量的工作还是致命的。有好奇心的公民不由得要问上一句：这与他两位弟弟一位身居总督第一秘书，另一位在北方担任省督，是否不无关系？否则，为何要包庇这个凶手？

曾几何时，身为英印裔，我们是英国人骄傲的后代，享有各种公民特权。那个时代已然一去不返。倘若印度确实实现自治，毫无疑问，我们的公民权利将遭到进一步的剥夺。然而，国家需要我们维护社会机制的平稳运行。如今，英印裔群体需要重新审视其对政府长久以来的全力支持。1857年叛乱时，勒克瑙马蒂尼埃学院的男学生坚持住了[1]；德里电报局的布伦迪什和皮尔金顿以身犯险，给英军发送了叛军入城的信号，他们也坚持住了。在世界大战中，适龄英印裔人口的四分之三都曾参军服役，表现优异。现在，我们坚持不住了。

杰布·佩林翰的逝去，让印度损失了一个优秀的人，同时可能也损失了曲棍球项目再次夺金的最好机会。对佩林翰之死的冷漠以及调查的缺席，是对英印裔群体心灵上的一记重击。我们不会善罢甘休。

真理敬上

西利斯特把《邮报》扔回桌上。忽然之间，她好像坐在一幢玻璃房里，马德拉斯的所有眼睛都在朝里张望。《邮报》的读者来信版块比头版更受欢迎。上个月，读者们沉迷于争论印度文官制度是否应该招收合格的印度人——新规原本是为了安抚印度民众，但ICS守旧的英国官员感到自己的地位被本地人拖累，全都异常愤怒。"没有了英国ICS这个'钢骨架'，印度必将倒塌。"一封信这样写道。另一封信则指出，"众所周知，婆罗门一旦进入最高阶层就会一事无成"。ICS官员寄去的信太多了（他们都只用一个首字母署名），人们开始管这叫"白色叛变"，总督对此甚是不悦。

虽说"真理"的这封信指控她丈夫的罪名等同于谋杀，但那些字句确非虚言。如果一个人能对妻子的恳求都如此冷漠，把年幼的孩子从她怀里夺走，那他也一定能把那种残酷的冷漠带到工作中。她曾经读到过，照顾患者的秘诀在于关心，如果这是真的，那克劳德必定做不好。

---

[1] 1857年印度民族大起义（英国称之为1857年叛乱）期间，勒克瑙遭遇围城，马蒂尼埃学院的学生协助英军保卫英国总督府，获得了英军颁发的印度叛乱奖章。此次大起义最终失败，但导致英国政府于1858年解散东印度公司，正式接管印度殖民地。

他也出生在印度,不过是军人家庭。很长时间以来,她都以为他的创伤源于小小年纪就被从奶妈的怀里抱走送往英国。可是克劳德的弟弟们同样如此,他们长大后却善良、慷慨、成功。克劳德在他们俩初次见面时也让她抱有这样的期许,他的样貌、自信、他必定要追她到手的决心,每样都把她迷得神魂颠倒。过了许久,她才意识到他缺了些东西,他缺失的那部分让他注定没有幸福的婚姻,也不会在职业上有所建树。

那天晚上,她坐在客厅,克劳德穿着他的白色网球服回来。他扫了一眼她面前桌子上的《邮报》,没有看她。他走到放酒瓶的托盘前,给自己倒了一小杯。

"草坪看着很干,你能给麻隶说一声吗,亲爱的?"他的语调明快,似乎一切如常。他拿着杯子去了书房,同时用身体挡住他从托盘上顺走的威士忌酒瓶,却并没能挡严实。

第二天早餐时,克劳德的目光比往常更迟钝。他给嫩鸡蛋剥壳剥到一半时突然停下了手,接着就走了出去。她以为是他餐盘旁边的那份《新印度》有什么内容刺激到了他,但不对,是压在报纸下面的电报。

真理信登孟买纪事报已询托比切勿重申切勿致电我或托比办公室

这是克劳德的弟弟埃弗里特发来的,他是孟买管辖区的省督。电报里说的托比是另一个弟弟,总督的第一秘书。

接下来的几天里,《邮报》的来信版块一直在热烈地讨论杰布之死。克劳德没有再被提及,但是总督、第一秘书、孟买管辖区的省督都在被讨论范围内,他们不可能对此感到高兴。

两周后,总督来到马德拉斯进行既定访问,可他很快就会希望之前没有安排这次行程。专列驶入中央火车站,衣衫不整的总督从卧铺套房拉开窗帘往外看时,被吓得魂飞魄散:只见曲棍球运动员身穿制服,佩戴黑丝带,一语不发地列队立正;他们身后,上百个群众手举标语牌,上面写着杰布的名字和"公布尸检报告"。所有人都如鬼魅般寂静。

总督合上窗帘,怒不可遏。他怕的就是这种情况,所以早已命令在远离站台的机务段就将他的车厢分离。可不知为何,火车司机竟没有收到这条指令。更神奇的是,他这一夜居然一次红灯也没遇上,多亏了沿线的每一位英印裔站长,这辆本该早上八点到的火车六点就到了。原定护送总督的警队根本不见踪影,就算他们来了,也只能在错误的地方待命。

所有印度报社的记者和摄影师也都在人群之中。最后,总督涨红了脸,一只耳朵尖上还沾着剃须泡,从车厢门口探出了半个身子,头露在外面,但脚还缩在里面。他亲切和蔼地听取了杰布妈妈的陈述,清了清嗓子,打算发表讲话,可他刚开了个头说"听闻",后面就有人大吼:"切!这话我们早就听过了,是不是,兄弟们?"一个女人喊:"耻辱!耻辱!耻辱!"人群也跟着喊了起来。闪光灯噼里啪啦亮起,总督躲回车厢,却又遭到曲棍球棒欺侮,它们如锤头般砸向车身,声音震耳欲聋。报道没有放过任何一个细节,还配上了清晰的照片。

当天夜里,总督的第一秘书没有知会西利斯特,突然来了家里。托比是三兄弟中五官最英俊的那个,但是比克劳德矮些。他无视克劳德,吻了一下西利斯特,递给她一个包着彩纸和丝带的礼物。她立马就把它拆了开来。他说:"这是古董象牙首饰盒,我在斋浦尔看到的,当时我就想把它送给我最喜欢的嫂子。"

"是你唯一的嫂子,托比。哦,我的天,这真是——"

"西利斯特,"克劳德打断他们,"叫仆从拿酒盘来,我们去书房……"

"你急什么呢,克劳德?"托比不悦道,"还有,忘掉酒盘吧。"克劳德的笑容像蛋黄一样凝固在脸上,但他没有作声。每当兄弟聚在一起，他们都任由克劳德扮演大哥的角色。现在她怀疑，那是不是因为他们过得比他好太多，是一种怜悯。

托比不肯松开她的手。"西利斯特，代我向贾纳基问好，好吗？"

托比显然不打算去书房，因为她上到楼梯最后一级台阶的时候，就听到他换了一种和对她说话时完全不同的语调。"你还能再蠢一点吗，克劳德！你真的觉得，总督会想听你解释？你难道看不出来这会让他更丢脸？让我更丢脸？"克劳德的回答听不见。"不，是我说，你听！"托比说，"不是！恰恰相反，我来是告诉你，总督下令了，听证会要开。我们也没有办法。"她听不清克劳德嗫嚅了些什么，但是托比打断了他。"闭嘴！什么都别说了。到时候我还得发誓，我要说我今天就是来看西利斯特的，没有和你讨论过案子。总督和你的两个弟弟都不会插手，不要发电报，也不要打电话。你给我听明白了，克劳德，这不是走过场，总督要知道真相。"漫长的沉默。然后，她听到他的语气缓和下来："对不起，克劳德，听证会一开，你就是站在聚光灯下，过去的事情都会浮出水面，你好好想想吧。我的天哪，事情解决前你可别再喝酒了。"

托比走到门口时回头望了一眼，看到了僵立在楼梯转角的她。他的表情沉重而悲伤。

报纸上说，总督给佩林翰一家批准了救济金，并且任命了委员会，成员包括一位前省督，两位忠实的英印裔社区代表，印度医务部队的首长，还有两位杰出的外科教授，分别来自孟买和加尔各答的医学院。日期定在两个月后。委员会可以传唤证人，其审理结果将具备法律效力。

接下来的几天，他们各过各的。西利斯特自己都觉得焦躁不安，更不用想克劳德的感受。他大把的时间都泡在俱乐部里，尽管他自己就是那里闲言碎语的中心。也许留在家面对她更可怕吧，在俱乐部他可以躲进阴暗的角落逃避一会儿，要么孤身一人，要么寻几个酒搭子，反正他们喝得醉醺醺的,也不会怎么批判他。

那个周末,她傍晚回到家时,惊讶地发现克劳德已经回来了。他风度翩翩地站起身,她还没脱下软帽,他已经命人去给她倒茶。他喝了不少杜松子酒。

"亲爱的,"克劳德说,"马上就是听证会了。"她不作声,手一动不动地放在腿上。"都是政治,你知道的,手术总归会有意外的。我有胜算,这关我能渡过去,我有个计划。"他粲然一笑。人必须要有信仰;人必须永不言败。

他的眼下多了一重眼袋,脸颊和鼻子上错综交杂的红血丝更明显了。如果他表现出悔过,或是不曾这样努力掩饰自己的恐惧,她或许会同情他。

"问题是,亲爱的,坏的结果也是有可能的,如果你的'好朋友'迪格比一定要诽谤我的话。"

"他是'你的'同事,克劳德,"她气恼地说,"我只是很久以前带他去了一次摩诃钵利之城而已,而且我事先都和你说过的。"

"呵,那你觉得那封信是谁写的?真理?肯定是他。"

她瞪大了双眼。"你疯了,他为什么要假装英印裔?"这是他们第一次谈及他的困境,也许正因如此,她觉得一股怒意直往上涌。

"啊,不是很明显吗,亲爱的,嫉妒啊,还能是什么?他想要我的位子。一有问……一有复杂情况他就跑到手术室探头探脑,难道这是巧合?然后,他曲解了他看见的事情,谣言就是这么传开来的。这就是我要应对的情况,如果他坚持他的说法,他会毁了我们一家的。"

他观察着她的反应,西利斯特看起来几乎是要当着他的面笑出来了。他彬彬有礼的假面快绷不住了。

"天哪,西利斯特,你以为我还能怎么办?这么多年你吃穿不愁,但我们的家底恐怕没你想得那么丰厚……"西利斯特看到了她两个儿子的脸,她想象着他们因为克劳德付不起学费而从英国回来。多么美好的想法,却是克劳德不愿看到的。"如果我被印度医务部队开除,如果我的养老金没了——该死,西利斯特,我们就完了。"

然后只要等到我的孩子们回来,我就没有任何理由留在你的身边了,克劳德。

"主要是,亲爱的,我必须要确保迪格比不作假证。"

"你到底想要什么,克劳德?"她轻声问道,"我的天哪,你就直说吧。"

"没有!我……我不需要你做任何事情,宝贝儿。但我得告诉你……我会带话给迪格比,让他知道我会把他列为离婚诉讼的共同被告人。"

乍一听,这句话莫名其妙,然后,她明白了过来。

"克劳德,你怎么能这样利用我?把我当成你那点卑鄙手段的棋子!"

"不,不,听着,事情不会到那一步的,亲爱的!迪格比会改变说辞的,这只是提醒他,让他记得自己是什么身份。谁会相信一个下作到勾搭上司老婆的人呢?"

"勾搭……我?"她震惊于自己仍旧如此镇定。他的话已经卑劣到了对他尖叫都是太过仁慈的程度。相反,她只是注视他,一直瞪到他局促不安起来。她笑了,这一笑对现在的他来说,比打他一记耳光更刺痛。"克劳德,这么多年来我忍你够多的了。现在,你为了自保,居然可以撒谎说我通奸?你就这点本事吗?先不管迪格比,你这么诋毁我你都无所谓吗?戴绿帽子你也不在乎?把我儿子都拖进浑水你也不在乎?你这层外表下面真的是一丝正直、一丝高尚都找不到吗?你真的是缺了点什么,但是你弟弟们有,所以他们和你不一样,你没发现吗?"

把他的弟弟拿出来做比较就是在刺激他,可他既不回应,也不闪躲,只是哀求地看着她,足以见得他的境况已是多么悲惨。

"可是西利斯特,我保证,事情不会到那一步的。这只是个计谋而已,"他可怜兮兮地说,"真见鬼了,西利斯特,你有更好的主意吗?我是为了孩子的未来,我们的未来……"

她一脸鄙夷地看着他。"上次你拿离婚威胁我也说是'为了孩子',我蠢啊,竟然真的让你得逞,把他们送走。我不会再上当了。"

她站起来,转身要走。他抓住她的手腕,她奋力挣脱,而后转过身来直面他。他畏缩了。

周日的黄昏时分,迪格比的住处里,穆图瞪大了眼睛跑到通往卧室的走廊。迪格比斜倚在床头,正在看书。他百无聊赖地画了一下午的画,然后又睡了很久的午觉。

"萨尔,客人!小姐,萨尔。"穆图说完就急匆匆地走了。

什么小姐?一头雾水的迪格比洗了把脸,在长裤上面套了一件干净的衬衫。他看到门廊上停了一辆女士自行车。

当他走进客厅,认出来人是谁,他真希望刚才换掉了这条沾满颜料的裤子。他觉得自己肾上腺素飙升,所有细微的声音——厨房里的碗盘叮当、屋外黑头公的唧唧喳喳——都变成了巨响。她背对着他。他想问,她觉得他的装饰品怎么样?她进来时在围廊上看到的那一队陶马?那些是他骑着埃斯梅拉达穿过村庄时见过的巨型塑像的缩小版,是村民献给饥荒与瘟疫的守护神阿耶纳的祭品。他客厅的地板上铺的是帕塔玛代镇手工织的草丝垫子。不过,当然了,她的目光聚焦在那一面缺少窗户的墙壁上,取而代之的,是从地板到天花板都挂得满满当当的迦梨格特绘画,原木裱框,每一幅都不过明信片大小。此时,整个村落的迦梨格特也反过来凝视着她。她的手放在胸前,还未从初见的惊讶中缓过神来。

过了良久,她才转向他。

他屏住了呼吸。她比他记忆中的还要可爱。夕阳橘色的光照在她的左脸上,仿佛维米尔油画中的人物。他记得好几个月前她在车里与他告别,那么坚决。

他先开了口,免得她尴尬。"我在加尔各答买的。"他往前走了一步,站在她身边,"孟加拉省督的妻子来这里的时候生病了,他们派我陪她回去。我在那里只住一晚,但我去了迦梨女神庙,就在——"

"就在河边上,"她低声道,"我在那附近长大。"

"小摊贩对朝圣者叫卖着这些画儿,我也是朝圣者。"我想要看到你长大的房子,去你小时候的学校,拜访你父母的墓地……

她点头,手里揪紧了她的刺绣手帕。

再次与她同处一室,再次闻到她精油的味道,他几乎要醉了。"我去了画家的作坊,"他继续说道,"他们能画的还不止宗教图像,看那幅。"他指着画,"英国军人和他的印度情妇在行苟且之事。再看这个人生剧场系列,看到西方剧院的幕布了吗?但跳舞的是湿婆。寥寥几笔就画出了西方和东方。"

此刻,言语于他们已经失去了用处。他站得离她这么近,还是在他自己家里……他什么也不想说,只想唤她的名字。他曾在黑夜里将它念出声音,让她的名字在屋顶和墙壁间往复回荡。西利斯特。西利斯特。最后一个音节徘徊在角落,仿佛被困住的私语。他现在想大声说出这个名字。他的手伸向她的手,仿佛有了自己的主意。他不可能想得到,就在几个小时之前,她丈夫也曾试图握住她的手腕却被她挣开。"西利斯特,"他拖长她名字的音节,"西利斯特,还有些画,你一定要看。"她的手指躲进了他的掌心。

手牵着手,她在他的带领下去了隔壁的房间,他的"工作室"——之前的餐厅。这里完成的和未完成的画作都和迦梨格特一般大小,但画作的主题是不变的,都是同一个女人。精简的线条和色彩将她勾勒得栩栩如生:栗子色的眼睛,大团的棕色头发,纤长的颈部,略略翘起的上唇暗示着轻微的上颌前突,这是迪格比觉得世界上最美的东西。西利斯特见过这些画作的模板,是她在摩诃钵利之城靠在大石块的阴影下时他画的写生。画家在模特身上看到了她自己都看不到的美。

她的手在他手中微微颤动。他领着她进了他的房间。

在这个用剪羽的鹦鹉和扑克牌预测未来、由占星决定婚姻大事的国度，预见到接下来——不仅是接下来的几分钟，还有之后的几天几周——会发生什么的西利斯特曾试图抽回她的手，但为时已晚。他拉她转身，揽她靠近，一声叹息，她落入他的怀抱。

他们此时还不知道，之后两人每一次顶着傍晚的暑热、偷偷摸摸地找到彼此时，他们都将和今天一样，站在满墙的乡村绘画前开始他们的幽会，每个画框里的人物将奏响不同的音符，谱写属于他们自己的罗诫。他的舌头将吻着她的唇，她的下巴，沿着中线往下舔舐她的甲状腺，她的环状软骨，直到她胸骨上方的小窝。当他褪去她的衣物，他会后退两步，像对待舞者一样，摆弄她肢体的姿势，旋转她，仿佛她脚下踩着会转动的底座。他会细致地观察她纤细高挑的身躯，娇小的乳房，肚脐下方温润的凸起，如双翼般展开的骨盆，骨盆下如瞪羚般细长的双腿，纤弱的脚背，最后还有脚趾，还有她那拇趾与二趾之间可爱的间隙。他贪婪地注视这一切，想要记住每一个细节……

西利斯特有过一个丈夫，一个情人，后者和她一样，身处不幸的婚姻之中，如同行走在荒芜之地的旅人。那段关系没有帮助他们任何一个人找到自己的方向。她屈服于迪格比没有掺杂任何讥讽或羞报的目光，他的天真和单纯赋予了他权威，所以他笔下的线条也是那样奔放。他对她的激情灼烫了她的肌肤，给予她新的生机。谁不想被这样爱着呢？

到了此时，此行的目的她已经无法启齿。她不是来叫他沉默的，那就遂了克劳德的愿，她是来警告他，他马上会听到一条毫无诚信的绝对虚假的指控：他们俩是情人。

如果她还不告诉他，如果他们还不住手……那，这条指控就成真的了。她为什么不说？他为什么不问？

她要告诉他，她必须要告诉他。

第二十一章　预先警告

1935年，马德拉斯

他们在一起后的第四天，西利斯特又一次骑车前往迪格比的住处。她绕开城区中心，穿过通往基尔波克的铁路；她躲开一头奶牛，超过一个挣扎着拉了一满车废金属的劳工。透过新的视角，她看到了不一样的马德拉斯，她已经不再是五天前的西利斯特。

一群神情严肃的印度男人盯着她。他们站在萨特卡尔旅舍的门外——那是米勒路上的一幢高窄建筑。他们大概是文员或者学生，穿着"时兴"的装束：一条穿过双腿间的腰布，上搭一件花呢外套——在这个天气里确实是十分荒谬的选择，不过倒也不比ICS官员的亚麻西装和领带更荒唐。他们头上戴着尖头尖尾的船形甘地帽，象征他们对实现自治的渴望。一个人高喊"范德-马塔兰"——向祖国母亲致敬——这句口号已经传遍了全国。沉睡的巨人即将苏醒。

我还跟你致敬呢，她想冲他大喊。我生在这里，这儿也是我的祖国。但这是不是一句谎言？如果她享受着身为英国人的所有特权，那就算她觉得自己更像印度人又如何？和克劳德在一起的日子是最大的谎言。失去孩子的恐惧让她动弹不得，将她困在那里无法离开。她丧失了真正的自我，变成了某种不一样的东西，她已经无法继续容忍。可不知怎地，克劳德为了自保而编造出的懦弱、卑鄙的谎言竟成了真事——她现在确实和迪格比有了外遇。这是为什么？她的肉体能解释吗？她的思想能在事后讲出理智的缘由吗？她感激迪格比能唤醒她休眠的那一部分，那是最真实的她。他做的事情，是在画像中崇拜她，是让她重新觉得自己是个活生生的人，是爱她。可话说回来，她必须要有他的认同，或者说任何一个人的认同，才能存在吗？如果她必须从头来过，如果她更年轻，那迪格比很有可能是她想要的那个人。但现在？谈爱情？

她的脚踏得更快了。是在逃离什么，还是在追逐什么？她骑到迪格比家时，汗水已经浸透了她的衣衫。几分钟后，当她深陷他的怀抱，与他合二为一，她开始思考自己怎么会在一段只有短暂体验过如此温存的婚姻中坚持了那么久。迪格比的触摸好像是毒药，他的新奇，他的渴求，都让一切更加猛烈。他们对彼此愈发迫切的需求，仿佛是他们共同用沙粒垒起的塑像。她都不知道自己还能是这样放肆、这样欲望强烈的女人，她命令着她年轻的情夫，将他翻过来滚过去，甚至在激情之中咬他。

可做爱过后，塑像崩塌，现实世界和它的痛苦再次回归。或早或晚，她都得面对这一切的后果。她拖动酥软的双腿，起身穿衣。迪格比躺在床上看她，他的眼神乞求她留下，永远不要离去。他们不提她丈夫的名字。他们几乎根本不说话。他没有问何时会再见到她。

很快，他们就猖狂起来。她不能来的那几天，他觉得自己就要疯掉。为了释放内心的躁动，他开始去阿迪亚尔俱乐部打网球，这成了他的新爱好。马德拉斯俱乐部是克劳德要去的。也正是在阿迪亚尔俱乐部，他收到了那封信，有人把它放在了他留在更衣室的裤子的口袋里。

基尔戈：请原谅我用这种方式向你传递消息，你想怎么看待这封信都可以。所有人都知道，你的证言可以摧毁克劳德·阿诺德，我对他没有丝毫同情。但是你需要知道，阿诺德正计划起诉离婚，并会把你列为共同被告。确实，这很荒唐，但是通过起诉你，阿诺德可以让你的证词变得可疑。没有迹象表明阿诺德太太也参与了这件事。她是个好人，我猜测她并不知情，这恰恰说明那个男人是多么无耻。阿诺德的目的是让你退缩，如果你不照做，他可能真的会卑鄙到付诸行动。你要知道，他是那种毫不介意伪造证据的人。如果你被认定有罪,法院可以判决你支付巨额赔偿。*Praemonitus, praemunitus.*

一个认为你应该知情的人

"预先收到警告,就如预先武装",话是说得没错,但这件事情他知道了又能怎么办?而且为什么要匿名?是哪个俱乐部的泛泛之交写了这些话?

他把纸折好放回口袋。愤慨,恼怒,都因为一件事哑了火,那就是克劳德的指控确有其事。在骑摩托回家的路上,他从各个角度把这封信分析了一遍。有一瞬间,他甚至怀疑是不是克劳德自己写了信叫人送来。不,那样的话也太扯了。

快到家时,他对着写信人放话:"我会作证的。我没有选择,看见了就是看见了。我不在乎我的名誉、工作,也不在乎别人怎么看。"而且如果克劳德和西利斯特离婚了,那她就是我的了。

第二十二章　芒果静物

1935年，马德拉斯

下午四点半，西利斯特正在客厅旁边比较凉快的书房里喝茶，这时她看到福特T型车开了回来。克劳德跟跟跄跄地下车，先是撞上了永远停着不动的劳斯莱斯，然后又跌向另一边，在进门时打翻了茉莉花盆栽。他现在喝酒更肆无忌惮了，她怀疑他可能从起床就杯不离手。克劳德看到她，面露惊讶。他徒劳地想打起精神，但眼神还在游离。

"你今天过得怎么样？"他咬字非常小心，但话说出来还是含混不清。她不由得露出了厌恶的神情。"你看什么看？"终于，他语气恶劣起来，甚至等不到司机离开，就放弃了所有客气的伪装。

之前，不管发生什么，她至少还能指望他维持表面上的礼貌。受过英国教育的人不就应该如此吗？他们不是不能像她这种"叽叽"没有教养吗？他哪怕是盘算着把她五马分尸，实现之前也要在晚餐时为她拉开椅子。

"给我倒杯酒，西利斯特。"他走到她跟前。

他没说"亲爱的"真是让人松了一口气。和他距离这么近，她觉得恶心，起身想要离开。克劳德以为她是去小推车上拿酒，大度地说："给你自己也倒一杯。"

"不，现在也太早了，"她说，"控制一下你自己吧，克劳德，你已经喝得够多了。"

这简直和扇了他一耳光没什么两样。

"西利斯特！"他大喊着转身，伸出的手指摇摇晃晃地扫了一圈，想要对准她，"你给我听着……"但他身体一歪，栽了下去，头磕在了咖啡桌上。他用手摸了一下额头，拿下来发现手指上都是血。"哦，上帝啊！"他的语气透着恐惧，然后就吐了一桌子。

他可怜兮兮地望着她，嘴角还挂着一丝口水。

她苦笑一声。"克劳德，你原来至少还有一样天赋，喝威士忌酒量不错。我真不知道我为什么会和你过这么久。"说完她就走出家门骑上了自行车。有一个人，她必须要对他坦白了。

她推开迪格比的房门时已是黄昏，他被吓了一跳。他坐在工作室里，赤裸着上身，正在用松节油洗画笔。石蜡蜡烛给他布置的静物投下了诡谲的烛光——一只奇形怪状的陶罐和三只芒果摆放在木质的工作台上，陶罐旁边是一匹翠绿色的丝绸纱丽，它看似被漫不经心地丢在桌上，刚好让一部分布料如瀑布般沿着桌腿倾泻而下，堆积在地板上的褶皱形成了随意的花束。

她拿起一杯水一饮而尽。当她观察迪格比的脸色时，她感觉到他有变化。他们找到他了？她扫视了一圈房间，四下都看了很久，似乎是要把它刻进记忆里，然后才看向迪格比。

迪格比看着她的表情，立刻就明白她是来告别的。他的心霎时硬成了石头。一根长矛猛地穿过肋骨刺进了他的腹腔丛——她和他是一伙的？

过了许久，她才说："迪格比……"她眼里闪着泪光。"我——"

"不！不要！等一下……先别告诉我。"他靠近她，嗅着她的香味，看着她眉毛上细密的汗珠，还有帽子留下的一圈压痕。他在医学院里见过精神科医生哈里的表演，他会从听众当中拉人出来，一边用手指着太阳穴，一边报出他们令人震惊的私事。"你决定留在克劳德身边了，是吗？"他的声音止不住地流露出苦涩。

"不，恰恰相反。"

他的脚本被打乱了。他脸上的表情放松了下来。

"迪格比,我是来告诉你,克劳德要起诉离婚,还要把你列作——"

"我知道。"现在轮到她惊讶了。

"什么?怎么会?"

"我收到了一封匿名的警告信,在阿迪亚尔俱乐部,一个不喜欢你丈夫的人写的。但是西利斯特,我想知道的是,克劳德是怎么发现的?"

她的笑声听起来像一记响鞭。"他不知道我们的事,迪格比!这只是他的计谋,因为他不能直接威胁你,所以他要牺牲我来攻击你。"

"等等……所以你那次过来是因为这个?我们第一次……你突然出现那次……你是来帮他叫我不要作证的吗?"

"天哪,当然不是了!我是来警告你的。他告诉我他的计划的那一刻,我气坏了,他为了保全自己竟然能说我通奸,我当时直接就走了。我骑上车只想离开,结果到了这里。对,我本来是来警告你的。"她的语调里闪现一丝怒意,"结果我根本就没机会说,如果你还记得的话。"

迪格比挖苦起来:"那你为什么不提一句呢?你是打算破罐子破摔吗?你是不是想着,'在迪格比那家伙被封口之前,我先跟他睡一觉'?说不定现在你还在帮他——"迪格比提高了声调。

"住口,迪格比!"她冷静,强势……同时也被他的话刺痛了。"如果你要大吼大叫,我这就走。我今天已经受够了。"她抬头挺胸,手里紧紧抓着她的小包,用力得指甲都发白了,仿佛不管下一步去哪里,它都是她全身而退的法宝。在石蜡蜡烛的光线下,她仿佛是画家的模特。画家本人凝望着她。

"对不起。"他抱歉又羞怯地说。

"克劳德为了自保什么都做得出来,包括把我牺牲掉。只要能让你难堪,他真的什么都会做。但他以为不会到那一步的,他以为只要把你列成被告,你就会屈服——我希望你不要。也许他以为我会屈服,然后来找你求情。但这是没用的,至少对我肯定没用,我就是想要离婚……"

他现在可以欢呼了吗?为什么她的脸上没有和他一样的喜悦?

"西利斯特……那就没有什么能阻止我们了……我们可以在一起了。"

她摇头。

"西利斯特,我不懂……我爱你,我没有对我妈之外的任何一个人说过这句话,我爱你。"

"迪格比,我也想说我爱你,但我不知道这个'我'是谁。我得知道。我想要属于我自己的生活,依靠我自己的力量的生活,这样我才能找到答案。"他的眼神像孩子一样哀求她。她伸手抚摸他的脸颊,但他躲开了。

"你要去哪?"

她叹了口气。"我一直都在准备离开,尽管我没想到是这种走法。我存了一点钱,不算多,但好歹攒了快二十年,也不算少。我有早几年他送给我的首饰,还有一仓库的艺术品,我知道哪些现在值点钱,哪些以后会值钱。我会去神智学会找间房子。如果只有贾纳基和我两个人的话,我们可以过得很简单很快乐。他唯一能用来要挟我的就是孩子,但我相信他们已经长大了,可以看穿他了。他们也应该想要了解我了,只要我先找到我是谁。"

迪格比需要消化一下她说的话。她不需要他——不就是这个意思吗?迪格比埋怨自己,居然敢先于她做那么遥远的梦。

门开了,是穆图,他看到西利斯特来了,而且两人还像格斗士一样面对面站着,显然吃了一惊。他双手合十。"晚上好,小姐,你来了我没有听到。"

"你好,穆图。"她点点头说,眼睛还是盯着迪格比。

穆图的视线转向另一个人。"迪格比萨尔……我要回老家了,我之前讲了的。我只去两天。"迪格比还是盯着西利斯特,穆图又看向她。"小姐喜欢吃点什么我做了再走?我要不要做炸饺?"

"穆图,"她叹了口气,声音忽然听起来非常疲惫,非常沙哑,"小姐喜欢双份威士忌,谢谢,还有给他也倒一杯。"

"是,小姐!"穆图习惯性地回答,但是没有动身。她终于转过头来看向他,扬起眉毛。

"穆图?"她说。

"对不起,小姐……威士忌我们没有的。"

"那就杜松子酒?"

他摇了摇头。"医生萨尔不喝酒——"

"哦,我的天哪,迪格比——"西利斯特突然提高了声调,把他们都吓到了。

"但是威士忌很快来,小姐!"穆图匆忙打断她,生怕自己给迪格比惹了麻烦。他从后门跑了出去。

他们两人站在原地,听到屋外吵起来,穆图的语调非常生气,一点也不像平日里的他。穆图回来时,头发有些凌乱,手里拿着一个托盘,上面是两只杯子、一只冰桶、一只分酒器,还有一瓶少了四分之一的威士忌,好像这些东西一直就等在门外似的。他避开迪格比震惊的目光,把东西放下。

"好样的,穆图。"西利斯特说,她怀疑穆图是去邻居家直接把他们的酒盘抢来了。

"是,小姐。"穆图说着走到西利斯特的身后,打开了迪格比放钱的抽屉。穆图以前从没这样做过。他数出一些钱币,举起来给迪格比看。"萨尔,我后面再解释。请放酒盘和别的东西在前围廊上就好,萨尔,我两天就回来。"

穆图从前门一走出去,他们就听到有个男人用泰米尔语吼了起来,一个女人也在高声嚷嚷,穆图说了什么安慰他们,然后叫嚷就变成了小声的咕哝。

西利斯特倒了酒,把杯子递给迪格比。他们到现在一直都站着。

迪格比接过酒杯,他觉得委屈,无法直视她的眼睛。直到几分钟以前,他还想象不出没有西利斯特的生活会是怎样,可是她早已想好了没有他的生活,那里面甚至连他的一丁点影子都没有。一个人要怎么继续做两个人的梦呢?

过了许久,他才用酒杯的杯沿碰了碰她的杯子,将酒一饮而尽。威士忌火辣辣的。借火来浇灭痛楚,多奇怪呢。石蜡蜡烛照亮了西利斯特的左脸和前额,橘色的微光仿佛被几层薄棉布过滤了似的,化作几抹赭色和芥末黄悄悄从侧面爬上她的脸庞,然后便沉入了她晦暗的眼眶。她似乎想要说些什么,但他不想听。他用唇堵住了她的口。

他慢慢解开她的衣裙,就在画架前,像是要把她钉在画板上。看着她美丽的裸体,她的消息给他带来的刺痛也减轻了。她不只是言辞令他伤心的西利斯特,她也是生理学的奇迹,是一具在皮肤的界限下容纳了一组器官的绝美肉体。相比于他们混乱、翻滚的情绪,身体永远是坚定的、可靠的。

他用食指蘸了蘸调色板上未经稀释的颜料:天然玫瑰茜红。看到他的手指悬在她的胸前,西利斯特深吸一口气,瞪大了眼睛。他真的要这样做?他的手指触碰到她,她发出一声叹息。是的,他真要这样。他要描画她的器官,动作越慢越好,这样才能拖延不可避免的结局——她的离开。他画出左心室的轮廓,它的位置从胸骨后面开始,一直延伸至她的乳头。他是不是该用黄色?她这叛徒的心脏?不,那太严酷。再说了,不管心脏承载了多少隐喻,它不过是极度缺乏想象力的一个器官,成套的两个泵,一个把血液打进肺部,另一个将血液送往全身其他地方。她的心和他的没什么两样。

如果她想,她可以拒绝,但她没有,她沉浸在他的崇拜中,而且她知道自己带给了他痛苦，也为不必再多言而释怀。她抿了一口酒，看着他画。他描出她弓状的主动脉，然后，他拿过她的酒杯，温柔地将她放倒，微笑着让她躺到地上的防水帆布上。他把调色盘放在她的骨盆上，就在阴阜的位置，调色盘在那里摇摇欲坠。烛光在她的肌肤上闪烁。他描出肝脏，在她的右边靠上方，画笔沿着第五肋间隙划过她的乳尖。她泛起鸡皮疙瘩，乳头挺立起来。她的呼吸变得急促。然后，是脾脏，肾脏。

他俯身看着这副杰作，也就是她的肉体，现在他给它添上了饰彩。还是说他玷污了它？他把她由内而外翻了个面。突然间，他感到懊悔，他做得太过火了。是因为威士忌吗？他不习惯酒精的作用。

"原谅我，"他说，"一想到我们也许不能在一起，我就很痛苦，但我还是会爱你。"他在她的唇上尝到了泪水，也有可能是他的泪水。

她抬起头看他画了什么，看她自己这张画布。她惊诧得连连摇头。她轻声说："你帮我找到了我自己，你知道吗？"

那为什么还要离开我？在你剩下的生命中，我会永远爱慕你的躯体。可他太爱她，所以没有说出这句话。她的心意已决。一想到她愿意放弃他们所拥有的一切，他心里同时滋生出了欲望与怨恨。她读出他的内心。她揽他靠近。她揽他入内。

事后，他们瘫倒在地上，浑身浸满了粉色的汗水。两人的发泄仿佛一剂猛药，让他们无力从铺着防水布的坚硬地板起身再爬上他的床。他们沉沉睡去，两具躯体并列躺着，合成一块污迹斑斑的画布。

* * *

我为什么要离开他？好像是有个理由的，但西利斯特还没能想起来，睡意便再次来袭。她转身侧躺，随着汗液蒸发她感觉到阵阵凉意。她拽下桌子上的翠绿色纱丽——管他的静物呢——盖在了身上。

迪格比醒来的时候，他的头一阵阵地痛，他费了很大力气才睁开双眼。房间里亮得出奇，一团缥缈的白雾舞动着。颜料在他赤裸的身上狂欢，色彩跳动得如此猛烈，让他有些不安。

他闻到烟味。转过头一看，谜题有了答案：他们一定是睡着的时候把石蜡蜡烛打翻了。他忙四处摸着寻它，却注意到——他好像是远处的旁观者，眼睛出现了错觉——他的手是蓝色的，皮肤挂在上面，像是从厨房架子上往下淌的蜂蜜。什么都是蓝色的：地板，他睡的防水布，画架，上面的画布。他看着这奇怪的情景想笑。难以置信的笑。熔化的石蜡遇到了一团被松节油浸透的抹布，于是蓝色的火焰蹿上了墙顶。

他再转头，又看到了更加不可思议的一幕：他用来当背景的丝绸纱丽掉到了地上，但它是活的，正在痛苦地扭动。它混合着炭黑、姜黄和橄榄绿，而在它的下面，他终于意识到，是挣扎着想要逃出来的西利斯特。他扑向纱丽把它扯开，即使熔化的丝绸燃烧着粘上他的皮肉，他也不肯放弃。只要他能把它剥开，把这块漂亮的布料放回到陶罐的边上、水果的边上，让它重新垂下桌面，在地板上洒下层叠的褶皱，只要他能让一切恢复原样，恢复它们应有的样子——《芒果静物》——那就没事了。他很确定。

第三部

第二十三章　我们未出世时，上帝便已知晓

1913年，帕兰比尔

乔乔过世以后，大阿嫄奇觉得自己好像被从生命之轮上甩了下来，怎么都找不到以往的节奏。每天早上，公鸡打鸣时她还醒不过来；理发师爬上坡来到房前时，她还想不起那是当月的第一天。要不是她母亲在打理厨房，他们都要像庄园上的鸡一样去四处觅食了。

帕兰比尔失去了它唯一的男性继承人，失去了即使不是她亲生、她也依旧视作自己长子的孩子。但失去孩子的不只是她一个。她第一次下楼走进地窖时，有一只空的泡菜坛碰都没碰，就从她头顶上方的架子上掉了下来。多亏她余光瞥见了它，才及时把头闪开，让它碎在了脚边。她逃回楼上，却正好碰见她向来无畏的丈夫一脸惊恐地看向她身后的地窖。所以你一直都知道她在那里？他脸上的表情让她怒从心起。她待这鬼魂那么好，它怎么敢恐吓她丈夫？大阿嫄奇转身冲下陡直的楼梯，根本不顾尖利的碎片扎到了脚底。她不知哪来的力气，抓起一只空坛子就扔向了房间阴暗的角落。"乔乔也是我的孩子，你知不知道？"她喊道，"我带他的时间比你长！如果你能拿坛子砸我，为什么乔乔掉进水里的时候你不把他拉出来？"她好像听到了微弱的啜泣。她消了气，走了。但事情还没结束。几天后，她发现一只装满糖浆的坛子翻倒了，整个地窖都爬满了大红蚂蚁，它们咬人非常疼。大阿嫄奇用布把脚包好，然后点燃枯椰叶火把，借着火苗把蚂蚁往回赶，险些烧着了地窖。最后她将火把扔进水桶浇灭，把地板擦干净后，又用煤油擦了一遍。"你要是继续这样，我就把阿辰叫来了。你想这么被大家记住吗？不是一个好母亲，而是一个我们不得不赶走的捣乱鬼？"地窖是休战了，但在厨房

里,她最信赖的陶锅煮出了味道奇怪的咖喱,她每晚发酵的酸奶都会变质。她忍受着这些挑衅,直到它们逐渐消失。但帕兰比尔的心跳仍旧没有规律,不管是祈祷、教堂还是泪水,什么都恢复不了原本的节律。

在这段混乱的日子里,也就是距离他们失去爱子还远远不够久的时候,她丈夫趁着她母亲和宝宝熟睡,在夜里悄悄地出现在门口。她感觉到他来,惊讶地坐起身。她还没准备好。这间屋里乔乔的气味还如此强烈,她身边的席子上还有他的痕迹。她丈夫似乎也有些犹豫,没有伸出手,只是撑着门框。她没有动,他的出现让她觉得亵渎。他走开了。第二天,他装作看不见她。然后她明白了:这也关系到帕兰比尔需要一个男性继承人。但即便如此,她也还需要时间。

她在厨房后的花园里找到了慰藉和理智。刚来帕兰比尔时,她发现有一只小山羊会去后门台阶边,啃食一棵乱糟糟的灌木的浆果,然后它会明显变得更活泼。她做了一番研究,从浆果的气味上发现了端倪。经过小心翼翼的修剪和施肥,这棵灌木现在长得比她还高,并且为帕兰比尔带来了咖啡。用它做出来的深棕色饮品表面有一层闪亮的油脂,味道出乎意料的浓郁。它提醒众人,生活的甜蜜总是要伴随苦涩。但香蕉树才是她真正的最爱。最开始她只有多莉珂查嫲给她的一株泊菀品种的侧芽,现在她有了自己的小小果园,灌溉就靠厨房屋顶上流下来的雨水。叶片遮住了午后的阳光,起风时,它们发出沙沙的摩擦声、啪啪的拍打声,她听着便觉得舒心。香蕉还绿着时她便将它们采下,让它们在阴凉的储藏室里成熟。小小的泊菀香蕉很讨她女儿的欢心,孩子父亲一口气能吃掉十个。她惊叹土地是多么慷慨,只需要水、阳光和她的爱心,就会回馈如此美味。每棵树最终都有一天要被她砍倒,然后被拿去喂牛羊。残株周围长起的一圈侧芽都会被她割掉,只剩幸运的一枝重新开启奇迹的轮回,延续亲代的记忆。

她还没有带小末儿受洗。在和上帝对话时,她避免谈及这个话题,但她能感到上帝的不满。一天傍晚，她直截了当地提了这个问题。"您觉得我要怎么走过一个孩子的墓，再带另一个进去受洗呢？"而且，她对这个所谓赐予恩典的仪式也有了怀疑，她以为恩典应当是上帝自有的爱、仁慈与宽宥。"恩典没能救得了乔乔。"上帝沉默。

一天夜里，她醒来看到丈夫又站在她席子的铺尾，静悄悄的，免得弄醒她母亲和小末儿。他在那儿站了多久？他伸出手，这次她爬起来了。当他悄无声息地拉她起立，她熟悉地感觉到听觉和视觉都更加敏锐。她不曾意识到，自己是多么怀念这种亲昵。他们的任务既温柔又迫切。

十四个月过去了，她去了很多次丈夫的房间，直到她终于不再来月事。然后，她流产了。她惊呆了，这种可能性从来没有在她的脑海中出现过。她以为会再有一个孩子的，即使时间可能久一些，但她从没想过这个。她觉得好像是身体背叛了她。她丈夫备受打击，尽管他未发一语。"别把任何一样东西当成理所当然，"上帝提醒她，"除非你想体验一下失去它的滋味。"除了继续生活，还能怎么办？她又流产了。身体恢复后，她开始找怪罪的对象：会不会是地窖里的那个鬼魂？它会有那么恶毒吗？她下到地窖，坐在一口空坛子上嗅了嗅空气，探测她周围的环境。出乎她的意料，魂灵似乎在同情着她。离开时，她心平气和。只有上帝才知道她为什么会流产。只有上帝才知道——但他选择不解释。

小末儿五岁时，刚得完麻疹又染上百日咳，差点就没命了。她一好转，大阿嬷奇就赶紧安排了洗礼，她担忧孩子的灵魂。她请多莉珂查嬷做教母。多莉获此殊荣立刻面露喜色，但她什么也没说，只是晃了晃脑袋表示同意。晚饭时，大阿嬷奇和丈夫描述起她们这段交流，说："你和多莉真像，都沉默寡言，从来也不讲闲话，也不说别人坏话。"他哼了一声算是回应。她接着说："多莉的妯娌肯定要抱怨我怎么不找她做教母。"在正经珂查嬷全家不打招呼就搬来帕兰比尔的这几年,她对清规戒律的坚守让这个外号越发贴切。不过,她好像并不认同暴食也是一宗罪,因为她现在又胖了一倍,脸和脖子都连到了一块儿,身体就像个没有形状的水桶。之前不管她对谁说话,她胸前的大十字架都咄咄逼人地指着对方,如今随着她胸部膨胀,它转而指向了天空。而多莉珂查嬷虽然饱经这位难以相处的妯娌兼室友的磨炼,却依然保持着年轻时的身材,脸上无忧无虑没有一丝皱纹,和善的举止也一如从前,这一切在正经珂查嬷看来恐怕是岂有此理。大阿嬷奇又说:"我敢保证,正经珂查嬷一定觉得她才是她们俩当中更圣洁的那个。"她丈夫咕哝了一句什么,直到他离开饭桌她才听明白:"除非圣洁是按吨算的。"她这才意识到,丈夫居然讲了个笑话!

受洗时,小末儿特别喜欢水淋到她的头上,这是乔乔绝对不可能忍受的。大阿嬷奇听到阿辰高声诵读她选好的教名,多莉珂查嬷也跟着兢兢业业重复了一遍,但这名字在大阿嬷奇听来是那么刺耳,放到嘴边又是那么生硬,好像夹生的米饭。

他们从教堂回来时,她丈夫早在等着了。他把女儿抛到空中,孩子兴奋得嘶声大喊。"所以你的名字叫什么呀?"他问。

"小末儿!"小家伙说。他向妻子投去疑问的目光。

"没错,我把另外一个名字写在出生登记里了,它就留在那儿吧。"

五年过去了,她习惯了乔乔的死所带来的伤痛,就好像得了白内障的人接受逐渐混浊的视野,有髋关节炎的人忍受臀部的疼痛。但新近受洗的小末儿是他们的救赎。即使是小姑娘的父亲,这个早已摒弃上帝的人,也一定从她时常的笑靥和敦厚的性情中看到了神的旨意。她是每个人的最爱。还是个婴儿的时候,她就喜欢被人抱,但躺在她的小吊床上她也一样开心。现在她大了,可以心满意足地一连几个小时坐在围廊上,把那张长椅变成她的专座。她在那里展现出了一种神奇的天赋,可以未见其人，就先报出来访者的姓名。"沙缪尔来了！"她会这么说，而大家什么人也没看见，但三分钟之后，沙缪尔就到了。小末儿的母亲觉得奇异的是，她几乎从来不哭。她记得她唯一一次哭，就是在那悲惨的一天，她恸哭到整个人都发青，那天大阿嫫奇曾许愿……最好还是不要去回忆她许了什么愿吧。她明白，残忍的失去会招致更多的残忍。

这一年的季风期间，他们都发烧病倒了。炉子冷了一整天，因为没有人能顾得上生火。她母亲是最后一个恢复的：她总是很疲惫，睡得很早，却等到日上三竿才起。她要很费力才能从席子上爬起来，头发总是乱蓬蓬的，因为她的手臂支撑不了梳头的动作。等母亲终于出现在厨房里，她却疲倦不堪，什么忙也帮不上。最令人担心的是，她母亲变安静了，不再源源不断地唠叨。他们找了瓦伊迪昂过来，他把了母亲的脉，看了她的舌苔，然后给她开了往常那些按摩油和滋补药水，可它们都不见效。她的病情越来越重了。与此同时，她女儿忙得不可开交，又要照顾她又要做家务。

福气有很多种形状和模样，而在欧南节这天出现的福气，有两条罗圈腿。小末儿宣告了她的到来——"有个老太太要来了"——几分钟后，罗圈腿的奥达特珂查嫫迈着鸭子似的步伐摇摇摆摆地进来了，就好像她听到了无声的求助。这个女人头发花白，长着鹰钩鼻，两脚哪怕并拢站直了，小末儿也还是能从她的膝盖间钻过去。她是"大阿帕辰"的远方表亲——所有人在提及小末儿父亲时，都习惯了用这个小末儿起的称呼。后来，大阿嫫奇才知道老太太原来是在几个子女的家中轮流住，这家待几个月，再去另一家待几个月。但是，帕兰比尔她会一直待下去。

"你们的洋葱放哪儿啦？"奥达特珂查嫫说着走进厨房。她说话时咧着嘴角，免得满嘴的烟草掉出来。"把刀也给我。活了这么多年了，我一直祈祷洋葱能把自己切好再爬进锅里去，但你们知道吗？"——她眯着眼睛，神情严肃地瞅瞅母亲，又看看闺女——"到现在为止，这事儿还没发生过呢。"紧接着,她故作正经的表情融化了,脸上挤出了数不清的皱纹,绽开的笑容让人能卸下一切防备,随后,无忧无虑的吃吃笑声突如其来,将厨房往日的阴霾一扫而尽。小末儿兴奋极了,拍着手跟她一起大笑。

"我的老天啊!"奥达特珂查嬷看到米饭溢了锅,感叹着把双手举向了天空,或者说只是试图举向天空,因为驼背的她顶多只能把手举到和脸一样高。"这厨房有人管吗?"话虽这么说,她的语调和炯炯的目光却抵消了责备。"管事儿的是谁啊——猫吗?"她扯下搭在肩上的托土,用它垫着把锅子端离了火口,然后她把头探出后门外,伸出两只手指抵在紧闭的嘴唇上,噗地吐了一口烟草汁。她回过身来时,正好看到猫在蹑手蹑脚地接近煎鱼。猫被抓了个现行,僵住不动。奥达特珂查嬷的上嘴唇慢慢翻起,接着,一排雕工粗糙的木头牙齿像脏兮兮的獠牙一样戳了出来,原来是她吐出了假牙。这对一只猫来说太可怕了,它倏地就转身逃跑了。假牙收回,老太太的笑声又响彻了厨房。"话说,"她假装压低了声音,还四下看了看确保没有人在偷听,"这不是我的牙,那个阿普潘刚才把它落在窗台上了。"

"哪个老头子?"大阿嬷奇问。

"哈!就是我那个坏儿媳的爹!还能有谁?她骂我是老不死的,所以我不在他们家待了。走的时候我看到这假牙,就心想,啊,如果我是老不死的,那我不是比他更需要它吗?如果他都把它扔在那儿了,就说明他肯定不想要了呀,伊来?"她努力表现出一脸无辜,但她的眼里尽是狡黠。大阿嬷奇笑得停不下来,她所有的忧愁都暂时退却了。

奥达特珂查嬷就是帕兰比尔需要的药水。这老太太忙活起来根本停不下来。不到一个礼拜,大阿嬷奇就习惯了无微不至的关怀,她动不动就被命令坐下休息,时不时就被逗得笑到几乎要尿出来。她唯一不喜欢的一点,就是奥达特珂查嬷每次洗完澡都会穿上同一条溅满姜黄酱的芒杜,尽管她总是极力否认。"我明明昨天才换过!"夜深人静时,大阿嫫奇突然明白了过来，然后就非常生自己的气：奥达特珂查嫫只有一套衣服。第二天，她给她拿了两套全新的衣服，说："我去年欧南节没看到你，所以这些衣服一直留着等你。"

奥达特珂查嫫作出愤怒状，眉头紧锁地抚弄这些白衣服，它们以后再也不会像刚才么白了。但是，她的眼神背叛了她。"哦嚯！这是什么？你在盘算着把我嫁出去？我都这把年纪了！啊，啊，要是早知道我才不来看你呢。把求亲的人赶走！我不见他！他肯定有点问题，你还不肯告诉我。他是不是瞎？他是不是有羊癫疯？我受够男人了。这只锅都比男人聪明！"这半天，她一边说一边把衣服往大阿嫫奇怀里塞，手却一直牢牢抓着没松过。

小末儿一见到父亲就要跑过去。他对她比对乔乔更有耐心，不过乔乔本来也容易被他的块头和沉默吓到，小末儿却不会。她总要给大阿帕辰看她的蝴蝶结和娃娃。一个雨天的下午，他被倾盆的雨水困在家里。小末儿拦住了围廊上焦虑徘徊的父亲，拉他坐到如今专属于她的长椅上。"坐在这儿！"他顺从地俯下身。"为什么雨往地上落，而不是往天上飞？为什么……"他迷茫地听她连珠炮似的提问。小末儿不等他回答。她站到凳子上，给父亲戴上了一顶她在奥达特珂查嫫的帮助下用青椰子叶编织的帽子。她觉得效果不错，开心得直拍手。然后，她用短短的小胖胳膊搂住父亲的脖子，小脸贴上父亲的脸颊，挤扁了两个人的脸。"你现在可以走了，"她说，"戴着这个帽子你就不会湿了。"他晃了晃脑袋表示感谢。大阿嫫奇看到她那顶天立地、被烈日打磨了数十年的丈夫戴上了一顶小得滑稽的奇形怪状的帽子，只能咬着嘴唇忍笑。女儿一走开，她就看到他摘下了帽子拿在手里研究。

"我真没想到这辈子还能见到这种景象。"大阿嫫奇对奥达特珂查嫫说。

"啊，怎么不会呢？女儿总是能打开父亲的心扉呀。"

这里面也有我的功劳,她想,是我让他的心变得柔软,是我帮他放下了秘密的重担。

这天早上来号召捐款的少阿辰还不过是个孩子,他嘴唇上的毛稀少得可以给每一根都用一位耶稣的门徒命名,他的嗓音才刚刚经历沙哑的变声期。他身上的白色教士服显然太大,黑色的帽子吞没了整个额头,看起来就像是在学校舞台剧上表演神父角色的学生。可以想见,他家里一定是在他还穿着短裤的时候就把他"奉献"给了教堂,让神学院把他(喂)养大,这在稻谷歉收的年份是一种恩惠。这样的男孩子长大以后都会被授予圣职,但大阿嫲奇对他们真正的信念抱有怀疑。

这个傻乎乎的少阿辰先是花了几分钟盯着达摩,被乌尼赶走以后,他又开始呆呆地看着小末儿,丝毫不记得自己是来干什么的。直到大阿嫲奇问他要账簿,他稚气的眼神才满是迷惑地看向她。

"就是你汗津津的胳肢窝下面夹着的那本东西。"她伸手指着说。

他把账簿拿给她。"这个小家伙得的什么病?"他热心地问。

她吃了一惊,赶忙顺着他的视线看向小末儿。小末儿和往常一样坐在长椅上,两条腿有节奏地晃悠着,这个姿势她可以保持好几个小时。

"什么叫得的什么病?她什么问题也没有呀!"

片刻沉默后,他才意识到自己说了非常愚蠢的话。他后退着离开,却又想起账簿还没拿。他小心翼翼地接过簿子,生怕逃跑之前她会拿着它把他揍一顿。

怒气冲冲的大阿嫲奇端详着她微笑的女儿。那个蠢男孩儿看出什么了?是她女儿的舌头吗?小末儿习惯把舌头抵在下唇上,好像嘴里放不下了一样,全家人都已经见习惯了。她的脸有点宽,但也有可能是突出的额头使它显得宽。婴儿头顶那块软软的菱形在小末儿头上还看得出来,不过她已经快满六岁了。她五官都长得圆钝,这是真的。不同于她的父母,她有个小小的塌鼻子,在她脸上好似碟子上的一粒莓果。

大阿嫲奇觉得脚下的木坦在陷落，她得扶着围廊的柱子才能站住。小末儿三岁时才能不抓着东西自己走路，四岁时才能说连贯的句子。大阿嫲奇只顾着为有了一个不愿荡藤蔓秋千的孩子而欣慰，根本没有想太多。

她找到奥达特珂查嫲。"说实话，你怎么觉得？"老太太仔细看了一会儿小末儿。"有可能是有点儿不对劲。她的声音很沙哑，而且她的皮肤也不一样，软绵绵的。"老太太说这话时很为难，但大阿嫲奇知道她是对的。"但是这又有什么关系呢？"奥达特珂查嫲又说，"她还是个天使呀！"

大阿嫲奇叫来了瓦伊迪昂，他草草扫了一眼病人，掏出来一瓶药水。"给她喝这个，"他用神父一样的口吻说，"一天三次，温水送服。"

"等等！你觉得她是什么病？"她无视了递过来的药瓶，问道。

"啊，啊，这个应该管用。"他说，他的视线回避着二人，手依然举着药瓶。

"这和她百日咳的时候你给我们的药是一样的。"

"有什么问题？咳嗽好了，对不对？"

大阿嫲奇让他走了，自己急忙去找丈夫商量。他听后一动不动，过了良久，才点了点头。

那天晚上，帕兰比尔的族长叫来了兰詹，请他护送大阿嫲奇和小末儿去科钦。两兄弟里他行路经验更多，对科钦也熟悉。多莉说他回去后正经珂查嫲大闹了一场，因为她丈夫领到了这个任务以后明显乐不可支，他出去以后她还管不了他。她逼他下跪，在他头顶祈祷，给他抹了圣油，威胁说如果他敢乱来就剥了他的皮。

大阿嫲奇请母亲与他们同行，她希望这次旅途能让她从无精打采当中振作起来。他们天没亮就出发了，女人们穿上了最好的衣服，带了雨伞和打包好的午饭。小末儿兴奋的样子让大家都心情很好。船夫载着他们顺流而下,而后又在河渠与回水区间来回穿梭,最后来到了文伯纳德湖。大阿嫌奇上次看到湖岸时,还是在她生命中第二悲伤的一天,那时她是十二岁的新娘。一艘更大的船接他们渡过湖水。

黄昏时,他们抵达科钦,穿过城区入住了旅馆。她母亲径直就上了床,但大阿嫌奇和小末儿在兰詹的坚持下出了门,平生第一次见到了大海。它吵嚷着拍打海岸,听上去像是凯撒从桶里喝水的声音,但是要再猛烈一千倍。和它比起来,文伯纳德湖都不算什么了。海上停泊着一艘无比巨大的船,她都想象不出它是怎么浮在水面上的。街上人山人海,大商店里仍旧亮如白昼,因为里面有用电的灯。夜里祈祷时,大阿嫌奇说:"主啊,请原谅我,有时候我只想着您是我们小小的帕兰比尔的上帝,我忘了您创造的世界有多么广阔,到处都需要您的守护。"乔乔去世后,她曾一遍遍地研读《约伯记》,试图从无意义的失去中寻找到意义,但意义避她不见。现在她回忆起约伯是如何在经受苦难后,依旧称颂上帝的,"他行大事不可测度,行奇事不可胜数"。

第二天早上,目光涣散、宿醉未醒的兰詹领着她们见识了大型香料市场,在葡萄牙宗座圣殿做了祈祷,逛了各种商店,走过好几个宫殿,最后在海边坐了好几个小时,看渔夫在岸上操纵一种奇怪的绑在竿上的渔网。等他们傍晚回到旅馆时,他们已经见过太多的白人——萨伊普——甚至还有女的白人,多到小末儿已经不想去摸他们看看会不会掉色了。他们洗了澡,然后前往马坦切里的诊所。大阿嫌奇跟兰詹说她们可以自己找到回来的路,他就高高兴兴地先走了。大阿嫌奇、她母亲、小末儿三个人排进了诊所外面的队伍,里面那位医生据说是特拉凡哥尔和科钦最聪明的。大阿嫌奇试着念出门牌上医生的名字,但她的舌头打了结。

公元1910年,鲁内·奥尔奎斯特医生出现在科钦堡,像阿斯克和恩巴拉一样随着海流漂上了岸。正如北欧神话中的第一对人类,鲁内也很快爬起身，被别人带向了食物、庇护所、美酒、女人，还有一群喧闹的酒客。这位新来的金发大胡子男人膀大腰圆、嗓音低沉，人们见到他的第一印象就仿佛见到了神谕。他完全可以身穿圣徒长袍、持手杖，与另一位使徒圣多马一起走下帆船。他的到来和圣多马一样笼罩着神秘色彩。人们只知道，南印度是他这场起自斯德哥尔摩的旅途的最后一站。据这位好心的医生自己说，他有一天晚上喝多了阿夸维特，"正在新大街上自顾自地唱着歌，突然就被绑架了。醒来的时候，我已经成了一名船医，目的地是开普敦"。这份差事让他跑遍了东方与非洲的各大港口。但是，三十多岁的这一年，他在科钦靠了岸。群岛在万水交汇之处形成城市的美景，此处热情的人民，此处的寺庙、教堂、宗座圣殿、犹太会堂，还有荷兰殖民区的鹅卵石街道与房屋，这一切都促使这位瑞典大汉就此抛下船锚。定居后不久，他便找了一位家教开始学习马拉雅拉姆语，又找了另一位教他吠陀、《罗摩衍那》和《薄伽梵歌》。他对知识充满渴求，对椰花酒和女伴的胃口也不小，这些欲望混合在一起，能毁掉大部分医生。

对于大多数西方人来说，马拉雅拉姆语的卷舌音"*rhha*"能蹭掉硬腭上的黏膜，让舌头痉挛抽搐，但鲁内没有问题。他能和诊所外那些嘲笑他的马拉雅拉姆语有斯堪的纳维亚口音的小孩儿说说笑笑，甚至还能和帕拉德锡（"外国"）犹太人显摆两句犹太马拉雅拉姆语。（自从他治好了拉比妻子巨大的卵巢囊肿，这些帕拉德锡犹太人——他们是在西班牙驱逐犹太人时期从伊比利亚移民而来的——就只肯来他这里看病了。）圣多马派基督徒的老太太们来他的诊所和上教堂一样虔诚，她们向他抱怨这里痛那里疼，但她们罹患的，其实往往都是长期的婚姻不幸——他开出的是安慰剂和真情实意的开导，比如"木卢-意拉尤-维喏拉姆，意拉-木卢-维喏拉姆，意拉卡-纳什坦"，不管是棘刺落在树叶上，还是树叶落在棘刺上，受伤的都是树叶。"啊，啊，你说得对，医生，我丈夫就是棘刺呀，怎么办呢？"

医生的命运在1912年因为埃莉诺·肖女士改变了。这位中年妇女患有憩室炎、胃酸反流、胆绞痛——一系列毫无关系的功能紊乱。他在心里管它们叫"奥尔奎斯特三件套",因为它们似乎总在她这样的女患者身上同时出现:白人,围绝经期,超重。鲁内切除了她的胆囊,治好了她的胃酸反流,调理了她的肠胃,但埃莉诺·肖女士丝毫没有感到缓解。有一天,鲁内灵光乍现,问了她一个颇为敏感的问题,这问题他从来没有机会问穷人,因为无论是疾病还是潦倒,他们的性生活从未受到困扰:"肖女士?您已婚多年,也许房事已不再令人满足?甚至还有疼痛?"他的瑞典口音抑扬顿挫,很难让她感觉到冒犯。"埃莉诺——我可以这样叫你吗——这些器官都很重要,如果受到了损伤不可能毫无后果。"鲁内揣测,问题不在于缺少欲望,而在于缺少润滑。他给她配了三十二盎司的惰性油类润滑剂,又开了十六盎司的新鲜椰花酒,要求静置发酵十八小时,最好能呛得人流眼泪。他又花了好些功夫,解释清楚哪种药该用在哪一窍。埃莉诺的丈夫贝内迪克特·肖是科钦王公的顾问,还是一家英国大型贸易集团的领导。因为鲁内对他妻子的医疗干预十分成功,贝内迪克特·肖不胜感激,命令手下的贸易公司将一座荷兰老宅子重新打扫装修,打造成雅致的小诊所送给鲁内。院内设有一间手术室、十张床位,入口还有门诊室。肖女士的故事说明,好的治疗方案能治愈患者全家,而有时一位病人就能改变医生的一生。

在大阿嫲奇、她母亲、小末儿来到诊所的1913年的这天傍晚,候诊的长椅上已经坐满了人,她们只好站着排队。鲁内·奥尔奎斯特风风火火地进来,胳膊下夹着好大一叠新买的书,对聚集的患者露出笑容。鲁内对穷人只收取象征意义上的诊疗费,但对富人就价钱高得让人肉疼。一对帕拉德锡夫妇——丈夫身穿白西装,头戴刺绣小圆帽,妻子穿宽松的高领纽扣连衣裙——局促不安地坐在两个打赤膊的"黑犹太人"旁边。后者的族群在所罗门时代就已来到科钦定居,他们普遍不喜欢帕拉德锡这些"新来的"犹太人，因为这帮人对待深肤色的同胞总有种居高临下的态度。长椅上还坐着一个码头工人，正按摩着肿胀的腮腺；一名坐立不安的警察；一个消化不良的英国人；一位婆罗门太太，她戴的金链子结实得能用来当锚链。

终于轮到她们了，鲁内·奥尔奎斯特医生以笑脸相迎，让大阿嫲奇放下了戒心。这位萨伊普医生脖子上挂着听诊器，他面前光溜溜的石头镇纸下压着一叠文件。他的视线落到小末儿身上，像是见到了认识的人。当他伸出他的大手，从来没有握过手的小末儿竟然高高兴兴地把手递了过去。"这位漂亮的小姐是谁呀？"他用带点口音但是十分流利的马拉雅拉姆语问道。

"我是小末儿！"

"我有一颗红色的糖和一颗绿色的糖，你想要哪个？"

"我都要！"小末儿说，"小小末儿也要一个。"她举起她的娃娃。

他的笑声在屋里回荡。他给了她糖果。

他看向大阿嫲奇，她还在为听到他说马拉雅拉姆语而震惊。她磕磕绊绊地讲起那种"病"、乔乔的离世、族谱——她很确信这一切都是有联系的——最后才说到小末儿。他听得很认真。

等她说完了，医生说道："确实不寻常。我不知道怎么解释家族的溺水，但是，"他探身摸了摸小末儿的脸颊，"我觉得这位小美女的问题不是这个——"

"感谢上帝！我丈夫也觉得不是。"

"我知道小末儿是怎么回事。"

"你知道？"大阿嫲奇激动地问。

"是的，你看，她一来我就认出来了。"

"什么意思？你以前见过她？"

"可以这么说。"他检查着小末儿的双手，"我估计她身上有鼓包，是肚脐附近的疝气，对不对？"他撩起小末儿的衣服，果然正如他所说，有一个大阿嬷奇从没当回事的肿包，毕竟她的小女儿不觉得难受。小末儿咯咯地笑了。医生让她走几步，再伸出舌头给他看。

他把粗壮的前臂支在桌子上，人向前倾。"小末儿这种情况很常见，它叫作'克汀病'——但名字不重要。"大阿嬷奇反正也听不懂。"脖子这里有一个腺体，叫甲状腺，你可能见过有些人这里肿得很大？"她见过。"这个腺体会分泌一种很重要的物质，帮助身体长高、大脑发育。有的时候，这个腺体从一出生就不起作用，那样的话，孩子就会长得像小末儿一样。舌头外伸，面部臃肿，嗓音低哑，皮肤增厚。她是个聪明的孩子，但是比其他同龄人学东西要慢一些。"他列出了所有她在女儿身上看见但不肯承认的东西。

"你只是看她一眼，就能知道这么多？"大阿嬷奇问道，她还是有点怀疑。

他走到书架前，不假思索就拿出一本书飞速翻动。她父亲翻《圣经》也是这样，对每个章节都如数家珍。他把厚重的书转过来，给她看里面的照片。没错，比起血亲，小末儿长得更像照片里的孩子。小末儿粗短的手指点着书页，看着熟悉的面庞，咯咯地笑了。

"有药能治吗？"

他叹了一口气，摇了摇硕大的脑袋。"有，也没有。有提取出来的甲状腺素，但印度没有卖的，而且就算有，也得从出生就开始给药。到了目前这个阶段，不管有多少甲状腺素也不能逆转你现在看到的症状了。"

大阿嬷奇看着眼前金发碧眼的男人，他的胡子和头发像金子纺出来的纱线，眼睛是大海的颜色。很多马拉雅里人也有浅色的眼睛，那是古时候来自阿拉伯和波斯的旅客留下的痕迹，但医生的眼睛和他们都不一样。特别的不只是颜色，而是目光中动人心魄的善良，正因如此，他的话才更令她痛心。通向她女儿未来的大门被推开，从中瞥见的是叫人窒息的图景。她想要争辩，他看出了她的心思。"她永远都会是孩子，这个我必须要告诉你。很遗憾，她永远都不会长大。"他说着看向小末儿，露出了微笑,"但是这孩子多开心呀!她是上帝的孩子,得到恩典的孩子。我也希望能告诉你不一样的消息,我真的想。"他表情沉重,善良的双眼中写满了悲伤。

她母亲在一旁看着,眼中噙着泪水,一只手搭在女儿肩上。小末儿倒还是高高兴兴的,医生和他的大胡子还有桌上的各种器具都让她眼花缭乱,顾不上听大人们在讨论什么。

"上帝保佑你。"大阿嫲奇哽咽着说。这个人告诉了她如此可怕的消息,她这会儿却还是感谢他,真是积习难改。

"请你明白,这一切是在她出生之前就已经发生的。她生来就是这样,这不是你或者其他任何人造成的,明白吗?这不是你的错。《耶利米书》里,上帝不是说,'我未将你造在腹中,我已晓得你,你未出母胎,我已分别你为圣'?"

"是这样!"从世俗之人的口中听到《圣经》的经文,她很是震惊。

他摊开双手,像是在说,上帝的行事我们难以预料。

她的泪水止不住地掉了下来。他轻轻握住她的手,她攥紧他的手指,埋下了头。什么都赦免不了我的罪,她想说。过了一会儿,她抬起头问:"但那个'病'是怎么回事?就是我和你说的溺水的人?如果我以后再有孩子,他们会是那样吗?还是他们会和小末儿一样?"

鲁内说:"溺水的事情……我真的不知道。它显然是一代代往下遗传的,但我想不出它是什么。但小末儿的问题不会再发生在下一个孩子身上了,这个我保证。"

* * *

她们正要出门时,医生喊道:"珂查嫲,等一下。"

引起他注意的不是小末儿,而是孩子的外婆。她一直和她们坐在一起,心不在焉但也不是无动于衷。"可以让我看一下吗?"他把手指放在她的颈部,若有所思地触探。他把手拿开后,大阿嫲奇在母亲身上看到了他所注意到的结节。这间屋子里的坏消息是源源不断吗？他说："她的眼睛有点发黄。"

"她这几个月一直很疲惫，"大阿嫲奇说，"她胳膊举不起来，每次坐下了就很难起身。"

他指引她母亲躺上诊疗床，摸了摸她的腹部。大阿嫲奇发现母亲尽管瘦了，肚子却有些肿胀。她母亲有些迷茫，却也不抗拒。医生显然沉闷了许多。"珂查嫲，"他对母亲说，"我给你拿点药，这点时间你先带小末儿去看看花园，好吗？我会把药给你女儿的。"

她们的船靠近栈桥时，大阿嫲奇看到高高的椰子树上栖息着熟悉的身影。当她踏上家里的红土，她丈夫已经在等着了。小末儿滔滔不绝地给父亲讲她的见闻：大海，通电的灯，皮肤涂成白色的医生——这些故事她以后会重复一辈子。

等到夫妻俩单独在他的房间里，坐在他的床边时，她告诉了他一切。"小末儿的智力和体型都已经定了。她永远都会和去年一个样，和前年一个样。"

宽阔的胸膛起伏着，他垂着脑袋叹息。过了许久、许久，他才开口说话，嗓音沙哑："如果说，她永远都是小末儿，永远都是孩子，开开心心的孩子……那也不算太坏。"

"对，"她流着泪说，"不算太坏，她永远都是天使。"

他伸出胳膊环抱住她，将她揽到身旁。

"还有别的。"她啜泣说。她告诉他，萨伊普医生发现她母亲眼里有黄疸，摸到她脖子里有硬块，肚子里也有，她的肝脏变大了——这些都解释了她为什么一直无精打采。医生在私下里告诉大阿嫲奇，她母亲胃里有癌症，已经扩散到了肝脏和颈部的腺体。现在手术已经太晚了，除了让她舒适一些，别无他法。"我感觉像是十分钟前刚踢了我一脚的驴子又踢了我一脚。"她说。

"她觉得痛吗？"

"没有，但他说以后会痛的。我们得准备些鸦片，免得她最后太遭罪。他说，'有些基督徒觉得疼痛意味着尊严，认为疼痛能让你得到基督的救赎，但我不觉得。'那个医生真是圣人。"

晚上祈祷时，她说："主，这一切您都已经知道了。我还有什么需要告诉您的呢？在我母亲出生前，在小末儿出生前，您已经知晓了她们的命运。"她知道，她应该感恩上帝让她和母亲还度过了几年不错的时光。但今晚她做不到。就算说了，也不是发自内心的。"我祈祷，您能护她不受磨难，她这辈子已经够辛苦的了。"

她也为善良的医生祷告。他是多么有智慧，只看了小末儿一眼就知道她有什么病，又看出了她母亲有大问题。只是，就算他能叫出这些疾病的名字，他也没有治疗它们的办法。从这个意义上来说，那个讨厌的瓦伊迪昂虽然遇到每种病都只有一瓶药水，倒也可以争辩自己其实差不了多少。但是，那个瓦伊迪昂什么都不知道。"主，那个医生什么都知道……但他也不知道那种'病'是什么。我再一次恳求您：如果您不能治好'病'，请赐予我们可以治好它的人。"

第二十四章　转心换念

1922年，科钦

　　夜半时分，鲁内锁上了诊所的门。他今天晚上的门诊开始得晚，因为接连做了两场紧急的手术。自打埃莉诺·肖女士改变他的命运，如今已过去了十年。他习惯沿着科钦堡嶙峋的海岸线漫步回家，胳膊下往往还夹着一本书。如果天气允许，他总要在眺望大海的水泥凳上坐一会儿，抽完最后一斗烟丝，细细品味轻柔的微风。海浪拍打在石头上，用最后一朵浪花纪念漫长的跋涉。月儿低垂，像一盏灯笼照亮了水边十几张中国渔网交叉的支杆。渔网的吊杆探到水面上，仿佛长颈的水鸟，网面随风鼓动，仿佛阿拉伯帆船的船帆。

　　鲁内觉得自己是幸福的。每天都不一样，他什么也不缺，有好朋友，在医学之外也有很多爱好。但是为什么，有许多个夜晚当他坐在这张凳子上时，都会感觉躁动不安？这种焦躁的感觉一再不厌其烦地袭来，如同每个月末都会上门的穆斯林老头，带着破烂的收租账簿，和一脸不好意思打扰了的表情。但这种感觉不是他在科钦落脚前，驱使着他从一个港口驶向另一个港口的不安分——问题不在地理上，他就在他该在的地方。所以到底是什么？

　　笃、笃的敲击声由远及近。鲁内看到月光映出了一个人影。他一手拄杖，蹒跚前行。扁平的侧脸、缺失的鼻子让人一眼就能认出来，这是麻风病人的面部特征。握住拐杖的不是手指，而是残肢。硬币在他脖子上挂着的锡罐里叮当作响。那人低声吟唱，也许是某种宗教的颂歌。他仰着脸左右转动，扫视着他看不见的天空。幽灵似的身影忽然停下了脚步，他的头不再如钟摆般摇晃，似乎是感知到了低垂在天上的明月。他成了一座雕像，一动不动，只有肩膀在随着呼吸起伏。

在一阵眩晕中，鲁内转换了视角，他突然觉得自己好像变成了那个麻风病人：是鲁内在透过因瘢痕而混浊的角膜向外看；是鲁内看到了雾蒙蒙的、色彩混杂的模糊图像；是鲁内只能依稀分辨出光与影，却仍旧记得月光洒在脸上是什么感受；是鲁内身体畸形，溃烂的双脚被血迹斑斑的麻袋包裹，用椰棕绳扎紧……片刻之后，这些感觉消失了。他不知道怎么解释刚才发生的事情，他仿佛短暂地进入了另一个人的躯体。

那个身影走开了，夜色将他吞没，拐杖敲在石头上的笃笃声也逐渐远去。猛然间，鲁内的视野清晰地捕捉到了一切麻风病人看不到的东西：在遥远的海平线那里交融的大海与天空，天空上挂着的明月，明月披着的如纱巾般垂落的繁星……他好像消失在了宇宙广阔的空间之中。他变成了吊挂的渔网，变成了只能在星河下入眠的麻风病人……在无垠的寰宇间，鲁内觉得自己仿佛不存在，只是一个假象。他和麻风病人之间的区别就是没有区别，他们同样是在体现宇宙的意识。

他好像醍醐灌顶，脑子里那躁动的喋喋不休忽然间就停止了。就像大海体现在一条波涛或者一片浪花上，但无论是波涛还是浪花都不是大海本身，造物者也是如此——无论上帝还是梵天——他创造宇宙的印记，用的形象也许是一个瑞典医生，也许是一个眼盲的麻风病人。鲁内是真实存在的，麻风病人是真实存在的，渔网也是真实存在的。但是，一切都是摩耶，他们之间的分别不过是幻象。万物为一。宇宙，不过是造物主这片无限的海洋中，小小的一点泡沫。他觉得非常欣快，放下了所有重担——神所赐的平安出人意外。

凌晨，他的守门人放心不下出来找他。以往，他总要去椰花酒家把他的主人拖出来，那时候的良医已经烂醉如泥倒在桌上。可这一夜，他却发现医生仿佛高僧入了定，出神地望着不知何方。守门人轻摇他的身体，鲁内微笑着回到被称为尘世的幻象。

到了那一周的周末，他已经送出去了他所有的家具，把仪器和消毒机存进了犹太商人兼银行老板萨洛蒙·哈勒维的仓库。科钦现在有很多医生，都是马德拉斯和海得拉巴医学院刚出炉的毕业生，它的公共医疗系统也已经发展壮大。他会想念他的患者，但他们可以没有他了。

两周后，他不曾好好道别，就出发去了特拉凡哥尔的伯特利修道所。这处静修之地由一位神父创立，人们叫他哔哎阿辰。他受圣巴西略的著作指引，坚持劳作、静默、祈祷，以期可以更接近造物主。他是神父里最早一批获得学士学位的，简称BA，结果现在除了哔哎阿辰，没有人知道他别的名字。他激励鲁内的方式就是安静地以身作则：礼拜、祈祷、静默。七个月后，瘦得判若两人的鲁内破茧成蝶，眼中的目标坚定不移，尽管他飞翔的轨迹可能教人难以捉摸。他仍旧留着大胡子，乐观随和，喜欢开怀大笑，但他早已迫不及待地要献身于某种神秘的召唤。鲁内离开时，哔哎给他送上祝福。"我相信是上帝引导你来此，为你揭示此生的使命。但更重要的是，你选择了接受。记住，上帝不是只对以赛亚说话，他的话是说给所有人的：'我可以差遣谁呢？谁肯为我们去呢？'只有以赛亚说：'我在这里，请差遣我。'"

鲁内找到平日里给修道所供应鱼、煤油、蜡烛和各种补给的船夫，哄骗这个生意头脑十足的家伙送自己去此行的终点。"哪儿？那儿？什么！为什么？"船夫一肚子的疑惑。"你是把什么落在那儿了？"当他意识到鲁内是认真的，他说："万一我的船过不去怎么办？万一水渠干了呢？万一那边什么都没有了呢？"

两人在黎明时分驶入回水区，白皮肤的人比深肤色的同伴高了一截。独木舟接连穿过一条条河渠，两岸是由石块和泥巴垒起的河堤。下午，他们渡过一片宽广的湖泊，划进一条窄窄的沟渠，目的地应该就在前方。他们朝着椰树的高处呼喊，向正在采椰花汁的酒贩子问路，他给他们指明了最后的方向。"直走——别往左也别往右看！过一弗隆[1]，会有一条水渠汇入，拐进去，然后你们就会看到大概十级也不知道一百级向上的台阶。"

"大概十级也不知道一百级的台阶"是十四级，上面覆满了青苔，他们差点都没看见。船夫帮鲁内把行李搬到铰链锈断的后门，就一步也不肯再往前走了。"最后帮我个忙，"鲁内一边说一边数钱，船夫从没一次性见过那么多张钞票，"这条船卖我。"

第一个独自度过的夜晚，他从六幢摇摇欲坠的红砖楼里挑出了唯一一幢有两面完整的墙壁、头上有一小条茅草顶的房子。夕阳西下，他瞥见一块石头在动——是一条在晒太阳的蛇。仰面躺在地上，听着老鼠窸窸窣窣的脚步声，他望向星空，怀疑自己的神智是否正常。"拉扎雷托"这个词原意是传染病院，指用来隔离传染性疾病患者的地方，但久而久之，它成了麻风病院的同义词。这所传染病院被藏在了回水区能触达的内陆最深的地方。它最早被葡萄牙人建立又被废弃，再被荷兰人重建又被废弃，最后被苏格兰新教传道会再次重建。这里收容过的不幸之人给此地打上的烙印如此深刻，以至于在最后一届传道会离开后的几十年里，没有任何蹭住的人敢来占据这片土地。

第二天早上，鲁内挂着一根结实的木棍开始探索这片广阔的领地。他绘制医院的边界，察看每幢破败的楼房，探测水井的深浅，检查仍然完整但已锈迹斑斑的前门。走到院外，他发现有一条状况良好的碎石路正从医院门前经过。路的一端通往一个小村落的小屋与宅院，村落的水渠那一侧就是他们前一天遇到椰花酒贩子的地方。路的另一端如发缝般笔直地穿过辽阔的尘土平原，微微上坡后，便突然蜿蜒蛇行化作山路，像一道扭曲的伤疤，横亘在远方那幽魂一般被薄雾笼罩的庞然群山

---

[1] 约200米。

上——西高止山脉。

鲁内回到营地,思考了一下面临的工作量,有些气馁。"现实总归是乱七八糟的,鲁内,"他大声说,"每次打开腹腔,都不可能像教科书上画的那么干净。"

前门旁边的一抹白色吸引了他的目光。高高的杂草后面,是已经化作白骨的人类残骸,被动物扒拉得四处零落。头骨和骨盆还相对完整,蔓生植物将它们牢牢缝在了地面上。从骨盆看,她是女性,而且很明显是麻风病人,因为颧骨上有侵蚀的痕迹。他眼前浮现出她来到此地的景象,她虚弱不堪,也许正在发烧,想要得到救济却只找到了废墟。她躺在地上,无人照管,没有食物,也没有水。她死了。刺眼的白骨让他悲伤不已。"主,这是您的指示,不是吗?"

那天晚上,他梦到了马尔默孤儿院的毕吉塔修女,那里是他长大的地方。他以前总觉得她可怜,一辈子都奉献给了他迫不及待想要离开的地方。现在,他懂了。梦里,毕吉塔修女坐在灯旁织毛衣,灯光越来越亮,直晃他的眼睛。

他醒来,看到两张惊悚的脸,离他只有几英寸远,举到下巴的烛光夸大了他们的五官。他吓得尖叫,他们则一边呼喊一边后退。两个人影瑟瑟发抖,躲到了角落。鲁内点亮他的灯。"我没想吓到你们。"鲁内用马拉雅拉姆语说,这下他们更震惊了。

"我们以为你死了。"鼻子那儿只有个洞的男人说。他名叫桑卡,女的叫巴瓦。他们刚从庙会回来,那种活动是他们乞求施舍的地方。"走过来挺远的,"桑卡说,"但至少这儿有墙,还有屋顶,好睡觉。"

"也就两堵墙,屋顶也不剩多少了。"鲁内说。

"总比外面好,外面有野狗来咬我们。"巴瓦说。她每吸一口气都发出嘶嘶声,鲁内估计她的喉咙里都是麻风造成的病变。"人家连牛棚都不愿意让我们靠一靠。"

"你没有麻风,"桑卡发现,"你为什么在这里?"

"那口井里面都是淤泥，"鲁内说，"我们得先把它清出来。然后我们再重建剩下的，一点点来。"他指着无人看顾的土地，塌成砖堆的房屋。

"你和谁？"桑卡问。

鲁内向上指了指星光璀璨的天空。

第二天早上，两位麻风病人祝鲁内好运，然后就趁着凉爽的清晨蹒跚出发了。挂在他们脖子上摇摇晃晃的破锡罐原本是用来放食物或者硬币的，现在盛满了鲁内煮给他们的咖啡。

一个小时后，鲁内正从废墟堆里码出能用的砖块，却看到他们一瘸一拐地又回来了。

"我们觉得，可以有人来帮帮你。"桑卡说。他给鲁内看他的手，然后笑了。"我原来是个木匠。"他右手缺了两根手指，剩下的都弯成了爪形，手掌的肌肉则干枯萎缩，整只手看起来像是只猴爪。左手的手指还都在，但只有食指和中指伸得出来，像教皇赐福的手势。尽管如此，他还是舀起了一块砖，用身体把它抱紧。巴瓦的手只比他稍微好一点点，她也这样干了起来。这两个人——鲁内意识到——是上帝派来的天使。如此，天地万物都造齐了。

那天晚上，鲁内给他们煮了米饭和小扁豆，听他们讲自己的故事。桑卡当时甫为人父，发现脸上有一片红斑，之后几个月，红斑越来越多，他的手也开始发麻。"我连木工铅笔都拿不住。我妻子她兄长把我扔了出来，全村的人都朝我扔石头，我妻子就看着。"桑卡语调里流露的情绪抵消了他脸上的愤怒，他的表情已经永远定格在了龇牙咧嘴的样子。巴瓦脸上的皮肤越来越厚，光滑得不正常，眉毛也不见了。她丈夫命她留在家里。"'连狗都要躲着你。'我丈夫说。啊，但是这也拦不住他夜里爬到我身上。他说，'黑夜里看你还是挺漂亮的。'"她的手指蜷曲后，她丈夫不等她和孩子告别，就把她赶出了家门。回忆起那个时候，她尖声大笑起来，嘴里仅剩的一颗牙齿时隐时现，好像坟头的孤木。桑卡也跟着笑起来。

他们的笑让鲁内迷惑不解。遭遇这样的排斥,内心一定已是伤痕累累。这两个人对于他们的亲人和社会来说,已经死了。那种伤害,比鼻子塌陷、面容丑陋、手指缺失更甚。麻风病会损坏神经,所以患者没有痛觉;麻风病真正的伤口、他们唯一能感知到的痛苦,是被放逐。

这就是传染病院的用处,鲁内心想,一个世界尽头的家园。在这里,死去的人们可以和自己的同类生活在一起,重新振奋起来。他看着自己磨出水泡的双手。仅仅是大拇指就可以证明上帝的存在,能够劳动的手就是奇迹。他的手可以切除肾脏,也可以码齐砖块。主,如果我的手不能用了可怎么办?鲁内学过,麻风病人很少具有传染性。致病的细菌本就存活在环境中,尤其是卫生条件差的地方,只有特殊的易感人群才会被感染。他记得马尔默的梅尔教授给麻风病人处理伤口也没出事,教授说:"小心患者传染你其他疾病,但麻风不用担心。"确实,鲁内的一个同学死于肺结核,另一个死于脓毒症,都是因为职业暴露。

鲁内这会儿在脑海中和梅尔教授争辩起来。那在摩洛凯岛上服务麻风病人多年的达米安神父怎么说?他被感染了还因此去世了!在他的想象中,梅尔教授回答:但你想想照顾达米安神父的玛丽安娜修女,还有其他在摩洛凯岛上服务的修女——她们都好着呢。鲁内决定干脆不去想传染的问题。你不可依靠自己的聪明。让上帝去操心吧。

一个月不到,大门口就挂上了写有两种语言的门牌:"圣毕哲麻风病院"。取这个名字,是为了纪念马尔默孤儿院里亲爱的毕吉塔修女。这刚好也是瑞典主保圣人的名字,说不定可以帮他从瑞典传道会那里要点赞助。他们修好了两幢房屋,通了水井。鲁内和村里的一个店老板买了粮油。马塔臣,就是那个给船夫指路的椰花酒贩子,也是个机敏的掮客。他负责把其他的物资——茅草、木材、工具、椰棕绳——卸到大门外头或是水渠边的台阶上。就算村民对鲁内的工作心有疑虑,他们也不会跟他的钱过不去。很快,他在船之外又添置了一辆自行车。丹比、以扫、莫汉、拉海尔、艾哈迈德、南比亚、那雅尔、巴驮罗加入了他两位天使的队伍。就像柚木林在土壤下有根系,麻风病人也有自己的关系网,传染病院再度复活的消息不胫而走。

沿圣毕哲门前的小路往南半英里,是一座高墙深院的宅邸。不同于传统的茅草顶、镂刻山形墙、木墙板,这家颇有品味地将原来的房屋改造成了现代的大别墅,有刷白灰的墙壁、红瓦的屋顶、落地的高窗、环绕全屋的宽敞围廊,正门还伸出来一道长长的迎宾车廊,廊下的一辆小轿车停在砖块镶边的碎石子车道上。镶嵌在大门石柱上的字母写着"特塔纳特"——房屋名,下书房主的名字"T.昌迪"。鲁内有一次骑车路过时,瞥见有个肿泡眼的男人坐在围廊的秋千上抽烟,手腕戴一块金表。另一次,鲁内正从圣毕哲往外走,这人开车经过他们的门口,副驾驶上坐着一位夫人。鲁内向他们招手,这对夫妇也微笑着向他挥了挥手。鲁内每次骑车路过宅邸都想顺道进去拜访一下,但他自打从业以来第一次觉得,自己行医的门类可能会给别人带来困扰。椰花酒贩子马塔臣告诉他,昌迪以前是英国军队在亚丁的承包商——"铸造钱币的"。昌迪回来以后,在远处那些山头上买下了几千英亩的庄园,鲁内从圣毕哲就能望得到。每周工作日期间,昌迪都住在庄园的小别墅,监管种植和采收;到了周末,他就开三小时的车下山,回到世世代代的老宅,和妻子与她年迈的母亲住在一起。

鲁内来到传染病院三个月后的一天,院门口突然一阵骚动——只听有人大喊:"大夫哎!大夫哎!"特塔纳特家的仆人慌张地站在大门外十英尺[1]远,给他捎来口信:昌迪的妻子拜托他立刻前来,因为昌迪先生

---

1 约3米。

晕倒了。鲁内骑上自行车火速赶了过去。围廊上，一双男士拖鞋东一只西一只，烟灰缸里懒洋洋地升起袅袅烟雾，旁边是一罐555牌香烟。他听到屋里传来撞击家具的砰砰声。一进去，他就看到昌迪在地板上抽搐，他的芒杜歪歪扭扭，一双大脚乱踢。惊恐不已的妻子跪坐在患者的旁边。她穿着纱丽，戴着闪亮的耳环，两只手上都是镯子——夫妇俩盛装打扮，似乎是要出门。

鲁内跪下来，检查了昌迪的气道，摸了他的脉搏，感觉跳动有力。"发生什么事了？告诉我。"

"谢谢你，大夫，"女人泪流满面，用英语说道，"他今天一整天都不对劲儿，但他不让我带他去医院。刚才他突然喊了一声就倒在地上了。然后他就全身僵硬——硬得不得了——没有意识。司机又不在，我不知道该怎么办，只好叫仆人去找你。就在刚才他开始发抖，不停地抖。"

鲁内的余光看到一个穿查塔和芒杜、耳朵上戴着巨大金杆子的老妇人，她面色苍白，下唇颤抖，站在那儿紧紧抓着门框，手都没了血色。他用马拉雅拉姆语对她喊："阿嬷奇，别怕，他只是癫痫发作，过会儿就好了。"他话音未落，抽搐已经减缓。"但是您最好坐下，要是您晕倒了就成帮倒忙了。"她照做了。

鲁内看了看昌迪肿起的腮腺、发红的手掌、女性化的胸部，还有他胸脯、脸颊上一片片的红血丝，疑心昌迪不小心洒掉的酒可能比人家一辈子喝的还多。一股氨气的味道飘散，崭新洁白的芒杜上洇开了黄色的污渍。

"这以前有过吗？"他问？

"从来没有！他昨晚从庄园回来的时候还和往常一样，只是开了很久的车有点疲惫。"她换用马拉雅拉姆语回答。

"才不是，他和往常可不一样，"老妇人缓过了神，说，"他就好像被蚂蚁咬了一样，啊，跟每个人都要吵架。"妻子觉得尴尬，瞪了她一眼，可她并不退缩。"末丽，这是事实，大夫得知道。"

"每次大斋期开始的时候他都心烦气躁的。"妻子承认道。

"啊,"鲁内说,"就是说他四十天都不喝威士忌?"

"对,是五十天,不喝白兰地,他是为了我,"她害羞地说,"他发过誓的,我们结婚第一年的时候。"

大斋期是前一天开始的。昌迪的忽然节制可能引起了"朗姆酒发作",也就是酒精戒断性癫痫。鲁内站起身来。"别担心,"——昌迪呼吸粗重,但很稳定——"他一会儿就会醒的,但可能会很迷糊。我去拿药,马上回来。"

椰花酒贩子马塔臣也制作非法的亚力酒——不是鲁内知道的有茴香味儿的北非亚力酒,而是一种没有味道的蒸馏酒,鲁内拿它当消毒剂用。回到圣毕哲,鲁内把鸦片、亚力酒、柠檬、糖调制在一起,倒进药剂瓶,又折返了回去。

昌迪仍旧躺在地上,但人已经醒来,他头下被塞了枕头,脏污的芒杜也换掉了。他愣怔着,像个孩子一样乖巧地吞下了药水。

"半夜之前再服四次,每次一勺,"鲁内对里拉玛——也就是昌迪的太太——说道,"明天服用三次,后天两次,再之后每天一次,我都写下来了。"

晚上他再次上门出诊,这时昌迪已彻底清醒,但很疲倦。鲁内告诉他们,以后在大斋首日到来前,昌迪得逐步递减白兰地的饮用量。

一周之后,医院门口有辆车按了一声喇叭,是昌迪开了进来。除了鲁内自己,他是鲁内见到的第一个进入这片区域的非麻风病人。现在昌迪病好了站直了,才看得出来他身形矮胖,桶状胸,胳膊粗壮,腰间挂着赘肉。作为马拉雅里人,他少见地没有留小胡子,光滑油亮的头发则中分梳到脑后。他身穿黄色丝绸朱巴和米色芒杜,看起来是那种在任何地方都泰然自若的人,即便在圣毕哲也不例外。他奉上一瓶尊尼获加威士忌以示感谢。他说:"希望复活节那天下午你能赏光和我们一同用餐。

我们早就想邀请你了,但是里拉玛不想用米饭和四季豆招待你,我也想和你一起喝一杯。"鲁内答应了。

昌迪饶有兴趣地观察着眼前的一切,周围有好奇的居民出现,他也不慌不乱。鲁内提议带他逛逛,昌迪欣然接受。他们走过正在整修的几幢房屋。有一幢老房子,鲁内想继续用原先的木梁,但桑卡觉得里头有白蚁。昌迪蹲下来仔细检查了一番,说:"你手下说得对,不仅有白蚁,还被洪水泡过。你看到没,它的上半段颜色都变了?"在混凝土和不同类型的屋瓦方面,昌迪更是知识渊博。参观时,昌迪屡屡蹲下来,抓起土壤用手指碾碎。"我希望有一天,能让这里自给自足。"鲁内说。昌迪未发一言,但几天后,他就和司机开着车回来了,车的后座被拆除,车屁股后面还焊接了一块平板。司机卸下一盆盆芒果、李子、大蕉的幼苗,还有一麻袋一麻袋的骨粉肥料。昌迪打开一份手绘的平面图,上面已经标注好了他觉得最适合开垦果园的位置。水渠旁有片潮湿的低地则非常适合种植大蕉。"还有,这个肥料是给你们现在那几棵椰子和海枣的,看起来已经很多年没人给它们施过肥了。椰子树中间的空地可以留着长牧草,够养两头牛的。再加个鸡笼子也不错。"

特塔纳特大宅的复活节开启了一段长久的友谊。鲁内成了特塔纳特家的常客,每周日晚上都要享用一顿里拉玛的饕餮盛筵和昌迪的白兰地酒。夏日酷暑难挨时,他们会举家迁往庄园小别墅待上两个月,这时他们也会邀请鲁内去山里和他们同住几个周末。

萨洛蒙·哈勒维把他寄存的手术器械都寄了过来,现在他有了门诊室和一间基础的手术室,可以不只是包扎伤口、引流脓包了。他选择性地给一些患者的手做手术,试着保留它们的功能,或是松解挛缩恢复一些活动能力。为了筹款,鲁内写了很多信。帕拉德锡犹太人资助了砖窑,马尔默的路德宗教会则出钱买了锯木机、建了一个小的木工坊。等到圣诞节,这家路德宗教会又承诺每年会给麻风病院拨一笔赞助,鲁内长篇大论的瑞典语信件还被登在了他们的宣传册上。肖先生，也就是鲁内的患者埃莉诺的丈夫，也给他们送来了一份大礼：两头奶牛和一堆木料。

距离阿莫尔·汉森在显微镜下发现麻风组织中的杆菌——麻风分枝杆菌——已过去了五十年，仍旧没有药物能治愈麻风病。鲁内可以给他们一个家，让他们做有意义的工作，但他无法阻止手脚的残疾愈加严重，这让他很是沮丧。他们开始用锯木机的第二天，他就在刨花里发现了一根断掉的手指头。手指的主人还在干活，丝毫没注意到自己缺了些什么，还是鲁内指了指他正在流血的残肢他才发现。这件事过后，鲁内开始每周开展答疑课堂，教大家防范受伤。他让居民们两两结伴，每天互相检查同伴的手脚，如果有人受伤，他立刻处理。他可以快速地给手指或脚掌打上石膏，一方面防止伤害加重，另一方面也让伤口有时间痊愈。圣毕哲的每样工具都有垫内衬的绑带，弥补无法抓握的手指，也保护使用者的皮肤。水桶和手推车都加了绳套，可以套在脖子上。

传染病院开张第一年，有个新人兴高采烈地走了进来。他的脚踝已经严重脱位，骨头都扎穿了皮肤，幸好他没有知觉，否则随便哪个没有麻风病的人都会痛到尖叫，可这个家伙只是为自己能花一整天走到新传染病院而感到自豪。鲁内在其他居民身上也见过这种变态的骄傲：相比排斥他们的人，他们的"优势"就在于他们可以永远走下去，可以一连几个小时像雕塑那样站着，完全不需要调换重心，因为他们感受不到不舒服。拖着受伤的脚走路，或是长时间站立导致的累积创伤，会损害、拉扯，最终撕裂将脚部骨骼连在一起的韧带。当距骨——位于胫骨下方、负责将人体重量转移给脚跟的马鞍形骨头——最后粉碎，足弓就会平得像一张阿帕姆烙饼，然后反向凸出变成摇椅的摇板。这时，身体的重量不再平均分散在整只脚上，而是集中在一点，导致压疮产生。如果继续不当回事儿，压疮就会继续溃烂直至坏死，逼得鲁内不得不截肢。但这一切，都不会痛。

第二十五章　家中的陌生人

1923年，帕兰比尔

她三十五岁时，也就是吾主之年1923年，她又怀孕了。这简直是奇迹。她感知到的第一个迹象是嘴里有种金属的味道，紧接着，胃口也没了。她把消息告诉丈夫时，他似乎非常震惊。她差点想说，可别说你不知道这孩子是怎么来的！可他脸上担忧的神情让她把话咽了回去。在小末儿出生后漫长的岁月里，她经历了三次流产，每一次都令人悲痛欲绝，仿佛她是在为乔乔而受罚。她丈夫从不表达自己的忧虑，但她知道，他很想有一个儿子能继承自己建造的帕兰比尔，能在以后照顾他年长的双亲。尽管她丈夫内心焦虑，她倒是很平静，她确信这次怀孕能坚持到足月生产。她的信心一定是上帝给的。自从她上次把一条生命带到世界上，真的已经过去十五年了吗？她唯一感到难过的，是她母亲不在身旁。她们从科钦求医回来还不到两个月，癌症就带走了她。

* * *

怀孕七个月时，她的重心下沉，走路时得两脚分开。晚饭后，她看到丈夫坐在围廊上，望着洒满月光的院子。他的神情恍惚，这可不常见。只看他的侧脸，会觉得他长生不老，尽管他的头发已经稀疏花白，听力也很差。虽然已是六十三岁的年纪，遇到修河堤、挖灌溉渠这种事情他还是冲在前头。他微笑着，给她腾了点地方。最近他经常害头痛病，但他从来也不抱怨，她能猜出来，只是因为他会紧咬牙关、皱起眉头，或是给眼睛敷一块湿毛巾，默默地去床上休息。

她小心翼翼地坐下，宝宝的重量压得她腰疼。她念叨自己的脚肿了，又说自己想象不出奥达特珂查嬷是怎么能生十个孩子的……她曾经趁沙缪尔和他妻子萨拉不注意，贪婪地观察过他们俩，看他们是怎么你一言我一语，互相谁也不让谁——他们即使吵架也教人觉得亲密。但她必须一个人讲自己和丈夫两个人的话。

他盯着她的嘴唇，生怕漏掉一个字。他的脚在随着心跳难以察觉地晃动。"我的丈夫，你怎么话这么少呀？"过了一会儿，她问。他的回答不是言语，而是眉毛和肩膀一同抬起又缓缓放下。谁知道呢？她气得直摇他，却感觉像在撼动一棵巨榕。

他说："既然每次我能插一两句的时候你都在说话……那我就不说了。"

她气得作势要走，心里却在偷笑，他赶紧拉她入怀。他的笑，不管是无声还是有声，都比他的话还稀缺，所以她尤其喜欢在他不经意时，这些溜出来的洪亮的笑。他的胳膊环抱着她，她和他一起大笑。就算别人看见他们抱在一起，她又有什么好紧张的？他的两个侄子——那对双胞胎——走路时还要手拉着手（虽然他们的老婆不对付）；去教堂时，她也看到过女子们手牵手。但结了婚的夫妻却刻意保持距离，装得好像两个人在深夜不会搂搂抱抱还干别的似的。

他放开了她，肩却还挨着她的肩。她等着，要是先开口，很可能就把他要说的话给浇灭了。"我从来没学过读书写字，"他终于说话了，"但我发现，只要你不说话，你的无知就不会暴露。一旦张口，怀疑也就坐实了。"你才不无知！我的丈夫，你明明很睿智。宜人的暮色中，他的坦白静静坐在两人之间。她伸手去抱他，想要把他拥进怀里，可就像她没法儿抱住达摩达兰一样，现在的她也没法儿抱住他。

生产的阵痛之中，她的尖叫饱含愤恨，凭什么种下恶果的男人反倒不用受罪？她也恨这不知感恩的婴儿，她在体内把它养大，现在它倒要把她劈成两半。可然后，当那张小小的嘴吸吮起她的乳头，宽恕便随着初乳一同倾涌而出，让她好像得了失忆症一样。要不然，她怎么会答应和让她如此痛苦的男人再睡一觉？

尖声吸入第一口空气后，她的小儿子便四下观察起了帕兰比尔的世界，他的神情警觉、严肃，眉头皱着，好像全神贯注。她已经决意（在她丈夫的支持下）给他取她父亲的名字"菲利普"。但这个新生儿一脸学究模样，让她最终把教名登记成了菲利伯斯。原本她的选择有很多，"佩利伯斯""伯坦""普南"都属于"菲利普"在当地的变种，但她就是喜欢"菲利伯斯"，它带着点古老的加利利的回响，最后的音节听来很舒服，像是流动的水波。她祈祷他有朝一日，能体会到随波逐流再奋力游回岸边的快乐。

他的教名会用在学校和所有官方的文件里。她希望在那之前，这个名字不要变成什么乱七八糟的昵称。太多的孩子被早早起了小名，结果这辈子都甩不掉，什么"雷吉""比朱""沙扬""仑朱""塔拉""利布尼"，后头还要再跟个小尾巴，比如"末恩"（小男孩）、"末儿"（小女孩），或者是中性的"小""库提"。小末儿就只有两个词缀，教名被弃置在了出生登记里。等菲利伯斯变成中年人，年轻人就会给他加上表示尊敬的后缀：菲利伯斯阿查严或者直接叫他菲利伯查严（对于女性，这个后缀可以是珂查嫲或者切奇或者切塔蒂）。等他做了父亲，他就会变成他孩子的阿帕辰或者阿帕，就像他很快就会张口叫他的母亲阿嫲奇或者阿嫲。混乱是在所难免的。她听说过有一个人，家里都叫他小库提，他长大了以后朋友们则叫他小固特异，尽管他结婚后就离开了那家公司，现在在斋浦尔的税务局工作。他妻子的亲戚都管他叫小斋浦尔。有一天，他妻子的胖叔叔走了很远的路去斋浦尔，到了以后去税务局找他，结果职员说没有小斋浦尔在他们那里工作，把他气得怒不可遏，最后事件以报警收场。等到乔治·切里安·库里安（也就是小斋浦尔）闻讯赶去警局，他却也找不到这位叔叔，因为他只知道他叫小塔迪扬（小胖墩），而不知道拘留单上写的是约瑟夫·奇拉亚帕兰布·乔治。

菲利伯斯出生几周后,她丈夫有五天都因为剧烈的头痛卧床不起,喷射而出的呕吐更是吓人。她担心得发了狂,一边照顾孩子,一边给丈夫的眉间涂抹按摩油,同时还要安慰因为父亲生病而闷闷不乐的小末儿。沙缪尔不肯回家,而是在檀卜朗的卧房外扎了寨。瓦伊迪昂的药片和药膏都起不了任何作用。她想带丈夫去科钦,去看萨伊普医生鲁内,但他不肯乘船。然后,正如这头痛莫名其妙地来,它又莫名其妙地消失了。可后遗症是他左脸垂了下来,左眼不能完全闭上,嘴角流下滴滴答答的口水。这让她心里难受,他倒是还好。他又到田里干活去了。沙缪尔说,檀卜朗和以前一样卖力,但现在他的左耳是完全聋了。

她丈夫每次看见自己新生的儿子都会脸上放光,不过他的笑容是歪的。她学会了只看他右半边的脸,那才是他的真实表情。他的目光里有种新的感情。一开始,她以为是悲伤,他是想起了大儿子的命运吗?不对,那是悲伤,而是焦虑,可她想不出任何他焦虑的理由,这反倒让她忐忑不安。小末儿也很担心,只要父亲在家,她就抛弃自己的长椅跟着他跑,再要么就是待在他的床上,静静地,一直待到母亲抱她去睡觉为止。

菲利伯斯一岁时,大阿嫲奇已经不能否认她孩子身上的异状:他巴不得洗澡,可每次她把水桶里最后一点水浇在他头顶上时,他的表现都能让她心里一沉——他的眼睛闭上却又睁开,露出咕噜噜转的眼珠子,他的四肢也往往变得绵软无力。但即便如此,他还是和乔乔不一样,他会笑,好像很享受这晕乎乎的感觉。他以为这是一场游戏,迷离的目光催促她再来一次。他再大些时,她把他干脆放进了节日上用来煮帕亚萨姆的浅口乌鲁里里头,结果他开心得玩起水花,一边笑一边晕得从乌鲁里翻滚出来栽到了木坦上。然后,他像个喝醉的水手一样,坐起来又爬进去。他震惊的父母在一边难以置信。

大阿嫲奇对丈夫说:"我不能失去这个可爱的孩子。"

"那就让他好好生活,别关住他,"他激动起来,"我弟弟就是这样骗了我的,就因为我母亲哪儿都不让我去。我告诉过你吗?"他不会真的忘了吧?"但我不理解为什么我儿子这么喜欢水,水对他没有好处。"他下了论断。

几个月后的一天晚上,趁着奥达特珂查嬷帮忙照看菲利伯斯,大阿嬷奇偷闲跳进了河水。她和丈夫儿子不一样,没有什么比这更能让她打起精神、恢复活力的了。快到家时,她听到了一种不断重复的刮擦声。原来是她丈夫蹲在木坦边,正心不在焉地拿一截小棍儿在刨土。有一瞬间,她好像是在看小孩子玩耍,但他的神色很严肃。

"你在挖什么呢?而且你不是已经洗好澡了?!"他抬起头。那一刹那,他似乎根本不认识她。他站起身,却站不稳。要不是他跌跌撞撞地晃了几步,这会儿就已经摔在地上了。她的心提到了嗓子眼。她瞥见了未来。

过了几周,一样的事情又发生了:她看到他在刨土,他却不说是为什么。她不得不对沙缪尔说:"看着点儿你的檀卜朗。"

他吃了一惊。"出什么事儿了?为什么?"她没有回答,只是看着他。"他没什么问题啊,"沙缪尔急切地辩驳,"他的脸就是有一边儿累了,但谁要两边儿脸呢?我就是这么跟他说的,有一边儿就够了。"

"唉,他毕竟已经老咯。沙缪尔,你多大年纪了?"沙缪尔的头发已经花白,他的小胡子要么被比迪烟熏黄了,要么也已经白了。他眼睛周围的皱纹和达摩达兰一样密密麻麻。

沙缪尔扭了扭手腕。"至少三十了吧,可能还再多点儿。"他说。她扑哧一声笑了出来,然后他也笑了——这几天他们可笑得太少了。

她决定把刨土的事情告诉沙缪尔。她的话好似给了他当头一棒。

等他缓过神来,他说:"也许檀卜朗是在找他埋的钱呢,我们建好安拉前都是埋在地里的，可能还有一枚或者一百枚的钱币呢。金币，银币，铜币。"他列举着名词掩饰自己的不安。比起数字，他更喜欢名词。

"你真的觉得地下埋了财宝？"她问。

他躲避她的注视，声音颤抖起来。"问我怎么想做什么？檀卜朗怎么想我就怎么想。"

他的恐惧显而易见。对于他的祖辈而言，居所和食物都是不敢指望的，他们是被一纸卖身契困在主家的奴仆，永远都要偿还祖宗的债，不过这在如今已是违法。沙缪尔出卖劳力能挣得一份工资，他房子所在的土地也归他所有。他其实在哪儿都能打工，但他做不到为其他任何人效劳。她为这个男人感到心痛，他一辈子都跟在她丈夫身边，仿佛是他的影子。她可以感觉到沙缪尔对她丈夫深厚的感情。如果没有了檀卜朗，他的影子会怎么样呢？如果他不能依靠檀卜朗，他就必须得依靠她。

几天后的傍晚，她拉着菲利伯斯站在围廊上看达摩。突然，她觉得颈后汗毛竖起，好像有个笨重的东西在她身后。显然不可能是达摩，但她却感觉有个和它一样的庞然大物，将影子投在了她的身上。她转过身，看到了她丈夫。他的目光越过她的肩膀，望向踢着叶子堆、闹哄哄地进食的达摩达兰。他身边是小末儿，她的两只小手都在抹着脸颊。小末儿从来不哭，所以她不知道什么是眼泪，也不知道它为什么是咸的，还流个不停。

达摩一动也不动了，它打量起檀卜朗。两只老年巨兽面无表情地对峙着，有一瞬间，大阿嬷奇甚至以为他们就要冲向对方、叉住彼此的獠牙。她丈夫把手放在她身上——不是为了寻求支持，而是在宣示主权。

"它想要干什么？"他的声音低沉，嘴角闪烁着口水。

"什么'想要干什么'？那是我们的达摩达兰啊！"

"它不是，这是别的大象，赶它走！"他转身离开，却瞎转了两圈才找到了回房间的路，还得多亏小末儿。

晚饭时，达摩达兰看也不看乌尼采来的新鲜椰子叶，而是慢吞吞地向房子走去。它好像在等檀卜朗出现，也许是要怪他说自己是冒牌货。大阿嬷奇拿了一大桶酥油饭给达摩，但它还是不吃。

她做了她丈夫最喜欢的菜，伊莱奇-奥拉缇亚图。他在老房子围廊上的晚餐桌边坐下，似乎没有注意到达摩就在旁边，尽管任谁都不可能看不见达摩。像往常一样，滋滋作响的肉块刚落到香蕉叶上，还等不及她盛米饭，她丈夫就忙不迭地把一块儿送进了嘴里。可紧接着，她万万想不到，他竟把它吐了出来，而且因为嘴巴合不拢，还弄脏了下巴。他把香蕉叶上剩下的菜都丢到了木坦里。

"这东西狗都不吃！"

他们新养的土狗凯撒可不这么认为，它一个箭步冲过去，舔食起卵石上的肉来。达摩达兰靠得更近了些。

"啊哟！你这是干什么？"她从未对丈夫这么大声过。她尝了尝炖肉。"我的天哪，这菜不是好好的吗！你怎么回事？我这菜几十年都是这么做的！"

"啊，问题不就在这儿吗？你这道菜做了这么多年，按说不可能犯粗心的错误，所以肯定是故意的！"

她不可置信地看着他。这个几乎从不说话、更不会呵斥的男人，现在将言语化作长矛刺向她。"这么多年来，我一直就希望你多说点话！现在看来，我倒是该感恩你沉默寡言。"她转身跑开，强压怒火，这也是头一回。她发现达摩直直地盯着她，象鼻子卷起衔在嘴里。原谅你丈夫，他不知自己在做什么。她听得真真切切，好像是人在说话。

听了这话，她从厨房拿了蔬菜和泡菜回来。他几乎什么都没吃。她帮他拿起金迪，把着壶嘴倒水让他洗手。他蹒跚着往房间去，走过小末儿的身旁。大阿嬷奇这才意识到，小末儿是第一次吃晚饭时没有坐在父亲边上。相反，她回归了长椅。她的眼泪不见了，又是开开心心的，和娃娃说着话，不再一刻不停地跟着父亲跑。他停下脚步，低头看着小末儿,以为她会和这几天一样扑到他身上,但小末儿的目光径直穿过了他。

大阿嫲奇盖上厨房炉子里的余烬后,便去看她丈夫。之前的口角让她仍然心有余悸。他躺在床上,望着天花板。她在他身边坐下。他看向她,问她能不能给他点水喝。水杯就在他手边。她拿起杯子给他。他坐起身,像个小孩子一样,用双手捧住她握杯的手指。他的手依然有力,但饱经多年沧桑的手指已经弯曲变形。他爬过的树、拽过的绳、抡过的斧、挥过的铲,无一不在他手上磨出了老茧。他们一起把水杯捧到他嘴边,他啜饮起来。她的手在他的衬托下显得格外娇小,却也早已不是多少年前刚来帕兰比尔时的少女模样,手上的伤痕来自无数捧柴火的火星,还有飞溅的油点。无穷无尽的切、磨、剥、剁、腌,摧残得手指粗糙不堪。两人四手交叠,拢起他们作为夫妻共度的年岁。他喝尽了最后一滴水,松开手,重又躺下,叹息,闭上了眼。

她等了一会儿才走开,打算待小末儿和菲利伯斯都睡下再过来看看。她这么想着,却和孩子一同沉入了梦乡。半夜她醒来,爬起床去查看她丈夫,近几个月来这已经成了她的习惯。黑暗中,他的身影纹丝不动。她触碰他时,他的皮肤是冷的。她点亮油灯之前,便已知道他不在了。

他面容静止,神色不安,似乎在后悔什么。寂静中,她觉得自己的心怦怦狂跳,它撕拽连接的筋肉,似乎想要挣脱她的胸膛,去为他跳动,去替代那颗经年劳苦、再也无法搏动的帕兰比尔的心脏。

她默默流着泪,爬上床躺在丈夫身边,注视他的脸庞。在祭台边第一次瞥见他的脸时,她是多么害怕,可后来她又爱他爱得如此热烈。她的丈夫沉静无言,对她的爱却坚如磐石。在她周遭,在这片他亲手创造又度过了一生的土地上,各种声响越发清晰、越发响亮:蛐蛐儿啾啾,青蛙呱呱,树叶沙沙。而后,她听见一声悠长的象鸣,那是达摩为他奏响的挽歌,为他曾救它于伤病之中,为那个好人已经离去。

追悼者源源不断地涌入家中,她丈夫应该很庆幸自己不用与来客攀谈应酬。多亏了他,这些亲戚和工匠的财富与命运都得到了彻底的改变。住在帕兰比尔边上的塔拉瓦德的那雅尔也来致敬。所有的普拉雅也都来了,一户不落,他们寂静地站在木坦上,神情肃穆哀伤。带头的沙缪尔悲痛不已,潸然泪下——她不顾沙缪尔的反对,领他走进卧室,让他和他崇敬的檀卜朗做最后的告别。如若她丈夫有知,一定会对这场葬礼感到不耐烦,他一定只想回到他无比深爱的土地,和前妻与长子一同长眠。

他们将他埋葬之后的几个礼拜,帕兰比尔挣扎着适应新的生活。这天她刚要入睡,却听到院子里传来刮擦与刨土的声音。后来它又停了。第二天夜里,她又听见了。她走出卧室,坐在围廊上,面向声音的来处。"听着,"她说,"你要原谅我,我一直在怪自己,哄完孩子睡觉怎么没去看你。我睡着了。我很抱歉晚饭时和你吵架,是我太激动了。对,我也希望当时不是那样,但是除去那一晚,我们其他每个晚上都很美好,不是吗?我曾经许愿,想要更多美好的夜晚,但我们拥有的每一晚都已经是恩典了。而且你听好,我原谅你了。我们共度了这么幸福的一辈子,可不能只记着你发脾气的那一次。所以,安息吧!"

她侧耳倾听。她知道,他听见她的话了。因为就像以前一样,他用他唯一知道的方式,表达着他对她的爱意:沉默。

第二十六章　隐形的墙

1926年，帕兰比尔

儿子快三岁时，她带他乘船去了帕鲁马拉教堂，那里安葬了圣多马派基督徒中唯一一位圣人，玛·格雷戈里奥。菲利伯斯第一次坐船很是兴奋，但她一刻也不敢松懈。她丈夫和乔乔都不肯踏上船一步，可这位却一见到水就想试试身手。他的朋友们都在池塘里如鱼得水，他不明白为什么自己做不到。于是，他就像是只被堵住了去路的红火蚁，誓要将障碍克服过去。他对"游泳"的屡次尝试都让他母亲惊恐不已；他的一再惨败令人目不忍睹。

圣人墓位于帕鲁马拉教堂正厅的一侧，上方是真人大小的玛·格雷戈里奥的相片。这幅照片（或是流传甚广的由画家拉贾·拉维·瓦尔马所作的肖像画）也出现在每个圣多马派基督徒家中的日历和相框里。玛·格雷戈里奥的大胡子里露出柔和的嘴唇，白色的鬓角衬托着英俊、友善的面容和尤为年轻的眼睛。他曾孤身倡议，让普拉雅改信基督教，加入他们的教堂，可他一生都没有看到这一天。她觉得自己这一生也看不到这一天。

小家伙深受教堂震撼，圣人墓和墓前的几百支蜡烛更是让他叹为观止。他拽了拽母亲的芒杜。"阿嫲奇，让他帮我学会游泳。"他母亲没有听见他说话，她头披纱巾站在墓前，仰面盯着圣人的脸，好像灵魂出窍。

玛·格雷戈里奥微笑着注视她。真的？你大老远过来，就是为了让我给这孩子施个咒语？

她惊呆了。她听到了他的声音，可左右看看，显然别人都听不到。

玛·格雷戈里奥一眼就将她看穿了。她无法承受他的目光。"对，"她说，"是这样。你也听到这孩子说什么了。他太坚决了，我还能怎么办？这孩子已经没了父亲，我无路可走了！"

有一个关于玛·格雷戈里奥的传说，讲的是他想跨过这座帕鲁马拉教堂旁边的河，去拜访对岸的一位教徒。但在栈桥附近，却有三个兴致勃勃的女人在浅水中沐浴，她们的湿衣贴着皮肤，尖叫声与说笑声仿佛节日的彩带在空中飘扬。他出于礼让回到了教堂。半个小时过后，她们还在那儿。他放弃了，自言自语道："那就在水里待着吧，我明天再去。"那天夜里，他的执事告诉他有三个女人似乎从河里出不来了。玛·格雷戈里奥对自己随口而出的话很是懊悔。他跪在地上祈祷，然后对执事说："让她们现在出来吧。"她们果然就可以出来了。

大阿嫲奇来到这里，是要厚颜祈求相反的咒语，请玛·格雷戈里奥阻止她唯一的儿子踏进河流。"我一个寡妇有两个孩子要养，不仅如此，我还要格外担心这一个，他和他父亲一样，在水边就会遇到危险。这是他们天生就有的'病'。我已经因为水失去一个孩子了，可这个却铁了心要下水。请求您，也许只要您说五个字，'离水远一点'，他就能长命百岁、荣耀上帝呢？"

她没有听见答案。

菲利伯斯害怕地看着母亲，墓前一排排的烛光幽幽地照亮她的脸。她对着圣人的照片，自顾自地说话。

在回家的路上，她告诉菲利伯斯："末内，玛·格雷戈里奥每天都会看着你，你听到我在他的墓前发誓了，对不对？我发誓说，不会让你在没人陪着的时候下水，如果你去了，你母亲就会遭遇不幸。"这话是真的，他要是真出了事，她会死的。"帮我遵守誓言好吗？永远不要一个人去？"

"哪怕我学会了游泳也不行？"

"对,学会了也不行,永远都别一个人去游泳。誓言是不能打破的。"

母亲会遭遇不幸这个念头把他吓得瑟瑟发抖。"我保证,阿嫲奇。"他认真地说。未来,她还会一再提醒他记住今天的旅程以及他们两个的誓言。

小家伙五岁时,每天都要去他们的新"学校"上三小时的课。说是学校,其实就是一间茅草顶、三面敞开的棚子。第一天上学时,菲利伯斯和另外五名新学生将蒌叶、槟榔和一枚硬币带给迦尼谚,他收下礼物,然后握着每个孩子的食指,在装满大米的塔里描画字母表的第一个字母。开办学校是她的主意,这样好有个地方圈住孩子们几个小时,在教他们写字的同时避免他们闯祸。在这儿学字母表的学生里有帕兰比尔家族的孩子和孙子,也有阿沙犁、陶匠、铁匠、金匠家的下一代。

这位迦尼谚是个矮小、多事儿的秃头,脑袋顶上长了一颗油光发亮的粉瘤,或者是囊肿,小末儿管它叫"小上帝"。迦尼谚平日里给有意定亲的新娘新郎占星算命,勉强度日,教书能让他有一笔不错的额外收入。有些婆罗门觉得,身为占星术士和教书匠的迦尼谚种姓只能算是冒牌货,算不得真正的婆罗门,但这位迦尼谚倒并不为这种偏见所困扰。

* * *

大阿嫲奇一走开,普拉雅沙缪尔的儿子,乔潘,就从藏身的大蕉丛里钻了出来。他冲菲利伯斯使了个眼色,然后走进了教室。他们俩是玩伴,也是最好的朋友。乔潘比菲利伯斯大四岁,所以他也是他名正言顺的看护人。因为乔潘的个头比同龄人矮,两人勾肩搭背走在一起时,打老远一看就和双胞胎似的。

乔潘带来了一片不是蒌叶的叶子、一颗代替槟榔果的石子,和一块他用木头削成的硬币。他走到教室里,光着膀子,露着大白牙,呈上了他的礼物。他用水撸平的头发已经像乱糟糟的野草一样翘了起来。

迦尼谚问:"啊哈!你想读书啊,是不是?"迦尼谚的笑很不自然,他头上的瘤子肿得饱满。"我这就来教你,站在门槛后边儿,别动。啊,很好。"迦尼谚转过身,然后猛地一个回旋,竹竿子啪地一下抽在乔潘的大腿上。菲利伯斯大喊抗议,声音却淹没在迦尼谚的怒吼中:"反了你个普拉雅了!脏东西!小畜生!你还知不知道自己是个什么东西?怎么着?你是不是还要再去寺庙的浴池洗个澡?"乔潘拔腿逃到了安全地带,却又不可置信地转过身来,脸上的表情又是受伤又是屈辱。目睹这一切的其他孩子们也惴惴不安。乔潘是他们的小英雄,他比所有的男孩儿胆子都大,没人能像他那样游到河对面再游回来,也没人能英勇无畏地杀死一条眼镜蛇。不过有几个孩子(已经算半个小大人了),看到乔潘丢脸却是偷着幸灾乐祸。

乔潘猛吸一口气,用他出了名的大嗓门咆哮起来:"吃你脑袋上的蛋去吧!谁要你这个白痴教?!"大逆不道的呐喊声一路飘到了水稻田,让沙缪尔抬起了头。迦尼谚挥舞着竹竿就扑了过去,乔潘佯装往一边躲却跳到了另一边,害得迦尼谚打了个趔趄。乔潘哈哈大笑,阔步离开,洪亮的狂笑声引得其他孩子也咧开了嘴。老师一时有些怀疑:难道是大阿嫲奇让这个普拉雅小孩儿过来的?帕兰比尔给普拉雅分地这事儿已是众人皆知,但他们会古怪到还要教他们读书吗?她是付我薪水没错,但我宁愿饿死,也不会教泥巴孩子。

回到家,菲利伯斯愤怒的泪水夺眶而出,他一五一十地将一切告诉母亲,世界的虚伪把他的小脸烧得通红。大阿嫲奇抱着她的孩子轻轻摇晃,心中尽是羞愧。他目击到的不公平不是迦尼谚一个人的错。它根深蒂固,古老得仿佛已经成了某种自然法则,就如同河流一定会汇入海洋。但那双纯真的眼睛流露出的痛苦,却让她想起极易遗忘的事实:种姓制度就是糟粕。它有违《圣经》秉持的一切。耶稣选择了贫穷的渔夫和税吏做自己的门徒,而保罗也说:"并不分犹太人、希利尼人、自主的、为奴的,或男或女,因为你们在基督耶稣里都成为一了。"他们离成为一还远着呢。

她试图给菲利伯斯简单地解释种姓制度,一边说一边自己也觉得荒谬:婆罗门——或者说特拉凡哥尔的叫法"南布迪里"——是最高的种姓,也是僧侣祭司的种姓,和欧洲君主一样,他们凭神旨天意拥有大部分土地。王公当然也是婆罗门。南布迪里有权在任何一间寺庙享用免费的餐食,因为供养婆罗门是一种荣幸,他们也可以在任何一家公费经营的旅店免费投宿。在一所南布迪里的宅院,也就是伊拉姆之中,只有长子能够结婚成家、继承房产,他一个人可以娶很多妻子,事实上很多人确实会到老眼昏花了还在娶妻。不是长子的儿子只能和比南布迪里低一级的武士种姓那雅尔进行非正式的联姻,他们生出来的孩子也是那雅尔。那雅尔属于高等种姓,和南布迪里一样,如果接触到低等种姓他们就会觉得受到污染。他们负责监管南布迪里广袤的土地,但如今很多人自己也做了地主。比南布迪里和那雅尔低一等的是依热瓦——传统上他们是采集椰花汁酿酒的手工艺人,但最近越来越多的人都以制椰棕绳为生,也有人变成了地主。最低等的种姓是没有土地的农奴:普拉雅和茶鲁曼(也被称为帕拉亚尔、"不可接触者")。山间的"部落"不属于任何种姓等级,尽管他们自古以来便在那片土地上生活、行猎、耕作,他们与土地的羁绊却并不为任何纸张所记载,这一点被来自平原的后来者轻而易举就占了便宜。

"而我们基督徒呢,末内,"大阿嬷奇不等他问就说道,"我们游离在不同的等级之间。"传说中,最先被圣多马传教皈依的是婆罗门。在基督教徒的日常中,印度教的仪礼仍旧有迹可循,比如婚礼上她丈夫系在她颈间的圣罗勒叶形状的蜜努,比如他们建造房屋时遵循的瓦斯图风水学。基督教徒并没有完全摆脱种姓制度。帕兰比尔也和其他的基督教家庭一样,普拉雅绝不会踏入家里一步;大阿嬷奇给沙缪尔盛饭时用的是一套单独的餐具——但菲利伯斯肯定已经注意到了这些。

她没有告诉孩子的是,圣多马派基督徒从来没有试过让他们的普拉雅改信宗教。在圣多马之后几个世纪到来的英国传教士,只知道印度有一个种姓——需要从地狱的刑罚中拯救出来的异教徒。普拉雅心甘情愿地皈依了,也许是期待着只要他们接纳了基督,就能和他们供职或隶属的家族,比如帕兰比尔这样的,平起平坐。这是不可能的。他们不得不建造自己的教堂,采用安立甘宗,也就是南印度国教会的仪式。"种姓这个概念已经存在几百年了,所以很难改变。"她说。

她儿子的表情里是对母亲的失望、对世界的幻灭。他走开了。她想叫住他。哪怕你把湖叫作"土地",你也还是不可能走着跨过去。称谓也有用处。但他还太小,听不明白,她觉得心要碎了。

阿沙犁、陶匠、金匠把沙缪尔从茅屋里叫了出来。"你儿子真是欠揍,"陶匠说,"他凭什么觉得自己能上学?你不教他的吗?"沙缪尔站在那里,羞愧难当。他屈膝下蹲,两手交叉捏住耳垂乞求原谅,据说这个表示忠顺的动作可以讨得小象头神犍尼萨的欢心。后来,沙缪尔打乔潘打得比迦尼谚还狠,一边打一边怒斥他给全家蒙羞——他想让住在上游的那些人听见。可他们能听到的哭喊声只有孩子母亲的,九岁的乔潘一声不吭地挨完了打,而且毫无悔意。他默默撤退,就好像一只受伤的老虎藏进草丛。乔潘怨恨的眼神让沙缪尔害怕。他不是害怕他的儿子,而是为儿子的未来害怕。

大阿嫲奇可以坚持要求迦尼谚收下乔潘这个学生,但她知道那样他就会辞职。而且就算他同意,其他家长也会让孩子回家。第二天,迦尼谚正式开课,沙地就是黑板。大阿嫲奇找人去叫乔潘,但沙缪尔说孩子可能上哪儿游泳去了。菲利伯斯回家后,给他母亲展示了他的棕榈叶"小书",老师在里面用尖锐的钉子写了最基础的几个字母——a(ങ)

和aa（అ），ay（ఎ）和aay（ఏ）。明天会有一片新的叶子和之前的用绳子系在一起。

晚些时候，她撞见菲利伯斯和乔潘凑在一起。他用绳子串起树叶，给乔潘也做了一本书，然后又在沙地上描画字母让乔潘抄写。她刚泛起喜悦，却看到了乔潘背上沙缪尔留下的鞭痕。为什么要为一个不是乔潘创造的体系而惩罚他？她告诉乔潘，她会在别的孩子上学时亲自教他。她撤销不了种姓制度的恶，但至少可以做到这个。再过一年，孩子们就可以去上教堂旁边政府成立的新小学，那里所有人都能去。小学的后头正在建中学，到时候能覆盖这片区域里好几个乡镇和村庄。

乔潘每天准时出现，他学得很快，而且知道感恩。虽然总是挨打，他那喜欢舞刀弄枪的习气却没有变。但她看得出来，他渴望和小伙伴们坐在同一间教室里。终有一天，她的儿子和乔潘都会结束他们的学生生涯，那时他们将不得不直面这个世界，以及它的所有虚伪。

第二十七章 向上挺好

1932年，帕兰比尔

自从跟迦尼谚描画第一个字母已经过去了四年，但菲利伯斯仍未掌握他自认为更关键的技能：游泳。他不承认失败。每年当洪水退去，他都再一次跃跃欲试。在教他的人里，乔潘是坚持了最久的——他在水里比在陆地上还要惬意。但终于有一天，乔潘拒绝陪他去河边，而且原因并不仅仅是他整天都要工作。这是两个好朋友第一次闹翻。菲利伯斯只好说服沙缪尔陪他去，因为他发过誓，不会独自下水。

菲利伯斯上小学时，乔潘和他一起入了学。沙缪尔不赞成，但也不好和大阿嫲奇说什么。一个普拉雅孩子学写字能有什么用呢？再后来，上到三年级时，乔潘看到帕兰比尔附近的新水渠里漂着一艘驳船。船搁浅了，还进了水，船夫则醉得不省人事。不知怎么的，乔潘竟把船撬离了浅滩，然后自己一个人撑船进了主河道，又从那儿把它一路驶到了船主人伊克巴尔的仓库前头的栈桥。感激不尽的船主给了乔潘一份工作，他便接受了。大阿嫲奇对沙缪尔气得不行，好像这是他的错一样！这份工作确实不错，但沙缪尔还是希望孩子能在帕兰比尔做活。等他西去，乔潘就接他的班。难道不就应该如此吗？

"沙缪尔，你觉得我今年是不是能学会？"两人走向河边时，菲利伯斯问道。九岁的小男孩把胳膊抡得像风车，这是在练习一个他坚信可以让自己浮起来的新动作。沙缪尔没有说话，只是紧赶慢赶地跟着"小檀卜朗"跑，和当年他追着孩子父亲一样。

船栈上，两个船夫在数苍蝇。一个家伙的门牙外翘，酷似他自己那艘独木舟的船头,他的上嘴唇耷拉在龅牙两边。看到菲利伯斯脱下上衣,懒散的两人突然来了精神。"啊哒哒!看看是谁又回来了!"龅牙的举止和慢悠悠的水流一样没精打采。"是游泳高手!"菲利伯斯没听见他们的声音。他睁大眼睛,捏住鼻子,深吸一口气,跳进了河里。这一部分他已经会了:只要肺部充满空气,他肯定能再浮上来,不过他只敢在浅水里这么干。他确实浮上来了,他的湿发泛着光,像黑布一样遮住了他的眼睛。然后,他的胳膊疯狂地拍打起来:这就是他的"游泳"。

"眼睛睁开!"沙缪尔大喊。跟了檀卜朗那么多年,他知道遇水的迷茫总是在闭眼时更严重。但是孩子听不到他说话。乔潘认为菲利伯斯听力有问题,但沙缪尔觉得小檀卜朗和老的不一样,是只听得见他想听的。

"水浅着呢,末内,"龅牙船夫叫道,"站起来就行啦!"菲利伯斯的胡乱狂拍搅起了污泥,还让他打起了转。他先是肚子冲下,然后是背冲下,接着又是头冲下,只剩白花花的脚底板亮出水面。沙缪尔看够了,他跳进去把他翻过来,好像扶起一只被撞倒的水壶。

俩船夫鼓起掌来,菲利伯斯心里乐开了花。尽管他的眼珠子直往两边转,他还是露出了胜利的笑容,只是庆祝前他需要先干呕一阵,把从河底借来的淤泥倒回去。"我觉得我这次快游到河中间了,是不是?"他急不可耐地问。

"哦,啊,比中间还远呐!"龅牙说。另一个船夫笑得连比迪烟都掉了。

菲利伯斯脸沉了下来。沙缪尔领他回家,走时回头大喊:"你们的舌头那么好用,还要船桨干什么?"他紧张地看着异常安静的孩子,他并没有继承父亲沉默寡言的性子。也许,小檀卜朗这次是真的要放弃了?

"沙缪尔,我肯定做错什么了。"

"末内啊,你错的是你就不该下水,"他严肃地说道,就算大阿嬷奇不肯,他也要坚决起来,"你父亲就不喜欢游泳。你什么时候见他靠近过水边?你应该像他一样。"

不自觉间,沙缪尔说起老檀卜朗的语气就好像他还在旁边的农田里干活一样。毕竟,他雇主生前的东西都还在那里呼唤着他:马凳、镐头、犁子,他们一起打过的篱笆、犁过的田、种过的树……檀卜朗怎么可能不在呢?

菲利伯斯漫不经心地踢着一只欧拉球,悄悄拉开了距离。沙缪尔朝厨房走去。

"他这次游得远点了吗?"大阿嫲奇问。

"远是远了,不过远到泥地里去了。他一头扎进河床,像条卡丽敏,我从他耳朵鼻子里掏出来了一堆泥。"

大阿嫲奇叹了口气:"你知道让他去河里我有多难受吗?"

"那就禁止他去啊!"

"不行,我丈夫让我答应过他的。我唯一能做的,就是让他遵守誓言,不要一个人去。"

晚些时候,她在他们最老的椰子树的树阴下,看到了菲利伯斯和他的球。他手上拿着树枝捅一只废弃的蚂蚁窝,一副低落的样子。她在他身边坐下,揉了揉他的头发。

"也许我应该试试向上去,"他指着树梢轻声说,"而不是……"

男人到底是怎么回事?不是向上就是向下,非要变成鸟或鱼?为什么不能好好地待在地面上呢?他看向她的殷殷目光让她心里一紧。他以为我知道所有答案。他以为有我在,他的人生就不会有失望。"向上挺好。"她说。

过了一会儿,这孩子忽然说:"你知道吗?我父亲去世前一个礼拜还爬了这棵树呢。沙缪尔说,那天他摘了好多青椰子,够所有人喝的!"他的语调又显出活力,仿佛焦枯的灌木在雨后舒展叶片。感谢上帝,没让他遗传他父亲的罕言寡语。

"啊,那个……他差一点摔——"

"但他还是一直爬到了天上去!"孩子说着,站起来把一只脚踩在树干这一侧的刻槽里。他想象着父亲的壮举,抬头仰望,看向树冠与苍穹相交的地方。

"啊,没错……"她说。

但这不是真话。显然,沙缪尔并没有告诉菲利伯斯真实的情况。她丈夫在生命的最后一年停下了攀登的脚步,但去世前一周,他忽然一时兴起要往高处去。他熟悉这棵树,就像他熟悉为他诞下子嗣的两个女人的身体。几十年前,他曾在树干上凿出凹槽当作脚踏。可背叛他的不是树,而是他自己的有心无力。爬到四分之一的高度,他便卡住了。沙缪尔跟在他后面爬了上去,他两脚间缠了一圈椰棕绳,屈身向上挪动,直到靠近檀卜朗。他碰了碰檀卜朗的脚,指引他探到下一个踩脚的凹槽。"啊,啊,对了,小菜一碟,你说是不是?现在另一只脚……好,手下来。"她一直等到他重回地面,才能再次呼吸,那双脚从此就再也没有离开过土地。"我给你摘了青椰子。"她丈夫一边对她说,一边含糊地指着身后,但那里没有椰子。"啊,我很高兴。"她回答。他们走回房子时手牵着手,无所谓有没有被谁看见。

菲利伯斯把她拉回了现实。"我现在可能还不能爬这棵树,它稍微有点儿高了,对吗?"她发现儿子的声音里少见地有了一丝谨慎。

"目前来说,是的。"

"阿嫲奇,如果他强壮到可以爬上这棵树……那他为什么会去世呢?"

他问得她猝不及防。在她脚下,一群红火蚁正在专心致志地搬运一片树叶。如果她扔下一块鹅卵石,它们会认为这是天灾吗?它们会和上帝诉说吗?它们要回答孩子难以回答的问题吗?

"《圣经》说,如果我们幸运的话,一生的年日是三个廿年又十,也就是七十岁。你父亲很接近了,六十五岁,我比他小很多,他走的时候我三十六岁。"她看到他脸上的担忧,知道他在算数,"我现在是四十五岁,末内。"

她儿子伸出细瘦的胳膊搂住她。他们就这样坐了很久。

忽然,他转头问她:"因为某个原因,我永远都学不会游泳,是吗?我父亲也因为某个原因不能游泳。"他脸上的神情不像是一个九岁孩子的。承认失败,让他看起来更成熟、更睿智了。"这个原因是什么,阿嫌奇?"

她一声叹息。她并不知道真正的原因,但也许他倒是可以成为那个发现原因的人。如果他的执拗能用来探索如何治疗"病",那该多好!说不定,他能够拯救几代人,让他的孩子不再遭受他的痛苦。现在,她只能告诉他一个名字,给他讲述长久以来它给他们的家族带来了怎样的浩劫。也许她暂时不会给他看族谱——水之树,免得早夭的预言恐吓到他。她深吸了一口气。"我会告诉你我知道什么。"

第二十八章　伟大的谎言

1933年，帕兰比尔

无法征服水域的十岁男孩把一腔热情果断投向了土地。如果说陶匠只贪求河岸边沉积的蓝灰色黏土，而砖瓦匠只管泡在水里，拿着篮子往船里装河底的淤泥，对其他任何种类的泥巴都提不起兴趣，那么菲利伯斯的品位则是不拘一格的。灵活的脚趾一抓，他便能估算泥土中砂土、黏土和粉砂的比例。要论脚感，那教堂边松软的沙质土真是无与伦比，而与之形成鲜明对比的，是帕兰比尔水井附近坚硬的红土。他学校附近草皮下的花岗岩质土壤有种陈旧血渍的颜色，摸上去像是校长冰冷的握手。但是，如果将这一品种加以研磨、过滤，涂在纸上干透后就能留下生动鲜艳的色彩。他像个炼金术士那样倒腾瓶瓶罐罐，最后得出了一种墨水的秘方。它和外面卖的牌子都不一样，能在纸面上闪烁微光，把写字变成乐趣。最终的配方包括碾碎的甲虫外壳、醋栗，以及从一只瓶子里倒出来的几滴溶液，那瓶子里是泡着铜丝的人类尿液（他自己的）。

和他已故的父亲一样，他在行走上的造诣也令人惊叹。让别人坐船、乘舟、挤摆渡去学校吧，他就是要走着去。对，可以说他和水有仇。他仍旧渴望探索这个世界，只不过七大洋他决定略过。行路的人见得更多、知道得也更多，他这么告诉自己。只有行路的人才能经常路过那雅尔庞大的塔拉瓦德，和总是坐在外边儿一处涵洞上的传奇"苏丹"巴塔尔交上朋友。巴塔尔指的是从马德拉斯搬迁到喀拉拉的泰米尔婆罗门。他的外号"苏丹"则来源于他标志性的装扮：他总是把托土缠在头上，绑出一个上翘的孔雀似的小尾巴。而他之所以成为传奇，是因为他炸的加乐比。婚宴的客人可能很快就会忘记新娘有多美，或是新郎有多丑，但是没有人能忘得了宴席的高潮——"苏丹"巴塔尔的甜点。有些早上，巴塔尔会给年轻的行路人带一块前一天晚上宴席上剩下的加乐比。菲利伯斯用了一年多的时间，乞求巴塔尔告诉他秘方。结果有一天，毫无征兆地，在菲利伯斯来不及写也来不及记的时候，巴塔尔忽然飞快地报起了菜谱，就好像祭司背诵梵文的首卢迦。不过即使知道了也毫无用处，因为巴塔尔口中的鹰嘴豆粉、小豆蔻、糖、酥油和其他东西的用量，都是多少提桶、多少木桶、多少牛车。

一天下午，行路人放学回家，身后有个惊恐的声音大喊："快让开！"一辆自行车叮呤咣啷地飞驰而过。土路上，板车留下的车辙都晒硬了，颠得自行车上下弹跳。白发的骑车人在最后一刻及时跳下，而车子飞向了一个无法避让的物体：路堤。菲利伯斯帮老人站起身。他的眼镜歪了，芒杜沾满泥巴，但看到自己的钢笔还在衬衫口袋里，老人心里宽慰了不少。这位骑车人花白的小胡子很是茂密，几乎长到了下嘴唇。"刹车坏了。"他说，一股酒气随着这句声明飘散。他整理了一下自己的衣物，扶起自行车，正了正龙头。他拍拍菲利伯斯口袋上别的钢笔提问，用的却是英语："这是什么牌子？犀飞利？派克？"

菲利伯斯用马拉雅拉姆语回道："不是什么高级牌子。其实，这里面重要的是墨水，我管它叫'帕兰比尔铜河'，是我自己用红土、铜和尿液的滤液做的。"他没透露尿液的来源。他在自己的笔记本上画了几笔作展示。老人的眉毛——和小胡子是同款——立马扬了起来。"唔！"他感叹道，三撮毛同时颤动。

走了半英里，菲利伯斯又见到了老人。他这会儿脱去了上衣，站在路边一段陡峭的台阶顶端，身后是一幢摇摇欲坠的房子。他滔滔不绝地大声说着英语，仿佛是在对一群人演讲，但周围只有菲利伯斯一个人。"炮打在他们左面，炮打在他们后面……"菲利伯斯只辨别出这两句，但在年幼的他听来，这英语婉转悦耳，似乎很正宗。库鲁维拉老师的英语不是这样，它听着反而像库鲁维拉老师的马拉雅拉姆语，令人生疑，好像每个词都赶着踩前一个的尾巴——什么"狗宗是跟在住人后面"，什么"拿破论花铁路战败"——中间还穿插着"纳因太-末恩"（狗娘养的）和其他表示学生都是椰壳脑袋的马拉雅拉姆短语。菲利伯斯觉得，这位老人的英语才是真东西，这才是进步的语言、高等教育的语言，尽管这也是殖民者的语言。

"墨水小子！"老人用英语喊他，他在重新系他的芒杜，快绑到乳头那么高了。"好撒玛利亚人！我说，敢问阁下是何方人士？"

"萨尔是在和我说话？"菲利伯斯用马拉雅拉姆语问。

"说英语！"老人大吼，"我们当只以英语交谈。请问尊姓大名？"

"我名子叫菲利伯斯，萨尔。"他希望这和"尊姓大名"是一个东西。

"是sir！不是萨——尔。"

菲利伯斯重复了一遍。老人的小胡子颤动起来。"很好，上来吧，我们开始。"

"阿嬷奇！"菲利伯斯兴奋地冲进厨房，"柯西萨尔家里的每堵墙都立着书架，书架里塞得满满的，地上的书堆得有这么高！"

大阿嬷奇试着想象。她的"藏书"拢共就是两本《圣经》，一本祈祷书，还有一堆旧的《曼诺拉马报》。她知道柯西萨尔是谁，因为鱼贩子捕捞的鲜货里也有最新的闲话。柯西在加尔各答读完了预科，然后做了很多年的文员，但大战打起来的时候，他受入伍奖金和报酬的诱惑参了军。回来的时候，他变了个人。再后来他上了马德拉斯基督学院，毕业后留任讲师。现在，他拿着一小笔退休金回到了祖居，房屋边上只有一点微薄的地产，种完一小片木薯就几乎种不了别的了。

"末内，你看到他老婆了没？"奥达特珂查嬷站在他身后插了一嘴。菲利伯斯没听见老妇人的问话，她只好拍了拍他的肩膀又问一遍。

"哦，啊！看到了，萨尔叫我去倒茶的时候，她问我住哪儿的，是哪家的，各种问题。萨尔在他房间里用英语大吼：'那个女人把你扣下啦？'她用马拉雅拉姆语吼回去，"——菲利伯斯模仿起她的语调——"'你这个老地鼠，你要是对我说英语，你就自己泡茶吧！'"

"老地鼠！"小末儿重复着，哈哈大笑起来。

"可怜的女人。"大阿嬷奇说。

"这你可说错了。"奥达特珂查嬷打断她，"我认识柯西的时候，我们俩都还年轻。多机灵的人……啊哟，长得也帅，出国前穿的那一身制服，亮晶晶的靴子、皮带，这儿那儿的……"她双手在身上挥舞，示意上上下下的纽扣、奖章、肩章。她像鸽子似的挺起胸膛，站直立正，但她的罗圈腿和驼背让这个动作显得滑稽。小末儿学她的样子，两人一起敬了个礼。奥达特珂查嬷叹了口气。"他年轻的时候好姑娘有的是……真搞不懂他怎么就娶了她。"房顶上一只乌鸦哇哇大叫。"也许上帝能明白吧，我是不能。"

她发现众人都盯着她，恼火地说："怎么着？……我就是说，如果脑子是油，那女的连一盏最小的油灯也润乎不了。"

"你以前见过她？"菲利伯斯很迷惑。

"啊，啊，用不着见，有些事情我就是知道。"

菲利伯斯说："英国军队准许他把自行车留下了，他说它比一份嫁妆还值钱。他在佛兰德斯打过仗，我说没听过这地方他还挺生气。哦，还有，他借了我这本书，他说人的一生都总结在里头了。"

小末儿、奥达特珂查嬷、大阿嬷奇齐刷刷地看向那本书。"看起来不像是《圣经》啊。"大阿嬷奇怀疑地说。书里的字密密麻麻，还有插图，但段落没有编号。

"这是一条大鱼的故事。下周前我要读完十页，把不认识的生词都写下来。萨尔还借了我这本词典，他说它能让我的英语进步，还能教给我世界上的所有知识。下一次我得准备好和他讨论读过的部分。"

大阿嫲奇不由得有些嫉妒。自打她儿子放弃钻研游泳,他便把全部的好奇心都报复性地用于学习世界上所有其他的东西。他对知识的渴求早就超越了帕兰比尔所能提供的一切。学校几乎填不满他的胃口。毫无疑问,柯西萨尔比学校的老师懂的学问更多,见的世面也更多。她眼睁睁地看着饥渴的儿子吸收养分,喂食的人却不是她。

"他要收钱吗?"

"只要定期供应我的'帕兰比尔铜河'墨水就行。"他骄傲地说。

奥达特珂查嫲说:"啊。我就一句话,你可别告诉他那墨水里都放了什么。"

第二个礼拜,菲利伯斯回来的时候更激动了。"阿嫲奇,他能把那本书里的内容凭记忆背出来!'别想事,这是我的第十一诫;能睡就睡,这是我的第十二诫。'"

他的学习内容让她担忧。"他能背出来又怎样,奥达特珂查嫲还能背出来整部《若望福音》呢,她可连字都不认。以前学校里就是这么教的,是不是?"她看向老妇人,试图维护那一本菲利伯斯真正应该背的书,但老妇人只是聚精会神地听菲利伯斯还有什么要讲。

"萨尔只问了我一个问题:'讲故事的人是谁?'答案是以实玛利!第一行里就说了,以实玛利就是所谓的'叙述人'。我觉得我的英语肯定会进步的,因为他一个马拉雅拉姆语的单词都不让我说。"

* * *

之后的好几个礼拜,全家人都聚在一起听菲利伯斯翻译,或者说是概括他被布置的那几页《白鲸》。当他说到"与其跟个基督徒醉鬼一块儿睡,还不如跟这个头脑正常的生番同床"时,他们哄堂大笑。这故事既让大阿嫲奇错愕,却也教她着迷。一天早上,菲利伯斯一离开家上学,她便决心要再去好好观察观察那个文身的蛮子季奎格的插画。她走进他的房间,却发现奥达特珂查嫄和小末儿挤着脑袋凑在书跟前。

"他肯定是普拉雅,这个季格阿奇内!"奥达特珂查嫄说,"什么人会想一出是一出?什么人会给自己打棺材?你记不记得那个普拉雅保罗斯?他总觉得背上趴了一只魔鬼,干什么都甩不掉,最后他爬到了一个窄石头缝里,教那个魔鬼跟不进去——"

"半张皮都没了,还差点被蚂蚁咬死。"大阿嫄奇说。

"啊,但是他出来的时候是笑着的!魔鬼走了。"

到目前为止,帕兰比尔纪年的刻度一直都是复活节和圣诞节、出生和入土、洪涝和干旱。但1933年是《白鲸》的一年。书读到一半,大阿嫄奇想叫菲利伯斯去问问柯西萨尔,《白鲸》是不是都是编的。"书是挺有意思的,但它是不是编了个大谎话呀?你问问他去。"

柯西萨尔的回答义愤填膺:"这是虚构作品!虚构作品是伟大的谎言,它讲述的是世人生活的真相!"

季风来到特拉凡哥尔的时机恰逢"披谷德"号沉没。帕兰比尔的他们都没有注意到雨点如重锤般砸下,因为季奎格的棺材浮在海上托起了以实玛利,而季奎格最后一次被看见时则是在主桅杆上。四个脑袋挤在灯光下,盯着只有其中一个人能看懂的书。"愿上帝保佑他们的灵魂。"故事终了,奥达特珂查嫄说。小末儿闷闷不乐,大阿嫄奇划了个十字,她已经逐渐喜欢上了季奎格。她想到了沙缪尔,他和季奎格一样,几乎比她知道的所有男人都要好,却被"普拉雅"这个词贬低了身份。沙缪尔心地善良,勤勉尽责,有股子一定要把事情干好的韧劲,这些优秀的品质很多人都不一定有,比如双胞胎——乔治和兰詹——就很需要。她已经不再内疚于自己被这本"讲述真相的谎言",《白鲸》,吸引了。

"柯西萨尔不相信上帝。"菲利伯斯拿着新书从课堂回来时坦白道。显然,为了读完《白鲸》,他隐瞒了他的导师是无神论者的事实。他神情内疚,害怕他母亲自此就要禁止他去拜访,但他也终于不用再良心不安了。

她贪婪地扫了一眼他手中的新书——《远大前程》——正如《白鲸》定义了1933年,它即将定义1934年。"嗯,柯西萨尔可能是不相信上帝,但好在上帝相信他这个老头子啊。要不然他为什么要派他来到你的生活里呢?"

第二十九章　晨间奇迹

1936年，帕兰比尔

在一个狂风暴雨的工作日，大阿嬷奇忧心忡忡地目送年少的儿子无精打采地走进昏暗的清晨去上学。从他困倦的双肩中，她看不到他父亲的影子。这孩子要更加纤弱——比起树干更像树苗。她见他出门时左脚先跨过门槛，想叫住他——为什么要招来厄运呢？可她又忍住了——把一个已经踏上旅程的人再叫回来更不吉利。

"阿嬷奇？"她身后传来呼唤，女儿醒了。她焦急地等待小末儿的下一句话。她女儿预先宣告访客的本领已经拓展到了预言坏天气、灾难、死亡。"阿嬷奇，太阳升起来了！"大阿嬷奇松了一口气。在小末儿度过的二十八年里，太阳没有一天不照常升起，但每天早上她都为它的回归而欢呼雀跃。在普通的日常中发现奇迹，这是比预言更加珍贵的天赋。

早饭后，小末儿伸出宽阔的手掌，大阿嬷奇数了三支比迪烟给她。有些身份的女性基督教徒都不会吸烟，但有些人会嚼烟叶，上了年纪的妇女则会有她们宝贵的小鸦片盒。没有人知道小末儿是怎么染上比迪的，小末儿也不肯说，但这个习惯带给她的快乐却让人难以拒绝给她每日三支的配额。她母亲无法想象有哪一天，她的女儿不是坐在她专属的长椅上对着破旧的玩偶唱歌，皱巴巴的脸上泛着微笑。木坦是带给小末儿欢乐的舞台。焯了水的稻谷在外面晒着的时候，没有哪个稻草人能比小末儿更警惕。

"漂亮宝宝在哪里？"小末儿问。她母亲提醒她，他去上学了。"他真是个漂亮的宝宝呀！"小末儿咯咯笑着说。

"对啊,但没有你漂亮。"

小末儿笑得更大声了,沙哑的声音满是喜悦。"我知道。"她谦虚地说。

可突然间,不知怎么的,小末儿的脸蒙上了一层阴霾。她说:"我们的宝宝出事了!"

菲利伯斯的上学路上,沉重的天幕低垂,仿佛坠在晾衣绳上的湿床单。两旁高高的路堤布满青苔,形同幽深的隧道。一道闪电划过,照亮了前路上一条曲折的绳子似的东西。他怔在原地,直到确定那不是活物才放了心。一根树枝罢了。

他十三岁的大脑仍旧记着七岁那年,他和凯撒在橡胶树林里奔跑。(特拉凡哥尔的狗只有"凯撒"和"吉米"这两个名字,不管是什么性别。)小土狗团团转着,前半身伏地,咧着嘴怂恿菲利伯斯跟上,它的尾巴摇得那么欢快,怕是屁股都要摇下来了。它接着飞奔出去,开心到亢奋。忽然,小家伙腾地飞到空中,好像踩到了弹簧。伊甸园不再。菲利伯斯瞥见一只扁平的蛇头,草丛里传来一阵窸窸窣窣。那是一条艾塔狄-穆尔坎,又名"八步蛇",一旦被咬,你就只能再走八步,还是在不磨蹭的情况下。凯撒走了四步。"狗有名字。"他伤心地说,凯撒的死依然让他心痛,仿佛一切就发生在昨天。早晨他还和溜进厨房的猫说起这个话题,它当时正打量着他母亲给他打包的卡丽敏便当。"狗是为了你而活,猫只是和你一起生活。"

他沿着水位上涨的河道向前走,领子湿了,衬衫黏在身上。他觉得身后好像有东西靠近,胳膊上顿时起了一片鸡皮疙瘩。别让撒旦辖制你的思想,他会引你堕入地狱。他按他母亲教的大声喊道:"上帝主宰一切!"他回头一看,水中一团阴森的影子遮住了天空。是一艘运输大米的笨重的驳船,它正放缓速度,准备靠岸。乔潘说,他手下那些寻欢作乐的驳船船员都有秘密的停泊点,那儿有女人卖与他们陪伴与私酒,解放他们的钱袋，再顺走一点儿货物。他羡慕乔潘，他不用待在枯燥乏味的课堂，而是能在文伯纳德湖欣赏落日，在科钦或者奎隆看电影。乔潘梦想着有朝一日能让驳船变成机动船，改革运输业。他说以前从来没有人这么想过，因为渠水太浅，驳船太老旧，但他已经画出了细致的图纸，说明如何安装引擎。

河道逐渐加宽，而后迎着小岛分成两股，水波几乎要漫过岛上新建的两座教堂的台阶。这里的五旬节派教会本来只有一家，然而怒火一旦蔓延，就像火星点燃茅草屋顶，一家就这么成了两家。拳打脚踢过后，分裂出去的队伍在他们自己的土地上又建了一座教堂。两座教堂紧紧挨着，每到周日礼拜时，一边的声浪都试图高过另一边。

现在，他听到河渠即将在前方汇入的干流正在咆哮，声音比往日响了很多，他脚下都感到了微微的震动。他想起来沙缪尔说过，暴洪冲垮了河岸。怪不得驳船要在那里系泊。豆大的雨珠在红土地上击出了一个个弹坑，在他的雨伞上奏出了密集的鼓点，而风则要把伞从他手里扒走。他躲在了一丛棕榈叶下。这样下去肯定要迟到。他有两个选择：要么保持干燥，但因为拖沓受教鞭责打；要么准时到校，但湿到骨头缝里。不管怎么样，萨吉萨尔都会把他好好说教一番。萨尔是圣乔治男子高中的数学老师兼足球教练，从他扔粉笔头或打学生脑袋的力度和精度上，都能看出他确实是搞体育的。菲利伯斯曾体验过那个力道，他能作证，那出手真是快到看不见。"我没有开小差，"他对大阿嬷奇说，"是萨尔声音太小了！他面朝黑板的时候谁能听见他说什么？"大阿嬷奇去见了萨尔，要求把菲利伯斯换到第一排，因为坐在后面他听不见。菲利伯斯的成绩突飞猛进，甚至比库鲁普还高，后者往往每个科目都是第一名。但现在，他既容易受到后排学生的弹指攻击，也方便了萨尔进行正面击打。在学校里他已经小有名气，但原因并不光彩。

还有第三个选择。"吃饱了再说！"他打开午饭的包裹。"是它先诱惑我的。"他大声说给母亲听。他沉浸地品尝着焦香的酥脆饼皮以及里面的胡椒、姜蒜、红辣椒,用舌尖小心地剔出卡丽敏的细小鱼骨,那是大自然在用它的方式说:慢一点,细细品。

凄厉但属于人类的尖叫声猛地闯进他的耳朵,口中的食物仿佛化作黏土。他毛发尽竖。那是一个男人的声音,他在哀号。

一个身缠腰布的人影捶打着自己的胸脯向苍天哭喊。菲利伯斯认出了他像帐篷杆一样撑起上唇的龅牙。他是栈桥那儿的船夫,时至今日,他还在嘲笑菲利伯斯,叫他"游泳高手"。菲利伯斯犹犹豫豫地走向那个男人。船夫那空心火柴棍似的独木舟被拖到了岸上。他靠这艘小小的船接送一些只身出行的乘客,比如鱼贩和他的鱼筐,勉强维持生计。可现在河水涨成这样,他一定度日艰难——等等,他脚下那团破布是什么?是个婴儿!菲利伯斯看到了一张小小的、浮肿的、一动不动的脸,还有和濒死的凯撒一样的眼睛。这婴儿也被艾塔狄咬了?

船夫号啕着,不断把头往椰子树的树干上撞,直到菲利伯斯拉住他才停下。他转过身,棕色的脸上满是恐惧,发狂的眼睛红得像獴。他抬起头,盯着站在他身边、年纪只有他一半的男孩。他恍然认出了他。

"是蛇咬的吗?"菲利伯斯轻声问。

船夫摇着头,继续哭号了起来。"末内……求求你,做点什么!你上过学……救救他!"

菲利伯斯蹲下身好看得清楚些,心里盼望男人能别再叫了。上过学?他学校里学的东西在这儿能有什么用?他小心翼翼地摸了摸婴儿的小胸脯,震惊地发现它竟在吃力地起伏。尽管如此,他似乎根本吸不进空气。婴儿的喉咙诡异地肿着,里面有什么白色的东西从唾液的泡沫中探出来,质地看着像凝固的橡胶树乳胶。

"别叫了!求你了!"他给哀号的船夫下了命令。忍着恶心,菲利伯斯把食指伸进了婴儿嘴里。白色橡胶皮的边缘血糊糊的,他拽了拽,前半部分轻轻地就剥开了,但最后一点要用力才能扯掉。小胸脯上下动着，空气呼噜噜地流通起来——生命的声音！这不是上没上过学的问题，这是常识，只是把堵住嘴的东西去掉而已。但几口呼吸之后，婴儿又发出喉咙被掐住的声音，他的胸脯剧烈起伏，嘴像鱼似的一张一合，但气就是进不去。这一幕光看着都令人难受，压力倍增——菲利伯斯觉得自己都喘不上气了。他这次把手伸得更深，扯下来一块又大又厚的血淋淋的橡胶皮。随着一声鹅叫似的鸣音，空气进去了，一路上呼噜噜的，好像气管里有小石子乱舞。

"萨尔！我就知道！我就知道你能救我的孩子！"

这会儿不是"游泳高手"了？我成萨尔了？他对船夫说："听着，我们得把宝宝送到什么诊所里去。"

"河水这个样子怎么去？"船夫又号哭起来，"我也没有钱而且——"

"别叫了！"菲利伯斯大喊着打断他，"你一叫我没法儿思考。"但是船夫还是在叫。他令人发疯的号叫加上婴儿绝望而拼命的喘息逼得菲利伯斯陷入了疯狂。下一秒，他忘记了自己与河水的深仇大恨，先是一把抱起婴儿，然后猛地推了一下船夫，力道之大让他直接向后摔进了自己的独木舟。船夫还来不及起身，菲利伯斯就把婴儿扔到了他父亲腿上，接着就把船推进了河。他在最后一刻跳上船。"快啊！"菲利伯斯呐喊，"快划！"

"我的天哪！你都做了什么？"船夫嚷道。菲利伯斯把孩子从他怀里抱过来，船夫自然而然地从船底摸出了船桨，与此同时，波涛用力摇晃着独木舟，随时都要掀翻它。船夫条件反射似的做了唯一一个能让他们浮在水面上的动作：调转船首驶入洪流。就这样，他们被河水紧紧攥着，沿着河道的中线以九死一生的速度顺流而下。菲利伯斯往侧边一瞥，看见河水在岸上翻腾起白色的浪，撕扯出新的河岸。"我们完了！"船夫哭喊。

菲利伯斯大叫："快划！快划！"雨水从天上砸落。河水的咆哮惊天动地，还夹杂着如同人类一般的呻吟。独木舟升起来又掉下去，菲利伯斯觉得心提到了嗓子眼,他必须紧紧抓住婴儿,要不然孩子恐怕就要飞出去。这么快的速度真的能行吗?一条宽阔的大浪在他们侧边涌起,浪尖轻轻松松就漫进了独木舟。河水的咆哮变成了更响亮的嘶鸣,好像是在嘲笑他们的愚蠢。菲利伯斯平生第一次体验到了真正的恐惧。

"湿婆!湿婆!"船夫尖声惊叫,"我们要死了!"

阿嫲奇,我打破了誓言。对,他是没有一个人下水,但一个不顶用的船夫也作不得数。但我也不是在水里,我只是在水上面。不顶用的船夫已经放弃了划船,任由船扭动打转,随河水摆布。看着船夫这样子,菲利伯斯气不打一处来。他心高气傲,不肯袒露自己的恐惧,也不想承认犯了错误。他探身靠近船夫,尽最大力气给了他一耳光。"你拿出点勇气,白痴!把船调直!你只有嘲笑我游泳的本事吗?你不想救你孩子吗?快划!"

船夫把桨戳进洪流,河水仿佛煮沸的稻米一般愤怒而厚重。菲利伯斯疯了似的用一只手往外舀水。他瞄了一眼婴儿,发现他又停止了呼吸。他全凭感觉把两只手指伸进了小小的喉咙,婴儿的乳牙摩擦着他的指关节。他揪扯着橡胶似的东西,直到他觉得有气流经过他的手指。小胸脯又动了起来。

随便哪一秒,一切都可能就此结束,但不知怎么的,过了一秒又一秒,他们还在疾驰。他们飞也似的划过静止的树木,比全速前进的火车还要快。他拼了命地舀水。他们还能继续坚持多久?他们在河里待了多久?船还有多久会翻?

噩梦仿佛永远都不会停止,可紧接着,突然之间,在河流急转弯的地方,独木舟被甩出了河道的中心,往后射进了一条翻滚、满溢的水渠。只听咔嚓一声木头碎裂,他们撞上了石阶下方看不见的障碍物——被淹没的栈桥。菲利伯斯高举着喘息的婴儿跳下了船。茫然的船夫在最后一秒跃上了岸,他起跳的脚把独木舟像飞镖似的蹬进了水道,船漂至水流沸腾的交汇处,立刻被拽到了河底。看着这一幕,菲利伯斯不由自主地发起抖来。他不是冷，而是恼怒自己的愚蠢。他完全有可能死掉！他想起了季奎格的棺材：它能浮在水上救人一命，救的却不是季奎格的命。

菲利伯斯紧紧抱着婴儿，拖着发软的双腿，三步并两步地爬上嵌在岸边的陡峭湿滑的红土石砖阶梯。船夫喘着粗气跟在他身后。台阶尽头，一扇木门出现在他们面前。

第四部

第三十章　恐龙与山间车站

1936年，尽此庄园，特拉凡哥尔与科钦

迪格比的记忆中是一片火海；西利斯特身上的丝绸纱丽在燃烧，来回旋转的她像个第一次穿裙子的孩子；他尖叫她的名字，却立刻被浓烟灼痛咽喉；他记得门被踢倒的爆裂声，记得拽他出去的好多双手——现在，这些记忆一点一滴，渗进病床上的煎熬。他已经被包上绷带，注射了镇静药物，但在吗啡的浓雾之中，烈焰还在咆哮。大火又持续了五天。他看到了西利斯特的脸，一张被熔化的布料包裹、因为恐惧而扭曲的面庞。他挣扎着，想靠近她。他的鼻子里充斥着屠宰场的臭味，那种宰杀牲畜后燎去毛发的味道。他咳嗽时，会撕心裂肺地咳出黑色的烟灰；他大喊她的名字时，那个沙哑的声音不像是他自己。意识游离在肉体之外。剧烈的疼痛还不是他应该承受的全部。身上的烧伤有多严重，他一无所知。真正残酷、致命的伤口在精神上，他像打碎的瓷器溅落一地，再也看不出他是格拉斯哥的迪格比、是孝顺的儿子迪格比、是一根筋的医学生迪格比、是有一双巧手的外科医生迪格比。

每一张出现在床边的脸，霍诺琳、拉维、穆图，还有被他治好兔唇的见习护士——给她做的那场手术仿佛是上辈子的事儿了——都唤起羞愧来刺痛他。羞愧，因为他害他们失望；羞愧，因为他是通奸犯迪格比，是杀人凶手迪格比。羞愧纠缠着他清醒时的每一秒。他想要爬到透不进光线的洞穴里，也许那样他就不用忍受其他人的目光，尤其是他的朋友们宽容的目光。他只希望自己可以远离人类，变成一条他活该变成的蚯蚓。他的精神状态教他的朋友们感到绝望。

火灾后的第六天，外面天还黑着，他便爬了起来。他龇牙咧嘴地揭下绷带,在通宵开着的白炽灯的昏黄光线下检查自己的伤势。右手的手背吓了他一跳:从手腕到指关节,解剖结构一览无余,一条条缎带般闪着光泽的肌腱呈现在眼前,周围框裱着焦黑的皮肉。如果不是表面结了深色的痂,它看起来简直就和他那本《格氏解剖学》里头的插图如出一辙。这只手没有痛觉,所以应该是三度烧伤——最严重的级别——连同皮神经也遭到破坏。着火的时候,他肯定是条件反射性地握紧了拳头,把手背暴露在外,护住了手掌和手指。而左手则是手掌和手背都有烧伤,皮肤红得好像救火车,流着渗液鼓着水疱,手指肿成了香肠,有正常的两倍粗。这些一定是一度和二度烧伤,神经完好,所以才钻心地痛。虽说会留疤,但这只手的皮肤有一天还会再生。右手就难说了。

他浑身赤裸,背上也觉着疼,那里肯定也烧伤了。他一步一顿地往镜子那儿挪。屋里天旋地转,他忍着痛没有出声。镜子里那个被大火燎焦的生物是什么?没有睫毛,没有眉毛,没有头发,肿胀的耳朵像拳击手畸形的菜花耳。一只半人半剑龙的怪物眼神空洞地盯着他。它在说话:你这反正也快烤熟了,还不如自个儿了断了得了。还大义凛然地去啥听证会哪?你手上欠了条人命呢!没人会同情你这个傻子,人家只会心疼克劳德没了老婆,谁会可怜你呢?滚吧!赶紧滚!

天亮了。他注视着趴在角落席子上的身影。"穆图。"迪格比轻声唤道,穆图一骨碌爬了起来。"穆图,拜托,求求你,我没法待在这儿。"

光着脚,裹着顶替所有绷带的床单,他随穆图溜了出去。人力车的颠簸加剧了疼痛。在中央火车站附近的旅舍里,前台的伙计目瞪口呆地盯着鬼魂般的旅客,疑心他可能确实是个白人。穆图则又匆匆出去帮迪格比办事。

到了傍晚,迪格比换上新的绷带,穿上宽松的衬衫和一条芒杜,躺在了绍勒努尔特快列车的行李车厢里。这一次,欧文·塔特尔贝里不是火车头司机,而是强压着不安负责护送。噙满泪水的穆图则被孤零零地留在了站台上。欧文说:"要是我老婆发现我骗她,她肯定一记贾普打在我脸上,百分百要怀疑我外头有女人。"欧文把他的失望埋在了心底——克劳德·阿诺德,那个杀了杰布的人,即将逍遥法外,就因为他们宝贵的明星证人跟那个恶魔的老婆爬上了同一张床。

弗朗兹·迈林,他的妻子莉娜,还有他们的司机克伦威尔在黎明时分迎来了进站的火车。他们从尽此庄园出发下山,在黑夜中行驶了一路。他们把吃过药还在昏睡的流亡者搬到后座让他躺好,把他装纱布、药膏、鸦片的手提袋放在了座位下面。在沿着西高止山路盘旋而上的三小时旅程中,他时而呻吟,但没有说话。尽此庄园有一间独立的客舍,他们小心翼翼地将迪格比抬到床上。他睡了一整天。

下午晚些时候,莉娜和弗朗兹来敲他的门。迪格比将门打开,头顶罩着一条床单。他缩小的瞳孔盯着这对夫妇身后的男人,他身穿卡其布短裤和衬衫,脚上是一双拖鞋。

"他叫克伦威尔,"莉娜说,"你要做什么他都可以帮——"

"我自己可以!"迪格比猛然打断她。意识到自己的粗鲁,他又说"对不起",而后便垂下了头。他欠他们一个解释。羞愧——他只说——比烧伤更痛苦。他必须要离开马德拉斯,他们的盛情款待真的是雪中送炭。他请求他们不要告诉任何人他在这里。"有一天我会报答你们的。我还需要一些东西。镊子——你们能买到的最好的,还有高档的剪刀,用来消毒的酒精,用来安神的威士忌。像这样的纱布卷,矿脂,还有剃刀。"

高山上,没有谁的脸会来唤起他的羞愧,他终于能够思考了。右手的手背上已经结了厚厚的黑壳,如果他不把这块焦痂去掉,它就会变得像石头一样坚硬,最后脱落。然后人体就会生出肉芽组织填补空洞,把它变成厚实、坚韧的瘢痕,永远禁锢这里的肌腱。镊子一到他就动手了,他一点一点揪掉焦痂,如果有必要就用剃刀。终于,肌腱与肌肉干干净净地展现在眼前。死去的神经只能在一定程度上消除疼痛:在伤口边缘，组织流出血来，痛如刀割。

　　他搬动家具，准备进行下一步操作。但凡他还指望保留右手的功能，这一步就不得不做。为了保持清醒，他没有服鸦片，所有的操作都只能依靠左手。他将右腿的大腿前侧塞进碗橱和餐桌的边沿之间，用力往上推，露出一条皮肤——他的"供皮区"。用酒精消毒后，他剃下了薄纱般的皮片，纽扣大小。刀片划过时他尖叫不已。疼痛非常剧烈，令人难以忍受。他吞下一口威士忌。手中的镊子颤抖着，他夹起那一小块薄片，把它放在裸露的右手背上，小心翼翼地展平。接下来的一个小时中，收留他的主人时不时便会听到他的尖叫，仿佛有一台缓慢旋转的轮形刑具，每转一圈就要割他一刀。他们喊着问他要不要帮忙，他拒绝了。他们把食物留在门外，克伦威尔守着待命。迪格比期望的是，这些迷你群岛似的"点状皮片"能生根成活，连成一片，填满空缺。这很难算是规范的手术操作。外科医生永远都不应该成为自己的患者，威士忌也不应该代替乙醚。

　　第二天，迪格比一瘸一拐地走出客舍。克伦威尔悄无声息地出现在他身后，像一个影子。"我得走走。"迪格比说。他只走橡胶树林阴下的平缓小径，每天都走得更远一点。大自然抚慰了迪格比。他不让弗朗兹和莉娜靠近，在最初的坦白过后，他羞于和他们进行更多的对话。克伦威尔他可以忍受。他之前与他没有交集，不需要满足任何期待。不知不觉中，克伦威尔主导了每日两次的散步，每次都领着迪格比去看庄园不同的地方。

　　迪格比来了三周后，克伦威尔找到莉娜说："医生很难过，不动了。"莉娜看到迪格比时，他光着上身坐在客舍外的台阶上。他脸上的绝望是如此彻底，惊得她不由得打了个寒战。他沉默地展示了右手的手背：一片斑驳的黑色熔岩坑。她看不懂这意味着什么，只知道手的主人似乎准备好了要把它剁下来。

　　"莉娜，"他过了一会儿说，"我的功夫全白费了。肌腱还是被困在里面。"她忍不住想要摸摸他。她选了他的肩膀,那里的皮肤看上去比较正常。他颤抖了一下,但没有躲开。"哦,莉娜,我以后可怎么办呢?"

她陪着他,抱着他,想让他明白她就在这里,他并不孤单。最后,她说:"迪格比,看着我。你说过不要访客,如果有人来看你,你就走。但是请你听我说,我必须要告诉你,我们有个朋友每周末都会从山下过来。他是一个外科医生,擅长治手。"

第三十一章　更深的伤口

1936年，圣毕哲

圣毕哲艰难地挨到了伏末夏尽，井底只悬了寥寥几英尺深的水。鲁内开着车沿西高止山路前往昌迪的庄园，车尾扬起袅袅烟尘。在他来到圣毕哲的十四年里，他已经成了这家人的一分子。他们举家从特塔纳特大宅搬去宽敞的庄园小别墅避暑时，鲁内也常去那里度周末。三年之内，昌迪和里拉玛先是有了儿子，后又有了女儿。那个男孩子生来就喜怒无常，现在他十二岁了，鲁内看他还是没变。不过小姑娘埃尔茜就完全不一样了，而且她也一下子就喜欢上了大胡子"鲁内叔叔"。不过就在五个月前，里拉玛感染了伤寒，孩子们的生活发生了天翻地覆的变化。她本来已经在退烧，却突然腹部剧痛，倒地不起。昌迪急忙送她去了科钦，那里的外科医生发现伤寒引起的溃疡已经导致了肠穿孔。她没能从手术台上下来。在孩子们眼中，仿佛一个月前挥进他们家带走了亲爱的外婆的镰刀，又反手劈回来砍倒了他们的母亲。鲁内发誓这个夏天每周都会开三小时的车上山，多去关照关照这家人。他们眼下度日如年。

相比之下，这几年待鲁内倒是温柔些。他在正门附近的墙边给自己搭了一间小屋，开了独立入口，算是和麻风病院隔开，方便他外界的朋友拜访。圣毕哲有了一辆公务车，是瑞典传道会赠与的，它减轻了鲁内那辆老哈姆贝尔的负担。依靠着医院里的家禽、小养牛场、蔬菜园、果园——都是由院民们打理——他们现在不仅自给自足，甚至还有富余能卖能送。不过，麻风病院出来的东西，就算是饿肚子的乞丐也一口都不会碰。只有圣毕哲的梅子酒是个例外，这还是因为昌迪。大斋期的第一天，昌迪一个人在庄园里，突然又开始手脚打战，怕是要痉挛发作。里拉玛为了减少诱惑,早就把小别墅里的酒都收走了。但是,有几瓶灰扑扑的圣毕哲梅子酒逃过了她的眼睛。只一杯下肚,就治好了昌迪的发抖。昌迪决定,既然它的来源如此神圣,它在大斋期间就也能被饮用。现在,他都是成箱成箱地买。庄园的客人也都喜欢上了这款酒,尤其是女士,因为它柔和、甜美,而且(据昌迪发誓说)有"疗愈作用"。鲁内这次往车里装了四箱。

鲁内到达特塔纳特家的小别墅时,孩子们都已经睡着了,但昌迪还在等他。昌迪说莉娜·迈林给他留了口信,她和弗朗兹明晚要见他——有急事。这片地区的种植园主和家属——昌迪的朋友——现在也都是鲁内的朋友。

睡前,鲁内在围廊上吸了最后一斗烟,聆听夜的声音。他头顶上的雾纱徐徐揭开,露出满天繁星。苍穹低垂,他仿佛一伸手就能抚到上帝的衣袍。他很平静。他知道,时不时烦扰自己的胸痛应该是心绞痛,但他心平气和地接受。他在实现自己的信仰,践行自己混合了基督教与印度教的哲学理念。行医是他真正的神职,他的工作就是为他的院民治愈身体与灵魂。他会继续坚持到最后一刻。

* * *

鲁内和孩子们玩儿了一整个上午,又打了一下午的桥牌,最后在日暮时分前往尽此庄园。拐进迈林家足有一英里长的车道时,他瞥见了一个幽灵,有个穿格子腰布的白人男子在飞快地疾走,他的两只手上都缠着绷带。鲁内吃了一惊——这就像是看到麻风病人误入了人类的领地。

在迈林家的客厅,莉娜述说了故事的来龙去脉,从一个外科医生的紧急手术救了她的命开始,到她和弗朗兹在客舍里收留了这位外科医生结束。他们发誓对他的逗留保密——直到现在为止。弗朗兹坐着没有说话。

鲁内拿着一瓶梅子酒走向客舍。他在封了纱窗的露台上找到了房客——就是之前的幽灵,他的头和肩上披着羊绒披肩,两手暴露在外。亲眼见到这位年轻的外科医生——也许不到三十岁,鲁内心生恻隐。他觉得自己仿佛遇到了共患难的同志、同一个战壕的战友,却眼见他倒在沙场。不管鲁内准备了什么说辞,这会儿都烟消云散了。他无言地从屋里找出两只玻璃杯,斟上酒,坐在了沉默的陌生人旁边。廊台悬挑于陡坡之上,鲁内向下看去,感觉像站在峭壁上,就要失去平衡。在他的脚下,一行行的茶树整齐地排成平行线,仿佛有一把巨大的梳子梳过山坡。

过了一阵儿,鲁内将灯盏挪到对面,把椅子转向陌生人,戴上了眼镜。他用手托起年轻人的前臂。目睹一位外科医生赖以谋生的工具遭到损毁,鲁内心里涌起一阵悲伤。毕竟,这也是他自己的噩梦,只不过在他的梦里,罪魁祸首一直都是麻风。眼前的景象令鲁内难以承受,他深深吸了一口气。他们即将一起踏上的旅程应该由爱开始,他心想。去爱病人——这不总是第一步吗?

他意味深长地持续攥住迪格比的胳膊,同时眼睛直视着他。年轻人吓了一跳。他像是一只野生动物,鲁内心想,他的直觉是龇牙低吼,是回避躲藏……但是鲁内仍旧直视他,握住他的手臂。他希望这个人能在自己的眼里看到认同而不是怜悯,他们是并肩作战的勇士,面对共同的敌人。一秒过去,又是一秒。年轻人愤怒地眨着双眼,最后被迫挪开了视线。往常总是喋喋不休的鲁内做到了——凭着静默、抚触、在场——他成功地传达了一个信息:在我们医治肉体之前,我们必须先看到那个更深的伤口——精神上的伤口。

鲁内试图理解他看到的情况。右手的手背是一幅马赛克,皱巴巴的,薄薄的皮肤如岛屿般点缀在一块厚厚的瘢痕上,瘢痕紧缩,扯着手腕向后翻折。鲁内压了压,硬得几乎按不动。所有手指都蜷曲着,像一只鹰爪,因为肌腱已经被封死了。鲁内轻柔地将迪格比的腰布从小腿往上拉,露出了右侧大腿上一个个硬币大小的痂——猜得不错。它们是一位绝望的外科医生尝试自我治疗的证据。如果不是羞愧,还有什么能驱使他这样铤而走险?

左手的情况好一些,损伤只局限于手掌。掌心横亘了一条厚实的皮革样瘢痕,边界清晰——显然迪格比是抓握了某种非常烫的物体。收缩的瘢痕折起手掌,牵引手指向下弯曲,形同鸟喙。在迪格比的耳朵和脸上,有些正在脱皮的白色皮肤,属于浅表性烧伤。嘴角旁边那道细长的伤疤应该是前尘往事,和这次的事故没有干系。

鲁内把酒递给迪格比,然后若有所思地给烟斗装上烟丝,点上火。

"我还能再做手术吗?"话音干涩,如同噼啪折断的树枝。

所以,鲁内心想,原来我们能说话呀。他眯起双眼,思忖着自己的答案,吐了一口烟。"你的左手,我会立刻处理,我有一招可以松解掉你手掌上的瘢痕,这只手可以恢复功能。你的右手……唔,用那些皮片去盖,想法是好的。"

"所以呢?"

"所以,我的朋友……"鲁内给自己满上酒,示意迪格比也喝上一口,他照做了。"迪格比——我可以这么叫你吗?你有没有听说过考瓦斯基的鼻子?"

迪格比盯着鲁内,像是看到了疯子,然后他点点头:"听说过。"

鲁内对他刮目相看。考瓦斯基是英国人的车夫。在十八世纪英国对阵蒂普苏丹的战役中,他被敌方的军队俘虏。蒂普的手下砍掉了考瓦斯基的一只手和鼻子,然后放走了他。人少一只手也能活,但脸上有个洞不仅丑陋,更是耻辱。英国的外科医生对考瓦斯基的面容无能为力,于是他消失了。然而几个月后,他就带着崭新的鼻子回来了。给他做手术的是浦那的瓦工,他们掌握一种从七世纪流传下来的技术,发明者是"外科医生之父",妙闻。瓦工先是用蜡做了一只鼻子的模型——一个中空的金字塔——契合考瓦斯基脸上的洞。然后,他们取下模型,将它摊平后倒放在考瓦斯基额头的正中间,以此作为裁切的模板。他们沿着模板的边缘用手术刀在额头上划开切口，只留下底部也就是眉间的地方没有切断。接下来，把模板放到一边，他们将额头的皮肤剖开掀起，形成了一块挂在眉间上的皮瓣。他们将皮瓣向下旋转，缝合到了鼻子洞口的边沿，同时插了两根小棍子保持鼻孔通畅。新鼻子愈合得很好，因为和眉毛处的连接保留了完整的血液供应。确实，这个鼻子因为没有软骨支撑而有些软塌，但是空气能流通，更重要的是，他的外表恢复如初。英国的一位外科医生在期刊论文中申报了这项技术。

"这是你给我想的办法吗？皮瓣手术？"迪格比问。

鲁内用另一个问题回避了他的问题。"为什么我们西方人要花上几个世纪才能学会一种近在眼前的技术？还有什么是我们不知道的，嗯？迪格比？还有什么？"

"拜托了，奥尔奎斯特医生，你到底想提议什么？"

"请叫我鲁内吧。*Homo proponit, sed Deus disponit.*[1]"鲁内说着，手指向天空，"我提议你到圣毕哲来，我们一早就出发，但是有一个条件。"

迪格比神情焦虑。"什么条件？"

"说你喜欢我们的梅子酒。"

---

1 拉丁语：谋事在人，成事在主。

第三十二章　负伤的战士

1936年，圣毕哲

迪格比来到了外星球。在尽此庄园的高海拔住了几个礼拜，低地的暑热和湿气更加剧了他的错乱。他成了鲁内温馨小屋的房客。第一天，鲁内领着他穿过郁郁葱葱的花园去往诊所，一路上用马拉雅拉姆语和碰见的居民打招呼。迪格比笨拙地双手合十回应他们的问候。他与麻风病的接触仅限于在马德拉斯的大街上见过乞丐。他要忧心的事太多，倒也顾不上担心感染，好在鲁内看起来也毫不在意。

在一间看起来像是石膏室的房间里，这位大个子瑞典人狠狠按摩拉伸迪格比的双手，估摸着挛缩的严重程度。圣毕哲的居民们好像嘉年华上畸形秀的看客，凑到敞开的窗边盯着这景象入了迷。迪格比痛得哇哇大叫，观众们爆发出了兴奋的低语。"嗯，你刚才证明了你没得麻风病，"鲁内说，"他们有很多尖叫的理由，但绝不会是因为疼痛。"鲁内准备了一支注射器。"你右手的手腕要再灵活很多我才会考虑手术。但你的左手嘛？我们今天就动手，怎么样？"看着他被自己的双关语逗得哈哈大笑，迪格比觉得他就像个人高马大的小孩儿。鲁内在纸上画了张草图，告诉迪格比他的计划。"我以为这是我发明的，但有个法国人抢在我前面宣布了这个方法。他管它叫'*méthode de pivotement*[1]'，我管它叫佐罗的标记。它可以把横向的瘢痕变成竖向的，创造出更多空间。懂了？"

不等对方回答，鲁内就把局部麻醉剂注射到了迪格比手腕上的两处

---

[1] 法语：旋转法。

地方,并且直接注射了一些到厚实的横向瘢痕里。他用消毒剂擦洗了迪格比的手掌,然后在上面拿手术记号笔画了起来,同时还用上了量角器和尺子。等到鲁内带迪格比穿过走廊走进小手术室时,他的手掌已经毫无知觉了。鲁内戴上手套和口罩,沿着他做的记号划开一条长长的横向切口,刚好把瘢痕从正中间切开。在长切口的两端,他沿着六十度角又做了两条小一点的切口,形成一个∠形。迪格比像个旁观者一样观察着手术。鲁内操着手术钳和手术刀,从下方剖开皮肤,将两块三角皮瓣从角上掀起。然后他将两块皮瓣互换位置,下方的三角往上转,上方的三角往下转,最后缝合固定。现在,∠形变成了∨形,瘢痕被松开了。迪格比看到自己的手指已经有些伸直了。

"Voilà[1]!"鲁内脱下手套说,"佐罗的标记!"

每天早上和晚上,鲁内都会狠劲帮迪格比松解右手的手腕,把他折磨得大汗淋漓。这个瑞典人似乎很享受能有个房客跟他聊天,尽管他们的谈话都是单向的。一天晚上,鲁内走进屋里的时候面色惨白,右手捂着胸口倚靠在门框上。迪格比本能地要站起身去扶他,但鲁内挥手让他别管。"我喘口气就好……我有时候……胸口会不太舒服。天又热,我从诊所过来又是上坡路。一会儿就好了。"确实如此。

迪格比来这里十天后,鲁内说:"迪格比,今天晚上你没有晚饭。明天我们给你的右手动手术,这次我们得给你上全麻。"迪格比听了鲁内描述的计划,震惊不已。

乙醚一发挥作用,鲁内便对迪格比的右手进行备皮和清洁,然后在他左胸的皮肤上做了同样的操作。他用手术刀和手术钳煞费苦心地处理迪格比右手的手背,摘除他移植的点状皮片和侵入其中的瘢痕。"别难过,我的朋友,"鲁内嘀咕着,"你的皮片还是帮了点小忙的,要是没有

---

[1] 法语:好啦!

它们，你的肌腱就被封到水泥地里了，现在它们只是被杂草缠住而已。"一个多小时后，从手腕到指关节的右手背才暴露出来，红通通、血淋淋，肌腱裸露在外，但动作自由。鲁内把翘起的手腕往下按，它可以摊平了。

鲁内拿起迪格比的右手，手掌朝下放到他的左胸上，然后用记号笔在胸脯上描摹它的轮廓，将笔尖伸入张开的五指间的缝隙。

他将迪格比的手放到一边用无菌布覆盖，接着在他胸骨的偏左侧划出一道竖向的切口，也就是刚才画的手形轮廓的手腕位置。他把闭合的剪刀刀尖伸进切口左右滑动，将皮肤与肌肉分离，做成一个足够放进迪格比右手的口袋。然后他依照墨迹，在对应每根手指根部的位置作了小切口。现在，他将迪格比裸露的手塞进刚才切出来的袋状皮瓣，并把每根手指从小切口里拽出来。待他操作完成，迪格比的手便插进了自己胸口上的皮口袋，只有完好的五根手指露在外面，好像是戴上了一只无指手套。好一位年轻的波拿巴[1]，鲁内心想。他给他从肩膀到手肘都打上了石膏，连带躯干也包了进去，确保他动不了。

第二天，昏昏沉沉的迪格比下床散步，他的手困在自己身上的袋鼠育儿袋里，他打了石膏的胳膊肘像只翅膀。他经过木工坊时，所有居民看见他都停下了手上的活儿。他们纷纷走出来，脸上不对称的微笑和晃动的脑袋在说，我们已经见过这招啦。但是迪格比没见过，这不在任何一本教科书上。他们邀请他走进工坊，用马拉雅拉姆语滔滔不绝地说着什么。他的向导们一瘸一拐地带他参观车床、钻床、木锯，以及他们用自己的手艺制造的还没有上漆的桌子椅子。他们伸出手和脚，给他展示鲁内用他的手艺在他们的肢体上完成的作品。这样热情的招待让他受宠若惊。这显然不是出于对他的职业的尊重，因为他已经没有了职业。是

---

[1] 拿破仑·波拿巴的很多画像都是手插口袋造型，这种造型在18—19世纪非常流行。

因为他是鲁内的客人？还是因为他是白人？不对，是因为他和他们一样，受了伤，支着胳膊肘，残缺脱相。他们想让他看到他们也有用武之地，尽管这个世界用不上他们。他用脸上的表情和左手的手势来表达他的惊叹、他的敬佩。面对他们歪斜的、布满瘢痕的脸，他们僵硬、变形的四肢，他不知所措。他思索起自己的境况来。他在想，自己究竟是逃避还是找到了命运。

接下来的几天，他终于开始做一件之前无法面对的事情——给霍诺琳写信，信里还有带给穆图和拉维的话。用左手打字的难度，远远及不上用语言表达他的痛悔。

第一次手术二十天后，鲁内判断迪格比胸部皮肤的血管已经有了充分的时间，足以在他手背裸露的土壤扎根。将患者用乙醚麻醉后，鲁内切开困住右手的皮肤四周，放它自由，但这一回，它骄傲地穿上了有些肿胀但已经成活的崭新皮大衣。他从迪格比身侧剃下长方形的薄皮片，盖在他左胸血红的伤口上。不同于迪格比试图移植的点状皮片，这些长条填进胸部的盾形缺口后，收缩程度不会有那么严重。

迪格比被麻醉剂导致的恶心干呕弄醒了。他的上方出现了一张脸，一只温暖的手托着他的头，声音很熟悉。他以为自己是在做梦。他身体侧边火辣辣的，但右手似乎从监禁中解放了。他又睡了过去。他彻底清醒时已是黄昏，霍诺琳和蔼地低头看着他。他用左手触碰她的脸颊，想看看她是不是真实存在。紧接着，不知从何而来的泪水滚进了他的耳朵。他闭上眼睛，因为羞愧而不敢看她。

"好咯，好咯，嘘，行啦。眼睛睁开！没事儿的啊，孩子，没事儿。"她搂着他的头靠在自己胸脯上，直到他冷静下来为止。"迪格比，咱们走回鲁内那屋儿去，反正你腿能动。然后你就睡吧，咱们有的是时间。"

早上，他头还有些晕，但已经恢复了体力。看到右手和上面覆盖的新皮肤他兴奋不已，连胸口和身侧的刺痛都不算什么了。

"哎哟，醒了呀？"霍诺琳端着托盘进来，"感觉还好不，孩子？"他结结巴巴地想要道歉。"哦可别说了，行不？你是把我们给吓得够呛，还以为你要干傻事儿了呢，亏得你那个穆图什么都瞒不了我。我想着等你准备好了，你会联系我们的。现在赶紧吃点儿吧。"

他狼吞虎咽了一份煎蛋饼和两块鲁内自制的黄油面包配果酱。霍诺琳坐在他的床边，手指抚摸着他粗短的发茬。

"你这个迪格比，写那么一封信！给我看哭了都，说啥我也得亲自过来看看你。我都不知道你要动手术。"

"霍诺琳，我太蠢了——不，求你了，让我说完，说出来我还好受些。西利斯特和我是在杰布过世以后才在一起的，真的。在那之前我只见过她两次，都是正常社交。我第一次见她就爱上她了，可能是因为我确信什么也不会发生吧，"他苦笑，"本来也确实什么都不会发生，可她跑来警告我克劳德要把我列为离婚案的被告人。他根本不在乎这是诽谤，也不在乎玷污她的名节！"意识到自己愤怒的语气中的虚伪，他脸红了。"总之，她那次来，克劳德的谎言就成真了。"

霍诺琳早就急着想插话，这会儿她赶紧打断他："迪格比，你还老把这些事儿翻出来干吗？没错，你是犯了大错，后果很惨重；没错，我们是生你的气，对你失望，这话我也不藏着掖着。但是在收到你那封信的很久之前，我就已经都无所谓了。你是人啊！人哪有不犯错的，世上不是独你一个。你应该被原谅，我们都应该被原谅。我不知道你还能不能原谅自己，但你得试试。这话我必须给你说明白了。"

迪格比迫切想要知道西利斯特的孩子们的现状，但霍诺琳听说的也不多。他们没有时间来参加她的葬礼。迪格比不知道自己想要听到什么。是他们发誓要为母亲复仇？他们知不知道她在这段婚姻中有多凄惨？他们会不会因为她的出轨而对她另眼相看？西利斯特的鬼魂一直萦绕着他，但从未像现在这般明晰。

霍诺琳惊讶于他对杰布死因的听证会竟一无所知,但迪格比之前确实一直都躲着全世界。

"我还以为就是走个过场,毕竟出了那么些事儿。"霍诺琳说,"克劳德看起来糟糕透了,主要是喝多了,不是难过的——唉,这么说有点儿缺德。他满嘴谎话,迪,场面可难看了。他全怪到你身上,说你一来就和她一起背叛了他,说杰布的事情是你想摧毁他的事业,而他还花了那么多时间教你做手术!对,他就是这么说的。"迪格比哭笑不得。"他说,杰布的死是很不幸,但脓肿就是有一种众所周知的并发症,会削弱动脉血管。第三方的病理学家反驳他,说杰布身上没有脓肿,只是动脉瘤上方出现了组织坏死。他说是克劳德切开了动脉瘤,才导致杰布死亡。虽然动脉瘤不进行治疗也可能会破裂,但不会是在那一天。"她有些哽咽,"然后就轮到我了。我说你把我叫到手术室,因为我们都认识杰布,而且你觉着那不是脓肿,但是阿诺德不肯好好听你说。我把我看见的都描述了一遍。还有你才没跟克劳德学什么,他根本都不动手术,你是在综合医院跟拉维昌德兰学的。拉维也在场,所有人都往他那儿瞅。拉维自说自话就站起来,说全是真的,而且他放心让你给他自己和他家里的任何人动手术,说你的医术是真的好。说得不错,迪格比,你真的是好。"

霍诺琳证词中最有杀伤力的部分,是克劳德面对喷涌的鲜血呆若木鸡,反而是迪格比和她自己冲上去竭尽全力。

"他们叫医院主管把克劳德手术室和病房的登记簿都交上去。咱俩都知道是怎么回事儿,但眼瞅着那么多张纸全是空白的,还是挺壮观的。委员会还没做最终决议,天知道为啥他们要那么久。但是他们当庭就建议让克劳德停职,可不是病假,是停职。哦,对了,你是无定期病假,你烧伤住院的时候就自动开始算了。"

霍诺琳第二天晚上回去了。接下来的几天,迪格比的手只能受得了最轻柔的按摩和拉伸,除此之外什么也做不了。他必须耐心等待,反正他现在有的是时间。

迪格比已经和鲁内住了一月有余。他很担心这位年龄翻他一倍的瑞典人。不止一次,他看到他走路时突然停下,等胸闷的"那一下子"过去。一天傍晚,两人坐在起居室里,迪格比聊起这件事却被鲁内岔开了话题。于是,迪格比没再说话,只是看着鲁内拿棉通条清理他的烟斗,又放入烟叶压实,最后用两根火柴绕着斗钵转了一圈点燃。他从容地做着这套协调、复杂的动作,几乎不假思索,迪格比觉得自己是永远也学不会的。清甜的缕缕烟雾弥漫开来。

鲁内端详着他年轻的同事。小伙子大战前不久才出生,刚要满三十岁。鲁内来印度的时候都已经快四十了。他觉得自己对这位苏格兰的青年有种父亲般的感情。最初相见时,他身周还矗立着缄默的高墙,如今这些墙已经慢慢倒下。精神的痊愈也是可以看得见的,鲁内想,就像人能看见伤口痊愈一样。

"说起来,迪格比,你喜欢圣毕哲吗?"

"喜欢。"迪格比原本以为,圣毕哲只会是他旅途中的驿站而不是终点,但不知为何,在他住在这儿忍耐手术和疼痛的日子里,圣毕哲越来越像他的家了。他是一个贱民,住在一群贱民之中。"我觉得这里都是自己人,鲁内。"

"哦?你是瑞典人?怎么不早说?"

迪格比的笑声也更有人味儿了。

"我是格拉斯哥人,生在错的那一区。"

"我去过格拉斯哥,那儿有哪个区是对的吗?"

迪格比用双手给两人倒上酒。"你知道我的意思。我在这里看到的每一只手都像是自己的。你口中的这些'院民',他们就像是……是我的兄弟姐妹。"他觉得难为情,便不说话了。

"他们是的,迪格比,他们也是我的兄弟姐妹。"鲁内将酒一饮而尽，咂了咂嘴唇。"手是神意的表达，"鲁内说，"但是你得使用它们，你不能让它们和土地登记办公室的职员一样闲坐在那里——上帝保佑。我们的手有三十四块独立的肌肉——我数过，但是任何动作都不是单独完成的，永远都是所有肌肉集体行动。在你意识到之前，手就已经做出反应。我们要解放你的双手，迪格比，就从让你做一些自然的、日常的动作开始——尤其是你的右手。那么，你喜欢用你的手做些什么呢？"

"做手术。"迪格比的语气不自觉地流露出苦涩。

"好的，还有呢？绣花？"

"呃……很久以前，我喜欢画点东西，涂点东西。"

"太棒了！这些门啊墙啊早就该重新漆漆了。"

"涂水彩，还有炭条。"

"啊，很好！那这就是我们的下一步。最好的复健就是做大脑和手都熟悉的事情，这样对两者都有好处。我这里刚好有位老师适合你。"

第三十三章　写字的手

1936年，圣毕哲

下午，迪格比新的治疗师从特塔纳特大宅步行过来了。她漆黑的麻花辫跳动着拍打肩膀，画具装在书包里。陪着这位九岁小老师一起来的女佣蹲在鲁内的围廊上，鼻子上捂着托土，目光四处扫射，仿佛一个哨兵。鲁内将年轻的外科医生介绍给比他更年轻的治疗师，让他觉得好笑的是，迪格比倒似乎是更害羞的那个。

鲁内围着埃尔茜团团转，又是热可可又是烤面包又是梅子酱。在他看来，里拉玛的离世夺走了这个开朗外向的女孩本该再多享受几年的纯真。她一度不知所措，仿佛一朵花瓣向内卷曲的花儿。在悲伤中，她找到了慰藉和天赋，这还得感谢鲁内送给她的素描本、炭条和水彩。埃尔茜觉得没有正式宣布的必要，但她已经打定主意要做画家。

埃尔茜铺开画纸，递给迪格比一根木炭条，然后就在他身旁坐下来开始画自己的。很快，各种人物便栩栩如生地走上她的画纸。看着她，迪格比想起了自己看顾抑郁的母亲的那段日子，那时的他难以自拔，不停地画。埃尔茜捕捉到了鲁内迈步的瞬间，他大步向前，胡子冲在最前面，朱巴宽大的衣摆在身后如风帆飘扬。这幅速写无论是速度还是精准度都令人惊叹。他的画纸还是空白。

埃尔茜又摊开一张新纸。她从鲁内的书架上抽出一本矮胖的书，迪格比从中认出了亨利·凡狄克·卡特的插图，它们将清晰的描绘与艺术技巧相结合，使得《格氏解剖学》成为一本经典。书中的文字迪格比早已淡忘，但插图他仍记忆犹新。埃尔茜是否知道，伦敦人亨利·格雷盗走了亨利·凡狄克·卡特的版税和署名？愤愤不平的凡狄克·卡特加入了印度医务部队，在这里度过了剩下的职业生涯，同时眼睁睁地看着自己的名字从这本标志性的教科书的后续版本上消失，尽管他的插图仍在里面。亨利·格雷在三十四岁时死于天花，而他的名字因为这本以他命名的书而得以永存。哪个亨利的命运更悲惨呢？迪格比思忖起来。是英年早逝但声名赫赫？还是完整度过一生，但自己最好的作品却无人知晓？

到了埃尔茜回家的时候，迪格比的纸上多了几条线和许多黑色小颗粒，都是他笨拙的右手握着木炭条捅得太用力而留下的碎屑。他想画一张凡狄克·卡特样式的头颈部肌肉的侧面图，但他脑海中的画面卡在了从大脑前往指尖的路上。

迪格比拾起埃尔茜留下的速写。一开始，他以为她画的是麻风病人的手，但是，方方的指甲、手背上浮肿苍白的皮肤、缝合的痕迹——这是他自己的手。他盯着画，既畏惧又着迷。抓着木炭条的肢体末端僵硬迟钝、瘦骨嶙峋，和米开朗琪罗在《创造亚当》中描绘的手简直是两个极端。埃尔茜的天赋令人震惊。小画家对作画的对象既无嫌恶也不畏惧——恰恰相反，她用明察秋毫的精准将迪格比的手不带偏见地、原原本本地表现出来。她接受这只手真实的样子。他还没有。

那天晚上，他收到霍诺琳寄来的信。他握着拆信刀费了半天劲，却把信撕成了两半。委员会裁决，克劳德·阿诺德将被印度医务部队开除。杰布的家属会获得丰厚的死亡事故赔偿金。"天知道克劳德接下来会干什么。"她写道。

这算不上什么慰藉。克劳德私下里还是可以在世界上任何一个角落继续行医。一个医术差到致命的外科医生仍旧行走在人间，随时可以再次杀戮。那你呢，迪格比？你比杀人犯好一点？撕开的信纸提醒他，他的双手现在最擅长的是毁灭。又一次，他念及西利斯特，从未远离的思绪将他吞没。如果那天她没有来，如果……太多如果。他的愧疚已经刻进骨肉，同他的格拉斯哥微笑一样难以磨灭。

第二天埃尔茜来时，迪格比指着她的速写说："你真的画得很好！"
"非常感谢。"她浅浅微笑，用学校里教的标准英语回答。迪格比意识到，他夸奖的不过是她早已知道的事实。她帮迪格比铺开新的画纸，接着却又说："请问，我可不可以……？"她把木炭条塞进他僵硬的拇指和四指间，炭条颤颤悠悠。他竭力想找到正确的力度，既不能折断炭条，又要想办法让它压实纸面，这在以前，不过是轻而易举、不假思索的动作。埃尔茜解开辫子上的丝带，紧咬嘴唇，聚精会神地将木炭条绕了几圈绑紧。然后她小心翼翼地将他的手放上画纸，仿佛是抬着留声机的唱针去触碰唱片。"现在请试一下？"一条歪歪扭扭的黑线出现，做动作的似乎只有他的肩部。笔尖受阻，停滞不前。她轻推他的小臂，想强行让它活动起来。另一条断断续续的线出现，但炭条歪向了一边——唱针折了。他抬起头，迎上她灰色的眼眸，她的眼尾上扬，瞳孔比他见过的大部分印度人都浅。她的眼里有同情，但没有怜悯。她不放弃。

她解下丝带，犹豫片刻，然后把自己的手放在他的手上绑在一起，她的手指支撑着木炭条，她的下巴带动脑袋摇晃，示意"现在再来"。他虽然听不懂马拉雅拉姆语，但理解这些简略的表达他是越来越在行了。

他的手（还是她的手？）在纸上的动作似乎更顺滑了，新的轴承支撑起了机械的转动。他的手驮着她的在整张纸上飞快移动，画出自由的巨大圆圈——这是热身，随意的嬉戏。她插进一张新纸，暖胎完毕的他们在空白的纸页上毫不费力地驰骋，用圆圈和S曲线将画纸涂黑，然后又在新的白纸上画满三角形、方形、立方体和打上阴影的金字塔。

他出神地看着自己的手在画纸上恣意放纵，沉醉于它现在仿佛力所能及的流畅动作。看到这样的手,他的大脑被唤醒了,各种景象、记忆、声音纷至沓来:迈林庄园的林子里即将迸裂的香豆蔻的豆荚;一群受惊四散起飞的八哥鸟;海浪打湿海滩的沙沙声;皮肤被十一号刀片划开。

一束阳光透过窗户打在纸上。这光斑一直都在这里吗?尘埃在光线里旋转,好似聚光灯下脱离重力的杂技演员,这画面美得使他屏住了呼吸。新的画纸替下了旧的,埃尔茜像是意识到了这些动作的疗效,知道现在绝不能停止。确实,流淌的木炭线条克服了他手腕和手掌的痉挛,化解了他大脑的冰封,泉涌的灵感顺着他的手臂倾泻纸面。他笑了,这一笑让他自己都觉得惊讶,而他的手——他们俩的手——现在挥动得有了思想、有了技巧、有了目的。

不知为何,一个女人的脸出现在画纸上。这不是西利斯特——她的脸他已经画了千百遍。不,这是他的母亲,她美丽的五官正逐渐清晰:惺忪的睡眼、高挺的鼻子、小巧且丰满的嘴唇——有这三个特征一定是她。勾勒发际线时,木炭条涂抹出一朵云雾,轻烟一般飘在她的额头上方,然后是长长的卷发勾勒在她的颧骨两侧。

这是他开心时候的母亲,是周三和他在加洛盖茨大街吃饭的老妈。如果她在,她肯定会喜欢这幅画,她会说:"画得多好啊,迪,你可式有能耐了!"这一场联袂炼金术、这一支双人舞从迪格比的手指沿着神经溯流而上,就是为了释放这张藏在枕叶皮层中的画像,将它从他的记忆深处勾取出来,为它打上爱与笑声的记号。

在医学院里,他背下了各种用于疾病诊断的表情和面容特征:帕金森病的面具脸;癌症晚期的希氏面容,特征是瘦削凹陷的脸颊和太阳穴;破伤风的 *risus sardonicus*——苦笑面容。可与这位少女系在一起,他重获功能与形式的手却织造出如此美丽的肖像。他抬头望向他的搭档。埃尔茜啊,你这同样承受了丧母之痛的小羊羔,你知不知道,我们竟然做到了时间也未能做到的事?这么多年来,我想到母亲,脑海中就只有一个画面，那一张脸盖过了她其他的所有模样，就是她惊悚而丑陋的遗容。

他母亲从纸面上走了下来。他闻到她叠羊绒衫时夹在里面的薰衣草的味道；他感觉再次回到了她的怀抱。原谅她，他听到有个声音在说。"我原谅她，"他说，"我原谅她。"无助的泪水从他的脸颊滚落。埃尔茜抿着嘴唇惴惴不安……他们的两只手构成的有生命、有活力的塑像跌跌撞撞起来，最后停下了脚步。迪格比用笨拙的左手扯开丝带把她松开。他努力想挤出一个让她放心的微笑。

圣毕哲没有人会忘记那一天。早晨，鲁内的歌声如往常一样响彻院区，歌声的源头是他小屋后面的露天洗澡间。大个子用浑厚的低音唱起 Helan Går[1]，他曾经说过，这首欢快的调子是瑞典的祝酒歌。在果园里的迪格比惊讶地听到三个和他一同做工的人也唱了起来。他们不知道这首歌是什么意思，但他们理解这种情绪：迎接新的一天的劳作。鲁内拿起水桶从池里舀水浇到自己的头上，给歌谣伴上了哗啦啦的水声。

可歌唱到一半戛然而止，紧接着是金属哐当砸落。整个医院的院民都愣住了。迪格比扔下锄头跑了过去。洗澡间有三面都竖着茅草篱笆遮挡。他看到鲁内一动不动地仰面躺在水泥地上，一只手捂着胸口，指间还抓着圣毕哲自产的肥皂。乘浪而来的歌利亚的心脏，那颗巨大的来自北欧的心脏，它停止了跳动。迪格比的施救也无济于事。

往常，太阳下山后的麻风病院是漆黑而寂静的，但那一晚，这里大门敞开，灯火通明。椰花酒贩子、店老板，还有村里其他喜欢这个瑞典大个子的熟人都来吊唁，即便这意味着他们要第一次跨过麻风病院的门槛。车从各个庄园驶来：弗朗兹·迈林和莉娜·迈林、撒切尔夫妇、

---

[1] 瑞典语，意为：一口闷。

卡里亚帕夫妇、福布斯全家、俱乐部的秘书、俱乐部的厨师和两个侍应生——他们都是鲁内的朋友，开了几个小时的车来到这里。来访者恭敬地站在小教堂外，哭泣的院民则纷纷走进教堂，坐满了他们亲手制作的长椅。葬礼由他们自己人主持。小教堂的空气中弥漫着新锯的波罗蜜木的木香，棺材也是他们在自己的木工坊里打的。

为鲁内扶灵的是他的院民，桑卡和巴瓦站在最前面。他们拄着拐，摇摇晃晃地、一瘸一拐地抬着棺材笨拙地走向墓园，那是前院紧贴墙边的一块空地。没有手指的手、挛缩成爪形的手、只有一截残肢不是手的手……那些手将绳子缓缓放下，埋葬了这位圣人留在尘世的遗骸。他献出自己的生命，只为让他们拥有更好的人生。院民的恸哭划破天际，触痛了旁观者的心，这是第一次，他们能够透过那些毁容的面庞认出自己。

在接下来的几天里，惊魂未定的居民都指望起了迪格比，就像他们曾经指望鲁内一样，而迪格比则倚靠桑卡和巴瓦。他让会一点英语的巴苏做他的翻译，鼓励居民们继续像之前那样生活，照顾庄稼、照顾果园、照顾牲畜。夜晚，当迪格比独处小屋，悲伤便倾泻而出。鲁内不仅仅是他的医生，更是他的救主，是他能倾诉的人，也是他所拥有过的最接近父亲的人。

也许鲁内早已预感到自己时日无多。他一定比任何人都更清楚自己心绞痛的症状，因为他的遗嘱才刚立不久。他储蓄账户中可观的钱款都捐献给了瑞典传道会，并且要求本金继续存储，利息则用于资助麻风病院。

迪格比给印度瑞典传道会打了电报，很快就收到了回复。

深表哀悼仁者世间少有我等将继续祷告等候乌普萨拉[1]指示

---

1 瑞典城市名。

他又给住在特里奇诺波利的传道会会长、驻印度主教写了封信,并附上了鲁内遗嘱中相关的部分。在结尾处他写道:

我是印度医务部队的外科大夫,目前因为非麻风相关的手部创伤处于无定期病假。奥尔奎斯特医生为我进行了两场手术,我非常敬爱他,也关心这里的居民。我现在在尽力维持圣毕哲的运转,提供基础的医疗看护。如果这能满足您的要求,我可以继续下去,但是我的双手将永远无法实施鲁内所做的那些手术。

十天后他收到了答复。传道会将派遣两名修女经营圣毕哲,未来他们希望能招募一位医生。迪格比苦笑一声,把信纸揉成了团。"你自己非要问的,不是吗?"

到现在为止,迪格比的病假还是无定期的,等这段假期结束,印度医务部队会怎么做呢?强迫他回去做某种医务工作?开除他,没有赔偿金?

这世界上没有他的容身之地了吗?连麻风病院都不行?

第三十四章　携手同心

1936年，圣毕哲

里里外外都湿透了的菲利伯斯抱着孩子站在门口盯着门牌，疑心自己是不是确实已经淹死了。也许河水终究还是把他们给吞了？门牌上写着：

സെന്റ് ബ്റിജിറ്റ് കുഷ്ഠരോഗ
ചികിത്സാ പരിരക്ഷാ കേന്ദ്രം.

在他的理解中这段话应该翻译成圣毕哲治疗中心/罹患麻风者之家，但下面写的英文要简洁得多："圣毕哲麻风病院"。这到底是通往麻风病院的门还是通往地狱的门？这两者有区别吗？

他的肺火辣辣的，但至少他现在大口吸入的是空气，不是河水。婴儿重得像块卸重石，发青的小脸也像石头似的纹丝不动。麻风病院不是应该有个医生护士什么的吗？里面肯定有癞子，这个他知道。要走进去，似乎就和把独木舟推到河中一样鲁莽。他到时候要怎么和大阿嬷奇解释，为什么自己要冒着生命危险去救船夫的孩子？阿嬷奇，我觉得那个婴儿就是我，我觉得我就要淹死了，喘不上气，要挣扎着浮上水面才能活命。我没办法！

他现在还是没办法。他推开门，抱着他的负担跑了进去。船夫根本不知道他们身在何处。天空阴沉昏暗，但零零散散地，光线从天幕的裂隙挥洒下来。在他们前方，有一幢瓦房立在中央，周围是些小一点的房子，像它的蘖枝。所有房子都刷了白灰，但是靠近地面的地方染成了土红。如果这里是地狱，那地狱还挺整洁的。他走进主楼。

"怎么回事？这里小孩儿不能进！你们过来干什么？"一个穿着蓝衬衣和芒杜的瘦子挡住了他们的去路。在菲利伯斯看来，他光滑而没有表情的脸就像是一颗鸡蛋，上面没有眉毛也没有头发。他一只眼睛是白色的，鼻子是塌陷的。船夫畏怯地往后缩。

"这个孩子要死了，"菲利伯斯说，"叫你们的医生来。"

"啊哟，我们的医生死了！"男人大喊，"你们不知道吗？他帮不了你们了。"

一个白人男子听见喧闹声，从另一边的房间走了过来。他大概三十岁，高个子，长相英俊，但两只摸索着系扣子的手伤痕累累，像是老年人的，他的眼睛陷在青黑的眼窝里。

船夫大叫："如果他死了，那这个白人是谁？快叫他帮帮我们，上帝慈悲！"

"我说的不是这个医生，是另一个，大个子医生。现在赶紧走吧！小孩儿不能进，我都说了。"

他的大嗓门震得白人皱了皱眉。他观察着浑身湿透、喘着粗气的陌生人：一个皮肤黝黑，个头矮小，上身赤裸，很瘦；另一个是穿着滴水的校服的男孩，湿漉漉的发绺黏在额头上。男孩的怀里抱着奄奄一息的婴儿，小宝宝眼神呆滞，像鱼摊上的青花鱼。

"戈翁，别吵了！"白人用英语对大喊的男人喝道，同时招手叫菲利伯斯走到光亮处。不管是哪种语言，他的意思都明白无误。"这到底是什么情况？"他自言自语地俯身看向婴儿。

"婴儿停止了呼吸。"菲利伯斯说，医生惊讶地抬起头，他脸红了。菲利伯斯还从来没有这样近距离地接触过一个白人，也没有和母语者说过英语。他甚至都心存怀疑，到底是不是真的有这样一个地方，所有的人都说《白鲸》里的语言。"婴儿的嘴里和喉咙里有很多白色的……藤壶。像鲸脂，但是是硬的，就像……皮革。我叉了几条出来，他呼吸了一点，但很快就再次停止了，先生。"

医生注视着男孩，对他奇特的措辞迷惑不已。叉了几条？他用笨拙的双手撬开婴儿的嘴，动作僵硬又别扭，动的不像是手腕而更像是手肘。他示意菲利伯斯把婴儿放到手术台上，自己则哐当一声把整个手术托盘翻倒过来，寻摸着什么。

"不是吧鲁内，没有气管导管吗？"白人念叨着。这位医生的古怪模样和这个地方相得益彰，就好像他和那些沾着土红裙边的白房子一样，都是从泥土里钻出来的，他的手还没有完全成形，泥巴还粘在上面。

"你！叉鱼的！我需要你帮我。"医生说。他蘸了点刺鼻的液体抹在婴儿的脖子上。"所以你们是亲戚？"他朝船夫歪了下头，问道。

"不是亲戚，先生。我径直往学校走，却似乎定要到达那个目的地。"他忍不住要用朗诵的语调，即便这其实不应该是他的口吻，而是以实玛利。梅尔维尔的文笔讲求韵律，狄更斯的更为平实，而菲利伯斯的英语则严重依赖他从两位的文字中收割背诵的段落。"指南针叫我听！跟着啼哭声，我看到了他的孩子。这位父亲他害怕河流……但是我，我被促使作此打算，然后我们坐进船儿，漂来漂去。"

"为什么找到这儿来了？"

男孩看起来一头雾水。"上帝开恩？"

医生做了个无言以对的表情。他拉下一盏灯，对准婴儿的脖子。他试图拿起一把器械，却拿不起来。他指了指，菲利伯斯便拿起手术刀递给他。

"你叫什么名字？"

"我叫菲利伯斯。"

医生的嘴唇嚅动，似乎是在练习名字的发音。"听着，得是你来操刀。"他说着，将手术刀塞回给他，刀柄在前。

"不行！"他喊得比预料中更大声。

"这孩子已经跟死了没什么两样了，"医生压低嗓门呵斥道，"你明白吗？你损失不了什么。就是现在这一刻，他的大脑已经开始死亡了。快点，你今天已经救了他一次。"

"但我是个学生，我不是——"

"你看，我的手不行，我刚动过手术，还在恢复。我没有麻风病。我会一步一步指导你的。"

那双蓝眼睛不容他质疑。医生伸出弯曲僵硬的手指，在菲利伯斯要切开的地方画了一条竖线，位置在颈部最下面连接胸骨的地方。"气管，就是那里，快！切！"

他见过沙缪尔切鸡脖子，但从来不是为了救鸡。他沿着想象中的竖线往下拖曳手术刀，然后心惊胆战地后退，等着血液喷溅、婴儿挥舞胳膊在屋子里乱飞。不，小宝宝没有一丝动静。

"太浅了，像拿铅笔一样拿刀，用点力，直到你看见皮肤被割开为止。再来！"

他照做。这回，刀片划过之处出现了苍白的线条，紧接着暗红色的血液绽开，如洪水决堤般涌出来。他觉得整个房间在旋转，胃里一阵恶心。医生完全不在乎出血，他用包了纱布的指尖把切口两边的皮肤拉开，露出了里面蜘蛛网一样的白色组织。

他递给菲利伯斯一把钝头的器械，形状像剪刀，但是没有刃。"把这个塞进去，然后撑开。"他用两根手指模仿器械的动作。菲利伯斯把闭合的器械滑进刀口的边缘，然后把它打开。他的动作一定是太过迟疑，因为医生僵硬的手爪攥了上来，将他引导到正确的位置。"张开，完全张开。"他感觉到组织被撕裂。更多的血漫了出来，深红色的，恶狠狠的。

"出血怎么办？"

"说明他还活着，孩子。"他一边说，一边拿着纱布像食蚁兽一样刨着创口，直到一条苍白的波浪形圆柱体出现在眼前，还没有吸管粗。

"这就是气管。现在，我们在前壁做一个小的竖向切口，只用刀尖。"看到菲利伯斯畏惧不前，他又说："气管里只有空气，没有血。但是别切得太深，我们只要一个很小的开口。"菲利伯斯还在犹豫，手爪已经抓住他瘦小的手，稳住了它们。两人合力，动作竟有些流畅起来，他们将手术刀尖戳进气管，然后它便像砍进树木的斧头一样卡在了那里。船夫蹑脚上前，惊恐地瞥了一眼儿子脖子上的刀口。

"停，不能再深了，"医生说，"现在我们很轻地往下划。"

刀尖下行，触感仿佛是切割轻木。菲利伯斯嘴里泛起一阵酸涩。他抬头想问，现在怎么办？

就在此时，湿漉漉的吸气声响起，不是在嘴里，也不是在鼻子里，而是在血淋淋的脖子里，空气从刀尖周围流入，冒着泡泡。婴儿的胸膛胀了起来。他吐气时，创口处喷射出一小股血流，菲利伯斯来不及躲，被喷了一脸。

医生提起手术刀，将它倒过来，把钝头的刀柄插进他们刚才划开的切口，旋转九十度，把切口撑开。在空洞的气管里头，还有厚厚的凝乳在和冒气泡的空气抢占地盘。医生拽出来一根橡皮筋似的长条，好像一条亚麻布带。顿时，空气便吵闹着从小小的开口进进出出，声音嘶哑而急迫。

"那就是白喉的假膜。这个病名的来源是希腊语的'皮革'[1]。你不是也用了这个词吗？'皮革'？你说出这个词时就已经做出了诊断。它是咽喉里脱落的坏死黏膜和炎性细胞纠缠在了一起。你听说过白喉吗？好吧，这个病其实很常见，现在已经有疫苗了，只有儿童得这个病容易死掉。"

他看到医生脸上血迹斑斑，想来自己也是一样。

"我们会得吗？"

"我们大概率在小时候已经得过了，只是不记得而已，所以我们是有免疫的。这个孩子营养不良，抵抗力不强。我们成年人因为气道更

---

[1] 白喉英文为diphtheria，源自希腊语diphthera（皮革）。

宽，就算得了也不会这么严重。"

医生拿起一根金属吸管，从气管的切口轻轻向着婴儿的足侧方向插了进去。气息嘘嘘地流过管道，尖利刺耳。婴儿的面色红润起来，然后他动了动腿和胳膊。

菲利伯斯震惊地看着孩子在他眼皮子底下复活。他的手上挂满了陌生人的血迹，光是瞄上一眼就让他一阵反胃。这个时刻既非比寻常，又令人作呕。他觉得自己仿佛随着刺鼻的消毒水味儿飘到了房间上空，正在俯视着孩子、父亲、医生和他自己的手。金属、血、水、泥、肉、肌腱、白色的皮肤、棕色的皮肤全都混在了一起。他没有任何胜利的喜悦，只想赶紧逃走。但是，医生又递给了他一把钳子，上面有弯形的针连着线，白人的手爪再次攥紧了他的手指。接下来的动作完全不是由菲利伯斯发起，但他反正照单执行，两人一起将管子缝到了皮肤上，关闭了创口。"你是我的捉刀人。"医生对他的助手说，但菲利伯斯全然不知这是什么意思。

婴儿的目光聚焦到了他们身上，他一脸的机警，似乎就要开口说话。这时，他发现了父亲的脸，立时就举起两只手来，嘴角向下一撇。他往肺里足足吸满了气，脸上已经摆好了号啕的表情……却没发出声音，只有空气流出管道。婴儿惊讶极了。

"你的声带被绕过去了，小家伙。"医生说，"欢迎回到这个乱七八糟的世界，也许你以后能改变它呢。"

第三十五章　对症良药

1936年，圣毕哲

菲利伯斯冲向外面的围廊，他的胃里已经翻江倒海。香料和胃酸灼痛了他的喉咙。他在屋顶的落水管下洗了手，漱了口。他的指甲缝里是一圈黑色的血渍。他发狂似的开始使劲洗。

等他抬起头来，一张恐怖的脸离他不过几英寸远，正斜睨着眼瞅他。这张鬼脸没有鼻孔，只有两只洞，它眼睛看不见，但歪着脑袋，似乎是听到了他的呼吸。菲利伯斯吓得尖叫，嗓子却像被掐住，只发出来几声咕噜。妖怪闻声踉跄后退，似乎比他更加害怕。

他必须离开这个地方，他必须回家。但他究竟在哪儿？

他们最开始遇到的那个癞子或者说看门人，也就是那个要赶他们走的，给了他答案，但是菲利伯斯不敢相信——绝不可能。另一个癞子走了过来，又确认了一遍。他们注意到，菲利伯斯对于他们竟如此熟悉道路很是惊讶。"我们哪里没有走过！你以为我们出门能坐公交车吗？还是轮渡？"他们的笑声令人毛骨悚然。他和癞子唯一的交流仅限于往他们的锡罐里扔过硬币，谁知道他们居然还能思考，还会说话呢？他回家的道路将异常曲折，因为朴拉特大桥被冲垮了。他得往相反的方向走五英里[1]，再往回走个大概十英里。没有公交车会经过麻风病院的。他的心沉到了谷底。居然还担心上学迟到呢！现在回家都不知道是夜里几点了。

医生出来找他。"菲利伯斯，对吗？顺便，我的名字是迪格比·基

---

[1] 约8公里。

尔戈。你能帮我翻译一下吗?"他们回到屋里,船夫在安慰他没出声但其实正在哭泣的儿子。"告诉他,我相信二十四小时之内就可以把管子撤掉了,在那之前,他最好留在这里。"

船夫说:"我还有什么办法呢?我的船没有了,生计也没有了,但又怎么样呢?我儿子还在,对吧?"

基尔戈医生注意到菲利伯斯心绪不宁、坐立难安。菲利伯斯解释原因后,迪格比说:"我们会送你回家的,你今天挽救了一条生命呢。"他说下午应该会有一位名叫昌迪的朋友从山上的庄园回来——他开车。医生保证昌迪的司机会送他回去。

等待是漫长的,尤其是他拒绝了迪格比提供的所有食物和饮料,因为他害怕被传染。太阳出来了,天空万里无云,仿佛早晨的大雨只是个无聊的玩笑。他在果园里找了片阴凉地儿,最后实在渴得不行了,就从井里打上来一桶水,用手捧着喝了几口,还得小心不能碰到桶边。热浪烘烤着车道,泥泞的沟壑被晒成了硬壳。

下午过半时,一辆车开了进来。开车的人高大、阔绰,他下车后就走进了迪格比之前进去就再没出来的小屋。菲利伯斯拼读着车上的商标:"雪——佛——兰。"这个词很眼熟。干脆的尾音让它有种动感。它听起来就像他想象中的美国:那个国度一定到处都是勤劳刻苦、志向远大的人民,就像提斯伯利人或者马撒葡萄园岛的居民一样。这辆车的模样,仿佛是一位脱下华服和普拉雅在泥地里并肩劳作的富豪。车的翼子板都不见了,轮胎和肠肠肚肚都暴露在外,糊在上面的泥巴厚得堪比椰贩库里安的牛车。长长的车头底下探出一把钩子。前座铺着防水帆布,上头坐着某种发动机。车尾焊上了金属挂车,装着汽油罐、绳子、一把手拉葫芦……和一个面无表情蹲在那里注视他的黑黝黝的人。要不是这人眨眼时眼白一闪一闪的,菲利伯斯都发现不了他。

迪格比带着昌迪一道出来了,昌迪用马拉雅拉姆语和菲利伯斯说话，问了他家住哪里。"好的，放心，末内，我们会送你回家的。你在这儿等着，我待会儿回来。"

等昌迪总算回来时，都已经五点了。他刚洗了澡，米色的丝绸朱巴波光粼粼，浆洗过的芒杜白得耀眼。他的手腕上松松垮垮地戴着一块金表，颜色和他手里的555牌香烟交相呼应。菲利伯斯坐进后座，旁边是一个穿着蓝白色校服的女孩。她的头发乌黑油亮，从中间五五分，在耳朵边扎了两根麻花辫。这显然是昌迪的女儿了。她冲基尔戈医生笑了笑，对方正朝她挥手。她比菲利伯斯小几岁，但她干脆利落的举止，和她打量起他来毫不避讳的目光，都让她显得更为老成。这下他更害羞了，除了小末儿，他还从未有机会和一个女孩子坐得这么近。

引擎隆隆作响，菲利伯斯不由得想起河水的咆哮。他们一上路，菲利伯斯就倚靠着大开的车窗，把头伸到了外面。风撩起他额头上的头发，吹扬了他的嘴角。这是他人生里头一回坐车。

昌迪的声音和引擎一样响。"那什么，末内，"他扭头说，"医生说你救了那个库提的命？"他转过身来对菲利伯斯咧嘴笑了笑，浓密的小胡子下闪烁着一颗金牙。

"医生把手放在我的手上面，教我怎么做。"

女孩的手指拂过他们之间的座椅，菲利伯斯难以置信地看着它们靠近。然后，她的手指就跑到了他的手背上，一个接一个地按下他的指头，好像在弹风琴。他还没反应过来，她已经又把手收了回去，实验结束。她拿起一本笔记本。

"末内？"昌迪喊道。菲利伯斯猛地一怔。昌迪不会以为是他先碰了他女儿的手吧？"那个小孩儿治好了吗？"

"还没有。医生说白喉产生的毒素损伤了神经和心脏，但一切顺利的话，那个孩子会恢复的。"

"埃尔茜也得过白喉。你还记得吗，末丽？"她饶有兴趣地抬起头。"你那时候六岁，一开始就是嗓子痛而已，我们都不知道那是白喉，到了第二周不得不带你去看医生了,因为你每次一喝水,水都会从你的鼻子里冒出来。"他哈哈大笑,嗓音洪亮,埃尔茜对菲利伯斯露出一抹微笑。"结果说是你的腭咽闭合不上,暂时的神经损伤,就像阀门堵住了一样。"

菲利伯斯格外在意埃尔茜的一举一动。他有种冲动,想去摸她茂密、光滑的头发。这个念头让他羞红了脸。他感觉到她在观察他,这更是让他难为情。他努力把注意力放到飞驰而过的房屋上,尽力体会这种比乘公交车更直观的风驰电掣。雪——佛——兰。

当帕兰比尔熟悉的屋脊线映入眼帘,他必须强忍着才能保持镇定。他不曾设想,眼前的景象竟会如此让他感慨万千。过去的两年里,他总是心痒痒地想去冒险,想像乔潘一样四处漂泊,甚至要走得更广更远。但这一天的早晨差点就成了他最后一个早晨。不管怎么说,他都是应该被淹死的。哪怕是麻风病和白喉,都比不上暴涨的河水凶险。当他从独木舟里跳出来,双脚落在坚实的土地上的那一刹那,他就已经知道自己侥幸逃过了一劫。但直到此时看到帕兰比尔,他才真正感觉到安全。他一直以为,等自己长大成人,他会生活在繁忙的城市,远离家乡,去一个熙熙攘攘的地方。但直到这一刻,他才明白帕兰比尔对他有多重要,就像他的心、他的肺,不可或缺。游子离家,福祸自担。

这条路上走过牛车,走过马车,走过手推车,还走过一头大象,就是从来没走过机动车。菲利伯斯望见围廊上聚集了好些人,一定是亲戚们怕有坏消息,远近全来了。看到车辆驶来,他们都愣在原地,像是森林里一窝受惊的懒熊。他看到双胞胎乔治和兰詹手拉着手的身影,有个纤瘦的人影是多莉珂查嫲,旁边那个矮些的是他母亲,更矮的是小末儿。独自立在旁边的,是正经珂查嫲更硕大、圆润的轮廓。木坦里,还有一个孤零零的身影在守望。是沙缪尔。

看着儿子从车侧的踏板走下来，大阿嫲奇却动弹不得。直到他向她跑来，她才终于恢复了活动的能力。她抱紧他，感受他实在的躯体。"末内，末内，真的是你？你受伤了没有？到底是怎么回事？"她捂着喉咙表达她的痛苦，说："阿嫲奇-提-提努-波伊！"我吞了火！

小末儿两手叉腰，气呼呼地在他腿上打了几下，可紧接着她就跳到了他怀里，吐着舌头大笑起来。连正经珂查嫲都把他紧紧揽到胸前，十字架戳着他的脸颊，她身上的科蒂库瑞牌香粉混杂着汗水熏得他快要喘不上气。沙缪尔站在一旁，喜悦的泪水滚滚落下。菲利伯斯伸出一只胳膊搂住他。"沙缪尔，我没事。"

他听说他们沿着他上学的路一直走，沙缪尔找到了雨伞和丢在路上的包饭的香蕉叶。他们搜寻了水路的两岸，害怕找到最坏的结果。他母亲说："明天我们去帕鲁马拉教堂。我发了誓，如果上帝送你回来，我一定要去感谢他。"

菲利伯斯担心，帕兰比尔在昌迪这样的人看来恐怕很是寒酸，人家可是开雪佛兰的。但昌迪就像到了自己家一样，仿佛他是这家失散已久的亲戚，而不是帮上帝把迷途的孩子送回来的使者。"啊哟，珂查嫲，"他用浑厚的嗓音对大阿嫲奇说道，"你知不知道，你的这个儿子可真是个英雄！"他绘声绘色地给聚在一块儿的亲戚们讲了一个精彩绝伦的故事。他讲得是那么肯定，连菲利伯斯这个在现场的人都开始改信他的版本了。而昌迪最巧妙的本领，是他竟然只字未提麻风。最后，他结语道："珂查嫲，这是主的指引啊，你儿子一定会成为医生的，不是吗？多好的天赋！"

菲利伯斯觉得无数双眼睛看了过来。他努力挤出一个礼貌的微笑，但心里却在瑟瑟发抖。他从来都没有过一丁点想当医生的愿望，就算他有，这天早上的经历也足以治好这个念头。

女人们去厨房帮大阿嫲奇准备茶点。趁她们不在，乔治用大拇指和食指打了个"一点点"的手势,同时头指向一边,昌迪见状,也稍稍歪过脑袋、挑了挑眉毛以示回应。双胞胎不知上哪儿拿来了早上采的椰花酒,到了这么晚,酒水已经发酵得比暴躁的山羊还烈。菲利伯斯看到厨房端出来的盛宴都惊呆了:鳌子上刚烙出来的阿帕姆,炖肉,新鲜出锅的乌派栗——炸大蕉片,芒果泰拉,煎鱼,烤鸡。他明白,这些食物肯定是周围几家一起筹备的,他们是准备好了要守过漫漫长夜,甚至应对噩耗。

到了客人们该离开的时候,昌迪喊了起来:"埃尔茜,你在哪儿呢?"小末儿在围廊上回答:"她在我这儿!"

他们看到埃尔茜坐在小末儿的长椅上,腿蜷在蓝色的百褶裙下,正在不停地画画。小末儿踩在椅子上站在她身后,胖嘟嘟的手往埃尔茜的辫子上绑着小末儿的丝带。她们周围散落着各种速写,都是小末儿要的:卖比迪烟的贩子、大象、她的娃娃……全都精巧地跃然纸上。埃尔茜把所有画作卷起来,拿了一根小末儿的丝带捆好。

"切奇,"小末儿这样叫她,就好像她才是姐姐,即使小末儿的年龄已经够做她妈妈了,"波吾-阿诺?"

"对,"埃尔茜说,"我必须要走了。"

"那你能快点回来吗?"

埃尔茜左右摆了摆头,意思是她会的。

小末儿回应以同样的动作,说:"波以代-瓦。"那走了再回来。

之后,应小末儿的要求,菲利伯斯解开了画卷。第一幅画里的人他认识:这是一个男孩的侧写,他的脸迎着风,眼睛半闭着,额前的头发在风的吹拂下向后飘扬。他还从未看到过别人眼中的自己,这个他和镜子里的他太不一样了。鼻孔和嘴唇周围的笔触简洁得让他惊叹,它们留下了想象的空间让看画者自己填补细节的阴影。埃尔茜抓住了那一刻的动感、那一刻的速度。她用自己的方式描绘出了他的眼睛、他眉毛的角度、他额头上焦急的褶皱,为后世记录下了这一天的惊慌和恐惧。这是前所未有的一天,差点也成了他人生的最后一天。虽然她是无意,却捕捉到了他赤裸裸的迫切心绪——他要回家。

第三十六章　阴间没有智慧

1936年，圣毕哲

　　瑞典传道会的修女来了，迪格比去跟巴瓦和桑卡道别。他又去找了其他人，酒坊的、谷仓的、果园的、菜地的。他刚到圣毕哲的时候，都分不清这里的居民谁是谁，因为畸形，他们的长相似乎都差不多。但现在，他认识这里的每一个人，也了解他们各自独一无二的性格：阿谀奉承的、和稀泥的、清心寡欲的、暴脾气的——这里真是什么样的人都有。不过作为一个集体，他们又都调皮捣蛋，爱开玩笑。反正，鲁内在的时候是这样。

　　他感谢了每一个人，谢谢他们对他的接纳。他双手合十，目光注视他们，表达他的谢意和离别的哀伤。在这个颠倒的世界，狰狞是微笑，丑陋是美好，残疾的比健全的更卖力，但眼泪是一样的。作为回应，他们放下了工具，尽可能地将两只手并排放在一起。他感动地看着他们不对称的"合十礼"，有些人手指蜷曲，有些人手指没了，有些人手没了。瑕疵是我们这些人的烙印，是我们秘密的记号。鲁内说过，他从没有比在圣毕哲看到过更显明的神迹，原因正是在于瑕疵。"上帝说，'我的恩典够你用的。因为我的能力，是在人的软弱上显得完全。'"如果迪格比再虔诚些，这个想法还挺令人感到安慰的。

　　刚来圣毕哲时，迪格比什么也没有。他独自在鲁内的小屋里，回忆他们一起度过的那些因为梅子酒和浓郁的木质烟草香而温缓舒徐的夜晚。鲁内离世前的几天，就是在这样的一个夜晚，迪格比问了那个他在迈林庄园见到他时曾问过的问题。"我还能再做手术吗？"鲁内沉思良久，烟雾团团升起，像漫画里还没填上文字的对话框。然后，他用烟斗柄敲了敲脑袋。"迪格比，我们之所以和其他动物不一样，不是因为我们拥有对生拇指，而是因为我们的大脑，大脑才是我们成为优势物种的原因。重要的不是手，而是我们想用手去做什么。你知道我们圣毕哲的格言是什么吗？是《传道书》里的，'凡你手所当作的事，要尽力去作。因为在你所必去的阴间，没有工作，没有谋算，没有知识，也没有智慧。'"

行前，他还有最后一点告别要做。昌迪和儿子有事出门了，特塔纳特大宅只有埃尔茜和女佣在。他坐在围廊上埃尔茜的对面，惊讶地发现自己在她面前是多么笨口拙舌，就好像他才是那个九岁的，她倒像是二十八。她耐心地等着，眼神里透着成熟，有一种远超她年龄的智慧与淡然。

"我是来道别的。我……你知道，鲁内的手术修复了我的手，但是埃尔茜，是你让这只手重获了生机。"他伸出了右手。当她灵机一动将两人的手绑在一起，将手掌贴上他手背新的皮肤，她的举动点燃了他僵硬的手指，击碎了锈涩与死寂的阻碍，让他的大脑和手再次有了连接。他想让她知道，当他看到画纸上母亲美丽的面庞，他终于擦去了蚀刻在记忆里的那张怪诞的遗容，那个曾将其他所有关于她的记忆阻挡在外的画面。可现在，热血涌上他的脸颊，这样私密的坦白他似乎不好意思说出口。也许等埃尔茜再大一点吧，如果未来还有机会相遇的话。他把带来的礼物递给年轻的治疗师。

埃尔茜解开包裹。她认出是鲁内那本《格氏解剖学》，惊喜得瞪大了眼睛。迪格比相信，她有亨利·凡狄克·卡特那种特殊的天赋：如实再现绘制的对象，让它自己张口说话。

埃尔茜嘴唇微动，默念书上的赠言，那是迪格比绞尽脑汁写的。第一句引自著名的苏格兰诗人罗伯特·彭斯，后面的句子来自苏格兰另一个不会在历史中留下痕迹的人。

"有些书是彻头彻尾的谎言,有些弥天大谎则从未在纸上呈现。"

但我保证这本书以真理至上,因为我对它了若指掌。

献给埃尔茜,她让我领悟,过去与当下携手共步。

永远感恩,

迪格比·基尔戈

1936年,于圣毕哲麻风病院

她将厚重的书本抱在胸前,下巴抵在书上,像小孩子抱着洋娃娃。她抬眼看向他时,她的表情替她说了感谢的话。

他起身离开,她放下书送他出门。她把手塞进他手里,好像那是世界上最正常不过的事情。到了外面,她松开了手。

他觉得自己的灵魂脱离了系泊的木桩,只剩下他自己随波逐流,没有船帆,没有地图。

第三十七章　出师不利

1937年，尽此庄园

新年前夜，弗朗兹和莉娜张罗了晚宴，邀请的都是最亲近的朋友。这个日子令人悲喜交加，因为它也是鲁内的生日。昌迪在山下有事来不了，但其他常客都到了——卡里亚帕夫妇、切里安夫妇、格蕾西·卡特赖特（但卢埃林没来）、比·达顿和罗杰·达顿、艾萨克夫妇、辛格夫妇——大家都围坐在莉娜的餐桌边，胳膊肘支着织花桌布。烛台的火光映照他们的脸庞，像一幅伦勃朗的油画。他们举起梅子酒为鲁内干杯，用笑声与泪水将他缅怀。

迪格比也在，他三周前就到了，再次占据了尽此庄园的客舍。他和之前那个披着被单、浑身焦黑的生物判若两人。之前，他在迈林的客舍里与世隔绝，除了克伦威尔谁也不见，直到鲁内把他领走。这一次，他跟弗朗兹和莉娜共进了每一餐，和弗朗兹开车跑遍了庄园的每一个角落，观察了他在品茶室的举止言谈，陪他出席了每周一次的茶叶拍卖。剩下的时间，他和克伦威尔一同骑马出行，领略了茶叶、小豆蔻、咖啡豆错综复杂的采收技术。每天清晨，他雷打不动地画一小时素描，即使不指望他的手指动作优美，他也希望能恢复一些流畅性。他原本计划回马德拉斯和霍诺琳住在一起，但迈林夫妇坚持让他留到鲁内生日这天。如果哪天他的病假结束，他完全不知道之后会怎么样。

这会儿在新年晚宴上，羞涩的迪格比在宾客的请求下，借着酒劲一改往日的拘谨，生动地描绘起鲁内只有他知道的那一面。迪格比提到了鲁内高超的手术技艺，他比画的双手本身就是瑞典人医术的见证。他甚至腼腆地解开衬衣，让大家看他左胸上光滑泛红的盾形伤疤。（"耶稣的神圣之心!"格蕾西捂着胸口惊呼道。)"他是唱着歌走的,"迪格比说,"那一刻的他和之前任何时刻的他一样充满活力……"他哽咽了,再也说不出话来。

随之而来的寂静即使在弗朗兹倒了一圈白兰地后也没有被打破,所有人再次无声地为鲁内举起酒杯。夜晚的静谧在四周脉动。贝蒂·卡里亚帕点燃一根火柴探向杯中金色的残酒,蓝色炽焰如鬼魅般蹿过白兰地的表面,沿着杯壁上下跳动,最后消失于无形。

在1937年新年最开始的几个小时里,他们仍旧围坐在桌边,气氛从怀旧变成欢庆,而后又似乎入了圣境,仿佛他们血液中的酒精含量已经跨过某道门槛,足以解放他们神秘的天性。就在这凌晨时分,这些种植园主的话题又回到了他们最熟悉的事物上:他们生活的山坡;肥沃而慷慨的土地。桑贾伊提起了"疯狂米勒"这处偏远的园子,说它现在要卖掉是个多么千载难逢的好机会——当然价格必须得合适才行。接着,在一系列迪格比和其他人后来都回忆不起来的步骤之后,他们成立了财团,在餐巾上草拟了章程,并且全体通过了他们的第一项决议:迪格比和克伦威尔将作为财团的代表,像刘易斯和克拉克[1]那样踏上征途,面见米勒本人并考察疯狂米勒。

新年的第二天,克伦威尔和迪格比带上备用胎、汽油、露营装备,驾驶迈林的雪佛兰启程。西高止山脉平行于海岸线,绵延四百英里[2],大部分都是葱翠的原始森林,但其中也散布着十几片庄园聚集区,都是上世纪一些大胆的冒险家开辟的。那些拓荒者沿着只有"部落"的原住民才知道的象径爬上高山,在肥沃的缓坡上圈占了上等的土地。但是,如果他们不赶紧爆破山石、挖通隧洞、修建"之"字形的弯道、剖开一条西高止山路,他们划给自己的土地就毫无价值——他们必须想办法把劳

---

1 刘易斯和克拉克奉杰斐逊总统之命,率领西部探险队完成了美国国内首次横跨大陆西抵太平洋沿岸的往返考察活动。
2 约644公里。

工从山下弄到五千英尺[1]甚至更高的庄园,再把茶叶、咖啡豆、香料搞到山下的市场。第一批园主或是以象征性的价格卖掉土地,或是直接将大片的地块白送出去,以求让合作伙伴一同负担建造、维护西高止山路的成本。最大的几片庄园聚集区分别是瓦亚纳德、海韦维斯、阿纳马莱、尼尔吉里斯和肉桂山——最后一个就是迈林夫妇和他们朋友的庄园的所在地。

他们出师不利,刚上路引擎就出了问题,但克伦威尔坐在树底下,把化油器拆开、洗干净又重新组装,给它修好了。克伦威尔是巴达加斯人——这是尼尔吉里斯山区里的一个原住民部落,居民彼此关系紧密,实行集体耕作,自豪于从不曾与人为奴。迁居在外的巴达加斯人则成了优秀的焊工、木工、机械师、店老板,声名远播。迪格比觉得克伦威尔很好相处。他之前的雇主说他"堪比克伦威尔家的人",因为他果敢而巧妙地化解了一场危机,事件的主角包括雇主的儿子、一名已婚妇女和一位愤愤不平的丈夫——这段故事是迪格比听莉娜说的。而卡里亚贝塔在明白了这个比喻的含义后,认定他喜欢"克伦威尔"更甚于自己的本名。现在连他母亲都叫他克伦威尔了。

他们在小溪边露营过夜。第二天中午,他们来到了一片高山脚下,这里犬牙差互的山峰让迪格比想起苏格兰陡峭的大红岩峰或是洛赫纳加山。疯狂米勒就在云雾中的某处。格哈德·米勒是一个早期拓荒者,却从未投资修路,坐拥一大片永远无法开发的庄园——所以说疯狂——他和妻子靠着给部落居民传讲福音,勉强苟活。他儿子贝尔纳德也就过得稍微好了那么一点点。他到处寻找合作伙伴,报的地价却又把潜在的合作对象吓跑。他修了一条不配称之为路的山路,每逢雨季就会垮塌。如今,贝尔纳德·米勒突然决定要把庄园全部卖掉,搬去柏林,回到他从未见过的家乡。他的要价在三个月里降了三次,他的绝望可见一斑。

---

[1] 约1 500米。

事实证明,前往米勒家地产的路属实难走。他们爆了一次胎之后,在迷雾里徒步走完了剩下的路。我在这里干什么呢?迪格比思索着。他知道自己再也做不了外科医生了。这么长时间以来,他都一门心思专注于手术,根本想象不出自己还能从事医疗系统的什么其他岗位。比起做全科医生,每天看一百个门诊,给病人开些药膏和洋地黄之类的,做种植园主倒还更诱人一些。如果他想逃避过去,这些山峦是再好不过的藏身之所。他气喘吁吁,吃力地跟上克伦威尔的脚步。要是米勒同意财团的出价,计划是让迪格比来经营庄园,克伦威尔给他做经理,假以时日,他还可以分到一块地产作为回报。如果米勒答应了,那迪格比就把这看作是天意,相信这是他命中注定的事业。鲁内会赞成的。凡你手所当作的事,要尽力去作。

下方的河谷,脚底的岩石,眼前的高山,这一切的存在都将比他更长久。以这片土地的维度衡量,他微不足道。在这里,"羞愧""内疚"这些字眼都毫无意义。所谓名声,不过就是一道转瞬即逝的蓝色火焰,一个消散在白兰地酒杯里的幽灵。

第五部

第三十八章　帕兰比尔邮局

1938 至 1941 年，帕兰比尔

那个日后将被称作振兴大师的男人，和妻子绍莎玛低调地搬来了帕兰比尔。谁能想到，仅凭一个人竟能将他们的社区振兴到如此程度？无需多久，大家便都想不起他的教名了。这对夫妇原本幸福地生活在马德拉斯，结果绍莎玛的哥哥忽然过世——酗酒。他没结婚，也没孩子，所以，绍莎玛就这样继承了突如其来的遗产。房子的宅基地和周围的两英亩农田坐落在帕兰比尔的最西边，离河很远。那是菲利伯斯的父亲在人生的最后十年，或卖或送，转给亲戚的十几块地之一。

要大阿嬷奇来说，绍莎玛那个已故的哥哥活得还没有一块洗衣石积极。他留下的房子破败不堪，但地界里的木材林和椰子树都还不错。这对夫妇第一次来拜访大阿嬷奇时，他们家两个孩子的良好举止给她留下了深刻的印象。他们一男一女，分别是七岁和九岁。绍莎玛的长相讨人喜欢，她很爱笑，看上去朝气蓬勃。她的丈夫虽然在英国大公司工作多年，为人却和蔼谦逊。大阿嬷奇介绍了菲利伯斯，说她的梦想就是以后他能去马德拉斯学医。振兴大师激动地说："那可太棒了！马德拉斯医学院是全国历史最悠久的。我去过一次，看到有个英国教授带着他的学生围在病床边……"他的声音弱了下去，因为男孩勉强的微笑让他怀疑菲利伯斯恐怕对学医并无兴趣，只是太过礼貌不想反驳他的母亲。

他们搬回来后不久，振兴大师就从政府发展办公室拿到了一笔贷款——谁知道居然还有这种东西？他买了一头牛，花钱给家门口修了新路，重建了房子。他邀请邻居们一起申请财产税评估，却遭到嘲笑。正经珂查嬷说："好大的胆子！这家伙在马德拉斯待了几年，就觉得他可以少交税了！"只有大阿嬷奇愿意加入他的申诉，和他一起分摊审查和印花文件纸[1]的费用。申诉成功了。那些说风凉话的人听到能省下多少钱以后，纷纷吵着要振兴大师帮忙。"没问题，"他说，"下一次评估是两年后，我们有充分的时间做准备。"

就在振兴大师和绍莎玛搬到此地的时候，特拉凡哥尔的老百姓曾经根深蒂固的观念也正在发生转变。报纸的选择多了，读报的人也多了。不识字的人总能找到一家有人大声读报的茶馆。报纸里，反对英国统治的声浪日益高涨，世界距离战争只有一步之遥，这类新闻甚至渗透到了最小的村落。读书识字正在改变几代人都不曾被扰动的生活方式。这一点的证据，振兴大师对绍莎玛说，就是他在茶馆经历的一幕："长椅上那家伙打着赤膊高谈阔论——我看他就是想给我显摆，他说，'王公就是英国人的走狗。我支持甘地！上周甘地去海边的时候怎么没人叫我？我也要去！盐就在那里，凭什么要交税？'可怜的家伙，我都不忍心告诉他，甘地的食盐游行都是八年前的事了，但光是他知道有游行这件事，就已经是进步了！"

振兴大师发现菲利伯斯求知若渴、喜欢读书后，他深表赞赏，还和他分享了自己对阅读的激情："读书就是打开知识的大门。知识可以增长稻谷的产量；知识可以对抗贫穷；知识可以拯救性命。这里的哪一户人家没有因为黄疸或者伤寒失去过他们所爱的人呢？可惜的是，没有多少人知道元凶是受到污染的水和食物，卫生条件好一点也许就能避免疾病！"

大师对社会公共事业的热忱让他像磁铁一样吸引着菲利伯斯和他的伙伴们。青年们将振兴大师的格言当作自己的座右铭：一教一，共进步。这位新邻居鼓励他们成立基督教青年会和基督教女青年会，创建帕兰比尔公共图书馆暨读书角，这些组织的根据地就是他家地里的半间棚

---

[1] 印度的一种有价政府文件，购买时相当于缴纳了相关的政府印花税。

子，门口骄傲地挂着一块同时宣告三家机构的存在的牌子。今年十五岁的菲利伯斯带领他基督教青年会的小伙伴给每一家挖旱厕，立志于消灭夜肥，杜绝钩虫感染。基督教女青年会的女孩子们则致力于宣传食物处理和贮存知识。

棚子的另一半是振兴大师的办公室。高高的文件柜边上摆着一张小桌子，桌子上如神像一般端放着他珍贵的打字机。靠着这台设备，他的请愿书像雪片一样飞向政府的各个分支，要求修路、建卫生院、办健康教育、设公交站以及施行各种改善措施，所有文书用的都是最为拿腔作势的帝国英语。"末内，"振兴大师给他最忠诚的小跟班菲利伯斯解释他的办事哲学，"você想实现社会变革，你必须理解金钱的第一要义：没有人愿意对钱放手。丈夫给妻子钱也好，你给理发师钱也好，王公给英国人付什一税也好，他的政府给我们钱也好——谁真心愿意掏钱呢？我管这个叫'阻力'。我们的村民不知道，政府是理应资助市政项目给我们改善生活的。要不然我们交税干什么？这钱就是在预算里的！但是，秘书处的职员看到我们的拨款申请，他就会产生阻力。那家伙会想：'啊，那些帕兰比尔的人这么长时间都没有桥，不是也活得好好的？要是这笔拨款给到我表哥，桥修到我们村，我们的地不就升值了吗？'末内，这就是为什么我每封信都要打上'抄送王公阁下'几个字，还要'抄送'所有比收信人大一级的官员。这样那家伙就会多想一想，对不对？"菲利伯斯听入了迷，问大师复写件是不是也寄出去了。"啊，"大师眼里闪过一丝光，"其实根本没有复写件，但是他们不知道啊。"

振兴大师邀请王公（这次确实把复写件抄送给了一大群官员）来给"帕兰比尔首届施肥、灌溉及畜牧新兴技术年度博览会"剪彩时，连大阿嫫奇都担心他这次是不是太过火了。大师安慰她说他根本没指望王公真的会来，他只是想让那些被抄送的官员协助他把展会办起来。

没有人比振兴大师更震惊，王公居然真的接受了邀请！在那难忘的一天，人们衣冠楚楚地从四面八方赶来；久病卧床的也爬下病榻，亲自去见证斯里·奇提拉·蒂鲁纳尔阁下的王室访问。在他们的想象里，王公肯定和学校、商店、政府办公室随处可见的上色照片长得一模一样：温和的面庞、被酥油喂得胖嘟嘟的脸颊，头上高高地缠着饰有珠宝的头巾，胸前挂满奖章，斜挎一条肩带。然而，他们却目瞪口呆地看到一个敏捷、自信、没戴头巾的二十多岁的年轻人从王室的车里跳了出来。他身穿一尘不染的小立领黑外套、卡其布马裤和锃亮的棕色皮鞋。他对每一件展品的每一个细节都表现出真诚的兴趣与好奇，让观众们愧疚得不得不真的仔细看起了展览。王公柔软亲切的眼神和害羞的微笑流露出了他对子民的喜爱。就是这位王公，在仅仅两年前曾公然不顾宗亲和谏臣反对，大胆发布《入庙宣言》，允许所有印度教教徒进入寺庙，不论种姓。这一革命性的举动惹恼了婆罗门，而甘地对此深受感动，说这位王公比他更应该被称作"摩诃阿特曼"——圣雄。

在整个参观过程中，年轻的王公始终确保振兴大师站在他身侧，任由后头的地区官员推搡着胳膊肘往前挤。王公阁下在讲话时提到了大师的名字，还将帕兰比尔振兴乡村的进步精神誉为"特拉凡哥尔的榜样"。报上刊印的阁下与振兴大师的合照，被裱上相框挂在了公共图书馆兼青年会会所。就是在那一天，这个又出主意又做苦功、最后成功把王公带到他们这个偏僻小地方的男人，被冠上了振兴大师的名号。现在，没有人想得起来他的教名了。

在他来到帕兰比尔的四年后，也就是王公历史性访问的三年后，振兴大师给大阿嬷奇提出了他最大胆的想法：如果他们统计一遍所有家庭的人口，包括普拉雅和工匠，再列出磨坊、锯木坊、只有一间屋子的小学校舍、茶馆、裁缝铺和其他所有设施，再数出所有牲畜的数量，那么也许，帕兰比尔可以刚刚够格算作一个"行政村"。他给大阿嬷奇解释了拥有这个名号的好处，她听后立刻送上祝福。在她眼中，振兴大师继承了她丈夫对这片安居之地的愿景。大师从每家每户要到了必需的签名,如果有人犹豫,他就搬出大阿嬷奇的名字。怀疑他的人说:"这有什么用呢?变成行政村,是能让公鸡按时打鸣,还是能让稻谷自己丰收?"

在耗费一森林的纸张、七个月零六天的时间、许多趟大师往返特里凡得琅秘书处的公交车之行后,帕兰比尔获得了"行政村"称号,并随之得到了王公金库拨出的"乡村振兴"资助款。唱反调的人没话说了。由政府出资的工人修建了涵洞和排水沟,新的路基将不再被大雨冲垮。附近的河渠被扩建、拓宽、清淤,两岸用崭新的石砖墙加固,往来的驳船将会更多。新的称号还带来了一间"安查尔"邮局和一个拿政府工资的邮政局长。几代人以来,特拉凡哥尔的王公一直都是通过安查尔邮政系统寄信:送信人持铃铛手杖,凭王室法令畅行无阻,只不过这几年送信人也会乘公交车、火车、轮渡。安查尔邮局还能让他们搭上英属印度邮政系统,帕兰比尔的居民可以往印度甚至海外的任何一个地方寄送信件——再也不用麻烦阿辰来来回回地从戈德亚姆教区捎书信了。

为新办公楼举行落成典礼的这一天到来了。新楼只是一个单间,门牌上书"帕兰比尔邮局"。振兴大师坚持要让身为帕兰比尔族长的大阿嬷奇来剪彩。大阿嬷奇此生拍的唯一一张照片第二天出现在了报纸上。乍一眼看去,站在照片中间拿剪刀的人好像是个笑着的小女孩,她身后那群高大的成年人更衬得她个头矮小。但那确实就是大阿嬷奇,她脸上焕发的骄傲更是确凿无疑。

照片见报的那天夜里,她将它紧紧握在手中,开始与上帝的对话。"我已故的丈夫既不会读也不会写,但他心里有梦,对吗?现在,他的梦结出了连他自己都无法想象的果实,"她热泪盈眶,"我多希望他能看到。"

一般来说,上帝是沉默的。但在这天夜里,她清晰地听到了上帝的声音,就像前往大马士革途中的保罗一样。你丈夫能看到。他看到了你。他在微笑。

第三十九章　地理与婚姻的命运

1943年，科钦

备战状态下，科钦的每个裁缝都在缝制军装。振兴大师和菲利伯斯四处搜寻，想买菲利伯斯上大学穿的衣服，但每一家都拒绝了他们。有个裁缝建议他们去犹太城试试。于是他们穿进香料市场，望着堆在高大仓库内的一座座胡椒山、丁香山、小豆蔻山目瞪口呆。他们驻足于此，观赏古老的仪式：买家在卖家面前蹲下，握住他的手；卖家将他的托土盖到两人手上。手指静悄悄地打出传承几百年的手势，无需共通的语言，要价和还价就在扭动的托土下你来我往，避开其他买家的打探。

犹太城的一个裁缝有他们想要的成衣。他们又从杂货店买了铁皮行李箱、铺盖卷、被单、皮凉鞋、蓝色的洗衣皂、白色的香皂、牙膏。"再也用不着绿豆洗头水和炭粉牙膏咯，我的朋友！"振兴大师兴奋地说，他正尽全力逗年轻人开心。

大阿嫲奇原本抱着热切的愿望想让儿子学医。他救了船夫的孩子，那就是上帝在指明他的使命。但菲利伯斯觉得，上帝告诉他的明明是相反的意思：他根本忍受不了各种疾病的样子。在那次事件之前，他就属于神经比较脆弱的，在那之后，他更是一看到血就要晕倒，必须得赶紧坐下才行。还有一件事也让大阿嫲奇丧失了说服力，那就是船夫的孩子在六个月后因为腹泻去世了。如果一定要说他儿子有什么使命、对什么有激情，那便是纸上的文字和它们将他和他的听众带到遥远国度的魔法。"阿嫲奇，我读到最后一页的时候从书中抬起头来，时间才只过了四天。但在这四天里，我经历了三代人的故事，学到的关于这个世界和我自己的事情比在学校里的一年都多。埃哈伯、季奎格、奥菲丽娅，还有其他的角色,他们死在了纸上,是为了让我们有希望活得更好。"尽管冒着渎神的危险,他还是获得了她的祝福,选择了文学专业。他申请的是著名的马德拉斯基督学院——柯西萨尔就读、任教的地方——并且递上了老人写的推荐信。被录取时,他狂喜不已,但到了离家前的两周,大阿嫲奇和振兴大师注意到,菲利伯斯的欣喜已经变成忧惧,看起来郁郁寡欢。振兴大师想尽了一切办法去安慰他。

下午三点,振兴大师和菲利伯斯搭一辆人力车从旅社前往火车站。科钦又炎热又潮湿,一切都没精打采的,连苍蝇都保持不了飞行的高度,翻滚着落到了地上。店里的伙计刚吃过午饭,耷拉着眼皮,和港口上的水泥墩子一样纹丝不动。这个城市要等到傍晚天气转凉时,才会焕发生机。

但在新埃尔纳古勒姆南站的站台上,出发在即的邮政列车掀起了属于它自己的狂风。脚夫头顶行李神情严肃,摇摇晃晃地跑过站台。一位罗密欧举着花环飞跨过一辆手推车,以百米冲刺的速度去向爱人告别。英印裔的工程师踮起一只脚尖,全身探出驾驶室,以画家调色的目光检查火车的烟雾,随时准备拉动缓解制动的链条。

"吹第一声哨子了。"振兴大师兴致勃勃地说。他站在三等卧铺车厢外的站台上,透过窗栏依依不舍地望向车内。菲利伯斯坐在窗边,是隔间里第一个到的,其他七位旅客才刚进来,还在收拾。

振兴大师小声说:"等明天早上到马德拉斯的时候,你们就变成幸福的一家人咯,肯定的。"菲利伯斯没听清他的话,疑惑地挑起眉毛。振兴大师提高了音量:"我说,我真的特别想把你一直送到那儿,大阿嫲奇提了……但是绍莎玛……"他挥手赶跑脑海中她眉头紧锁的画面。"你会过得很开心的!"他拍了拍车厢外皮,好像拍一头可爱的小牛。"我跟你说,我在火车上睡得最好了。"

振兴大师穿了西裤和有领子的衬衫——菲利伯斯从没见过他穿这么

正式的衣服——还把一块手帕叠成长方形垫在领子下面吸汗。"第二声哨子晚了呀。"他看了看表说。就在这时,他们听到了几百只靴子的踏步声,站台瞬间被印度士兵行进的队列塞得满满当当。那些沉默、黝黑、强悍的军人手持步枪和装备,似乎毫不关心周遭的环境。他们当中有三分之一是留大胡子、缠头巾的锡克人。第四步兵师的红鹰标志喷涂在队伍后面手推车里的行李箱上。"啊,怪不得。"这些军人曾被调遣至英埃苏丹,为从意大利手中解放阿比西尼亚[1]而战。他们见过死亡,也曾亲手将它奉上。现在,第四步兵师的目的地是缅甸,日本人正在那里大举进攻。战争在帕兰比尔是那么抽象,此刻却写在这些勇士的脸上,一下子又变得那么现实。

振兴大师用拇指的指甲盖捋了捋他的小胡子。他注意到菲利伯斯正不自觉地模仿他。不过在他看来,这个年方十九的年轻人与其修整他那点儿小绒毛,还不如剃干净了更好。但谁又能怪他呢?没有胡子的男人是裸露的、脆弱的,就像没有经过洗礼的孩子,灵魂岌岌可危。

"顺便,"振兴大师说,"把这封信收好,以防万一。这是写给我朋友莫汉·那雅尔的,如果遇到麻烦了就去找他。他开了一家萨特卡尔旅舍,就在埃格莫车站附近。"菲利伯斯把信收了起来。振兴大师叹了口气:"哦,马德拉斯……我可真怀念哪!玛丽娜海滩,摩尔集市……"

菲利伯斯还是第一次听到他这样遗憾的口吻。"那你为什么离开呢?"

"就是啊,为什么呢?我有份好工作,有退休金……但是每个马拉雅里人不都梦想着回家吗?我父亲没有地留给我,绍莎玛能继承帕兰比尔的地产对我们来说就是梦想成真,是上帝的恩赐。"

"对我们来说也是,"菲利伯斯轻声说,"我母亲一直这样说。"

---

[1] 埃塞俄比亚帝国又称阿比西尼亚,是当代东非国家埃塞俄比亚联邦民主共和国和厄立特里亚的前身。

振兴大师连忙摆手否认，心里却很高兴。忽然，车厢往前一冲。大师将手伸进去，握住菲利伯斯的肩膀。"我们都为你骄傲！帕兰比尔也有上马德拉斯基督学院的人了。到时候你就是我们家族里第一个有学位的人！我们就好像都跟你上了这趟车一样。上帝保佑你，末内！"

车厢以蜗牛的速度前进，大师亦步亦趋地跟着。看到菲利伯斯脸上害怕的神情，他很是懊恼。"别担心，末内，一切都会好的，我保证！"直到他的被监护人的手早已经看不见了，他依然在久久挥舞着手臂。

振兴大师想哭，想跑起来去追那趟火车。他的人好像被撕成了两半，但不是因为菲利伯斯。一半的他，更好的他，渴望跳上列车，继续他曾经的职员生活，回到"就是以前的东印度公司"去上班。另一半的他，形单影只，弯腰驼背，穿着已经系不上扣子的裤子，沮丧地站在人去楼空、只有一只流浪狗作陪的站台，不愿去想回家的场面。

他闭上眼睛，便能闻到"就是以前的东印度公司"（他喜欢这么叫，波斯特尔韦特父子公司念着太拗口）账本装订绳的皮革味儿。作为穷苦渔夫的儿子，高中学历的他能成为一名职员是非常杰出的成就。他和绍莎玛在马德拉斯很幸福。和所有马拉雅里人一样，他们幻想着能回到"上帝的国度"置一份产业，回归他们出生的葱郁之乡，拥有一方长着茂盛的大蕉与卡帕的后院。每到周五，他会和绍莎玛去玛丽娜海滩，坐在沙子上彼此依靠，甚至还会牵牵手。卖彩票的小车路过，他们就会买下一张，再说一句祷告。待他们到家，他们总是毫无例外地要缠绵一番，绍莎玛的发丝透着海风与茉莉的味道。

绍莎玛得到遗产时，他们该怎么做是毫无疑问的。他们中了彩票。他辞了职，两人同朋友道别，然后搬到了帕兰比尔。乡村振兴让他有事可做，但他怀念马德拉斯办公室的喧闹，怀念中介和代理——有英国人也有本地人——来来往往。他是国际贸易这台大引擎中的小螺丝钉。回到家，他会把一天发生的趣事讲给聚精会神的绍莎玛听。当然，他从不提布洛瑟姆,那个穿着紧身胸衣印花连衣裙的英印裔速记员,她给他的笑容总和给旁人的不一样。布洛瑟姆为他打开了想象力的大门。哦,他脑海中编织的那些东西啊!当他和绍莎玛亲热时,他有时会想象布洛瑟姆正在他耳边说些撩人的情话,因为和绍莎玛在一起,他们的亲昵时刻总是死一般的寂静。现在,到了帕兰比尔,连布洛瑟姆都消失了。幻想远离了源头总是难以长久的,中了彩票也不会永远幸福。

"地理决定命运。"他的领导J.J.吉尔伯特总爱这么说。振兴大师觉得应该是"地理决定个性"。因为马德拉斯的绍莎玛,那个会在他从办公室回来前沐浴洁肤、嚼一颗丁香、穿上干净的纱丽、往头发里插一朵茉莉的绍莎玛,逐渐变成了帕兰比尔的绍莎玛。她整日只穿宽松的查塔和芒杜,纱丽和上衣之间露出的细腰不见了,服饰强调出的胸与臀的曲线也看不到了。在马德拉斯,他们只是偶尔去去教堂,但现在绍莎玛坚持每周日都要去礼拜,还要行晚间祷告。她还和以前一样体贴入微、俏皮可爱,但她开始逐渐插手生意上的事情,那些事她原本都是任由他去管的。一开始只是一些小事,比如取消他下给普拉雅的命令。接着,就在不久前,他从特里凡得琅回来,发现绍莎玛竟然把椰子的所有收成全卖给了那个椰贩库里安。振兴大师又震惊,又受伤,又愤怒,但是他什么话也没说。他决定用缄默来惩罚她。就在第二天,反囤积法令颁布,椰子价格大跳水,打了椰贩库里安和其他人一个措手不及,而他们,多亏绍莎玛,正好躲过一劫。但那不过是运气而已,并不能为她的行为开脱。那天夜里躺在床上,仍旧保持缄默的他,出于习惯去搂她。很多个夜晚,确切地说,是大部分夜晚,尤其周六和周日,他们都会亲昵一番。每次她都会摆出惯常的姿势,他以为那就算不是渴望,至少也说明她愿意。但在那一夜,当他轻柔地去揽她的腰,她却没有转过身来。他又拉了拉她。"你满脑子就只有这些东西吗?"她背对着他,用她那戏谑、困倦的语调说道,"都有两个孩子了,该消停了吧。"

他惊坐起来,她这话不是前戏,是没戏!难道她的意思是,这么多年来他和她做爱对她都是折磨？他打破自己的沉默，对着她的后背愤然发问。"什么？这么多年来，我按照《哥林多书》说的，主动履行我作为丈夫的职责，现在倒落得个好色之徒的名号？"她纹丝不动，他更是火冒三丈。"如果你是这么觉得，那你记住我的话，绍莎玛，从现在开始，我不会主动碰你了！"她慢慢转过身来观察他，他的威胁让她惊慌——至少他以为是这样。"对，我在玛·格雷戈里奥面前发誓，我再也不会主动了。从现在开始，绍莎玛，你主动。"她面露惊诧之色，然后甜甜地笑了笑，说："啊，瓦拉里、瓦拉里感谢。"非常、非常感谢。她专门用英语说"感谢"，弄得这句讽刺更伤人心。她转过身去，继续睡觉了。

他立刻就知道自己犯了天大的错误：绍莎玛从来就没主动过。再加上她新近奉行的基督规矩，她以后更不会了！他几乎一夜没合眼，而她恬然安睡如无罪之人。早上，她笑着给他端来咖啡。就算她有悔意，他也没看出分毫。现在，他自找的禁欲生活已经持续了一年多，感觉就像预演死亡。随着时间流逝，他对她的感情已经麻木，但他的欲望一丝不减。睡梦中，他在肉欲的道路上愈加堕落；清醒时，他将所有的精力都投入到了乡村振兴。

这会儿，载着半个他的火车已经远去，振兴大师觉得自己正在土崩瓦解，他的心是如此沉重。乡村振兴这一件事足以振奋他的精神吗？就算哪天王公赐予他正式的头衔，他的痛苦会减轻吗？他人生中最好的时光，已经结束了吗？

走出车站，他的视线被河边一棵椰子树上钉着的牌子所吸引。粗犷的箭头上方是几个手写的字母：ഔട്ട്。喀乐。椰花酒。他沿着碧波潋滟的河渠往箭头方向走，过了一会儿，他看到了高高的芦苇丛中歪倒的棚屋，同样的标牌像波图一样点在它的额头。坐在昏暗的店内，他独自饮酒，这还是头一回。一个在家里生活充实的人，是没有理由坐在椰花酒店的。他拿起竹筒，猛灌了一大口。椰花酒本身没什么不一样，但在这天下午，他惊讶地发现这混浊的白色酒水竟化作了神奇的灵药，恢复了他的平静，抚慰了他的悲伤。自从和绍莎玛那令人扼腕的一夜之后，他的胸口就像压了一块大象那么重的石头。如今，坐在这阴郁的酒家，借着椰花酒的劲儿，那块石头滑落了下去。在那一刻，他知道自己坠入了爱河，不是每一段外遇都需要第二个人。

第四十章　负面的标签

1943年，马德拉斯

菲利伯斯睁开眼时已是早晨，他们正轰隆隆地疾驰经过马德拉斯郊县繁忙的铁道口，车窗外掠过街道和低矮的楼房。无论从哪个方向看去，天空和地平线都一览无余，一棵椰子树都看不到。马德拉斯这块调色盘是单调的：泥地是棕色的，柏油路覆盖着棕色的尘土，刷了白灰的房子也沾着一层棕色。这里似乎没有小溪，也没有河流。火车头雷鸣般穿过城市的隧道，汽笛声在其间震耳欲聋，然后他们钻进飞机库一般庞大的中央火车站，车站本身就是一座城。缠红头巾的脚夫蹲在站台边一动不动，他们的鼻尖离呼啸而过的车厢只有几英寸远。听到一声哨响，他们便像猴子似的跳进车厢，看也不看乘客，只管互相龇着尖牙，争抢着攻击行李。

他的脚夫长着白色的小胡子，就像火车头的排障器。他头上顶着菲利伯斯的行李箱和铺盖卷，在站台的人群中左右穿梭。各种噪声击打着菲利伯斯的耳膜：金属轮子的手推车发出刺耳的吱呀声，它的轮轴尖叫着乞求润滑油；尖利的哨子时不时响起；小贩吆喝着；孩童号啕着；体形奇大的乌鸦厚颜无耻地嘎嘎叫着，扑食地上的香蕉叶上剩的米饭；脚夫没完没了地喊着："瓦日，瓦日！"——让开，让开！——所有这些声响，又都被头顶上方大喇叭里播报列车到站和其他通知的惊雷般的声音淹没。菲利伯斯的感官受到了袭击，他的头晕晕乎乎的。

所有的站台最终都汇合到水泥地面的站厅，它比三个足球场还大，上方的钢梁支撑起五层楼高的金属顶。这里的士兵比在科钦站台上的还要多。沸腾的人流成群涌动，犹如尸体上的蚂蚁，汇聚成细流和漩涡，绕过一座座静止的小岛——那些驻扎在行李箱上的旅客。有一座岛屿是一家子剃了光头的人，看上去就像几只裹着橙黄色裰裸的鸡蛋——他们应该是从蒂鲁伯蒂或者拉梅斯沃勒姆过来的朝圣者。他的脚夫又绕过一群坐着不动的五彩斑斓的吉卜赛人，其中有一个穿火红纱丽的女人，瞪着眼线浓重的黑色眼睛端详着菲利伯斯。她坐在一只木箱上头，膝盖蜷起，两腿张开，仿佛她的座椅铺着长毛绒的软垫，而她是不修边幅的王公夫人。他移不开自己的目光。她故意撩起她的红色纱丽，对着他伸出了舌头。湿润的粉肉舔过洁白的牙齿，他惊愕的表情让她哈哈大笑。这才是车站，乡下小子，你还没看到外面呢。在她的凝视下，他成为文学家的理想就像个笑话。他的鼻子、眼睛、耳朵、身体所经历的一切，都不是语言能描述得了的。如果他现在能立刻转身回去，登上一辆返乡的火车，他会的。

"哎！哎！哎！"有个人在喊，他转过头，看到一个脸色通红的矮胖白人男子，他头戴草帽，脸上的神色紧张万分。这个人指着什么东西，还在不停地喊。他亚麻西装上的扣子快被他水桶一样的身形给绷开了。菲利伯斯怀疑白人是不是都是冷血动物——他怎么能穿那么多层？那个人一把拽过菲利伯斯，同时，一辆载着金属箱的推车擦身而过，车上的尖角划破了他的衬衫。推车的几个脚夫冲着菲利伯斯大吼泰米尔语，它和马拉雅拉姆语很相近，足以让他明白他们是想叫他把头从屁眼里拿出来，好听见外面的声响。他们应该是已经对他吼了一阵子了，但是四面八方都有噪声袭来，他怎么能听得到？

白人使劲指了指他的耳朵，意思是，用用它们！

心有余悸的菲利伯斯匆忙跟上脚夫，寻空隙钻进了有三层楼那么高的包裹堆，塞满包裹的黄麻布袋以缝线封口，侧面写着紫色的字。机器的汗水、火车头的叹息、人潮的蒸汽侵入他的双肺。等他终于走到外面，他回头看向了刚刚离开的这座熔炉一般的红砖建筑。中央火车站的钟楼是他见过的最高的人造物体。他宁愿走路回家，也不想再踏进那里一步。

他搭乘人力车和电车到达塔姆巴拉姆的郊区，走进马德拉斯基督学院，和其他新生一起在财务办公室外面等着交学费。别的学生都在为一件他没想过的事提心吊胆：来自高年级学生的长达一个月的霸凌，或者叫"捉弄"。振兴大师提醒过他做好心理准备，他忘了。

果然，一走进他被分配到的宿舍，圣多马公寓，一群高年级学生就领着新生去了"茅坑"——公共盥洗室，要求他们剃掉胡子，再把两鬓剃到耳垂上方一英寸，这样他们看起来就像被拔了毛的鸡，非常好认。接下来，他们像教官似的对他们大吼大叫，教他们在见到学长时必须行的新生礼，敬礼的动作包括一边跳高一边抓住自己的睾丸。这一切让菲利伯斯觉得震惊，却也有点好笑。他的一些同班同学吓得直发抖，有一个还晕倒了。住进宿舍的几小时后，他已经在忙着给楼里同一翼的学长跑腿：他要给坦加韦卢买烟，再给理查德·巴普蒂斯特·迪利玛三世洗内裤。

周日早上，新生要帮学长刮胡子。学长们坐在椅子上，在围廊一字排开。菲利伯斯操着剃刀，任务棘手，因为理查德·迪利玛三世没有一刻是安静的，他不断跟路过的高年级学生大声打招呼，喉结上下滚动。菲利伯斯和其他新生就像是底层劳工，隐形地为主人做着卑贱的工作。

"我说，弟兄们，有没有人要去圣多马山弗洛里小姐的馆子？"迪利玛说，"处男打折。哎，丹比，新学年开个好头啊！"丹比和其他高年级学生没理他。菲利伯斯艰难地想要拿稳剃刀。迪利玛注意到他，大笑起来。"嘿，菲利伯斯，你要是不会做事，读书又有什么用？"

"是的，先生，是的。"菲利伯斯结结巴巴，他感觉自己脸红了。

迪利玛盯着他，流露出一丝似乎是怜悯的表情。他小声说："听着，小鬼，你要是没去过弗洛里，这辈子就算白活了。不说别的，你至少得知道大婚之日该干什么吧。我是说真的，不捉弄你。我带你去，我请客,怎么样?"菲利伯斯舌头打结,说不出一句话来。迪利玛等了一会儿却不见回答,自觉被冷落的他顿感羞辱,站了起来。"菲利伯斯你知不知道,日本的飞机在两周前刚刚轰炸了锡兰?他们那只是给我们看看他们能飞多远而已。要是他们今晚轰炸我们,那你死的时候就是一手鸡巴一手黄书的死处男,打着手枪去投胎吧。傻子,过了这村没这店。"

菲利伯斯瞥了一眼修面的镜子里自己的脸。他看到了火车站里坐在木箱上的吉卜赛女人对他吐出舌头时看见的形象:一个被吓破了胆儿的小男孩,现在还裸露着嘴唇,剃光了太阳穴,这人注定到死都是处男。

他们的第一节课"英语语法与修辞"是所有大一新生的公共课,不分文科理科。上课的地方是一座老旧昏暗的礼堂,半圆形的木头椅子沿着阶梯一直排到了屋顶。课程表里写的讲课人是A.J.戈帕尔,但布拉特尔斯通教授,也就是他们的校长,会先简短地致一段欢迎辞。少数几个女生坐在第一排,男生占据了后面的位置,但是中间和她们隔开一排,就好像她们有什么传染病。菲利伯斯沦落到了最后一排,坐在最高处。两个男人走了进来——一个是高高瘦瘦的印度人,显然是戈帕尔,另一个是白人。菲利伯斯一下子就认出了他——是那个在中央火车站救下他,让他没被车撞倒的男人,他还叫他用用耳朵来着。他现在竟和戈帕尔一样,在西服外面披上了黑色的导师服!菲利伯斯尽力让自己别显得太起眼。

他的同学都开始记笔记了,显然是戈帕尔说了什么。但他说了什么?他偷看了一眼同桌的笔记本。"第一节答疑课,周五2 p.m.。"他抄写这句话的时候,这位同桌突然用胳膊肘推了推他,手指向讲台。"嘿!那不是你吗?你是菲利伯斯吧?"菲利伯斯抬起头,发现教室里的每一双眼睛都在盯着他。戈帕尔肯定是点了他的名字。菲利伯斯噌地站起来,说:"是,先生?"

"说'到'就行了,"戈帕尔严肃地说,"你会说吗?"

"到，先生。"

布拉特尔斯通教授看向菲利伯斯，久久没有移开视线。他的眼睛一移向别处，羞红了脸的菲利伯斯就和同桌耳语道："我没听到戈帕尔讲话！"

"小事而已，别担心。"那个同学回答，但他脸上又是怜悯又是想笑的表情证明事实并非如此。这才不是小事。所有人——包括布拉特尔斯通——都转过来盯着他的时候，菲利伯斯只希望椅子下有个洞能钻进去。课程还没开始，但他觉得自己已经被打上了记号，就像一个人头上顶着乌鸦屎。

布拉特尔斯通的欢迎致辞很长，而且应该很幽默，因为有好几次大家都扑哧笑了起来。菲利伯斯能听到他说话，但奇怪的是，除了零星的几个词以外他根本听不清他在说什么。布拉特尔斯通一走，戈帕尔就拉开椅子，拿出了讲义，说："开始记！"同学们摆好架势，随时准备落笔。而后戈帕尔就低下头看向了讲义，这样一来，菲利伯斯从上方便只能看到他中间的秃顶。他念起讲义，偶尔抬起头来摇晃一下脑袋或是强调某个重点。菲利伯斯周围的所有人都在奋笔疾书，只有他一动不动。下一节课"诗歌概论"还是在这个礼堂。他悄悄地挪到了男生的第一排，但那也还是离讲台有三排远。讲课的老师K.F.库里安似乎很投入，他在他们面前来回踱步，还时不时讲两个笑话。菲利伯斯听得非常清楚，但只有在库里安面向他的时候。

这一周，他活过了宿舍里的捉弄，但比起这个，教室里的不适应才真的让他难受。他走到哪里都觉得自己像是在国外，大家都说另一种语言。他借来课堂笔记，照样抄写下来。那些从摩尔集市买来的课本——《伊丽莎白时期诗歌》和《中世纪英国文学》是最厚的两本——都没什么意思。除了《莎士比亚导读》，没有一本是他凭兴趣愿意翻开的。

到了第三周，有个校工来找他。布拉特尔斯通教授想见他。菲利伯斯在接待区等着，直到布拉特尔斯通招手叫他进去。他指向一把椅子示意菲利伯斯坐下。"上课感觉怎么样？"布拉特尔斯通一边问，一边慢慢地往桌边走。

"很好，先生。"

"我的问题可能有点唐突，不过……你听老师讲课有困难吗？"

菲利伯斯吃了一惊，愣住了。"没有，先生！"他脱口而出。他感觉浑身打了个激灵，某种原始的本能知道他已经陷入险境、无路可退，他本能地冲审问者眨巴着眼睛。布拉特尔斯通端详着菲利伯斯，带着没有偏见的好奇，甚至可能是共情。

布拉特尔斯通转过身去，将书架上的一本书推进去，与其他书齐平。他转回来，期待地看向菲利伯斯。"你听见我刚才说什么了吗？"

他觉得自己沉了下去。他还是那个想要学游泳却只会沉底的小男孩，只能让人家捞出来，再教船夫笑得直不起腰。"没有，"他轻轻地说，"我没有听见。"

"菲利伯斯先生，我在中央火车站看到你差点出事故，相信你也记得。有几位你的老师，不是全部，注意到你上课有困难。问你问题的时候，你不是没有听见问题，就是因为理解有误答非所问。你的耳聋恐怕太过严重，会阻碍你继续课程。"

"耳聋"。这个词像是给他的后脑勺来了一记闷棍。说他不认真好了，说他不适合，不上进，但是别说这个词。我不是聋。明明是音量的问题，好多人就是喜欢咕哝，要么话只说半句，要么轻得像蚊子叫。他一直忍着没有去想那个可怕的词。他讨厌那些负面的标签。不能游泳。不能听见。不能……

在接下来的寂静里，他能听到那么多声音：大钟的滴答声，校长坐下时椅子的嘎吱声。对校长来说，这场谈话可能也不容易。

最后，布拉特尔斯通说："我很抱歉。我会介绍你去看校医，他可能会帮你安排一位专科医生。我觉得除非你的听力好转，否则你很难继续下去。做好准备。"

第四十一章　劣势的优势

1943年，马德拉斯

　　但他没有做好准备。他没有准备好接受浑身松了一口气的解脱感——夹杂着耻辱的解脱感。解脱了，因为他的身体肯定早就知道大学会是一场煎熬，而他的灵魂渴念着帕兰比尔。他对学习英语文学的浪漫想象被枯燥的文章和更枯燥的讲座——从他跟同学借来的笔记判断——击打得粉碎。他默默企求有什么奇迹能忽然将他解救，但他没准备好面对这样丢脸的退场。

　　他同样没准备好面对排在综合医院耳鼻喉科门诊外的长龙，这里就在中央火车站的对面。后一个患者呼出的气吹着前一个人的脖子，队伍一直排到赛沙亚医生旁边的诊察椅，而诊察椅上没有患者能停留超过一分钟。赛沙亚医生有着和斗牛犬一样肥坠的脸颊、低沉的喉音、难闻的口气。他把旋转椅上的菲利伯斯转到侧面，使出獒犬的力气揪住他的耳垂，拨下头上的额镜，对着他的耳道又是瞧又是捅，接着再把他转到另一边，虐待他的另一只耳朵。

　　赛沙亚将手握拳放在菲利伯斯的耳边，问他："告诉我你听见了什么。"听见什么？"不用管了。"他又在另一只耳朵边重复了一遍。赛沙亚松开拳头，把手表戴回到手腕上。然后，他拿出音叉一会儿压在这儿一会儿压在那儿，同时不耐烦地念叨着"声音停下了告诉我""两边听到的一样吗"，但完全不在意菲利伯斯的答案。测试结束，赛沙亚在一张纸上潦草地涂写着什么。"你的鼓膜没问题，中耳没问题。这个条儿拿给你们校医看，让他带你去古鲁莫西那里做正式的听力检查。"

　　"所以我没问题是吗，先生？"

"不是，"赛沙亚头也不抬地说，"我是说问题不在你的耳膜或者听小骨——就是你耳朵里的骨头，这些地方还能治。问题在于传递声音到大脑的神经。你是神经性耳聋，很常见，家里遗传的。你算年轻的，但像你这种也是有的。"

"先生，那有什么能治疗神经——"

"下一个！"

下一个患者是个女的，她的鼻孔里探出一个红色蘑菇状的肉球。她用屁股把菲利伯斯从椅子上顶了下去，校医带他离开了。

瓦迪维尔·卡纳卡拉杰·古鲁莫西，文学士（未取得学位），没有听见他们敲门，也没听见他们进来，哪怕他们叫他名字他也依然没听见。他被墨水染黑的手指匆匆写着什么，纸张铺满了桌面，上面的字迹密密麻麻。终于，校医大吼道："古-鲁-莫-西-萨尔！"

"嗯？……哦，欢迎，对对！"他匆忙将纸张收起，仔细看了便条。"大学生啊？哦……太遗憾了。"他确实表现得很遗憾，不像赛沙亚几乎都没注意到他的存在。古鲁莫西的患者应该都聋得挺厉害的，因为他说话的声音特别大。"不用担心！我们来做撤试！听力撤试，前庭撤试，我们都撤一遍！"

古鲁莫西的测试比赛沙亚的更复杂。检测器的有些声音菲利伯斯能听见，古鲁莫西倒听不见——听力学家的听力比患者的还差。他用了两种不同的音叉，然后做了平衡测试，末了将冷水注入每只耳朵，同时观察菲利伯斯眼睛的运动。最后那一项导致了异常强烈的眩晕感。

"很不幸，赛沙亚医生说得没错，"古鲁莫西最终说道，"很抱歉，我的朋友，确实是神经性耳聋。我也是！耳道没问题，听骨没问题，就是神经的毛病。"

"什么办法都没有吗？"菲利伯斯听到自己的嘴下意识地念出这个问题。他的大脑还在震惊之中。

"办法太多了！你已经在做了，只是你不知道而已！读脸对吧？比读唇这个说法更好，因为我们必须要学会读懂整张脸的信息。我会告诉你怎么读懂整个世界，我的朋友，别担心！我会给你一本小册子，里面是各种建议和我本人的一点观察。你看，虽然我不是医生，但我是听力学家。我还是物理学家。文学士哦！马德拉斯大学的！"

"嗯，我看到门上写的了。"

"啊，对，'未取得学位'，但是总有一天，那里会变成'荣誉学位'的。"他的笑容像是那种经常给自己打气的人。"你看，我每次笔试都能通过！"他说道，就好像菲利伯斯问他了似的，明媚的微笑从他的嘴角开始坍塌，"但是每一年的答辩呀，文卡达查利亚教授都要挂掉我。他声音太小了——谁听得到他的问题啊？总之，就算他死前我过不了答辩，他死后我肯定能过。"

之后的两个小时，菲利伯斯都和古鲁莫西在一起。赛沙亚似乎并不会往这里转太多患者，所以古鲁莫西有的是时间，他也非常乐于分享他知道的一切。

回到大学宿舍，菲利伯斯重新打包了行李箱，卷起铺盖，拿下了小末儿送他的"画"。这幅自画像抓住了她的精髓：大大的微笑撑满了表示脸的圆盘，红色的丝带立在发间。他等待着，直到走廊里鸦雀无声——大家都去上课了。他拿出了振兴大师在火车站给他的信。

萨特卡尔旅舍原来是一幢窄瘦的五层建筑，塞在一片全是同样的楼房的拥挤街区里，每栋楼离自己的邻居都不过几英寸远。莫汉·那雅尔，那个"如果遇到麻烦就去找他"的人，在里面并找不到。菲利伯斯听到收音机传来的沙沙响声，喊了一嗓子。皱得像旧地图似的一张脸，从前台后面围着窗帘的地方探了出来。莫汉·那雅尔目光涣散，眼里布满红血丝，但作为旅社老板的他，露出了亲和而自然的笑容。"那老家伙多大年纪了？"他细细读完大师的介绍信，问道，"他还戴那块非凡表吗？可别问我是怎么给他弄到的，而且价钱还那么好！"

菲利伯斯说他要订两晚的房间，"还要一张到科钦的车票，最好是三天之内，谢谢。"他努力让自己听起来像是一个知道自己要什么的人，而不是刚刚被人家折断了双腿。

"啊，啊！"那雅尔说，"三天之内的车票？还要什么？飞毯吗？末内，你现在要是去中央火车站排队，两个月之后的票你都买不到。"菲利伯斯的心一沉。那雅尔叮铃铃地摇了摇铃铛。"但是……让我来想想办法。"他挤挤眼睛，露出一抹微笑，那意思是，如果房子歪七扭八，那也不必非走正门。

第二天，他抱着刚买不久的课本出了门。摩尔集市是一大片四方的院落，形状非常像清真寺，但是里面的小巷仿若迷宫，路边摊位林立。有个尖锐的声音冲着他的耳朵叫："小姐来这边，价格最实惠！"笼里的两只八哥瞅着他，让他猜是哪只说了话。他的目光扫过待售的小狗、小猫、家兔、野兔、乌龟，甚至还有胡狼崽子。再往前走，氨水味儿熏天的片区就让位于散发着白报纸和图书封皮纸香气的铺子。走到这里就像回家了一样。

"贾纳基拉姆新书二手书"的书架和垒起的桌子位于法律、医学、会计学和人文学的区域。贾纳基拉姆本人占据着一方高台，天花板吊扇就在他头皮上方几英寸的地方旋转。他半月形的眼镜没有镜腿，只是支在他鼻子中间的隆起处。"J.B.索普就是成本会计学的吠陀，"他对一个年轻人说，"索普保你考试能过，还买普里斯特利干什么？"他的视线落到菲利伯斯身上，又转向了他怀里的书。他从高台上走下来，蜘蛛腿般细长的手指轻轻抚过菲利伯斯不久前才包上牛皮纸的课本。他使唤一个男孩子去泡茶，自己则领着菲利伯斯走进一个小角落——他做普迦的地方。"堂比，钱我会一分不少退给你，不用担心。但是，啊哟，告诉我发生什么事儿了？"两人刚面对面盘腿坐下，他便开口说道。

菲利伯斯本不打算告诉他来龙去脉，但这位传奇书商兼马德拉斯所有大学生的朋友举止如此体贴，让他决定一吐为快。贾纳的神情先是担忧，再是愤慨，最后变成了悲伤。被倾听也是疗愈，起到同样作用的，还有砖红色的热茶，里面加了醇厚的牛奶和大把的糖，上面漂着小豆蔻饱满的豆荚。

"好歹茶不错。"贾纳最后咂了咂嘴，感慨道，"人生就是这样。有打击，也有成功，永远不会只有成功。"他停顿了一会儿，表示强调。"我想读书，爸爸死了，打击！怎么办？我就去工作！先是进旧报纸来卖，然后又是二手书。现在呢？我就坐在知识上！不管是什么我都读，比上学还好。我说，你一定会成功的！永远不要放弃！"

打击，菲利伯斯有的是打击。他原本想像以实玛利那样扬帆四海，但那个"病"早早就将这个梦想扯了个粉碎。他对自己说，那他就通过陆地探索这个世界，结果他这才到马德拉斯，就已经恨不得要回家。他受过打击了。现在，成功还能是什么样呢？贾纳基拉姆知道答案。"成功不是钱！成功是你全心全意地热爱你做的事情，只有那样才是成功！"

回到旅舍，莫汉·那雅尔拿出一张一个多礼拜之后的火车票。"真是奇迹。日本轰炸锡兰搞得人心惶惶，火车可全都订得满满的呀。说到这个，给你看个好东西。"他把他带到前台后面用帘子围起来的地方，菲利伯斯惊讶地看到原来这里不止有一台收音机，而是有十多台。"我这是无证销售。上周之前，根本没人提什么许可证，结果日本人一来全都怕了，每个人都紧张得不得了。哦，这下子，许可突然就不给发了。"那雅尔转了转旋钮，英国人的声音冒了出来。菲利伯斯本能地把手放到收音机上，忽然间，他就好像置身于声音的源头，全身都在聆听。旋钮又转出了交响乐。"有了收音机，"那雅尔说，"世界就来到了你家门口。这么便宜的你可再找不着了。"

第二天，大雨倾盆，一幅奇异而又令人欢喜的景象。路被淹了；晚上，整个马德拉斯都停电了。摩尔集市内光线昏暗，因为哪里都没有电，这里的照明只有蜡烛和油灯。菲利伯斯来这里，是因为那雅尔那句"世界来到你家门口"给了他主意。我虽然是要回家，但我不是被流放。只要我还有眼睛，那么小说、讲述真相的谎言、世界最英勇的最猥琐的一面，它们就永远都是我的。买完收音机后，退回的学费还剩下一些。这是母亲为他的教育省下的钱，他希望她能赞成他将这笔钱用在完全相同的目的上。

"很明智，我的朋友！"贾纳基拉姆听完他的想法后说道，"不过，你不是第一个想出这个主意的！"他带菲利伯斯来到一套蓝色封面烫金书名的合订本面前，书卷整齐地包装在配套的三层纸架里——非常漂亮。每一卷书的书脊上都标着"哈佛经典"字样。贾纳捧起导言卷念了起来："五英尺书架所能容纳的书籍，对于任何愿意投身于阅读的读者来说，都足以出色地代替通识教育，即使他每天只能抽出十五分钟。"

看到价钱，菲利伯斯退缩了。"别担心，"贾纳安慰他，"这些作家的书我都有，只不过是二手的。但是，我觉得哈佛的品位不行。俄国作家太少啦！爱默生太多了……你信任贾纳给你挑选真正的经典吗？"菲利伯斯信任他。

他又买了一只行李箱来装他的宝藏：萨克雷，而不是达尔文；塞万提斯和狄更斯，但是没有爱默生；哈代、福楼拜、菲尔丁、吉本、陀思妥耶夫斯基、托尔斯泰、果戈理……尽管他已经读过了《白鲸》和《弃儿汤姆·琼斯的历史》，他还是想要两本自己的。《汤姆·琼斯》真是他这辈子读过的最快活的东西了。作为赠别的礼物，贾纳往里头添上了《不列颠百科全书》的第十四、十七、十九卷，分别是HUS到ITA，LOR到MEC和MUN到ODD。这些旧书卷带着白人、霉菌和猫的气味。

现在，两箱书和一只捆着绳子的纸箱——里面装有抛光桃花心木带仿象牙旋钮的收音机——占据了他房间的地板。只有他采购的这些东西，才能让他在回家时看到一点生活的方向，而不只是凄惨的挫败。他不是在向帕兰比尔邮区撤退，也不是从更大的世界逃离。他是要将世界带到自家门口。

第四十二章 和睦相处

1943年，马德拉斯至帕兰比尔

隔间里的其他旅客早已安顿好了。他们放好了行李，拿出了靠垫，正在打牌的时候，菲利伯斯带着一身的雨水和泥泞登上了车。他的两个脚夫把其他旅客的箱包推推挤挤，试图在两条长凳下给他的两口箱子和装收音机的纸箱挪出点空当。一个穿黄色纱丽、腿上抱着孩子的胖女人发现自己的行李箱被一个脚夫撞倒，气得用泰米尔语破口大骂，那脚夫则变本加厉地予以还击。一个戴深色墨镜、头上包着丝巾的年轻女人平息了纷争，她让脚夫把一口大箱子和纸箱放到最上面的卧铺去——那是她的铺位，话音刚落，火车便猛地一动，出发了。

一节车厢有十间隔间，每间隔间有六个乘客，每张长凳上面对面各坐三个。晚上，长凳上方的两张中铺可以翻下来，长凳本身也会变成下铺。菲利伯斯听到邻近的隔间传来欢声笑语，但他这间里，同行的情谊却没能擦出火花。他有责任。

他拿出自己的笔记本。第一页上写着他在古鲁莫西那里学到的格言。"写下来，才能知道你在想什么。""如果听力有缺陷，嗅觉和视觉就必须异常灵敏。"

菲利伯斯从余光里注意到坐在旁边的瘦小伙的喉结在滚动，这人颤动的手指扶了扶眼镜，显然是想挑起话头。他身上散发着一股奇异味道，混合了樟脑、薄荷和烟草。

"下一站是乔拉尔佩特。"他突然说道，"据说是全亚洲最繁忙的交叉枢纽！"菲利伯斯发现自己的听力在火车上好多了，就跟古鲁莫西说的一样，因为人们在嘈杂的环境中会提高音量和音高。

"真的吗?"菲利伯斯盖上笔帽,有人跟他说话让他很感激。

"毫无疑问!理论上,它算不上是交叉枢纽。交叉枢纽得有四个方向,对吧?但是乔拉尔佩特只有三个!萨利姆、班加罗尔、马德拉斯!"

菲利伯斯表现出钦佩的样子。他的同座扬扬得意,伸出了一只瘦骨嶙峋的手:"我是'铁路通'阿尔琼·库马尔。"他打开一只小小的雕花铁盒,这下,他身上的奇怪气味得到了解释。他捏取一点粉末,嗅了嗅,然后巧妙地压住了紧接而来的两个喷嚏。他仰身靠后,肉眼可见地平静了许多。

坐在阿尔琼旁边戴丝巾的年轻女士,也就是让脚夫把行李放到自己铺位上的那个,摘下太阳镜凑了上去。"能让我看看吗?"她礼貌地问道。她的手指描摹起叶片和花蕾纹样的蚀刻雕花。单身女子主动聊天是很少见的。菲利伯斯出神地望着她手背上凸起的青筋,它们仿佛纤细的支流,自指关节间汇合并聚。她的手看上去沉稳能干,像是裁缝或者钟表匠的手。

"这雕刻真精细!"她的音色低沉,却意外地动人。她把盒子翻到背面,眯着眼睛分辨磨损的字迹。"你知道这写的是什么吗?"

"是的,年轻的小姐,我知道!""铁路通"阿尔琼·库马尔咯咯笑着,咽了口口水,眼镜片将他的眼睛放得很大。她等着回答。

"那……你可以告诉我吗?"

"毫无疑问,我可以!"

她和菲利伯斯对视一眼,同时明白了过来:对于"铁路通"阿尔琼·库马尔来说,任何不符合字面意思的说法,都和把非"交叉枢纽"站点叫成"交叉枢纽"一样,是恶劣的行径。她笑了。她的气味很清新,微微带有一丝古鲁莫西不喜欢的香皂味儿(因为香精影响嗅觉),但菲利伯斯觉得很好闻。

"那么,能请你告诉我它说了什么吗?"

"当然！它说的是，'别骂了，在这儿呢。'"

她愣了一小会儿，接着便大笑起来，声音明亮清脆。

"铁路通"阿尔琼兴奋极了。"你要知道，年轻的小姐，吸鼻烟很没耐心的！假如到点了，假如你想来一点，那如果你吸不到，你肯定要骂人，对不对？"他说话性子急，嗓音尖细，和她正相反。"我家里收藏了很多鼻烟盒，""铁路通"阿尔琼骄傲地说，"这是我的爱好。这个只是旅途上用的。不过我在马德拉斯刚买了一个新的。你等一下，年轻的小姐。"

他翻找的时候，年轻的小姐从笔记本上撕下一页白纸，将它按在鼻烟盒上，用铅笔将精美的花叶图案拓了下来。阿尔琼递给她他新淘到的宝贝，这是一个镶嵌珠宝的盒子，用细小的笔刷手绘了图案，画的是缠头巾的骑手驭马穿越螺钿嵌贴的沙漠。

"鼻烟盒上的艺术品！"年轻的小姐几乎是自言自语了，她已经完全沉浸其中，手指甲追随着画作的轮廓。

"小姐你说的可真没错！人类的每个坏习惯都能产生艺术！香烟盒、威士忌酒瓶、鸦片烟枪，对不对？"

"我读到过这个位置叫'鼻烟窝'。"年轻的小姐说，她反弓拇指，显现出手背上连接拇指根部和手腕的两根肌腱之间的三角形浅坑。菲利伯斯忘我地盯着她好似天鹅颈般弯曲的指节，和她小臂上细软、透明的汗毛。她抬起头看向两位男士，露出询问的表情。那双眼尾上挑的近心眼加上斜度与之呼应的眉毛，让她的长相有了点儿异域风情，像是一位埃及的王后。她的鼻子尖尖的，正匹配她长窄的脸型。年轻的小姐这会儿已经抹掉了菲利伯斯脑子里所有地球上的女人，正如在莎士比亚的戏剧中，朱丽叶取代了罗莎琳。

阿尔琼皱起眉头。"毫无疑问，有些人就是把波提放在那里吸的呀！还是撮着吸更好。"

即使坐着，年轻的小姐看起来也很高，身姿如舞者一般颀长。她的丝巾滑落些许,露出了黑而浓密的秀发,它们被编成了一条简单的麻花辫。她下意识地把辫子捋到左肩,尖细的发尾像鞭子一样甩过她的腰间。菲利伯斯觉得,她的美不是一眼能领悟到的那种。(之后,他会在笔记本里写下:"若一个女子美得不同寻常,见者便会萌生期待,希望唯有他才能领略她的美,并且是他的发现与欣赏,让他凭一己之力创造了她的美。")

年轻的小姐说:"好吧,那我觉得我们现在必须亲自试试了。"她的嘴角翘起,眼里透着淘气。她径直看向菲利伯斯:"你怎么说?"

如果年轻的小姐高兴,您忠实的朋友就是小蝎子也吸得。年轻的小姐和菲利伯斯各撮取一点粉末,遵从阿尔琼的警告,"只能细细地嗅!不要吸进去。细——细——地嗅到鼻腔的最前面!小心不要吸到里面。仔细看我"。阿尔琼示范了一次,接着立刻就像步枪反冲似的打了两个喷嚏,然后他的神情便放松下来。"每次都是正好两个喷嚏。除非不止两个。"

年轻的小姐和菲利伯斯先是细——细——嗅……然后就一齐打起了喷嚏,两下。他们的嘴大张着,还有喷嚏正在来的路上。他们又打了四个喷嚏,跟二重唱一样。黄纱丽女士爆发出洪钟般的大笑,其他人也笑了起来。冰化了。

火车驶离乔拉尔佩特站后,米娜——黄纱丽女士——赶赴卫生间,她丈夫整理床铺,菲利伯斯则哄起了他们的宝宝睡觉。阿尔琼发牌,教年轻的小姐玩二十八分。太阳落山时,食盒和便当包出现了。三等车厢C段的所有阶级划分都不见了。食物从各个方向塞进菲利伯斯的怀里,他感激不尽,因为他什么也没带。戴着闪亮的钻石耳钉、穿一双破拖鞋的婆罗门男人之前都默不作声,这会儿,自然是素食主义者的他拿出塔伊尔-萨丹(咸酸奶泡饭),和米娜换一口烤鸡。"不会告诉老婆的,让她徒增担忧,何苦呢?"米娜的八层食盒有炮弹壳那么大。年轻的小姐贡献的是一罐香甜的斯潘塞牌饼干，还包着粉色的纸巾。

到了十点钟，米娜的丈夫和宝宝在中铺睡着了，婆罗门在他们的上方打着呼噜。米娜——她的嘴因为吃了帕安辣得红红的——凑过来跟年轻的小姐（所以也就是连带着跟阿尔琼和菲利伯斯）袒露了一个秘密，原来躺在中铺上打鼾的男人"是我的堂哥呀"。他们已经在马德拉斯像夫妻那样过了三年。"你要问这是怎么一回事儿？"年轻的小姐并没问。"我们一起读书读到五年级。我喜欢他，他也喜欢我。但是堂兄妹哎，不行吧？怎么办？我爸妈把我给嫁了。就结婚那天呀，我才第一次看到我丈夫。长得俊，皮肤白，跟你一样。但是结了婚我才发现，他就是个孩子呀。外面看上去老正常的，里面呢，只有十岁。过了两年，我还是清清白白。他根本不会！"她的公婆都怪罪米娜。再然后，已经在马德拉斯混得风生水起的堂哥前来拜访，两人便坠入爱河，私奔了。

菲利伯斯心想，正是火车旅行的匿名性给陌生人赐予了通行证，让他们敢于吐露这样的隐私。又或者，是给了他们编造故事的自由。如果有人问我是谁、去哪、为什么，我就随便编点什么。如果他们想听故事，就让他们听故事好了。但是，我的故事到底是什么呢？

"我吗？我也可以说是逃走的吧，大概。"年轻的小姐被米娜问起，回答道。这话把听的人都吓了一跳。上大学年纪的女孩儿独自旅行不是什么新鲜事。三等卧铺车厢人多热闹，比一等车厢更安全（没有二等车厢），一等车厢是私密的单间，有门有锁，意味着但凡有人进去，女性就只能任受摆布。"大学里的修女不喜欢我，"她说，"可能是因为我也不喜欢她们吧。"

"那令尊令堂怎么说？"

"我母亲已经不在了。我父亲恐怕是不会高兴的。"

菲利伯斯意识到他们俩的窘境原来差不多，心里乐开了花。她的自白让回到帕兰比尔这件事带来的刺痛好受了很多。但年轻的小姐面对回家的挫折，表现得比他更坚强。他注意到她项链上的十字架，猜测她是圣多马派基督徒,尽管到现在为止,这间隔间里来自马德拉斯、门格洛尔、维杰亚瓦达、孟买、特拉凡哥尔的旅客们一直都在用英文交谈。

米娜啧啧地表示同情:"本来嘛,读大学干什么?白浪费,嫁了人都一样。"

"要是我父亲也这么想就好了,但是我还没准备好结婚呢,米娜,现在还没有。"

很快,米娜也躺下休息了,只剩下三个吸鼻烟的人还醒着。菲利伯斯的铺位就是他们坐着的长凳,只有等他们俩睡了他才能睡。年轻小姐的铅笔在奶油色的纸面上飞舞,她的笔记本是他的两倍大。菲利伯斯希望阿尔琼能回自己床上去,但他还在赛马排位表上计算着什么。当然,如果阿尔琼去睡觉,那菲利伯斯就必须要鼓起勇气,去和年轻的小姐搭话了。他手中的笔倾泻出亮晶晶的墨水,为他内心也许一直存在的对白赋予了声音。书写的感觉令人兴奋。"墨水小子"——柯西萨尔总这么叫他——怎么早没发现这个方法呢?有多少灵感就是因为没有写下来而烟消云散呢?

一张对折的大页纸从笔记本里掉了出来。那是他随手列的一张单子,考虑了各种他能做的职业,都是既不需要去教室也不需要正常听力的。痛苦的回忆再次浮现,班级里的新同学纷纷看向他:快醒醒!他们叫的不是你吗?他气馁地把纸夹了回去。反正,上面列出来的选项都被他划掉了。没错,他以前就知道自己的听觉不如其他人灵敏,但在中学与世隔绝的世界里,他坐在最前排,老师的唾沫星子都快喷到他脸上了,所以他还算应付自如。他一直都以为,应该是别人要努力来让他听清楚。在此之前,他人生中唯一感觉像是残疾的部分,是他和水的恩怨,是那个"病"的问题,而绝不是他的听力。

* * *

年轻的小姐出去洗漱了。阿尔琼爬上了中铺,很快就打起了呼噜。菲利伯斯得从年轻小姐的床铺上把他的行李拿下来,她才能躺下。他把收音机笨重的纸箱挪开，搬到了自己的下铺上。然后，他抓住那只装满书的箱子，把它拉到床边，可就当箱子落到他手里时，那重量却几乎要让他失衡摔倒。一双有力的手——年轻的小姐！——及时出现，与他合力把箱子搬到了下铺。她开心地笑了，仿佛他们刚刚一起成就了非凡的伟业。她等着他说话。

"不用谢。"她直视他的眼睛，说道。

他忘记说谢谢了！都是因为他们的距离太近了，他在她牙膏的薄荷味中迷失了自我，忘记了礼数，忘记了所有。

"对不起！——我是说，谢谢你。还有谢谢你让脚夫……"这样盯着她的瞳孔感觉很亲密，他还从来没有和家人以外的女性有过这么久的眼神接触。火车仿佛是飘在宇宙里。

"那里面好像装了一箱子土。"她直白地说。

"对，是我能买得起的所有书。"她说的是书还是土？"那个箱子里还有。"他指了指椅子下面那个撞倒了米娜手提箱的大箱子。

她沉吟片刻，问："那那个纸箱呢？也是书？"

"收音机。是这样，我是要回家去，原因和你差不多。"他脱口而出。不是说好了要编个故事的吗？"不是修女，但我也是被大学劝退的。我听力有问题……他们说的。但是没关系，可能反而是好事呢。"他对自己的坦白感到震惊。

她点了点头。"我也是。我之前在学家政学，"她做了个鬼脸，笑了，"这在家肯定也能学。尽管如此，我还是愿意留在学校的，不过由不得我。"

"我很遗憾。"

"不用，就像你说的，这是好事呢。"

"嗯……我想学的是文学，所以不是非得待在马德拉斯。我不会因为这个放弃。我只知道，我喜欢学习，我喜欢文学。凭这些书，我可以纵横七海，追一头白鲸……"

她往下瞄了一眼:"不像埃哈伯,你两条腿都在。"

她知道他最爱的书!他毫无抵抗之力地追随她的目光看去,似乎是要确认一下自己真的两条腿都在。他笑了。"是的,"他说着有些动情,"我比埃哈伯幸运。我已经受尽了折磨,心灰意懒,不过我希望我已经变得比以前好一些。[1]"

她思考着他的话。"挺好的,"她最后说,"而且当你有了一台收音机,世界就会来到你身边,不是吗?"

他还从未和同龄的女生聊过这么多话。他的眼睛紧盯着她的嘴唇。她刚才问了个问题。他已经提过了埃哈伯,还提了狄更斯,他担心自己是不是表现得太自命不凡。他应该开个玩笑。但是会不会很傻?而且他想不出笑话。他张开嘴,想说点什么……但是上帝啊,她太美了,她淡灰色的眼睛……她可以看透他脑子里上蹿下跳的每一个想法。他头脑过热,思维停滞,只憋出一个"对"字。

"好吧,那晚安。"她轻柔地说。她走向梯子,踏上第一级台阶,又停住了。"那句是《远大前程》里的吗?"

"是的!对,是的。埃斯特拉!"

"你可以把那句话再说一遍吗?"

"毫无疑问我可以。"

她愣了一下,便扑哧笑了出来。他们不好意思地看了一眼熟睡的阿尔琼,然后她凑近他,压低了声音:"好吧,那请你再说一遍?"

"我已经受尽了折磨,心灰意懒,不过我希望我已经变得比以前好一些。"

她微笑表示感谢,又缓缓地点了点头。而后她的脸就消失在了黑暗中。

---

[1] 引自《远大前程》,[英]查尔斯·狄更斯著,主万、叶尊译。北京:人民文学出版社,2020。

他看着她苍白的脚底在梯子间若隐若现，仿佛奶油般柔软，后面紧跟着棉布纱丽的裙摆和里面泛着丝绸光泽的衬裙。她不见了，但那画面还在——一闪而过的脚掌、大脚趾下侧的关节、其他舒展的脚趾，就像是跟着母亲的小宝宝。一股暖意从他的肚子里升腾起来，逐渐蔓延到他的四肢。他猛然跌坐到凳子上，用头敲着窗户的栏杆——不过动作很轻。白痴！你干吗不多聊一会儿？你连她的名字都没问？我不想显得多管闲事。什么叫"多管闲事"？那叫正常聊天！都这会儿了，他倒是想起一个笑话：如果一个马拉雅里人不问你姓什么、住哪里、挣多少钱、包里有什么，那这个人叫什么？聋子加哑巴。就是你。

他抱着行李伸展不开，只好尽可能地躺得舒服点。他把那张写了职业列表又被划掉的大页纸放到一边，笔尖在绑带日记本里驰骋起来。

她一定以为，我是那种别人吸烟就跟着吸烟、别人吃饭就跟着吃饭、被问到问题才回答的人。但我不是！年轻的小姐，请不要因为我的犹疑而评判我。那么，他对她的评判就是合理的吗？自信，对感兴趣的事情积极提问，但别人不回答也不会穷追不舍。他清楚地意识到她就躺在他的上方，中间只隔了一个"铁路通"阿尔琼。

刺眼的天光唤他苏醒，窗外的葱茏翠木立即闯入了他的眼帘：灌满水的稻田间蜿蜒着窄窄的田埂，平静的水面倒映着天空；椰子树如草叶般繁茂旺盛；黄瓜藤在河渠边攀爬缠绕；一片湖水中，独木舟熙来攘往；一艘高贵的驳船促使小船往两边开道，仿佛教堂里的祭司列队前行。他的鼻子感知到了波罗蜜、鱼干、芒果，还有水的味道。

甚至在他的大脑还没有理解眼前这番景象时，他的身体——皮肤、神经末梢、他的肺、他的心——就已经认出了这片生他养他的土地。他从来没有如此感受过它的分量。这葱郁里的每一点每一滴都是属于他的，这里的每一个原子都包含了他。在这片安宁喜乐、说马拉雅拉姆语的狭长海岸，他祖先的骨血已经渗入土壤，它们在树里、在摇晃的枝丫上鹦鹉的七彩羽毛里,它们飘散在微风里。他知道从山上奔腾而下的四十二条河流的名字,那一千二百英里的水路滋养了其间肥沃的土壤,而他与其中的每一个原子都共为一体。我是你手中的秧苗,他凝望田间的穆斯林女人,这样想着。她们身穿色彩鲜艳的长袖上衣和芒杜,纱巾松散地遮盖头发。她们弯着腰,像是对折的纸,在水稻田里站成一排劳作着,将新的生命插入土壤。不管之后会迎来什么,不管我人生的故事将如何书写,哺育我的根系就在这里。他仿佛感受到灵性经验一般脱胎换骨,但这和宗教却没有丝毫关系。

年轻的小姐从盥洗室回来,阻止了正欲将大旅行箱和纸箱从凳子上挪开的菲利伯斯,挤着坐到了他和阿尔琼身边。她戴上猫眼墨镜,给脖子围上围巾,似乎是要鼓起勇气面对前方的未知。他看到阿尔琼已经剃干净了胡子,穿上了挺括的衬衫,画上了毗湿奴的拿玛姆。他的三齿叉和年长婆罗门的拿玛姆正相反,后者额头上画的是一道水平线条,说明他效忠于湿婆。界线已划——湿婆派对阵毗湿奴派,但两个男人都笑了。阿尔琼对菲利伯斯坦承:"我一半的时间都在火车上。陌生人在车厢里可以不管信仰、不管种姓,相处得那么融洽,为什么下了火车就不行呢?为什么不能一直和睦相处呢?"阿尔琼望着窗外,用力咽了口口水。

菲利伯斯来不及回话,他们到科钦了。一个脚夫抓住了他的大行李箱,而米娜的脚夫则打算拎着他的收音机跑路。一片混乱中,年轻的小姐拍拍他的肩膀,递给他那张对折的大页纸。一定是从笔记本里掉出来了。她笑着微微歪过脑袋,向他无声地道别。祝你好运,她的眼神说。然后她就走了。

坐上前往占干那遮里的大巴,行李俱在,他终于可以松口气了。可他对自己怒不可遏,他竟没有问年轻小姐的姓名。"白痴!白痴!"他把头一遍遍地砸向前面的座椅,前座的乘客回过头来瞪了他一眼。他翻出大页纸，想到年轻的小姐看到了他的职业表，又是一阵尴尬。但是，这里面夹了另一张纸，是她——一张肖像画。画里是他正在沉睡，头靠在火车的窗户上，身体侧弯，收音机的纸箱顶着他的肋骨。他双唇紧闭，唇弓上方的人中似是一叶小舟。

我们太不习惯看到真实的自己了，他想。即使是站在镜子前，我们也会调整表情，展现一张符合期望的脸。但是年轻的小姐捕捉到了原原本本的他：壮志未酬，对前路忧心忡忡。不过，她也刻画出了他的决心。这倒是让他受到了些鼓舞，尤其是看到她对他双手的描绘，更是让他心潮澎湃。只见他一只手抱着收音机，另一只手搭着塞满了书的行李箱，这两只休息的手在唤醒他曾经的勇气、他的信心，这双手属于一个志在必得的人。我父亲开垦了一片丛林，他做到了别人以为不可能的事。我的成就不会比他更少。

她到底是怎么用寥寥几笔就画出了这么多东西，甚至还能看到晨间吹进车厢的冷风冻僵了他的半边脸？谢天谢地，他没有给她编什么瞎话而是说了实情，因为她能把一切看穿。

在画的底部，她写道：

受尽折磨，心灰意懒，不过比以前好一些。祝好运。
永远的，
埃

很久很久以前，有一个叫埃尔茜的女生给他画过像，那是在她父亲的雪佛兰里，他平生第一次坐车。他那时候满脑子都是事儿，担心得要死，他知道洪水暴涨，母亲肯定要往最坏的可能去想。那时候，比现在要年轻很多的年轻小姐和他一起坐在后排，她的手指曾悄悄地凑上来，触碰那只不知怎么救下了一个婴儿的手。他把那幅许久之前的肖像贴在了衣柜里，它比柜门上的镜子更能反映出他真实的模样。

如果年轻的小姐确实就是昌迪的女儿——她不仅长大了，铅笔也用得更出神入化了——那就一定是命运让他们再次相遇。他回味着两人在火车上的交谈，她的样子……还有她无声的道别，她临走时的微笑，那一幕他永远都忘不了。

大巴忽然一个急刹车，司机疾步冲到了几丛灌木后头。"怎么着，憋不住了？"一个女人埋怨起来，"男人真该看看女人是怎么过的！'憋不住'就忍着！"同车旅客身上的气味——椰油、柴烟、汗水、蒌叶、嚼烟——扑鼻而来，把他拉回了现实。圣多马派基督徒是一个相对较小的群体，也很少与外族联姻。可即便如此，开雪佛兰、坐拥广阔茶庄、抽得起555牌香烟的昌迪若是要出嫁唯一的女儿，他也有很多、很多的人选。那些男孩子哪个不是富得流油、功成名就？至少也得是富得流油。帕兰比尔的他们虽然过得很不错，但跟特塔纳特这样的人家是没法儿比的。

大巴再次上路，车一启动，他的心态也有了变化，一个新的信念生根发芽。我不会放弃她。埃尔茜漂亮、有才华、倔强。她一定感觉到了他们之间的默契，感觉到了他们的共通之处不只是分享了一撮鼻烟而已。她当时一定立刻就认出了他，只不过在旅途的最后才揭晓了自己的身份。埃尔茜，我要功成名就，我要配得上你，他心想。然后，我就让大阿嬷奇找媒人阿尼谚去提亲。最坏的结果就是你们家拒绝而已，但至少那样我努力过，你也会知道我努力过。"但是，哦，埃尔茜，求你等等我，至少给我几年。"坐在前面的夫妇转过身来瞪着他——他一定是说出声音来了。那男人对老婆说："阿维内-瓦他。"

是，我是疯了。要下定决心达成目的，不疯一点是不行的。

308

第四十三章　回家去

1943年，帕兰比尔

　　菲利伯斯不在，帕兰比尔到处都乱糟糟的。沙缪尔从椰树上摔了下来，而他本就没必要爬上那棵树，现在他的脚踝肿得像椰子。地窖里日渐灰暗的鬼魂打翻了一只坛子，还呜咽个不停。大阿嬷奇本来已经心烦气躁，这更是抱着大不了干一架的打算跑了下去。可一走进那空气沉闷、结满蛛网的地窖，她便发现它什么祸也没闯：坛子是空的，也没碎。她猛然意识到，幽灵只是孤单了。她坐在翻倒的坛子上聊起了家常，像鱼贩子那样说起了最近一连串儿的糟糕事。"振兴大师自打从科钦回来，白天还和以往一样可靠，但太阳一下山，他就会把自己灌得烂醉如泥。还有我们那个正经珂查嬷，在厨房里滑了一跤把手腕给摔断了。她怪多莉珂查嬷把共用的地板弄得都是油，结果多莉就用平时那种淡定、平静的口吻说：'上帝开恩，下次就让你摔断脖子吧。'"大阿嬷奇起身离开，但许诺说会再常来。

　　每到下午，她都发觉自己还在习惯性地等着菲利伯斯放学回来喊一声："阿嬷奇哦！""阿嬷奇哦"意味着他的小脑瓜里又有了新点子，就像水洼里的小蝌蚪似的游个不停。她从儿子那里学到了多少这个世界的知识啊！他手画的地图占据了他房间里整整一面墙壁，上头标出了印度军队作战和牺牲的地点。的黎波里、阿拉曼——连地名都这么引人入胜。她、小末儿、奥达特珂查嬷都怀念着他晚上给她们读书的日子。那会儿，她们仨排排坐在棕绷床上，好像晾衣绳上的八哥鸟，三双眼睛牢牢盯着来回踱步的菲利伯斯。那一年，他给她们演了两篇 M.R. 巴塔提里帕德的马拉雅拉姆语短篇小说，还有一部令人难忘的英国戏剧。他扮演里面的所有角色：被谋杀的国王、娶了国王妻子的国王弟弟、已故国王的鬼魂。当美丽的奥菲丽娅陷入疯癫、要将编织的花环挂上树枝却落入小溪时，帕兰比尔的妇女们紧紧地相互搂着。她的裙摆如纱丽般在水中散开，包裹着空气让她暂时浮在了水面上，可即便帕兰比尔是那样绝望地祈祷，她还是淹死了。菲利伯斯离家后，奥达特珂查嬢宣布说："我要去看看我儿子家。那孩子不在，这儿太无聊了。"她一个礼拜都没撑满。

这天早上阳光明媚，距菲利伯斯离家还不到一个月，她拿着一份《曼诺拉马报》坐了下来。

日机轰炸马德拉斯；大量居民逃离市区。

头条新闻的标题蜇得她眼睛生疼，她的喉咙突然像是吞了烧碱。她站起来，想跑出去找她的儿子。

小末儿也站了起来，喊道："我们的宝宝来了！"

报纸上说，轰炸是在三天前发生的。有一架日本的"侦察机"独自飞到因下雨停电而已经一片漆黑的城市上方，在海滩附近投下了三颗炸弹。空袭警报从未响起，爆炸原因无人解释：整整两天，居民都不知道发生过轰炸，因为广播站没有电，军方也不想引发恐慌。消息传出后，对日本入侵的恐惧迫使人们慌不择路地逃离城区。

上帝啊，我要怎么找到儿子？

小末儿兴奋地蹦蹦跳跳，扰得大阿嬷奇心烦意乱。这还没完，门前又出现了一辆牛车。这是要干什么？拉车的牲畜一脸疲倦，独自下车的乘客也是一样，他轻声唤道："阿嬷奇哦……"

她用手掌捂住眼睛。这是幻觉吗？紧接着，她和小末儿就冲出去抱紧了他，简直再也不要让他离开。他瘦了，形容憔悴。

菲利伯斯松了口气，却疑惑不已："你们不问我为什么回来吗？"

大阿嬷奇把一直捏在手里的报纸拍在他胸口，仿佛是要看看现实和新闻哪个更真。"我看到这个都差点死掉了。上帝送你回来，救了你，也饶了我。"他读起新闻。他竟毫不知情。

晚上，小末儿和奥达特珂查嬷已经睡下，大阿嬷奇端着烧热的吉拉水和两只杯子来到他的房间。母子俩像往常那样在他床上坐下。菲利伯斯没做什么铺垫，直接告诉她自己被大学开除了。所有事情都一股脑儿地脱口而出：在中央火车站遇到教授——厄运已然有了征兆；然后在课上又没听到点名。她的心为他流血，她多希望能替孩子分担这些难过。"阿嬷奇，"他说，"对不起，让你失望了。"

"末内，你永远不会让我失望的，你回来我多高兴哪。上帝听到了你的心声，你就不属于那里。"

他迟疑地打开两个装满书的大箱子，向她展示里面的东西，兴奋之情难以掩藏。然后是收音机，它现在已经拆开了包装，端放在角落。他急不可耐地解释购买它的正当理由："到处都是无线电波，阿嬷奇，现在我们有了这台机器就可以收到它们，可以把全世界都带到我们身边来。我们就只差电了。"

"没事的，末内，你把钱用到了好地方。"

他们在灯火柔和的光晕下安静地坐着。她捧起他的手，这手和她丈夫的可真不像，他的手指纤细修长，更像是她的手。他仿佛从来都没离开过。

"阿嬷奇，还有一件事。"

我的上帝啊，又怎么了？可他脸上奇异的欣喜，像极了那天他带《白鲸》回家，高声喊着"阿嬷奇哦"。

他告诉她，火车上和他同一间有个年轻的女子。

"昌迪的女儿？"她说，"我的天！我记忆里她还是个小丫头，和小末儿一起画画呢。这可真够巧的。她怎么样？"

"阿嫌奇，她好美！"他直视着母亲，瞳孔放大，含情脉脉。他叙述了相遇的每一个细节，仿佛是在讲什么神话故事。他从上车的那一刻，一直讲到她把画放在他手中。他将画拿给母亲。她一看，心都要碎了：她的儿子迫不得已回到家乡，愁容满面，几只箱子围在身旁。

"阿嫌奇，我以后要娶她，"他悄声说，"上帝保佑。是，我知道，我现在大学毕不了业，前途渺茫，更别提我的听力，还有那个'病'。"他挥了挥手，不容她辩驳。"但是我会出人头地的，我不会失败。我只期望，她别等不到我有机会就被嫁掉了。"

她内心忧虑重重。"你这些话都没对她说，是吧？结婚什么的？"

他摇了摇头。

母亲去睡觉后，菲利伯斯依然清醒。他当时被年轻的小姐迷得神魂颠倒，完全没有认出她是谁，也错失了问她的机会。原本一切也该就此结束，可埃尔茜却特意要让他知道。他幻想、他希冀、他祈祷——今夜，他能在她的脑海中停留得久一些，就如同她现在占据他的脑海一样。

也许她现在正想着他，想着他回到家的情景是什么样，就像他现在正努力想象她父亲会怎样迎接她的归来。如果两个人在同一时刻都想着彼此，那也许原子就会以无形的方式结合，像无线电波一样，将他们连接。他沉入平静的梦乡时，她美丽的脸庞就浮现在他眼前。这样甜美的睡梦，只有在他自己的床上、在他自己的家里、在帕兰比尔的土地上、在上帝的国度，才有可能实现。

第四十四章　肥美之地

1943年，帕兰比尔

菲利伯斯能离开马德拉斯是幸运的。报上说，公交站、火车站都被逃亡的人群挤得水泄不通。他不知道他的同学们是不是也都离开了。马德拉斯的一切都暂停了。他也被暂停了。

他本来很害怕要跟大家解释自己回来的原因，但就目前而言，他不需要作任何解释。特拉凡哥尔陷入了对日本入侵的恐惧之中。一夜之间，粮价飞涨。南印的大米是上等珍品，通常用于出口。印度的顾客能买到的只有便宜的进口缅甸米。但自从仰光沦陷，大米进口便停止了，同时英国人大量抢占囤积本地米用作军队储备。饥荒就是这样搞出来的。

不多时，战争就钻出《曼诺拉马报》的版面，一瘸一拐地走到了大宅门口。它化作一个男人的模样，穿着得体，却笑容勉强，因为他两颊上几乎没有什么肉，只剩皮包骨头了。男人的肩峰像两颗槟榔似的凸起，锁骨上方深深凹陷。他的妻子抱着婴孩躲在阴影下。男人的声音颤抖着。他逃离了被日军侵占的新加坡，一无所有地回到老家。"请见谅。今天早上，我问自己：'我的孩子难道要因为我不肯屈尊乞讨而死吗？'所以我来乞讨，我不要钱，只求一口饭吃，或是煮饭剩下的米汤也行。我们之前靠吃糠活命，现在糠吃完了。我妻子的乳房干瘪得像个老太太，她才二十二岁。"

另一天，来的变成了一个替哥哥要饭的瘦削男子，他哥哥则一言不发。哥哥的妻子带儿女跳了井，觉得比起慢慢饿死还不如来个痛快的。其中一个女儿挣脱了出来，她现在就站在那儿，攥着父亲的手不放，而她的叔叔则在讲述这段故事,乞求给点吃的。菲利伯斯辨别出了一种新的气味:人体消耗自身时散发出来的水果般的丙酮气味,饥饿的气味。

饱受这些景象折磨的菲利伯斯将欧南节和圣诞节用的大铜锅拖到了木坦里,拿几块砖头垒成了土灶。靠沙缪尔帮忙,他把大米和卡帕熬成稀粥,再拌进捣碎的香蕉和替代酥油的椰油。他用香蕉叶把食物包好,便于悄悄递给特定的饥民。如果消息走漏,怕是人群要蜂拥而至。

菲利伯斯回家的几周后,闷闷不乐的亲戚们做完礼拜,聚在帕兰比尔喝茶。菲利伯斯一边听一边读唇,跟随着他们沮丧的谈话。这些客人并不真缺吃的,只是在聊时局艰难如何影响到了自己。当然,他们的家门前也有饥饿的人前来乞食。

"你们听说咱菲利伯斯的事儿了吗?"科拉总管用他惯常逗乐的口吻说,似乎是要活跃气氛。他有点气喘的老毛病,讲句话动不动就得停下续口气。虽然他这话说得像是菲利伯斯不在场,可他正笑嘻嘻地瞅着他。"菲利伯斯带回来了一台收音机!但问题是,收音机是要用电的。啊!如果整个特拉凡哥尔都没有电,帕兰比尔哪来的电呢?"

他的话气得菲利伯斯牙痒痒。科拉的父亲因为住在特里凡得琅时义务做了些工作,被王公封了"总管"这个尊称。他父亲是配得上这个称号的,尽管它唯一的好处就是可以被称作"总管"而已。这个称号不是世袭的,但科拉坚持说它是。当年,他可怜的父亲给科拉担保了一笔贷款去做生意,后来生意失败,父亲就失掉了特里凡得琅的家产。他差点就要露宿街头,还好他的第三代堂亲——菲利伯斯的父亲——赠与了他一块帕兰比尔的土地。父亲一去世,科拉立刻就带着新娘来继承遗产。也就是在那一年,振兴大师和绍莎玛搬了回来。科拉比振兴大师年轻,看着也更开朗,要是让菲利伯斯来猜,他还以为科拉会是更有本事的那个。他真是错得离谱。科拉有一肚子的盘算,但什么也实现不了。

所有人都喜欢科拉的妻子莉齐亚玛,大部分人都叫她莉齐。莉齐是孤儿，在女修会学校读到了预科。她性子和善，长得漂亮，和拉贾·拉维·瓦尔马画的拉克什米女神一模一样。这画儿每家每户的日历上都有。瓦尔马来自特拉凡哥尔的王室。他眼光长远，自己创办了印刷厂，让画作广为传播。他笔下的拉克什米具有鲜明的马拉雅里人特征：胖嘟嘟的娃娃脸，粗粗的浓眉下镶嵌着一双小鹿眼，长长的卷发盖过臀部。拜瓦尔马的声望和他精明的商业头脑所赐，他的马拉雅里人版拉克什米成了全印度所有印度教徒想象中的拉克什米。菲利伯斯觉得，莉齐完全不知道自己有多漂亮。她非常谦逊，几乎就是她那个自吹自擂的丈夫的反面。大阿嬷奇很喜欢莉齐，把她当作女儿一样对待。莉齐大把时间都待在大阿嬷奇的厨房里，科拉做什么新"生意"夜不归宿的时候，莉齐就跟大阿嬷奇和小末儿一起睡。科拉唯一能称得上是优点的，就是他爱他的妻子。不管他再怎么一事无成，人们也不得不赞赏他对她的一片真心。

"科拉，"振兴大师说，"凭你和王公的关系，还不知道特里凡得琅已经通电了？迪万都在计划给整个特拉凡哥尔通电了呢。"迪万是王公政府的主要行政部门。

"谁说的？"科拉的语调是质问，但显然这消息他是第一次听说。

"切！科兰和戈德亚姆都已经有火力发电机了！我还以为你的手指能摸到特里凡得琅的命脉呢。"

坐在双胞胎弟弟身边的乔治说："科拉的手指不是在特里凡得琅的命脉上，是在它的口袋里。"

科拉脸上的笑容挂不住了，他找了个借口就走了。菲利伯斯不知道是该高兴科拉尝到了他的感受，还是该对他报以同情。但科拉的"玩笑"还是让他心里不舒服，因为他知道，那台正在积灰的收音机花的钱，可以喂饱很多人。

他脑子里总忘不掉每天出现在门口的饥民的脸。他分发的那点粥顶

315

多只能算是心理安慰。我们得再做点什么。但是做什么呢？他想到了一个计划，需要振兴大师来协助执行。

他们在船栈边搭了一间茅草顶的棚子，然后向帕兰比尔的各户人家借来了巨大的大铁锅，就是每家人都有、留着在婚礼酒席上用的那种。他们找来了一大把年纪的"苏丹"巴塔尔，那位传奇的婚礼厨师。他刚开始还不情不愿，可当他看到木棚、整齐的柴火、四口大灶、擦得锃亮的大铁锅以后，老人的血沸腾了。巴塔尔用便宜的食材搭配出了营养丰富的一餐，主食就是卡帕，因为每家每户都能贡献出几条木薯的块根来。

很快，"救济站"就开张了。每个人的香蕉叶上都能分到一大坨卡帕、一勺炒绿豆泥、一丁点青柠泡菜和一小匙的盐。神采奕奕的"苏丹"巴塔尔和之前判若两人：他胡子刮得干干净净，光着上身，忙得脚不沾地，时不时大吼两声指挥他的"巴塔尔军"——帕兰比尔热心的孩子们凑合着填补了切配、削皮、盛菜、洗涮的岗位。巴塔尔喜欢舞着小碎步、唱些意义隐晦的歌逗他们玩儿，他的胸脯随着洪亮的歌声抖个不停。

第一天，他们在弹尽粮绝之前接待了近两百人。两周后，来了一个记者。他将巴塔尔朴素的食物描写成他记忆中最美味的一餐，还提到救济站是菲利伯斯的功劳，说他是一位目睹了太多苦难而不忍无动于衷的年轻人。菲利伯斯引用了甘地的话："世上有些人饱受饥饿之苦，上帝只能化身食物出现在他们面前。"文章的配图是一张合影，"苏丹"巴塔尔、振兴大师和菲利伯斯站在"巴塔尔军"的身后，里面最小的才五岁，最大的十五岁。文章一刊登，便涌来了捐款者、志愿者……和更多的饥民。受他们启发，整个特拉凡哥尔都开起了救济站。

每天结束的时候，菲利伯斯都抱着笔记本，尽力记录下他在救济站偶然听到的对话，有关于疾苦和牺牲的故事，也有对慷慨与伟绩的传颂。他惊讶地发现，人们在面对苦难时，竟然依旧能做到以幽默处之。这些写作是练习，而非记者的报道，所以他可以将几个人物结合在一起，往原本的记述里添加一些元素，再编一个属于自己的结尾——这种文体他觉得可以叫"未虚构"。他写作时常常想起埃尔茜。她也在做一样的事吗？手执炭条在这乱世间找寻意义？他认真学习了《曼诺拉马周刊》上他喜欢的小说和文章。他写的东西似乎有些不一样。他决定拿一篇未虚构作品去参加《曼诺拉马报》的短篇故事竞赛。

周日专栏：普拉梧人

作者：菲利伯斯

将一棵波罗蜜树——普拉梧——错当作是人，这可能吗？是的，我就遇到了这样一件怪事。我只是个平凡之人，不会说故事，所以我在一开头就告诉你们结尾。（为什么故事不能都从结尾开始呢？为什么要有《创世记》《西番雅书》那些，而不能直接从福音书开始呢？）总之，这个故事是从我们的救济站开始的——别叫它救灾站，因为不管你亲眼看到什么，政府说了，没有饥荒。这一天，当所有人走后，一个瘦得跟竹竿似的老人送来了一只比他还要大的楂卡。明天用它去喂饱孩子们吧，他说，如果你们有像样的厨师，可以做一锅不错的蒲如库。兄弟，我说，恕我直言，可你看起来也正在挨饿，为何要把你的楂卡送给我们呢？哈，这不是我的，他说，这是普拉梧的！大自然是慷慨的。我很想反驳，那样的话，让普拉梧再送点泡菜和米饭来吧。第二天，他送来了一只更大的楂卡。从远处看，他就像是一只扛着椰子的蚂蚁。我说，兄弟，请在离开之前吃一些蒲如库吧。他拒绝了。现下这个光景，谁会拒绝一餐饭呢？我问他，兄弟，为什么你这样一个瘦削的老人，能扛得动这么重的东西？你有什么秘密？他说：秘密就藏在最明显的地方。

那一天，我正好经过我们这里著名的阿嬷奇普拉梧——所有波罗蜜树的母亲树,几百年前,我们的王公玛坦达·瓦尔马就是在这棵树的树洞里,躲过了敌人的追击。没错,你们的村庄都说,这棵传奇的大树在你们那里,但你们都错了,这棵树就在这儿,在这一点上我们就不要争吵了。总之,我听到有个声音说,你是来寻找我的秘密的吗?我听出那就是老人的声音,可我一个人也没看见。你快出来,我说。他说,我就在你的面前。

如果我说他是倚靠在树上,那你们就理解错了。不,他是倚靠在树干的里面。他的皮肤就是树皮,他的眼睛就是木头上的节子。他说,饥荒来了,我没有稻谷,我靠在这棵普拉梧上,等待死亡的降临。树皮很粗糙,但我想,有什么可抱怨的呢?我很快就要离开这个世界。过了几个小时,我陷进了树里,舒服得就像躺在阿嬷奇的怀抱。我说,伟大的普拉梧啊,就算是在干旱时,你也能结出硕大的果实,那如今你是否也能将我滋育?普拉梧说,有何不可?于是,我就成了现在这样,普拉梧赐予我一切,大自然是慷慨的。我说,老人啊,如果大自然是慷慨的,那为什么会有饥荒?他说,那不是天灾而是人祸,是商人囤积居奇,是丘吉尔把我们的大米给了他的士兵,而我们却要忍饥挨饿。我说,你一个人住在这里,不会觉得孤单吗?他笑了,谁说我是一个人?看那棵矮一些的普拉梧——你没有看到小切里安吗?再看我的旁边,你看到波娜马了吗?要不你来坐到我的另一边吧?大自然会哺育我们。

朋友们,我飞也似的逃跑了。事实如此,也没什么可羞耻的。亲爱的读者,这个故事告诉我们,像大自然那样慷慨地给予吧。再好好看看你身边的普拉梧,因为秘密就藏在最明显的地方。

《普拉梧人》赢了一等奖,而且是三篇获奖文章中唯一一篇得以发表的。菲利伯斯觉得这是某种征兆。不过几个月时间,他先是因为开设救济站上了《曼诺拉马报》,现在作品也刊登上去了,也许为报纸撰稿就是他的人生使命。他的成功并没能止住科拉总管之流对他不回马德拉斯的冷嘲热讽,《普拉梧人》也不是所有人都喜欢——正经珂查嬷认为那篇文章亵渎了上帝。但是菲利伯斯只在乎一位读者的意见,他只为那一位读者而写。他祈祷埃尔茜看到了那篇文章;他希望她能明白,他虽然已经受尽折磨,但他没有心灰意懒。

转瞬之间,从马德拉斯回乡已过去一年多,只是短短的旅居生活留下的伤痛仍未痊愈。第一篇故事发表后,《曼诺拉马报》的编辑欣然鼓励他继续投稿,却在一连拒绝三篇后,才将第四篇发表在了《平凡之人》专栏的标题下。这意味着菲利伯斯可能要成为常驻作者了,可他对编辑挑选的专栏名称却不太满意——谁喜欢被别人说平凡呢?

在那一年以及之后的一年里,菲利伯斯又发表了几篇未虚构作品。从读者来信判断,他的作品还是深受大家喜爱的,尽管马拉雅里人什么都能挑出点刺来,而且经常这么干。不过他和报社都没能预料到,题为《为何有自尊心的老鼠都不会去秘书处工作》的这篇文章竟会引发狂潮。故事的主人公是一只受伤的老鼠,它在夜里苟延残喘地爬进豪华的政府大楼,欣喜地发现那里没有同类和他抢夺地盘。第二天,秘书处的职员们来上班了:

我明白了,这个宽敞的大厅一定就是用来祭祀的地方。神在高处,看不见。吊扇就是神的化身,因为它们就在大祭司(他们被称作主任)的正上方。级别越低的人,坐得就离吊扇越远。他们的工作是什么?啊,我用了好几个小时才搞清楚,但其实一切都是明摆着的:工作就是坐着。你从早上进来,就要坐下盯着面前的文件,摆出苦大仇深的表情。等到最后,再拿出你的钢笔。大祭司往你这边看过来的时候,你就要拿起最上面的文件,解开固定纸张的线绳。但只要大祭司一出门,你和其他人就要一跃而起,跑到他的桌边,在吊扇底下聊天说笑话。这就是工作。

文职人员工会对菲利伯斯的文章提出了强烈抗议，要求取缔《平凡之人》的专栏。但闹剧只是吸引来了更多读者。大众舆论（同记者工会一道）站在了作者这一边，因为凡是特拉凡哥尔的公民，都体会过被烦琐的流程卡死、最后垂头丧气地离开秘书处的滋味。振兴大师是难得一见的有耐心和能力挑战官僚机构的人，他甚至享受战斗。

这天深夜，有一位读者学着棕斑鸠的叫声现身，听着像一串渐强的咯咯笑，好像女孩子被挠痒痒。菲利伯斯走出门，给乔潘的肩上来了一拳算是问候。"这一拳是因为你过了这么久才来找我。"

"啊，那你现在气消了吗？"乔潘还是像以前那么壮实，个子矮矮的，肩膀宽，笑脸也宽。他一手拿着椰花酒，另一只手给菲利伯斯还了一拳。"这一拳是因为我居然到现在才知道你原来是共产党。"

"我是？"菲利伯斯揉了揉作痛的肩膀。

"你不是开了救济站吗？你关心群众，还能付诸行动，我真为你骄傲。弗拉基米尔·列宁说过，'报纸不仅是集体的鼓动员，而且是集体的组织者。'所以你看，你做过的事，你说过的话——你就是革命者！"

"啊，行吧，那我可以睡得更香了。那你呢，乔潘，最近怎么样？"

乔潘耸了耸肩。伊克巴尔的驳船生意和这里的其他生意一样，逐渐陷入了停滞。伊克巴尔没钱付他薪水，但乔潘就像他的儿子一样，所以他还管他吃饭。乔潘说："你看看我，我能说能写马拉雅拉姆语，英语也能看懂，我会记账，回水区这片我了如指掌。但我现在能偶尔打个零工就不错了。我晚上参加党组织的集会，就算不能填饱肚子，也能充实充实脑子。我现在睡在驳船上，不能回家，一回家就要和我爸吵架。"

菲利伯斯说："你总不能指望他改变。"

乔潘叹了口气："他和阿嬷想让我结婚，你敢信吗？我连自己都养不活！"他苦笑。"我说不定真去结婚，只要他们高兴，反正其他的我干什么他们都不满意。"

他们像以前那样谈天说地，直到午夜过后，乔潘才红光满面地起身离开，椰花酒几乎都被他喝掉了。"救济站这事儿，我说真的，菲利伯斯——我为你骄傲。你救了好多人。但是你想想，菲利伯斯：如果一切都没有改变，如果人民没有摆脱贫困的办法，如果普拉雅永远不能拥有土地，让后代继承财富，那下一次饥荒时，排队的还会是同一批人，到时候又要你这样的人去救济他们。"

这个想法让菲利伯斯难以入眠。

几周之后，大阿嫲奇宣布说，乔潘第二天结婚。

"什么？不可能！他都没告诉我。他请我们了吗？"

"轮不到乔潘来请，沙缪尔今天来请我们了，所以我现在告诉你。"见他一脸失望，她说，"听着，这婚事也不用花几个月谈，应该就是才发生的事儿。"

"婚礼在哪儿办？他们南印度国教会的教堂吗？我要去。"

"别犯傻，那不合规矩。"

"我就是要去，"他发了脾气，"我去了乔潘肯定高兴。"

"不，你别去，"他母亲言辞坚决，"这家人和我们感情不一般，不要因为你不懂事让他们难堪。"

婚礼结束后，新人和新郎的父母拿着棕榈糖前来拜访。乔潘怯笑着握住菲利伯斯的手，嗫嚅道："我跟你说了我要结婚。"

"你说的是说不定！"

他的妻子阿蜜妮很羞涩，她盖着头巾，菲利伯斯完全没看清她长什么样。沙缪尔容光焕发，他爱怜地牵着儿子的手，仿佛所有忧愁都已消失。大阿嫲奇赠予新人三匹棉布、一套崭新闪亮的铜器和一封厚厚的红包。乔潘双手合十，躬下身子去摸她的脚，但她拦住了他。沙缪尔和萨拉抚摸着礼物，激动得像两个孩子。菲利伯斯对母亲的深谋远虑佩服得五体投地。他们走后，母亲告诉他，她将沙缪尔屋后的一块长方形地皮也送给了他,他要是愿意,可以给乔潘和新媳妇搭一间单独的小屋,或者把地直接送给小夫妻俩也行。

在振兴大师开始请愿行动的一年零四个月后,电从两英里外的变电站来到了帕兰比尔邮区。只有四户人家愿意分担拉电的钱。振兴大师说:"等其他人家想用电了,他们得按比例把初始费用贴上利息给我们,说不定到头来我们还能把投的钱赚回来呢。"

在二十瓦灯泡的光芒下,通了电的几家人欢欣鼓舞,他们的邻居则满腹牢骚。对于菲利伯斯而言,小末儿打开"小太阳"时的表情就让一切都值得了。黑夜中的飞虫扑进屋里绕着灯泡打转,仿佛无脊椎动物世界的弥赛亚降临了。菲利伯斯打响闲置已久的收音机,一个男人的话音瞬间充斥了屋子,是英文播报的新闻。在那一刻,菲利伯斯把手搭在机箱上,觉得他终于证明了自己,他真的把世界带到家门口了。奥达特珂查嫲听到凭空飘来的异域之声,一边忙不迭地赶过去看,一边还抓起手边的第一件衣物来遮头发——刚好是小末儿的短裤。菲利伯斯看到她站在过道里,头上顶着奇形怪状的布头画着十字。"快站起来,末内,"她严厉地说,"不知从哪儿来的声音就是上帝的声音!"他的解释她不太相信。他转到音乐频道,小末儿一直跳舞跳到该睡觉了才停下。几个小时后,他仍旧趴在收音机前,感觉自己就像是驾着桨帆船的奥德修斯,航行在嘶嘶作响的短波的海洋。他碰巧调到一场戏剧,瞬间就从帕兰比尔转移到遥远的舞台,跟着念起了早已熟稔于心的台词:"注定在今天,就不会是明天,不是明天,就是今天,逃过了今天,明天还是逃不了,随时准备着就是了。[1]"

大阿嫲奇不想在卧室装电灯,厨房也不要。她那盏旧油灯,她忠实的老朋友,底座已经磨得温润,形状正契合她的手指和手掌,有这盏灯

---

[1] 引自《哈姆雷特》,[英]莎士比亚著,朱生豪译,杭州:浙江教育出版社,2019。

就足够了。它金色的光晕、它投在地板和墙壁上流淌的影子、它的烛芯燃烧的气味都让她觉着心安。这些游动在她夜里的元素，最好还是保持原样。

睡前，大阿嫲奇给儿子端去热吉拉水，收音机刻度盘的荧光映照着他的脸庞。这个世界应该得到他的好奇、他的善良、他的文字，她想。曾几何时，他试图探寻大得超乎她想象的世界，如今他却退而求其次，守着他的书和收音机。她希望他能满足于此。主啊，她祈祷，告诉我这就是我儿子注定该在的地方吧。

菲利伯斯感觉到她来，转过身喊："阿嫲奇哦！"他招手叫她进来，关掉了已经播放好几个小时的收音机。他兴奋得满脸通红，看着还有一点紧张。她做好心理准备，看他这次又萌生了什么念头。

"阿嫲奇，"他说，"去请媒人阿尼谚吧。我准备好了。"

第四十五章　定亲

1944年，帕兰比尔

　　媒人阿尼谚是一位有头有脸的人物。他待人行事不紧不慢，铁黑色的头发油光水滑，两鬓服帖地向后梳起，颇具流线型。"阿尼谚"的意思是"弟弟"，他自己的小名也好、教名也好，早就消失了。菲利伯斯讲述与埃尔茜在火车上的邂逅时，他既不微笑，也不惊讶，只是不时地往大阿嫲奇那儿瞟上两眼。

　　出乎菲利伯斯的意料，阿尼谚非常清楚地知道埃尔茜是谁，也知道她还未出嫁，"截至前天为止"。比起特拉凡哥尔与科钦的印度教教徒和穆斯林群体，圣多马派教徒少得微不足道，但那也是满世界散落的几十万人家。阿尼谚这样的媒人简直就是行走的词典，脑子里清楚地记录着各家的姓氏和族谱，一直可以追溯到初代的皈依者。

　　"好吧，"阿尼谚说，"我会去接洽特塔纳特那边——也就是说昌迪。如果他有意，既然你已经见过那姑娘，也就不需要椮努-卡纳了。"他指的是由未来的公公婆婆"查看女方"，这个环节男方本人不一定要参与。

　　"我还是想要椮努-卡纳的。"菲利伯斯说。

　　阿尼谚的表情毫无变化。干他这一行的，不管遭到什么事儿，脸上都不能流露出丝毫端倪。

　　"如果昌迪以为你没见过她的话，那……可以。"

　　"而且我想和她说话。"菲利伯斯加了一句。

　　"不可以。"

　　"我一定要。"

　　阿尼谚两侧太阳穴蜿蜒的青筋微微鼓起。他略略一笑，站起身说：

"让我先去向昌迪转达你们的提议吧,这是第一步。"

"听着,阿尼查严,我是要娶她的,就把这当成槃努-卡纳加上定亲,那样的话讲两句话肯定也没什么吧。"

"定亲是用来订立婚约的,不是用来和姑娘说话的。"

周末阿尼谚就回话了:昌迪有意,可以继续安排槃努-卡纳了。

但大阿嬷奇有疑问:"他们问起乔乔了吗?或者小末儿?有没有问水——"

阿尼谚挑起一边的眉毛。"问什么?溺水是意外的悲剧,又不是家里遗传疯病,或者癫痫。那种事情我是不会隐瞒的。而且阿嬷奇,不管你相不相信,我们这个群体里像小末儿这样的孩子可比你想象的多多了。这对两家联姻来说不是什么阻碍。"

大阿嬷奇转向菲利伯斯:"如果这婚事能成,你必须把一切都告诉埃尔茜,听到了吗?不许隐瞒。"

阿尼谚看着他们交谈,等着。他说:"那么……阿嬷奇,你和另外一位或两位长辈要到特塔纳特大宅去。啊,末内,你也可以来。"他补充道,像是顺嘴一提。"若诸事顺利,当天就可以定亲,婚期和嫁妆我们也会敲定——"

"我想有时间和埃尔茜私下说说话。"菲利伯斯说。

阿尼谚看向大阿嬷奇,但发现他得不到什么帮助。"呃,等祷告以后,喝了下午茶,也许……"

"私下里?"

"啊,啊,私下里,当然了,不过所有人都会在旁边的。"

大阿嬷奇坐在特塔纳特大宅长得不可思议的白沙发上,手里紧紧攥着镶金边的茶杯和碟子。墙上,先辈们裱了框的照片并排高挂,向下倾斜。这习俗她觉得有点儿瘆人。昌迪已故的妻子俯视着他们,挂在她旁边的，是拉维·瓦尔马画的那幅令人心安的玛·格雷戈里奥的肖像。她向圣人发问：告诉我我们现在做的事是对的吧。

"恩呐-嘀？你在嘟囔些什么？"奥达特珂查嫌气鼓鼓地说，"喝你的茶。"有幸作为长辈和振兴大师一起前来，老太太很是兴奋，根本不为这座宅子或这种场合而感到胆怯。她将冒着热气的茶汤倒进小碟子里（"要不然这是干吗的？"）呼呼吹着气。"啊，至少茶还算不错！"

媒人阿尼谚不喝茶也不吃东西，他的表情平静如一潭死水，眼睛却在不断地扫视房间，编录着未来的潜在目标，即使他们现在还裹着襁褓。

大阿嫲奇打量起昌迪，他们好客的主人正和振兴大师说着话。为什么要选我的菲利伯斯？她的儿子万里挑一，这是没错，绝对够格的新郎人选，而且他以后会继承帕兰比尔，那儿当初可有将近五百英亩。但这远比不上昌迪的庄园，他们告诉她，他的庄园在几小时路程开外，据说种着数千英亩的茶叶和橡胶，他还有这间祖传的老宅，另外还有其他地方的产业。他的阔绰从宅子里的陈设就可见一斑，而且门外还有两辆车子。一辆造型时髦，有长车头和鱼鳍似的尾翼，在门廊下如宝石一般闪闪发光；另一辆停在侧面，就是许多年前送菲利伯斯回家的那辆，拆得只剩骨架，后面还伸出一块平板。昌迪本可以为埃尔茜觅得另一位庄园主的后代，或者医生，或者地区税收官。也许他对当年见到的小男孩菲利伯斯有好感——他那时叫他英雄来着。现在小男孩靠着写作还有了名气。要不然，就是（还没出现的）埃尔茜和菲利伯斯一样坚持这桩婚事。她叹了口气，注视着她的儿子。他尽管紧张兮兮的，却还是那么帅气，坐姿挺拔，茂密的头发中分，带着点儿自然卷，白色的朱巴衬得他肤色更加白皙。

祷告过后，一个穿纱丽的年轻女孩子端来了更多的茶和帕勒哈勒，她是埃尔茜的堂妹。而后，她便领着菲利伯斯走向外面宽敞的围廊，坐到了两张长椅中的一张上，这个位置所有客人都能透过敞开的法式推拉门看得一清二楚。几乎是同时,特塔纳特那边三位年事已高的阿嬷奇便站起来跟了出去,她们戴着金饰的耳朵低垂,芒杜后扇尾的每个褶子都熨烫锋利,掩住了脊柱的曲线,她们的查塔肯定在米浆里浸泡多时,浆洗得非常笔挺,老太太们颤巍巍地往另一张椅子上坐时,那些衣服几乎都要裂开了。她们整理着金色织锦的卡瓦尼,往胸前添了一层遮挡。

奥达特珂查嬷皱着眉头把小碟子砰的一声扔下,也往外走,她迈着罗圈腿,走起路来身子摇摇晃晃。阿嬷奇们警惕地看着她靠近。她挤上她们的长凳,充分利用着胳膊肘,说:"地方这么大,过去点。"奥达特珂查嬷从年轻女孩子端来的盘子上捏起一块哈尔瓦,嗅了嗅,皱起鼻子,然后就把哈尔瓦丢了回去,干脆地挥手叫女孩走开,连带帮其他人也拒绝了甜点。阿嬷奇们气得目瞪口呆,但奥达特珂查嬷不搭理她们,只是咔咔地叩着她的木头假牙。阿嬷奇们得透过自己的白内障、绕过奥达特珂查嬷,才能看见菲利伯斯。因为耳背,她们说话的嗓门都特别大。

"要跟姑娘说话,是这么说的?为什么呀?婚礼过来不就行了——他做好这一件事就够了!"

"啊,啊!不管他想说什么,以后有一辈子好说呢,不是吗?"

"喔。他干吗不留点话等老了再说?到时候其他地方都不好使了,至少还有话讲!"

她们的肩膀随着笑声抖动,苍老的手捂着咧开的瘪嘴。奥达特珂查嬷假装自己什么也没听见。她先是冲菲利伯斯使了个眼色,然后便放了个屁,再用指责的目光瞪向坐在旁边的几个人。

菲利伯斯觉得每双眼睛都盯着他,空气凝重得他可以用手指写出字来。他母亲在屋内似乎很不自在,长沙发让她脚碰不到地,更显得她矮小。他注意到人们视线转移,谈话声渐轻,一定是埃尔茜出来了。他站起身,最后一次用手帕擦了擦脸。他的心跳得好响,埃尔茜光是听声音都能找到他了。

她比他记忆中那个火车上的女子还要美。他震惊得哑口无言,连你好都说不出来。他们并肩坐下。她珊瑚蓝的纱丽仿佛一块幕布，宁静地衬在她的双手下方。她的手上不戴任何饰物，连一只镯子都没有。她的手指从指关节延展出修长的线条，就像它们常常挥动的画刷和铅笔。他陶醉在她发间栀子花的香味里。

他清了一下嗓子想要说话，却又看到她的脚趾探出纱丽的裙边，他的语言消失了。他又回到了火车上，爬往上铺的她，脚掌在他面前一闪而过。

他的声带好像冻住了。哦，主啊，这就是中风的感觉吗？他伸手去拿手帕，却摸错了口袋，他的手指掏出了一枚一查克拉姆的硬币，正面印着巴拉·拉玛·瓦尔马的头像。他把硬币举到她面前，然后它就消失了。他展示双手，亮出正面，翻到背面。先生们女士们，请看仔细了，好好检查，是不是什么都没有。他够到她的耳朵后面，变出硬币，放进她的手心。

一位老阿嬷奇惊得捂住嘴巴，就好像她刚刚目睹了强奸。"你们看到了没有？"她们没看到。

"啊，他干了点什么！把什么拿过来拿过去的！"

"这是魔术。"菲利伯斯终于能说出话了。他讲出来的句子是英语，他不是故意这么选，却发现这是个好主意——如果他们想要有点隐私的话。埃尔茜接过菲利伯斯的手，将它翻了过来。

"你的手不错。我觉得手很有意思。"她用英语说。他们在火车上说的也是英语。他记得她的声音，那沉缓、魅惑的音色让他不得不仔细观察她的嘴唇。"我第一次见到你的时候就注意到你的手了。"

"我也注意到了你的，在你描摹那只鼻烟盒的时候。"他说。

他发现她的手心有一抹绿色的颜料。他被她碰过的皮肤麻酥酥的。

"我有几本本子画满了手。"埃尔茜说。他问为什么。"我猜，是因为我画的东西都是从我的手开始的。有的时候，我觉得是我的手在引路，我的思想只是跟从。没有手，我就什么都没了。"

"我有一本本子是关于脚的。"他说,"脚可以透露一个人的品性。你可以是国王或者主教,往手上戴满珠宝,但脚是未经修饰的你,不管你自称是谁。"

她探出身子去看他们俩赤裸的脚。她伸出一只脚,滑到他的脚边上。她的二脚趾比大脚趾略长一点,脚指甲光洁透亮,关节波浪似的起伏有致,这些都符合她艺术家的本性,他想。他的脚比她大很多。她的肌肤蹭到了他的。

旁观的阿嬷奇几乎要火冒三丈了。如果她们手里有哨子的话,这会儿就该吹响了。"啊哟!先是拉手,又是碰脚!这么等不及吗?"

埃尔茜忍住笑。"你听到她们说什么了吗?"

他犹豫了一下。"我不是每个字都能听清,但我大概知道意思。"说英语真是太聪明了。

"菲利伯斯?"她唤道,似乎是要试试念他名字的感觉,她的眼睛直视着他。听到这呼唤,他心花怒放。"你要求和我说话?"她在微笑。

他迷失在她的笑容里,愣了好一会儿才回答:"是,是,我要求了!我提的这个要求好像打破了一堆规矩。对,我想和你说话。说真心话,我能告诉你原因吗?"

"真心总比不真心的好。"

"在我们……在火车上见到你以后……我就有个愿望。我是说,一切就像命运安排好的一样,过了这么多年,我们竟然在同一列火车上,同一个隔间,同一张凳子,同一个……我们分别得太快了。自那以后,我……我就幻想着能娶你为妻。但我是个拿不到大学文凭的人,受尽折磨,心灰意懒。我努力奋斗,终于不再是受尽折磨、心灰意懒了,就是这个时候,我说要请媒人阿尼谚过来。但是,我记得你在火车上对米娜说,你没有准备好结婚。埃尔茜,这一切是我想要的,我想要确保……确保你也想要,确保你没有受委屈。"

她思索着他的话,然后转过头来露出了笑容,无声地告诉他,是的，我想。

"哦，感谢上帝！我担心你父亲想要的人会更……更——"

"是我想要，要你。"她简直就像是给了他一个吻。他觉得自己头晕目眩地跌进了她的目光，跌进了她瞳孔的棕色、灰色，甚至还有一丝蓝色的漩涡。他想跳起来欢呼。他朝奥达特珂查嫲咧着嘴笑起来，她冲他眨了眨眼睛。她溜下长椅，把卡瓦尼的尾部往肩后一甩，打到了阿嫲奇们的脸上，然后昂首挺胸地回到了大阿嫲奇身边，顺道还拿了一块哈尔瓦。

菲利伯斯说："我太幸运了。为什么是我？"这回她成了哑口无言的那个，一反常态默不作声。"是秘密吗？"

她说："秘密就藏在最明显的地方。"他受宠若惊，这是他第一篇未虚构《普拉梧人》的最后一句话。"你真的想知道吗，菲利伯斯？我该告诉你吗，'真心话'？"她在逗他，可她马上就严肃了起来。"原因是，我是一个画家。"她简练地说。他不太明白。

"你是说像米开朗琪罗？像拉维·瓦尔马？"

"嗯，我想算是吧……但又不像拉维·瓦尔马。"

"那是像谁？"

"像我自己。"她毫无笑意，"如果拉维·瓦尔马生来是个女孩，你觉得他婚后还能有机会接受荷兰导师的训练吗？能去维也纳参展吗？能游历整个印度吗？他买下了孟买的一间印刷厂，多聪明，所以他的版画能广为流传。他见到了他那个时期的所有美人，王公夫人们，情妇们，他画下她们，还和其中的一两个走得更近。"她有什么是不敢说的吗？菲利伯斯钦佩地想。"菲利伯斯，我的意思是，如果拉维·瓦尔马是女的，那就没有拉维·瓦尔马了。"

他听懂了她的观点，但不知道这和他有什么关系。

"菲利伯斯，你也是艺术家。"这话真是让人喜出望外。"你可以把一天大部分的时间都花在你的创作上，没有人会跟你说不要写、什么时候写，婚姻也不会改变这一点。"

他无从反驳。

"自从我回来,父亲就考虑过各种人选。有庄园上的一个男孩子……还有一个在哥印拜陀开纺织厂的。我都拒绝了。我想,在所有我可能嫁的人里,你是会认真对待我的创作、我的抱负的。"她说这些话时神情肃穆,"我家里待我很好,我父亲不是要赶我出去。但万一他有个三长两短,除了我的嫁妆以外的所有东西,我是说所有的所有,全都是我哥哥的。我们这个社会的规矩就是这样,不是吗?不公平,但这就是现实。如果我一直未婚,那父亲不在以后我就无家可归了,所以他才急着要把我嫁出去,为了我的未来。"

"男的也有结婚的压力,为了让家里人高兴。"他想起了乔潘。

"是的,但是结婚以后,没有人会说,'菲利伯斯,别再写你的文章了。你的职责是往后余生都要照顾好你的妻子和她的父母。管好厨房,养大孩子。'"她又带着一丝哀怨补充道,"我哥哥会过上我应得的生活。我希望他能珍惜。"

他们望向她的哥哥。他又肥又圆的肚子撑紧了优质的双层芒杜,浮肿的脸上是很快就会在眼下永驻的黑眼圈。他完全能以假乱真他们吃多了的父亲,而且成因也是一样——抽烟和过量的白兰地,只不过他还年轻得多。但这张脸上缺少了昌迪的幽默,也没有他的宽厚和活力。感觉到有人盯着自己,她哥哥无神的眼睛死气沉沉地看了过来。兄弟姐妹都是冤家,菲利伯斯心想。

埃尔茜把头凑得更近了些。"我告诉你只是因为你问了。女儿对父亲的爱是很难解释的,结婚是我能送给他的最好的礼物,以后我就是你的问题了。我想着,如果我非得嫁人,谁会把我当画家看待,谁允许我成为我期待的自己?我想你会的。"

他深感荣幸,但她的话却也有点儿教人泄气。爱情哪去了?这段坦白中,渴望的部分在哪里?她看出他的心思。"听着,如果我的话让你失望了,我很抱歉。这只是樊努-卡纳,你可以说你来了,看过了,觉得不合适。你可以取消的，或者我来取消。因为你问了，所以我告诉你我的真心话。"

多残忍的真心！他这辈子会有勇气说出她说的这些话吗？

"埃尔茜，我一点都不想取消——"

"那天早上我在火车上给你画像的时候，我觉得我看到了你的内心。我已经不是那个和你一起坐车的小女孩了，你也不是那个救婴儿的勇敢学生了。我看到的是一个挣扎着找寻方向的男人。你现在找到了你的方向——我从你的故事中看到了。媒人来提亲的时候，我很高兴。我想，这个人对世界的看法和我是一致的，他渴望诠释这个世界，我也想。告诉我，我没有猜错。"

"你没有，你猜的是对的。我只是想说，我不是为了结婚而结婚，我想娶的人只有你。等我们结婚以后，我会尽全力支持你的创作。我怎么可能不支持你呢？"

她很高兴。"你确定吗？你亲爱的母亲肯定指望着我接手厨房，保管好安拉的钥匙，做好吃的咖喱鱼。她到时候恐怕会大吃一惊，等鱼贩来了，我却分不清马缇和瓦拉——"

"等一下，你分不清？那样的话——"他作势要站起来。她高挑的眉毛蹭地扬起，然后便猛地大笑起来，笑声如银铃般动听。她整齐的皓齿、暴露的舌头和咽喉让他觉得一阵眩晕。"埃尔茜，只要你能一直这样笑，我不在乎，我保证。我有多少时间和机会写作，你就有多少时间和机会追求你的艺术。你还不认识我母亲，但她是特别好的人，她会理解的。"

"菲利伯斯……"她轻声说着，感激地低下头依偎到了他的肩上。他挨近她，支撑起她的重量，让那些老阿嬷奇见鬼去吧。他的胳膊碰到她，好像着了火。他的心如小鹿乱撞，脉搏突突直跳，这不是因为害怕或恐惧，而是因为他的心知道，它所寻觅的已然就在眼前。他为自己感到自豪。平凡之人做到了一件不平凡的事。

第四十六章　新婚之夜

1945年，帕兰比尔

持续了六年的战争，终于要结束了。二百五十万印度士兵卸甲归田，包括——有史以来第一次——几百名印度军官。在大战期间，英国人没有任命过任何一个印度军官，生怕会亲手训练出未来的叛军头领。他们是对的。现在回乡的这些印度军官，身上挂满嘉奖英勇的勋章，他们见证了士兵在自己的指挥下解放阿比西尼亚人、解放法国人、解放希特勒桎梏下的欧洲，最终战死沙场。印度自由是他们能接受的底线。英国人愚蠢地宣布，所有被日本人俘虏、随后为了不被砍头而被迫加入苏巴斯·钱德拉·鲍斯旗下印度国民军的印度士兵，统统要作为"叛徒"受审。全体印度士兵和印度民众的怒火恫吓住了英国人。一旦有任何一支驻防部队叛乱，多米诺骨牌的倒塌就无可避免。在印度的二十万英国平民也许一夜之间就会被三千万的原住民赶尽杀绝。

特拉凡哥尔的准新郎整夜整夜地乘着无线电遨游，在帕兰比尔邮区亲历着一次又一次解放，列宁格勒、罗马、仰光、巴黎。他贴上新的纸张扩充墙上的地图，但太平洋战争不管用什么比例都画不下。他在小圆点旁边一笔一画地标注出名字：瓜达尔卡纳尔岛、马金环礁、莫罗泰岛、佩莱利乌岛。在那些微不足道的岛屿上，人们曾前仆后继地死去。这一切都毫无意义。这一切也都和他有关——陶匠的一个孙子参了军，就是因为看重入伍补贴和那点薪水。可怜的小伙子死在了北非。

他和振兴大师打算关掉救济站，食物供应已经在稳步恢复。菲利伯斯不由得感到，战争态势的转变、印度对自由就要来临的乐观，都和他自己命运的变化遥相呼应。

他们举办婚礼的教堂,就是大阿嬷奇结婚的那一间,也是菲利伯斯受洗的那一间。埃尔茜走进来时,拎起纱丽的帕鲁盖住头发,按照规矩眼眉低垂,右脚先跨过门槛。人群见到美貌的新娘,同时深深吸了一口气,在这间教堂里穿纱丽结婚,恐怕她是头一个。菲利伯斯仿佛看到她周围散发着一圈金色的光晕,像是飞舞的肉桂粉。她没有给自己挂满母亲沉重的珠宝,只是两个手腕上各戴一只镯子、脖子上系一条细金链子吊坠、耳朵上有一对金耳环。十九岁的她,有着两倍年龄女人的泰然与自若。菲利伯斯来教堂前最后一次照镜子时,看到的自己与之正相反:一个十二岁的男孩假装二十二。

乔潘穿着他最好的芒杜和朱巴,跟振兴大师和其他帕兰比尔的亲戚一起,骄傲地站在男方宾客的最前面。虽然菲利伯斯各种恳求,沙缪尔还是拒绝踏进教堂,只从外面透过窗户观礼。

昌迪那辆长车身、带尾鳍的时髦福特被装点上了玫瑰,载着两位新人回了家。他们驶上帕兰比尔村口新拓宽的车道,路的一边搭起了宽大的白色潘得尔,里面坐满了客人。路的另一边是达摩达兰笨重的身影,它也知道今天是个大日子。他们从车上下来时,达摩依偎到大阿嬷奇身边,她举起手摸了摸它。接着,达摩又粗鲁地把菲利伯斯钩了过去,揉乱他的头发,特塔纳特那边的人吓得倒吸一口凉气。达摩把乌尼递给它的茉莉花环放到新娘的头上,它的鼻子还依依不舍地嗅了嗅她的脸颊和脖子,逗得埃尔茜笑个不停。她将大阿嬷奇递来的一桶棕榈糖拌饭给它作为回礼。

上菜的伙计们端着盘子在帐篷里来回穿梭,"苏丹"巴塔尔美味的羊肉香饭正冒着热气。人们震惊地听见正经珂查嬷尽情大笑,没有人知道她还拥有这样美妙清脆的嗓音。昌迪带来的"庄园宾治"——一款以圣人命名的梅子酒——深受女宾客们的欢迎。

菲利伯斯和埃尔茜站在酒席的舞台上，稀里糊涂地招呼一长串的宾客，其中有一些是昌迪庄园上的朋友，包括好几对白人夫妇。菲利伯斯发现沙缪尔站在潘得尔外面，穿着菲利伯斯买给他的鲜亮的芥末黄丝绸朱巴和一条白得泛光的芒杜，看起来很是气派。菲利伯斯招手叫他过来，他却怒目以视，一步都不肯动。他的表情在说，檀卜朗应该知道规矩才对。于是菲利伯斯拉着埃尔茜跑到外面，用胳膊环抱住老人——不仅是出于对他的爱，也是因为他快要逃走。

"埃尔茜，这是沙缪尔，我所认识的真正的父亲。"沙缪尔脸上原本看到他们走来的惊讶，变成了听闻小檀卜朗亵渎之言的惶恐。他双手合十举到下巴，眼睛都不敢直视埃尔茜。她回礼，然后便弯下腰去碰他的脚。沙缪尔惊叫一声，不得不抓住她的手才好阻止。她握住他的手，低下头，轻声道："请祝福我们吧。"无法拒绝的他，颤动着嘴唇，默默地将饱经风霜的手哆哆嗦嗦地罩在他们两人的手上。菲利伯斯想要拥抱他，但沙缪尔假装生气，用力把他推开了。他背过头去，指着舞台提醒他们赶紧回去，这样他们便看不到他的泪水。

两人终于在菲利伯斯的房间独处时已几乎是午夜。在他们婚礼前互通的书信里，他提到奥达特珂查嫌勒令他撕掉地图，把房间为新娘准备好。这导致埃尔茜直接发了一封电报过来，也是帕兰比尔邮局的第一封。

留图一切勿变欲见你原本模样

埃尔茜看到自己的电报笑了，它现在被钉在墙上，成了被标注得密密麻麻的壁毯的一部分，周围环绕着国家、陆军、舰队和人类的蠢行。屋里放进埃尔茜的箱子以后显得更小了。在卧室隔壁，有了新建的卫生间，水箱在外面，必须每天早晨从井里打水倒进去才能让水龙头出水，

335

不过菲利伯斯打算尽早搞一台电动水泵。埃尔茜拿着洗漱用品径直走了过去,好像她已经在帕兰比尔待了很多年一样。谢天谢地,她不必去那个建在屋外的洗澡棚子,菲利伯斯在后者洗了澡,然后快步赶了回来。

她回来时,他已经点上了油灯,它昏黄的光没有墙上裸露的电灯泡那么刺眼。埃尔茜换上了一袭白色的睡裙,上面点缀着淡粉色的玫瑰小碎花,而他只穿着芒杜,上身赤裸。他们并排躺下,看着天花板。整个仪式的过程中,每次他们擦碰到对方的手,他都觉得好像有电流蹿上他的胳膊。乘车回家时,他们倚靠着彼此,像小孩子一样窃笑,好像在说,我们做到了!

他拧下灯芯。许久,他们只是静静地躺着,听风扰动椰树的林冠,听一只鸽子咕咕地叫,远处,达摩腿上的铁链叮当作响。房间一片黑暗,但慢慢地,对面的墙上出现了两方皎白的窗户,窗帘只遮了下面一半,而屋外那棵普拉梧高处的枝条则在天幕的映衬下化作廊影。三只青嫩的果子在枝杈上摇摇晃晃,像是在树上玩闹的孩子。

他转身面向她,她也转过来面向他,仿佛已等候多时。他们的膝盖笨拙地撞到一起。他把腿搁在她的腿上,她把腿滑入他两腿之间,他们的脚寻觅到了彼此。他只能看见她的脸,感受到她的呼吸吹在脸颊上,闻到牙膏和肥皂的味道,以及她皮肤原本的气息。小心翼翼地,她的手摸过他的太阳穴、他的下巴、他的脖子——丈量着尺寸的雕塑家。他的手穿过她的秀发。他们的身体紧紧相依,她的胸脯软软地贴着他的。她忍不住打了个哈欠,还没打完,他也跟着打了一个。他们屏着笑。她叹了口气,钻进他的怀里,将头靠在他的肩膀和躯干之间的小海湾里,纤长的手指探上他的胸膛。

从马德拉斯羞耻地败退让他觉得自己是不完整的,他人生的线头缠作一团,还缺少了某些部分。但现在,有埃尔茜依靠在他身边,他圆满了。她的肚子紧贴着他,随着每次呼吸又再松开,频率逐渐放缓。他细细感受着这个奇迹。随后,即使心脏还在为他怀里搂着的美丽女子——

他的妻子——而兴奋得怦怦狂跳,他也睡着了。

午夜过后他醒来时,他们的腿仍旧交缠在一起,但她的睡裙和他的芒杜都蹭了上去,两人大腿的肌肤碰在一起。他猛地清醒过来,像是被泼了一脸水。他接触到她的皮肤火烧火燎。他温柔地拥紧她,出乎他的意料,她回应了。她睁开了眼。他不确定接下来具体该怎么做。他把头靠得更近。她贴紧他新出现的坚硬部位,在睡前温软地相拥时它还不曾在那儿。

他们双唇轻碰,狼狈地一掠而过——刺激,但索然无味,和他想象的不一样。他们又试了一次,更坚定地探索。这次,他们的舌尖相接,仿佛被电流击中,如此深入的亲密让他的身上麻酥酥的。他笨手笨脚地去扯她的睡裙,突然间,她的胸部就暴露在眼前。没有任何一刻、他这一生中都没有任何一刻能胜过此时第一次看到它们、抚摸它们、感受到她的反应。他的手踌躇地向下摸索,同时她的手背、紧接着是她的手指小心地碰触到他身上无法忽视的那一部分。他们共有的犹疑与笨拙同样燃旺了欲火。他支起身体,撑在她上方,像个跌进角落的瞎子,杵着他的棍子乱探,但她伸出了一只手引导他,另一只手则抵住他的胸膛像是刹车。慢慢地,她指引他轻柔地进入。她瑟缩了一下,但仍旧没有放手。他一直等到她放松下来,才终于非常温柔地动起来。上帝啊,他想,一旦尝到禁果,怎么还能有心思做别的事呢?他融化进了新婚妻子的肉体,他们的呼吸、他们的汁液、他们的筋肉都合为一体。什么自我实践、什么《芬妮·希尔》《汤姆·琼斯》,都未曾让他预见到刚才的这般激情与温存。

困倦的纱隐秘地飘落,浓郁地混杂着两人的气味,他们束手就范。他醒来时,想起刚才的种种,又一次被记忆扰得欲火焚身,急不可耐地想从头再来一次。他强烈的意念要她睁开眼睛,很快,她就从睡梦的迷雾中苏醒,一时不知自己在哪儿。那一瞬间,在陌生的房子里醒来的她,显得脆弱无助。他看出她的心境,温柔地将她揽到怀里抱紧。

他不知道她是否觉得疼。她蜷缩到他身边的样子让他知道，抱住她是正确的选择。过了很久之后，她把脸抬起来，看着他，然后吻了上去，她的呼吸沾染着他的味道和睡意。她低声私语，但他看不清她的嘴唇。"埃尔茜，我很难听见小声说的话，对不起。"她把嘴唇凑上他的耳边："我说：'如果我嫁给了别人，我不觉得我会有和你在一起这么安全的感觉。'我刚刚说的是这个。"她再次依偎到他的怀里，他们又一次睡着了。

他们在同一时间醒来。阳光透过十字形的通风口和窗户倾泻而下。懒散的公鸡打着鸣，太阳比我起得早喔喔喔。远处传来提桶打在井壁上的叮当声，然后是绳子和滑轮的嘎吱声、呼呼声。宅子醒了。

汗水在她锁骨后的小窝里闪烁着微光。他们两人交杂的气味是那样浓重，满是情欲。他想告诉她昨夜的交锋是多么销魂夺魄，是多么……但是语言只会让它黯然失色。相反，他吻了她的眼睑、她的眉毛、她脸上的每一寸肌肤。"我想让你在这里过得幸福，埃尔茜，"他轻声说，"任何我能满足的愿望，你只要说……什么都行。"

这话在他自己听来都觉得恢宏大气，他的形象崇高起来。他仿佛仁慈而痴情的君主，柔情蜜意地注视他的皇后，注视她笔直的鼻梁、细长的眼睛和同样瘦长的脸型。在火车相遇后的漫长时光里，他一直都记得她的眼睛是近心眼，但其实那只是因为她的内眼角有朝着鼻子向下倾斜的感觉，她就是他的纳芙蒂蒂。而且记忆也从未能够清晰地描绘出她精巧的唇峰。他醉了，醉倒在新娘的美貌中，他整个人因为慷慨而膨胀，像是皇帝沙·贾汗要为爱人建一座宫殿。

"什么都行？"她半梦半醒，手臂仿佛羽翼般在两侧伸展，嘴唇几乎没有动，眼睛半睁着，"就像阿拉丁神灯里的精灵？你确定？"

"是的，什么都行。"他说。

她用一只胳膊支起身体，转过来面向他，她的乳房贴着他的胸膛。这个画面在日光下太过震撼，就算是她让他把头砍下来才能继续大饱眼福，他也会同意的。他的专注把她逗乐了，她并没有害羞，而是保持姿势，让他看个够。她这片皮肤异常滑嫩，奶油似的，比其他的地方都白，到了乳晕才分明地转成更深的颜色。他们才刚刚发现彼此的身体，迷恋大过了羞涩。轿车里的小女生、和他在火车上一起吸鼻烟的年轻小姐，现在成了他的新娘，而她的眼睛在说，来吧，看吧，吻吧，摸吧……

"什么都行。"他沉溺在爱意和泄欲后的满足中，口齿含糊不清，"而且我说的不是建画室，那个是板上钉钉的。我已经画了图纸——扩建南围廊，上面搭个顶，光线肯定不错，不过最终还是听你的。我是说除了这个以外，什么都行。收复圣地？屠杀恶龙？"他轻抚她的脸庞。

她端详着他，微笑着，犹豫着。然后她看了一眼窗户——犹豫消失。他顺着她的目光，试图用她的视角来观察他再熟悉不过的世界。

"我喜欢清晨的阳光。那棵普拉梧，"她说着指向窗外的树，上面离他们最近的那只波罗蜜有孩子的头那么大，果子回瞪着两人，"它把房间里的光都遮没了，你可以把它砍了，这就是我的愿望。"

砍了普拉梧？那棵从他童年时就守护他进入梦乡的树？

她说："它后面的风景一定很美。"

第四十七章　害怕那棵树

1945年，帕兰比尔

这棵树晚上就消失，亲爱的！这才是他该说的话。可惜他犹豫着，犹豫到公鸡又打了一次鸣。"那棵树？"话音里的心虚让他自己都觉得恶心。

她凝视的目光退却了，她的微笑僵住了，像一个孩子刚得到了糖果却又被人抢了去。在这个世界上有两种人，一种是言出必行的，一种是言而无信的，她把身体献给了后者。

"没关系的，菲利伯斯——"

"不不，对不起，亲爱的埃尔茜，请听我解释。我会砍掉它的，我会的，我保证，但是容我一些时间，好吗？"

"当然。"她说。但是他能感觉到，他们的婚姻已经有了裂纹，有了嫌隙。如果他没这么冲动就好了，或者她能许个别的愿就好了。

"谢谢你，亲爱的埃尔茜。事情是这样的……"

他的短篇故事《普拉梧人》引起了一些读者奇特的共鸣。有些人坚信他的故事是真事，而且这棵普拉梧就是里面写的那棵，所以专门赶来朝拜这棵树，不管菲利伯斯说什么都改变不了他们的想法。还有些人通过报社写信给他，要求将他们的信件放到树里、塞进树洞——他们的文字写给已经离世的人，写给那些他们企求追寻的灵魂。这桩桩件件促使他的编辑下了委托，要拍一张菲利伯斯站在树前的照片。

"摄影师很快就会来，而且这段时间我还要再跟沙缪尔商量一下。是这样的，他经常给我讲他父亲和我父亲当年开垦这片土地的时候，是怎么一起种了这棵树。它是第一棵。我小的时候，沙缪尔还教我怎么种树。我们挖一个坑，把一只大楂卡完整地放在里面，鳄鱼皮似的果壳里包着几百颗种子，从那里头能发出二十棵小苗，每一棵都能长成树，但我们把小苗全编在一起，硬是让它们长成一株参天的普拉梧。"他话太多了，他知道。

厨房里传来锅碗瓢盆的叮呤哐啷，一只聒噪的乌鸦对着同伴嘎嘎叫，看看这位傻朋友，该闭嘴的时候不闭嘴。

"别担心，别问沙缪尔了，你不用——"

"不，埃尔茜！就当它已经没了，你的愿望已经达成了。再叫我做点什么现在就能做的事吧，叫我——"

"没事的。"她的语气如此温柔，他不配。她耸肩将睡裙的衣领套了回去，把双峰关进了围栏。"我不需要别的什么了。"她站起身，高挑挺立，从上到下系起了扣子，直到她私处深色的三角形和光洁的大腿都只留在了回忆里。

她在门口停住了脚步。阳光透过普拉梧的叶片洒进窗户，光线下，那一对灰蓝色的瞳孔闪烁着石墨般的微光。

"不过，菲利伯斯？请你……请你在让我创作这件事上，还是信守承诺好吗？"

他隐约听到她和小末儿在外面聊天，然后是和大阿嫲奇和莉齐，她们的声音明亮愉快，而她的低沉深邃，很容易分辨出来。

摄影师来了，摄影师走了，几周过去了，几个月过去了。每个夜里，在他们云雨过后，菲利伯斯都告诉自己，他要和沙缪尔悄悄做好安排，让他美丽的妻子醒来时沐浴在晨光里，意识到她的丈夫是一个言而有信的男人。埃尔茜倒似乎再也没想过这棵树，从来都不提。但菲利伯斯满脑子都是它。

收音机里，爵士乐流淌而出，是一个美国的公爵，叫艾灵顿。菲利伯斯坐起来凑近去听,埃尔茜在他边上速写。他瞥了一眼出现在纸上的画面:是他,弓着腰趴在收音机上,头发挡在眼前。他浑身为之一震——既为她骄傲,又隐隐有一丝说不上来的不安。这幅画将他画得比真人更英俊,有力的线条勾勒下巴,柔软的笔触描绘丰满性感的嘴唇。但不知是有心还是无意,她捕捉到了他的困惑、他隐秘的恐惧。他,一个有瑕疵的凡人——终究不是沙·贾汗或者精灵——在她的才华面前更显得碌碌无奇。他对自己已经没了信心,不知道该怎样和她相处才对,要怎样才能配得上她。

在她的影响下,菲利伯斯比以往更勤勉地工作。但于她而言,工作就是休息,和呼吸一样自然,相比之下,他的笔挥动起来要费心拣选许久,即使他的素材——生活——向来都在那里。他的创作,至少他是这么告诉自己的,是要用令人难忘的方式为平凡赋予声音,从而阐释人的行为、论述世界的不公。可他就是无法像她那样源源不断地产出。

在他们交欢之时,她有时会出乎意料地摆弄他的肢体,态度坚决得让他感觉自己像是小末儿的娃娃。这猛烈地激起了他的情欲。待到心满意足,她便飘离尘世之外,只剩一具还在呼吸的肉体,留下他将自己的四肢掰回原位。当他注视她毫无知觉的身形,那种不安再次浮现:他是纸、是石头、还是炭条,满足了她这一夜对欲望的创想?可由他主动时,她又如此毫无保留地献身,让他的怀疑烟消云散……直到下一次它又浮现,喋喋不休地让他猜想,她是不是有一部分藏在看不见的地方,好像上锁的安拉,钥匙却不能托付给他。是他想多了吗?如果不是,那能怪罪的只有他自己——都是因为他一个冲动,许了砍掉那棵蠹树的诺言。每每想到这儿他就心头一紧,而且像化脓似的越积越重。他应该操起一把斧头,砍树去。

* * *

大阿嫲奇一下子就喜欢上了她的新媳妇。看到小两口这样幸福、她儿子这样在意新娘，她很是欣慰。他在结婚之前告诉母亲的事情现在看来是显而易见的：埃尔茜不会接手家务，她是位真正的画家。当时大阿嬷奇故作气恼："谁说我要别人接手了？什么都接手了我干什么？我再多读几遍你的专栏，报纸上就要烧出个洞了。"她只希望埃尔茜愿意做什么就做什么。埃尔茜愿意常常待在厨房，坐在矮凳上，一边高高兴兴地筛去大米里的石子，一边笑奥达特珂查嬷的唠叨，或是全神贯注地听大阿嬷奇的故事。大阿嬷奇对埃尔茜是每天都越看越欢喜。毕竟，埃尔茜的母亲早逝，谁还能给她讲那些故事、叫她末丽、给她梳头、帮她准备油浴呢？大阿嬷奇做了这一切还不止。而埃尔茜不管走到哪里，她的小跟班小末儿都要陪着她。莉齐，就是科拉总管的妻子，也经常来。她和埃尔茜很快就变得像姐妹一样亲。

埃尔茜赞成了阿沙犁的方案，建造工程开工。他们的卧室（曾经是他父亲的卧室）扩建到了原来的三倍大小。三分之一成为菲利伯斯的书房，两面墙摆书架，后头有壁龛用来放收音机。剩下的三分之二变成了大卧房。至于埃尔茜的画室，他们用水泥搭了露台，从扩大的卧房后面往外延伸出二十五英尺[1]。盖在卧房、书房和露台上方的是一座尖尖的屋顶，用了瓦片而不是茅草。露台周围砌起了一圈膝盖高的砖石水泥墙，防牛羊翻越但是能请进来很多阳光，靠外侧安了一扇宽大的铰链门。在露台的三面还装上了椰棕卷帘，可以放下来遮光挡雨。特塔纳特大宅的司机送来了埃尔茜的装备：亚麻油画框，几沓画了一半的画作，放着画刷、铅笔、钢笔的笔盒，木箱子装的一管管、一罐罐的颜料，画架，木工工具，好几桶松节油、亚麻油、清漆。不出多久，颜料和松节油的气味就和炒芥末籽的香气一样，是帕兰比尔的常客了。

大阿嬷奇偶然听到正经珂查嬷要求埃尔茜给她画幅像（"用油彩，

---

[1] 约7.6米。

像拉贾·拉维·瓦尔马那样的")。埃尔茜拒绝了——也许以后有机会吧。她还礼貌地补充道,她相信正经珂查嫌一定知道这三点:画家可以随意选择如何描绘对象;在画作完成前模特不能看到它;除非收取了佣金,否则画像就是属于埃尔茜的。每多说一个字,正经珂查嫌的嘴角就往下多撇一分。要不是大阿嫲奇在,这女人可能尖酸刻薄的话早就出口了。她脸色通红,气呼呼地走了。

莉齐和埃尔茜总是有许多话,也许是故意,又或许是巧合,聊着聊着莉齐就成了第一位模特。菲利伯斯真想听清她们聊这么久都在聊些什么。他意识到莉齐已经在帕兰比尔睡了两个礼拜了,但他没有多想,直到振兴大师告诉他科拉跑路了。一个债主发现科拉伪造了用来抵押贷款的地产文书,真实的原件在另一位债主那里,而那笔借款也早已逾期。"也许逃跑是最好的办法吧。"大师说。菲利伯斯感叹,从莉齐的脸上真是什么都看不出来。她和谁都一个字没说,也没人跟她提起这个话题。就在科拉消失了的事情逐渐传开的时候,菲利伯斯有幸得以提前看到《莉齐的肖像》。画像表现出了莉齐的沉着自信,她安逸的状态也不言而喻,看得出帕兰比尔就像她自己的家。但他惊讶地发现,从画中也能读出他在现实中的模特身上没注意到的东西——莉齐的愤怒,缘由无疑是科拉闯的大祸。当莉齐总算能看到成品的时候,菲利伯斯也在场。她许久都一动不动,甚至让菲利伯斯都有些担心。他和埃尔茜退了出去,等莉齐最终出来时,她的脸上显露出了新的决心。她默默地给了埃尔茜一个情深义重的拥抱,对菲利伯斯点了点头,便回家了。

他们家后来再也没能见到她。第二天早上,他们听说莉齐连夜走了。大阿嫲奇心急如焚,她这是失去了一个女儿。"我说过她可以一直跟我们待在一起的,这就是她的家。她都没有和我告别,因为她对我撒不了谎,她不能说她要去哪里。我估计她觉得那是她的本分,不管他藏在哪儿都得去找他。"

埃尔茜泪如雨下,她觉得是那幅画像不知怎地导致了莉齐的出走。

菲利伯斯说："如果真是因为那幅画，那也是好事。要我说，莉齐应该在你的作品里第一次认清了自己，看到了自己的力量。她早就知道科拉不能好好过日子，也养不了家。是，她是能一直待在这儿，但她还是选择了去找科拉，原因只能有一个：不是要尽妻子的本分，而是莉齐想掌舵，她要当家作主。科拉谢她都来不及，他肯定会答应她的条件，要不然他就永无翻身之日。这都多亏了你的肖像。"

埃尔茜听着瞪大了眼睛："这也是你的未虚构作品吗？"

"不，这只是你捕捉到的事实。你没看出来吗？好吧，反正我看出来了。你忘了，我也是被你画过像的。相信我，这绝对能让模特深入了解最真实的自己。"

莉齐离开之后，亲戚们纷纷跑来看《莉齐的肖像》。菲利伯斯看着他们做出和大阿嬷奇一样的反应：长久地凝视，陷入和画中人无声的对话，也是和自己的对话，最后默然离场。这幅肖像也许让看画的人更坦然地接受了莉齐的消失，但它同时也让他们明白了一件菲利伯斯早已知道的事情：埃尔茜是顶级的画家。她根本不像拉贾·拉维·瓦尔马，她要好得多，她拥有属于她自己的视角。与埃尔茜的肖像画相比，即使拉维·瓦尔马的作品充满了戏剧化的夸张手法，他的画仍旧是那样单薄、了无生机。

那年六月的一天，菲利伯斯的欢呼打破了夜晚的宁静，引得所有人都跑到了收音机这儿来。"尼赫鲁自由了！他在监狱度过了九百六十三天！是英国人宣布的，监禁结束了！"

直到深夜，菲利伯斯都扒着收音机不放。过去，曾有美国、爱尔兰、新西兰脱离英国的掌控。他想象着在剩下的殖民地里——尼日利亚、缅甸、肯尼亚、加纳、苏丹、马来亚、牙买加——英国人紧张地守在收音机边，因为大英即将失去王冠上的明珠，日不落帝国也终将迎来日落。印度独立的谈判已经在进行中，只是前路依旧坎坷，真纳和穆斯林联盟想为穆斯林划分自己的领土，而印度几乎三分之一的人口都是穆斯林。真纳并不信任以印度教徒为主的国大党。

他爬上床时,埃尔茜正在看书。他说:"为什么一个小岛到头来能统治半个地球?我真想知道。"

她放下他那本卷了边的《弃儿汤姆·琼斯的历史》,这几天她的睡前时光都耗在了这本书上。"我想知道的是,"她说,"这个淘气的汤姆给当年读这书的年轻人带来了什么影响。"

"呃,"菲利伯斯说,"其实呢——"但她用唇捂住了他的嘴,他伸手寻摸灯的开关。

八月,在三天时间里,原子弹夷平了广岛和长崎。十万人死于一瞬间。帕兰比尔的一家人聚在一起,凝视着报纸上拍摄两个城市的一组照片。在帕兰比尔见过的所有可怖的战争影像中,没有什么能与之相提并论。

那天晚些时候,菲利伯斯发现奥达特珂查嬷在一个人盯着报纸,泪水从她的两颊滚落。他伸出胳膊搂住她,她假意推开,同时却疲惫地靠在了他身上。"我虽然不认字,但末内,我懂的比你想象的多。你以为我是难过吗?错啦!这是高兴的泪水。我真庆幸我已经老了,后面的事儿遇不上了。如果人类这么容易就能自相残杀,那不就是世界末日吗?"

他撤下了占据一整面墙的拼贴地图。战争早就成了让他心怀愧疚的爱好,而现在,他再也不忍目睹地图上记录的人类的苦难。埃尔茜看着他,一言不发。"过去这几年有我更想记住的事情,"他说,"我回到了我所属的帕兰比尔,成了作家,但最重要的是,你来到了我的生命里。这些,才是值得铭记的事情。"

昌迪来信说,他要从山下的特塔纳特大宅搬去小别墅消暑了,邀请他们一同前去。埃尔茜兴奋不已:"到时候这里湿气多重啊,但在那里我们可以欣赏花园里的晨雾……你可以写作,我可以作画,我们可以一起去散步,打网球、打羽毛球。周末还有赛马,如果你想去的话。你一定要去看看庄园,每个人都特别期待见到你。"

"呃……听起来不错啊。"但事实上,她说的每个字都让他慌乱忐忑,他觉得眼冒金星,浑身直出冷汗。

"我们选个日子,然后我就叫父亲派车来接——"

"不行!"他说。埃尔茜震惊的神情让他觉得尴尬。"我是说,我们考虑一下,好吗?"

她之前的笑容还剩着些影子挂在嘴角,不愿放弃希望。想来,一个听收音机能那样狂热地记笔记的人,一个在晚饭时也要读报的人,一个订购的书连架子都放不下的人,一定会想要探索新的疆域、体验新的事物吧?

"菲利伯斯……我们时不时离开一下帕兰比尔也是有好处的,去看一下外面的世界。"她又想到了什么,补充道,"对我们的创作有好处。"

"我知道。"可如果他真的知道,为什么他的心在狂跳?为什么他感到如此强烈的恐惧,仿佛无法呼吸?马德拉斯之旅虽然短暂,却让他整个人四分五裂。他回家来是为了休养生息,重新建立完整的自己。但直到此刻埃尔茜提及离开,他才发现仅仅是想到这个念头就已经让他有了近似溺水的恐惧。帕兰比尔是他坚实的土地,是他能保持的平衡,外界的一切都仿佛是水。而且,这不只是跑到老远的山上就结束了,俱乐部的仪式、宴会、赛马对他的听力都是不小的挑战。那些打小看埃尔茜长大的人都会评判他,这更加剧了他的惶恐。

埃尔茜站在那里等他的解释,但他的惧怕毫无道理可言,而且他还觉得丢脸。要向她坦白这些,就免不了要贬损自己,让自己听起来像个弱者,根本不够格做男人、做丈夫。各种想法在他脑袋里横冲直撞,撞得他头疼。

"让世界到我们这儿来。"沉默良久后,他听见自己这么说,语气傲慢而冰冷。埃尔茜惊了一下。这是一句蠢话,他也知道,但话已出口,他便被堵到了墙角,无路可退。"我需要的所有东西都在这里了,你不是吗?我靠收音机就能游历大千世界的每一个地方。"

他爱慕的女人注视着他,仿佛他是一个陌生人。

"菲利伯斯。"过了一会儿后她开口说道,声音很轻,他必须仔细观察她的嘴唇。她迟疑地伸出手,像是一个孩子想去抚摸行为怪异的爱狗。"菲利伯斯,没关系的,我们是乘车去,没有船,也没有河,不会——"

这对他另一重缺陷的隐晦提及,更是让他本就已经畏缩、逃避、焦躁的内心愈发自惭形秽,出于防御,一条恶劣的答复条件反射似的冒了出来,他来不及反应便已脱口而出。"埃尔茜,你不许去。"一个他不认识的人用他的嘴和他声音说道,不堪入耳的词语离开他的嘴边,"我禁止你去。"就这样,木已成舟。

她的手退缩了,神情僵在脸上。他眼睁睁看着她躲回内心那个不对他开放的角落。她转身走开,说了些什么话他没听到。"埃尔茜,你说什么?"

她正面对他,高昂着头。他从她嘴唇上读到、同时耳中也听到了的话语既无恶意,也无怨恨,只有悲哀。"我说,我要去见我父亲。"

那天夜里,他的妻子没有上床就寝。他找到她时,她正和另外三个人一起躺在席子上,之前只有在小末儿身体不舒服恳求她时,她才会和她们一起睡。他的自尊心不准自己叫醒她,更不能冒险惊动母亲。晚饭时,大阿嫌奇问他怎么回事,他装作听不见。

接下来的几天都很尴尬,但沉默不语也比坦白好。再说了,没有道理的恐惧要怎么用道理去解释呢?每次他在她身边时都摆出一副新的面孔,就像男人们有时会穿一件新衬衫或蓄起小胡子,企图让世界(和他的妻子)用不一样的眼光看他。不过,什么都不起效。他们在一起的每时每刻,话几乎都到了他的嘴边:"原谅我吧,是我太傻了。"但他心里有个气势汹汹的声音警告他闭嘴,否则他婚后的这半辈子都要不停地认错。一场冷战又能持续多久呢?

事实证明,没有多久,因为这天小末儿坐在长椅上时,宣布有车来了。半小时之后,庄园的司机将车停到了门口。显然,埃尔茜给家里写过信了。她将一沓画布递给司机,又回他们的房间去拿更多。菲利伯斯跟在她身后,怒火中烧、不敢相信、不知所措,血涌上耳朵轰隆隆地响。她往发绺上别着发卡,眼睛盯着窗外的普拉梧——

他揪住了这一点。"瞧瞧,"他说,"全都是因为那棵蠢树,不是吗?我都告诉你了我会处理的。但你别忘了,我禁止你离开。"她转过身,静静地看着他,他的话似乎并不让她惊讶,也没有挑起她的任何情绪。他等着她开口,但她只是默默地收拾发刷和梳子。看到她的反应他泄了气,站在那里越发觉得自己像是个傻子。

"那你就留在这间房间里,直到改变主意为止。"他说得过于大声,而后便冲出去,摔上了下边的半扇门。但鉴于门闩是在里面,他得弯腰去够才能把它闩上。这显得他更蠢了——一个把钥匙留在牢房里的狱卒。他站在那里气喘吁吁,转身却发现母亲就在身后。她听见了摔门声和他的叫嚷,匆匆赶来。他想从她身边绕开,但大阿嬷奇不让他走,非要他解释清楚才行。他支支吾吾地扯起那棵树来……

"真是胡闹!快把那蠢树砍了,本来就碍眼。"她说着把他推到一边,手够到里面打开了房门。走进去之前,她朝他低声说:"你看不出她怀孕了吗?你不跟她一起走真是太不懂事了!"

他无助地看着妻子上车离开。

接下来的一周里,他有足够的时间来平复埃尔茜的怀孕、埃尔茜的离开和自己的蠢行带来的震惊。小末儿拒绝和他说话。大阿嬷奇见他没精打采地满屋子乱晃,气消了一半。"她回去看看家人挺好的,我嫁过来那会儿倒是希望有这机会呢。如果埃尔茜母亲还在世,她本来也要去那里生产的。尽管你爱待在家里,你也该为了她多出去走动走动。"

他想去找妻子,但他不知道她到底是在特塔纳特大宅还是在庄园小别墅——后者他还从来没去过。他写长长的忏悔的信,两个地方都寄,然后就等着。两周后,埃尔茜发来一张短小正式的通知,完全没有提及他的那些信,只是告诉她自己现在住在山中的庄园小别墅,计划再待一周后就和父亲一起回山下的特塔纳特大宅。仅此而已。

过了一周又一天后,他动身前往特塔纳特大宅,这是定亲后的第一次。还好,仆人说昌迪和儿子都不在。在清风徐徐的起居室里,他坐上一张小沙发,正对那张长得要命的白色大沙发,沙发腿比蜈蚣脚还多。高挂在墙上的一幅裱框照片选了死亡警示的题材,一家人围在打开的棺材旁边。六七岁的埃尔茜站在弟弟身边,眼神空洞——他上次来怎么没注意到?他愈发愧疚了。

埃尔茜出现时,他一见到她便被她的美惊得屏住了呼吸。她在他对面的沙发坐下。如果说在这短暂的分别期间,他是辗转难眠、抓耳挠腮,那她看起来倒是神采奕奕,好像分居正合她的心意。怀孕让她的脸庞更添了一抹成熟,她的两颊和鼻梁上出现了深色的斑纹。她穿了定亲时穿的那件珊瑚蓝的纱丽——这是个好兆头吗?她看着他的眼神里没有愤怒,什么都没有,只像是在看一只墙上的壁虎,好奇它下一步会怎么做。

"埃尔茜,对不起。"她不说话。他羞愧地回想起定亲时,他和她坐在围廊上,说自己理解她立志成为画家的抱负,许诺自己会支持她。而且他也做到了!他一直都支持她,他现在仍旧支持她。可他还是走到了这一步。

他换了个话题。"我们要有孩子了!我要是早知道就好了!"她没接茬。他叹了口气。"埃尔茜,之前是我做得不对,我像头公牛一样踢翻了一车的货。"他的话似乎让她难过,她的表情也许柔和了一点。"埃尔茜,你还好吗?"

她耸耸肩,抿紧嘴唇。他想冲过去抱住她。

她低头看着自己的腰身,现在还没有显怀。"我胃里难受……受不了颜料的味道,现在就画画炭条。但是和父亲去小别墅住住挺好的,见了些老朋友。"

"埃尔茜,你得去看看画室。阿沙犁给你的东西打了很漂亮的柚木柜子,我把它们都收进去了,看起来真的不错。"

他没有说,在这个过程中他意识到了她的产出是多么丰沛,相比之下,他觉得自己像是个冒牌货。他那区区几英寸的冥想,不过是以地区性的语言发表在地区性的报纸上,尽管它的发行量很大。"埃尔茜,请你理解,在马德拉斯之后……所有日常之外的事情都让我觉得不安、害怕,尤其是见很多新的人,我很担心能不能听见他们在说什么。你和我说你父亲邀请我们的时候,那一刻我的心在狂跳,感觉要晕过去了。但最糟糕的是,我觉得太丢脸了,不好意思跟你说实话,所以才——"

"没关系的,菲利伯斯。"她说。她看着他的眼神里多了怜惜,甚至可能还有喜爱。他在她面前完全暴露了自己。他的混乱、他的迷茫就是他身上最为真实的东西。在他原本的想象中,他一旦解释清楚,她就会和他一起回到帕兰比尔的家。但现在他意识到,如果他爱她,就必须接受她的一切决定。话虽如此,他还是希望她能让他坐到她身边,牵起她的手。

女佣用托盘端来两杯青柠汁放在埃尔茜面前,顺便偷偷地瞄了一眼菲利伯斯。埃尔茜将两只杯子拿过来,坐到了他的身旁。他长叹一声,他的释然太过明显,一定打动了她。每当他们靠得这样近,都会有一股磁铁般的吸引力让他们忍不住触碰彼此。也许她感受到了,因为她依偎到他的身上笑了。他去牵她的手,他们十指交错。过去一个月的痛苦终于缓解，他不由得发出一声呻吟。

"埃尔茜，原谅我，"他说，"我好爱你，我该怎么办？"

她带着爱意看着他，却也抱着警惕，隔着一些距离。"菲利伯斯……你可以稍微少爱我一点。"

第四十八章　雨神

1946至1949年，帕兰比尔

吾主之年1946年，小尼南降临世间，他犹如夏日的万里晴空下突然掀起的一场飑，树叶不曾沙沙地晃动，晾晒的衣物也未泛起过涟漪，什么预警都没有。

那天，大阿嫲奇和奥达特珂查嫲在厨房，椰子树的佛焰苞和干燥的椰子壳躺在通红的炉烬上噼噼啪啪地烧着火，烟气透出屋顶的茅草，像是从乱糟糟的鼻毛中袅袅升起。"耶稣-玛哈-玛格纳伊-南纳库。"为了您，吾主耶稣，上帝之子。奥达特珂查嫲一边在锅中搅着一边唱。菲利伯斯到邮局去了。

"阿嫲奇！"

美好的早晨被撕碎了平静，埃尔茜从主屋传来的声音中的恐惧让一切停止。她们发现她站在卧室的门口，苍白的手死死抓着门框，像是要把它撑起来似的。未曾拢起的长发披散着，衬出一张惨白的脸。那天照亮宅子的晨光是那么美，那么充盈，仿佛可以让人躺进它的怀抱，那一幕大阿嫲奇永远都忘不了。

埃尔茜紧咬牙关，说："阿嫲！可是太早了！"阵痛袭来，她猛地弯下了腰，手向大阿嫲奇抓去。大阿嫲奇觉得脚下湿漉漉的，低头便看到透亮反光的一摊水——埃尔茜的羊水破了。

大阿嫲奇的声音镇静得出奇："萨朗-伊拉，末丽。维士米坎达。"没事的，别担心。但这不是没事。大阿嫲奇和奥达特珂查嫲对了一个眼神，无需多言，老太太便摇摇摆摆地回去找针线，另外谢天谢地，还好厨房里总烧着一锅开水。大阿嫲奇扶埃尔茜去床上，她领着的好像是一个困倦的小女孩,而不是一个比她还高的成年女子。

大阿嫲奇洗着手,听到埃尔茜在床上大喊:"阿嫲!"不是"阿嫲奇"而是"阿嫲",第二次了。大阿嫲奇的心融化了。是啊,现在我是她的母亲了,要不然还有谁呢?她赶忙跑过去,正好看到小小的头顶冒出来。奥达特珂查嫲吃力地搬来了一锅水。

就在这时,几乎不费任何力气,她们这辈子见过的最小的婴儿就掉进了大阿嫲奇的手心,湿乎乎、铁青色、软绵绵的一团。

两位老妇人不可思议地盯着这个小不点儿,一个漂亮的袖珍小男孩儿,他人生的故事尚未展开……只不过,他来得太早了。小婴儿像个蜡做的娃娃,胸脯一动不动。又一次,大阿嫲奇和奥达特珂查嫲交换了眼神,接着后者就弯下僵硬的老腰,两只手向后伸直保持平衡,一双罗圈腿趴得比平时更开,对着还只是一只漩涡的小耳朵,吐出沙哑的低语:"玛隆-耶稣-米希哈。"耶稣是主。

小宝宝猛地一惊,张开双臂开始哭泣。哦,这新生儿尖锐的啼哭是多么甜美、多么珍贵。这声音在说,上帝真的存在,而且是的,他仍在施展着奇迹。但这哭声太微弱,几乎都听不见。他的肤色依然没有好转。

奥达特珂查嫲将脐带打结后剪断。胎盘滑落出来。看到埃尔茜两肘支起身子,焦急地向孩子这儿张望,奥达特珂查嫲气鼓鼓地说:"男孩子都一样!急得很!"大阿嫲奇给婴儿轻轻擦了擦身子——没时间弄沐浴礼了。他比一只小椰子还轻,削了皮的那种。她轻柔地掀开埃尔茜的上衣,将赤身裸体的孩子放在她裸露的胸脯上,靠近脖子,就和大点儿的吊坠差不多。大阿嫲奇给母子二人盖上被单。埃尔茜小心翼翼地捧住她的儿子,又是惊奇又是害怕地低头看他,泪水从她脸上滑落。"哦,阿嫲!他可怎么活得下来?他的身子好凉啊!"

"你会把他捂暖的,末丽,别担心!"大阿嫲奇说,虽然她的心已经被担忧淹没。她瞥见小末儿漠不关心地坐在长椅上,嘀嘀咕咕地自言自语——又或许是在跟看不见的灵魂聊天,一瞥未来的景象。小末儿如此平静，如果不是个好兆头，就是个非常糟糕的兆头。

小尼南——这是埃尔茜打算给男孩起的名字——看起来像一只新生的小兔，指甲都未成形，还泛着青。他的眼睛紧闭着，皮肤在母亲裸露的肌肤的映衬下更显得苍白。全错了，大阿嫲奇心想，太早，太小，太青，太凉，父亲人还不在。"玛隆-耶稣-米希哈"这几个词理应是由男性亲属或者神父对着婴儿的耳朵说出来的。她感慨奥达特珂查嫲的反应真快——当时时间紧急，而且她们都很肯定，这小家伙等不及自己尘世间的父亲从邮局回来，就要回去见天上的父了。

埃尔茜颤抖着嘴唇，忧虑地看向两位老妇人，想寻找蛛丝马迹来告诉她接下来会如何。大阿嫲奇说："他会听见你的心跳声的，末丽，他会暖和起来的。"奥达特珂查嫲默默摘下埃尔茜的婚戒，从内侧蹭下一小片金屑放进一滴蜂蜜里，用指尖蘸着涂到了孩子的嘴唇上。因为圣多马派基督徒的每个孩子都必须尝尝好运的味道，哪怕只有一小会儿。

奥达特珂查嫲赶在菲利伯斯回家前拦住了他。他仔细听完后说："埃尔茜知道孩子可能会死吗？"奥达特珂查嫲假装没听见。

埃尔茜知道。他进屋时看到她那哭丧着脸的样子就明白了。他将脸贴上她的脸颊。他瞥了一眼他们的儿子。他的双腿忽然没了力气。

* * *

三小时后，小尼南仍在这世上。他的指尖没那么青紫了，呼吸也均匀了，但贴着他的埃尔茜能感觉到，他的呼吸频率还是很快。她试着抱他吃奶，但和她的乳晕相比他的脸是那么小，他小缝似的嘴唇也含不下她的乳头。大阿嫲奇帮埃尔茜把初乳挤到杯子里，乳汁金黄浓厚。"这是源于你的精华，所以对他是好的。"埃尔茜将指腹浸入，然后摆在尼南的嘴边——落进去了一滴。

大阿嫲奇想接手，让埃尔茜歇歇。"不！"埃尔茜坚决地说，"不行。他这几个月一直听到我的心跳,他应该继续待在这儿听着。"举着他并不费力,就像将一只芒果抱在胸前。不过,用柔软的棉布做成吊兜,挂在埃尔茜身上托起婴儿,还是会有帮助的。大阿嬷奇又将一块同样的棉布盖在了孩子的头上。

那天晚上,他们三个守了一夜。埃尔茜半躺在床上,大阿嬷奇待在她身边,菲利伯斯在地上铺了席子。埃尔茜不住地低头看她的儿子。"我的身体给他温暖,就像他还在我肚子里一样,他的体温就是我的体温。他能听见我的声音、我的心跳、我的呼吸,就和之前一样。如果他还有一线生机,这就是最好的办法。"在油灯的照耀下,初来乍到的生命躺在子宫外的子宫里。

接下来的两个月,埃尔茜避不见客。她在围廊上散步,菲利伯斯亦步亦趋。她不想看书也不想听他读书,不想画画,而是将每一丝每一毫的注意力都用来照顾他们脆弱的杰作。一般来说,新生儿总是将父亲推向家庭的边缘,这位却是将菲利伯斯吸引到了家的正中心。

这天夜里,当母亲和祖母用手指尖费劲地喂他时,尼南睁开了眼睛。他的眼皮儿张得够大,足以让他看看世界,也让她们第一次见到了他。大阿嬷奇觉得,她孙子的眼睛好清澈,好透亮。

* * *

十周后,小尼南开始动动胳膊、踢踢腿,表示他已经到了离巢的时候。现在当他醒着时,眼睛总是睁开居多。他甚至能吸吮乳头,虽然只能坚持一会儿。一天,小尼南第一次离开母亲的怀抱,依偎进父亲舒适的毛茸茸的胸膛。众人赶紧给埃尔茜擦油、按摩,用椰子壳帮她搓澡,而后她没入小溪,尽情享受奢侈的流水。经历了只能擦洗身体的几周,她匆匆赶回来时,终于恢复如常,焕然一新。

大阿嬷奇给小尼南洗了人生第一个澡,然后他们把他擦干,给他裹上襁褓,将他第一次放到了床上。他睡着了。父亲和母亲躺在儿子两边，适应着他离开母亲的躯体单独躺着的样子。小婴儿突然张开了双臂，仿佛是梦到他在下坠。然后，他两手的食指便一直举着，似是为父母赐福。他们对彼此露出幸福的微笑。

父母对小尼南毫无顾忌的爱，让他们之间的感情也重获新生。菲利伯斯惊喜地发现，埃尔茜每次看到他进屋，都会向孩子的父亲投来特别的目光。他们的双手时刻寻觅着对方，如果周围没有人，他便吻她。以往，双唇轻触总会让他们陷入炽热，但现在，它意味着新的羁绊，以及先放下另一种情感的耐心。

每当他回忆起埃尔茜想去父亲的庄园时自己失礼的行为，他都觉得无地自容。"那不是我。"有一天他毫无来由地说道，那会儿尼南由奶奶抱着，只有他们两个人在一起。他一巴掌打在自己的头上，说："那是另一个人，埃尔茜，一个又蠢又胆小的孩子，他控制了我的身体和我的想法，我只能这么解释了。"她宠溺地注视着他。

时不时地，菲利伯斯会看向窗外，想起自己未能履行的承诺。摄影师已然来过，《平凡之人》专栏现在锦上添花，有了一张菲利伯斯站在树前的带颗粒感的照片；沙缪尔也完全不反对把树砍掉。但不知怎么的，那棵普拉梧仍旧立在原地。幸亏埃尔茜似乎已经忘了这事儿。

那团仓促来到世间的青色黏土块儿在努力弥补浪费的时间。他没完没了地动来动去，早早展现出了马拉雅里人刨根究底的天赋，让所有人无不确信是他自己一手策划了他的早产。他一定曾攀上囚禁他的水牢高墙，四下寻找出口。现在到了外边，他仍在继续他的探索。小尼南的人生目标非常简单：向上！大人把他抱在怀里时，他就想爬上他们的肩膀或是脖子，耳朵、头发、嘴唇、鼻子都是抓手。但凡有人伸手，他都乐意投入对方的怀抱，可他真正想要的，是移动的过程和高度。虽然母亲的胸脯是家，但哪怕是乳头的抚慰也胜不过被弹、被甩、被抛得高高的快感，就算他总被吓得倒吸一口凉气、屏住呼吸，他还是大笑着踢腿，表示"再来一次！"。

一天，埃尔茜不声不响地走进了画室。自此只要宝宝允许，她便会回到画架跟前。菲利伯斯注意到，她最新的风景画已逐渐脱离了与现实的连接：稻田里的水怎么能是姜黄色？天空又怎么会是柠檬绿？童话般的云朵排成一串，好像铁轨上的货车车厢。这种夸张的稚拙风格不知为何倒也赏心悦目。此外，经不住正经珂查嫄的恳求，加上她又保证会遵守画家的条件，埃尔茜开始为她画像了。菲利伯斯每次看到这位难缠的女士坐在那里摆姿势，都觉得她肯定把自己当作了玛·格雷戈里奥的化身，就差权杖、祭服和圣徒的身份。

尼南对走路没兴趣，除非走是为了更好地爬。明明有四条肢体，为什么只用两条？这就是他的信条。四条肢体能让人往高处去。很快，小小身躯落在坚硬地板上的那一声闷响就成了再正常不过的动静。先是短暂的沉默，而后是一声哭号，比起疼痛更多是恼怒，再然后，小攀登家便重新起步。沙缪尔说："他像他爷爷，是半只豹子。"

大阿嫄奇知道，他还有一点也像他的祖父和父亲：若往尼南头上倒水，他就会分不清方向，他的眼珠会猛地转向一边，飘回中间，然后又往边上跑去。他有"病"。

大阿嫄奇把他的父母叫进自己的房间，做了她亡夫当年的动作，解开包裹，展开"水之树"——她给族谱起的名字。结婚时，菲利伯斯和埃尔茜说了"病"的事儿，她并未动心，另外她已经听到了一点传闻。"每家都有点问题。"埃尔茜当时说。她家里有什么问题？"酗酒。我祖父，我父亲，他几个兄弟，甚至还有我哥哥。"

如今，大阿嫄奇给埃尔茜解释了一遍族谱："你只要在尼南靠近水边的时候多注意些就行了。你应该不用教他远离水，他永远不会想去水里玩儿的，除非他跟你丈夫一样非要学游泳——谢天谢地后来他放弃了。"菲利伯斯什么也没说。他担忧儿子的安危，他以前从未这样担忧过自己。

1947年8月14日接近零点时分，贾瓦哈拉尔·尼赫鲁总理的声音从收音机中传来，这是自打有收音机以来，它播出的最激动人心的话语。那天早些时候，巴基斯坦已经诞生了。"多年以前，"尼赫鲁用英式英语说道，"我们曾相信命运。午夜时分，当世界正在酣睡之中，印度将苏醒，获得新生和自由。"

然而事实证明，印度的苏醒是血腥的。两千万印度教教徒、穆斯林、锡克人被迫背井离乡，带着家人离开世代居住的故土。穆斯林拥向新成立的国家巴基斯坦，而意识到自己不再身处印度的印度教教徒和锡克人要往印度去。敌对宗教的帮派对塞满难民的火车发起袭击。嗜血的暴民击碎婴孩的头骨、强奸妇女、砍下男人的手脚再杀死他们。一个男人和他家人的生死，就在他有没有包皮之间摇摆。菲利伯斯想起从马德拉斯回家的火车，还有那个吸鼻烟的"铁路通"阿尔琼·库马尔，他曾经感慨，各种宗教、各级种姓的人竟能在一间车厢里相处得那样融洽。"为什么下了火车就不行呢？为什么不能一直和睦相处呢？"

在南印，尤其是特拉凡哥尔、科钦、马拉巴，人们确实和睦相处。北边的暴行似乎是另一片大陆的事情。马拉雅里人中的穆斯林——他们的血脉可以追溯到从阿拉伯半岛驾驶疾驰的帆船来到香料海岸的商人——无需惧怕他们的非穆斯林邻居。地理决定命运，而香料海岸这片共同的土地和马拉雅拉姆语这支语言，将所有信仰团结在了一起。几个世纪以来，西高止山脉这座堡垒将入侵者和假先知抵挡在外，如今，它再一次避免他们陷入走向种族灭绝的癫狂。菲利伯斯在笔记里写下："身为马拉雅里人，本身就是一种信仰。"

小尼南两岁生日前夕，一封火漆封缄的信寄到了埃尔茜手里，是特塔纳特大宅那边转寄过来的。《莉齐的肖像》被选中参加英国国家信托在马德拉斯举办的画展，埃尔茜的眼里闪起了自豪的光。

菲利伯斯说："我都不知道你参加了评比！"

"又没什么好说的,我十四岁起就在参赛了。我父亲有个朋友,是马德拉斯的茶叶经销商,他很喜欢我的作品,是他在帮我提交。但之前永远都是落选,直到这一次,"她调皮地看着他,"今年我让他不要署名'T.埃尔茜阿玛',而是写'E.特塔纳特'。"

"这就不一样了?"

她耸耸肩:"评委们都是男人,他们以为我也是男的。总之,我得再送几幅作品和《莉齐的肖像》一起参展,没多少时间了。"

"嗯……埃尔茜,这太好了,我为你骄傲。"菲利伯斯勉强回答道。

她给了他一个紧紧的拥抱,压得他喘不过气来。过了半天,他才想起来他应该先去抱她才对。

他为她感到高兴,却羞于承认这个消息让他内心不安。是因为她用了娘家的姓?也不是。他想起自己被拒的那些稿件,哪次不得跟她发发牢骚,再郁闷个几天,而与此同时,埃尔茜被拒稿都懒得提。

他发现她还在一脸遐想地凝视着他,思绪已经飘向了远方。他狠心告诉自己,她一定是在想象自己的画作挂在画展上,拔得了头筹。不过,他猜错了。

"菲利伯斯,虽然参展者不是一定要到场,但如果我们一起去马德拉斯参加开幕式怎么样?在那儿玩玩儿,就我们俩,尼南可以给大阿嫲奇带。再次乘上那辆火车,但是去相反的方向,是不是很刺激?"

他的脸色肉眼可见地变得刷白,他的忧惧根本无法隐藏。豆大的汗珠在他的额头上冒了出来。她看出来了,他决定坦白。"埃尔茜,我答应和你一起去庄园,什么时候都行,或者别的城市也行,都听你的。但是,马德拉斯?我听到这个词就已经心跳加速,它真的让我觉得身体不舒服。那个城市,是我被打败、被羞辱、被赶回家的地方。"

"我也是,菲利伯斯,所以我才会在那辆车上。但这次,我们可以一起面对。"

"亲爱的。"菲利伯斯说。他很想让她开心,但他的喉咙被堵得死死的,他的脸上汗如雨下。"我真的为你感到骄傲。请你理解我,去其他地方我都陪你,坎普尔、贾巴尔普尔,什么普尔都可以,就是别去马德拉斯。"

"我就是想想而已。"她说,但她沙哑的声音里流露出的悲伤像只鱼钩一般揪紧了他的心,让他感到羞耻。羞耻的解药是愤慨,是正当的怒火。好在这一次,他压住了火气,他知道那些情绪不合道理。他害怕回到马德拉斯,他也隐瞒不了,但他更害怕失去她,害怕她会抛下他独自前进。

那天晚上,尼南一反常态,爬到母亲怀里便待着不动了,蜷着腿直到睡着。这景象让他父母想起了他被钉在那个位置的日子。埃尔茜说:"我哪怕只离开一夜,他也会吓着的,而且我也会想他。"她俏皮地抬头看着菲利伯斯。"如果我自己去了,你会想我吗?"

"想得不得了!我会想象你在和陌生人一起吸鼻烟,饱受嫉妒心的折磨,最后恐怕要跳上下一班火车去追你。"

她笑了,低头看着尼南。"好吧,如果我们去了,至少我们还能一起想他,而且我们可以创造新的记忆,替换掉那座城市的痛苦回忆。"

菲利伯斯说:"我知道。但是让我们先去另一个城市,等我坚强点了,再去马德拉斯。"

六周后,他上床熄灯时,埃尔茜说:"你今天和振兴大师出去的时候,我父亲的司机拿来了一封信。《莉齐的肖像》在马德拉斯的画展上拿了金奖,正经珂查嫲的那幅拿了荣誉奖。"

他猛然坐起。"什么?你现在才告诉我?我得叫醒阿嫲奇,我得——"她将手指放在他的唇上,坚持让他等到明天。

第二天,这事儿上了《印度快报》。《印度快报》记者发出疑问,为什么这位艺术家的造诣需要这么久才能得到认可?她用了不暴露性别的署名,于是获得金奖。但这不是同一位埃尔茜阿玛吗?有几幅同样的作品不正是在去年被同一批评委拒绝的吗？（这位记者的信源是昌迪的朋友兼埃尔茜忠实的拥趸，也就是马德拉斯的茶行老板，代埃尔茜提交作品的那位。）埃尔茜的三幅作品在开幕当天就得以成交，《莉齐的肖像》斩获了拍卖的最高价。又过了一天，马拉雅拉姆语的报纸转载了《快报》的报道。

尼南三岁时，振兴大师开始怀疑他是个国大党政客的好苗子，因为他隔三岔五就要去拜访帕兰比尔的所有人家。他喜欢腌青芒果，但其他的也是给什么吃什么。他的胃口好得惊人，弄得人家总以为他在家没饭吃。好消息是，他对游泳没有兴趣。他的眼睛盯着高处：柜子顶、稻草堆顶、屋顶正中间的梁柱。他至今的最高纪录是达摩达兰的脊背，是达摩达兰把他举上去，递到了乌尼早已伸长的手里。攀高界的圣杯小王子是够不着的：椰树开花结果的顶端、椰花酒贩子养家糊口的地方。他学着他崇拜的英雄们的样子，身系一条布腰带，里头塞上晒干的骨头和树枝，假装是刀。在他的身后，总跟着一个年轻的普拉雅，她唯一的任务就是尽量让他接近地平面。在一个难忘的傍晚，全家人坐在围廊上震惊地目睹尼南攀上廊柱，他的脚底板牢牢地贴在光滑的表面上，好像壁虎的爪子，他的双手抓着柱子背面，提供反向的作用力。大人们还没反应过来，他已经在扒着椽子冲他们笑了。

一天早上，菲利伯斯从邮局回来时发现埃尔茜躺在床上，神情焦躁，皮肤滚烫。他拿冰凉的湿帕子给她擦拭身体，帮她降温。接下来的几天，高烧始终不退，家里人都觉得这恐怕是伤寒。菲利伯斯花了好些钱，雇车从一小时车程开外的地方接了一位医生到帕兰比尔。医生确诊，这就是伤寒。他说这病没什么特别的治疗方法，但他让他们放心，埃尔茜会好起来的。

菲利伯斯一个人照顾妻子，不让别人来帮忙。他发现，当她像现在这样依赖他的时候，他的状态就是最好的——应该说他们俩的状态就是最好的。爱不就应该一直是这样吗？就像字母Ａ的两条腿？她沉浸在创作中，没有依靠他的时候，他就觉得仿佛失去了平衡，站不稳。

病后三周，她开始好转了。菲利伯斯帮她好好洗了个澡，洗完后她太过虚弱，他得把她抱回床上。她抓着他的手，不肯松开。她的手指摸到了他拇指背后两根手腕肌腱之间的凹陷，脸上顿时露出了傻笑。"只能细——细——嗅。"她摩挲着"鼻烟窝"的凹槽说道。

"每次都是正好两个喷嚏，"他说，"除非不止两个。"她静静地笑，他吻她的额头。他的心里涌起柔情，有一种强烈的冲动，想用言语诉说自己无形的情愫。可他知道，这也是他最容易害死自己的时候。

她问起了尼南。为了孩子的安全，他们避免他和她接触。"他爬到正经珂查嫲的羊棚顶上，摘走了她的芒果。"菲利伯斯告诉她，"她可一点儿都不高兴，说他腰以上是山羊，腰以下是猴子，反正不是夸我们俩。"埃尔茜大笑，却又痛得五官拧成一团，她的腹部还虚弱得很。她睁开眼睛看向他，他将头贴近她，两人互相瞅着变成了斗鸡眼，露出孩子气的傻笑。

这股环绕在屋内，将他们牢牢捆在一起的能量，应该叫什么呢？他要是能将这灵丹妙药装进瓶里该多好，这场病让它的效果那么灵验。他有可能再多爱她一点吗？或者，他还能像现在这样感受到自己在她心里的分量吗？如果不是爱，这又能是什么呢？片刻之后，泪水溢满了她的眼眶。她是想起了自己的母亲吗？在埃尔茜不比尼南大多少的时候，她因为同样的疾病撒手人寰。他不顾一切地想要安慰她。

"怎么了？我能做什么，埃尔茜阿玛？告诉我，什么都行——"

白痴！你怎么又来了！他陷入了尴尬。她话到嘴边，又咽了下去。他默默等着。屋子里刚才的活力都不见了，只剩下悲伤。

她看向窗外。

"好吧，"他故作夸张地叹了声气，"我保证，这棵树会消失的。再也不找借口了。"她闭上了双眼。刚才她往窗外望是这个意思吗？不管怎么说，他许下了承诺，而且是第二次。他不会让她失望的。

1949年六月的第一天，全家人都在发火的边缘。神经敏感易怒是印度西海岸所有居民都会有的季风前症状。专栏作者们尽写些偏激的文章，把往年偏激的观点又拎出来，讨论这种暴躁的情绪，可它唯一的解药只有雨水。季风永远是六月一号来，但现在已经是五号了。农民抗议，要求政府做出应对。弥撒办了起来。在马韦利卡拉，有个女人砍下了和她结婚二十五年的丈夫的头颅。她说丈夫的欢快和话痨让她难以忍受，她突然就失去了理智。

这段时间里，正好普拉雅的活不多，菲利伯斯给沙缪尔下了砍树的命令。老人听完他的要求，一脸迷惑地离开。

菲利伯斯看见沙缪尔带了一队普拉雅回来，连不常见的乔潘也在。菲利伯斯经常见到乔潘的妻子阿蜜妮和萨拉在一起做活，但乔潘很少来。他听说乔潘在改造他的住处，拉来了木材换掉茅草墙，还要浇水泥地，连带门口也铺上地坪。驳船的生意如今再次欣欣向荣。阿蜜妮跟着婆婆编茅草屋顶，还接下了打扫木坦的活挣些工钱。

"首先，把果子摘掉，每个人都可以拿一个。"沙缪尔对手下说。他蹲下看他们干，萨拉也过来蹲在他旁边。大家伙儿把沉重的长满刺的大球一个个抱了下来。"还好这些果子长得靠树干比较近，"沙缪尔看了一会儿对妻子说，"它们跟大石头似的！椰子掉下来就够危险的了，榙卡掉下来能要你的命。我可不是开玩笑，看看我的脚指头！你知道的，对吧？"

萨拉好像没听见他说话一样，一声不吭就走开了。当时，沙缪尔要去撒尿，因为周围有女的，就躲到了一棵波罗蜜树的后边。他掏出家伙事儿——他的"小多马"——低头看了看。到了沙缪尔这个年纪，要让它流动起来,他得咳嗽,或者啐口唾沫,或者想象瀑布,或者把手搭在什么东西上,再或者,往上看。他每次讲这个故事,结尾都是:"要是我一直低头看着我的小多马,那就完了。要是我没有往上看,我现在就没法儿和你说话了!"他的头刚向后躲,波罗蜜就砸到了他的脚趾上。

萨拉走开时心想,男人为什么要往下看?那东西不是一直都在那儿?它又不会长腿跑了。对准了尿不就得了!她回到阿蜜妮身边,帮她编完一块茅草帘。她对媳妇说:"那男人是我的命,但如果他今天再讲一遍楂卡掉到脚趾头上的故事,我就把楂卡没办完的事儿给它办了。"

果子都摘完以后,沙缪尔指挥手下将每根枝条都从靠近根部的地方截断,"就在分权上面一点儿"。大家看起来都很迷茫。他侄子尤汉南问:"为什么不直接把整棵树砍掉?"

"以搭-维伊诺奇!"沙缪尔说。多管闲事!"你有什么资格问?'为什么'?因为檀卜朗这么说了。这还不够吗?"

尤汉南怎么回事?沙缪尔气恼地想。他今天一觉醒来忘记我们是什么身份啦?事实上,他自己也不知道为什么树要这么砍。但那又怎么样?就因为檀卜朗的一句话,他干了多少桩事儿?别的东西重要吗?

众人挥舞锋利的瓦卡蒂,从枝条的两侧砍出切口,直到树枝承受不住,咔嚓折断坠落,只剩一根尖矛般锐利的残枝。切口处淌出树液,他们迅速用葫芦收集起来。小孩儿会用这种黏黏的树液粘鸟,一种在沙缪尔看来颇为残忍的行径,但它做的胶水特别好,能让他把他的老独木舟好好补一补。谁能想到,都到六月的这个时候了,居然还能补独木舟呢?斑斑点点的乳白色树液溅在大家的皮肤上,粘在瓦卡蒂上下不来,要用椰棕蘸着油擦,才能把这些大砍刀的刀刃和刀柄上的树液洗掉。

"这是好木头,"沙缪尔喊话,"给我留一根打船桨就行。这木头不好弄,但要是做得好那色泽可漂亮了。想要什么你们就拿走,做什么都行,要是懒得不行就卖给阿沙犁,我才不管呢。"

不一会儿,空气中就弥漫着成熟波罗蜜恶心的甜腻味。所有人都走了以后,沙缪尔和乔潘瞪着最后剩下的玩意儿:一棵又粗又高的树干,身上长着匕首似的胳膊和手指,活脱脱一位邪恶的女神。乔潘忿忿地说:"真蠢。不知道怎么种地的人就不该被允许有地。"在他大惊失色的父亲能说出话之前,他已经转身走远。

菲利伯斯站在卧室里看着大家收工。也许埃尔茜会把剩下的这玩意儿当成一座雕塑,就像那种有十几支尖钉朝上的大烛台。但这是自欺欺人,他也知道。剩下的这东西就是一只可怖的稻草人,向天空伸着狰狞的利爪。这个折中的办法原本是为了给她一间采光通透的房间,同时也将他的好运气保留下来,可结果却是又难看又尴尬,堪比老头子的赤身裸体。他们应该把树直接砍掉的。看到沙缪尔一个人站在那里,菲利伯斯正打算喊,"喂,沙缪尔哦!叫他们直接把整棵树砍掉",却发现乔潘在他父亲身边。自尊拦下了到嘴边的话,他不想看起来更傻。

卧室真的变亮了,光线还暴露了角落里的一张蜘蛛网。埃尔茜说得没错,这棵树真的遮挡了视线。而且他这会儿看到了什么?他探出身子,好看得更仔细些。变天了?没有云朵,但那蓝色的缎子好像有了不一样的质感。空气中似乎也出现了新的气味。难道是……?

菲利伯斯跑到屋外。凯撒在汪汪大叫;一阵狂风把他的芒杜吹到两腿之间;鸟群来回盘旋,迷惑不已。如果他是站在肯亚库玛利的海滩上,他也许就能看到伟大的西南季风在前一天滚滚而来,重复着当年将古罗马人、古埃及人、叙利亚人送抵海岸的路径。

他转移目光,避开被截肢的普拉梧,穿过草场,来到一望无际的稻田边缘高高的田埂上,踩在上面可以看到一览无余的天空,低处的椰子树仿佛是地平线的流苏花边。住在附近茅屋的人也加入了他,他们神情紧张,满怀期待。他们已经忘了季风会把他们关在家里几个礼拜,淹没这些干裂的稻田,漏进茅草屋顶,毁掉他们的存粮;他们只知道,他们的肉体就像干裂的土地一般盼望着雨水，他们起皮的肌肤已经干渴难耐。正如田地需要休耕，身体也需要休息，才能再度以全新的、油润的、柔软的姿态出现。

高高的天空上，一只猛禽乘着平稳的气流，张开双翅一动不动。远处的天泛着红，而且更暗些。一道闪光划过，在观察的人群中掀起激动的浪花。他们享受着骤雨来临前的这几分钟，全然不记得他们很快就会怀念衣服能干透、也没有那股子上世纪的陈年霉味儿的日子。到时候，他们会咒骂像臀位胎儿一样卡得死死的门和抽屉。但现在，这些记忆还掩埋在深处。变幻莫测的狂风咆哮着，菲利伯斯艰难地试图站稳。一只晕头转向的鸟想扎进风里，却被一阵疾风挑起翼尖，在空中来回翻滚。

这时沙缪尔来到了他身边，他咧嘴笑着看向天空，身上还沾着树液的白色斑点。终于，领头的云边儿靠近了，后头跟着阴沉沉的云山，仿佛一位黢黑的神明——呵，你们这些善变的信众，为何要怀疑它不会到来？它看起来还有几英里远，其实却已经到了跟前，因为雨落下来了，金贵的雨，斜着下的雨，从下往上飘的雨，新的雨，那种躲不掉的雨，用雨伞挡不住的雨。菲利伯斯仰起脸，也不管沙缪尔正笑着看他，嘟哝着"眼睛睁开"。

是啊，老头子，是啊，眼睛睁开，去看这方宝贵的土地和在此生息的人民，去看他们与水的契约。如约而至的水将洗去世界的罪孽，将汇聚成小溪、池塘、河水，河水再托起海洋，这是我永远都不会步入的水。

他快步赶回宅子，沙缪尔紧随其后，因为那里还有更重要的仪式在等着他们，其他人家也会去。他们刚好赶上。

小末儿最后往镜子里看了一眼，便一摇一摆地走向了前面的围廊。矮小的孩子尽力挺起胸膛，尽管她的背一年比一年更驼。她的身子左摇右摆，似乎这样才能帮她的腿保持平衡。她们刚嗅到雨气，大阿嬷奇就忙不迭地将茉莉花和新丝带编入小末儿的辫子，催着她换上了特别的衣裙：闪着微光的蓝色镶金边半裙，上身是金色的小上衣，外披一件半长纱丽，在肩部固定。埃尔茜在小末儿的额头正中画了一个大大的红色波图，然后给她画了卡贾尔眼线，一下子显得她像大人了。

小末儿看到宾客齐聚，羞涩地笑了。她的亲朋好友都来见证她的季风之舞。她觉得责任的担子重了，似乎雨能否继续下，都取决于她的表现。这项传统开始时，小末儿还是孩子，而既然她永远都将是孩子，这个节目也会一直延续下去。她站在木坦里，观众挤满了围廊，除非是普拉雅——他们靠在围廊的外墙上，头顶刚好还有点儿屋檐。

她摆动起身体，双手击掌，和着节拍拖曳脚步。随着她开始热身，奇迹出现了：沉重而不雅观的步伐流畅起来，不一会儿，她所有的枷锁——弯曲的脊椎、矮小的身材、宽厚的手掌、肥大的脚——通通化于无形。二十双手一同奏起节拍，鼓励着她。她的手臂陡然伸向天空，召唤乌云，用力得直喘粗气，同时她的眼睛一下瞄向这边，一下又瞄向那边。这是小末儿自己的摩西妮亚塔姆，她就是摩西妮——女巫——本人，扭着腰臀，用眼神、表情和手印传达着故事。她的摩西妮亚塔姆是质朴的，是生长在泥土里的，是未经雕琢的，是真实的。她严肃地舞动，汗水混进了雨滴。那些旋转的含义，也许每个看客都有不同解读，但舞蹈的主旨是辛勤的劳作、忍耐、回报和感恩。多幸运的日子啊，随着大雨倾泻，它对菲利伯斯说道，多幸运、多幸运的日子！你是多么幸运，能在这水中审视自己。多么幸运，你能一次又一次被净化……小末儿完成了舞蹈，她也保住了他们的契约，季风宣示了它的忠诚，全家平安，世界一切安好。

第四十九章　视线

1949年，帕兰比尔

　　可季风来临的第二天，小末儿就莫名其妙地焦躁、难过起来。她不再坐在自己的长椅上，而是来回踱着步子，也不像往年那样欣赏倾盆的大雨。他们担心她病了，恐怕是她的肺和不堪重负的心脏害她不舒服。她躺在埃尔茜身边，埃尔茜给她揉着腿，她的脑袋则枕在大阿嫲奇的怀里。大家无法想象小末儿如今已经四十一岁了，她已经不小了，却永远都是孩子。大阿嫲奇哀求她："告诉我哪儿不舒服。"但小末儿只是呻吟着，悲痛欲绝地哭泣着，偶尔厉声呵斥一句，回答不知哪个与她说悄悄话的鬼影。

　　夜里，夫妻两人躺着聆听帕兰比尔上方空旷的穹窿，尼南挨着埃尔茜熟睡，菲利伯斯紧紧搂着妻子，两人为小末儿的状况忧心不已。

　　第二天早上，屋外静得出奇，天空清澈无云。太阳出来了。人们大着胆子试探着走出家门，不确定这天气能持续多久。振兴大师赶忙跑来找大阿嫲奇给税务申请表签字，乔治和兰詹则觉得现在就是和菲利伯斯谈土地租赁延期付款的好时机。沙缪尔和其他人也聚集在厨房后头，来领工钱和存粮，这是每年季风期开始时的惯例。乔潘走出他的茅屋，往坡上溜达。奥达特珂查嫲把衣服拿出来往绳子上挂，但对有东西能晾干的可能性持悲观态度。她刚把衣服都挂好，绣花针似的毛毛雨就密密地落了下来。她对老天发牢骚，说它想干什么就该打定主意。

　　一声尖叫扯碎了平静。叫声如此恐怖，连细雨都停滞在了半空。坐在写字桌边的菲利伯斯立刻就意识到，这声音来自隔壁房间，是埃尔茜,尽管他从未听到过她发出这般叫喊,那一声用尽全力、充满恐惧的嘶吼教他毛骨悚然。他第一个跑到她身边。

埃尔茜紧攥着窗前的栏杆,仍在尖叫。菲利伯斯以为她是被蛇咬了,却找不到蛇的踪影。他顺着她的目光看向窗外那棵赤裸的普拉梧。眼前的景象让他的胆汁涌上了喉头。

是小尼南,他头朝地、脚朝天地悬在半空,小脸刷白,没有一丝血色,惊讶的表情凝固在脸上,躯体扭曲成难以理解的形状。

树上一根尖利的残枝从他的胸口长了出来,出口周围凝结着锯齿状边缘的血渍。

菲利伯斯尖叫着冲出屋外往树上蹬,他的脚却在湿漉漉的树皮上打滑,他的小腿被浸透雨水的树干擦伤,扒树的手掌被磨得生疼——尼南究竟是怎么爬上去的?——但他终于抓住了一截尖树枝,在肾上腺素和绝望的推动下,他踩稳了第一脚,然后是第二脚,直到他可以够到儿子。他伸出一只手,试图托他儿子出去。沙缪尔也在他身后手脚并用,听到尖叫声时他就在菲利伯斯的房间外面,这会儿他不顾自己一大把年纪,全凭毅力跟在檀卜朗的后面。乔潘赶到时,正好看见他父亲追上菲利伯斯。老人与树皮同色的身躯和菲利伯斯紧紧贴在一起。两人喘着粗气,合力——确实需要两个人——去拽动尼南时,菲利伯斯闻到了沙缪尔滚烫的呼吸中槟榔与比迪烟的味道。他们必须先将尼南从树枝上抬起。他们一同往上举,随着一阵恶心的吮吸声,躯干与树杈分开了。

尼南从他们的手中滑向乔潘和许多双等在下面的手,他被放在地上,了无生机,纹丝不动,脊椎弯曲。雨点此时落在他瘫软的身上,落在所有人的身上。沙缪尔吃力地从树上下来,等他站稳后,菲利伯斯也无心再往下爬,直接一推树干就跳了下来,他狠狠摔在地上发出一声大喊——他的脚后跟猛砸地面,两个脚踝触电似的钻出一阵刺痛。但下一秒他便跪在儿子跟前高呼起来,声音飘过田野,穿过林间:"啊哟!啊哟!安忒-波奴-末内!"我的宝贝儿子!他吼叫:"末内!尼南!你说话呀!"他拒绝相信眼睛看见的,听不到埃尔茜和大阿嫲奇和他头顶所有人的号啕,听不到他们哭天喊地、捶胸顿足、几欲干呕。他什么也听不到,因为尼南的腹部是塌陷的世界,是恐怖的黑洞,是这个辜负了一个孩子的宇宙的中心。它辜负母亲,辜负父亲,辜负祖母和所有爱他的人。所有曾经属于这个小男孩的东西——呼吸、脉搏、声音、思想——全都不见了,死了,死得彻彻底底。

菲利伯斯抱起儿子残破的躯体。别人的手来拦他,他就将它们推开、打掉。他把儿子抱在怀里,发了疯似的要跑进黑压压的季风云团里去。就算不跑向那些疗愈的云,他又能跑向哪里呢?对于一个脚踝受伤歪曲的男人来说,要救他的长子,最近的医院比太阳还远。

沙缪尔和乔潘小跑着跟上癫狂之人,乔潘的手扶着儿时同伴的腰,扶着这个蹒跚的、呼号的野兽,后者仿佛以为只要提高分贝,就能唤醒那些永远无法再唤醒的。"末内,别离开我们!末内,啊哟,尼南哎!你等等!不要啊!你听我说!末内,我对不起你!"

帕兰比尔的男人们——叔伯、甥侄、堂表兄弟、劳工——无不为这悲鸣而感到揪心,他们循着血迹,跟在父亲和已故的儿子身后。前面不到一弗隆远的地方,菲利伯斯还在像个醉鬼一样拖着站不稳的脚踝跟跟跄跄地往前走,左脚反常地内翻着。他啜泣着,身后的男子汉大丈夫们也都落下泪来,他们围着他,却不敢阻拦,只是克制地陪着这位父亲缓缓前行。他以为自己在跑,其实却只能算是勉强地挪动,最后,他终于只是站在原地,仿佛风烛残年的老人,摇摇欲坠。

他的脚踝一下子软了,他们赶紧接住他,帕兰比尔强壮的胳膊撑着他们的兄弟,扶他慢慢靠向土地,跪在膝上,而他的怀里仍抱着那可怕的重担。菲利伯斯抬头望向苍天,呐喊着,他乞求上帝,乞求任何一位神明。神不说话。雨是上天所能给予的全部。

沙缪尔,这群人里最年长、最受尊敬的男人,是他在菲利伯斯身旁轻轻蹲下,也只有他才有勇气和权威,能温柔地将父亲沾满血的双手松开。沙缪尔将自己的托土展开盖在小男孩身上,于是这匹褪了色、只求实用的布料,不知怎地便成了神圣的殓衣,倾注着老人的感情。沙缪尔捧起小檀卜朗的身躯,小心地抱着,呵护着,他站起身,老骨头咔咔地响。兰詹、乔治、振兴大师、尤汉南还有另外十来只手都伸过来搀沙缪尔,所有人都是兄弟,死亡催逼出了令人悲痛的团结,抹除了种姓和习俗设下的种种障碍。乔潘则独自照顾崩溃的人父,他拽他起来,头伸到菲利伯斯的手臂下面,手抱住他的腰,半撑半扛地,带他拖着显然已经骨折的脚踝,一瘸一拐地往回走。

哀号的女人们已经退回到帕兰比尔的围廊上,她们手里捏着帕子捂着嘴,哭着,叫着,或是默默抽泣着。埃尔茜跪坐在地上,双手捂着胸口。大阿嫩奇紧紧握着廊柱。奥达特珂查嫩则无声地、有节奏地捶着胸脯,先是一只拳头,然后是另一只拳头,她仰起头来呻吟着。所有人都在等待。她们最后一次看到菲利伯斯时,他迈着扭曲得骇人的脚,跟跟跄跄地走远了,他的儿子毫无生气地躺在他的怀里。女人们还抱着万分之一的希望,也许他一走出视线,父亲或者上帝或者这两者就能变出什么奇迹,使残缺的男孩完整,使弯曲的笔直。

然后,女人们看到父与子的队伍回来了,所有的希望都破灭了。蓄着胡子、孔武有力的男人此时连成了一堵墙,搭着彼此的肩膀。他们同为心碎的兄弟,迈着一样的步伐,有些还在啜泣,有些已经流完了泪水,但每张脸都因痛苦而扭曲,因悲伤、愤慨、震惊、狂怒而狰狞。同他们走在一起的,还有支离破碎的父亲,一个疯子样的人,他的胳膊架在乔潘肩上,他儿时的好朋友绷紧肌肉,吃力地支撑他的重量,直到尤汉南低头扛起菲利伯斯的另一只胳膊。

在队伍的正中间,是全身近乎赤裸的沙缪尔,他只缠着染成泥色的腰布,芒杜挂在了那棵该死的树上。沙缪尔迈着沉重的脚步,目视前方,唯有他的表情是冷静的。他挺着裸露的胸膛,怀里抱着的东西却教人不忍目睹,而他的托土也无法完全盖住。沙缪尔缓缓走向等待的女人们,他的每一步都小心谨慎,仿佛他这辈子含辛茹苦的每一分钟——和檀卜朗开垦荒地,没完没了地干活,练出发达的肱二头肌、钢铁般的胸肌——都是为了能在这一刻担起悲哀的重任:用他的双臂,庄严肃穆地捧起他已故的檀卜朗的幼子的长子,这孩子如今也随他的祖先一起,去往了美好的彼岸。

葬礼后,菲利伯斯费力地拄着拐杖,看向窗外普拉梧曾经矗立的地方。沙缪尔没问任何人,就砍掉了普拉梧剩余的部分。他抡起斧头死命地向树劈去,发泄他的怒火与悲痛,而菲利伯斯只盼望自己能接替那棵树,让老人的斧头斩进他的皮肉。乔潘不请自来,给他父亲帮忙——确切地说,是在沙缪尔的挥舞愈发鲁莽、疯狂时,从他手中接下了斧头。没过多久,尤汉南也带着其他人来了。这一次,他们什么也没放过。他们恶狠狠地又砍又砸,把每一条根须都挖得干干净净,最后填平土坑,连一丁点证明它存在过的伤疤都不曾留下,给一棵该死的树执行了一场无情的处决。菲利伯斯希望他们能把他也给了结了,就把他埋在那坑里,埋在泥泞的土里。在血液和季风雨的滋养下,那处的苔藓甚至已经开始掩盖帕兰比尔曾经有过一棵树的痕迹。

后来,沙缪尔告诉菲利伯斯,他们在倒数第二根枝条上找到了尼南上衣的一块碎布,那里的高度是他被刺穿的位置的两倍。他什么也不再说,但两人都开始想象,小家伙的衣服被高处的树枝钩住,挂在那儿晃悠了几下,接着布料扯破,他一头扎向了八英尺下那根枝条竖起的尖矛。菲利伯斯那时在书房工作,完全没听到坠落,只听到随后母亲的尖叫。

现在这间卧室里的光线太亮了——亮得肮脏、可恶。菲利伯斯压抑着对自己的怒火。他怪自己没看到尼南爬树,怪自己没听到儿子的喊叫,怪自己没把树砍个精光。或者干脆就不要动它。这全是他的错。可是……如果不是埃尔茜一开始找那棵树的茬——他的树!——如果她尊重他的创作,就像他尊重她那样,那他的尼南,他的第一个孩子,就不会死。埃尔茜当初提那个愿望时,他就应该说"不",或者说一个诚实的"好"。人这辈子,就是模棱两可才最致命,是他的犹豫不决害死了儿子。但在悲痛与苦涩中,此刻他想到的是,一切的一切,都是从埃尔茜那个决定命运的愿望开始的:"你可以把那棵树砍了。"

为什么就这么难?他从始至终都只是想好好爱她而已。自从订婚以来,他什么时候不是体贴备至?哪回不是他做出让步,好让她能够绽放?这就是小尼南为什么会死——因为她的固执。虽然,哪怕是这样想着的时候,他心底里也有个声音知道自己不可理喻,但他的头脑无法接受另一种可能。如果这一切全都是他的错,他还能有什么理由继续呼吸?

他听到身后传来脚步声,不用回头也知道是她进来了。事情发生以后,他和埃尔茜还没有单独相处过。他拄着拐杖一瘸一拐地转身面向她,根本顾不上痛,他的愤怒呼之欲出。

但迎面而来的怒火,比他的有过之而无不及。她的眼里满是愤恨,还有一种他无法容忍的更糟糕的东西:指责。她的面庞坚硬得犹如窗上的铁栏杆,干涸的泪痕在她脸上留下盐渍,仿佛一条条犁沟。

他们之间的空气被憎恨填满,充斥着怨怼与轻蔑。她质问他敢不敢说她有什么错,他叫她有本事就把真实的想法都说出来。

这时,她的视线越过他的肩膀,发现那棵树致命的、杀人的残余不见了……但是太晚了。她重新看向他。他只要活着,就永远都忘不了她的神情。她的脸仿佛是复仇的女神。

他感觉到了她原始的冲动,她马上就要扑过来打他、抓他的眼睛、用指甲划烂他的脸。他在脑海中已经看到了她攻击的路线,以及他自己会如何野兽般地冲过去,用手抵挡她的攻击然后再把她推开,咒骂她要了她本不该要的东西,斥责她害死了他的儿子,控诉她走进他的人生却只带给他悲剧。

下一秒，她的目光直接穿过了他，就像这几年来穿过普拉梧一样，她假装看不见它的丑模样，假装视线丝毫不受阻挡。在那一刻，她让他消失了，把他从她的画布上抹掉了，剩下的是弄脏的画面和几根错线，是没画成的人像，几笔错误的婚姻，是一个崩塌得修补不好的世界，是她不曾设想的结局。她和他擦身而过，肩膀将他撞到一边——一个空洞的、隐形的、连平凡都够不上的人，一个不存在的丈夫——她开始理东西。

他听到抽屉开开关关。再然后，他听到她和什么人说："我们走。"

第六部

第五十章　山峦险境

1950年，格温德琳花园

克伦威尔的指关节窸窸窣窣地划过厨房门，湿漉漉的胶靴啪嗒一声脱下，这标志着，他们每晚惯常的仪式开始了。迪格比最信任的兄弟光着脚，轻轻地走进书房，他身上永远是短袖上衣和卡其布短裤，脸上也永远挂着笑。

"给我倒双份的。"迪格比在克伦威尔倒酒时说。克伦威尔的嘴咧得更开了。

只喝一杯，绝不独饮，这是迪格比立的规矩。"这属于自我保护，防范庄园风险。"如果有人问起，他可能会这么说。十四年前，他出面买下疯狂米勒，背后的财团是新年前夕围聚在迈林家餐桌边的好友。十三年前，他挣得了属于自己的一份，以母亲的名字将它命名为格温德琳花园。这段时间里，他见证了隔壁佩里合作社的三任经理助理摔下山崖，那些年轻人在老家可都是能喝得很。最初，一切都像一场伟大的冒险：山间小屋、仆从、公司的摩托车，当上地主他们才知道世界上能有那么多的茶叶、咖啡、橡胶，而且全都是属于他们的。但是他们低估了第一次季风来临时的那种与世隔绝的孤独感。在酒瓶子里，他们找到了解药。

他的庄园唯一让他觉得遗憾的地方，就是离弗朗兹和莉娜太远了。哪怕是天气好的时候，也要往南开一整天，路过德里久尔和科钦，才能开到圣毕哲附近，然后还要再往上开几个小时的山路，才能到达尽此庄园。他的家人，勉强算起来，就是克伦威尔、迈林夫妇，还有霍诺琳，她每个夏天都来待两个月。每当她离开时，他都怅然若失。要不是还有克伦威尔,还有季风期间的这些晚间仪式,他也许就不知所终了。

克伦威尔嫌弃椅子,盘腿坐到了壁炉旁的地板上。他的酒杯抵在鼻子下方,抿两口,吸三口。他做什么事都是这样,审慎和享乐交杂在一块儿。迪格比觉得他的年龄总不见长,因此当他发现老朋友的两鬓渐白时,他反而有些幸灾乐祸。迪格比自己的头发剪得很短,所以白发不明显。他今年四十二,但看起来年轻得多;至于克伦威尔,他猜要稍微年纪大一点儿。

在这晚的仪式上,他们"走"过格温德琳花园的九百英亩[1]土地。如果种的全是咖啡就方便了,种咖啡要干的活儿少——尤其是叶锈病害得他们种的阿拉比卡死光以后,他们换成了罗布斯塔,活儿就更少了。到了三月某个神奇的早晨,格温德琳花园会有一百英亩都银装素裹,那是白皑皑的咖啡花在一夜间全部盛放。不过,巴西的竞品已经拉低了市价。茶树利润很高,也是庄园的主要作物,但它就像娇弱的孩子,要操的心最多。因为更接近赤道,所以和大吉岭和阿萨姆不同,他们的茶叶全年都可采摘,完全供不应求。在更温暖的庄园最低处,种着好几英亩的橡胶树。

"十一弯,滑坡,跟之前一个地方。"克伦威尔在报告的最后说道。

我就说我怎么想喝双份呢。山路的第十一个弯出现滑坡就是灾难。他们的稻米不出一周就会吃完,而对他们的劳工来说,管饭比发工钱更要紧。他脑海中浮现出那个地点,道路戛然而止,面前是大山的裂口,泻满了泥土、巨石和连根拔起的树木。滑坡上方,平坦的山体不知从哪儿涌出水流。一道丑陋的疤。部落在那里叠了很多石堆,献给伐楼那和恒河女神,但神明并没有得到抚慰。抢修工作很困难:他们必须沿着滑坡的方向往下走,在茂密的树林间砍出一条路,直到从下方绕过滑坡,再往上走回盘山路。每个庄园都会出一臂之力。在盘山路重建好之前,

---

[1] 约3.6平方公里。

工人们会用头顶着货物走这条U形小道。也许，小道会变成新路。

第二天，季风终止，仿佛有人按下了开关，屋顶上雨点子无休无止的轰鸣忽然就安静了。好几周来，迪格比望出去都只能看到薄雾缭绕，难得有几回，白云积聚山谷，他便好似宙斯一般，俯瞰云海酝酿一场雷雨。他走出门，阳光明媚，几间加工棚和诊所的茅草屋顶湿漉漉地耷拉着，像是无处躲雨被浇了一身的流浪狗。虽然路断了，他的心情还是雀跃起来。

配药师斯卡里亚急匆匆地赶往诊所，他穿了件跟吐出来的胆汁一个色儿的毛衣，他的鼻子里喷出烟雾，弥漫在凉飕飕的空气里。这家伙对尼古丁上瘾得厉害，把令人作呕的平头雪茄当比迪烟抽。他瞥见迪格比，便憋住嘴里的烟向他挥手问好。这个一惊一乍的斯卡里亚看看常规的小毛病还行，但要是有紧急情况，他比没用还麻烦——他是个累赘。

克伦威尔把马牵来了，他两眼惺忪，脸上却笑嘻嘻的。他不知何时竟已去看过滑坡的山体，而且安排了所有能干活的人去修支道。他汇报说有一头母牛就要产仔，同一间牛棚里还有一只多趾猫已经生了小猫。"小猫也六根趾头！好运气呀！"

迪格比骑上毕罗。车道两侧的路堤已经长满了绿油油的含羞草，一阵微风拂过，草叶颤动，他胯下的小马驹也打了个激灵。他看着眼前的景象冒起了鸡皮疙瘩。在这片草地上，他哪怕是掉根牙签，没一会儿也能长成树苗。从曾经的城里孩子，到后来的外科大夫，再到现在的种植园主，他留在这儿的原因就是这片丰土沃壤，它是敷在永不愈合的伤口上的一剂良药。

忽然，毕罗双耳后立，发出嘶鸣，随后异响才传进迪格比的耳朵：有辆牛车正咔嗒咔嗒地飞速驶来，完全不顾木头轮子、脆弱的车轴、崎岖不平的土路以及牛类本身的物理特性。

而后牛车进入视线，拉车的小公牛眼睛瞪得圆圆的，嘴边挂着一长条口水，车夫拼命地鞭打它们，好像屁股后面有恶魔在追。

克伦威尔急忙迎上去，简短交谈几句后，他将车夫指往马道。马道的尽头，是一幢低矮的房屋，它的茅草房顶低垂，像旧时的女士软帽遮住耳朵。那是诊所。

"他们来自山的那边，"他说，"那也塌了，才往这里走。人家跟他们说，这里有医生。不好。"

迪格比只觉得惧怕，完全没有了当初在急诊室，面对人的生命精简到最后两个要素——呼吸和心跳——甚至连这两者都缺失时，那种精神振奋的刺激感。

对于大多数急救病人，他虽然知道应该怎么办，但他没有施救的手段。如果不是急救，那……总之，好些个庄园经理已经意识到，如果他们想让好心的全科医生顺便来看看为什么玛丽或者米娜喝不下粥，那迪格比不是他们要找的人。他给医务室配备的设施足以照顾他的劳工，但他首先是一名种植园主。如果真有什么意外，他会尽己所能，但想到待会儿可能见到的场景，他心里还是不由得生出埋怨和焦虑。

"先生！迪格比！先生！"斯卡里亚跑出诊所，大喊着挥舞丑毛衣下的双臂。毕罗撒腿便向诊所奔去，即使它的主人还在犹豫，小马驹也知道使命在哪里。

一只婴儿的拳头伸向空中。

但让迪格比大惑不解的，是这只拳头伸出来的位置。拳头的背后，是他显然还在孕中并且心惊胆战的母亲的肚子上的伤口。

紧握的小手看起来很完整，没有受伤。母亲二十多岁，躺在手术台上，意识清醒——确切地说是警觉。她相貌出众，黑色的卷发下是白皙的鹅蛋脸。她身穿绿色的上衣、白色的纱丽和丝质衬裙，肯定不是庄园上的劳工。她锁骨前的小吊坠——叶子上有珠点组成的十字架——说明她是圣多马派基督徒。迪格比觉得她的脸莫名眼熟，漂亮得很典型。也许是因为她长得像日历上的拉克什米，一个叫拉贾·拉维·瓦尔马的画的，那种日历在劳工宿舍、商店到处都有。他的大脑不由自主地注意到各种细节：结婚戒指、她眼下疲惫的黑眼圈，还有她令人刮目相看的镇定，似乎聪慧如她，知道慌乱也帮不上忙。但在那层外表下，这个可爱的姑娘害怕得要命，而且感到尴尬。

她的孕肚皮肤紧绷，两英寸的倾斜伤口就在肚脐左边一点点，切面整齐，除非用刀具，否则划不出来。切口的一侧缓缓渗出血液——没有失血过多的危险。迪格比想象刀锋穿透皮肤，再穿过腹直肌……然后径直扎进子宫。因为她离预产期不远，子宫已经长出骨盆，向肋骨靠近的同时将肠子和膀胱挤到后方，最后完全占据腹腔。也正是因此，她的肠道才没有破裂：刀尖可以轻松地刺进腹部的皮肤和肌肉，却被一块更大、更厚、更强壮的肌肉挡住了去路，那就是子宫。刀尖划出口子，给子宫开了扇舷窗，于是婴儿就像所有犯人一样，将手伸向了天光。

小宝宝的手指蜷成握拳状，细小的指甲像玻璃般闪烁。迪格比在观察的同时，用消毒药水擦了伤口和拳头。碘伏让母亲感到刺痛，但似乎并不妨碍小家伙。如果她去的是医院，他们现在肯定要做剖腹产。理论上，迪格比也可以做，他应该在哪里还有氯仿，如果没有全都挥发掉的话。但是没有好的腹部牵开器，也没有得力的助手，他这双手做剖腹产可能会让母子凶多吉少。

他思索着自己的选项。但一股犹如粪肥般恶臭的廉价烟草味儿分散了他的注意力，把他的思绪拉向了格拉斯哥的欢乐剧场——一段最好埋藏起来的回忆。他转头看见斯卡里亚靠在窗台上，嘴里叼着令人作呕的平头雪茄。配药师知道在室内或者在迪格比周围抽烟的下场，但他一慌起来手就忍不住要去拿那根受潮的烟卷，就像婴儿要寻找母亲的乳头。

迪格比的左手，也是他现在的惯用手，以媲美圣依诺克火车站扒手的精准度，从斯卡里亚的嘴里一把夺下了雪茄，然后——顺势就将燃烧的一头对准婴儿的指关节，火红的烟屁股距离皮肤不过十分之一英寸远。

宇宙在不同的可能性之间摇摆。片刻后,小小的拳头哧溜一下缩回它的水世界,果断躲开了恶毒的攻击。小手刚刚还举着的地方,只剩下光影闪烁的空气,回味着有什么东西不见了踪影。迪格比在短暂的从医生涯中,见过圆滚滚的蠕虫爬出膀胱,见过生殖细胞肿瘤里包着头发、牙齿和未成形的耳朵,但他还没见过这种情景。

迪格比弹飞雪茄,把它丢回给斯卡里亚,同时取了一块无菌纱布压到伤口上。"管好你的手。"他大声对胎儿说。(在他的想象中,小兔崽子正在子宫里火冒三丈地吹着手背,一边咒骂迪格比,一边谋划着起义。)管好你的手。他在格拉斯哥上学那会儿,伊万杰琳修女说这几个字时是要用戒尺在他们的指背上打出重音的。

"这孩子的拳头,早晚有一天要叫他吃亏。"迪格比嘟哝着。斯卡里亚已经逃走了,于是迪格比拉起母亲的手按在纱布上,让她自己用力压。

他听到外边有个男人在嘟嘟囔囔地呻吟着,接着又忽然一声狂吼。不管那人是谁,听起来不是酩酊大醉就是精神错乱。他听到克伦威尔跑去干预了。

迪格比将一根弯针和缝线装到长长的持针钳上,然后示意母亲将手从伤口上拿开,他祈祷婴儿这会儿可别再尝试越狱。他将伤口轻轻扒开,刚好足够看到膨胀的子宫壁。还好,子宫上分布的是内脏神经,不像皮肤那么敏感。他以最快的速度将针先从裂口的一侧穿过子宫壁,再穿过另一侧,然后打结、剪线。母亲没有一丝畏缩。他又给子宫缝了两针,现在宝宝要出去就只能走前门了。皮肤上的伤口他总共缝了两针。她蹙了一下眉,但什么也没说。如果他每缝合一处划破的皮肤都要上局麻的话,他那宝贵的丁卡因一礼拜就用完了。

"行啦,都弄完了。"他说着环顾四周,想找克伦威尔来翻译。母亲面色苍白,神色疲惫,但仍旧镇定。

"非常感谢你,医生。"她用英语说,吓了他一跳。他重新打量了她一番:金耳环、仔细修剪的指甲。他问她叫什么,她说莉齐。他做了自我介绍。

"你有过宫缩吗,莉齐?"她摇了摇头。"你还有多久?"

"好像还有两周。"

"很好。希望你能正常生产,但是临产的时候最好去医院,好吗?"她认真又孩子气地点了点头,表示答应。外面的吵嚷让人分心,是谁这么早就喝醉了?"至于现在,你要留在这儿。通路可能还得等几天。"

他转过身去准备敷料。"医生,"她说,"这是个意外。"

有多少女人说过一样的话?又有多少医生、警察、护士、孩子听过这些话,却知道事实并非如此?女人为何愿意保护这种根本不值得保护的男人?真是个谜。西利斯特的面庞在他眼前一闪而过。

"外面是我丈夫,他叫科拉。"她指着喧闹的方向说,"他是庄园的书记员。"书记员其实是劳务中介,他们在山下联络村长,给庄园招工。这么叫他们,是源于他们在账簿里记下所有劳工名字的这个动作。肆意妄为的村长往往会把工人签给好几个书记员,害得庄园在种植季开始时孤立无援。迪格比很幸运,他的工人每年都按时归来,这是因为他煞费苦心,保证他们有最好的宿舍、医疗,还有作为学校的一间教室和照顾婴儿的育儿所。"我丈夫昨天晚上突然发了疯,医生,他以为我是恶魔。"

"你的意思是,他之前是好的?"

"对,只是有严重的哮喘。到了山上,他的哮喘就非常重。他平时都吸哮喘烟,但是这次连着三天都不管用。昨天他吃了一根烟卷,可能还不止一根。他的眼睛变得好大,坐立不安的,老听到有声音。他说恶魔来抓他了。我给他送饭的时候,他躲在门后袭击了我。后来他特别愧疚。"

迪格比的姥姥会吸预制的曼陀罗烟卷。他知道印度的哮喘病患者会把曼陀罗或者曼陀罗属植物的叶子晒干,自己卷成烟。叶片中的阿托品可以扩张支气管，但过量使用会导致特有的中毒症状，包括瞳孔扩大、口干、皮肤干燥、发热、烦躁。每个医学生都背过辨别中毒迹象的口诀："瞎得像蝙蝠，热得像野兔，干得像枯草，红得像甜菜，疯得像只落水鸡。"

"可能是阿托品中毒，我去给他看看。等毒性过去了他应该会好点。你们是这附近的人？"

这个问题似乎勾起了她的伤心事。"不是，我们是从特拉凡哥尔中部来的。我们曾经有房子、有地，还有亲近的家人。但是他……我们什么都没了。他跟危险的人借了钱。很麻烦，他就逃了。我本来可以留下的，有时候我也后悔，为什么要跟过来。"

迪格比没有指望得到这么多信息。他忘了自己在她的眼中不是种植园主而是医生，是一位她可以倾诉的人。在经历了这一遭磨难后，她需要把话说出来，宣泄她的情绪。对他来说，站在那里注视她倒不是什么难事。他看着她标致的样貌，一位理想的马拉雅里美人。

他们都默不作声。片刻后，她的沉着冷静在来到这里后第一次出现了动摇。她颤抖着嘴唇，说："医生，我的孩子不会有事吧？"

他端详着这张可爱的脸庞，她望向他的目光无比恳切。他的思绪被屋外她丈夫的又一声怒吼打断。在那一刻，迪格比瞥见了她的未来，一种不祥的预感让他心慌意乱，他还从未有过这种感受。"孩子没事。"他安慰她说，她脸上立刻浮现出释然。"孩子挺好的。"他希望事实如此。"你的小孩反应很快——这个我们倒是都看到了。一只拳头举在外面，跟列宁一样。"他说着，想调节一下气氛。他把手放在她的肚子上，学着神父赐福那样掌心向下，然后特意弯下腰，直接对着胎儿说："我宣布你就是列宁往后，如果你是男孩儿的话。"他露出笑容，不过脸上的伤疤让他的表情显得有点凶狠。

"列宁·往后。"漂亮的莉齐重复了一遍，她合着每个音节左右摇头，似乎是要牢牢记住它。"好的，医生。"

第五十一章　甘愿被蹂躏的心

1950年，帕兰比尔

　　尼南死了六个月了，埃尔茜离开帕兰比尔也已经六个月了，夫妻反目成了仇家。大阿嬷奇和振兴大师穿上最隆重的深色衣服，出发去特塔纳特大宅。上一回大阿嬷奇去昌迪家，还是六年前定亲的时候。那会儿，屋里回荡着昌迪洪亮的笑声；如今，这可怜人躺在房间中央的棺材里，周围簇拥着茉莉与栀子编成的花圈，他的耳垂和鼻尖已然有些发灰。如果他还在世，肯定不会赞成他们用甜腻的花香和偷偷喷在他身上的古龙水来掩盖气味。大阿嬷奇又一次坐到了昌迪家的白色长沙发上，脚尴尬地够不着地，心里想着要是奥达特珂查嬷能像上次一样坐在她身边陪她该多好。

　　主啊，才不过六个月，您让我参加了多少葬礼？如果还要再来一场，就让它成为我的葬礼吧。您先是带走了小尼南，这就不提了。然后又是奥达特珂查嬷。是啊，她年纪是大了，不是六十九就是九十六。"你挑呗，"她会说，"不是这个就是那个，我要知道它做什么？"但她非得在看儿子的时候去世吗？我们在同一间屋里祈祷、睡觉，除了小末儿，我和哪个灵魂都没有共度过这么多个夜晚。您带走她的时候，应该让她和我在一起啊。再后来，您又找上了沙缪尔的妻子，那天她突然捂住肚子，我们来不及把她送进医院她就走了。够了，主。您是万能的，全能的，我们知道，您为什么就不能坐下歇歇？就假装每天都是第七天，先这么过上几年。

　　哦，这绝对属于亵渎，但她无所谓。她像棵苍老的橡胶树，工人用刀划开口子，也不会有胶汁流出来，即便她还有情感，泪也早已干涸了——她以为是这样。可听到女人们唱起"萨梅满-啰他啼",泪水还是涌了出来。乘着时间的马车。那首挽歌交织着父亲过世的记忆——她这辈子最难过的一天——后来的每次失去都让它再添一重哀伤。马车的车轮滚滚向前,载着我们不断接近旅程的终点,回到美好的家园,回到主的怀抱……但是主啊,有些人,像乔乔和尼南,才刚刚上车,您急什么呢?

早些时候,她刚到特塔纳特大宅,埃尔茜便扑进她的怀里,抽泣着停不下来,身体也随之颤抖。她唯一能做的,只有抹去年轻姑娘的泪水,亲吻她,抱住她。"末丽啊,末丽,阿嬷奇知道你难受。"大阿嬷奇已经有六个月没见过媳妇了——葬礼之后埃尔茜就立刻离开了。大阿嬷奇看到她变得那么瘦,两鬓突然生出了白发,心里吃了一惊。如此年轻的人竟变成这副模样,令人担心不已。

大阿嬷奇特别想说,末丽你到底去哪儿了?你知不知道小末儿和我有多想你?她有好多话要和媳妇说,有好多埃尔茜可能想知道的事情要告诉她,比如莉齐终于写信了,但是没留回信的地址,她说她生了一个男孩……但显然,当时不是说这些话的场合。所以,大阿嬷奇只是抱着埃尔茜,然后又和她一起在沙发上坐了两个小时,因为埃尔茜不肯撒开她的手,就这样一直陪她到刚才。可怜的姑娘像是受尽折磨的孩子,四处寻觅着命运不会再施加更多苦痛的地方。于是,大阿嬷奇献出了她自己,她献出她的怀抱、她的双手、她的吻……和她甘愿被蹂躏的心。这不就是母亲该为孩子做的吗?除此以外,父母还能做什么呢?

到了墓园,棺材一放下去,振兴大师便说:"阿嬷奇,我们得走了,要不然今晚上就回不去了。"埃尔茜哭着死死攥住婆婆的手,不想让她走。大阿嬷奇说:"末丽,我也想留下,可是还有小末儿……"她还想说,你不跟我回去吗?帕兰比尔是你的家,让阿嬷奇在那里照顾你……可那么多宾客都还在特塔纳特大宅,埃尔茜当然不能走开,这么问就是给她添麻烦。而且,埃尔茜和她儿子之间的裂隙那么深,就算她求情恐怕也改变不了什么。

在回家的公交车上,她痴痴地望向无边无垠的稻田,望向一个坐在涵洞上的癞子,又望进一间间房屋,昏暗的屋内有老人在读书、有两个女孩儿在嬉闹、有女人们在烧饭……每家人过着自己的日子,没有谁可以逃避痛苦。有朝一日,这些人都将化作虚影,就像她自己也终将被埋葬、被遗忘。她太少离开帕兰比尔,都忘了自己不过是上帝的宇宙里最微小的一粒尘埃。生命是上帝的恩赐,生命珍贵正是因为它转瞬即逝。上帝的礼物就是时间。无论拥有的是多是少,都是他的赠予。原谅我说的那些话吧,主,我知道什么呢?原谅我以为只有我的小世界才是一切。

乘船走了一小段水路后,他们从栈桥走回家。她谢过了振兴大师,望向矗立在前方的帕兰比尔。天空下,它是一枚暗淡的剪影,和半个世纪前还是新娘的她看到的一模一样。没有一盏油灯燃着,也没有一只电灯亮着,这下她更对菲利伯斯感到恼火。

送信的赶来告知昌迪突然在庄园离世的时候,她急忙去找菲利伯斯。"你必须去,陪陪你妻子,"她说,"过几天,说不定你就能带她回家了。"他当时躺在床上看书,瞳孔小得像针尖。他大笑:"去?怎么去?我站都站不了多久,更别说走那么远的路了。再说了,我为什么要拄着拐杖坐在那儿当人家的眼中钉?她怨我,我也是活该。"他最近沉迷于自怨自艾,不管她怎么骂他,他都举双手欢迎。她放弃了,找了振兴大师陪她一起去。"我儿子现在是切不动肉的刀,热不了咖啡的火。"

小末儿早已预知母亲没有带埃尔茜一起回来,她不再守着凳子,回屋躺到了席子上。大阿嬷奇听到她在抽泣,小末儿平时很少哭。

大阿嬷奇点亮了油灯。菲利伯斯从黑暗的屋子里一瘸一拐地出来,眯着眼,像只椰子狸。他现在只需要一根拐杖,骨折的右脚踝已经愈合，但粉碎的左脚脚后跟仍然会痛。他抱下尼南的尸体后从普拉梧一跃而下，当时还没有人意识到他伤得有多重，直到第二天才发现他的脚踝看起来和达摩一样，甚至颜色也是一色儿的灰，只不过他的关节是歪的。失去尼南的痛楚本已无法忍受，这下又添了一重肉体的疼痛。

他跌坐在小末儿的长椅上。大阿嫲奇在他身边坐下，盼他问起埃尔茜。可他只是心不在焉地翻着塞进腰间的芒杜褶子，活像只在给自己抓虱子的猴子。最后，他翻出了一只小木盒。她看着他抠开盖子，露出里面圆形的鸦片烟膏，心想他真该剪指甲了。这种小木盒每家都有，它是老人们治背痛、失眠和关节炎的万能灵药。大阿嫲奇曾经用它帮丈夫治头痛，现在，她无比后悔把药给了菲利伯斯。她的儿子成了一个瘾君子。

他全神贯注地用竹牙签刮出卷曲的鸦片条，然后用手指把它搓成球，他的指尖恶心地来回捻动，最后搓出了一颗亮晶晶的黑色珍珠。她小时候看她祖母吃，还觉得那黑色珍珠很漂亮。有一次，她祖母让她舔了一下手指头，那种令人反胃的苦涩教她忍不住干呕。她这会儿特别想把那东西从曾经帅气的儿子手里一巴掌打掉，可惜，他已经吃进去了。菲利伯斯说："阿嫲奇，给我拿点酸奶和蜂蜜好吗？"她赶紧起身，免得自己说出什么恶毒的话。让他喝他的酸奶去吧。

昌迪的葬礼过去几周后，她又给埃尔茜写了一封信。之前的信件通通没有回音，但她必须告诉埃尔茜，她亲爱的小末儿呼吸越来越困难了。小末儿的病根其实是她的灵魂受了伤。她几乎什么也不吃，只说埃尔茜回来她再吃饭。大阿嫲奇写道："每当她爱的人离开，对她来说就像死了一回，我求求你，来看看吧。"她还有那么多话没有在信里讲。莉齐又来信了，还是没有回信的地址——显然她不想让别人知道她在哪儿。莉齐说怀孕的时候出了个意外，孩子的手伸到了她肚子外面，但奇迹般地，这个叫列宁的孩子还是平安降生。大阿嫲奇也没有提到菲利伯斯有一天突然失踪，回来的时候带着一辆崭新的自行车，他的下巴、胳膊肘、膝盖都在学骑车时蹭破了皮。他买车的由头是乔潘不肯帮他买鸦片，还劝他不要再吃。尼南夭折后，乔潘陪了菲利伯斯好几个礼拜，晚上也和他同睡一屋。现在，两个人为着鸦片闹翻了。大阿嬷奇估计，这辆自行车唯一的用途，就是能让她儿子去教堂边上的政府商店自己买鸦片。这些事情，她在给埃尔茜的信里都没有提。

小末儿的身体每况愈下。绝望中，大阿嬷奇写了最后一封信，只有短短几行字——再多写似乎也是徒劳。

我最亲爱的埃尔茜，

　　我祈祷这封信能寄到你的手中。小末儿快不行了。说是饥饿也好、心碎也好，都是一回事儿。看在我们都是母亲的份上，我求求你，来看看吧。小末儿整天只知道问"埃尔茜在哪儿"。如果你来了，她就肯吃饭了，那样她也许能活下去。

爱你的阿嬷奇

　　菲利伯斯坐在围廊上剃胡子，镜子架在面前的窗台上。太阳出来了，所谓的季风下了几滴雨就偃旗息鼓，敢情是个冒牌货。镜子里，菲利伯斯看到有个人影正往坡上走来。是个乞丐吧，他想。不对，是个穿白色纱丽的女人，连把伞都不拿。她高挑、苍白、憔悴、美丽。他的心雀跃起来，胳膊上冒出一片鸡皮疙瘩。

　　他是出现幻觉了吗？如果这是埃尔茜，她为什么没有坐特塔纳特家的车？从迷雾似的记忆里，他依稀想起沙缪尔说过有一处涵洞塌陷，把道路变成了奔腾的小溪，只有溯流步行五十码，攀过一根原木才能跨到对岸。

　　满脸肥皂泡的菲利伯斯盯着他一年未见的妻子，目瞪口呆。有时他会想象她从未存在，他们在一起的日子不过是一场梦。但现在，回忆如山石滚落，轰然砸到他的身上：读书的女学生、他领到家里的新娘、他们的第一夜、该死的树……他僵坐在那里，像一尊石像。不到十分钟前，几天都没从席子上爬起来的小末儿才刚刚出现在他身边，喊着："有客人来啦！"但凡他听进去了，可能就会洗个澡，穿上背心，换条干净的芒杜。

埃尔茜站在那里仿佛女神杜尔迦，灰色猫眼石一般的眸子注视着菲利伯斯。他心虚自己的外表：鼻梁因为一次骑车摔跤塌了，耳朵因为另一次肿了。地心引力有失公允地只拽着他的身体左侧。他闻到她身上的淡淡花香，和他记忆中的是那么不同。

"埃尔茜！"他说，手里还举着剃刀。埃-尔-茜。寥寥几个音节，代替的是他的喜悦，是他们共同的悲伤，是他对宽宥的乞求，即使他自己都无法原谅自己。这一刻的哑口无言是好事——在她面前，言多必失。

"菲利伯斯。"她说。她的目光越过他，看到蹒跚走向切奇怀抱的小末儿，她瘦削的脸庞露出了喜色。埃尔茜把小末儿放下，吃惊地发现她第一次能看到小末儿的颧骨，她上衣的领口也松松垮垮地荡在锁骨前。这时，大阿嫲奇循着惊喜的喧闹声找了过来，她抱住埃尔茜，只说出一句："末丽！"

菲利伯斯嫉妒地旁观着。他生命中最重要的几个女人化作一幅由青丝、华发、白色纱丽、鲜艳彩带和姜黄粉染脏的查塔组成的画卷。她们一同离开，去了厨房。在镜子里，他看到平凡之人的嘴巴张得老大，能捉苍蝇。

第五十二章 和以前一样

1950年，帕兰比尔

埃尔茜前脚刚到，真季风后脚就降临人间。它好像复仇的神明，惩罚人类竟敢将赝品当真。大雨倾泻如注，风力猛如台风，椰叶被吹成孔雀尾巴，再啪地被折断。风嗖嗖地穿进窗户缝，诡异的声音像是谁在对着古希腊陶瓶的瓶口吹气。电线杆轰然倒地，掐断了收音机。沙缪尔大着胆子出去看了一圈，回来时大惊失色：过了卸重石再往前，出现了一片望不到边的新湖。1924年那场著名的洪水虽然毁了几乎整个特拉凡哥尔，但帕兰比尔逃过一劫。可现在，大阿嫲奇洗澡的水潭作势要吞没工匠和普拉雅的茅屋。河水溢出两岸，冲走了船栈。在大阿嫲奇的印象里，这是她第一次能从宅子里看到河水，它尾随她丈夫为了远离水源而费心建造的房屋，步步逼近。到了第五周，他们对大自然之狂暴的惊叹已经逐渐变成了沮丧。土地在哀求上天的怜悯。孤立无援的感受愈发强烈，他们甚至都找不到词汇来表达。自从季风开始，报纸便不曾临幸过这座宅院。

大阿嫲奇很担心埃尔茜，她总是一连几个小时都在围廊上踱步，盯着天空，哪怕深夜也是如此。她焦急的样子，就像是把孩子独自留在了河对岸的母亲。曾经的埃尔茜可是一直都沉浸在绘画里，连屋顶被掀翻恐怕都注意不到。确实，她只计划暂住，但即便如此，她为什么要急成这样？

当菲利伯斯意识到埃尔茜只是来看小末儿，并且没有任何留下来的打算以后，他立刻就退却了，完全放弃与她做任何交流。他几乎见都见不到她，拜小珍珠所赐，日与夜的界限在他这里是模糊的，他已经活成了一只夜行动物。有几次，他看见她在围廊上徘徊着凝望外面的大雨，好像只要她盯得够久雨就会停。当他听到她站在他的窗外，问沙缪尔能不能寄一封信出去时，他几乎都要发笑。老人说，邮局被淹了。菲利伯斯忍不住想朝外面喊，你不是很会游泳吗，埃尔茜，干吗不亲自送过去？

一天晚上，他在临近半夜时醒来，习惯性地拨开窗帘向外望去。在围廊的矮墙上，他依稀看到有个人坐着，她双手抱膝盯着泼天的大雨，像一尊石女，又或许是一个幽灵。他汗毛倒竖，直到认出那是埃尔茜。她的脸被阴影笼罩，看起来是那样陌生，又是那样忧愁。目睹她啜泣，他不由得生出怜悯。他坐起来，想走到她身边去……转念却又作罢。他的出现恐怕不是慰藉，反而只会让情况更糟。他们已经形同陌路，他对她过去一年的生活一无所知。然而，疑问也悬在他的心头。她为什么如此悲伤？到底有什么要紧事非走不可？埃尔茜，到底怎么了？毋庸置疑，这和尼南没有关系。

他一定是睡过去了，因为睁开眼时天已经有些亮了。埃尔茜是他想象出来的吗？他望向窗外，结果她还在那里，正趴在矮墙上呕吐。这回他赶紧冲了出去。见他过来，她直起了腰却站立不稳，他在她摔倒前抓住了她。他领她到小末儿的长椅上坐下。她蜷起身体，捂着肚子。他给她拿来了水。"埃尔茜，我的埃尔茜阿玛，告诉我，到底怎么了？"

她看向他的神情是那样痛苦不堪、心如刀绞，惊得他打了个寒战。他本能地把她搂进怀里，安慰她平静下来。有那么一瞬间，他确信她就要说出实情，吐露心事。他等着她开口……却看到她转变了主意。她垂下目光。"可能是泡菜吧……"她含糊不清地说。

他松开了手。没有什么泡菜能让人这样悲痛。他说："我吃了没事。"

"你也没怎么跟我们吃过饭。"她声音沙哑。

"我知道……我的作息时间比较奇怪。"

不知不觉间,他摆出了和她一样的姿势:弓着腰,低着头。他的右脚踝是肿的;左脚踝是歪的,好不了了。她的脚倒还和他记忆中的一样,也许晒黑了些,脚趾更弯了一点。他脑海中浮现出定亲时两人四只脚并排的画面,那段记忆和今时今刻之间阻隔着一道深壑。他嗅入她身上新的气味,完全是异乡的味道。曾几何时,他们的身体享有同一种芬芳,那是因为帕兰比尔的水、帕兰比尔的土和帕兰比尔的食物。他还记得,小尼南的头发除了家族的气味,还有种甜甜的、淡淡的、小奶狗的味道。

埃尔茜看向屋外,绝望的表情像是被判死刑的囚徒。她摇了摇头,要不是他盯着她的嘴唇,他肯定不会注意到她说了什么:"我完全没想到会待这么久。"泪水再一次溢满她的眼眶。

她的话刺痛了他。雨越下越大,像是对她诉说他的愤懑。如果他们都不在一起,伤痛该如何治愈?最后,他说:"这里不只有小末儿需要你。"他歪曲的脚自说自话地抽搐起来。

他的话让她愣了一下,她重新看向他。"对不起,"她说着抹了抹眼睛,"尼南出事以后,留在这里太难了……"也许是她突然意识到他并没有别的选择,她又说:"但是我什么也没有逃掉。那件事还是跟着我,每分每秒。你肯定也是一样。我知道小末儿需要我,大阿嫲奇需要我……"她的声音越来越轻,"你需要我。但是我做不到。"她放下水杯。"我要去休息了,好吗?"她的手掠过他的肩膀,就算不是带着爱意,也一定是带着歉意。

两天后,菲利伯斯看到阳光透出橘黄色的云朵,大地被柔光笼罩。光亮转瞬即逝,但他已经激动地跃上了自行车,疯狂踩着踏板。他冲向车道尽头,绕过一个又一个水洼,逐渐加速,热血沸腾——

他睁开眼时,视线一片模糊。人再怎么热爱泥土,也不会选择把脸埋进地里。他昏迷了多久?雨点锤落下来。他翻身侧躺,一双赤脚靠近，白皙的脚踝之下被泥巴染成了古铜色。埃尔茜扶他坐起，再帮着他慢慢站起身。"我不知道。"他问她怎么回事，她回答道，"我刚巧往外看了一眼，发现地上有东西，然后你就动了。"他手肘上的皮蹭没了，膝盖抽痛，肩膀很疼。他把全部的重心压在摔变形的自行车上，两人默默地往回走，被淋得湿透。他摸了摸芒杜的腰间松了口气，盒子还在。他迫切地需要它，但不是在她面前。忽然他脱口而出，"埃尔茜，我们可以重新开始，在我们的地上建一座新房子，或者搬到外地去。"她不看他，也不回答。过了片刻，他又念叨起来，但更像是自言自语而不是对她说话："怎么就到了这一步呢？都是我的错。"雨水，又或许是泪水，又或许是两者都有，顺着她的脸颊流下。

回到房间——他们曾经的爱巢——他急忙团了一颗珍珠，一颗特别大的，缓解他的膝盖痛、肩膀痛、脚踝痛、头痛……还有心痛。洗完澡，他沉沉地睡了过去，仿佛漂浮在子宫，在柔软的厚壁间碰撞反弹。床边的衣柜嘎吱作响，弄醒了他，与其说是听到，他更像是感觉到了扰动。是埃尔茜，她刚洗好澡，正背对着他在拿她的旧衣服。她平时都是让小末儿来跑腿，但他知道小末儿身体不舒服。托土拢起了埃尔茜的湿发，濡湿的芒杜包裹着她的躯干，露出她的肩膀和双腿。

她抱起衣物踮着脚尖往外走，冲动之下，菲利伯斯猛然将她的手拽住。她吓了一跳，像一只落入陷阱的小老鼠。他松开了手。

"埃尔茜……拜托，我求你，坐一会儿吧。"她犹豫片刻，向前挪了几步，小心翼翼地坐在床的边缘。"我要谢谢你。"他说着又牵起她的手，而她仍旧只是盯着地板。仅仅是捧起她的手指，他便感觉得到了安慰。"只要是为你，让我被牛车辗了都可以。只要是为你……"他哽咽起来，"都是我的错。我说过了吗？"他的手温柔地伸向她的下巴，抬起她的脸。"埃尔茜，原谅我。"可她的表情让他一愣，小老鼠看着向她祈求原谅的捕手，一脸茫然。她听懂他在说什么了吗？她转过脸去，嘴唇微动。"埃尔茜，你说什么我听不见。"

"我说,我才需要被原谅。"

他尴尬地苦笑。"不,不,我的埃尔茜!不,全世界都知道我没了尊严,没了腿脚,没了儿子,没了妻子。但要说这是谁造的孽,那是我。别把我仅剩的东西也抢走了。"他咬着牙坐起身,伸出磨破手肘的胳膊揽住她的腰。疼痛无所谓。他摆出玩笑的口吻:"埃尔茜,你生来就是被原谅的。我们还是说回这个混蛋好吗?他需要宽恕,需要怜悯。"

他并没有注意到,她对他试图表现的幽默毫无反应。那天夜里他在她脸上看到的绝望已经永久刻进了她的眉眼,这让他心痛不已。如果牵着她的手能够将他治愈,那对她一定也是一样?她的芒杜打在胸前的结快松开了,他想移开目光却做不到。血突然充满阴茎,他羞愧难当。不不,这真不是我让你坐下的目的,我向季风之神发誓。但欲望自有一套说辞,比他的舌头能勾勒的远远更加有力,不管他如何抵挡,它还是占了上风。

内心柔情澎湃,他拥她入怀。她未加阻挡,托土顺着发丝滑落,她抬手去挡,芒杜打的结却彻底脱开。这可不是我干的,这是天意,或者命运,或者芒杜与托土之神,误解之神,我不信神。她想去拽芒杜,他却轻轻拦住了她的手。他吻她的脸颊,又吻她的眼睑。她浑身微颤,满面的愁容刺痛他的心扉。他只是想安慰她,但熟悉的钦慕卷土重来,陈年的惊喜再度涌现——这等人间尤物竟是他的妻子。失望之主,悲伤之主,告诉我,为什么要赐予我却又夺走?她的身体似乎在他面前不断膨胀,他自己也在膨胀——黑珍珠的作用?她的嘴唇更加饱满,他特别喜欢的她喉咙处的凹陷也变得更宽,深色的乳晕更大——她身上最诱人的部分都在他的凝视下愈发突出、扩大。

他们的肉体曾经给了彼此多少欢愉!不管发生什么,这一点从来不曾教他们失望。也许,这就是他们需要的灵药,让无法忍受的可以被忍受。在经历失去之后,他们从来没有给过自己倚靠在彼此肩膀哭泣的机会,反而剑拔弩张反目成仇。他明白了,他明白他们本应该做些什么。他的手指梳过她湿漉漉的头发,她的头发那么厚,好像是独立于她的另一只生物。他轻柔地引她在床上躺下,没有强迫。他看到门大开着,便忍着痛慢腾腾地爬下床,一瘸一拐地把它拴上。她的脸转向另一边,思绪遥不可及,仿佛已经忘了他的存在。但当他走近,她还是转过头,端详起他旧伤叠新伤的身躯,那是画家的目光,但也不无好奇和关切。

他爬上床。她的瞳孔与他相反,广阔而深不见底。她的脚碰到他的脚,触感粗糙生硬,不似记忆中那双奶油似的纤纤玉足。她一定总在赤脚走路,这显然是丈夫疏于照料的体现。他吻她捂着胸脯的手,嘴唇探到她食指侧边硬硬的突起。他能想象,她在痛苦中是怎样日夜挥舞画笔,画到手指磨破,只为重塑这个扭曲错乱的世界。她苍白的肤色深一块浅一块。他每发现一个证明他失职的迹象,他就更后悔一分。"哦,埃尔茜,埃尔茜,"他心碎地说着,"让我来挽救,让我来弥补。"她似乎并没有听懂,但不要紧,只要他懂就行。他们是天作之合,他心想,他们同样历经了哀伤与岁月的风霜。而岁月,不也就是一再地失去?

他吻上她的唇,小心翼翼地。他不想为难她,如果她觉得勉强,他随时可以停下。但吻不是从来都能给予他们生命吗?吻是从来不会说错话的。他想笑,他想起了他们笨拙的第一个吻,两人的嘴唇紧紧压在一起,好像是在粘信封。后来他们就很熟练了。但她显然是忘了。让我来帮她回忆,这是我的责任,唤醒她的嘴唇,重启我们的心。他是那样温柔,他想象着她有回应。对,他告诉自己,她的嘴唇也在动——只是缺少激情,但那还需要时间。

他握住她的乳房,手指绕着她的乳头画圈。他几乎难以自持。她双眼紧闭,泪水溢出眼角,但他是明白的,因为这怎么能不让他们想到尼南?她没有反抗,但也没有像曾经那样伸出手来抱他。没关系,亲爱的,没关系,都让我来吧。我们需要的不正是这个吗?基列的乳香,治好我们的良药。

曾经,当他们两个水乳交融,他们就像克久拉霍神庙上那些神魂颠倒的浮雕,翻来滚去,床单滑落一地。但在那之前我们有的是时间,他一边趴到上面一边想着。这与他的欲望无关，他只是需要表达他的爱，表达他的关心。缓缓地、轻轻地，他试探，寻索，抚摸，感觉到她的依允之后，他进去了。现在，他们合二为一了。他一个人出两个人的力，顷刻间，他便直冲云霄，不管他原本的意图多么高尚，自私的欲求、重生的愉悦这会儿都浮现出来，他听见她的名字冲破自己的喉咙，急切的呼唤让她第一次睁开了眼睛，从她黑洞般的瞳孔中，另一个无名的人在看着他——但他早已飘然欲仙，然后便瘫倒在她的怀里、她的里面，他唯一的女人，曾经是，将来也是。除此以外，还有什么能与死亡抗衡？这就是原谅，孤独的悼念从此结束。喜悦与哀恸、狂欢与悲剧，这是生长在他们伊甸园里的野草与鲜花，待到这尘世间的植被凋零，它们将依然浓郁葱茏。

* * *

过了一阵子，他也不知道是多久，两人静谧的私密花园大地震动，她从他身下挪到了一边。他的眼皮沉重得像两艘小船，她则坐起身去拿她的芒杜。他昏昏欲睡，心满意足，两人之间的隔阂已经化解，他现在无忧无虑。看到她背对着他坐在床边，他觉得这画面似曾相识，她和以前一样，举着双手梳拢头发，将它绕手掌转一圈盘起，她的手肘是两个顶点，构成框着脑袋的三角，隐约浮现的脊椎仿佛一串珠子，弧度呼应着腰部向内的曲线、臀部向外的曲线。她转向他，躲避着他的目光，却将一只手放在他的胸上。她闭着眼低着头，仿佛在为他祈祷，就这样持续了很久。她站起身，他知道，她接下来会拿起湿掉的芒杜，小心地擦拭两腿之间……

但她没有。她系好芒杜，捡起了放在一边的衣服。路过镜子时，她停下脚步看了一眼自己是不是穿戴整齐。镜子里的她和他视线交会，他立刻露出困倦的微笑，这也是他们曾有的习惯。只不过，看向他的是一个陌生人，一个已经离开了这个世界的灵魂，她只是在最后一次回望过往的人生。她走了出去，没有一点声响。

第五十三章　石女

1951年，帕兰比尔

没有了每晚飘荡在空中的广播声，没有了报纸，甚至连鱼贩子的八卦都没有，他们觉得自己好像成了地球上最后剩下的人类。正经珂查嬷吓坏了，蹚着水挨家挨户地叫嚷，说所有人都必须忏悔，否则村子就要不保。菲利伯斯光着上身站在门口，把她挡在自家屋外。他说，全族人都同意正经珂查嬷自己去投河献祭，她罪孽这么深重，上帝一定满意。

就在他们几乎要放弃希望的时候，季风渐停。又过了两周，报纸恢复投送。他们这才知道淹死了几百个人，还有成千上万的人无家可归，霍乱和痢疾正在肆虐。

邮局重新开门了，菲利伯斯很紧张，他知道这意味着埃尔茜可能很快就会走。但他要面子，不可能去问她，再说了，他也再没有和她独处过。那天深夜，他拿竹勺子刮着鸦片盒的盒底，刺耳的声音像是船的龙骨撞上了礁石。整整一夜他都在往身上抹清凉膏，疼得直哼哼。第二天，他半骑半推着自行车去往鸦片铺，路上行经一片又一片泥泞的沼泽，退去的洪水留下被围困的死鱼，腥臭味儿令人作呕。鸦片铺外等着三个坐立不安的老头儿，他们吸溜着鼻子，不停地抓痒。我和他们不一样。菲利伯斯努力克制焦躁的双手。克里希南库提很晚才来开门，也没有一句抱歉。他是这一片儿唯一的执照鸦片销售商，脸颊上布满了天花留下的小圆疤，蒜头鼻上也是星星点点。他一只眼有斜视，让顾客猜不透应该看哪边。克里希南库提揭开大货——有人头那么大的油亮的一团，表面湿漉漉的，像工人背上闪光的汗水，一股恶心的霉味飘散——

然后切下一块……但他突然想打喷嚏。他狠劲儿蹭着鼻头，蒜头似的肉球左右乱甩，硬生生把喷嚏给憋了回去。秤上的指针还没停止摆动，他就把鸦片膏拿报纸包起来丢给了顾客。菲利伯斯咬着舌头，厌恶自己竟能咽下如此作践。一到店外，他立刻团了一颗有平时三倍大的丸子，它苦得让他想吐，但尖叫的神经总算喜极而泣。

很快，身上抓心挠肺的疼痛和肠胃的痉挛都消失了。他那颗仿佛攥紧的拳头一般的心脏松开了。他冲着警惕打量他的陌生人微笑。脑海中，整卷整卷的文字已经成形，迫不及待地要被书写下来。有些人可能以为黑珍珠才是这些灵感的源泉，可那是胡说八道。这些想法一直都在！但疼痛就像挂了锁的门，像冷酷的守卫，把它们关在里面不让它们出来。小珍珠只是解放了它们，然后再由他的笔完成最后一步。

快到家时，他听到奇怪的敲打榔头的声音。埃尔茜穿着画画时的工作衫，小臂上盖了一层粉末，正在她的工作室里锤打一块石头。这石头可真够大的！它堪比一辆牛车，但一头宽，一头窄。它是怎么跑这儿来的？沙缪尔肯定找了帮手，一起把它从外面拉进来。再看看那些工具：木槌，大凿子，还有锉刀？毫无疑问是铁匠弄的。他想到她跟沙缪尔和铁匠说的话比跟他的还要多，心里便不是滋味儿。但很快他就转忧为喜，因为他意识到，这等投入的架势意味着她不会走了！他出神地站在那儿，欣赏她用娴熟、阳刚的动作挥舞重槌，她的臀部随着节奏摆动。她沉浸在自己的活儿里，哪怕是象群狂奔而过也打扰不到她。受她鼓舞，他也回到房间开始工作。

他想着和家人一起吃个午饭，至少吃个晚饭……但他睡了过去。等他醒来时已是半夜，宅子里一片寂静。他随手翻开属于他的圣经——《卡拉马佐夫兄弟》。即使只是扫一眼，感受一下文字和它的韵律，再次踏进陀思妥耶夫斯基头脑中的梦境，就能让他内心平静。他读道：上帝保佑，亲爱的好兄弟，无论什么时候你可千万不能向所爱的女人认错。[1]"切!"他叹了一声,把书放下。难得,陀思妥耶夫斯基的话语和他的心情背道而驰。

第二天,埃尔茜既不在厨房也不在工作室。他找去三个女人睡觉的卧房,却被小末儿拦住,她将手指竖在嘴唇前:"你不能进去。"

"什么?都快十点了,她不舒服吗?"

他母亲走过,呵斥他:"嘘!"大家都疯了吗?埃尔茜连着几个小时敲打石头都没关系,倒是他现在太吵?他张开口想要申辩,但大阿嬷奇用手指堵住他的嘴。"小点声,"她笑着说,"她现在要睡两个人的觉,我怀你的时候就是这样。"

他直愣愣地盯着她。

"切!男人!永远都是最后一个注意到。"她说着捏了捏他的脸,走向厨房,那神采奕奕的样子已经几年都没出现过了。他两腿发软。自从他俩那一夜亲密过后,他总盼着埃尔茜能在其他人睡着后过来,脸上带着神庙舞者那样的媚惑微笑。但她没有。可是上帝——他们的上帝,不是他一个人的——居然判定一次就够了!一个孩子!第二次机会!他们将重新开始。她为什么没告诉他?他回到自己房间,等妻子醒来。

他睡着了,凿子锤击石头的声音将他吵醒。他站在通往她工作室的走廊,看着飞扬的粉尘勾勒她手臂上的汗毛,仿佛银色丝线在阳光下闪烁,她的额头上也粘着一层薄薄的石粉。她围绕石头踩着缓慢的舞步,将重心从一边换到另一边。他注视着她,心想,这是辜负了我们的上帝在补偿我们,他在我们头上撒了泡尿,但现在他来示好了。他觉得无比松快,压在心头的失望烟消云散,而且——

他突然有了一个念头,这个想法太振奋、太大胆,满是喜悦、满是

---

[1] 引自《卡拉马佐夫兄弟》,[俄]陀思妥耶夫斯基著,荣如德译,上海:上海译文出版社,2012。

安慰……不，他不能说出口，现在还不行。

他在晚饭时出现，让大家都吃了一惊。埃尔茜起身去给他拿盘子，但他拦住她："我之前吃过了。"他并没有。大阿嫲奇叹了口气，去厨房给他拿酸奶和蜂蜜——现在他就靠吃这个续命。只剩他和埃尔茜时，他说："我听说了！"

她试图挤出微笑，但毫无征兆地，她的脸便痛苦地扭曲起来，她努力忍着，不让泪水流下来。当然了，他是明白的，新生命的赐福也让他们想起曾经失去的。

两天后，当女眷们像近日来习惯的那样挤在小末儿的长椅上时，她宣布："小上帝要来了！"埃尔茜刚洗好澡，正在给小末儿编辫子。大阿嫲奇端着给埃尔茜的热牛奶，在等她编完。

十分钟之后，菲利伯斯的第一任老师迦尼谚大步流星地爬上坡来。他走得满头大汗，胸前斜挎着一只桑吉。"谁把那家伙叫来了？"大阿嫲奇问。她朝来人的方向吐了一口含烟叶的口水，一不小心就暴露了自己假装没有的坏习惯。

"我叫的。"菲利伯斯说。

迦尼谚的两个膀子油光水滑，是他秃头的缩小版，三只圆球诉说着他逃避劳动的一生。不知道是谁恶作剧，告诉小末儿迦尼谚的粉瘤是一个住在他头上的小上帝。

"礼拜三登门？"大阿嫲奇嘟囔道，"所有人里面他应该最清楚，这多不吉利。哪怕是小豹子也不会挑礼拜三从它妈肚子里出来。"她回到厨房，迦尼谚也跟了过去。他的手搭着上方的门框，喘着粗气问大阿嫲奇有没有"喝的"，心里想着酪乳或者茶之类的。她瞪了他一眼，给他倒了杯水。

迦尼谚在木坦里蹲下，正对着小末儿的长椅，然后从桑吉里掏出他的卷册。大阿嫲奇慢悠悠地走了回来。迦尼谚用小棍儿在沙地里画了个正方形，然后用横线和竖线给它画成小格子，同时念念有词："唵-诃利-斯里-犍纳帕提-那玛。"

大阿嬷奇盘弄着项链上的十字架，狠狠地盯着菲利伯斯。他不管她，拿了一枚硬币放在格子里。他不知道为何母亲如此生气，这不就是当年她拜托教他识字的人吗？现在她表现得好像吠陀占卜都是胡言乱语一样，但就在刚才，她还说什么时间吉利不吉利。沙缪尔头上顶着一只叠起来的麻袋正要出门，这下也蹲下开始看。

迦尼谚唱着歌哼出父母的名字，凭记忆背出他们的星座和生日，然后委婉地问埃尔茜最后一次月事的时间。她愕然不知所措，但迦尼谚并不介意缺少她的回答，他喃喃说着梵语，一边用手指数数一边瞥了一眼埃尔茜的肚子。他的手指摸索着他的星图，然后拿金属的尖笔在一小片纸莎草的叶子上匆匆写了点什么。他把叶子卷成紧密的圆轴，用红线扎好，先背诵了一段首卢迦才把它交给菲利伯斯。菲利伯斯早已不耐烦，几乎要把它扯开。上面写着：

胎儿为男。

"我就知道！我说什么来着？赞美上帝！"菲利伯斯高声喊道，他的嗓门连他自己都觉得太大，"我们的尼南回来了！"

五双眼睛惊恐地盯着他。埃尔茜倒吸一口凉气，大阿嬷奇惊呼："蒂瓦米！"——我的上帝啊！——同时画了个十字。沙缪尔摸了摸头上，确认麻袋还在，走了。小末儿气呼呼地瞪着小上帝。"走吧，"大阿嬷奇对埃尔茜说，"我们不跟着他们胡闹。"

菲利伯斯的欢欣被女人们的无礼浇了一盆冷水。她们难道不明白，她们刚才见证了多么完美的预言？他的信念毫不动摇：埃尔茜肚子里的孩子就是小尼南转世。如今就是他申冤吐气之时，要知道他受了多少煎熬,做了多少次重复的噩梦,梦里的他一再从树枝上抱起了无生机的尸体,拖着摔伤的脚踝奔跑,却无处可去。鸦片赐予的沉睡并不能阻挡记忆的猎犬追着他跑。哦,但现在那些猎犬夹着尾巴逃去吧。小尼南要回来了!

几周过去,几个月过去,埃尔茜雷打不动地对着她的大石头埋头苦干。她留着石头最宽最重的那头没动,但就在那后头,脖子出现了,然后是念珠似的脊椎若隐若现,两边展开肩胛。菲利伯斯慢慢明白过来,那是一个趴在地上的女人。她也许正在回头看,但他不能确定,因为她的脸还藏在石头更宽的那端里。她饱满的胸部下垂,肚子刚好碰到地面,一只手撑在地上,另一只胳膊只有肩膀,剩下的都消失在石头里。她那只胳膊是在表示违抗?投降?还是在伸手够什么东西?

在一个他很快就会想从人生中抹除的夜里,他趁着所有人熟睡时去了埃尔茜的工作室,将手抚过石女仔细检查。他已经这么干了无数个夜晚了。它就像一个谜语,让他忍不住要去揣摩。上个礼拜他用卷尺证实了自己的怀疑:它比真人大四分之一。这显然是故意为之,四比五的比例反而让它更具真实感。它是正跪在席子上筛米吗?他见过埃尔茜这样趴在地上和尼南玩,用头发蹭他的脸逗他。他也见过乔潘的妻子阿蜜妮用同样的姿势和年幼的女儿玩耍。但石女扭动的颈部,再加上那个雕到一半肯定是下巴的部分的方位,都说明它可能是在回头看。是邀请?也许那只仍然藏在石头里的伸向前方的胳膊,其实是抓着床头板,支撑身体等待爱人的到来?埃尔茜什么时候才能雕完它的脸?他等得心焦,急不可耐。

埃尔茜,我围着你的石女绕行,就像阿辰围着祭台。他只能绕三圈,但巫术的仪式可限制不了我。埃尔茜,求求你,这位倒着爬出石头子宫的女神到底是谁?它是你吗?还有,如果这是降生,大自然也同意应该是头先出。快告诉我，它这是出来，不是回去。它的脸将揭露什么，我亲爱的？关于你的事情，还是关于我们的？我等你完成那张脸已经等了几周！每天夜里我走进去时，都希望这就是真相大白的一夜。曾经，当我们水乳交融、心心相印，我是可以直接问你的。埃尔茜，尼南就要来了。尼南要回来了。我们做父母的真的应该更亲密些……

他闭上眼睛思考，笔还拿在手里。然后他便困得打起瞌睡，头趴到了桌子上，外面雷电交加，但他毫无知觉。这不是一般的细雨也不是季风，只是变化无常的天气。半小时后他突然惊醒，心乱如麻。他做了一个无比真实的梦！一个活色生香、精彩非凡、意义深远的梦。他低头一看，自己竟已春心萌动。在梦里，石女转头看向他，呼唤他。他清楚地看到了它的脸！它的表情揭露了一个深刻的事实，那就是……就是……他拍打着自己的头。什么事实来着？那念头就在眼前晃悠，可他怎么都回忆不起来。他发出呻吟，又刮了一颗珍珠。

他的腿把他带进了埃尔茜的工作室，可他忘了穿拖鞋。尖锐的砂岩碎片扎疼了他的脚。他质问雕像："听着，我在梦里已经看见你的脸了。我只再问你一次……为什么要藏起来？你是不是在害怕什么？你在怕什么？"

石女不发一语。一道闪电将她照亮，飘落进来的雨点湿润了它的皮肤，让它看起来像真的一样。又是几道光闪过，它的胳膊和腿动了起来。它在挣扎，在奋力拔出自己的头颅！他是不是还在做梦？那块畸形的石头禁锢了它，给它罩上了一顶砂岩的风帽。埃尔茜是关押它的残酷的狱卒？还是说，石女就是埃尔茜自己？

又是一道闪电伴着雷声划过，这下他没有看错，它的惊恐是真的。他得做点什么！等着我，亲爱的！我来解救你，我来了！下一刻，他发现最大的那把木槌已经被自己的手举得高高的。它比他想象得更沉，头重脚轻，难以平衡。它以远超他预期的力道猛然砸了下去，撞击石头又反弹上来，后面跟着四溅的碎屑，顿时，一阵酥麻传遍他的胳膊。飞回来的木槌好像有自己的主意，径直击中了他的锁骨，他听见骨头咔嚓的碎裂声。他大声尖叫，疼痛瞬间席卷了他的脖子和肩膀，木槌哐当掉到地上。他的左手本能地抓住右手按在胸口，因为哪怕是手臂或肩膀细微的动作，都会让他的锁骨感到钻心的疼。他痛苦地扭动身体，心脏怦怦直跳比暴雨还响。我确实，他疼得发昏的大脑在想，不是在做梦。他确信，自己的尖叫声和木槌砸落的声音肯定把全家人都吵醒了。一分钟过去了，没人来。

他骇然发现，自己不仅没能解救石女，反而确保了它的脸永远不会出现。他敲下来的石块在原本可能是眼睛、额头、鼻子、上嘴唇的地方，留下了一个大坑。

他跌跌撞撞地回到自己房间，锁骨一抽一抽地疼，右手臂稍微动一动就是一阵刺痛，动一下手指也算。唯一能减轻疼痛的办法，就是用左手把右手紧紧压在胸口。在镜子里，他看到锁骨那儿肿得通红，骨头的轮廓奇形怪状。一个人这辈子可能都不会特别注意自己的锁骨，只知道它们是一对位于胸部上方的长得像衣架子的骨头。可只要做一件蠢事，它们立刻就会进入你的视野。他费尽力气做了一根吊带，绑好之后汗水已经湿透了他的衣衫。

马上就要到早上了，他不能让埃尔茜发现他干了什么。他自己都不理解自己，又怎么指望她能理解？这就算不是蓄意谋杀，也属于过失杀人，但不管怎么说，尸体都得先处理了。他回到露台，把埃尔茜的各种槌子和凿子藏到了他屋里的书架后面。

天蒙蒙亮，他在围廊上等沙缪尔。前夜的暴风雨让木坦落满了枯黄的树叶与椰叶。终于，沙缪尔出现了，他打着赤膊站在那儿，好像一幅黑色的图腾。他身上永远萦绕着比迪烟的气味，在菲利伯斯心里这味道就等于沙缪尔。另一个他永不离身的东西，是缠在头上已经快磨破了的格子托土，不过为了表示对檀卜朗的尊敬，他走过来时便取下托土搭在了肩上。沙缪尔的芒杜一半卷起,露出两个灰白碟子似的膝盖。他现在头发全白了,连眉毛都白了,甚至他的瞳孔深处也泛着一丝白。

"昨晚雨下得挺大的。"菲利伯斯说。他知道,这位从他出生起就一直爱着他、服侍他的老人对他是失望的。沙缪尔研究着他的吊带,看到了他的淤青。"呃,沙缪尔……今天……记得把大米拿到磨坊去磨了。"

"啊,啊。"沙缪尔不假思索地附和着,其实他上周就把大米磨好了。

"还有,叫瓦伊迪昂来一趟。"趁沙缪尔还来不及问为什么,他马上又说,"但是在这之前,先去找点人手把埃尔茜雕的那块石头搬走。"

"啊,啊——"沙缪尔顿住了,"你是说那个大个儿的女人?"所以,他也看出它的变化了。

"是的,请一大早就把它搬走,别耽搁。"菲利伯斯从椅子上站起身,故作轻松地说,"把它拖到看不见的地方去,比如那棵罗望子树下面,但是要快。等她生完孩子她会继续弄的。"

菲利伯斯说完就转身进屋,留沙缪尔一个人站在木坦里挠着胸口。

半个小时后,沙缪尔带着两个人回来了,他们手里拿着一大捆绳子。菲利伯斯看到乔潘不在里面,心里安慰了点。他们径直上了半封闭的露台,也就是埃尔茜的工作室。三人绕着石女来回打量,他们的脚对碎石屑无动于衷。菲利伯斯悄悄地观察他们。他们怎么看待这座雕塑?在他们眼里,艺术算不算淫逸的放纵?尤其是当艺术变成他们的差事?他们把缺损的石块拖走了。

过了一阵子,瓦伊迪昂来了。菲利伯斯对他的药水和药片都不抱什么信心,但这人治骨折倒是有点本事。原来,菲利伯斯制作的吊带就是这种骨折的疗法,他必须得戴至少三周。

早餐,埃尔茜吃了像云朵一样白白胖胖的蒸伊德利。然后,在大阿嫲奇认真的注视下,她将温热的耽槃多离油涂满全身。每个瓦伊迪昂都有独家的药油配方,但基底都是芝麻油、蓖麻油和刺天茄的根。一小时后,她用绿豆粉刮去药油,沐浴洗净。在婆婆放她走之前,她还得再喝下一杯热牛奶,里面泡着婆罗米和沙塔瓦里的块根。埃尔茜往纱丽上系着围裙,走上露台,此时已是十一点了。菲利伯斯等在那里。他晃晃悠悠地站着,疲倦、失眠和鸦片让他难以支撑。

她看着空无一物的露台,良久,才转过头来审视他。

"埃尔茜,我可以解释。我把你的雕塑送到了安全的地方,只要等我们儿子出生就好。"

一只苍蝇悬停在他的脸前,光是想到挥手赶走它的动作,他就已经觉得疼了。

她观察着他的吊带、可怕的青紫色肿胀和变形的骨头,神情里带着好奇,也许还有关心。她弯下腰,捡起木槌砸掉的雕像碎块。他恨不得踹自己一脚,怎么竟把它给落下了。她伸直胳膊,将它举在眼前转来转去,试图拼凑出它的来源。他希望她能直接冲他发火就好了,把他活该听见的话都说出来。

"这是个意外,埃尔茜,"他脱口而出,"我做了个可怕的噩梦。"这根本不是他打算说的话!"我以为它想逃出来,我走到这里的时候可能还在做梦,我想放它出来。"他等待着,准备迎接最可怕的场景。

"所以,你本意是好的。"她的语气很平静,没有反讽,什么也没有。

她明白!谢天谢地。"是的,是的,我很抱歉,埃尔茜,等我们的儿子出生了,我会把它还回来的,或者弄十块其他的石头来,只要你喜欢。"他说。

"我们的儿子?"埃尔茜过了许久才说。

上帝保佑,她不想再说石女的事情了。"对,我们的儿子!他在发牢骚呢,"他试着用开玩笑的语气,"他在说,'阿帕,我好想回到这个世界,但是每天叮叮当当的吵得我要疯啦!'"

407

埃尔茜说："你这么确定是儿子。"

这不是一句问句。他紧张地笑了。

"你忘了迦尼谚是怎么说的了吗？这是我们的尼南回来了！"他说出那个名字时，声音哽咽了一下，脸上的神情也变了变。一只鬼魂从他们俩之间穿过。

"上帝在忏悔了，埃尔茜，上帝在请求我们原谅。上帝想给我们一个理由，让我们继续信仰。上帝把尼南还给我们，让我们愈合。"

她看着手里的碎块，似乎不确定该拿它怎么办，然后她将它小心翼翼地放到地上，好像这是一件圣物。突然之间，她面露疲惫，她开口时，语气不仅没有怨恨，甚至可能还有她对自己嫁的这个男人的同情。

"菲利伯斯，哦，菲利伯斯，你怎么变成这样了？"她的凝视让他觉得自己小了下去，小到只有碎石块那么大。"我唯一期望的，"她说，"只是你的支持，让我能做我的创作。可不知为什么，你似乎总是把它拿走，却以为你在给我。"

《平凡之人》专栏：不是方子的方子

作者：菲利伯斯

拦住任何一个路人，只要他们发现你不是要钱、不是要他们最后一块嚼烟，而是要一个故事，他们就会欣然告诉你他们人生的传奇。谁不想诉说多舛的命运是怎么背刺他们，让他们与伟业失之交臂，只差一步就能成为甘地、沙拉金尼·奈都[1]这样家喻户晓的人物？或是像塔塔家族和比尔拉家族那样荣华富贵？我向你保证，每个马拉雅里人都有这样

---

[1] 沙拉金尼·奈都（1879年2月13日—1949年3月2日），印度政治家、女权运动者及诗人，被尊为神童、"印度的南丁格尔"和印度独立运动的自由斗士。

一个属于自己的传奇故事,而且百分之百都是编的。无一例外的,每个马拉雅里人也都有另外两个故事,就和他们的肚脐眼一样一成不变:一个是鬼故事,一个是治瘊子的方子。亲爱的读者,我这人专门收集治瘊子的方子。我有几百个。如果你想收集鬼故事吓死自己,那是你的事儿,不是吗?所以,不管你对我收集治瘊子的方子这事儿怎么想,都请你藏在心里。

你问我,为什么要收集治瘊子的方子?我浑身长满了瘊子吗?不是的,但我小时候手指上长过一个。当然了,我那时以为我是罪有应得,所以我没有告诉母亲,而是跑去找我儿时的好友,一个比我年长的自信的家伙,我的英雄。他和我分享了他的秘方:还没有落地的新鲜羊尿,日出前涂抹。兄弟们,你们可以试试,上哪去找不是在地上的羊尿。姐妹们,你们的羊可能老在尿尿,它或许会一边不屑地看着你一边浇你一腿,但试试在天黑的时候用椰子壳接住它,看看会不会吃一记头槌,或是被踢到难以描述的部位。不管怎么说,我成功了。那又是另一个故事,反正,我成功了……所以瘊子掉了吗?我告诉朋友时,那混蛋笑得坐到了地上。他是瞎编的!但我才笑到了最后,不是吗?那方子管用。

家族传承治瘊子的方子,就像传承秘密的菜谱。"切下鳗鱼的头埋起来,随着它腐烂,瘊子也会消失。""趁人家守灵的时候偷偷把瘊子蹭到尸体上。""找到一个生过天花的麻子脸,在他的影子里走三分钟。"

所以,我来找X医生。(这不是他的名字,这是说明我不告诉你。)他的专长就是治瘊子。他的名字写在他的门牌上,后面跟着如下字样:MD(h)(USA),MRVR。你以为,这样的门牌应该钉在青堂瓦舍上,而不是一间与补胎铺子做邻居的棚屋,屋前还有一条臭水沟。一个男人光着膀子,穿一条脏兮兮的芒杜,站在屋外咧着嘴笑。我问他,X医生在哪儿?他说,我就是。当然了,我就问他名字后面的那些字母都是什么意思。他说，MD（h）的意思是顺势疗法医学博士[1]。我说，啊，所以你上过顺势疗法大学？（私下告诉各位，我当时是怀疑的。）他说，哦是的！就在我家这间屋子里，我学习了1930年版的《英国药典》。我能倒背如流，随便问我！我想说，你一定知道现在已经出了新版？但我只是问他，学习药典和顺势疗法有什么关系？他说，如果可以稀释，为什么不稀释呢？稀释非常关键！啊，我说，那MD（h）后面的USA又是什么意思？（他这人看起来不像去过离上文提到的臭水沟太远的地方。）哦那个吗，他说，意思是尤纳尼[2]、悉达[3]和阿育吠陀[4]。这三个是我非常感兴趣的医学体系，他说，你也可以说是我的专长。

这家伙的脸皮也太厚了！兄弟，我说——他打断了我，请叫我医生。啊，好吧，医生，你不觉得人们可能会把这几个字母和美利坚合众国混淆吗？停！他说着举起手，像警察一样。让我来提醒你，尤纳尼、悉达、阿育吠陀可都是古老的传统，早在美国之前就存在了。我打赌就是丘吉尔那些人也不敢否认。啊，我说，行吧，那MRVR又是什么？他说，这是拉丁语，Medicus Regius Vel Regis，意思是皇家医师。我说，等等！你还治过白金汉宫的人？不是，他说，我成功地给一个严重便秘的人开了泻药，那人是上一任特拉凡哥尔王公的第六代亲戚——他之前试的其他办法都没用，这次我没有稀释，而是选择了浓缩。我用了鼠李、决明子、镁乳，再加上一点我的秘方。我问，有用吗？（我是为自己问的，毕竟，谁没有一点便秘的烦恼呢？）啊！我的朋友，他猥琐地笑了起来，然后压低声音说，你问我有没有用？这么说吧：如果你喝这药的时候刚好在看书，那你的书当场就能散了架！总之，我的病人

---

1 Medical Doctor Homeopathy。顺势疗法是一种替代疗法，主张以毒攻毒，并大幅稀释、震荡药剂以加强功效，有观点认为其效果可能来源于安慰剂效应。
2 Unani，印度传统医学体系之一，起源于古希腊。
3 Siddha，印度传统医学体系之一，起源自印度南部泰米尔纳德邦的传统医学。
4 Ayurveda，印度传统医学体系之一，起源于古印度的吠陀时代，是世界上最古老的有记载的综合医学体系。

感激不尽,于是我查了马拉雅拉姆语拉丁语字典,在我的名字后面加了MRVR。

啊,我说,行了,我不是来和你聊门牌的。我是收集治疗瘊子的方子的,这东西数不胜数。是的,是的,他非常同意,而且他还补充道,所有方子共通的一味药就是信念。如果方子管用,那是因为病人相信。方子越复杂,就越容易相信它,这就是人性。也对,我说。因为难得这一次我同意他的话。那么,我说,告诉我,你怎么治疗长了瘊子的病人?他伸出了手。我问,什么意思?请把钱放在这里,如果一个病人足够重视,愿意把钱放进我手里,那就说明他有信念,那么我的方子也就肯定能起效。

我收起自行车的脚撑,打算走了。我没有瘊子,我说,我是记者在采访你。他说,很不幸,你错了——我一看见你就诊断你有瘊子。哪里?指给我看!啊,但是你的瘊子都在心里,你肯定也知道。他的手依然伸着。

亲爱的读者,请不要苛责我。理解的泪水涌上我的眼眶,我将钱放进医生的手里。医生,我说,我走投无路了,而且我相信你。

第五十四章　产房天使

1951年，帕兰比尔

在埃尔茜瓜熟蒂落之前，两人勉强维持着别扭的休战状态。大阿嬷奇看出来她在躲她丈夫，但谁又能怪她呢？自从迦尼谚来过，菲利伯斯的行为就越来越古怪。

埃尔茜怀胎七月时，大阿嬷奇叫了安娜过来。这位年轻的女子唱歌特别动听，于是两人就在教堂认识了。她听说安娜的丈夫跑了，还听说她和女儿现在度日艰难。大阿嬷奇已经有六十三岁，她自己也确实觉得上了年纪。眼看着新生儿就要降临，她需要帮手，而安娜如果愿意，这个安排可以说对双方都有益。她太想念奥达特珂查嬷了。要是埃尔茜生产时有那个处变不惊的老太太在，该是多大的福气。她亲爱的搭档没有给她留下照片，所以她把奥达特珂查嬷的木头假牙存在了厨房的一只罐子里。这副假牙是老太太从她媳妇的父亲那儿"借"的，想戴就戴全凭心情。每当大阿嬷奇的视线落在这副奸笑的牙齿上，她都会露出微笑。每天夜里，当她为逝者祈祷，说到奥达特珂查嬷，她便要落泪。

午饭后安娜就来了，大阿嬷奇刚刚才拿着报纸和嚼烟坐到棕绷床上——除了廊道里的苍蝇，这里没人唠叨她的坏习惯。安娜快三十岁，额头宽、臀部宽，笑容比这两者加起来还要宽。虽然架子挺大，安娜的脸颊比起大阿嬷奇上次在教堂看到她时，却瘦削得不自然。在她身后藏着一个单薄的小女孩，她穿的短裤太大，靠一根鞋带系紧，她的眼睛比整张脸还要大。

"哦，这个小跟班是谁呀？"

"这是我的汉娜！"当母亲的骄傲地说，她笑起来露出的牙齿仿佛一张嘴都放不下。安娜的查塔上在相同的位置有好多圈干掉的污渍,这也没能逃过大阿嬷奇的眼睛。所以,是母乳让这个大眼睛的小天使不必忍饥挨饿。

"啊,我正想着汉娜可能想吃点东西呢。"大阿嬷奇说着便不顾安娜的反对走进厨房。两人吃饭时,大阿嬷奇问起了那个失踪的丈夫。

"阿嬷奇,厄运总跟着我可怜的丈夫,就跟猫跟着鱼贩子似的。他有一次喝了椰花酒在树下睡着了,结果一只椰子掉下来砸断了他的肋骨。太倒霉了。"大阿嬷奇思忖着安娜看待自己丈夫的宽容见解。"然后他就丢了工作,也找不到活干,他特别失落。有一天早上,他决定去扒火车,去马德拉斯也好,德里也好,孟买也好,到那些地方去找工作。现在已经过去三个月了,家里没稻谷了。"安娜仍旧笑着说,好像她只是在描述她这场婚姻的冒险中另一个滑稽的转折,但她的眼睛渐渐湿了,"我想找他,但是怎么找呢?"她抹了抹脸颊。"汉娜长大要是问我,我是不是用尽了一切办法去找她的阿帕辰……"

大阿嬷奇做出生气的样子,却捏了捏安娜的手。"你不可能把全国都找一遍啊!"

安娜一开始做事,家里就像多了四双手。大阿嬷奇真不知道在安娜切塔蒂来之前,她是怎么过下来的。给安娜安上这个称呼她就成了亲戚,而不是雇来的仆人。汉娜每天跟在大阿嬷奇屁股后面,和当年的乔乔一样。主啊,我来这里时也不过就是个孩子,思念母亲又没了父亲。现在我是多少人的母亲了。汉娜看起来只有三岁,但问她年龄时她却竖起了五根手指。不多久,汉娜的脸蛋就像面包发酵似的鼓了起来。大阿嬷奇用《圣经》当教材,教汉娜识字。课后许久,小姑娘还是入迷地抱着《圣经》不肯走。

大阿嬷奇和安娜切塔蒂把老房子的卧室收拾了出来,准备给埃尔茜生产用。卧室隔壁是安拉,下面是地窖,这格局让人可以留心房子里的所有财富。高脚板床的四角有教堂尖顶般的床柱,床上堆满了布单。大阿嫲奇就是在这张床上生的孩子。她母亲人生的最后几个月也是在这间卧室度过，因为那时她很难从地上的席子爬起身。房间装饰着镶嵌黄铜的深色柚木墙板和雕花吊顶。这是一间帕兰比尔老物件的博物馆，每件东西都有一段历史，她不忍心送走任何一样。这儿有一套大大小小的长嘴铜金迪，有各种华丽的油灯、煤油灯，自从通了电，它们就被丢在这里日渐黯淡。房间的一角还立着一盏过节用的七层油灯，和大阿嫲奇一般高。她们理掉了床上的几乎所有东西。安娜切塔蒂擦了墙和吊顶，把红色抛光水泥地面擦得能照出人影。埃尔茜会在这间充满回忆、仪式感与蜕变的房间里生下孩子。

大阿嫲奇在厨房里听到哐当一声，赶紧跑回老卧室。她看到菲利伯斯站在梯子上，正把什么东西从安拉上面的夹层往下拽，那个位置只能从老卧室上去。

"我在找尼南的木头两轮车，"他说，"没有脚踏的那个，不是在这上面吗？"

"你疯了吗？出去！"

过了一会儿，她听到他在吩咐沙缪尔。"埃尔茜六号生，我要'苏丹'巴塔尔准备香饭——"

大阿嫲奇火冒三丈，一个箭步冲过去。"说什么胡话！你以为这是结婚吗？月亮按你的日历走，孩子可不是。沙缪尔，你可以走了。不要'苏丹'巴塔尔，什么都不要。"沙缪尔慢吞吞地往外走，好听到剩下的对话。"你怎么回事，菲利伯斯？这多不吉利！孩子平安之前我们什么也不庆祝。"

他的眼睛属于一个丧失了所有理智的人。她倒是想向他倾诉自己对埃尔茜身孕的忧虑，但这个鬼迷心窍的是不会理解的。他到底着了什么魔，把埃尔茜的石头拉走？大阿嫲奇还为媳妇抱不平来着，但埃尔茜却说："没关系，我脑子里的创意无穷无尽，那个谁也搬不走。"

大阿嫲奇知道一件菲利伯斯不知道的事：埃尔茜在做另一件雕塑，

就在她以前洗澡的地方，她丈夫从来不去那里。刚开始，它是一把树枝，然后变成了一段弯墙，慢慢地，它长成了一只巨大的鸟巢。埃尔茜不知疲倦地游历这片土地，折下青色的柔软树枝、干燥的小枝丫，将它们连同她找到的其他物什一起编进鸟巢，包括抹布、一束从旧椅子坐垫上拆下来的藤条、丝带、生锈的滑轮、椰棕绳、一只门把手。有一次教堂的人来过后，大阿嫲奇发现他祈祷用的念珠也被编进了鸟巢。埃尔茜就像一只缝叶莺，转动脑袋左看右看搜索着地面，同时光着脚踏过灌木和杂草。她的手为了创作被磨出了水疱。大阿嫲奇觉得奇怪：鸟巢也算艺术？她是不是因为怀孕糊涂了？

一天早上，她注意到埃尔茜步履僵硬，好像踩着高跷在走路。她硬拉着她躺下。"看看你的脚！它们都要变成达摩达兰的脚了！不许再走了。"埃尔茜的脚踝消失了，她的脚指甲暗淡无光，脚后跟干裂得好像枯涸的河床，脚底板挤满了黄色的老茧。"你怎么不穿拖鞋呢？我应该留点心的。"但大阿嫲奇的注意力都在埃尔茜孕肚的形状上，她在留意它什么时候不再浑圆，那就说明胎儿已经入盆——她刚刚目睹了这一变化。她希望她看错了，因为现在还太早。"你不能再离开我的视线了，"她严厉地说，"和我坐在一起，写写生、画画画儿，别再去捡卡拉不拉了。"她说着现编了一个词。

她和埃尔茜搬去了老卧房，埃尔茜睡床，大阿嫲奇睡地上的席子。第一个晚上，她听到埃尔茜辗转反侧，她的焦躁意味着产期将近。等待已经结束，虽然这比她预料的要早。天快亮时，大阿嫲奇睁开眼睛，发现埃尔茜正盯着她。有那么诡异的一刻，她感觉好像有另外一个人占据了埃尔茜的身体，想要告诉大阿嫲奇一些她不想听到的事情。

"末丽，怎么了？"

埃尔茜摇了摇头，只承认说有间歇性的绞痛，临产的先兆。太阳升起来后，埃尔茜说："阿嫲奇，陪我走到鸟巢去吧。"她们走出门，埃尔茜的胳膊环着矮小妇人的肩。她们钻进鸟巢，它的入口前后交叠，乍看之下难以察觉。鸟巢顶和大阿嬷奇的胸口一般高。"我希望能再多做点这样的大型作品,室外的。如果我这次能活下来的话。"

"瞎说什么呢?'如果能活下来?'"大阿嬷奇故作气恼地说。

埃尔茜凝视着老妇人,似乎就要倾吐心里的话。可接着她便转过头,叹了口气。

"怎么了,末丽?"

"没什么。阿嬷奇,如果我出了什么事,请你照顾这个孩子。答应我好吗?"

"切!别说这样的话,什么事儿都不会有的,而且这有什么好问的,我肯定会啊。"

"如果是女儿,我想让她取你的名字。"

她抱住埃尔茜作为回答,埃尔茜则紧紧依偎在她怀里。她们分开时,大阿嬷奇看到埃尔茜悲痛欲绝,吃了一惊。她用言语、用抚摸安慰她。她记得自己临产时也是情绪强烈,充满恐惧,而对埃尔茜来说,这一刻已是近在咫尺。她的脆弱就是征兆。

大阿嬷奇去找菲利伯斯。"快,听我说,埃尔茜坚持要在家里生,但依我看到的状况,我不放心,我也没法解释。她随时都可能会生,给我们备车——"

他紧张地从床上跳起来。"现在?可是我的日历——"

"我说过你那日历什么来着?我们可以去查拉卡德的传道会医院。我真的以为还有时间。上帝啊,要是有近点的医院就好了。"

可就在这时,安娜切塔蒂大声喊她过去,她的声音里是藏不住的慌张。

"当我没说。"大阿嬷奇说。肯定是埃尔茜的羊水破了。

安娜切塔蒂已经给老卧房窗户的下半截挂上了白床单。菲利伯斯站在屋外,茫然地看着这个景象。他拦住路过的沙缪尔说:"看来我们的尼南急着要出来,就跟上次一样。我们得杀只羊,还要准备椰花酒——"他的母亲在屋里陪着埃尔茜,听到他的说话声正想冲出去骂他,却听到沙缪尔的声音传来,虽然那声音一点都不像沙缪尔。

"切!停!安静,别和我说话。你要是真想帮忙,到教堂祈祷去,发誓不再去克里希南库提的铺子,这才是你该做的。"

而后是一片寂静。

埃尔茜有规律地呻吟着。大阿嫲奇开始看着镜子整理自己,把头发拢成紧紧的发髻。她的头发更稀疏了,白发比黑发更多。不过就在昨天她还是年轻的新娘,在这间屋子里痛苦地扭曲着,生下第一个孩子。但那不是昨天了,那是吾主之年1908年。她好像只是从这面镜子挪开了一小会儿视线……然后就突然变成了1951,她已经在过第七个十年!她的耳垂如今被拉得可长了,但她年轻时向往的外表对现在的她而言已经毫无意义。她挺直腰背,要是不注意,她的肩头很快就会蹿到耳朵下面。她现在都已经站不直了,像棵歪脖子的椰子树,这么多年来,她先是抱乔乔,再是抱小末儿,然后是菲利伯斯,再然后是尼南,永远都是用左手,因为右手要腾出来搅和锅里的菜、拨弄点火的柴。她叹息一声,画了一个十字。"主,我的岩石,我的山寨,我的救主……请与我们同在。"

埃尔茜哭喊:"阿嫲——?"一定是又一次宫缩开始了。

"没事的,没事的,末丽,别担心,"她用牙咬着最后一只发卡,条件反射似的说,"我这就来。"

安娜切塔蒂展平着不需要展平的床单。宫缩像一朵远处的云,挂在树梢上头,阴影笼罩着埃尔茜的脸庞,她因为绞痛扭动身子,像一条被拧干的毛巾。埃尔茜紧紧抓着大阿嫲奇的手,用力到她的指节都要碎成粉末。"好了,好了,保持呼吸。这些你都经历过的。"她说。但事实上,埃尔茜没有经历过。小尼南就像一只钻过窗栏的小猫,是滑出来的。

宫缩消失了,埃尔茜大口大口地吸入空气。大阿嫲奇惊讶地发现,埃尔茜眼里不是恐惧——恐惧是正常的——而又是先前那种凄凉的悲伤。"阿嫲奇,带我去鸟巢。"

"可我们一个小时前才去过,记得吗?你想走的话我们在房间里走走。"

她轻抚埃尔茜,等着她的反应。她仿佛又一次经历了自己生孩子时悲喜交加的折磨。她记得那时除了这间屋子,她已经在任何地方都不复存在。如果不是女人,怎么可能懂呢?当你以为疼痛不会再加剧的时候,立马就更痛了。连接她和世界的细线绷断,她茕茕孑立、孤身一人与上帝斗争,与他允许生长在她体内的奇迹的造物斗争,那造物正将她——同样是上帝的造物的她——撕成两半。男人巴不得以为,女人在看到可爱的孩子后便会忘记疼痛。不,女人会原谅孩子,甚至可能会原谅孩子的父亲。但她永远不会忘记。

下一次宫缩时,埃尔茜已经开始用力。"抓住安娜切塔蒂的手。"大阿嫲奇跑到床尾,分开埃尔茜的双腿,将她的膝盖推向她的肚子。

她不能理解她看到的景象。嵌在那个椭圆开口里的,不是婴儿闪光的黑色头发,相反,她看到的是苍白的皮肤。还有个酒窝。这是胎儿的屁股!那个酒窝是肛门。咚咚声传来,她分了神,想着是谁在砸门,最后她才意识到那是她自己的心跳。这个胎儿是倒的。有麻烦了。宫缩消失,屁股缩了回去,根本借不上力。也许产道还没有完全变软,如果她们再等一会儿——

突然,埃尔茜的双腿倏地打直,好像有看不见的绳子拉扯她的肢体。"埃尔茜别!膝盖弯起来!"但埃尔茜已经听不见了,她的腿僵硬紧绷,脚趾指着门,胳膊以奇怪的姿势蜷曲在胸前。她紧咬的牙关间发出动物般的呜咽,还有血沫在往出冒。"她咬到自己舌头了!"安娜切塔蒂说。埃尔茜眼睛向上翻,只露出眼白,然后她便开始抽搐,四肢乱颤,身体晃得床嘎吱作响。大阿嬷奇把埃尔茜的头抱在怀里,像是在抵挡哪个附身的邪灵,不许它来回鞭打埃尔茜的身体。良久过后,入侵者终于离开,但它把埃尔茜也带走了:她浑身软绵绵的,呼吸沉重,眼睛半睁着瞥向左边。她昏过去了。

大阿嬷奇再一次折起埃尔茜的双腿,将她的脚后跟靠上臀部。她绝望地发现眼前的景象没有变化。她在热水里洗了手,心里盘算着该怎么做。她取下戒指,把右手连同手腕都涂满椰油。

"安娜切塔蒂,跪在床上,把手放在她肚子上这里,我说推你就推。主,我的岩石,我的山寨,我的——呵,反正您前面已经听到了。"她的语气和对安娜切塔蒂说话时一样严厉。如果不是癫痫发作,她们也许可以顺其自然,等胎儿的屁股撑开产道,等埃尔茜自己使劲……但这条产道看来顶多也就这么宽了,昏迷的埃尔茜也不可能再用力了。

她将粗糙的手指合拢成鸟嘴形状,缓缓伸入产道。她的指尖滑过宝宝的屁股,然后摊开手掌蠕动前行,狭窄的空间挤得她的关节生疼。她闭上眼睛,好像这样就能更好地看清黑暗的子宫。她四下摸索,忽然碰到了一排柔软的小东西。脚趾头!那这是脚踝的背面?没错!她用一根手指的指尖拉住那只脚,保持它与小腿的角度不变往外拽。就在她以为可能要断的时候,那只脚从宝宝的屁股下滑溜出来,到了外面。她在更高处找到另一只脚,轻轻地拉出来,然后不费吹灰之力,屁股也滑了出来,还连着拽出一圈脐带。安娜切塔蒂在旁边看着,目瞪口呆。

婴儿两条腿悬荡在产道外,湿漉漉、滑腻腻,一只膝盖蜷着,另一只伸直,似乎小宝宝刚刚迈出步伐,正要爬回里面去。孩子的脊柱正对着她们,像是皮肤下的一串小珠子。她用毛巾包裹住婴儿下垂的躯干,开始往外拉。身子不肯出来,只是像水车似的缓缓旋转了一下。她又摸索了一次,勾下来一只弯曲的胳膊肘,作为额外奖励,两只肩膀也出来了。只剩下头还被宫颈卡着。她抬头瞅了一眼埃尔茜,她仍旧一动不动,嘴边的血沫随着她浅短的呼吸冒着泡泡。

她拽了一下，但婴儿的头就像是在石头里生了根。她幻想这个孩子有朝一日听到她的呼唤，会一边应着"怎么了，阿嬷奇？"，一边向她跑来，就像之前那么多的小家伙一样。汗水滴进眼睛挡住她的视线，安娜切塔蒂帮她擦了脸，飞快地摇起竹扇。垂荡在孩子身下的脐带像一条白蛇，随着埃尔茜的每一次心跳搏动、震颤，胶状表皮下的血管盘根错节，胀大红肿。眼前只有头看不见的胎儿让她想起埃尔茜的雕塑。没被菲利伯斯砸坏的时候。

"安娜，我说推你就推。"她不耐烦地说，虽然让她恼怒的只有她自己飘散的思绪。又一次宫缩开始，她蹲下来，膝盖咯吱吱地响。安娜切塔蒂将肿胀的肚子往下按，同时大阿嬷奇把孩子往地板的方向拽，但脖子和躯干之间恐怖的角度让她害怕不已。"停！往上拽，别往下。"一个声音清晰地说道。安娜切塔蒂没说过话，那是谁？是她们脚下的地窖里那位悠久的住客在提建议？她轻轻滑入一只手指找到婴儿的嘴，然后，随着又一次宫缩，她一边稳住孩子低着的头，一边站起来将孩子的躯干朝着埃尔茜肚子的方向提，因为有什么东西或是什么人告诉她，这才是正确的方法。"安娜，推！"咕噜一声，头出来了，这是母子向大自然的法则臣服的声音，要想在这个世界站稳脚跟，没有任何一个灵魂可以在中间地带游荡。

安娜切塔蒂娴熟地把脐带打结剪断，新生儿躺在大阿嬷奇的怀里，了无生气，浑身发青。她往小小的鼻孔上轻柔地吹气。"快点，小宝贝儿！你不在水里了，你到帕兰比尔了。"什么动静也没有。她清楚地记得奥达特珂查嬷是怎么迈开罗圈腿弓下腰，手臂举在后面保持平衡，对着尼南的小耳朵说了一句"玛隆-耶稣-米希哈"。耶稣是主。她抬头望向吊顶，恳求她的帮助，她很确定，相处那么多年的同伴这会儿一定在俯视着她们。快说啊，珂查嬷！你要我把所有的事情都做完吗？

——于是，孩子深吸一口气，号啕起来，多么辉煌的声音，全世界通用的语言，新生命的第一次表达。大阿嬷奇的衣服被汗水湿透，她连骨头都在疼,眼睛火辣辣的,但她的喜悦溢于言表。

门外传来愉快的喧哗——等待的人们听到了婴儿的啼哭。

大阿嫲奇抱着孩子蹲坐到地上。她好像重生了。多么完美的孩子!她的心在新生儿特有的刺耳而尖锐的哭号中雀跃,这声啼哭标志着孤军奋战的结束,标志着母亲重新回到世界,标志着致命的危险已经过去。孕育在体内的现在来到了体外,仍然脆弱、仍然牵绊着母亲,但终于,是两个独立的个体。

"你这体格长得真好呀,是不是?赞美上帝,我还担心你会像个小猫咪呢。"她见过的新生儿都会因为不习惯光线而眯起眼睛,即使偶尔睁开也只是用无法聚焦的目光偷瞄一眼,但这个小宝宝直勾勾地盯着她奶奶,一脸严肃的表情。

埃尔茜呼吸均匀,眼睛现在看向了右侧。她依旧没有意识,但还活着。胎盘出现了,湿答答的一堆重重地掉下来,它的使命完成了。安娜切塔蒂把埃尔茜身下湿透了的布单换成白色的厚毛巾,用报纸把胎盘包了起来。

安娜切塔蒂来到大阿嫲奇身边蹲下,两人背对着埃尔茜,对着新来的小家伙不住地笑。咣当一声,什么东西摔碎的声音从她们脚下传来。是地窖。她们吓了一跳,低头往下看去,然后转过了身。两人同时都看到了:殷红的血流正涌出产道,浸透白毛巾,滴到地板上。大阿嫲奇赶忙包起婴儿,轻轻放到席子上。安娜切塔蒂重新分开埃尔茜的双腿,好让大阿嫲奇拭去开口处的血块,可她擦完便看见又一个可怖的血块——撒旦的脸——随着平稳的汩汩红河流淌而出,河流已在埃尔茜的臀部下方汇聚成一汪血湖。

大阿嫲奇从未见过这种情形,但她有所耳闻。我们女人有多少种死去的方式啊,主,要么是生不下来,拖死母亲和孩子,要么就是这样,真不公平!她按摩埃尔茜的肚子,因为她听说这样能让疲软的子宫恢复韧劲，再次收缩停止出血。但她的动作就算有效果，也只是让血液的奔涌更加猛烈而已。大阿嫲奇跌跌撞撞向后退去，束手无策地看着埃尔茜的生命流逝。

菲利伯斯在屋外大喊：“出什么事了？我儿子没事吧？”

她们听不见他的话，她们只是无助地盯着湍急的血涌。安娜切塔蒂说：“阿嫲奇，让我试试。”

安娜切塔蒂拿油涂满她宽阔的手掌，轻轻将手指滑入产道。她进入子宫之后，便将手指握成拳向上顶，另一只手放在腹部往下按，这样一来，体内的拳头和体外的手掌便把疲软的子宫夹在中间，用力挤压。血顺着她的手臂淌下，但接着便缓慢下来……然后停了。

安娜切塔蒂费力得满面通红，脸上却透着笑意，她说话时一次只来得及吐出几个字：“有个白人修女……在兰尼镇北边……是个护士……她救了一个血流成河的普拉雅……就是这样掐住子宫。”

"你在现场？"

"不是……"她看向大阿嫲奇的眼睛，"我是听说的……刚刚突然想起来。"

安娜切塔蒂的手臂发颤，太阳穴的血管看着快爆开了。现在换大阿嫲奇做她的助手，擦去她的汗水。还好埃尔茜什么都感觉不到，但她的脸色惨白，像是漂白过的芒杜。大阿嫲奇瞟了一眼襁褓里的新生儿，小宝宝正望着为生命而战的母亲。

"阿嫲奇，"安娜切塔蒂说，"刚才从下面传来的……是什么声音？"

"肯定是泡菜坛子掉地上了，"大阿嫲奇说，"那些架子旧了，都歪了。"

但大阿嫲奇知道那其实是谁，她心存感激。如果她们一直在那儿逗弄宝宝，等想起来照顾埃尔茜的时候她早就死了。"安娜，你现在能放开了吗？"她担心安娜切塔蒂要累得晕过去。

一开始，安娜切塔蒂好像没听见一样。一分钟过去了。然后，她才慢慢松开施加在肚子上的力，但握拳的手还是留在里面。她们屏住了呼吸。没有血滴落。又一分钟过去，安娜切塔蒂非常轻柔地把手退出来，它从指尖到胳膊肘都包裹着一层暗红。她们嘴唇翕动，眼睛紧盯着埃尔茜的两腿之间，两人都在无声祈祷。五分钟过去了。十分钟。又是十分钟。终于，大阿嬷奇觉得她又能呼吸了。

她呼唤埃尔茜的名字。虽然她陷在不自然的沉睡中，但她还活着。亲爱的上帝啊，这可怜的姑娘失去了这么多血，还能活下来吗？两个女人仍是等着。她们又等了一阵，这会儿奶奶已经抱起了孩子。最后，大阿嬷奇总算将手放在安娜的头上，抬头看向天空为她祈福。"主，谢谢您，"她说，"您预见一切，为我送来了这位天使。"

* * *

大阿嬷奇走出卧房，几乎变了个人，她的力气被榨干，面色通红、嘴唇发白，仿佛经历这一遭磨难的不是埃尔茜而是她。她的手是干净的，但两只胳膊肘都沾着血，查塔和芒杜的正面也浸透了血，还有一道血迹划过她的脸颊。然而，她做梦似的笑着，怀里抱着刚刚出生的孩子。她抬起头，惊讶地发现外面竟汇集了一小群人，他们都站起身来。小末儿、沙缪尔、多莉珂查嬷、振兴大师、绍莎玛，以及孩子的父亲，菲利伯斯。

"我们差点就失去埃尔茜了。感谢主让我们熬了过来。这一趟太难了，"她嗓音沙哑地对聚在外面的人说道，"孩子屁股先出来，然后埃尔茜又癫痫发作。我们好不容易把孩子弄出来了，但埃尔茜突然就开始流血，好多血……我们差点就失去她了，现在也还是很危险。她特别虚弱，祈祷她别再出血了。但是孩子平安健康。赞美上帝，赞美上帝，赞美上帝……"

她迈着短小、疲惫的步伐走向儿子，脸上挂着微笑。他之前在她说话时还茫然失措，但现在当她走近，他的脸上顿时有了神采，他的双臂向她张开。大阿嫲奇说："我们已经给你的女儿起好了名字。"

他眨巴眨巴眼睛，垂下了手。

"你的女儿。"大阿嫲奇说。

他向后跌了几步，沙缪尔拽过一把椅子接住他。菲利伯斯愣在那里，难以置信地盯着他的母亲，嘴大张着，呆若木鸡。他喃喃自语："上帝又辜负了我们。"

她耐心等了一会儿，然后径直走向他的椅子，站在他的面前俯视着他。当她开口时，她舌头上蹦出的词语仿佛溅着火花，向热油泼水似的噼里啪啦浇到他的身上："埃尔茜受了那么多苦……安娜切塔蒂和我经历了那么多事，结果这就是你说的话？'上帝辜负了我们'？"她提高声调，"一个女人冒着生命危险生孩子，结果到了最后，九个月里什么也没干的男人——一丁点儿事情都没干的男人——居然来了一句，'上帝辜负了我们'？"要是依着大阿嫲奇，任何一个男人如果说了她儿子这句话，都该被律法判一顿鞭刑。"是，上帝是辜负了我们，"她说，"他送给人类常识的时候把你给漏了。但凡他把你造成女人，你嘴里都吐不出这种粪！不要脸！"

她的呵斥悬在他的头顶，整个帕兰比尔鸦雀无声。菲利伯斯困惑地抬头看着她，失望变成了委屈，但他不敢说话。

大阿嫲奇横眉怒目，瞪着儿子。曾几何时，他也是她抱在怀里的婴孩。难道他变成这样，她就没有什么责任吗？"听着，一个小时前，我原本可能出来告诉你，埃尔茜癫痫发作死了。四十分钟前，我可能告诉你，孩子上下颠倒出不来，母子都死了。就在十分钟前，我都有可能走出来说埃尔茜失血过多死了。你明白了吗？这些话我都没有说，我说的是你的妻子还活着，但是命悬一线。而你看到的这个特别特别完美的孩子，就是上帝的恩典。"

菲利伯斯一个字也没有说。他不去看孩子，他的脸上写满了痛苦，好像小尼南又死了一次，好像他还抱着那具血淋淋的、内脏裸露的尸体。

"玛丽亚玛。"大阿嫲奇用铿锵有力的声音宣布。埃尔茜想要这个名字。她不打算等儿子发表意见。"孩子的名字是玛丽亚玛。"

是的，这就是大阿嫲奇自己的教名。玛丽亚玛。在所有在场的人的记忆里，都不曾有人叫过她这个名字；自从她十二岁那年嫁到此地，就不曾有人说过这个名字。

玛丽亚玛。

第五十五章　胎儿为女

1951年，帕兰比尔

埃尔茜醒了，但是意识依然模糊，失血导致她非常虚弱。过了三天，她才能坐起来而不觉得头晕。她恢复得异常缓慢，根本做不到给孩子哺乳。总是笑吟吟地露着牙缝的安娜切塔蒂成了孩子的奶妈，大阿嬷奇知道，这证明汉娜夜里仍在吸吮乳头寻求安慰。如果大阿嬷奇早先发现，肯定会把两个人都说一通，可现在她只好在祷告时说一句感谢。

直到第五天，大阿嬷奇才把玛丽亚玛抱给她的母亲。可令她震惊的是，埃尔茜的脸上再次出现了忧心忡忡、愁容满面的神情，和分娩前就让她不知所谓的表情一样。埃尔茜温情脉脉地看着女儿，但她的温柔被蒙上了一层阴影，被淹没在一种难以言说的悲伤里。她的双手像菱蔫的叶片，没有一点要抱过孩子的意思。过了许久，埃尔茜闭上了眼睛，仿佛她再也不忍心看下去，泪水从她紧闭的双眼夺眶而出。她背过身，肩膀颤抖着，不管怎么劝都止不住啜泣。

孩子的父亲把自己关在房间里，成了自家宅子的囚徒。他什么也做不了，只知道透过窗户观察老卧室有谁进进出出。他从不出门，又或许是他出门时全家人都已经沉睡。

帕兰比尔再次因为新生命的到来而变换了模样，多少事情都要围着它转。尿布挂在晾衣绳上飘扬，小末儿在屋外巡逻，对每个路过的人都竖起食指叫他们安静。大阿嬷奇尤为喜欢她的孙女——这个与她同名的小人儿。但新生儿本应该为父母带来喜悦，这一位却正好相反。

大阿嬷奇把精力都用在埃尔茜身上，先是喂她肉汤，再是鱼和肉，让她的血气恢复，同时佐以瓦伊迪昂开的补药。一周之后，埃尔茜可以走路了。大阿嫲奇扶着她,两人一起在房间里踱步。第三周,埃尔茜的脸颊有了血色,能一个人走得越来越远,甚至还去小溪里洗了澡。虽然她时不时会去瞧瞧孩子,但她从不伸手去抱,只是目不转睛地看着她躺在安娜切塔蒂的怀里。大阿嫲奇不理解,她总有一种不祥的预感,好像在好不容易渡过这么多难关之后,还有一件事在等着她们。

生产过去三周后的一天,太阳刚刚落山,埃尔茜在暮色中走出家门去小溪里沐浴。走之前,她请求大阿嫲奇再做一次香蕉叶蒸沙丁鱼,就要跟前一天一样的,只放一点盐,别的什么调料也不放。

过了将近两个小时才有人发觉,她没有回来。

第五十六章　失踪

1951年，帕兰比尔

他们找遍了宅子的里里外外。沙缪尔沿着小溪和水渠步行，他高声呼喊铁匠、金匠、陶匠，问他们有没有见过埃尔茜。乔潘骑着车把昏暗的路前前后后跑了个遍，询问了周边所有人家。其他的人搜寻了河岸。到了半夜，大家族的亲戚们把围廊挤得水泄不通，女人的唧唧喳喳在男人嗡嗡低语的衬托下显得更加尖锐。凯撒狂吠着跑来跑去。乔潘偷偷举着椰叶火把照亮井口，探头检查了每一口井。

第二天天一亮，乔治就搭公交去了山下的特塔纳特大宅，如果埃尔茜和她哥哥都不在，他就雇车上山去他们的庄园。振兴大师分配了片区，让所有人能够同时搜索宅子方圆一英里的帕兰比尔地界。沙缪尔盘问了全部船夫，确保没有人在前一天晚上渡过埃尔西。乔潘挥舞着开路的长棍，大着胆子蹚进了村边萨帕-噶鸟的高草丛，那里有先人搭建的巨石，是祭祀蛇神的古老神社留下的遗址，平日里无人敢擅闯。乔潘查明那里头确实有不少蠕动的东西，但没有埃尔茜。

只有小末儿对埃尔茜的消失无动于衷。大阿嫌奇问她知不知道埃尔茜在哪儿，小末儿却只说："我的娃娃饿了。"大阿嫌奇感觉喉咙一阵发紧。

中午刚过不久乔治就回来了：埃尔茜不在娘家大宅里，她哥哥则在一个小时前刚从山上下来。他确信埃尔茜不在庄园小别墅。乔治说，埃尔茜的哥哥对他毫不客气，把他当仆人而不是帕兰比尔的长辈对待。更过分的是，那个哥哥醉醺醺的，关于菲利伯斯有好多难听的话要讲。

寻找埃尔茜的努力暂停了。只有沙缪尔还在坚持，把已经搜寻过的地方再走一遍。埃尔茜失踪二十四小时后,大阿嫲奇、菲利伯斯和振兴大师正待在围廊上,这时,沙缪尔从车道往坡上走来。他沉重到近乎庄严的步履引起了他们的注意,同样令人注目的,还有他手中仿佛献祭一般捧着的东西。"我从船栈开始沿着河边走,走到一个露兜草特别茂密的地方,发现有一片草倒在地上,被压塌了。我拨开草丛,里面是一小片空地,刚好够一个人站立。"他哽咽了,"就是在那里,我发现了这些。"他递上手中的物品。一叠整齐的托土、上衣和芒杜,上面放着一块肥皂,最下面是埃尔茜的拖鞋。

振兴大师通知了分局的警察。他们能期盼的最好结果,就是在下游找到尸体的消息。

安娜切塔蒂照顾着孩子,难以入眠的大阿嫲奇独自往沙缪尔发现埃尔茜衣物的地方走去。她站在那里,感受脚趾间的泥土,埃尔茜一定也曾有过相同的感觉。她凝视泛着涟漪的棕黄色水面,这条河的脾气秉性她再清楚不过,这辈子她曾无数次投入它的怀抱。栈桥边系泊的独木舟水涨船高,表明山中有雨,一段沉浮的树枝懒洋洋地漂开了去。她想象虚弱的埃尔茜站在这里褪去衣衫、踏进河流,不禁打了个寒战。那姑娘是怎么想的?她渴求与水的联结?迫不及待要洗去污浊,焕发新生?埃尔茜水性很好,但那是她差点失血而死之前。对于轻视它的人,河水是无情的,而且同一条河流永远不会出现两次。站在这个地方,大阿嫲奇觉得胸口堵得慌。良久过后,她才依依不舍地离开,走之前她跪在地上,亲吻了埃尔茜最后站立的土壤。

她不知不觉地走到了埃尔茜的鸟巢。她觉得自己是在走向一个神龛,走向一个将世界隔绝在外的庇护所。鸟巢外长满了厚厚的青苔,编织在墙壁里的物品似乎已被尘封了几十年之久。

她走进去时,却发现地上有一张四四方方的白纸,上面压了一块光滑的鹅卵石,这种河石是埃尔茜拿来在工作台上当镇纸用的。她心跳加速。搜寻这片的人心里想的是找人，而不是找一张纸，所以他们没有注意到。她弯下腰把它捡起，这张纸厚实而粗糙，和埃尔茜用来画素描和油画的是一种。在尼南夭折前，宅子里曾经有段时间铺天盖地都是这种纸，从小末儿的长椅一直散落到厨房里。埃尔茜回来以后，她强壮的手抛弃了炭条和画刷，转而挥舞起沉甸甸的木槌和凿子，后来才又编起鸟巢。晨露卷曲了纸张的边缘——它在这里已经放了一夜，但是不会更久，因为颜色还白得崭新。大阿嬷奇手指哆嗦着打开对折的纸张，看到了一幅简简单单的图画，寥寥几笔就将一个常见的场景呈现纸上：母亲和孩子。面部和身形都没有细节，但这里一钩那里一点，她便能看出眉毛、鼻子、嘴唇……

"你有重要的话要说，是不是，末丽？"纸张在她手里颤抖着。她仔细看去，画上有一个婴儿，没错，但看那母亲微驼的背和前倾的头颈就知道，她早已不再年轻。"末丽，末丽，"她喟然长叹，心揪到了一起，"啊哟，末丽，你想说的是什么？这画的就是我啊，对吗？如果这是你，她该更高些、更年轻些，眉间也不会有那些皱纹。你是在嘱托我照顾你的孩子？你已经问过我了啊，你知道我会的。但我已经六十三了！有没有父亲可能无所谓，但孩子需要母亲啊。哦，埃尔茜，你做了什么？你是在告别吗？"她悲不自胜，跌坐到了地上。

她的身体明确无误地告诉她，埃尔茜永远不会再回来了，而且埃尔茜是故意投河的。她想到埃尔茜在这里留下纸条，顷刻之后便走到河边寻了短见，顿时觉得肝肠寸断。她把纸条捂在胸口，肆意发泄着悲伤。

她听到远处厨房里传来安娜切塔蒂的呼唤。"大阿嬷奇哦？"从那个悦耳上扬的"哦"来判断，她知道不管安娜想要什么，都不着急。但这声抑扬顿挫的召唤就像是画了一个句点，提醒她帕兰比尔还要继续往前走。作为一家之主，作为母亲和祖母，她的责任不会终止，而是会延续到她死的那一天。

她没有告诉任何人她发现了什么。她吝啬地将它藏了起来,这是她女儿留给她一个人的私语。她将纸条和族谱一起放在衣柜里,那个柜子里还有一件真金镶边的雪白的卡瓦尼,是葬礼和婚礼用的衣服。

在后来的岁月里,每到玛丽亚玛的生日,或是埃尔茜闯入她的思绪之时,她便会拿出那幅画,但她总是要等到夜深人静,对着她那盏油灯昏黄的光线。每次看到这画,她都会再次对线条的精简啧啧称奇。这可以是圣母玛利亚和她的孩子,可以是很多东西。然而她知道,这画的就是她,抱着与她同名的孙女。她永远不会从中看到埃尔茜的影子。

那张四方的纸承载着圆形的世界与世界在想象中的尽头,承载着对消失与逝去之人的回忆,承载着虔诚之人跳动的心脏,他们夜夜祈祷上帝的旨意化作现实,却并不知道上帝有何安排。

第七部

第五十七章　不可征服

1959年，M____村的总管府

瘟疫降临他们称之为家的那一间棚屋时，距离列宁·往后的九岁生日还有一周。疫病来得突然，就像屋椽上落下的壁虎。一天早上，他母亲莉齐告诉他学校关门了，他欢呼雀跃，高兴得忘记了问为什么。第二天早上，他醒来时没有母亲在厨房里操持的声音，反而只有一片寂静。他的父母仍旧躺在席子上，中间夹着他幼小的妹妹，他们的脸上汗津津地闪着光。他想起来，前一天晚上他们有点不舒服。

他母亲的皮肤滚烫。列宁又摸了摸只有五个月大的妹妹夏伊拉，她尖叫起来，仿佛他拿针扎了她。哭声吵醒了父亲，他捂住额头，脸上露出痛苦的神情。科拉挣扎着想站起来，身体却摇晃不定。列宁怀疑父亲是不是宿醉，但科拉前一天晚上回家时是清醒的，他回来前没能找到吃的。他们最后只好把稀薄如水的坎吉填进肚子就去睡觉，里面的米只有一点点。

"我得去喂牛。"科拉说，他比往日喘得更厉害，声音沙哑得像石头摩擦砂纸。但是，他站不起来。他晃了晃妻子的肩，可她只是呻吟。父子俩面面相觑，莉齐才是家里的顶梁柱。

"你也发烧了吗，末内？"列宁摇了摇头。"那去给我们取点水，再给牛喂点水和干草，拜托了。"科拉想了想，又加了一句，"一切都会好的。"然后，父亲露出了他标志性的胜利笑容，那是科拉"总管"游说村长时的笑容，叫他们相信只要把村民签到他这里，就会有流淌不尽的奶与蜜，而且不、不、不，那个庄园没有疟疾——你听谁说的？只有富丽堂皇的宿舍，还有奶与蜜——我刚才说过了吗？但在这天早上,他的笑容维持不了太久。"我见过这种,"父亲说着搓了搓皮肤上的疹子,"如果别人知道我们染上了,就不会有人来帮我们了,他们不会靠近的。"他把手放在妻子的脸颊上,那里也发了疹子。"你的母亲多好啊,我让她受了那么多苦。"列宁很惊讶,这种坦白不像他。接着父亲又说:"一切都会好的。"

列宁本来不是很害怕,直到他父亲把这句安慰的话说了第二遍。这就说明,他们现在其实不好,说明他父亲肯定做了什么,坏事就要发生。曾经,在列宁出生以前,他们在帕兰比尔有座房子,列宁从来没见过那个地方,但听着母亲的故事,他想象那里就和伊甸园一样,周边围绕着亲近的家人。他偷听到父母的谈话,知道是科拉惹上了麻烦,害得他们不得不从帕兰比尔逃走。从那以后,什么事都由他母亲掌权。她帮丈夫在马拉巴的瓦亚纳德找到了一份庄园书记员的工作。列宁对那段时间依稀还有记忆,但到了他四五岁的时候,父亲又惹上了麻烦。莉齐当掉了最后几件首饰,买了这间带一小块地的棚屋,她要保证自己永远不会再流离失所。她禁止科拉借钱,除了干活挣工钱以外,她不允许他做任何事情。自那时起,他们就一直住在这间棚屋里,他父亲管它叫"总管府"。

列宁喂了牛,取了水回家。他想让母亲喝一口,但她喝不了。他母亲的人生信条是"说实话,赶紧的",而不是"一切都会好的"。

她丈夫找不到工作,找到了也干不了多久。多亏了莉齐会接生,家里才有进账,才有鱼和肉。她是跟瓦亚纳德庄园的一个女人学的。两周前,科拉很晚才回家,牵着那头奶牛,说是玩游戏赢来的。列宁从没见过母亲那么生气,她坚持要他还回去。他父亲面露怯色,说如果牵回去他会被打,奶牛不能离开他们家棚屋太远。折腾了半天,结果奶牛的乳房还是空的。

这天大部分时间列宁都待在屋外,看着家里人让他心慌。傍晚,他搜寻了一遍厨房,但除了调料什么也没找到。他拿了一颗丁香嚼起来。饥饿是一种疼痛。他试着抽了几口窝在父亲哮喘烟盒里的比迪烟。睡前,列宁又尝试给每个人喂水喝。他还是叫不醒母亲,她美丽的脸庞被一粒粒的小脓包玷污,汗湿的卷发粘在额前。他父亲抬不起头,只咽了一口水便痛苦得面目扭曲。他迫切地将目光锁定在列宁身上,捏着儿子的肩膀。他脸上的恐惧是列宁从未见识过的。"听着!"他小声说,"不要像我一样,别走弯路。"这是他最后一句意识清醒的话。

别走弯路。列宁有恨过父亲的时候,他也曾祈求让坏事发生到父亲身上。但他现在不想。父亲的触碰留在肩上的感觉让他难过。他现在害怕极了,如果能让所有人好起来,他情愿去学校挨过这一天,没有一句怨言。

之后一天的早上,列宁在睁开眼前心想,让这一切都只是噩梦吧。让我睁开眼睛,看到母亲在忙里忙外,父亲在抱着宝宝。但他父亲的皮肤和石头一样冰凉,他忘记呼吸了。他的五官因为水疱变了样,迷惑不解的表情定格在他脸上。他妹妹的嘴一张一合,像离了水的鱼,她的胸脯偶尔起伏一下,就在他看着的当口,它就逐渐不再动了。列宁从没见过尸体,但他知道,他现在面前有两具。他母亲还在呼吸。他心里好像有什么东西绷断了,一把将空水壶砸到了墙上。他猛烈地摇晃母亲。"没有人照顾我我怎么活下去?"他哭着扑到她身上,"我是你的孩子啊,阿嬷,求你了,不要离开我。"她眼睛向上翻着,看不见,也听不见。

外面很热,但他在因为饥饿和恐惧而发抖。别走弯路——这是他父亲的遗言。那他就这么做吧,他就径直往前走,要么找到吃的,要么走到死掉。什么也阻挡不了他。如果他走到水边……好吧,那他就淹死。

他直线往前,翻过一道栅栏,路过一头凶狠的公牛,穿过一片田野,很快,一座刷了白灰的大房子映入眼帘。住在里面的那家人是基督教徒，拥有这片区域大部分的土地，他们向来都不愿意跟科拉和莉齐有什么交集。列宁觉得他们的房子看起来有点不一样了。那其实是因为所有的门窗都上了闩。屋里传出一个男人的咆哮："你再走一步试试！赶紧滚，不然我放狗了！"

列宁停下脚步，震惊不已。这家人有椰树、有卡帕、有鸡，还有那么多奶牛。他们就不能分享吗？他们难道没有同情心吗？泪水滚落他的脸颊。但他心意已决，别走弯路。他跌跌撞撞继续向前。放狗好了，如果它吃不掉我，说不定我能吃掉它。要么杀了我，要么给我吃的。

他右侧的灯芯草丛里蹿出一张脸，吓了他一跳。原来是个瘦瘦的普拉雅女人，年纪和他母亲差不多，一条托土遮住她的胸部。她想把他怎么样？

"末内过来，这里他们看不到你。"她说。灯芯草将她掩藏在大房子的视线之外，他照她说的做了。"我叫阿卡，住在那儿。"她说着指向一间很小的茅屋，他这才看见那儿有房子。"你是列宁，对吧？"她只扫了一眼，就明白了他的处境。"在这儿等着，我去给你拿吃的。"

他期待着，浑身打战。她拿回来了香蕉叶包饭和两只香蕉，放在他的近处后躲到了离他二十英尺远的地方蹲下。煎鱼！米饭！他狼吞虎咽吃了个精光，然后消灭了香蕉。

"末内，"她说，"你没有觉得哪里痛吧？"听到她喊"末内"，眼泪涌上了他的眼眶，他好想跑过去抱住她。他举起手臂，示意自己没有感染。"其他人呢？"她问。

他抹了一把泪湿的脸颊。"阿帕和小宝宝死了。阿嬷看不见我，也听不见我说话。"

他听见她倒吸一口气。"你母亲……人活上几辈子，也不一定能遇上一个像莉齐切塔蒂那么好的人，她的心是金子做的，长得还那样美丽。"她拿帕子擦了擦眼睛。"末内，"她说，"这是天花，很严重的。人们都说：'天花来过一波之前，别数你有几个孩子。'我丈夫和我都得过了，不会再得。这附近好多人都死了。"

"我宁愿我也得上，"列宁说，"那我母亲走的时候，我就能和她一块儿去了。"他的眼泪扑簌簌地落到土里。

她抽了抽鼻子。"可别这么说，上帝让你活下来一定是有原因的，"她站起身来，"我会去找人帮你的。"

"阿卡！等等！"她转过身。普拉雅们自己都是靠坎吉和泡菜过活，而她竟给了他鱼和米饭，这是何等的慷慨。"阿卡，你救了我，我保证，如果我活下来，一定会想办法加倍报答你。那座房子里的人还想放狗咬我，他们难道不是基督徒吗？"

她的笑声里有一丝无奈的意味。"基督徒吗？啊，我祖父信了教，所以我们也是基督徒。我祖父以为，他的地主这下肯定会请他进屋一起吃饭！没人告诉他，普拉雅的耶稣死在另一座十字架上，是厨房后头又矮又黑的那个！"她又大笑起来。

他不知道该说什么好。"我觉得你是一个圣徒。"

"听我说，这样你可能觉得好受点，他们两天前刚叫我去集市上买了鱼肉和羊肉，我回来的时候，他们不敢让我靠近，万一我身上有天花怎么办？万一食物上有怎么办？他们叫我自己留着吃，所以我们就烧了宴席大吃一顿！还好你运气不错，居然还有剩下的。"她的表情很严肃，"我不是什么圣徒，末内。"她站起身。"还有我是开玩笑的，十字架是一样的，耶稣也是一样的。只是人对人的方式不一样。你每天都在祈祷吧？我希望是这样。我会找人去帮你的。"

他走在回家的路上，意识到自己这两天一次也没有祈祷过。他根本没想起来！如果祈祷了，会不一样吗？

甚至还没打开门，他就闻到了腐坏的气味。他母亲刺耳地喘息着。他父亲的脸塌了，几乎认不出来。他妹妹已经僵硬了，像个木头娃娃。

他拽着母亲的席子把她拖到门口，那里有干净的空气。他在她身边躺下，她呼出的气味很不好闻。他熟知的母亲已经不在了，但他想和她剩余的部分靠得近一些。最后一次，阿嫲，抱抱我。他把她的胳膊搭到自己身上。这时，她的肚子露了出来，他看到父亲当年吃了哮喘烟后，发疯刺伤她留下的刀疤，列宁的手就是从那里钻出来的。迪格比医生把它塞了回去，为他赐名列宁·往后。

他躺在母亲身边，开始努力祈祷。阿卡的脸庞浮现在他眼前，让他感到安慰。也许那是他的圣母玛利亚呢，一个普拉雅圣母。"上帝，请再派一位天使来救救阿嫲。如果不行，那请您在带走阿嫲的时候把我也带走。"

早上，天使穿着白色教士服来了，他腰间系着腰带，头上戴着神父的黑帽子。他穿着凉鞋的脚一直到脚踝都沾满了白色的尘土。他骨瘦如柴，有一双锐利而和善的眼睛和长长的花白胡子。天使环顾棚屋，神色忧愁。那气味是一种伸手摸得到的东西。他低头望向列宁的母亲，列宁看他的表情就知道，她死了。他入睡时她的身体还是暖的。现在的她好冷。

"列宁·往后？这是你的名字？"天使伸出了手。

第五十八章　点灯

1959年，帕兰比尔

大阿嬷奇坐在安拉外的围廊上，依着昏黄的油灯喂八岁的孙女吃饭。

灯光在她们身后的柚木墙壁上投下两个椭圆的影子，一大，一小。木坦里的卵石淋了傍晚的阵雨，闪烁着点点微光，零星似乎还有石头在动。祖孙两人听到菲利伯斯喊她们："祈祷时间到了！"

"切！你父亲！"大阿嬷奇说，"以前他做祷告还要我提醒呢。"

"父亲说青蛙是石头变的。"玛丽亚玛贴着边坐在高高的椅子上，两条腿荡来荡去，这时又有一块石头跳起，违背了地心引力。

"啊，那说明他脑子里都是石头，我还以为我把大部分都晃出去了呢。"小姑娘笑起来，露出她的豁牙，大阿嬷奇顺势塞了一只饭团到她嘴里。"说不定他是从那些他只读给你听的英文书里看来的。"她假装嫉妒地说。菲利伯斯甚至用英语和玛丽亚玛对话，马拉雅拉姆语是留给其他人用的。"他在给你读那个大白鱼的故事吗？"

玛丽亚玛摇摇头，表情凝重起来："不是，是另一个。小男孩奥利弗没有妈妈，没有爸爸。他总是饿肚子，其他的小朋友欺负他，叫他去要吃的。那个人很生气，把奥利弗卖给了另一个做葬礼的男人。"

大阿嬷奇真希望儿子能选个不讲父母双亡或者小孩子被卖掉的故事。"末丽，也许这就是那个可怜孩子的命，也许一切早就刻在他的脑门上了。"

"和我的'特别记号'一样？"孙女说着摸了摸她额头右侧的一绺白发。

"不是，你的特别记号就是……很特别！它是幸运的标记。"大阿嬷奇发现小玛丽亚玛不管说什么，最后总会绕到这上头来。"我说那小男孩命不好，是说他生错了人家，生错了日子。"

"我出生的时候是什么日子？"

"啊！我还没讲过你出生那天的情形吗？"玛丽亚玛憋着笑，摇了摇头。"这故事我昨天说了一遍，前天好像也说了一遍。好吧，那我就再给你讲讲，因为这是你的故事，所以总比那个叫奥利还是奥拉梅代尔的家伙好点儿。"玛丽亚玛笑出了声。"你出生的那天，我让安娜切塔蒂把大铜灯搬了出来。我来了帕兰比尔这么多年，还从来没见过维拉库点亮的样子，因为你的爷爷已经有长子了。我每次走进那间屋子，都会被它撞到脚趾。但你出生的那一天，我说，'谁说只有第一个男孩儿出生才能点灯？第一个玛丽亚玛怎么就不行？'你看，那时候我就知道你很特别！"

菲利伯斯静悄悄地出现，梳着光滑的大背头。这位新的菲利伯斯仍旧让大阿嬷奇觉得不可思议，他总是像他听的BBC新闻里的报时钟一样准点。他的生活按部就班，早晨五点写作，九点和沙缪尔巡查田林，十点刮胡子洗澡，然后十一点去邮局……晚饭前洗一个澡，再然后就是祈祷。她也不是完全没有担心，生怕哪天他的日程崩溃，他又要回到那只该死的小木盒和黑珍珠的世界。让他坚持做晚祷、去教堂的不只是信仰，他需要这些例行的仪式重新树立起对自己的信心。如果这世上没有上帝，她儿子怕是得发明一个出来。

"维拉库是我父亲的主意吗？"

"切！"大阿嬷奇喊道，仿佛看不见他就站在旁边，玛丽亚玛笑了起来。"唔，你父亲有很多聪明主意……也许那也是他的主意吧，我记不清了。"菲利伯斯看着玛丽亚玛，仍然微笑着。

大阿嬷奇陷入了回忆，脑海里浮现出惊心动魄的接生和儿子冷酷的回应。她记起迦尼谙在得知生的是女孩之后竟还敢上门拜访，从厨房屋檐下掏出一个藏起来的小纸卷递给菲利伯斯,上面写着:"胎儿为女。"他说这是他上次来时放在那里的,因为他强烈怀疑生的是女孩,但是不想让菲利伯斯失望。大阿嫲奇一把夺过纸卷丢到迦尼谚身上,说:"别跟我们耍这些花招!凯撒都比你更会看未来!上帝赐给我们一个漂亮的女孩,这是好事,愚蠢的男人我们不需要,这儿已经站着一大把了。"她记起另一个守在埃尔茜生产的屋外默默观察的老人,后来女人们点灯时他也看着。沙缪尔恪守旧礼,但她觉得他是赞成她们点亮维拉库的。

她被陡然拽回了现实,孙女正晃着她的肩膀大喊:"阿嫲奇!告诉我!我生出来那天的灯……到底是怎么回事?快告诉我!"

"啊,灯……"她说。菲利伯斯心平气和地听着,这是一个已经和过去的自己达成和解的人,他知道母亲刚才的思绪飘向何方。"我让安娜切塔蒂把维拉库擦得锃亮,亮得都能照见我们的脸。他们找了三个人,才合力把它搬到那边的两根柱子中间。她倒上油,插进新的灯芯——最上面一层是四盏,然后是六盏、八盏、十盏、十二盏、十四盏,最后是十六盏。我把你抱起来,对所有女眷说:'这是我们的夜晚!'帕兰比尔家的女人、其他家的女人,四面八方的她们都来了,因为她们听到了消息,从老远就看到了灯火。她们拿来了糖,拿来了椰子。那是你的夜晚,也是我们的夜晚。在整个基督教世界,没有人像我们在你出生时那样庆祝一个女孩的降生。我对她们说:'我的玛丽亚玛世上不会再有第二个,她要做什么你们想都想不到。'"

"我会做什么,阿嫲奇?"

"上帝在《耶利米书》里说:'你未出生,我已晓得你。'上帝喜欢故事,上帝让我们每个人都用人生书写自己的故事。牢牢记住,你的故事和其他人都不一样,因为你是帕兰比尔的人,因为你是女孩,所以你可以做任何你想做的事情。"

小姑娘思索着这个她已经耳熟能详的故事,但这天晚上,她问了一个让祖母惊讶的问题。"阿嫲奇,你还是小女孩的时候,想做什么呢?"

"我？我那会儿都是老皇历了，现在时代不一样了。我想的，大概就是那时候敢想的吧。你看，我想的就是现在这样，有个家，有个好丈夫，有可爱的孩子，有一个漂亮的孙女——"

"可是可是可是……如果有魔法，就现在，你又变成八岁了，你想做什么？"

"魔法吗？"她不用思索太久，"如果我现在八岁，我很清楚我想做什么。我想做医生，我想在这里建一家医院。"为了这件事她已经纠缠了振兴大师好几年：如果帕兰比尔能有邮局和银行，为什么不能再建一间诊所或者医院？

"为什么？"

"那样我就可以帮助别人了。你知不知道，我有多少次眼睁睁看着别人痛苦却帮不上忙？可是在我年轻的时候，末丽，女孩子不敢做这样的梦。但你就不一样了，和我同名的小家伙，你可以做医生，做律师，做记者——不管你想做什么都可以。我们点燃那盏灯，就是为了照亮你的路。"

"我可以做主教。"玛丽亚玛说。

大阿嫲奇太过震惊，一时说不出话来。

菲利伯斯说："啊，说到主教，该做祷告了。"

第五十九章　仁慈的压迫者与感激的被压迫者

1960年，帕兰比尔

　　没有任何预告，一位年轻的访客就出现在了帕兰比尔。踏上围廊直视所有人眼睛的十岁男孩，有一个与他的少年老成十分相称的名字：列宁·往后。早在一年前，哔哎阿辰曾给大阿嫲奇写信，告诉了她一个令人震惊的消息，他说莉齐、科拉总管和他们年幼的女儿都死于天花，只有列宁活了下来。大阿嫲奇立即回信说她愿意把列宁当自己的孩子抚养，而且他也确实是他们的家人：他父亲和菲利伯斯是第四代堂亲。但后来哔哎阿辰在信里说，列宁认为上帝让他活下来是有原因的，那就是他应该成为一名神父。哔哎决定送他去戈德亚姆修院，让他先寄宿在那里，同时在附近上学，直到他长大到可以做修士的年纪。不过，他可以去帕兰比尔度暑假。大阿嫲奇一想到莉齐的儿子以后会成为神父便倍感欣慰。她一直盼着他的第一次假期。

　　如今，看到列宁活生生地出现在眼前，大阿嫲奇激动得都没意识到假期其实还早得很，学校还正在上课。她拥抱了列宁。这孩子很英俊，完全遗传了莉齐漂亮的五官。消息传到了其他人家里。"莉齐的儿子来了，那个小阿辰。"每个人都想见见他，聊聊他的母亲，没有人提起科拉。

　　无需太多鼓动，列宁便讲起了瘟疫降临总管府夺走他家人的故事。他的声音铿锵有力，叙述教人身临其境，非常有利于他未来做神父的职业。列宁说随着时日推移，只有母亲还奄奄一息，他以为自己死定了，不过是死于饥饿而不是天花。他说，父亲的临终遗言是"别走弯路"。听众们闻言，无不为科拉在面见造物主前的悔悟与懊恨而动容。玛丽亚玛静静旁观,她有点嫉妒这个新来的小孩,也就是她的第五代堂亲,却也和其他人一样被他的故事吸引。列宁说,在绝望之中,他决定不管前方会遇到什么,都笔直往前走。他靠近一座大房子时,里面的地主叫他站住,否则放狗咬他。就在那一刻,一个女人出现。"我觉得那是圣母玛利亚化作了普拉雅的形象。就像《马太福音》第二十五章说的,我饿了,她给我吃。"听故事的人们又发出一声叹息,毕竟谁不知道这则寓言呢?"她给哗哎阿辰和他的修士们带了信,他们那时在村里照顾感染天花的病人。我不知道上帝为什么让我活下来,哗哎阿辰说我不需要知道。他说,万事万物都有原因,也均有定数。上帝拯救了我,我就应该事奉上帝,我只知道这个。"正经珂查嫲被列宁的宣言深深打动,将他拥进了自己丰满的胸脯。

有人问列宁住在修院的感觉如何,男孩的信心这下第一次出现了迟疑。"我还是更喜欢哗哎阿辰的道场。我不太喜欢修院,我和他们……有点误会。"振兴大师问现在学校是不是还在上课。"是的,我在学校有点误会,修院的校长说,我可能还是住在这儿、上这里的学校好一些。就是他叫我过来的。"

"叫你一个人来?"大阿嫲奇问。

"有一个阿辰和我一起走。我们……有一点误会,"列宁支支吾吾地说,但这点解释显然不够,"我们在公交车上的时候,我发现车子会路过离总管府只有两英里的地方,我想去看一看,阿辰说不行……"列宁的神色阴郁起来。"所以我把他留在公交车上,自己走过去了,然后我再往这儿走,走了一整天。"

列宁说,他们家的棚屋变成了一片卡帕田,大房子的地主——就是那个威胁要放狗咬他的——拎着一根棍子走过来,以为列宁是贼。列宁解释清楚后,他说这片地现在是他的,因为科拉用这块地作抵押跟他借了钱。列宁不同意,说这应该是他继承的遗产。男人说,列宁大可以去告他。列宁问那个给他东西吃的普拉雅阿卡在哪儿,他想把自己戴的十

444

字架送给她，那是哔哎阿辰亲自祝圣的。地主让列宁自己留着十字架，他说阿卡和她的丈夫动不动去党会，满脑子的异想天开，觉得土地既然是他们耕种的，他们就应该得到所有权。他说他们忘了肚里的稻谷和头上的屋顶都是拜他所赐。他说他把两口子赶出了他的领地，一把火烧了他们的茅屋。列宁讲述这一段时，脸上愤愤不平。

菲利伯斯问了所有人都想问的问题。列宁答："我能怎么办？我倒是想抢过他的棍子揍他一顿，可我没他那个块头。于是我说，'总有一天，我要找到善良的阿卡，然后把你的土地和大房子都给她，因为你是个贼，她一个人好过你们一百个。'他追着我跑，但就他那个肚子，根本追不上我。"

几天后，他们收到了那个原本要陪列宁来帕兰比尔并且阻止他下车去看总管府的阿辰的来信。信里说，列宁一直等到他睡着，然后把他的凉鞋捆到了一块儿。公交车停下让列宁下车时，阿辰醒了过来，站起来想追却摔了个狗啃泥。列宁大喊，说是阿辰绑架了他。最后，阿辰总结道，"我相信，列宁一定成功抵达了帕兰比尔。用不了两周，你们就会想找个地方把他送走。但是是恳请你们，千万不要把这个恶魔送回修院。"

* * *

列宁很快就适应了帕兰比尔的学校和生活。不过，有一天他发现图书馆里他最喜欢的漫画《魔术师曼德雷》竟然被正经珂查嬷以"不正经"为由裁掉了几页，于是，他便把空缺的页面换成裸男裸女的插画，上书："正经珂查嬷珍藏淫图原件"。事情败露后，那位年近七十、患有关节炎、身材矮胖的女人追着他狂奔不止，速度之快令人咋舌。她猛扑而来的模样足以激发列宁"别走弯路"的秉性。他踢开垫子上晒的粮食，踏扁田里的水稻，穿过一丛丛荨麻，径直钻进小金匠家的茅屋，想从后门溜出去。原来的老金匠已经去世，他的儿子人已中年，但大家还是叫他"小"金匠。列宁后来解释说，一旦他笔直向前的强迫症被唤醒，那他就只有在遇到不可逾越的障碍或是得到上帝的指示后才能停下。小金匠两样都占了，因为他结结实实给了列宁一顿打。他提着列宁红肿的耳朵，把他拽回了大阿嬷奇面前。列宁浑身满是荨麻疹。小金匠说："这只和他爹一样不像话。"玛丽亚玛有自己的观察：列宁的不像话只在白天发生，晚上他就没了嚣张的气焰，每走一步都很迟疑，甚至她还见过他跌跌跄跄像个酒鬼。在她总是央求着晚点再睡的时候，列宁倒是迫不及待地要躺到席子上。

作为这次闹剧的惩罚，列宁两个礼拜都不许出家门。玛丽亚玛问他："你这个笔直跑的毛病不能换一换，试试往高爬吗？虽然你可能摔断脖子，但是至少不会损坏财物呀。"

"啊，但是往上爬的问题是，你很快就会到顶了。"

列宁被关禁闭的几天后，一场猛烈的雷雨降临帕兰比尔。苍天劈下闪电追寻猎物，墙壁也随之震颤。在风雨交加之际，"有福的男孩"忽然不见了。他们跑到外面，发现列宁坐在牛棚的顶上，情状可怖：他仰面望天，双手高举，打湿的头发贴在脑后，仿佛是望着各各他的耶稣。他听不见大家的叫喊，在风雨的推搡下摇摇欲坠。雷鸣震动房屋，云间白光闪射，照亮夜空。一道闪电击中了离他二十英尺远的椰子树，紧接着惊雷炸响，树被劈成两半，倒下时将列宁撞下了他半空中的栖居之所。有福的男孩手腕上戴着石膏，好像那是一枚奖章。他对大阿嬷奇说他爬上屋顶是为了祈求"恩典"，但他跟玛丽亚玛说了实话：他想让雷电进入他的身体，让他像《魔术师曼德雷》里的洛萨一样，拥有从指尖释放闪电的能力。

列宁到来的一个月后，玛丽亚玛和波提已经很难记起帕兰比尔没有他时是什么样子。波提是玛丽亚玛最好的朋友，两人的年龄也差不多。波提的父亲乔潘和菲利伯斯小时候也是最好的朋友。波提的意思是"微小"或者"粉末"。她俩的想法几乎总是一致，直到列宁出现。玛丽亚玛讨厌列宁"有福"，讨厌他无所畏惧，被附近的所有小孩当作英雄，其中也包括波提——虽然波提不承认。列宁对玛丽亚玛的看法毫不在意，这更让她难受。她不敢对任何人说，虽然她厌恶他，却又忍不住要时刻留意这个人，生怕错过他的下一步行动。

玛丽亚玛偷听到父亲对大阿嬷奇说："学校又叫我去了，又是打架，因为列宁想要起草共产党的党章。他才十岁！阿嬷奇，别说了，寄宿学校才是他该去的地方。"玛丽亚玛听到这些应该高兴才对，可不知怎地，她并不觉得。

那天晚上她梦到了一个人，好像是沙缪尔。他说："听你父亲的话！他知道你不守规矩，你和列宁没什么两样，他可能会把你也送走。"她醒来时心烦意乱。这是什么意思？如果汉娜还和她一起睡，她就有答案了。汉娜觉得每个梦都有含义，就和《创世记》里的约瑟一样。但汉娜拿着奖学金去上女修会学校了。安娜切塔蒂不知道汉娜想做修女，这也是为什么汉娜比起吃饭更喜欢斋戒。如果安娜切塔蒂知道她女儿在衣服下面给腰上绑了一根打结的绳索用于"苦修"，她一定会惊掉下巴。汉娜说，修女都这么干。玛丽亚玛完全不想当修女。

汉娜不在，玛丽亚玛只好一个人琢磨自己的梦境。沙缪尔为什么会出现在她的梦里？每个人说起沙缪尔的时候，用的时态都是现在时。如果一个人被提起时总好像他还活着一样，那他是真的死了吗？她听大人们说起过沙缪尔失踪的那一天。他早上去了粮店，午饭过后很久都没有回来，于是她父亲出门去找。他沿着沙缪尔的路线走到卸重石附近，看到沙缪尔蹲着靠在石柱上，麻袋躺在石板上，他松了一口气。沙缪尔的下巴搭在胸口好像睡着了一样，但一摸才发现他已经变得冰凉。沙缪尔的心不跳了。

这是玛丽亚玛在年幼的生命中第一次见证死亡。她父亲骑车去了伊克巴尔的仓库，回来时乔潘侧坐在前杠上。在那一天之前，她还从没见过成年男人脸上的泪水。他们将沙缪尔抱进棺材，停在他茅屋外那张他喜欢的旧马凳上。来悼唁的人很多很多，仿佛故去的是一位王公。大阿嬷奇的悲痛吓到了玛丽亚玛。她的祖母摸着逝者的额头，在棺材边泣不成声。她后来说，从自己六十年前来到帕兰比尔的那天起，这个人便一直都在守护她。他们把沙缪尔埋在南印度国教会教堂的公墓里，葬在他的妻子旁边。过了很久，她父亲和大阿嬷奇又找人在卸重石的石板上嵌了一块铜牌。玛丽亚玛拿着炭条和白纸把上面的大字拓了下来。那段马拉雅拉姆语写的是：

"凡劳苦担重担的人，可以到我这里来，我就使你们得安息。"
深切缅怀帕兰比尔人沙缪尔

天已经蒙蒙亮了，但她对梦是什么意思仍旧没有丝毫头绪。她溜出房间，弯下腰从父亲的窗下偷跑出去。虽然他听不见她的动静，但她不能让他看见她的影子。一旦出了宅子，她便撒丫子奔向小溪，再沿着溪流跑向水渠。她听到身后有脚步声，是波提。她们心有灵犀——不知为何波提总能知道玛丽亚玛什么时候起床。规矩说，大人不在她们不能游泳，但只有绣花和修女才需要规矩。她扎进河里，水浪在耳边咆哮。片刻之后，她听到扑通一声，波提也跳了进来。在渠水里游泳是她们最大的秘密，也是她最大的乐趣，虽然如果她们被发现，后果……好吧，她不喜欢思考后果。

玛丽亚玛得准备去上学了，但波提还流连忘返，因为乔潘不在家。每次她父亲出远门，波提都会翘课，想干什么干什么。如果被乔潘知道——他基本上总能知道——她免不了要挨一顿打。玛丽亚玛听到过他冲波提怒吼："我想读书的时候被赶了出去！现在他们请你去读，你还懒得去？"玛丽亚玛觉得乔潘很神奇，她只知道那一条水渠，他却知道所有水渠。有些人不管做什么，都似乎比别人显得更高大，更有分量，更有自信。乔潘就是那样的人，列宁也是。她有些嫉妒。

早餐时她见到父亲，突然明白过来：那个梦！沙缪尔是在告诉她，父亲知道水渠的事！说不定他一直都知道。她上学前走进父亲的房间，他正在自言自语地核算账单。见到玛丽亚玛，他把账簿推到一边，抬起头笑着看她。她站在他的桌边，摆弄他的铅笔，准备老实交代。她给自己定了条规矩：永远说真话……如果被问到的话。她张开口……但事实证明，如果没人问她，和盘托出是有点困难的。她得说点儿什么，她已经下定了决心。"阿帕，我梦到沙缪尔了。"她最后说。

"嗯哼？"

她点点头。"阿帕，乔潘总是不在家？"

"所以呢？"

"好吧，晚点见。"不交代比交代简单多了。

沙缪尔？乔潘？菲利伯斯觉得莫名其妙，不过他只是摇摇头，自顾自地笑了笑。乔潘确实总不在家。如果玛丽亚玛不是只待十秒钟就跑了，如果她真的好奇的话，他可能会告诉她，曾经有一刻，他以为自己可以劝乔潘永远不再离开。那是沙缪尔的葬礼之后不久，他母亲叫来了乔潘。他记得她肿着眼睛坐在厨房外的棕绷床上，他和乔潘坐在她对面的矮凳上，像两个小学生。大阿嬷奇说，每次她给沙缪尔付工钱，他只会拿走必要的开销，剩下的都让她存在安拉的钱箱里。后来银行一开张，她就把他的储蓄都存进了联合账户。"乔潘，现在这是你的了。"她说着将存折递给他。沙缪尔的房子和地也是乔潘的了，与乔潘自己的地合二为一。她还告诉他，她打算把他家后面连着路的那一条狭长的地块也过户给他，他想怎么处置都可以。她祈祷上帝保佑乔潘，含着泪说沙缪尔是他们的家人，乔潘、阿蜜妮、波提都是。

之后，菲利伯斯问乔潘有没有空陪他聊聊。他们在埃尔茜之前的工作室里坐下，乔潘点燃一支比迪烟，研究起存折来。过了一会儿，乔潘咧开了嘴，说："你猜这里面有多少头牛？"菲利伯斯没明白。"每次我跟父亲提钱，只要是多过几个卢比，他就会说，'那是几头牛啊？'他知道一头牛值多少，那就是他的货币。"乔潘的笑容消失了。"我父亲本来早就可以让我看看存折。按理说，我识数，会算账，他应该高兴吧，可他看见我读东西就要皱眉头。我知道这些东西让他觉得害怕。他是个好人，可他想让我变成他，做帕兰比尔的下一个普拉雅沙缪尔。"

听闻这些，菲利伯斯感到内疚，因为他自己高中毕业去读大学时，沙缪尔是为他骄傲的。想到沙缪尔对他和自己的儿子是两套评价标准，他心里有点不是滋味。父子之间往往不和，但菲利伯斯沉迷鸦片走火入魔的时候，是他们一起救了他。埃尔茜溺水后不久的一天早上，带着大阿嬷奇的祝福，有了乌尼和达摩做后援，他们把菲利伯斯从屋里扛了出来。达摩用鼻子卷起他甩到背上，乌尼接手将他拉住，然后他就被夹在了沙缪尔和乌尼中间，乔潘骑着自行车跟在他们旁边。他们去了达摩的伐木场，一路上菲利伯斯都在哀求尖叫。到了以后，达摩沿着小路走向林木深处，那里有一间小茅屋，里面放着乌尼的好多罐刺鼻的油膏、巨大的金属锉刀、镰刀，都是用来修理达摩的趾甲和脚底的。达摩达兰决定到丛林里撒欢的时候，乌尼就在茅屋里等它，往往还会喝个烂醉。之后的六周里，乔潘来来去去，但沙缪尔始终都在那间茅屋里陪着菲利伯斯，忍受他的指责与谩骂，照顾他熬过痉挛、幻觉与高烧，直到两周后他的身体不再受鸦片的控制。但他们仍旧把他关在屋里。他羞愧不已，与沙缪尔发自肺腑地长谈过后，他终于意识到那只小木盒已将他的生活摧毁到了什么地步。诱惑从未完全消失，但他害怕让沙缪尔、乔潘和母亲失望的念头比什么都更能让他坚守正道。

"乔潘，母亲和我有个提议想问问你，不过听你刚才说的，你可能会拒绝。总之，先听我说完吧。"菲利伯斯说他和大阿嬷奇欠了沙缪尔太多，日常管理帕兰比尔的方方面面都是沙缪尔在教他。现在沙缪尔不在了，不管是作为一个人还是土地的管理者，他都迷失了方向，远远做不到接替沙缪尔。"这是一个商务岗位，绝不是取代沙缪尔。我们想让你做帕兰比尔的经理,所有事情都由你决定,报酬是收成盈利的百分之二十。此外,我们还会付你月薪,万一哪年收成不好,你也还是有一笔收入。如果你想耕种未开垦的土地也可以,活儿更多,但是盈利也更多。"乔潘沉默不语。"盈利的百分之二十不是小数目,"菲利伯斯又加了一句,"但对我来说值得。我可以多花时间在写作上,这些事情我不擅长。"

沉默逐渐尴尬起来。乔潘似乎犹豫了很久,才开口道:"菲利伯斯,我接下来对你说的话,我没法和大阿嬷奇讲,因为我非常尊敬她,我知道她对我父亲和我有很深的感情。这些话她和你都会很难理解,但反正我就直说了。这本存折里的钱……?"他顿了顿,观察菲利伯斯的表情。

"有很多头牛?"

乔潘点点头。"对,但是……也比我父亲应得的牛要少得多。想想我祖父是怎么帮你父亲开创出这几百英亩的土地,再想想我父亲是怎么从孩提时就在这里劳劳碌碌,直到生命的最后一天。整整一辈子啊!到头来,他得到了什么?是,很多头牛,还有他自己的地,用来盖他的茅屋——对普拉雅来说很难得了。但是,假如他不是普拉雅,假如他是你父亲的堂兄弟,假如他肩并肩地陪你父亲一起干,然后在你父亲离世以后,他继续无私地为大阿嬷奇、为你又干了三十年。没有一天休息!那这位堂兄弟劳作的一生该值多少钱?难道不会比这本存折多得多吗?说不定能有全部土地的一半吧。"

菲利伯斯嘴里的唾液发酸,黏住了他的舌头和牙齿。"这是你的要求?"

乔潘气恼地看着菲利伯斯,又或许是怜悯?"我什么要求都没有。是你母亲叫我来的,要不然我都不知道有这本存折。然后是你叫我坐下来谈的,你忘了?我警告过你,这些话你肯定觉得不好听。你母亲和你都说,你们欠了我父亲的,他是你们的家人。我是想跟你讲一个道理,因为你是我最好的朋友,你是给《平凡之人》写文章的。我以为,你也许真的会想了解真相。真相就是,不是所有人都有大阿嬷奇或者你这样的想法。如果是你们家的亲戚在这里干了一辈子,你们也给他这样的报酬——一块茅屋的地和他存下来的工钱——附近的所有人都会说他被剥削了。但如果是普拉雅沙缪尔……那就是慷慨。你眼中的慷慨和剥削全都取决于你给的人是谁。还好我父亲坚信,身为普拉雅是他的命,他甚至觉得能在帕兰比尔做活是幸运!临到终了,他能觉得富足,他的工钱越攒越多,有自己房子的一块地,有儿子的一块地,现在又多一块地。"

菲利伯斯觉得自己仿佛踏入了枝杈间一根隐蔽的枝条。"剥削"这个词听来如此扎耳。如果要让他认为自己利用了沙缪尔,他会觉得心如刀割,为了这个人他明明愿意付出生命。他一直以为自己和帕兰比尔是没有种姓的概念的,是摆脱了这种思维的,但只消看看他面前的这张脸,他便能想起迦尼谚的竹竿打在乔潘身上时那"啪"的一声,想起那个男孩如此恳切地出现在为帕兰比尔的孩子们开设的学堂时,所受到的侮辱。

"因为你爱我父亲,所以要理解这些就更难,"乔潘说,"你觉得自己对他是仁慈的,慷慨的。在印度,或者其他任何地方,'仁慈的'奴隶主总是最难以看清奴隶制的不公。相比残忍的奴隶主,他们的仁慈、他们的慷慨会蒙蔽他们的双眼,让他看不到奴隶制的不平等,而他们自己就是这个制度的缔造者、维护者,是它的既得利益者。就像英国人总是吹嘘他们给我们留下了铁路、大学、医院——他们的'仁慈'!好像他们做了这些,剥夺我们两个世纪的自治权就是合理的!好像我们还该感谢他们偷走了我们的东西!如果英国或者荷兰或者西班牙或者葡萄牙或者法国没有奴役别人获取它们获得的那些利益,它们当中哪一个国家能成为现在这个样子?打仗的时候,英国人总喜欢跟我们说,他们对待我们有多好,如果日本入侵,日本人可不如他们。但是,难道有任何一个国家应该统治另一个国家吗?这种事情之所以会发生,就是因为一群人认为另一群人由于出身、肤色、历史等原因而更加低等。因为他们低等，所以他们应该得到的更少。我父亲不是奴隶，他在这里受到很多人爱戴。但他也从来不是你们当中的一分子，所以他的报酬不一样。"乔潘摇了摇头。"你这里的一些亲戚，事实上是他们当中的很多人，都被慷慨地白白赠与了两三英亩的土地，这比给普拉雅搭茅屋用的地可大多了。这么多地足够让人丰衣足食。但说真的，除了振兴大师和另外少数几个人，谁真的干成了？设想一下，如果我父亲有一英亩的地让他自己种，你就想想他能种得有多好。"

乔潘的遣词造句之精湛让菲利伯斯吃了一惊。但认为乔潘的论述"精湛"的这个想法本身，恰恰就印证了乔潘所提到的蒙蔽。"精湛"就暗示了乔潘或者沙缪尔这样的人没有资格借用历史、运用逻辑、发挥他们的才智。

菲利伯斯说："所以你的答案是拒绝。"

乔潘说："我爱帕兰比尔，这里没有哪块田地我们俩小时候没去玩过，也没有哪块地的粮食我没陪我父亲收过。但我做不到像他那样热爱，因为这里不是我的。而且还有个更大的问题。你可以叫我经理，给我大把的钱，但对你的亲戚而言，我还是普拉雅沙缪尔的儿子普拉雅乔潘，有个编欧拉球、打扫帕兰比尔的木坦的普拉雅妻子。被别人叫普拉雅我没办法，但至少我可以选择是不是要像普拉雅那样过日子。"

他们这一次谈话过后没多久，菲利伯斯就带着第二份提议再次找到了乔潘：他们决定给乔潘二十英亩大致开垦后还未曾耕种的土地，这些地将完全为他所有。合约将交由第三方托管十年，其间他需要管理帕兰比尔所有的土地，拿走盈利的百分之二十但是没有月薪。十年后他可以离开，也可以再和他们商议，签一份新合同得到更多的地。乔潘震惊不已。大阿帕辰当年圈占了五百多英亩，里面有超过一半要么是乱石丛生、要么是悬崖峭壁、要么是沼泽洼地。他粗略开垦了靠近河流的大概七十英亩，里面有一半已经被耕种。乔潘拥有的地将比菲利伯斯的任何一个亲戚都多。

乔潘脸上亮出了他的招牌笑容。"菲利伯斯，如果我父亲知道，他得叫你疯子。"乔潘说他得喝点儿，然后掏出了一瓶亚力酒。"你能有这样的提议说明你听进去了，虽然过程一定很痛苦，但是你想明白了。你给的条件确实丰厚。我可能会后悔吧，但我还是要说不。"他吞下一大口酒，"我跟着伊克巴尔干了那么多年，扛过多少风风雨雨。无数个夜晚，我们就睡在驳船上，望着满天的星星，梦想能有一支船队把时间缩到现在的四分之一。没错，我们的机动驳船现在是遇到了点挫折，倒不是水葫芦缠住了螺旋桨，而是整个方案被一道又一道手续卡在原地。但我们快看到曙光了，就算失败，我也要试一次。如果我放弃梦想，心里有些东西就死了。"

菲利伯斯觉得自己越发渺小。他想起了自己去马德拉斯前的雄心壮志，想起了自己遇见埃尔茜时的梦寐以求，想起他们结婚时、她离开又回来时自己的那些期盼。他猛地灌下几口亚力酒，压抑住内心的痛楚。他百无聊赖地听乔潘开始谈论"党"——指的肯定是共产党。在很多地区，"共产党"这个字眼都可能属于异端邪说，和叛国当属同义词，但在特拉凡哥尔、科钦、马拉巴一带，在孟加拉地区以及印度的很多邦，这都是一个合法的政党，是正经参与选举的。在马拉雅拉姆语地区，党组织的坚定拥护者都是些年轻的前任国大党党员。国大党上台后便向大地主和工厂主的利益妥协，他们立刻就觉着受到了背叛。党组织的成员中不只有被剥夺了公民权的群体与贫民，也有知识分子和理想主义的大学生（大多都是高种姓），因为他们发现，只有党组织愿意改写根深蒂固的种姓特权。沙缪尔离世的那一年——1952年——党组织赢得了二十五个席位，国大党则是四十四个。将马拉巴与特拉凡哥尔、科钦合并成立喀拉拉邦迫在眉睫，如此便有望争取新的选举。

"记住我说的，"那夜分别时乔潘说道，"总有一天，喀拉拉会成为世界上第一个不靠流血革命，而是靠民主投票选举出共产党政府的地方。"

当菲利伯斯回想起这段近十年前的对话,他钦佩地意识到乔潘确实说对了:不过几年后,党组织就在喀拉拉赢得了多数席位,建立了世界上第一个民主选举的共产党政府。

第六十章　医院的神启

1964年，玛拉蒙集会

不管信奉的是什么宗教，马拉雅里人总是天性多疑，但对信仰，他们无比坚定。每年二月，出于对滋长修为、重获新生、再取一抔源头之水的渴望，马拉雅里基督徒总要赶往一场盛大的布道会——玛拉蒙集会。帕兰比尔家族也不能免俗。

自从1895年，第一届集会在庞巴河干涸的河床上的一顶帐篷里举办，每年来的信众越来越多。但直到1936年，他们才拥有了第一只麦克风——来自美国传教士E.斯坦利·琼斯的礼物。在那之前，"传话大师"像帐篷杆似的隔一段路站一个，一直延伸到周围的小帐篷与河岸上的人群里，讲话人说什么他们就重复什么。然而，出于马拉雅里人的本性使然，传话人认为质疑并改进翻译后的信息是他们身为基督徒的职责。E.斯坦利·琼斯原本的劝诫——"在人生这台机器中，担忧与焦虑是沙，而信仰是油"——到了卖碗碟的摊头就变成了"哦你们这帮小信之人，你们的脑子里都是沙，灯里没有油"，差点引发暴乱。

摆脱人力传声筒后，玛拉蒙集会又走向了扩音技术的极端，至少在美利坚合众国科珀斯克里斯蒂市的罗里·麦吉利卡迪主教眼里，确实是这样。他看着人们嚯嚯地爬上椰子树梢，搬上去一台又一台扬声器。在他候场的这段时间里，音响刺耳的啸叫声混着来福枪似的砰砰声威胁着他的鼓膜，野狗被突如其来的杂音吓得落荒而逃，给沙土留下一路的尿迹。电工平翘舌音不分："撒试一二山，可喀莫？"是是，后面能听到他说话，跨过保克海峡去到锡兰都能听到。

罗里·麦吉利卡迪主教的眼睛和耳朵一样应接不暇。从第一眼看到声势浩大的人群和蔓延四面八方的帐篷，他就受到了冲击。他紧赶慢赶地跟上接待他的热心的少阿辰，感觉自己就是蝗灾当中单个的蝗虫。这里的人山人海把他见过的塔尔萨州博览会甚至得克萨斯州博览会都衬得像是小打小闹。他们将自己的《圣经》紧紧抱在白色的衣衫前，神情严肃得像是举着0.45口径的手枪。他们是来聆听真理的，大部分人都忽略了卖小吃或镯子的摊头，也不去关心魔术表演，或是"死亡深坑"——那是地上挖出来的一个巨大的半圆形，坑壁夯实抹平，两个涂着黑色眼线的摩托车手在里面你追我赶，速度骇人。他们的摩托车脱离重力飞驰到大坑边缘，与向内张望的观众脚下的地面几乎平行。

最让麦吉利卡迪震惊的，还是来路两旁夹道欢迎的残障仪仗队。癞子站一边，非癞子站另一边。后者之间几乎没有任何共通之处，他们共享的只有悲惨的命运。他看到有些孩子几乎都没了人样，比如有一个，他的手指融合在一起，脸平得像大饼，眼睛长在本来该长耳朵的地方，像一条异域的鱼。少阿辰说，这些孩子都是在婴幼儿时期被抚养人残害至此，真是教人感慨印度的地大物博。"不过，"他安慰道，"那些都是北方印度人。"仿佛这么一说骇人的程度就能减轻。现在，正在候场的麦吉利卡迪紧张得像一只在糨糊锅里打转的苍蝇。这和他临时受命代替葛培理牧师出席也有些关系，后者显赫的声名连玛拉蒙集会也有所耳闻，接待他的东道主对这位替身并不是那么上心。尽管如此，罗里·麦吉利卡迪最担心的，还是他的翻译。

他的担心是有道理的。如果衡量英文流利的标准，是能否反复搬出一句记得稀里糊涂的三年级课本上的短语，比如"为什么狗肿是跟寨主人后面？"，那有大把的人都会认为自己水平够格。毕竟，（他们坚称，）翻译的人只需要说好马拉雅拉姆语就可以了，英语并不重要。哪怕是耶鲁神学院出来的阿辰也被证明是一个糟糕的译者，看他的表现，就好像是发言人的意思没有忠实表达出他的译文似的。

罗里其实不用担心，集会有一位经过实践检验的译者，是玛·保罗斯主教几年前在一次乡村振兴活动上发现的。当时，他见到这位译者为来自美国艾奥瓦州科勒尔维尔的农作物专家做口译。他一五一十地表述了专家的话，丝毫没有喧宾夺主。

在集会的这天早上，久经沙场的老译者坐在镜子前，修整趴在他鼻子下方距离嘴唇四分之一英寸的毛毛虫小胡子，它与口鼻双方都不接壤，不受任何一边管束。马拉雅里男人凡是过了青春期的都蓄胡须，否则便是没有男子气概。胡须可选的造型有很多：板刷胡、向上翘的军士长胡、向下撇的大校胡、小撮浓密的法西斯胡……译者修理他的毛毛虫胡的秘诀，是靠到镜子跟前，鼓起上唇，右手拇指和食指捏住剃须刀的裸刀片，左手绷紧皮肤，用非常细微的动作向下刮，确立胡子上方和——更重要的——下方的边界。如果让译者写一份教程的话，他可能会说，胡子下方那一点刮干净的皮肤、那条将它与上唇缘分开的小缝，是关键。

绍莎玛看着丈夫一丝不苟地给胡须修边，逗他说"振兴大师的小胡子正中心有点小"，害得他划了自己一刀。

"女人，你嘲笑我做什么？看你干的什么好事？"她说了对不起，但还是吃吃笑个不停。他猛捶胸口。"你根本就不知道这里面燃烧着多少激情！激！情！"她走开了，肩膀仍旧在抖。而且是无法在婚姻中正常发泄的激情，就因为你的固执。那是他的错。他发过誓，要等到她先主动。他还在等。

他们搭乘的公交车人满为患，平时的站点都不停了。车开到辰加努尔附近，有个熟悉的身影惊心动魄地一跃，跳上了行驶中的公交。他一边往里挤一边喊："我的车票和你们是一样的！这可不分种姓！"列宁今年十四。他十岁时被打发去了一所规矩森严的住宿制宗教学校。之前的几次假期他们也见过他，但现在的他又高了一截，长出了淡淡的胡须，喉结和下巴一样突出。不过他的头皮好像被山羊啃过一样，脸上也青一块紫一块。他看见了他们，非常激动。

"我和同学有点误会,"他解释说,"我是宿舍食堂的管理员,然后我把周日的香饭给了教堂外面饿肚子的人。"

"啊,但你的同学没准备好斋戒?"

"周日的布道讲的是《马太福音》第二十五章,'我饿了,你们给我吃',对我意义很大。然后在查经课上,我虔诚的同学们都发誓要身体力行,所以……"

绍莎玛说:"末内,你肯定听过一句老话,阿纳耶-比迪楚涅坦,阿塞耶-奥杜奇涅坦-布勒亚桑。"控制大象都比控制欲望更容易!

振兴大师目不转睛地盯着她。这话是说给他听的?

"话是没错,珂查嬷,但他们也太虚伪了吧!如果一家有吃的,邻居却在挨饿,耶稣会怎么说?如果耶稣回来了,他难道不会给共产党投票吗?"

列宁身后的一个男人大吼:"你他妈的亵渎圣灵!基督给共产党投票?"党组织确实创造了历史,选民众多,但几乎没有哪个会坐在前往玛拉蒙集会的公交车上。在随后的肢体冲突中,公交车猛然刹车,列宁从司机门逃了出去。他大笑着,像宝莱坞的主人公一样挥舞手臂扭动屁股,然后便玩儿了命地跑。

* * *

罗里·麦吉利卡迪的脸坑坑洼洼像个波罗蜜,都是年轻时留下的痘印,而他的个头则壮实得像棵普拉梧。他有一头茂盛的头发,每个毛囊都像铁路的道钉似的扎在上面,但因为他还没听说过杰小子牌婆罗米油,所以他狂野的头发乱糟糟的。作为一个从小生活在阿兰瑟斯湾的平原打鱼长大的人,他竟然跑到印度喀拉拉邦的玛拉蒙村来做渔夫,真是个奇迹。

振兴大师在后台见到罗里,忧心忡忡——这人没有写好的讲稿,没有笔记,也没有夹好书签的经文。罗里的担心则与他不同。他刚刚看完一位主教单调的演讲，那人唯一的手势就是微微抬起食指，好像小孩在摸獒犬的鼻子。但是面无笑意的听众却毫不介意。罗里的风格——就像他现在在给译者解释的——正好相反。"我想让听众闻到毛发烧焦的味道，感受到地狱里无尽烈火的炙烤。只有这样，他们才能够感受到救赎的意义——你明白吗？"

振兴大师的眉毛蹭地扬起，神情警觉，但他头部的运动——像一只在柜台上摇晃的鸡蛋——却可能是肯定，也可能是否定。也可能这俩都不是。

"我可以证实那些东西的存在，"麦吉利卡迪说，"因为我去过。如果我不是被羊羔血所拯救，我现在都还在阴沟里。"麦吉利卡迪的火焰酷刑风格从南方腹地一直北上到辛辛那提都收效显著。它在英国康沃尔大获成功，否则他也不会在最后一刻被邀请来到印度。罗里没有退路：他的风格就是他的讯息。他抓住振兴大师的肩膀，诚恳地望着他的脸。"我的朋友，你翻译的时候，一定要用身体表达出我的激情，要不然我就完蛋了。"

大师有些顾虑。"主教，请记得这里是喀拉拉。我们玛拉蒙集会不搞说灵言的那一套，那都是五旬节派的东西。我们这里比较……严肃。"

麦吉利卡迪的脸一沉。他不是会说灵言的人，但如果圣灵想让易受影响的人嘟嚷些无人理解的话语，他又有什么资格反对？那样的景象可是能劝化满满一帐篷的罪人的。

"嗯……你尽力而为？尽量让你的语气和姿势跟我一致。激情！我要的是激情！"

一位少阿辰来提醒他们，合唱之后就轮到他们上台。麦吉利卡迪往一边的角落里去了。

振兴大师看着他走开。好一个不带讲稿的波罗蜜脸，这么狂妄！但他紧接着便看到罗里双膝跪地低头祷告，心中顿感惭愧。这举动本不该让大师感到惊讶或为之动容，但他两者都体会到了。他觉得自己虚伪——早晨他不还在训斥绍莎玛不知激情为何物吗？麦吉利卡迪起身后，振兴大师将手放在了这位白人的肩上——他这辈子还从没这么干过。"别担心，我绝对尽力。激情会有的，大部分会有的，尽可能会有的。"麦吉利卡迪松了口气的样子让大师觉得自己做了基督徒该做的事。主教拍了拍他的背，然后从保温瓶往配套的杯子里倒了些喝的，递给他的译者。振兴大师啜了一口，顿时对这位来访者有了全新的认识。罗里打着手势让他喝完，然后自己也灌了一杯下去，龇着牙嘶嘶地吸气。振兴大师觉得这猛烈的不知道什么东西敞开了他的胸膛，里头的激情在迅速膨胀。说实话，他今天有点宿醉，主教的保温瓶出现在这里简直是上帝的手笔。他们又各自喝了一大杯。振兴大师的感觉比好还好，确切地说，他还从未感觉这么好过。之前的不安一扫而空。他活动了一下肩膀，告诉自己，就算麦吉利卡迪失败了，也绝不会是因为缺少一个好译者。

人群满怀期待地低语——来自远方的白人神父总是万众瞩目的，即便他不是葛培理。我们自由了也还是奴隶，振兴大师心想，我们总觉得白人传达的讯息就是比自己人的更好。

报幕员宣布了麦吉利卡迪的名字，两人一同走上台。全场安静得掉一根针都能听见。

主教用一段复杂的长篇笑话做开场，讲到最后的转折处，他提高嗓门，伸出一只手举向天空，同时满心期盼地看向观众。几千张光滑的脸面无表情地回望着他。他的脖子从领口处泛起一片红晕。他转向译者，目光恳切。

振兴大师用手掌抚平抹了油的头发。他带着自信，甚至是轻蔑扫视了一圈人群，从容不迫地接受他们的注视。然后，他开口时就好像大家都是他的亲朋好友。

"我饱受磨难的朋友们,你们想知道刚才发生了什么吗?主教老爷罗里库提大师居然讲了个笑话。跟你们说实话,我刚才太过惊讶,没办法告诉你们具体的细节。谁能想到会有人在玛拉蒙集会上讲笑话呢?反正这个笑话里有一只狗、一个老太太、一个主教和一只手提袋……"妇女区域里有人扑哧笑了出来,发出冷不丁的一声高音。震惊的寂静过后,孩子们先笑了起来。然后,笑声的浪花在人群里越传越远,观众都被振兴大师的明目张胆逗乐了。

"这个笑话没有主教以为得那么好笑。再说了,喀拉拉哪有老太太拎手提袋的?顶多也就是拿帕子包上几枚硬币,不是吗?但是呢,我们不要让远道而来的客人失望。对客人说的笑话大笑的人是有福的!这不是八福里说的吗?啊,所以,等我数到三,请每个人,都笑起来——尤其是你们前排的这帮捣蛋鬼,你们不是最会串通诡计,在父母面前装模作样吗?现在是上帝给你们机会这么干。都笑起来吧,有上帝保佑。一,二……三!"

麦吉利卡迪兴奋极了。老太太、主教和手提袋的故事从麦卡伦到默夫里斯伯勒的效果都很好——现在到了玛拉蒙也一样好使,而且翻成马拉雅拉姆语比英语的效果更好了!

主教的神情严肃起来,他举手示意大家安静。振兴大师,他深肤色的影子,照着他的动作有样学样。

麦吉利卡迪低下头,手仍旧高举。"我的兄弟姐妹们,站在你们面前的我,是一个罪人……"

振兴大师翻译:"笑话的事情结束了,赞美上帝。他说,站在你们面前的我,是一个罪人。"

人群里四下泛起赞赏的喃喃低语。

"站在你们面前的我,是一个苟合之人……一个行淫之人。"

"站在你们面前的……"振兴大师的声音迟疑了。他胃里翻滚,好像那一次在马德拉斯拉痢疾。如果他用第一人称去翻译麦吉利卡迪的话,那大家不会以为他就是那个行淫之人、苟合之人吗?他在人群里寻找绍莎玛的脸。

主教焦急地瞄了一眼他沉默的译者,说:"朋友们,我说话从不藏着掖着。我说,我是行淫之人。我睡过所有放荡的女人,也睡过一些原本矜持但被我带坏了的女人。对,那就是我。"

前排的主教和神父紧张得面面相觑,他们的英语都好得很。

振兴大师冲麦吉利卡迪尴尬地笑了笑,然后对观众也笑了笑,他的脑子在拼命整理思路。"主教说:朋友们,我远在大洋彼岸的教堂很大,非常大。但我从未像今天在这里一样,看到这么多的信徒。而且,我很荣幸能有振兴大师为我翻译,他的鼎鼎大名从玛拉蒙一直传到了我的家乡。他就是我要找的人。谢谢你,振兴大师。"

振兴大师谦虚地低下头。然后他惴惴不安地望向麦吉利卡迪,揣测着后面会是什么。等对方开口,他嘴巴张得大到能吞下自己的头。

"有多少人是我需要弥补的,有多少人被我带上歧路,"麦吉利卡迪说着伸手扫过会场,"从人群的这一边一直数到那一边。"

振兴大师的目光随着主教的手移动,他看到第三排有个女人不堪湿气和暑热晕倒。他认出来第一个去照看她的人是大阿嬷奇,她让她平躺在地上,拿日程表给她扇风。而在帐篷外头,似乎有个孩子抽筋了,一群大人围在孩子身边。

振兴大师学着罗里伸手扫过会场:"当我从河的这一边看到那一边,我想到了在这片美丽的土地上所有罹患怪病的人,所有生癌的人,所有需要心脏手术的人,他们无处可去……总之,他们让我忧心如焚,我必须坦诚地说出我的思虑。"

"我伤了母亲的心,因为我竟和自己的奶妈行苟且之事!"主教说着捂住自己的胸口,"她只是个纯真的乡下女人,我曾吮吸她的乳汁,却在十三岁时引诱了她。"

振兴大师几乎等不到罗里说完,就捂住自己的胸口说:"如果有孩子出生时,像我们帕皮的小儿子一样心脏有个洞,他们能去哪里呢?"帕皮和小儿子是他编的,不过这也是为了服事主。"那个可怜的孩子才十岁,等到他全身棕色的皮肤都变成了青色的,帕皮才筹够钱带他去另一个邦,去远在韦洛尔的基督教医学院……可那时已经太晚了!"

这时,出乎译者的预料,麦吉利卡迪突然跑下了低矮的舞台,朝盘腿坐着的孩子们走去。他牵住一个孩子的手。被他拽起来的小家伙骨瘦如柴,全身就数耳朵、膝盖、手肘最显眼,他的牙缝大得可以塞下一根帐篷的地钉。振兴大师认出了他,那是个苦命的孩子,一个波坦——天生的聋子加哑巴——他每次都能在最前排有个好位置。先前也是这个孩子笑得最响,笑得最久。振兴大师每年都能在集会上看到他,因为他的父母总希望会有奇迹发生。这个孩子从来没清楚地说出过一个字。真是倒霉,那么多孩子,主教怎么偏偏就挑了这个波坦!

"我曾经是一个父亲,"主教说道,他已经带着满面笑容的波坦回到了台上,"但我抛弃了我的亲生儿子,他当时并不比这位小天使大多少。他整天忍饥挨饿,我的岳父岳母不得不来给他送饭吃,因为我把我的钱都花在了赌博和女人上!"

晕倒的女人被抬出去了。振兴大师看到大阿嬷奇正注视着他,脸上洋溢着激动与期待。他说:"为什么生了重病的孩子非得到马德拉斯甚至更远的地方才能得到医治?如果在这里就有治病的人呢?我说的不是只有一个医生、一间屋子、门口还有头牛的小诊所。我说的是真正的医院,好多层楼的那种,里面有专门医头、专门医脚、专门医中间所有东西的医生。一家能赶得上世界水准的医院。如果艾达·斯卡德——愿她安息——这位白人女传教士能够单枪匹马地在韦洛尔那个偏远的地方建一所世界一流的医学院,我们这些生活在流淌着奶与蜜之地的基督徒,难道做不到一样的事情吗?"

"只有恶魔才会为了威士忌和淫欲,对这样的一个孩子不管不顾,"主教说着,声音哽咽,"可后来,当我有一天躺在得州科珀斯克里斯蒂市的阴沟里时,主召唤了我。他说:'说出我的名!'于是我说:'耶稣!耶稣!耶稣!'"

振兴大师翻译说:"朋友们,这不是我原本要布道的讯息,但主似乎有意让我从遥远的得州基督圣体市[1]来到这里,并将这些话放进我的嘴里来传达给你们。他说,看看你们身边的疾苦!他说,现在难道不是到了改变的时候吗?他问,你们真的还需要一座教堂吗?他说,用一座配得上我的医院来荣耀我的名!我亲耳听到他的声音,就好像多年以前,当我还是一个浑浑噩噩、罪孽深重的人时,我躺在阴沟里,看到主出现在我面前召唤我说:'说出我的名!'于是我说:'耶稣!耶稣!耶稣!'"

人群死一般的寂静。唯一的声响是小吃摊边上聒噪的乌鸦。罗里·麦吉利卡迪和振兴大师都等着,期盼观众能跟着喊出"耶稣!耶稣!耶稣"。只不过,振臂高呼属实不是马拉雅里人的风格。振兴大师觉得,人们看向他的眼神都冷漠无情。他们想看我出糗,绍莎玛会笑死我的。只有大阿嬷奇怀着希冀望着他,点点头,为他打气。我已经尽力了,阿嬷奇!他一想到会让她失望,心情糟糕透顶。

突然间,波坦打破了寂静——他用聋人特有的不自知的大嗓门说:"耶稣!耶稣!耶稣!"

麦吉利卡迪反应迅疾如闪电,他立刻将话筒放到男孩的嘴巴前,于是波坦的"耶稣"响彻帐篷内外,余下阵阵回音。罗里抛开他的译者,弯下腰面向男孩。"再说一遍,孩子,说,耶稣!耶稣!耶稣!"他喊道。

"耶稣!耶稣!耶稣!"波坦大叫,他口中的词语变成声波震颤他的身体,让他兴奋不已。他听见了!他说话了!他开心得手舞足蹈。

人群的低语声渐强,消息从前传到后,再传到周围的小帐篷,传到

---

[1] 科珀斯克里斯蒂(Corpus Christi)的字面意思为基督圣体。

站在外面的人,传给卖镯子的、乞讨的、不要命的骑飞车的:有个波坦刚才第一次开口说话了!奇迹啊!

"和他一起说,我的朋友们,"麦吉利卡迪呐喊,他涨红了脸,试图将活力拍打进这群温驯的百姓,"大声喊出来:耶稣!耶稣!耶稣!"但只有波坦跟着他喊:"耶稣!耶稣!耶稣!"

"啊,"振兴大师被这马拉雅里式的含蓄惹恼了,"所以上帝刚刚让哑巴说了话,一个奇迹!现在,上帝借他的信使,这个从得州基督圣体市来的普拉梧桩子,叫你们来证明一下自己有没有用心。他问,你们都听进去了没有?你们是不是来这里领受圣灵?在信仰中得到净化、得到重生?还是说,你们连主的名字都不好意思喊出来?你们来这里只是看看风景扯扯家常,问问谁怀孕了,哪个小子婚配哪家姑娘了?"孩子们那片传来一阵窃笑。振兴大师抓住这个机会,转向他们。"那你们就在那儿坐着吧,让你们的孩子来教教你们,什么叫信仰,什么叫勇气。有福的孩子们,请给这帮大人看看应该怎么做。你们站在这里的小伙伴已经展现过他的勇气了。陪他一起来!说:'耶稣!耶稣!耶稣!'"

孩子们确实是有福的,因为他们永远不会放过一个送上门来的让父母难堪的机会。他们噌地站起来,几百个年少的声音喊道:"耶稣!耶稣!耶稣!"那声音直冲上帝的耳朵。振兴大师摊开手掌指向孩子们那一片,同时意味深长地盯着大人。看到了吗?然后他说:"所以基督说,让小孩子到我这里来,不要禁止他们。现在你们能说了吗?耶稣!耶稣!耶稣!"

女人们,母亲们,站起身奉献出了自己的声音:"耶稣!耶稣!耶稣!"丈夫们还能有什么选择呢?男人们也站起来:"耶稣!耶稣!耶稣!"主教与神父们——基督徒谨言慎行的榜样——这下如坐针毡,因为此等脱缰的激情似乎并不符合教规,更别提那古怪的翻译了。但是,当他们的救世主之名被高歌,他们又怎么能保持沉默?他们加入进来:"耶稣!耶稣!耶稣!"

在循规蹈矩的集会上,这样的齐声呼号从未响起过。人群沉醉在喊声中无法自拔。振兴大师觉着脖颈背后的汗毛都竖起来了。荣耀!荣耀!荣耀!无疑,圣灵的确在此。他扫视人群寻找绍莎玛。你现在看到激情了吗?!罗里冲他眨了眨眼睛。

过了许久,呼号声才终于被雷鸣般的掌声替代,观众们纷纷为自己鼓掌。波坦被迎回孩子们中间,仿佛耶稣进入耶路撒冷,他的朋友欢呼着将他抬到半空。人们坐下冲着彼此微笑,诧异于他们竟打破了自己亲手戴上的端庄的枷锁。

"我的朋友们,我的朋友们,"麦吉利卡迪说着,将他选的经文指给振兴大师看,是《马太福音》第二十五章三十三节,"在审判日,主会评判我们的一生,而我亲爱的朋友……"麦吉利卡迪似乎快要哭了,他将打开的《圣经》抱在胸口,走到舞台边缘,单膝跪地,手指颤抖着指向天空。"记住我的话,我们将必须在神前交代!"

振兴大师觉得这就是圣灵真的在场的证据,麦吉利卡迪竟挑了和列宁一样的经文。大师同样抱紧《圣经》单膝跪下,不过他先将自己的芒杜巧妙地撩了起来。他翻译道:"上帝坐在一把金色的卡塞拉里,就和你们围廊上的一样,但是要大一百倍。在审判日,他会评判我们的一生。如果主同意让你进入他的天国,那你就可以天天吃卡帕和咖喱鱼。但如果他不同意,那你就得去另一个地方。你们还记得那块有一口废井的地方吗,有几个叫什么的人掉进去了,然后没有一根绳子够长,能伸到那么下面?"(他确信每个人都知道这样的一个故事。)"那个深度,跟你们要去的地方根本没法比。那下面的大蛇跟掉下去的人繁衍了很久很久,所以那里到处都是半人半蛇的怪物,他们长着尖牙,手指是利爪,还有蛇的身体。"

如果不是圣灵显灵,他完全不知道这些话还能是哪来的。他在人群里瞥见椰贩库里安,那人正双手抱胸,恶狠狠地瞪着他,于是大师赶在麦吉利卡迪能开口之前继续说:"就比如说,你囤积椰子哄抬椰价,最后就会到那里去，那些东西就会来咬你、抓你、缠绕你，永生永世都不停歇，想想那是什么滋味吧。"

不少人倒吸一口凉气——他讲得太详细了。从来没有人在玛拉蒙集会上用过这样有画面感的语言。不过话说回来，囤货的人本来也不受待见。

"让他进来，我的兄弟姐妹们，他在敲门，"麦吉利卡迪噙着泪，慷慨陈词，"为主打开你们的心。给你们的邻居衣服穿，在他悲痛时给他安慰。记住《马太福音》里说的，'我病了，你们看顾我，我饿了，你们给我吃……'"

振兴大师头一回照字面意思翻译了过来，然后又补充道："年复一年，每当我们的亲人生了病，我们就要带他们乘公交、乘火车，去很远很远的地方寻医问药，这还是我们花得起钱的时候。年复一年，我们总有亲人因为喀拉拉没有韦洛尔那样的医院而丧命！同心合力，我们能造出十座一流的医院，但我们却把钱花在扩大牛棚上！主说：'造我的医院！'你们没有听见吗？你们没有高呼他的名吗？让我们来创造历史。在场的每一个人，把票子从口袋里掏出来。"振兴大师从芒杜塞在腰间的褶子里摸出一卷钱，那是卖稻收回来的粮款，他本来该拿去存银行的。"我妻子吩咐过我，要慷慨解囊。"

他把钱一张一张地放进舞台上的捐款篮，好让所有人看到颜色。虽然不知绍莎玛在人群中的何处，但他确信自己听到了她吃惊的吸气声。引座员活跃起来，他们把篮子传过来递过去，连站在帐篷外河岸上的信徒也发现自己无处可逃，因为拎着篮子的引座员挡住了他们的去路。

"我们还等什么？"麦吉利卡迪说道，他对布道会的这个环节再清楚不过，就是不太明白译者是怎么跑到他前面去的。"记住《路加福音》第六章三十八节，'你们要给人，就必有给你们的，并且用十足的升斗，连摇带按，上尖下流地倒在你们怀里'。"

振兴大师翻译了经文，而麦吉利卡迪则从自己的口袋掏出钞票放进篮子里。

振兴大师简直能听见人们心里的盘算，怀疑的多马在影响着他们。啊，这么一家医院到时候建在哪儿呢？啊，现在着什么急呢？为什么不是政府来弄？为什么？

波坦的父母带着儿子走上台来，母亲褪下手上的镯子，又摘下脖子上的金项链，将它们放进了罗里递上来的篮子里。父亲也捐出了他的项链。麦吉利卡迪大声说："上帝保佑你们！"

然后，出乎振兴大师的预料，大阿嬷奇上来了，她只有独自一个人，把仍旧坐在台下的家里人也吓了一跳。她在台上站定，看起来瘦瘦小小的，然后她从每侧的耳垂上拧下了她的库努库。接着，她解开项链。这时，她十三岁的孙女玛丽亚玛和安娜切塔蒂也冲到台上，陪她一起取下自己的镯子和项链。

振兴大师说："因为你们用甚么量器量给人，也必用甚么量器量给你们。听明白了吗？圣灵在观察我们！现在什么都不给，以后就什么都别想收获。什么都别想！"

这下子，台前排起了队，仿佛上去不是捐金子而是领金子。教士们震惊地看着男男女女扒下身上的金饰——耳朵上、手指上、手腕上……这一天，没有人有所保留。因为，如果说马拉雅里人只害怕一件事情，那就是收获的时候自己没被带上。

第六十一章 命中注定

1964年，帕兰比尔

"真是奇迹！"一行人等车回家时，大阿嬷奇说。她的手总不自觉地摸向耳垂，那里轻飘飘的她还不习惯。"我祈祷帕兰比尔能有个诊所都祈祷了好几年了。今天，主借着振兴大师显灵了。还不只是诊所，帕兰比尔就要有医院了。韦洛尔那样的医院！"

菲利伯斯不太确定。"可是阿嬷奇，他们建医院也没说一定会建在帕兰比尔——"

"会的！"她猛然转过身看着他，表情坚定而决绝，他赶紧闭了嘴。"我们要尽一切可能，确保它建在那儿！建在帕兰比尔！"

在公交车上，玛丽亚玛怀着自豪和惊奇观察她的祖母，她还从未见过她这样兴奋。今天台上出现的一幕幕让玛丽亚玛简直不敢相信，她也没想到，在群情激昂中，她自己竟也深受触动。这些情绪夹杂着再次见到列宁的喜悦。他一夜间从男孩子变成了大人，虽然是个少了头发的大人。他快要十四岁了。她注意到他在打量她。她十三岁的身姿也变了不少，布道开始前他来跟她打招呼时，都结巴得说不出话来。她不知道大阿嬷奇和她父亲发现了没有。

但今年的集会之所以感觉与以往不同还有另一个原因，一个令人不安的原因。他们刚开始走向帐篷、像以往一样经过那长长的乞丐队伍时，那景象让她惊惶无措。即使他们坐下后，那些畸残者在她心里搅起的忐忑也久久挥之不去。这会儿在公交车上，她向祖母吐露了心事。

"以前，那些乞丐就只是在那儿，煞风景，还有点儿吓人，但和其他煞风景又躲不开的东西也没什么区别。"

"啊哟！那是人，玛丽亚玛，不是东西。"

"可能这就是我想说的吧。今年，我真的意识到了他们也是人，以前是我不懂事。我今天第一次明白过来，他们也不是天生就看不见，或者天生就瘸腿。他们生下来时可能和我一样是正常人，后来才被疾病害成这样。我当时想，这完全有可能发生在我身上！所以我好害怕，坐下来以后也还是觉得心慌。"

"我就说你好像心神不宁的，不过我还以为是因为咱们的列宁呢。"玛丽亚玛脸红了。大阿嬷奇把与她同名的女孩搂在怀里。玛丽亚玛已经比祖母高得多了，但她依然享受被祖母搂着的感觉。"末丽，不是每个人都能把那些可怜的乞丐当人看待。很多人从来也注意不到他们，好像他们是隐形的一样。这说明你长大了。我们应该害怕，千万别觉得健康是天经地义的。为了身体安康，我们必须每天祈祷，心怀感恩。"

"阿嬷奇，我们旁边那个女人病倒的时候我吓死了，感觉气都喘不上来，我想跑开，但是你……你立刻就去帮她了。我好惭愧。"

"切！我不过是让她躺下，给她扇了扇风，我还能做什么？你不用惭愧。"两人沉默了片刻。大阿嬷奇说："末丽，我这辈子见识过的辛酸疾苦已经太多了。每一次我都无能为力。你祖父病了的时候，我什么也做不了。我们把乔乔从水里拉出来的时候，如果附近有医院……谁知道呢？小末儿生病的时候，你知道我们为了找医生跑了多远。这就是我为什么要走到台上，玛丽亚玛。因为我不希望我们无能为力，不希望我们担惊受怕。医生知道该怎么办，医院可以照顾病人。所以我希望能有一家医院离我们的人近一点。我现在年纪大了，能做的也只有这么多了。"

"也许我没注意到那些乞丐还好一点，"玛丽亚玛说，"现在我每天走在路上都要担心，我会不会瞎掉，会不会发癫痫，会不会像那个女人一样病倒。"

"听我说，她只是头晕罢了。天那么热，她可能没喝够水。这种事儿太常见了。你父亲见了血还晕呢。我活了这么久,知道头晕是什么样。"过了一会儿,祖母转过来看着她。"玛丽亚玛,有时,在你最害怕的时候,在你最无助的时候,就是上帝在给你指路的时候。"

"你是说希望附近有座医院那样?"

"不,我是在说你,你的恐惧。恐惧是因为无知,如果你知道你看见的是什么,知道该怎么做,那你就不会害怕了。如果……"她祖母欲言又止。

"就比如我是医生?"

"唔,有些人可能不适合这一行,他们天生就不是这块料。我不能告诉你你该做什么,但如果我能重新再活一次,这就是我想做的事情。因为我害怕,因为我觉得无助。这样才能减轻恐惧,真正地去帮助别人。你可以为此祈祷,只有你才能知道。"大阿嬷奇犹豫了一下,又说,"如果这是上帝指给你的道路,我只能说,你的祖母会很高兴的。"

玛丽亚玛依偎在熟悉的肩头,思忖着刚才听到的话。再过一年半,她就要去阿尔沃耶学院读预科了。她本来打算选动物学,但如果是人类的苦难和疾病让她烦忧,她为什么还要研究织叶蚁和小蝌蚪呢?为什么不学医呢?如果上帝真的在为她指引方向,她希望上帝能指得清楚一点。如果一个人想象上帝说了什么话,那和上帝真的在说话是一样的吗?

到家时,她觉得自己已经脱胎换骨。经过和大阿嬷奇的对话,加上对内心恐惧的倾吐,她不仅得到了安慰,还有种奇特的心如止水的感觉,久久没有消散。难道刚才是上帝通过祖母对她说了话?她觉得不必再和别人多说什么了,大阿嬷奇或者父亲都不需要。她也会祈祷,但她更想留住这种心如止水的感觉。无论上帝是已经说过什么还是将要说什么,她都已经坦然了。

紧随玛拉蒙集会而成立的医院基金会承载了几千名信徒的希望,他们听到的那场罗里·麦吉利卡迪（和振兴大师）的难忘布道如今被称为"医院的神启"。而在那之后，更大的奇迹出现了：一百五十英亩的慷慨捐地，位于前特拉凡哥尔的腹地帕兰比尔。这么一来，医院很难有理由建在其他地方了。

一年多之后，到了玛丽亚玛该去阿尔沃耶学院的时候，她已经立志要去医学院。她将自己的决定告诉家人时，祖母喜上眉梢的样子教人忍俊不禁。她父亲高兴极了。他说："我母亲当年想让我学医，但我不是那块料。这是你命中注定的。"

大阿嬷奇将玛丽亚玛领到一边，送给她一条挂着十字架的金项链。"很多年以前，乔乔没了，我的心都碎了。我在万分悲痛的时候乞求上帝，我说，'请您治好它，或者赐予我们能治好它的人。'末丽，我要告诉你一件以前从没告诉过你的事儿，每次你说想听你出生那天点亮维拉库的故事，我都把这些话藏在了心里。事实上，我一直祈祷上帝能引你走上学医的路，但我又不想让我的期待给你太多压力。你能得到上帝的启示真是太好了。你知道，我每晚都为你祈祷，我会一直为你祈祷。我太老了，不能和你同去，而且我也不能离开小末儿，但你前行的每一步，都有大阿嬷奇陪在你身边。哪怕以后我不在了，你也带着我的名字。永远都别忘了：我常与你同在。"

第六十二章　今晚

1967年，帕兰比尔

玛丽亚玛离家不久后的一天夜里，小末儿从无梦的酣睡中忽然惊醒。她猛地直起身，胖乎乎的手抓紧了窗栏。眼见女儿神色惊恐地大口喘气，脸上汗如雨下，大阿嬷奇急忙叫人，她觉得自己的宝贝肯定是要不行了。菲利伯斯和安娜切塔蒂飞奔而来。小末儿的额头和脖子上青筋突起，她想要咳嗽，嘴里却流出冒着泡的白沫。但最让做母亲的触目惊心的，是她在一向无畏的孩子脸上看到了害怕的表情。渐渐地，小末儿吸进夜晚凉爽的空气，缓了过来。她坐在窗边的椅子上，背靠着枕头睡着了。

早晨时分，他们已经雇车到了一个半小时车程之外的政府诊所。要是新医院已经建成就好了！女医生给小末儿扎了一针，抽去了她肿胀的双腿中的积液，然后给她开了每日服用的利尿剂和洋地黄。她说小末儿的发育障碍和脊柱侧弯限制了她的肺功能，长此以往已经给心脏造成了负担，现在她心包里的水分越积越多。

看过医生后，小末儿去了很多次厕所，那一晚睡得很安稳。只有大阿嬷奇睡不着，躺在那儿看着她的宝贝女儿呼吸。全家人都在梦乡，于是她和陪她守夜的那一位聊了起来。"主啊，我们从来没有挨过饿，也从来不曾缺过什么，我知道这是我的福气。但是，我们也从来没有太平的时候，不是吗，主？每年都有一件新的事情教人担心。我不是抱怨！我只是以为，总有一天我能什么都不用再担心吧。"她笑了，"是，我知道这个想法挺傻的。这不就是人生吗？这就是您要的。如果真的什么问题都没了，那我就该在天堂而不是帕兰比尔了。好吧，那我还是选帕兰比尔。医院能到这里来都是您的安排——可别以为我不知感恩。只不过，主，偶尔我还是想享受一点安宁。在尘世间有点儿天堂，仅此而已。"

小末儿的病好了，但玛丽亚玛不在，帕兰比尔还是让人感觉怪怪的，就和菲利伯斯去马德拉斯那阵子一样。就好像太阳打房子的另一边升起，小溪的水倒着往上流。到处都是她的痕迹：精美得出奇的绣像，绣的是她的偶像格雷戈尔·孟德尔[1]；她画的人体素描，临摹自她母亲的解剖书。菲利伯斯甚至想念他女儿每天清晨从窗户下溜到水渠边去游泳时，他感受到的确切无疑的振动，尽管那总是让他心怀忐忑。她还以为他不知道。大阿嫲奇发现她儿子每天晚上都捧一本小说轻声地念，虽然并没有人听。

波提出乎父母的预料，同意了她的婚事，就好像玛丽亚玛一走，她便也想好了要离开帕兰比尔。她丈夫约瑟夫和他们家是同一种姓，在一家仓库干活。最先认识他的是乔潘。乔潘欣赏这孩子的自信和抱负，也许他觉得看到了年轻时候的自己。约瑟夫铁了心要去海湾打工，从中介那里搞了一张宝贵的NOC——"无异议证明"。第一年的薪水到时候都得用来还这笔账。菲利伯斯的信还没寄到阿尔沃耶学院玛丽亚玛的手里，婚都已经完结了。她火冒三丈质问她为何没被邀请的回信，让他想起自己在乔潘结婚时的百感交集。

这些天，每当大阿嫲奇站在水渠边上，她都能望见未来。在对岸，她看到的不是树和灌木，而是一间间临时的棚子，遮蔽着砖块、竹竿、砂子。人们正在拓宽渠道，好让更大的驳船通过。达摩早该来了。它见到这大兴土木的场景会想些什么？她真希望它现在就来，不为别的，就为她想它了。她有好多话要告诉它。

---

1 格雷戈尔·孟德尔（Gregor Johann Mendel，1822—1884），奥地利帝国生物学家。

二月末的一个周四傍晚,天气舒适宜人,微风轻柔地撩拨晾在绳上的衣衫。大阿嬷奇和小末儿坐在她的长椅上,一同欣赏木坦不变的风景。"你把热吉拉水喝了,再把药吃了,今晚就能睡得安安稳稳的。"

"好的,阿嬷奇,我会打呼噜吗?"

"会,就像一头水牛!"小末儿听了放声大笑。"但是末丽,我喜欢听你打呼噜,听到你的呼噜就说明我的小宝贝睡得正香,全世界一切安好。"

"全世界一切安好,阿嬷奇。"小末儿跟着说。

"是的,我的宝贝儿,你什么都不担心,对不对?"

"什么都不担心,阿嬷奇。"

担心是什么,不就是对往后未知的恐惧吗?小末儿只活在当下,免去了所有烦忧。大阿嬷奇不一样,今年七十九岁的她越来越频繁地活在过去,总是在回忆里重温着她在这座宅院里度过的年岁。至于帕兰比尔之前的那一段人生,那段如同白驹过隙的童年,它就像天亮后支离破碎的梦,她抓着边缘,主体却消失不见。

就寝前昏沉的暮色是她最喜欢的时刻。小末儿侧身坐着,大阿嬷奇解开她的丝带,梳理她日渐稀薄的头发。她女儿晃悠着一条腿,曾经像娃娃似的可爱脚丫现在总是水肿着,看不出脚踝的形状,盖在上面的皮肤又薄又亮。

小末儿说:"我喜欢婚礼!"

她母亲回想了一遍这天发生的事情,没找到这话的来由。"我也喜欢婚礼,小末儿。有一天,我们的玛丽亚玛也会结婚的。"

"为什么现在不结?"

"你知道为什么呀!她在读书呢,医学预科。"

"医——学——预——科。"小末儿学着念,她喜欢这几个字的发音。

"然后她会学怎么做医生,就和那个帮你看过病的医生一样。再然后,她就可以结婚了。"

"我们要办一场很大的婚礼,我要跳舞!"

"你肯定得跳!但是等等……我们得先有个好的新郎,对吧?抠鼻子的傻小子我们可不要。也不能是个一动不动的树桩子,只会说'给我拿这,给我拿那'。"

小末儿说:"不要树桩子!"然后就一直笑到咳嗽起来。"那我们要什么样的丈夫,大阿嫲奇?"

"我不知道,你觉得呢?"

"唔,他至少得跟我一样高,"小末儿说,"跟我们的宝宝一样好看。"她说的是菲利伯斯。"而且他走路的样子要好。"她吃力地滑下椅子,迫不及待地要走给母亲看。她跨着大步子,双脚轻微外八,活脱脱学出了她父亲的样子,大阿嫲奇惊讶得吸了口气。

"啊,所以是个勇敢不怕事儿的家伙?"小末儿点点头,但还继续走,因为这里面还有更多意思。"哦,我明白了。一个自信的家伙,但又不能太自信,对吧?他还要谦虚,是不是?"

"还要善良,"小末儿说,"而且他必须喜欢丝带。还有比迪烟!"

"切!要是他不喜欢丝带那肯定不行,但是比迪烟,我可不知道……"

"阿嫲奇,比迪烟就是拿来看的!但是小盒子不要,黑珍珠不要!"

她们的观众可能已经在那儿站了有一会儿了:菲利伯斯从房间里探出了头,鼻梁上架着眼镜,手上拿着书;安娜切塔蒂站在厨房门口捂嘴掩着笑,欣赏小末儿来来回回地大踏步,这一幕最近太少见了。

"喂!喂!你们看什么哪?"大阿嫲奇一边呵斥,一边佯装生气地伸出手,指点着观众。"小末儿和我不能有点独处的机会吗?难道《曼诺拉马报》说我们今天会给猴子发香蕉吗?"

"不给猴子发香蕉!"小末儿乐不可支地唱起来。欢乐的顺口溜感染了她的"宝宝",已经头发花白、高出小末儿许多的他跟上她的脚步,一起唱了起来。"不给猴子发香蕉！不给猴子发香蕉！"

大阿嫄奇的心中溢满了幸福：这是她昔日的小末儿，是跳季风之舞的小末儿，是她最最宝贝的女儿，永远停留在五岁。多么好的礼物，主，谢谢您，谢谢您。

睡觉时，费了好一番工夫小末儿才在堆成山的枕头上躺好。今天的表演让她上气不接下气。她母亲给她按摩脚踝，不断地往上揉搓，希望水肿早上能退下去。

屋外响起阵阵蛙鸣，凯撒冲月亮嚎叫。厨房里，安娜切塔蒂点亮油灯，一只蛾子飞来绕着它打转。菲利伯斯屋里传来收音机的沙沙声响，一个女人才说着话，就被他转动旋钮切断，又出现另一个人声。曾几何时，帕兰比尔对这些外国人在黄昏时分的喋喋不休是如此陌生，可如今，如果大阿嫄奇听不到这些声音，她倒会觉得缺了点什么。世界日新月异，但这座宅院却似乎和小末儿一样，亘古不变。

大阿嫄奇在女儿身边的席子上躺下，小末儿胖乎乎的手抓着她的胳膊，像是给她戴上了一只护身符，这是她还是婴儿时就有的习惯。大阿嫄奇哼起圣歌，她听见在厨房里打扫的安娜切塔蒂那儿传来了悠扬的回声。小末儿呼吸渐缓。

大阿嫄奇问了小末儿那个问题，这十几年来，她每晚都要问一遍那个问题，它的答案依赖于小末儿的预言天赋。她用半开玩笑的口吻，每次都是轻声耳语。

"小末儿？今晚我该走了吗？"

这么多年来，答案一直都是一样的。"不，阿嫄奇，不可能，要不然谁来照顾小末儿呢？"没有哪一晚小末儿不是这么说的。

但今晚上，小末儿没有说话。她的眼睛仍旧闭着，嘴角挂着一丝微笑。

一开始，大阿嫄奇以为她没听见。"小末儿？"

她女儿捏了捏母亲的手臂,笑容依旧。小末儿听见了,但她不回答。大阿嬷奇等了很久,小末儿的呼吸又渐渐舒缓,抓着她胳膊的手指也放松下来。大阿嬷奇吻了吻女儿的额头。

我在想什么呢?难道我能长生不老吗?

她有些惆怅,就像十二岁的那个夜里,她即将抛下亲爱的母亲与家园,启程嫁与素未谋面的鳏夫。那是她人生中第二难过的一天。但这一次,她的惆怅掺杂着些许激动。

她轻轻抽出手臂。不,她不是为自己难过,她也不害怕,她只是放心不下小末儿。但她知道,她可以指望菲利伯斯和安娜切塔蒂,甚至是玛丽亚玛,他们都能照顾好这个珍贵的孩子。如果她以为只有她才能胜任,那不免有些狂妄了。可话说回来,真的有人可以替代母亲吗?我已经无能为力了,是吗,主?如果真是我的大限将至,那就这样吧。我现在倒是可以什么都不用操心了,对吧?那就这样吧。

如果是这样,那还有两个人她必须再见一次。她爬起身来。

厨房里,安娜切塔蒂舀出一勺新做的酸奶种送喝剩下的牛奶,拿布盖好后放到阴凉处。大阿嬷奇环视了一圈熏黑的墙壁。这间屋子早就不只是一间厨房,它已化作神圣的空间,忠诚的挚友,张开温暖喷香的怀抱宠溺着她。她在心里道了声谢谢。

安娜泡了吉拉水。大阿嬷奇往冒着热气的杯子里又加了一大勺蜂蜜,算是给她自己和儿子开个小灶。最后一次站在这间厨房,她的心头涌起对安娜切塔蒂的爱意,这位天使出现在他们最需要的时候,后来又陪伴了她许多年。安娜切塔蒂发现大阿嬷奇仍旧举着杯子站在那儿,温柔地盯着她看,脸上便绽开了笑容,仿佛阳光穿透层层的乌云。

"怎么了?"安娜切塔蒂问。

"没什么,亲爱的,就是看看你,没别的。你刚才在想心事呢。"

"啊,啊……是吗?"安娜切塔蒂不好意思地笑了笑,那笑声如乐声般欢快动听,只有大阿嬷奇能听到忧伤的弦外之音。自从汉娜决意去了修道院,始终照耀着安娜切塔蒂脸庞的欢欣就黯淡了光芒。但她对这个家的付出和关爱却更加坚定,她已与他们融为一体。

"最近难得听到你的笑声。"

"祷告的时间到了?"安娜切塔蒂窘迫地问,"你们是在等我吗?"

"我们祷告过了呀,小傻瓜!你忘了?你的歌声多好听。"

"天哪!对,我们祷告过了!"安娜切塔蒂自嘲地笑了。

"我的祷告里有你,每晚都有你,还有汉娜。好好睡吧,亲爱的,好好睡。上帝保佑你。"她不敢回头去看安娜切塔蒂的反应。

她在安拉外停下脚步,而后探进老卧房看了一眼。她在这里生产,她母亲在这里过世,玛丽亚玛在这里出生——这几年它是安娜切塔蒂的房间。她的目光深情地落在高大的维拉库上,玛丽亚玛出生后她曾点亮过它,如今它又被安置在了墙角。房间下方的地窖已经平静了很多年,那里的鬼魂找到了安宁。

她在小末儿最爱的椅子上坐了片刻,手里仍旧握着两只杯子。她抬头看看屋椽,向外望望木坦,最后一次将一切尽收眼底。她的眼睛湿润了。接着,她起身去找菲利伯斯。收音机静默,菲利伯斯正忙着在卧室里的小桌子上写作。他抬头露出微笑,放下了笔。她在他床边坐下,他也坐过来。她把杯子递给他。她望着他,不敢让自己开口说话。她是那样爱她的儿子,即使在他不可爱的时候,在他被鸦片奴役的时候,她也爱着他。她也爱埃尔茜,像爱自己的女儿一样。这对夫妻遭受了多少磨难哪。她长叹一声。如果有什么该说的话我到现在还没说出口,那它大概也没必要说了。她笑了,想起她的丈夫和他的沉默。我可真是越来越像你了,老头子,言语间的停顿替我把话都说了。很快我就能来见你了。

菲利伯斯问,"什么事儿,阿嬷奇?"他边说边伸出手去,握住了她空着的手。

"没什么，末内。"她啜着热水说。但她心里不是没事。她在想埃尔茜，想她留下的那幅画：婴儿和年长的妇女——她自己。意外溺亡是可怕的灾难，但投河自尽是不可饶恕的大罪。那幅画是埃尔茜在用她的方式将玛丽亚玛托付给大阿嫲奇。她从未把画给儿子看过，从未诉说过她的疑虑。他会在她的遗物里找到它，他可以按自己的想法去理解。

和总是向前看的小末儿不一样，她常常只有在回首时才能看清一切……可大部分情况下，过去并不可信。她想起埃尔茜生产的那天，时间比预产期早了那么多，她想起当时那两条命如何双双危在旦夕。那一天，无限仁慈的上帝将她祈求的两样东西都给了她：埃尔茜的命，玛丽亚玛的命。他们原本十之八九要在同一天举办两场葬礼。再然后，埃尔茜就淹死了。

"原谅我。"她这会儿说道。

"原谅你什么？"

"原谅我的所有。有时，我们会在无意间伤害彼此。"

菲利伯斯关切地注视着母亲，等她继续解释。见她不再说话，他说："阿嫲奇，我害你受了那么多苦，你却早已原谅了我。我又怎么会不原谅你呢？所以不管是什么事，我都原谅你了。"

她站起身，摸摸他的脸颊，吻他的额头，这一吻停留了很久。走到门口时，她转过身，微笑着冲他眨了眨眼，无声地倾诉她的爱意，然后她便离开去洗澡。

她很庆幸能享受室内浴室这样的奢侈，但如果外面天还亮着，她很想最后去一次她沐浴的老地方，或是再到河里游一次泳作为告别。她会怀念那些习惯，也会怀念季风，怀念它滋润大地的同时也滋润肉与灵。她褪下衣物，将水从头顶浇下，深深吸气，陶醉在水流的涤荡中。多么、多么珍贵的水啊，主，这是从我们自己的井里打来的水；这水是我们与您的契约、与土地的契约、与您赐予我们的生命的契约。我们在这水中出生，在这水中受洗，我们傲然生长，犯下罪孽，心灰意冷，受尽磨难，但在这水中，我们洗净悖逆，得到饶恕，重获新生，就这样日复一日，直到我们的时日终结。

她平躺下来，席子轻柔地担起她的重量，舒缓她背部的酸痛。她想象与她同名的玛丽亚玛正在遥远的阿尔沃耶挑灯夜战，面前堆着她的课本。大阿嬷奇给她送去了祝福和祷告。如果是另一位女族长提前得知自己即将不久于人世，她也许会立马召集远近的亲眷。为了什么呢？我这一辈子都在教导他们："继续前进！坚守信仰！"她吻了睡梦中的小末儿，她永远长不大的孩子，她希望自己的离开不会让她太过痛苦。她的吻停留在女儿身上，就和吻儿子时一样。熟睡的小末儿不自觉地又用手环住了母亲的臂膀。

她为每个人都说了祷词。她的孩子们，她的孙女。安娜切塔蒂，汉娜。她请上帝保佑乔潘、阿蜜妮、波提。她想起沙缪尔，想起卸重石。现在轮到我了，亲爱的老朋友，我也能把我的负担卸下了。她为列宁祈祷，那个屡教不改的孩子，未来的神父。她念及奥达特珂查嬷，露出了微笑——也许她们又能一起在晚上祷告了。她为达摩祈祷，它近来愈发喜欢去森林高处的小道，与其他的大象待在一起。她很想再见它一次，抚摸它布满褶皱的象皮。她将她的丈夫留到了最后。他们已经阔别四十余载，虽然他和沙缪尔一样，帕兰比尔的一草一木都是他。等他们重逢，她要将他错过的每件事都讲与他听，哪怕要说的话比她在世的年岁还长也不要紧。她有无尽的时间可以追述。

第二天早晨太阳升起，灶膛火烬灰冷。鸡群在屋外四处溜达，凯撒跑到厨房后门翘首以盼。

菲利伯斯放下了笔，想看看宅子为何这么安静。是他发现大阿嬷奇和小末儿抱着彼此的手臂纹丝不动，神情安然。

菲利伯斯没有喊人，只是盘腿坐在她们身边，一动不动，静静守灵。透过泪水，他回忆起母亲的一生，有她告诉他的，也有别人告诉他的，还有他在她在世的岁月中亲眼见证的：她的善良，她矮小的身形所蕴藏的力量，她的波澜不惊与宽仁大度，但最令人难忘的仍是她的善良。他想起他们前一晚的对话。有什么需要我原谅你的呢？你做过的事情没有一件不是为了我好。他想到亲爱的姐姐和她度过的局促、禁锢的一生，可在她自己眼中，她的生活从来都是另一番模样；他感叹她是怎样丰盈了他们的光阴。他是她的"宝宝"，在她那里他永远不老，就像她自己也永远不会长大。陌生人也许会怜悯小末儿，但如果他们明白小末儿生前是如何快乐，如何充实地活在当下、沉浸在每一秒钟，他们定要心生嫉妒。他知道，他会需要很长时间，才能将将看清生命中被撕开的鸿沟的轮廓，每一个认识帕兰比尔女族长和每一个认识小末儿的人都会是如此。至于现在，庞大的裂口无从估算，他低下了头。

第八部

第六十三章　有身与无身

1968年，马德拉斯

开学第一天，玛丽亚玛和同班同学步行去红堡。这幢楼远离医学院的其他建筑偏居一隅，像是藏在阁楼的瘆人亲戚，只不过它的藏身之地是板球场的背后。粗壮的灰色藤条化作外骨骼，支撑起了摇摇欲坠的红砖。清真寺风格的塔楼和饰带上方盯着楼下的滴水兽让她想起《巴黎圣母院》。

在她父亲短暂的学生生涯过后，马德拉斯变化很大。那时英国人无处不在，他们的凉盔帽在街上翻涌起伏，大部分轿车里只有白人。现在，只剩下他们的残影还在气势逼人的高楼大厦中徘徊，比如中央火车站、大学参议院大楼。再比如，红堡。她父亲说过，这些建筑让他害怕。他恨它们，因为给它们买单的，是村里织匠的织布机被砸毁，逼得印度的棉花只能运往英国的工厂，然后布匹再拿回来卖给印度人。他说，他们铺设的每一英里铁路都只为一个目的：把他们劫掠的赃物运至港口。但玛丽亚玛没有愤恨。现在这一切都是印度的——也就是她的——不管来历如何。附近出现的白人面孔，只有背着双肩包、急需洗个澡的狼狈游客。

她最后望了一眼外面的世界，仿佛告别自由的冉·阿让，然后便和其他人一起走进了写着"MORTUI VIVOS DOCENT"的拱门。红堡内部不知为何凉飕飕的。高高的房顶上垂下泛着昏黄光晕的吊灯，在它们的照耀下，屋内暗得堪比地牢。入口两侧的玻璃柜仿佛一对哨兵，其中一个展示着一副奇怪的人体骨架，另一个里面是空的，似乎它的房客出去散步了。

两个胡子拉碴、穿着卡其布衣服、打着赤脚的杂役——或者叫"校工"——看着学生们鱼贯而入。一个高高瘦瘦形容枯槁，嘴巴干瘪目光涣散，他仿佛屠宰场的工人，观望着牲畜走进待宰通道。另一个是个矮子，嘴唇被槟榔染得血红，正色眯眯地流着口水。一百零二个学生里有三分之一是女生，那矮个子校工就只盯着她们。他凝视的目光落到玛丽亚玛的脸上，又往下移向她的胸。她觉得自己脏了。高年级的学生警告过他们，在这所学校的阶级结构里，这两个看起来是底层的底层的家伙，能靠着在教授耳边吹风，决定一个学生的命运。

"跟紧了，阿嬷奇。"玛丽亚玛悄声低语。大阿嬷奇去世的时候，远在阿尔沃耶学院的玛丽亚玛正坐在书桌前复习植物学的笔记。她莫名感到祖母就在屋里，好像只要她转过头去，就会看见老太太站在门口微笑。她醒来时，那感觉还在；父亲雇车来接她回家时，那感觉依然在。失去小末儿和大阿嬷奇的悲痛对她而言仍旧记忆犹新，她甚至觉得她的哀思永远也不会减轻。但在悲恸中，那种大阿嬷奇正陪着她、正化入她身体的感觉始终都在——这让她有了慰藉。在她出生当晚，祖母点亮维拉库，许愿与她同名的孩子能揭示乔乔、尼南、大阿帕辰的死因，为她父亲和列宁那些有"病"的人找到症状的源头，甚至寻来解药。这里就是征程的起点，她并不孤单。

* * *

还未踏入解剖大厅，刺鼻的福尔马林味儿和屠宰场似的血腥气就冲进了他们的鼻孔。空旷的房间出乎意料地明亮，磨砂落地窗和天窗照亮了一排排的大理石台。台面上，脏污的红色橡胶布勾勒出静止不动的形状，那些是曾经鲜活的生命。玛丽亚玛低下头，盯着瓷砖地板。福尔马林呛得她鼻子痒痒，眼泪直流。

"谁是你们的老师？！"

咆哮声吓坏了迷茫的羊群，他们猛然停下脚步。有人踩到了她的鞋跟。

那声音再次怒吼,将问题重复了一遍。声音的来源是两片厚实的嘴唇,晃荡在扇动的鼻翼下方。泪水汪汪、布满血丝的眼睛探出堡垒似的脸,上方悬挑的檐板构成了它的额头,两侧的脸颊坑坑洼洼,仿佛风吹日晒的混凝土。这位活生生的、行走的红堡滴水兽的手足,是P.K.克里希纳穆尔蒂教授,或者按高年级学生的叫法,也称"滴水兽穆尔蒂"。他的头发既没有分缝也没有梳平,而是像野猪的鬃毛一样根根直立。不过,他长长的白大褂白得发亮,材质是烫得笔挺的高级纯棉。相比之下,他们扎肉的亚麻布短款白大褂看着就像是灰的。

滴水兽穆尔蒂的手攥住了一个倒霉的男生的胳膊。他长着一张娃娃脸,喉结特别大,看起来好像吞了一只椰子。这名学生厚实的卷发挡住了眼睛,于是他条件反射性地甩了一下头,显得非常狂妄。

"姓名?"滴水兽穆尔蒂问。

"金纳斯瓦米·阿尔果德·伽贾帕蒂,先生。"他自信地说。玛丽亚玛暗自佩服——如果是她,肯定要结结巴巴甚至说不出话。

"金纳,啊!"滴水兽被逗乐了,龇着黄色的大牙,"阿尔果德·伽贾帕蒂,啊?"滴水兽穆尔蒂对其他人露出讥笑的表情,示意他们应该跟他一样觉得这名字好笑。像犹大那样,他们屈服了。"行了,现在我知道了你是谁,但是金纳,让我再问你一遍,谁——是——你的——老师?"

"先生……您是我们的老师?您叫——"

"错!"

他抓住金纳胳膊的手指攥得更紧了,仿佛一条蟒蛇调整缠绕猎物的姿势。"金纳?"他叫道,但他的眼睛不看金纳,而是扫视着羊群,"你最开始走进来的时候,有没有碰巧看到门上的字?"

"先生……是的,我是看到好像有字。"

"好像,啊?"滴水兽穆尔蒂摆出恼怒的表情。

"是另一种语言,先生。所以,我……没仔细——"金纳急忙纠正自己，"它好像写的是'麻库'……什么的。"

学生们倒吸一口凉气。"麻库"的意思是傻子、蠢材。

"麻库？"两撮眉毛如雷雨云似的聚拢在一起，粗短的脖子后缩与胸脯连成一片，如炬的目光狠狠瞪着金纳，"你才是麻库！那个'另一种语言'是拉丁语，麻库！"滴水兽穆尔蒂平复了一下心情，深吸一口气，吼道："门上写的是'MORTUI VIVOS DOCENT'！意思是，'死者教导活人'！"

他把金纳拽到最近的台子前，一把掀开橡胶布，亮出他们一直害怕看见的东西。就在那儿……一根倒下的朽木，一捆僵硬的皮革，它有女人的形状，脸却扁得像煎饼，很难认出是真的人类。玛丽亚玛的室友阿妮塔发出一声呻吟，靠到了她肩上。玛丽亚玛祈祷她别真晕过去。前一天晚上，想家的阿妮塔问她能不能把两人的床拼在一起，还未及玛丽亚玛回答，她就挤到了她身边，像玛丽亚玛以前依偎在汉娜或是大阿嬷奇或是安娜切塔蒂身边一样。两人都睡得很踏实。

滴水兽穆尔蒂把金纳的手放到尸体手里，仿佛是为新娘与新郎主持仪式的神父。"这一位，麻库，就是你的老师！"他咧嘴一笑，显得和蔼可亲，"金纳，来和你的教授握握手吧！死者教导活人。我不是老师，她才是。"

金纳欣然握住新老师的手，毕竟那总比滴水兽穆尔蒂的手要好。

玛丽亚玛和她解剖小组的五名组员像秃鹫似的坐在高高的凳子上，围在解剖台和"他们的"尸体周围。每个人都领到了属于他们自己的"骨头盒子"——一个狭长的长方形纸盒，课后需要带回去。盒子里有一只头骨，各个部分用胶水粘接，颅盖可以像烧水壶盖子一样拿下来，下颌骨由铰链固定；一串椎骨，金属丝从椎弓间穿过，把它们连成一条项链；一块颞骨；几根分散的肋骨；半个骨盆，连带同侧的股骨、胫骨、腓骨；一块骶骨；一块肩胛骨和配套的肱骨、桡骨、尺骨；一只手和一只脚,所有部分都由金属丝铰接;分散的腕骨和跗骨,分别装在两只小布袋里。

滴水兽穆尔蒂让金纳摆出"标准解剖学姿势":身体直立,两手位于躯干两侧,掌心向前,略微有点像达·芬奇的维特鲁威人。

他说:"我们是灵活的、会动的生物,但是为了在解剖学上描述方便,我们必须假装人体是固定成金纳现在这个姿势的,听懂了吗?只有这样,你才能根据人体某个结构和相邻结构的位置关系来描述它。"

他让金纳转身向后,举着肩胛骨放到金纳肩胛骨的位置上。然后,他教给他们什么是它的内侧(更靠近中线)、外侧(更远离中线)、上和下(也叫颅侧和尾侧)、前和后(也叫腹侧和背侧)。所有更靠近中心或者肢体根部的,都叫"近侧"(所以膝盖位于脚踝的近侧),而更远的就叫"远侧"(脚踝位于膝盖的远侧)。他们必须先掌握基础术语才能开始学习。前一天在摩尔集市上,她父亲的老朋友贾纳基拉姆送给她一本二手但是版本较新的《格氏》。"背个滚瓜烂熟吧,嫲!"他说,"'死记硬背'就是真言!"她草草翻过书页,听见同样的真言鸣响,余音在前主人密密麻麻的下画线和写在页边的笔记中回荡,它们将是她旅程中的路标。《格氏》她并不陌生。高中时,她从决意学医的那一刻起,便将大把的时间都花在了母亲的那本《格氏解剖学》上。那本书虽然版本老旧,但插图都差不多。解剖学本身并没有变,变的是术语。拉丁语没有了,谢天谢地,"arteria iliaca communis"现在叫"髋总动脉"。《格氏》中的插图一直都让她痴迷,这倒不仅仅是因为她母亲肯定从中获益良多。她没有母亲的艺术天赋,却偶然间发现自己有点儿别的本事。仔细看过插图后,她可以合上书将这幅图画准确(虽然不一定美观)地重现,全凭脑海中的记忆。她本来没把这当回事,但她惊诧的父亲肯定地告诉她这是一种天赋。如果确实如此,那她的天赋就是能将纸面上二维的图形在头脑中转化成三维。然后,她可以像小孩子搭积木一样将图像由内而外重新构建,直到拼出整张图画。这于她而言是乐趣,是给客人表演的小把戏。现在,她需要知道每个结构的名称,记住每张插图所属的好几页文字。

两个小时后,一百零二个学生又鱼贯而出,前往红堡另一端的讲座大厅。和学院里一样,这里的阶梯教室也是女生坐前面几排,男生坐在后面。从墙上俯视他们的,是之前的解剖系主任们——简称HOA,清一色的白人、大胡子、秃头、不苟言笑,他们全都业已过世,但也永远活在这些遗像中。

考珀博士静悄悄地走进教室。他是第一位也是唯一一位印度HOA,在独立后任命,是个胡子剃得干干净净的帕西人[1]。考珀骨架很小,五官标致秀气。等到他的肖像上墙时,他将是唯一一个头发浓密的。两个赤脚校工和教授助理围着考珀嘘寒问暖,但他既用不着也没指望他们的阿谀奉承。助理点名时,考珀站在一边,带着长辈般的关切注视每张脸庞。玛丽亚玛站起来喊"到,老师"时,考珀望向她,露出欢迎的表情,似乎只有她才有此殊荣(但这只是她的误解,因为后来她才知道所有人都有一样的感觉)。她的心揪了一下,想念起家里的父亲。

考珀身后,两块重叠的推拉式黑板闪着乌木般的光泽。眼神色眯眯的矮个子校工(高年级叫他"达·芬奇")将彩色粉笔和抹布一字排开,他之前的懒散一扫而光,被帕安塞得鼓鼓的腮帮子也不见了。全班同学手握钢笔和彩铅,时刻准备将这位传奇的胚胎学老师的每一幅图画都原封不动地抄下来。玛丽亚玛唯一能听到的声音,只有古老红堡的呻吟与叹息。

"女士们、先生们,"考珀走上前,微笑着说,"这副躯体我们都只是暂时'借用'而已。身体吸进来第一口气,你们来到这个世界;身体

---

[1] 从古代波斯(今伊朗)移居到印度次大陆、信仰琐罗亚斯德教(中国史称袄教、拜火教等)的波斯人。

呼出去最后一口气，你们便离开。所以我们才会说一个人……？'大限将至'！"他被自己的笑话逗乐了，肩膀默默地抖动，金丝镜框背后的眼睛闪闪发光。"在临终时，躯体会怎么样，我是知道的，但你们，你们的本质、你们的灵魂，会怎么样，我并不知道。"他又惆怅地加了一句，"虽然我很想知道。"

他如此坦诚地说出自己的怀疑，让学生们一下子就喜欢上了这位笑意盈盈的和蔼教授。

"但是，你们从哪儿来我还是知道的。当两个细胞相遇，一个来自父亲一个来自母亲，你们就是这么出现的。我们会用接下来的六个月时间来学习这段历时九个月的过程。哪怕花上一辈子，你们也还是会为胚胎学的优雅和美妙而啧啧称奇。'长久的喜乐与平安是他们的，那些只为求知而读书、不求任何回报的人。'"

在讲课时，考珀可以用两只手在黑板上作画，自然得就好像用两条腿走路。他飞速地画出卵子与精子融合形成一个细胞，然后又变成囊胚的过程。

课堂临近结束，考珀将长方形的抹布在讲台上铺平。他仔细地捏起抹布两端的中点，将它沿着长边的中线对折，小心翼翼地捏出一条长长的山脊。"这就是神经管的形成过程，它是你们脊髓的前身。而球状的这一端，"他说着将山脊的一头撑圆，"就是早期的脑。"

接下来的一幕他们每个人都不会忘记：他蹲下身体，视线与讲台表面齐平，然后苍白的手指谨慎地——仿佛他手中是活的组织——将抹布两侧的长边拎起，让它们越过山脊，在上方的中心线合拢。"而这，"他用鼻子指了指，然后视线穿过他手中的空心柱体望向学生，"就是原始消化管！"

玛丽亚玛忘记了自己在哪儿，忘记了自己的姓名。她化作了那个胚胎。一只菲利伯斯的细胞和一只埃尔茜的细胞。两个结合成一个，然后分裂。

加姆塞提·鲁斯唐吉·考珀教授扔下抹布，三维的胚胎消失不见，只剩一块扁平的布料。他拍了拍手上的粉笔灰，绕到宽大的讲台前方。他举起手，做出投降的姿势，轻声说："我们知道的太少了。但仅仅是我们所知道的那一点点，也足以令我们惊叹。海克尔有个著名的观点：'个体发育重演系统发育。'意思是，人类胚胎的每个发展阶段——卵黄囊、腮，甚至尾——都对应了人类的进化，从单细胞的阿米巴原虫，到鱼，到爬行动物，到猿，到直立人，到尼安德特人……最后到你们。"他的神情仿佛沉浸在遥远的思绪中，眼里充满感动。然后他如梦初醒，回到了现实，露出微笑。"好了？第一节课就讲这么多了。"

　　他转身离开，又停下脚步说："哦对了，欢迎在座的每一位同学。"

第六十四章　屈戌滑动关节

1969年，马德拉斯

每天，他们六个人都对着"亨丽埃塔"又是锯又是刮——他们借了亨利·格雷的名字以示纪念——从上肢开始。他们起初的含蓄一下子就消失得无影无踪，快得令人发指，没过多久，他们的解剖指南《孔氏实地解剖学》就架在了亨丽埃塔的肚子上，他们则站在两侧干活，一边三个人。他们对她有种占有欲——他们完全不想在另一具标本上动手。在他们的艰苦奋斗中，她是他们的盟友。亨丽埃塔的肩部分离后，所有手臂都要统一扔进走廊里的福尔马林大缸，玛丽亚玛赶在那之前把小组编号刻在了一小块完整的皮肤上。第二天，达·芬奇光着两只手就去捞，他拖上来一条滴滴答答的肢体，大喊上面的数字。玛丽亚玛本想用拇指和食指环住亨丽埃塔的手腕就把它拿回来，却发现她得用两只手才能举得动，好似捧着一把圣剑。大滴大滴的福尔马林液渗进了她穿着凉拖鞋的脚趾缝。每次解剖结束，福尔马林的难闻气味都粘在她的皮肤上挥之不去，根本不用想着吃午饭。在第一周能收到列宁的简信真是教人喜出望外。

亲爱的医生：我可以第一个这么叫你吗？但是先别叫我阿辰，因为我不知道我还会不会做阿辰了。顺便，哔哎阿辰来修院讲话了。我跟他说，我在很认真地考虑离开。这么多年来，我只知道我能活下来是为了事奉上帝，但万一上帝是想让我用其他方式事奉他呢？哔哎劝我先把乡下的驻堂见习做了。他没有否定上帝可能对我有其他安排，但他说，有时候我们必须"在问题里生活"，而不是强求一个答案。

她在阿尔沃耶学院时两人就成了笔友,那时他早已入学修院。他的信在马拉雅拉姆语和英语间来回切换。她从来没想到他会是这样一位忠实的笔友,更令她惊讶的是,他非常愿意坦陈自己的心迹,滔滔不绝地倾诉,就好像他的这些心事没有别人可以分享。在她来马德拉斯之前,他曾写信说:

在这里,我就好像是光滑的皮肤上冒出来的脓疮。我的修生同学就算和我有一样的疑念,他们也永远不会表现出来。哪怕是读《士师记》《历代志》——这肯定是《圣经》中最无聊的两卷了——他们也会假装受到了启发。但也有那么一两个难能可贵的,他们真的做什么都燃烧着信仰的烈火。我嫉妒他们。为什么我不能有那种感觉?

上肢的解剖用了六周才完成。上肢考试结束后,她给列宁写信,庆祝自己取得了一个里程碑。"我要是想太久后面还剩什么,就会开始发愁。胸部,腹部,盆部,头颈,下肢。这样的日子还有一年。如果说在阿尔沃耶学院就像是对着水管子喝水,那医学院就是波涛汹涌的大河——而且要背的东西太多了。"

在与亨丽埃塔初次见面的一年零两个月后,她看上去已经像是老虎吃剩下的猎物。夜里,玛丽亚玛和阿妮塔轮流扮演考生和考官,为笔试之后的口试做练习。阿妮塔往空枕套里丢了一块骨头说,"请伸手,女士。"玛丽亚玛估计那是腕骨或跗骨中的一块,她必须只凭触摸给出答案。
"太简单了肩胛骨左侧。"
"万事通,慢一点!没有人说你语速太快吗?列举骨性标志。"
"喙突,肩峰,肩胛冈……"
"把它拿出来,指给我看斜方肌和大圆肌的附着点。"

很快，她就已经在给父亲写信提醒他交期末考试费了——这一年竟然就这么不知不觉地过去了。

很高兴波提让你代为问好，但是问问她为什么不能自己写信。告诉她，在她写信来之前，我一封都不会再寄给她了。请让安娜切塔蒂放心，好立克我每晚都有喝。你听说的列宁的事情我不意外。他给我写信说过，他宁愿来解剖尸体，也不想和尸体一样的同班同学坐在一起。

阿帕，学习了一年的人体，我能否通过这次考试全都取决于六道论述题。如果不及格，我就会被划到B组，六个月内重考。想想看，我背了几百页的书，画了几百页的图，就为了回答六个这样的问题："请描述并绘制X的结构。"X会是一个关节，一根神经，一根动脉，一个器官，一块骨骼，和一个胚胎学名词。多不公平！六篇论述就能评判我花了一万三千多个小时学的所有东西。（阿妮塔算的。）

顺便，我跟你说过滴水兽穆尔蒂和考珀。他们都喜欢我做的解剖，还让我去参加解剖竞赛。敢参加的只有几个学生。竞赛在另外一天，需要先交一篇论文，然后在四个小时内完成指定的解剖操作。

停课复习期间的一天，她睡午觉醒来，发现有个黑脸干瘪、鬃毛灰白的家伙蹲在她的桌子上，不停眨巴着眼睛。它肯定是从窗栏之间钻进来，又想办法转开了窗户的把手。她呵斥着要赶走它，它却龇着牙步步逼近。考兰古把桌子乱翻一气，却没能找到食物，于是它临走前拽下了晾衣绳，借此泄愤。这猴患真是越来越严重了。

她去找金纳，他们的班长。他叹了口气说："我找了院长和大楼管理员好多次了，一点用没有！我本想着等考试结束再说，但是猴子已经宣战了。"

他们一致选举了金纳当班长，可能是因为开学第一天时，他面对滴水兽穆尔蒂表现出的那份镇定自若。当全班其他人都在如火如荼地复习的时候，金纳打响了印猴战役。他明令禁止房间内储存食物，违者在食堂黑板上公开批评。他花钱雇了几个街头的小乞丐，让他们拿着弹弓坐在高层的阳台上应对猴子们每天下午的突袭。然后在某天夜里，两只猴子不知怎么地就被困在了院长办公室，大楼管理员的办公室里也有一只。猴子们四处乱窜寻找出口，把屋子里弄得一片狼藉。第二天，一队工人就把宿舍楼附近低垂的树枝剪了个干净，还修好了纱窗，而且垃圾也变成了一天收两次。食堂黑板大字宣布，"金纳眼里不容猴子"。班长连任他胜券在握。

但金纳私底下告诉玛丽亚玛，他对考试毫无准备。"跟你说实话吧，我进医学院只是因为我叔叔是DME。"医学教育主任DME掌管着所有医学院的教职和招生。"叔叔'带了个话'，但我其实是想去法学院的。我跟你说，法学院那帮混蛋可没这么用功。"

在临近考试那疯狂的几周里，她收到了一封信，地址是列宁的字迹，邮戳却是苏坦巴德里的。他现在在瓦亚纳德教区，列宁写道，他被指派给了一位年老的阿辰——他善良且虔诚，妻子已经过世。现在，他至少不用遵守修院的宵禁，但这个镇子每天下午四点半就盖上被子睡觉了。教堂的看门人是个部落民，名叫科丘帕尼扬，他是唯一一个能和列宁说说话的。他们现在已经成了朋友。列宁说，他还"在问题里生活"，就像哔哎阿辰建议的那样。"但我的信仰不在了。"列宁写道，"圣餐礼时，阿辰会高高抛起圣沙法[1]示意圣灵在场，然后他就哭了！那可怜人感动极了。可我什么都感觉不到，玛丽亚玛。我很迷茫，我不知道该往哪里走。我在等一个旨意。"

在期末考试前的冲刺阶段，宿舍里每个人都目光呆滞，背书背得陷入了谵妄。他们开着灯打盹，因为集体的智慧告诉他们，这是一种减少

---

[1] 覆盖圣餐的白色丝绸布。

睡眠还能存活的方法。考试前两天,玛丽亚玛梦见有个英俊的男人领着她走向一张四柱大床,他将手指抚过她的侧脸,吻了她耳朵前的一处位置。"这个,"他低声呢喃,"就是屈戍滑动关节。"

她醒来时,发现自己靠在一根腓骨上睡着了,骨头在她脸上压出了印子。她不记得以前听到过"屈戍滑动"这个词。她查了一番,发现"屈戍"的意思是搭扣,比如手指关节就是屈戍关节,而"滑动"指的是相互滑动的两个较为平坦的关节面,比如腕骨间关节。但"屈戍滑动"关节只有一个——既能屈伸又能滑动的,就只有TMJ,颞下颌关节。

她把梦告诉了阿妮塔,说,"都怪你把腓骨留在床上。"

早餐时,玛丽亚玛一进食堂就听到一片亲嘴声,她的同学们都在抚摸自己的耳朵。阿妮塔根本不认错,因为根据她对历年考题的研究,TMJ只在十七年前出现过一次。自任何一所医学院成立至今,还从来没有过这么多学生把《格氏》的某两页倒背如流。

终于,最重要的那一天来了。他们拆开试卷上的封条,六道题目中的第一题是:请描述并绘制踝关节。

她的眼睛扫过后面几题。她需要描述并绘制腋动脉、面神经、肾上腺、肱骨,以及脊索的演变。

可是……踝关节?如果她的梦确实是个暗示,那他们全都忽略了最明显的线索:那根腓骨!那是踝关节的一部分。至于它压到了她的脸,那只是声东击西。她觉得同学们的目光犹如利箭般向她射来。

第二天,玛丽亚玛和另外六名同学参加了竞赛。一篇论文过后,她的指定操作是显露正中神经支配手部的部分。她做得还不错,没有弄断神经或它的分支。

金纳确信自己的笔试一塌糊涂,除非他能在两周后的口试中奇迹般地拿到高分,否则他肯定要再等六个月。但他有个计划:在接下来的十四天里,他会每天吃一公斤玛莎拉煎鱼脑,然后让他的堂兄,理学士贡杜·马尼（未取得学位），在他睡着时朗诵《格氏解剖学》的选段。金纳希望，贡杜的话语可以在鱼蛋白基质的包裹下自行刻进他的记忆。女生和男生的宿舍不在一起（"就像处女群岛和太子港也不在一起"，金纳说），但是玛丽亚玛在自己的阳台上都能听到贡杜的吟唱，就像僧侣念诵吠陀。

口试前十天，她收到了列宁厚厚的一包信。她有些犹豫，不敢打开。如果他成了某个严重"误会"的受害者，那她宁愿不知道。但她忍不住。列宁说，现在情况好多了，因为他误打误撞地找到了"莫斯科"，人称小宝茶馆。茶馆一直开到后半夜，卖茶，也卖比茶更烈的饮料。这里知识分子云集，许多人都有亲党倾向。列宁说他学了好多，尤其是有个叫拉古的，和他年纪差不多，是个银行职员，教了他不少东西。"拉古说我是他在瓦亚纳德遇到的第三个列宁。他见过的斯大林比拉古还多，马克思比列宁还多。没有叫甘地的，也没有叫尼赫鲁的。这地方就是喀拉拉的共产主义之乡。"

玛丽亚玛想读书，脑子里却总想着列宁的信。喀拉拉北部——原来的马拉巴——和喀拉拉其他地方不一样。她以前都不知道（直到读了他的信），原来在马拉巴有六十五个南布迪里婆罗门地主，或者称为贾米，他们坐拥的广阔土地大到他们自己都不曾全部见过。他们的佃农是那雅尔和马皮拉，后两者赚取巨额利润，并给贾米分成。胡椒价格暴跌时，贾米就从佃农头上搜刮税金，甚至连部落民也不放过——也就是科丘帕尼扬他们。这，列宁说，就是为什么喀拉拉的共产主义始于瓦亚纳德。"在修院里，我们对同胞真正的苦难一无所知。叫它共产主义也好，叫它什么都行，反正我觉得为底层种姓的权利而战才有意思。"

口试当天，她的同学杜鲁瓦第一个进去。他紧张得浑身发抖。校外考官布里吉莫汉·萨卡尔（"布里吉"）指了指一只圆形的福尔马林罐，里面泡着一个畸形的新生儿。"指出异常处。"婴儿的头肿成了篮球大小,是典型的脑积水症状,英文应该是hydrocephalus,这个杜鲁瓦是会的。他需要先给出病名,然后话题应该就会走向脑室和其中产生的脑脊液循环。在这个婴儿的案例中,脑脊液的出口发生梗阻,导致大脑左右半球深处原本狭小的腔隙膨大,将附近的脑组织向外推移。因为新生儿柔软的颅骨还未闭合,头颅便不断增大。而如果是颅骨已经闭合的成年人,大脑就会像三明治一样被夹在颅骨和扩大的脑室之间,导致患者昏迷。惶恐中,杜鲁瓦陷入了半瘫痪,等他好不容易张开嘴,说出来的词却不是"hydrocephalus",而是"hydrocele"。话音未落,他就知道自己死定了。大脑里的积水和那俩囊袋里的积水,区别可大了去了。

紧随在他发言之后的,是一片震惊的寂静。杜鲁瓦还没来得及更正,布里吉·萨卡尔就爆发出一阵大笑。笑声能传染,很快,校内考官派厄斯·马修博士也笑得前仰后合。(等在外面的金纳和玛丽亚玛只能希望这动静是好兆头。)泪水淌下考官们的脸颊,待他们看见杜鲁瓦的表情,又发出一阵爆笑。每次他们想重新提问,都忍不住再次捧腹。最后,布里吉一边抹着眼角,一边挥手让杜鲁瓦出去。

杜鲁瓦鼓起勇气问:"老师,我过了吗,老师?"派厄斯的笑容还挂在脸上,但布里吉已经一脸严肃。

"年轻人,阴囊积水能导致头部肿大吗?"布里吉·萨卡尔问。

"老师,不会,老师,但是我——"

"那你就知道你过没过了。"

"怎么样?"金纳问出来的杜鲁瓦。

"不怎么样,砸了!"

金纳被叫了进去。才过了没一会儿,他就又出来了。派厄斯博士紧跟在他身后。

"过五分钟,玛丽亚玛。"派厄斯博士说,他面露惋惜的苦笑,往卫生间走去。

派厄斯一走远,金纳就对玛丽亚玛说:"肯定B组了。不是笨,就是背——难兄难弟的金纳和杜鲁瓦。"

"布里吉问什么了?"

"什么也没问!他说:'你那个该死的DME叔叔把我的升职给搅黄了。你可以吃一辈子的鱼脑子,吃到长出背鳍和鱼鳃,但是只要布里吉莫汉·萨卡尔博士是考官,那金纳斯瓦米·阿尔果德·伽贾帕蒂就永远别想过口试。'肯定是那个混蛋达·芬奇告诉了布里吉我叔叔是谁。鱼脑肯定也是他说的。"考试前,金纳拒绝给校工"小费"求好运。那是勒索,但是除了金纳每个人都照做了。他懊悔地说:"我跟你说,让家里通关系从来都没有好下场。通着通着就堵了。"

派厄斯博士还没回来,布里吉·萨卡尔博士就探出头来叫玛丽亚玛进去。她给金纳作了个手势让他等着。她的运气可能不比他好多少。

"女士,"门一在她身后关上,布里吉莫汉·萨卡尔博士便开口说,"你竞赛的解剖做得非常非常漂亮。"两人仍然都站着。"你是唯一一个没有把神经分支弄断的。私下里,我可以透露给你,你的概率……"

他没有说,但是他笑着挑了挑眉毛。玛丽亚玛脸红了,心里乐开了花。

"准备好口试了吗?"

"准备好了,老师。"

"很好,请把你的手伸进我的口袋。"

她身着奶油色纱丽和白色短外套站在他的面前。她是不是听错了?

尽管闷热难耐,萨卡尔博士扑了粉的脸却没有一滴汗。他站在她和门的中间。萨卡尔博士很高,五十多岁,脸颊因为白齿缺失而凹陷。他纤细的四肢和大腹便便的肚腩看上去很不协调。他踮着脚前后摇晃身体,鼻子冲着天花板,他的表情这会儿跟他亚麻布裤子的褶皱一样难看。他侧身站立,方便玛丽亚玛把手伸进他右边的裤子口袋。

她用功读书了。她准备好了。但她准备的不是这个。

她耳朵里嗡嗡地响。吊扇将水泥地升腾而起的湿热空气重又拍打下来。桌面上,击败杜鲁瓦的脑积水婴儿饶有兴趣地看热闹;托盘上放了从中间锯开的半颗颅骨,没有下颌骨;一只布袋显出里面零碎骨骼的轮廓。

要是他能坐下……要是派厄斯博士能回来……要是他能问我脑积水,或者让我把手伸进那个布袋子……但是布里吉不用布袋子,只用他的口袋。

布里吉颈部的血管跳了一下,蜿蜒分叉的曲线仿佛蛇的芯子。"要么把手伸进来,要么九月再来。"他眼睛望向前方,不紧不慢地说。

玛丽亚玛怔怔地立在那里。她为什么不直接说不?她羞耻地发现自己甚至还在权衡利弊。她羞耻地看见左手已经伸了出去,仿佛它有自己的意志——从布里吉站的位置来说,左手似乎方便点。

她把自己的手伸进了他的口袋。她想要相信,不管布里吉·萨卡尔在里面塞了哪一块骨头——豌豆骨也好,距骨也好——她都能辨别出来。她真的希望事实就是如此。她不想不及格。

她的手伸得更深了些。刹那间,她有些不确定自己摸到了什么。她的手是伸错地方了吗?是她哪里做得不对,才会握着他的阴茎吗?中间怎么没有衣物阻挡,是她的问题吗?在她手中的,是一个远比她想象中更紧实、更僵硬、更像骨骼的器官。她是应该列举它的结构组成?悬韧带、阴茎海绵体、尿道海绵体……?

她的大脑在一个她从未接触过的器官面前——不管是充血还是没充血的——仍然努力维持考生状态,可她的思绪却不由得飞出解剖学的国度,钻进了那些令她嘴中泛起酸涩的痛苦回忆:水渠里,她和波提在游泳,有个船夫站在驳船上,冲她们亮出自己的家伙事;公交车上,一个陌生人紧紧贴着她;女生宿舍的马路对面,不知从哪儿来了一个缠头巾的耍蛇人,他注意到玛丽亚玛在看她,作势要去揭开篮子上的盖布,可他掀起来的却是自己的腰布,另一种蛇从他的大腿根弹跳出来。

为什么，男人要迫使她和她认识的每一个女人面对这样的骚扰和凌辱？难道只有强逼别人碰了，或者有观众看到他们的展演了，他们才能知道这个器官确实存在？就在这一年的几个月前，大巴车带她们从纱丽展览会回女生宿舍时刚好遇到封路，司机不得不绕道男生宿舍后方的狭窄小巷。当时有个男学生正一丝不挂地坐在阳台上看报。在那一刻，他立马遮住了脸而不是下半身。这还可以理解——他觉得尴尬，怕被认出来。但她不理解的是为什么他要站起来，脸遮着，但其他部位一览无余，就这样等到大巴车载着乘客缓缓驶过。

　　对于她接下来的行为，玛丽亚玛在事后对自己或者任何人都很难解释。那是一种动物被逼到绝境时的求生本能，同时却也有某种原始的愤怒得到了释放。她好像回到了噩梦中常见的场景——毒蛇嗞嗞地对她亮出尖牙，她拼命抓住它的脖子，举得离脸远远的，蛇甩着尾巴扭来扭去，不断地发起攻击，而她坚持不松手……于是，她的指节本能地钳住萨卡尔的阴茎，下了死手。她的右手一跃而上加入左手的战斗，它从外面猛击布里吉的下体，抓着随便什么晃动的东西来巩固她的据点——阴囊、附睾、睾丸、阴茎根……去他的解剖学吧——然后死死地捏紧。

　　有那么一瞬间，布里吉出于狂妄还以为她是在抚弄他。他扬起眉毛，正想说话，可他的话卡在了喉咙里，脸色变得刷白。接着他向后退去，太阳穴青筋暴起，他踉跄撞上桌子，标本翻落，玻璃飞溅，脑积水的婴儿溜过满是甲醛的湿滑地面。玛丽亚玛被撤退的布里吉拉着一起往前走，因为不管发生什么，她都绝不会也绝不能放开毒蛇的头。两人摔倒在桌上，布里吉终于发出一声尖叫，而玛丽亚玛也在叫，叫得令人毛骨悚然。她的额头磕到了碎玻璃上，但什么也不能妨碍她把那条毒蛇活活勒死，哪怕精疲力竭也绝不松懈。

　　门被砰地撞开，但她不能回头也不能放手。布里吉·萨卡尔的脸离她不过几英寸远，他呼吸中帕安的气味钻进了她的鼻孔。他的叫嚷没了声音，皮肤变得灰白。直到这时，他才试图去拽她的胳膊，但他已经没了力气，动作轻柔，像是恳求。然后，他便两手一撒倒了下去，浑身瘫软，翻着白眼。她听见金纳求她松手，达·芬奇和派厄斯则在用力把萨卡尔拉开，可是她不能松手，也无法停止作战的呐喊。勇敢的金纳冲上前来，把她的手指一根一根地掰开。

金纳半拖半扶地把玛丽亚玛带了出去，鲜血从她的额头上涌出来。他让她在一间空的实验室坐下，然后拿了一块手帕按压她的伤口。她推开他，跑到洗手池边疯了似的使劲洗手，洗着洗着便呕吐起来。金纳一边搀着她，一边仍旧按压着她的额头。

她倚靠在金纳身上，啜泣掺杂着怒火，如同鲜血混进水流。忽然，她想起来——他也是个男的。她打他的胸，又打他的耳朵，他站在原地，任由她的拳头落在身上，自愿承受她的伤害。同时，他依然勇敢地按住她的伤口，即使这会让他毫无防御能力，他默默等待，直到她力气耗尽。

"抱歉。"他轻声道。

"你有什么好抱歉的？"

"我为所有男人感到羞愧。"他说。

"你活该。你们都是混蛋。"

"你说的没错，我很抱歉。"

"我也很抱歉，金纳。"

第六十五章　如果上帝能说话

1971年，马德拉斯

女生宿舍空无一人。大部分学生都放假回家了，只有少数临床专业的学生还在。因为食堂关门，他们只能去医院餐厅吃饭。

玛丽亚玛给父亲写信，说她通过了解剖学考试……但她得再过一个月左右才能回帕兰比尔，因为有一个"未完成项目"要做。这个未完成项目就是她自己。在外人看来，她已经把布里吉那件恶心事抛诸脑后，但她心里其实还是一团乱麻。她不好意思面对父亲。如果他看到她额头上的伤疤，知道它是怎么来的，肯定会心烦意乱。他一定会想让正义得到伸张。她也算是得到了正义，因为大家相信了她的说法——布里吉的这种行径人尽皆知。但是，布里吉的心脏病发作、颜面扫地、公职停职，都不足以作为惩罚。他应该被关到监狱里才对。可她不想再引起更多关注，也只好不再追究。就现在，已经有不知哪个医学生，某个二流诗人，编了词来传扬她的丑事：

前有考官布里吉，
出题掏出小弟弟，
可怜考官没想到，
姑娘手下有绝招，
自此雄风成追忆。

每天上午，她跟着轮岗的高年级学生一起去内科病房。第一次见识到真的患者和疾病，她兴奋不已，这能让她想起自己为什么在这里。下午,她待在闷热的寝室里,从书上学习她遇到的病例。她一反常态地怀念起有考试逼近的艰苦时光,想要回到有堆成小山的教科书要背的日子——只要能让她不去想发生的事情就好。她迷茫而彷徨。

三周后的一天,她从医院回来。在宿舍楼的庭院内,她看到有个男人坐在橡树下的长椅上,跷着二郎腿。毛毯似的大胡子从他的喉咙一直铺到颧骨,与头顶的卷发连成一片。贯穿他左脸的瘢痕只被胡子掩藏了一半。他穿着日出橙色的库尔塔,仿佛浑身燃着火焰。如果再配上一只鹦鹉和一副扑克,他就可以做占卜先生了。要不是那双温柔、困倦的眼睛,她都认不出那是列宁。他手里端着宿舍的茶杯,一定是宿管坦加拉贾心软,让他进了内院。

他显然认出了她,虽然他们俩认识的那个玛丽亚玛已经在一年半前消失在了红堡。她的内心如今是另一个人。

他把茶放下,走上前来。"玛丽亚玛?"他向她伸出手,她却退后一步。

"你在这儿做什么?阿帕叫你来的吗?"

"我也很高兴见到你,玛丽亚玛——"

"宿舍不让男人进的。"她无法解释她表现出来的敌意,她心里明明很高兴见到他。

"可我就是站在这儿呢。"他挑衅地说。

"我不敢相信宿管竟然让你进了门。"

"我说我和你是双胞胎。"

"也就是说,你撒谎了?"

"我那是……比喻。而且宿管说,'多贴心啊!你一定是感觉到玛丽亚玛难过了,所以才来的!'"

"那你感觉到了吗?我的难过?"

列宁的表情和当年那个把"借来的"自行车摔坏的小男孩一模一样,他的诅咒就是只能说真话,不管后果是什么。"没有,"他说,"我没感受到。你不回我的信，我就以为你回帕兰比尔了。几个小时前，我刚好到中央火车站。我往街对面一看，这不就是马德拉斯医学院吗？我决定碰碰运气，问了女生宿舍在哪儿，然后我就来了。"

"你不是应该在乡下驻堂吗？"

"啊，我遇到点……"

这不是以前的列宁，曾经的义愤填膺不见了。他甚至都说不出那个屡屡被他用来大事化小的词语。

"我也是，列宁，我也遇到了一点点'误会'。"

"宿管间接告诉我了。她以为我知道。"他担心地打量着她。

"对，所有人都知道，但他们不知道该说什么。'祝你早日恢复好心情'？"她的笑声自己听起来都觉得奇怪，更奇怪的是她在擦自己的眼角。

列宁再次伸出手，温柔地把她搂到怀里。她紧紧抱着他，仿佛一个快要溺水的人。他的库尔塔像砂纸一样磨着她的脸，但它比任何布料都要温暖。如果宿管看见他们……算了，反正他们是双胞胎。

"我觉得好丢脸，都不想回帕兰比尔了。"

"哪里丢脸了？我为你感到骄傲！该丢的是那家伙的小命。"

"我们离开这儿吧，列宁。"她急不可耐地说，"我们到城外去，求你了。"

他犹豫了，但只是片刻。"我们走。"

* * *

公交车沿海岸行驶，眼前的海面仿佛缀满了闪闪发光的钻石。前行的每一英里，她都觉得污浊的衣物在褪下，肮脏的皮肤在剥落。柴油机隆隆作响，风呼啸着穿过敞开的车窗，在噪声面前，言语望而却步。列宁的手指上沾着尼古丁的痕迹。他瘦了些，漂亮的眼睛里有了她从未见过的冷峻。他脸上厚实的伤疤比她以为的还要长，连耳郭都被划开了，伤口显然也没有经过缝合。他们都被打上了烙印。

在摩诃钵利之城，小商贩割开鲜椰子的顶部让他们喝椰子水。列宁买了烟、饼干，还买了一串茉莉花戴在她的头上。他们向石庙走去，花香好像光环一般飘在她的头顶。

玛丽亚玛最想要的不是石庙，而是大海——波涛的呓语，水流的安抚。她任由浪花冲刷她的脚踝，列宁则躲在远处。这里几乎只有他们两个人。三趾鹬好像站台上的脚夫，站成一排等待下一波海浪。潮水漫上沙滩，它们灵巧地退到水舌的边缘，啄食看不见的生物。

"列宁，我一定要下水去。我还从来没在海里游过呢。玛丽娜海滩的浪太大了。"他面露担忧。"转过去，脸朝那边，不许看。"她脱下纱丽、衬裙、上衣，将它们堆在他的脚边，只穿胸罩和短裤跳进水里。她脚下的地面忽地消失了。水流难以预测，但只是身处水中就已经让她欢喜雀跃。列宁仍旧背对着她。"嘿！"她说，"你可以看啦。"他转过身，紧张地看着她，大喊让她小心点。她试着游起来，却很难掌握大海的节奏。她的眼睛火辣辣的，盐水呛进了她的鼻腔，但是她的嘴角在上扬。水的洗礼是仁慈，是原谅。

她上岸时，列宁长舒了一口气。他背过身，却从自己的布包里掏出一条托土递给她。她觉得自己无所畏惧，甚至有些鲁莽。在经历那些事后，她有权利鲁莽，可以想怎样就怎样。在他的遮挡下，她换下湿透的内衣，重新穿上上衣、衬裙和纱丽。水击破了她的心墙。

他们坐在沙滩上，她对列宁讲了布里吉的事。就算所有人都知道她的故事，也没有人真正理解她的心情。现在，所有情绪倾泻而出：她的愤怒、她的羞耻、她的愧疚——这些感觉依然挥之不去。但诉说似乎给予了她力量。她在布里吉事件中没有任何过错。完全没有，除了她年少天真、是个女人以外。在问询中，她牢牢抓住本就应该属于她的正义，扼杀了每一丁点她可能有错处的暗示。她学会了一个道理：示弱、哭泣、楚楚可怜，这些不适合她。人要是想被善待，不能光凭希望，而是必须主动争取。

说完后,她感觉好了许多,拿起一块饼干吃了起来。列宁盘腿坐着,吸着烟,低着头,手指在沙子里画着圆圈。她讲她的事情时,他显然受了触动,甚至还握住了她的手。她是不是太自私了?也不问他的误会是什么,他的伤疤是怎么回事,或者他为什么在这里。又或许,她是在给他空间,让他自己决定?他可以等想说的时候再告诉她。或者不说也行。

天色渐暗,海浪的拍打声愈发响了。苍穹下,石庙黑黢黢的剪影让她仿佛穿越到了过去。她母亲在马德拉斯念书时,一定也曾来过这里,她一定也曾在同样的海浪间扬起过水花。这片水将生者与逝者联结。也许正是这里的雕塑启发了石女的诞生。在海风的吹拂下,她觉得身心舒畅,焕然一新。马德拉斯好像远在天边。

"我们看海浪的这段时间,不算在我们的寿命里。"她说。

"是吗?那我就应该一直待在这儿,说不定还能活到三十岁。"他在笑,可这话听得她不舒服。

他们起身时,天已是一片漆黑。他们拉着手,蹒跚走在沙地里。最后一班回城的车已经走了。以前的玛丽亚玛肯定会惊慌失措,但现在的她根本无所谓。

* * *

窄瘦的三层小旅馆门口挂着的手写标牌上写着"尊贵酒店皇家餐饮",笔画全挤在一起。里面孤零零坐着的那个人影一跃而起,像甩鞭子似的啪啪挥起毛巾,掸去桌椅的灰尘。客人的光顾让他喜出望外。他领他们走上嘎吱晃动的楼梯,玛丽亚玛则惊奇地盯着他形同尖塔的头骨。

她掀起薄薄的床垫,检查有没有臭虫。除了这张窄小的床,屋里没有其他能坐的地方。天花板上裸露的灯泡提供了光源。在一扇抬高的门背后,是一间狭小的卫生间,里面有一个蹲厕,一个水龙头,一只水桶,桶里漂着一只马克杯。她打开灯,几只蟑螂匆忙逃窜。她用桶盛满水冲了个澡,洗去了汗水、沙子和盐。列宁从他的包里掏出一条芒杜借给她,她把它裹在腋下。然后轮到他洗。

来送吃食的人一定是大厨的儿子,因为他的头骨也是塔的形状。"这叫颅狭症。"她对列宁说。他刮目相看,不过当她说这病没法治时,他就没那么激动了。

"好吧,至少还有个名字呢。"他说。

他的话无意间给她浇了一盆冷水。就和"病"一样,名字什么也治不好。

香蕉叶包着的素菜香饭远超他们对"皇家餐饮"的预期,大厨的厨艺比他的书法水平好得多。列宁打着赤膊,几乎没怎么吃。她见过很多次他不穿上衣的样子,但今天不知为何总觉得不一样。在他一脸茫然的时候,她狼吞虎咽地吃掉了自己的包饭,又把他剩下的也席卷一空。她吃完后,他伸出拳头捶了捶她的肩膀。

"所以呢,玛丽亚玛哎,"他说,"你还是老样子。我一不看着你,你就要惹麻烦。"他点燃一支烟。她把烟从他嘴中一把夺过。"喂!你问我要不就行了!"

她深吸一口又轻轻吐出,烟雾懒洋洋地打着转儿飘向天花板,仿佛是有生命的活物。他哂笑时还有以前列宁的影子,但很是勉强。"所以呢,我的双胞胎兄弟,说吧,你是怎么回事儿?"给他的空间就到此为止了。

他久久凝视窗外。

"我走上了一条路。"他说。

她等他继续说下去,可后面就没别的了。"笔直向前,是吗?只要能走就停不下来?"

他点点头。"但是这条路,如果我走到头了,就真的到头了。"

他没有别的话要说了。

"那,你的部落朋友怎么样了——科丘帕尼扬,对吗?还有拉古,那个银行职员？你看，你的信我都读了。"

他注视着她，神色更阴郁了。

"他们都死了。"

仿佛有一只冰冷的手掐住了她的喉咙，她想去扯自己的耳朵。她应该叫他一个字都别再往下说。不知为何，她站起身来。灯泡的强光太过刺眼，她把它关了。对，这样就好多了。她开始在屋里踱步，步伐缓慢克制，以免显得过于慌张。她的眼睛逐渐适应了黑暗。窗外漏进微弱的光，楼下飘来一个女人的说话声。她想起自己小时候是多么讨厌新来的整日举止荒唐的列宁，但她就是忍不住要跟在他的屁股后面。为什么？她总想知道后面会发生什么，像强迫症一样。列宁烟头的火光照亮了他对她的一脸担忧。可在那神情的背后，她看见了绝望。她重新坐回床上，盘起双腿，正对着他。她无法阻止自己，曾经的强迫症依然在。她必须要知道。

"我到了瓦亚纳德以后，开始回忆起各种奇怪的东西，"列宁说，"这事儿我应该没在信里写过。我很小的时候，我们家在那儿住过，我父母是这么说的，但我对那段时间一点印象都没有了。只是在认识科丘帕尼扬以后，去了他们家在森林里住了三四代人的地方，有些记忆就回来了。我记得我漂亮的母亲，记得在和科丘帕尼扬家一样的茅屋外等她。屋里生孩子的女人在嚎叫，我捂着耳朵。我看到一个像科丘帕尼扬似的男人到我们家来，拿了一条巨大的鲤鱼要送给母亲。可能那是酬劳吧。然后他帮我们把鱼洗了，之后又带着炒菜的油回来，好像还拿了稻谷。也许他发现家里只有我们母子，厨房的火熄着，我父亲不在——那倒是也不难猜。这些肯定不是我想象出来的，对吧？我脑子里还埋着什么其他的记忆呢？"

列宁说，部落民疑心很重。他们被所有来到这里的人剥削、利用。英国人废除了奴隶制，但他们强迫部落砍掉珍贵的林木用来造船。如果英国人没有发现茶叶，那现在的山就是秃的。相反，他们让部落将世世代代居住的山坡修成了梯田。列宁说到了近年，剥削者变成了从科钦和特拉凡哥尔来的马拉雅里人，都是北迁的移民，文员、商人、司机。"就是我父亲那样的人。"部落民不用现金，他们需要什么都是以物换物。新来的人会怂恿他们搭建奢华的房屋，什么十字镐、手推车、铲子、滑轮、水泥、衣服，这些都随便拿——不用钱，按个手印就行。等到他们还不起账，那些人就没收他们的土地。部落民学到了刻骨铭心的一课。"当你被抢走一切，你很快就会开始关注政治。你能失去的只有锁链。顺便提一下，这是马克思说的，不是我。"

"挺好，你都能引用马克思了。"玛丽亚玛说。

列宁顿了顿。"如果你不想听了，我现在可以停下。"

她没有回答。

在小宝茶馆——"莫斯科"——列宁总喜欢和拉古坐在一起。有时拉古身边会有一个年纪更大的人，约莫四十多岁，叫阿利卡德，他从不在茶馆久留。拉古说，如果列宁真的想了解瓦亚纳德的阶级矛盾，那阿利卡德可以算作教授。阿利卡德出生于中产基督教家庭，因为参与椰棕绳工人罢工进过监狱。拉古说，因牢是最好的学校。《资本论》和斯大林主导的《联共（布）党史简明教程》在犯人间来回传阅，原因很简单——翻译成马拉雅拉姆语的就只有这两本。进去的可能是寻衅滋事的醉鬼，但出来的一定是清醒的共产主义者。阿利卡德成了敬业奉献的党员，与部落民同吃同住，为他们争取权益。国大党的工作者可从没做过这些事。

列宁说："介绍我给阿利卡德认识的时候，我发现他谦虚、睿智，比我那位老阿辰懂得更多。这是真正在做实事，为部落民谋福祉的人。他对我更感兴趣，想知道我为何决意做神父。"

"啊！你那故事可精彩了。"玛丽亚玛讥讽地说。话已出口，她才意识到不妥。"对不起，你就当没听见，继续说吧。"

"不，你说得对。我是有个精彩的故事，这就是问题所在。我以前相信这个故事，可现在我不信了。我活下来，不是为了服事上帝，而是为了服务百姓，比如救了我一命的普拉雅。但身为修士，我并没有在做这样的事。总之，我一五一十地对阿利卡德说了我的疑惑。他说：'这么看来，你是不想再派发鸦片了？'他给我解释了我才明白。原来马克思说过，宗教是人民的鸦片。它让被压迫者不去抱怨，不去尝试改变。阿利卡德还说，教堂不是非得像我们这里的样子。他说在哥伦比亚和巴西，耶稣会士和部落民一起生活、劳动，就像基督教导的那样行事。农民起义反抗政府的压迫时，那些神父做不到无动于衷，只能和他们站在一起。他们加入了叛乱者，违反了教规。有一位耶稣会士将他的思想撰写成文，称其为'解放神学'。这些话让我醍醐灌顶。我真想知道我们修院的图书馆有没有那些文章，估计没有。"

有一天，科丘帕尼扬没来当班，对于列宁来说，那是一切改变的开始。他第二天才出现，一大早就来敲列宁的门，一副心急如焚、惊慌失措的样子。他说他弟弟从一个叫 C.T. 的生意人那里借了钱，后来又债上加债，抵押掉了全家的地。借款到期，他弟弟没有跟家里人说——他肯定早就收到了许多次警告——而是跑路了。科丘帕尼扬第一次听说这事儿，便是 C.T. 拿着法院的信函，告诉他们全家人必须在七十二小时内搬离。科丘帕尼扬想让列宁陪他去找阿辰，求他劝劝 C.T.，因为 C.T. 也是本教区的教徒，还是教堂委员会的成员。"C.T. 这样的人跟阿利卡德正相反，他们憎恨共产主义，因为他就是靠剥削部落民才变得有权有势。"阿辰不情不愿地去见了 C.T.，没一会儿就哕哕嗦嗦地回来了。对方把他辱骂了一番，说他多管闲事。阿辰说，他会祈祷。"你知道吗，玛丽亚玛，我头一回觉得祷文这么没用。"

科丘帕尼扬在那之前已经先找过阿利卡德，他那时正在法院申请执行中止。"那很好啊！"列宁说。科丘帕尼扬怜悯地看着列宁，说："好？法院什么时候对我们这些人好过？法院里都是他们的人。"驱逐那天，列宁去了科丘帕尼扬家。部落的很多人家都来支持他们，阿利卡德、拉古和其他抗议者也来了。虽然阿利卡德申请了中止令,但法官是"他们的人"。很快,三辆吉普车开来,凶神恶煞的人走下车,手上拿着自行车的链条和竹竿。在他们身后,一辆警局的吉普车缓缓靠边,停在远处。C.T.对这家人喊话,说他们有五分钟时间离开。大家听从阿利卡德的指挥,全都安静地坐在地上不动。

"五分钟时间一到,C.T.的古达就冲上来了。警察冷眼旁观。我眼看着竹竿挥向科丘帕尼扬,咔嚓一声击碎了他的下巴。阿利卡德挨了第二下攻击。有个女人抱住自己的头,我听见铁链打断了她的小臂。我愣在原地,不敢相信自己的眼睛。突然间,我肩膀上一阵剧痛。我转身抓住铁链,揍了那个打我的人一拳——管他什么甘地的非暴力不合作。但他们的拳头像雨点一样落到我身上。玛丽亚玛,他们毫不留情地打我。然后那些暴徒往茅草顶上泼了汽油,把所有房子都点着了火。温度太高了,我手脚并用才爬出来。

"科丘帕尼扬的一条腿和下颌骨折,进了医院。阿利卡德和拉古也被伤得不轻。还有些其他人也进了急诊室。有人用自行车把我载回了家,因为我的膝盖肿得和足球一般大。阿辰几乎都没有认出我,我的脸好像肿胀的面具。可怜的阿辰,他一边照顾我一边落泪。他哭着望向上天,双膝跪地,恳求上帝彰显正义。哦,玛丽亚玛……如果上帝回应了阿辰就好了,无论哪个神都找不到第二个像他这样虔诚的仆人……如果上帝回应了他就好了……我的人生可能就会走上另一条路。如果上帝回应了就好了……我尿出来的是血,走不了路。我只能躺在床上,沉思,静养。"

几个莫斯科的熟人来看望列宁。他们说,科丘帕尼扬不在医院了。"不顾医嘱自行出院",这是医院的说法。一个人腿断了,下巴骨折,怎么"自行出院"?这话真正的意思是警察或者准军事部队带走了科丘帕尼扬,对他刑讯逼供。那可怜人什么也不知道!他的家人再也没见过他。他们大概率把他的尸体丢到了森林里,野外的牲畜可以保证什么也不剩。列宁听说，这样的事不是第一次。至于阿利卡德和拉古在哪里，没有人知道。警察在搜捕他们，两人已经转入地下。传言说，他们是纳萨尔分子。

纳萨尔分子。

玛丽亚玛背后蹿起一股凉意。屋里忽然间寒气刺骨。那个词——"纳萨尔分子"——只是说出来都教人觉得危险，让她的心跳加速。"别说了，列宁。"她说着站起身来。他并不惊讶。"我去上个厕所。"

她努力回想自己对纳萨尔派都知道些什么。她知道它的名字源于西孟加拉邦的小村庄——纳萨尔巴里。那里的农民为地主当牛做马，却只能获得收成中微薄的一点点，连饭都吃不饱。走投无路之下，农民们踏上祖祖辈辈耕作的田地，抢收了庄稼。武装警察拿着地主支付的俸禄，赶到现场后向聚集起来要求谈判的农民开了火，枪杀了包括妇女和儿童在内的十几个人。她能记起来的就是这些，当时这些新闻满天飞。纳萨尔巴里屠杀激起的愤怒仿佛霍乱一般感染了整个印度，纳萨尔巴里运动就此诞生。那大概是玛丽亚玛前往阿尔沃耶学院的时候。很多地方的农民都对封建地主和腐败官员展开了袭击，甚至还出了人命。警察的反击同样血腥。当时，国家眼见着就要卷入革命，人们的恐惧呼之欲出。如果全印度的农民联合起来，他们足以推翻政权。政府的应对措施，是指派秘密准军事部队追捕纳萨尔分子，一个不漏，不择手段。他们从她的学校带走过两名无辜的男学生，后来再也没有谁见过那两个人。喀拉拉的纳萨尔巴里运动尤其高涨。她那时还担心父亲会被针对，但他让她放心，他们的资产比起北方的地主不值一提，那些人都有好几千英亩的土地，再说了，他们家也从来没有过佃农。

玛丽亚玛坐回床上，用床单裹紧肩膀，因为她在发抖。列宁问他是不是不该继续说了。"现在已经太晚了，"她说，"继续吧。"

"我痛苦不堪，用了很长时间才痊愈。"列宁说，"但我心里还有另一层痛苦，那就是我亲眼见证的不公和残暴。我总是忍不住想起阿卡，那个在天花时救了我的普拉雅。她得到的回报是什么？像流浪狗一样被逐出家门。当年挨饿的孩子——我——答应过她，'我永远不会忘了你'。我没有忘——这一点我做到了。但我为她做了什么呢？身为神父的我，这辈子又能为她做什么呢？我已经'在问题里生活'了很久。在那张床上养伤的时候，我找到了答案。我没有别的办法。

"我跟一个莫斯科的常客说，我要联系阿利卡德，或者拉古也行。他很警惕，说什么也不知道就走了。两天后，我在门缝里找到一张纸条，叫我午夜去公交站。到那儿以后，来了一辆摩托。我被蒙上眼睛，然后坐到了车上。眼罩拿下来之后，我站在一片空地上。三个挎着步枪的人向我走来，其中一个是拉古。他劝我回去，他说，哪怕不回修院，我也应该拿我的大好年华去做其他事情。'比如什么呢，拉古？'我问，'坐银行柜台？'没有回去的路了。"

玛丽亚玛觉得列宁的声音好遥远。和她共处一室的，不是那个和她一起长大的男孩，而是一个纳萨尔分子。她感到无尽的悲伤和绝望席卷而来。她的躯体和思想都怔在那儿，陷入了休克。她倾听着。

"我见到了阿利卡德和我的小分队的其他成员。我们迫切地需要更多武器。我们十二个人，只有五支步枪，两把左轮手枪，还有一些土炸弹。你连武装都没有，还怎么搞武装斗争。我们策划了两场突袭，一场针对警察派出所和枪械库，目的是抢夺武器，另一场纯粹是报复。我们的目标是C.T.，那个夺走科丘帕尼扬土地的家伙。C.T.在镇上有一间办公室，在庄园有一间小别墅。小别墅四周空旷，如果从它下方靠近会被看得一清二楚，但它的侧面是茂密的植被，我们从那儿找到了一条路。C.T.很可能有枪，但我们也有，而且我们人数更多。

"计划是，阿利卡德抢劫枪械库，我们小队攻击C.T.，两边同时开始行动。我们刚剪开刺网围栏钻进他的庄园，就听到了引擎启动的声音，接着我们就看到C.T.的车一溜烟地消失在了下山的路上。房子的前门敞开着，桌上还有吃了一半的晚饭。显然，有人给C.T.通风报信。我们在墙板后面找到了他藏的黑钱,他都没把那块板子合平整。这钱没缴过税,永远都放不进银行,他肯定是逃跑的时候能拿多少就拿了多少。我们取走了两把枪,然后给小别墅放了火。按照计划,我们去了同情者的茅屋,把枪和钱藏好,然后就是等待。没多久,我们就得知了另一场袭击的消息。警察早有准备,阿利卡德的小分队一靠近枪械库就中了埋伏。可怜的拉古当场就死了。他们立即撤退,警察在后面追击。阿利卡德往身后的吉普车扔了个土炸弹,炸伤了一个警员,把吉普车甩掉。然后他们兵分两路,隐蔽了起来。我们也采取一样的策略,走的时候什么枪也不带,这样穿过镇子就不会引起注意。这次行动彻底失败了。

"我在野外过了一晚。第二天中午,我爬到山里高处的一条小径,那是我们的会合点。我又饿、又害怕、又恼火。我知道这个会合点可能已经暴露了。那里一个人都没有。就在我打算离开的时候,阿利卡德出现了,整个人看起来疲惫不堪。他问我有没有吃的,但我全身上下只有水。他皮肤上都是蚊子块,比我还惨。他说警察可能离我们不远,但他们晚上不会离开大路。尽管如此,我们也不能留在那儿。我们得吃饭,得睡觉。他说他知道一间房子,就在一家企业种植园的外围,再往上走个几英里就到了。西瓦拉曼是他'老早以前'的朋友——我估计是在监狱认识的。

"凌晨一点的时候,我们前方出现了一片空地。我一看见西瓦拉曼的房子,就觉得哪里不对劲。我恍惚间好像看到了'总管府',里面还有我父母和妹妹的尸体。我能闻到死亡的味道。我想拦住阿利卡德,但他说如果他再吃不上东西睡不上觉,他也离死不远了。他说他先进去,如果安全就给我发信号,但我让他别叫我。我说我就待在外面的树上,他也别提有我在。我看着西瓦拉曼给阿利卡德开了门。西瓦拉曼有点不情愿,但他还是让阿利卡德进去了。我耗尽所有力气,爬到了空地边缘的一棵树上。我坐在树杈里,离地十英尺高。然后我用芒杜把自己捆在了树上,免得掉下去。虽然很冷,而且我的腿还露在外面喂蚊子,但我居然睡着了。

"一两个小时后,我突然间惊醒。有一个拿步枪的警员就蹲在我正下方!他没发现我,正在那里打响舌——就是这个声音把我弄醒的。这时出现了另外两个警员。然后我看见西瓦拉曼站在屋外,招手叫他们进去。

"他们把阿利卡德拖了出来,抡起棍子把他打倒在地,西瓦拉曼就在边上瞧着。他们狠狠地把他的手绑在一起,痛得他叫出了声。我又气又怕,浑身都在发抖。他们押着他往我这边来,我以为我牙齿打战的声音就要把自己暴露了,但他们径直从我下方走了过去。阿利卡德的眼睛始终盯着地面。我感觉心里碎了一块。

"我的两条腿不听使唤,用了好久才从树上下来。我走到房子跟前,把嘴贴在门上。我喊:'西瓦拉曼,你背叛了一个好人。你活不到花赏金的那天,你出来的时候,我们就在这里等你。'我听见他呻吟了两声,真希望能把他吓死。然后我拖着发麻的腿去追那几个警察,中间保持足够的距离,以防他们听见动静。他们疾步往西高止山路赶,走了一个小时,在天刚蒙蒙亮的时候到达了山路,累得一屁股跌到地上。他们给了阿利卡德一根香蕉。我大着胆子往近靠了靠,躲在一棵长在石头上的楝树后头,我要是打个喷嚏他们都能听见。我想了一个又一个解救阿利卡德的办法,但全都是白白送死、异想天开,玛丽亚玛。我没有枪。我毫无还手之力。

"黎明刚过,驶来了两辆吉普车。车上下来了一个副警司,是个大块头。他兴奋得不得了,和那几个警员说恭喜的话。他跑到阿利卡德面前,恶狠狠地扇了他一巴掌。阿利卡德咧嘴一笑,说了些什么。那个副警司便骂他,踢他。他命令手下给他戴上脚镣,往他头上套了麻袋。接着,我听见他们在吉普车旁争论起来。副警司推了那人一把,就是那个蹲在我树下的警员,然后拔出了左轮手枪。他是要杀了自己的手下吗?我搞不明白,但是阿利卡德明白了,虽然他头上还罩着麻袋。'哎笃,

副警司？'阿利卡德大喊,'拿出点男人样吧,先把我的头套拿下来。难道你是懦夫？下手前都不能看着我的眼睛？'

"副警司走上坡,一步一顿地来到阿利卡德面前,仿佛他以为那不是丛林里的空地,而是世界级的舞台。阿利卡德挣扎着起身,即使双手被缚在身后他也还是昂首挺立。副警司扯下头套,冲着阿利卡德的耳朵呵斥。阿利卡德放声大笑。

"然后,阿利卡德拖动戴着镣铐的双脚,转向了我的藏身之处！他知道我在那里,他想让我亲眼见证。他是想对我说,'告诉我的同志们,告诉世界'。副警司往回走了三步,摆出预备姿势,他的右手笔直地夹在身侧,枪口冲下。我能清清楚楚地看到阿利卡德的脸,他在朝副警司微笑,那一抹微笑比任何武器都更加有力。副警司站稳脚步。阿利卡德高呼：'其他人会斗争到底！'我看到副警司举起手臂。'革命万岁——'"

窗外的冷光幽幽地照着列宁的脸,玛丽亚玛紧盯着他,几乎无法呼吸。

"枪声震耳欲聋,我身后的山石激荡着回响。我大吼一声,因为不敢相信,因为痛恨,因为愤怒。我敢肯定他们听见了我的吼声。我的耳朵嗡嗡地响,他们指定也是一样。我看到他们把阿利卡德的尸体拖下山坡。没有一个警员是高兴的。这是一场冷血的谋杀。他们把他的尸体抬上了吉普车的后斗。车开远了,我耳朵里的嗡鸣依然没有停止。

"我在阿利卡德坐过的石头下面找到了他藏起来的香蕉。我知道,这是他留给我的。说真的,当时我哭得停都停不下来。我不知道我是怎么办到的,我挣扎着把两块差不多大的石头推到了浸满阿利卡德鲜血的地面。我找到一块扁平的长石头,把它举起来架在了另外两块石头上。在这块纪念碑前,我伫立了很久,这是献给我的战友的卸重石。答案从来就只有一个。我终于肯离开时,在心里对自己说。笔直向前,走到终点为止。"

第六十六章　分界线

1971年，摩诃钵利之城

列宁很快就进入了梦乡，似乎将这些可怕的故事倾吐而出，让他有了短暂的喘息的机会。但玛丽亚玛睡不着。

她望向窗外，看见星空。那漆黑天幕上的光点，是经历了多少光年才抵达她的视网膜？这种事情列宁以前知道很多。大海隐没在暗夜中，但她能听见海浪卷起泡沫，冲刷这片科罗曼德尔海岸的沙滩。从这里开始，孟加拉湾将向东绵延数百英里，拥抱安达曼群岛，最终遇见缅甸的海岸。可惜这些事物的宏大——天空、星辰、大海，并没能让列宁告诉她的事情减轻丝毫的分量。真相的重担沉沉地压在她的肩上。

列宁看起来很平静。大阿嬷奇曾经感慨，这孩子醒着的时候到处惹是生非，睡着后怎么能这么天真无邪。他现在还是这样。在他讲到警员押着阿利卡德从他藏身的树下离开的时候，玛丽亚玛止不住地颤抖。列宁说，经历了拉古的逝去、突袭的失败，他怀疑过，如果不是印度所有受压迫的民众全体揭竿而起，武装斗争到底有什么意义。他才刚刚加入纳萨尔，就已经产生了疑虑。可眼睁睁看着阿利卡德被枪决后，他知道无论发生什么，他都必须战斗到底。他说武装斗争需要武装，需要更好的训练才能发挥作用。早前他说漏了嘴，透露出他的下一站是维城。她猜想，列宁此次的行程大概就是去弥补这些不足。

困倦袭来，她将视线从窗外收回，躺到他的身边。夜晚凉意渐浓，她把单薄的被单盖到两人身上。他的身体暖烘烘的。她的耳边就是他的呼吸，但她似乎已经在为他哀悼。列宁再也去不了帕兰比尔，再也参加不了任何一场婚礼,再也无法给她写信。哪怕是这次一时兴起的拜访,都已然将他们二人置于险境。但她很高兴他来了。如果她再也见不到他,至少她对他的去向不是一无所知。这总比杳无音信要来得好些。警察现在还没开始搜捕他,至少据他所知是这样。但从今往后,他都将在逃亡的路上奔波。他多半会在年纪轻轻时死去,或者被逮捕入狱。

沉睡中的列宁翻了个身,他的手臂落在她的身上。这一下她的泪珠又滚落下来,她哭着睡着了。

离天亮还很早她便醒了。她注视着他胸脯的起伏,他的腹部升起,她的落下。她心思清澈,仿佛骤雨后冷冽的疾风。她知道,她爱列宁。也许一直都爱。小时候,他们打打闹闹,吵架斗嘴……那就是爱。这几年,他们在言辞得体的书信里敞开心扉——那也是爱。"爱"不是一个她敢动心去思考的词,更别说使用,因为他们是第四或第五代的堂亲,那个"病"不需要更加牢固的基础。但现在,遗传学好像成了一个她不愿再信仰的宗教。

列宁睁开了眼睛。有那么一瞬间,世界安居一隅,"纳萨尔分子"这个词在别的房间别人的生活里。这里只有他们两个人。他露出了微笑。然后现实闯了进来。

他以前总嘲笑她,说她的眼睛狡黠,像猫。她那一缕白发就是她有猫科血统的证据。也许是她的眼睛在这天早上流露出了所有她羞于启齿的情绪,搭在她身上的那只手这会儿轻抚起了她的脸颊。她抚摸他的胡须,触碰他的伤疤。他凑近了些。如果她再也见不到他,还有什么好犹豫的呢?她生平第一次吻了一个人,吻了她爱的男人。突如其来的惊讶让两人退却了一些。他脸上的愉悦与惊喜映照出了她的心境。如果说她之前还有不确定,现在她没有了。他也爱她。不用犹豫。

他们在彼此的怀抱中沉沉睡去,两人的腿相互交缠,浑身浸透汗水。直到阳光逐出每一寸阴影,屋内逐渐炎热,他们才醒了过来。外面的世界打破了他们的宁静,但两人都没有动弹。

"我不想让你出事,"她说,"为什么不能永远像现在这样呢?"她的胸抵着他的肋骨。她抓起一把他胸上的毛发(除了当作把手,这些毛发还能有什么生理功能?),揪到他皱眉才肯罢手。"我现在怎么办,列宁?我在没有你的世界该怎么活?从此再也见不到你,不知道还能不能见到你,不知道你是生是死。我甚至连信都不能写给你!"她强忍着泪水。

"哦,玛丽亚玛。"他说。他语气中的怜悯惹恼了她,她不是想得到怜悯,她是在悼念他的离去。她忍着没把这话说出口,他也没有察觉到。他继续说:"玛丽亚玛,嫁给我!和我一起走。要不然我们怎么在一起呢?如果你加入行动,我们就可以结为夫妻,一起生活。"

她愣了一会儿,然后一把推开了他,她的手摸索着寻找被单。她觉得自己衣不蔽体。"你这是什么话?"她咬牙切齿,"你知道你在说什么吗?你知道你有多傲慢吗?你想让我放弃我的人生?跟着你去躲山洞?你知道为什么听你讲那些事情,听你说警察从树下经过,我会颤抖?我好害怕你下一句话就要说,你出于正义杀了西瓦拉曼。如果你当时有枪,你会杀了他的,不是吗?"

"玛丽亚玛——"

"够了!别再说了。我付出了所有——我的精力,我的睡眠,我醒着的每一分每一秒——去研究人体,是为了去治愈它,而不是去伤害它,你明白吗,列宁?也许有一天,我甚至可以治愈那个'病'。大阿嬷奇每天都在为此祈祷。这是为了治好你,笨蛋!你知道我刚才为什么要把自己给你?因为我知道这辈子再也不会见到你了。但是,我的上帝,如果你真的以为,我会跟着你踏上这条血路,这条……这条愚蠢的、绝对的弯路,如果你这么想,那你根本不了解我。"

他翻身平躺,一副颓丧的样子。

她还没说完。她晃动着他的肩膀。"你怎么不说你愿意放弃战斗,来和我过正常的生活呢？怎么不说你要为我放弃你的梦想？为我们的爱情……"

他一脸痛苦地望着她。"太晚了，"过了许久他才说，"如果我早知道你对我的感觉，我也许根本不会走上这条路。"

"你要是不知道那你就是麻库。而且还有，你现在做的事情没什么伟大的。你想帮助那些受欺压的百姓？去做社工啊！或者去参政，加入你那什么党组织，去竞选啊。不，你还是那个站在屋顶等闪电，假装自己是魔术师曼德雷的小孩儿。长大吧！你比你父亲好不到哪儿去。"这话太恶毒了，她也知道。她失了分寸。

屋外传来笑声，是女子高昂的声音，还有个男孩在应和她。一辆拖拉机又或者是柴油卡车的引擎发出轰鸣。玛丽亚玛多希望付出一切，只为求得平凡的日常！平凡对于他们是多么难能可贵；平凡在列宁身上倒成了不平凡。谁要是反对平凡的他俩在一起，那他尽可以拿着他的反对煮咖喱去。

她擦去眼泪。"对不起。"她说。

"你说得对。是我太蠢了，竟然让你冒着生命危险去追求不属于你的东西，而且回报是……没有回报。"

"我的回报应该是你才对，列宁。但不是东躲西藏的列宁，也不是监狱里的列宁。"

"对不起。"他轻声说。

她点点头。她必须这么做。她已经这么做了。原谅空洞无物，但这是她能给予所爱之人的全部。

第六十七章　出来就好

1971年，马德拉斯

除非是在监狱或者停尸房，否则她不指望再见到列宁。即便如此，对他的情愫仍旧在她心里滋长。她必须把这些感情藏起来，撒上盐，像安拉下面的泡茶一样腌起来。可是那种地方总有鬼魂游荡，尘封进罐子里的也能喷发。

在产科值班的第二周，她醒来时觉得恶心想吐。之后的几天早晨也是一样。她勉强洗漱、穿衣，爬上戈帕尔的人力车。他盯着她，有些担心。这人观察敏锐，但同时谨言慎行，如果她不先开口，他也不会说话。她包了他一个月的车，让他每天早上送她去戈沙医院，傍晚再接她回来。

戈沙距离宿舍两英里，就在玛丽娜海滩旁边。早晨的声音只有脚踏板吱扭转动，海鸥嘎嘎啼叫，海浪低声呢喃。这个点，天气还算凉爽。用不了多久，太阳就会变成一只白亮的圆盘，将炽热的光芒射向水面，而柏油马路则能烫得煎鸡蛋。到了马德拉斯冰库，戈帕尔转了个弯。曾几何时，巨大的冰块以锯末包装，搭乘美国商船从五大湖远道而来，之后就储存于此，为英国人缓解炎热之苦。咸咸的空气裹挟着鱼干的腥味，让她的胃里一阵翻腾。远处，趁着夜色出海的渔民正在归来。他们火柴似的脑袋浮浮沉沉，木桨整齐划一地摆动，让她想到在水里仰面挣扎的昆虫。

她想象在某个遥远国度的沙滩上，海浪有完全一致的节奏，退去时同样会发出沙沙声、咕嘟声。在那个镜像的世界里，生活着另一个玛丽亚玛，但是她没有这些惶惶不安。那个玛丽亚玛嫁给了不是纳萨尔分子的列宁，那个宠爱她的列宁会在玛丽亚玛从产科回去的时候，为她泡好一杯茶。在宿舍房间里，她还留着列宁忘在帕兰比尔的《天文指南》。那本书现在和珍贵的1920年的《格氏解剖学》放在一起，那是她母亲留下的版本，不用来学习，只用来珍藏。书是她的护身符，是她的幸运物，但如果现在这样叫幸运，那她真的不想感受厄运。

见到戈沙医院石灰石外墙下怒放的三角梅，她感觉心跳加速。花的颜色是胎盘那种红。没有人给这些植物浇水，她敢肯定它们的根系汲取了产科排水沟蒸发出来的产物，那"生命之水"可比水加牛粪更有营养。门口的廓尔喀笑嘻嘻地给她敬礼——她从来没见他皱过眉头。模糊的牌匾上写着"皇家维多利亚种姓及戈沙女子医院1885"。但对众人来说，它一直就叫"戈沙医院"，其中的"戈沙"和罩袍或面纱是同义词。这家医院是英国人为高种姓的印度教女性（她们不愿意和不可接触者走进同一家医院）和隔壁崔普利凯恩区的穆斯林女性建立的，那些女人囿于家中，出门也从头到脚罩得严严实实。她听人说过，有难产的穆斯林女人把房门堵死，不让丈夫带她们去医院，因为男性白人产科大夫可能会碰到她们。那样还不如死了。时代变了，如今印度的产科学已不再是男性主宰的专业。玛丽亚玛在产科轮岗的男同学抱怨说，这里全由女人作主，他们觉得自己就像流浪狗。好运把玛丽亚玛分到了戈沙，而不是埃格莫的妇产医院，之所以说是好运，是因为只有戈沙才有护士阿奇拉。

产科门外，一位苍白的孕妇正在母亲和丈夫的搀扶下来回踱步。她像鸭子似的摇摇晃晃，腰椎被大肚子牵扯成夸张的曲线。她的宫缩不够频繁，所以医嘱叫她多走动。玛丽亚玛每天早上都能看见这个景象，有时候，她会想象每天都是同一个呻吟的女人，穿着同一件白色的粗布纱丽病号服和同一件荒谬的长袖上衣。英国人的改良版维多利亚外套和紧身胸衣并不适合令人窒息的闷热天气。既然殖民者早已离开，为什么还要继续沿用这套服装?那女人的视线径直越过玛丽亚玛,她满脑子只想着把胎儿弄出去。"出来就好"是阿奇拉护士宣扬的真理。她有条"五排"原则:"排气、排液、排便、排异物、排胎儿,都是出来就好。"

主啊,这就是八个月后的我吗?我的症状再明确不过了。她和谁都无法倾诉,哪怕舍友阿妮塔也不行。

穿过产科晃动的大门,她仿佛踏入了火炉。浓烈而甜腻的气味像湿热的抹布一般扑到她的脸上。这天早上,有一个女人的尖叫和咒骂凌驾在了所有人之上。她丈夫逃过一劫,没有听到她的破口大骂。他和其他男同胞都坐在庭院里雨树的树阴下。女人的咆哮被步枪扫射般的啪啪声打断,紧接着是护士尖利的叫嚷:"别喊了,女人!你要骂他也该九个月前骂,现在还说什么?穆库,穆库!"用力,用力!"穆库"是神奇的咒语,是属于产科的"芝麻开门",是医护人员日夜吟诵的经文。穆库!

日复一日潮水般的婴儿给医学生积累了充足的经验——培训要求的二十场正常生产玛丽亚玛只用四天就完成了。"正常"生产都提不起研究生的兴趣,在产科实习的她们穿着五颜六色的纱丽,懒洋洋地瘫坐在一张坑坑洼洼的木桌子周围,只有事情不正常了,她们才会克服一下惰性。

在白色的护士台边,矮个子、深肤色、身材苗条、长相硬朗的资深护士阿奇拉气定神闲,正在拟药品的订购单。她涂了脂粉的脸光滑细腻,又黑又亮的头发衬得燕尾帽越发耀眼。她的白色制服外面套了一条知更鸟蛋蓝色的围裙,熨烫得服帖平整,浆洗得硬挺到可以抵挡子弹。她那张刀子嘴能把任何一个她觉得干活毛糙的人大卸八块,但她的内心住着慈爱、哺育的灵魂。不知为何,玛丽亚玛看到她总能想起大阿嬷奇,虽然两人截然不同。女人们的声声祷告呼唤着帕尔瓦蒂、安拉、耶稣;哭号在瓷砖墙面间回荡,震动着磨砂玻璃窗;黏糊糊的地板上蒸腾起血、尿、羊水,散发出的污浊空气渗透了鼻孔、纱丽、皮肤、头发和大脑;柠檬绿色的隔帘永远大开着,让最隐私的体验变成公开表演——她祖母会怎么看待这些呢?大阿嬷奇那么坚强,肯定能处之泰然。至于玛丽亚玛,她干脆爱上了这一切!

产科的黑板和中央火车站的时刻表很像,但上面写的都是些"G3P2 PROM"(孕次3,也就是怀孕了三次;胎次2,也就是产下活胎两次;最后是胎膜早破)这样的标记。玛丽亚玛从阿奇拉身后靠近,不过护士的后脑勺长了眼睛。"女士们,听好了!"护士高声喊,"玛丽亚玛医生来了!都别偷懒,好吗?穆库穆库!"说完,阿奇拉自己先嘿嘿地笑了。除了玛丽亚玛,没有人注意这句话,听到自己名字后的"医生"二字她心花怒放。

"早啊,护士。"玛丽亚玛说着将一串茉莉花放在护士台上。玛丽亚玛经常照顾宿舍附近一位老奶奶的生意。每天,她把花苞绑到纱线上,飞快的打单结技术能让任何一位外科医生汗颜。她的脸和身体上都覆满了丑陋的肉球,有的是玻璃珠大小,有的像李子那么大。那是神经纤维瘤病,也叫冯·雷克林豪森病,是皮下神经长出的良性肿瘤。著名的象人约瑟夫·梅里克就曾被认为是得了某种神经纤维瘤病。

"啊哟!谁有空赏茉莉花呀?"护士说完却把花举到鼻子跟前,咧开嘴笑了,"去看看三床,她是个要上产钳的,我专门留给你的。"接着她提高声音喊道:"所有人听好了!我有种强烈的预感,今天的任务会非常艰巨。"护士没有哪天是没有强烈预感的,也没有哪天任务是不艰巨的。

三床的马拉雅里女人臀部下方垫了一张橘黄色的防水布,布的两侧从床边垂下。在她之前用过这张防水布的数不胜数的女人们,给它留下了永久的紫药水色的污渍。玛丽亚玛将戴着手套的食指和中指分开成V状伸入产道,发现她的手指几乎碰不到宫颈壁——孕妇已宫口全开。黑板上说,她分娩了七个小时,但婴儿的头还没有挪出盆底肌。玛丽亚玛把漏斗形的听诊器——胎心听筒——抵在隆起的肚子上。即使周围安静得掉一根针都能听到，胎儿的心跳声也很难找到。阿奇拉说，她必须"想象宝宝的心跳"才能把它和母亲的心跳声区分开来。想象！忽然间，她听到了，就好像是一只喙很钝的啄木鸟。小于八十就足以让人紧张，这个宝宝只有六十。玛丽亚玛的心开始狂跳。

"护士！"她嚷道，但阿奇拉已经把小推车送来了。产钳刚刚从消毒机里拿出来，正冒着蒸汽。玛丽亚玛抓起的塑料围裙才刚被别人用完，绑带还是湿的。在会阴中线的一侧，她涂上奴佛卡因麻醉皮肤，然后将它剪开。小股的血流随着脉搏的节奏，沿着弯头的会阴侧切剪留下的刀口涌出。她之前只用过一次产钳。产钳长得像两只弯曲的餐匙，手柄细长。如果两只餐匙（或者叫"钳叶"）都放置在正确的位置，拢住了孩子的头，钳柄就能靠在一起，扣上钳锁。但是，等到要上产钳的时候，婴儿的头往往又软又肿，很难找到标记物。她用食指和中指作为引导，将左叶滑入，越过婴儿的头颅，接着对右叶做了一样的操作。她祈祷钳叶夹住了头骨，而不是压在脸上。可不管她怎么尝试，两个钳柄始终都靠不上。如果强行用力，头骨可能就压碎了。就在她陷入绝望时，女神阿奇拉的手从她身后出现，把一只钳叶稍微调整了一下，钳柄就能合拢上锁。护士转眼间就不见了。

然而，玛丽亚玛想装在钳柄上的牵引柄居然不匹配！她应该在开始之前先检查一遍的。又一次，女神阿奇拉的手从她身后出现完成了组装，尽管器械不是一套。玛丽亚玛站稳脚跟，准备牵拉。阿奇拉找了个见习护士站在玛丽亚玛身后，免得婴儿露头时她向后摔倒。随着下一次宫缩，玛丽亚玛拽住了产钳。"啊哟，你管这叫拉吗，医生？"阿奇拉看也不看就从房间的另一头喊，"你再不努点力，婴儿倒要把你连人带拖鞋都拽进去了。"玛丽亚玛蹲下身，使出了吃奶的力气。婴儿的头在名为骶骨的岬角搁浅了。"护士！"她咬着牙大叫。"没事的，嫲。"阿奇拉在护士台冲着她喊，随后她又对另一个人大吼，"医生，等你把那个侧切缝好孩子都会走路了呀！"

确实没事，因为头突然间就出来了。要不是有见习护士挡着，玛丽亚玛和宝宝就要四仰八叉地躺在湿滑的地板上了。拜产钳所赐，这个绵软的青紫色小东西不幸地拥有了一个丢人的鸡蛋形脑袋。她慌里慌张地捏动婴儿嘴里吸痰管的负压球，但丝毫不起作用。她温柔地吹了吹脸颊，什么动静也没有。母亲惊恐地张望着。女神阿奇拉十只手中的一只伸了过来，在婴儿的屁股上打了一巴掌，小家伙浑身一颤，发出了刺耳的哭喊。"好点了，嫲？"阿奇拉说着得意地笑了，那种"只要出来就好"的意思不言而喻。玛丽亚玛太高兴了，她想放声大叫。婴儿小小的拳头举了起来……忽然间，她想到了列宁，泪水在眼眶里打转。"嘿，玛丽亚玛女士！"护士吼道，她这会儿又在高压蒸汽灭菌锅边上了，"你要是不想剪脐带，请把剪刀递给宝宝好吗？别做白日梦了！"无所不知的阿奇拉甚至能读取人的心思。玛丽亚玛剪断脐带，开始修复侧切的刀口。等今天一结束，我就去找阿奇拉坦白。我要把一切都告诉她。这件事我无法独自承受。

* * *

几个小时后，她们下班了，她问阿奇拉能不能陪她一起走。她迟疑地吐露了自己的秘密，阿奇拉听后哈哈大笑起来。

"嫲，每个来产科轮岗的医学生都以为自己怀孕了。甚至还有些傻小子呢！这叫假性怀孕。但是我会告诉她们，你一个处女怎么怀孕呢？"阿奇拉忍不住又笑了。

"护士……？我不是处女。"玛丽亚玛嗫嚅道。

阿奇拉带着新的目光重又打量了她一番。她撩起玛丽亚玛的下巴，左看看，右看看。"嫲，你还没出生我就在产科工作了。女人如果怀孕了阿奇拉肯定能知道。上帝还不知道，母亲还不知道，我就知道了。丈夫都是白痴，什么也不知道，所以丈夫的话都不算数。但是阿奇拉从来不会错，身体会告诉我。脸颊啊，颜色啊，诸如此类的。我保证你没有怀孕。你相信我吗？肯定不相信！所以，我们要做检测，但这只是为了让你放心，好吗？"

来到血库，阿奇拉亲自抽取了血样。"我会用别人的名字把这个送到实验室去的，但是结果肯定是阴性，嫲。你的怀孕是在脑子里，不是在子宫里，"她顿了一下，以示强调，"但只是这一次。下次可能就是子宫了，所以，下次一定要动动脑子。"

第六十八章　天堂的猎犬

1973年，马德拉斯

收到阴性的验孕结果后，她"晨吐"的症状消失了。玛丽亚玛感觉自己像是被判刑的犯人得了赦免。她原本被吓得茫然无措，满脑子都想着自己会变成未婚母亲，孩子的父亲还是一个永远无法活着回来的纳萨尔分子。

她还有第二件心事，但羞于向阿奇拉护士启齿：她其实是失望的。她为什么没有怀孕？她有什么问题吗？她和列宁共度的那一夜难道没有感动上苍吗？像他们这样的爱情，他们的第一个良宵，肯定得留下点什么吧？这想法不合理，她知道，但它挥之不去，哪怕在她为圣诞假期打包行李的时候也是如此。她终于要回家了，她拖延了太久。

第一眼瞥见帕兰比尔，她诧异于它的宁静，似乎她离家这几年的一切纷扰都与它毫无牵连。烟囱里的炊烟袅袅升起，那下面的炉灶永远也不会熄灭。而她的父亲就站在那里，两旁是围廊的立柱，安娜切塔蒂在他身边，仿佛从她离开的那一天起，他们俩就一直这样站着守在原地。他把她紧紧抱在怀里，教她几乎无法呼吸。

"末丽，你不在我的心里都空落落的。"他轻声说。他的怀抱让她觉得很安全，就像小时候一样。接下来，轮到安娜切塔蒂让她喘不上气了。他们都注意到了她额头上的疤，尽管它已经很淡了。她埋怨说是实验室的地板太滑摔了一跤，撞到碎玻璃割破的。这话倒也不假，只是省略了一些故事背景。

她祖母和小末儿的灵魂徘徊在近旁，让她再一次想起她的志向，想起她离开的缘由。她所成为的一切，她所追求的一切，都始于这间大宅和宅子里可亲可爱的人。除了从阿尔沃耶学院赶回家参加葬礼那次，她只回来过一趟，是在她入学医学院之前不久。那两次回来，家里还因为亲人的离世而破碎不堪。但如今，她能感觉到父亲和安娜切塔蒂已经学会了接受失去，习惯了新的日常。对玛丽亚玛来说，这却让她深爱的那两位大宅顶梁柱的缺席更为刺眼——仿佛是布面有一道裂口，其他人却看不见。

安娜切塔蒂做了她最爱吃的菜，敏-维维查图，深红色的酱汁浓稠到插一支铅笔进去都不会倒。"鱼贩子昨天来了，是那个老太太自己——不是她儿媳。她篮子里只有这条阿沃里。她说：'告诉玛丽亚玛，这家伙是我专门带给她的。跟她说说，我从脖子到胳膊都疼得厉害。瓦伊迪昂的药片什么用都没有，把它们丢到河里可能还对我的病好些，只不过对鱼不好。'"玛丽亚玛眼前浮现出那老妇人的模样，她的前臂皮肤干燥，疙里疙瘩的，好像鱼鳞从她头顶的竹篮撒落，长到了她的胳膊上。现在，老妇人的礼物躺在大阿嬷奇的陶锅里，变成了包裹着红色酱料的鱼排，雪白的鱼肉在她的舌尖化开，咖喱染红了米饭、她的手指和瓷盘。

她父亲急不可耐地想告诉她已经知道了的消息。她能感觉到餐桌上笼罩着微妙的气氛，尤其是他用力地想要掩盖，这感觉就更明显了。他一直等到她吃完。

"末丽，我得告诉你一个坏消息。上帝啊，我们成天都在说这件事。"洗碗的安娜切塔蒂停下手里的活，也坐了下来。"列宁失踪了，"他说，"你知道吗？"

"我一直都有点担心。他好久没写信了。"又是半句真话。

"呃……你可能不敢相信，他加入纳萨尔了。"父亲说。

欺骗的代价，就是觉得自己像一只蟑螂。她静静地听父亲复述报纸上的新闻：纳萨尔突袭，阿利卡德企图逃跑被击毙。"纳萨尔之前离我们好像挺远的，"他说，"都是北边马拉巴、孟加拉的事儿，突然之间就到眼前了。"

她父亲一直都是个英俊的男人。可她第一次注意到,他眼下有了不会消退的色素沉积,额上有了抬头纹,他的两颊下垂了,日渐稀疏的发间已经能看到闪亮的头皮。她意识到,他五十了,已然走过了半个世纪。可即便如此,帕兰比尔的时间难道在她离开时加速了吗?

当女儿坠入爱河,与父亲的隔阂也许在所难免。第一个占据她的心的男人,现在必须要和另一个竞争。可在玛丽亚玛这里,是秘密让他们疏远。安娜切塔蒂不安地看着她,担心这个消息会让她崩溃。

"太恐怖了,"玛丽亚玛说,因为她必须得说点什么,"如果他真的加入了纳萨尔,那他就比我以为的还要蠢。如果他想帮助穷人,为什么不入党,为什么不去参加竞选呢?"她就是这么跟列宁说的,"为什么要用这种方式?他真是个白痴,白白断送性命!"她激烈的言辞让他们面面相觑。她是不是太夸张了?

"总之,"父亲过了片刻说,"列宁有一点是我要说的,他在来这儿的第一天就表明了自己的想法。他一直都很关心普拉雅,他们身上的枷锁也压在他的肩上。我们在这儿坐着,自以为公正、开明,但事实上,面对不公我们可能视而不见。他却从来不会。"

只可惜,列宁听不到她父亲为他辩护。

* * *

安娜切塔蒂去洗澡了,玛丽亚玛一个人坐在黑暗的厨房,空气中弥漫着浓烈的气味与回忆。她想起达摩达兰有一次把古老的眼睛贴在窗户上,大阿嬷奇装作生气的样子数落他。祖母逝世的那个礼拜,达摩消失在了伐木场附近的丛林。这是他们后来才听乌尼说的,他在森林里的茅屋等了好几个礼拜却不见它回来。毫无疑问,达摩是去陪大阿嬷奇了。乌尼悲痛欲绝。玛丽亚玛找到火柴盒,点亮了大阿嬷奇的一只手掌大小的油灯。这是她祖母最喜欢的那种,睡觉时总要带着。玛丽亚玛想象着那张和蔼的脸庞沐浴在油灯昏黄的柔光中,尽情地哭了一场。她知道她的祖母一直与她同在，但这些眼泪是为过去而落，为童真的岁月而落，那时的她坐在这间厨房，吃着那双慈爱的手递来的食物，听着有趣的故事，知道自己有人牵挂。

她平复心情，去书房找她父亲。她是多么想念旧报纸和旧杂志的纸香气，还有这自制墨水的味道！想念他身上熟悉的檀香皂和苦楝牙膏的气味，想念每天晚上他给她读故事的那一段神圣的时光。为什么人只有在离开或者失去了某样东西后，才会珍惜它的美好？不过，今天晚上的故事由她来讲，因为他贪婪地想知道她那个医学世界的点点滴滴，他的好奇心就像飞蛾，扑向新知识闪烁的每一处光芒。他渴望每一个细节。她满足他的请求，将所有事情一一描绘……除了布里吉。

睡前，他说，"每天都要面对这些病痛一定很不容易。"他打了个寒战，"我是做不到。全靠运气和上帝的恩典，我们才能远离这些疾病。我们真是太有福了，不是吗？"

她内心感慨，一个遭受了如此多苦难的人，竟还会有这样的感受。"阿帕，我好惭愧，我经常觉得这些是理所当然的。以前，病人让我害怕；现在，我们都太关注疾病本身，有时候反倒忘了患者。我从产科或者外科病房回家的时候，只会想晚饭吃什么，或者今天有没有信。我觉得，所有医生都会有一种幻觉，好像我们和上帝达成了某种协议，我们照顾病人，所以可以免于疾病。"

"你提醒我了，"她父亲说着，递给她一张纸，"我读书的时候看到了这句话，是帕拉塞尔苏斯的誓言。我说，'我一定要把这句话抄给玛丽亚玛看看。'"她父亲的字迹一向潦草不清，但这行字他煞费苦心写得工工整整，"我心想，'我就希望我的玛丽亚玛能成为这样的医生'。"她读道："爱病人，爱他们每一个人，把他们当作你的亲人。"

那天晚上，她睡在安拉隔壁的老卧室里，和安娜切塔蒂挤一张床。她满足地依偎在乳母身边，这个女人像母亲那般照顾她，就和照顾汉娜一样。安娜切塔蒂悄悄告诉她，乔潘遭受了很大的挫折。因为伊克巴尔想退休，不干驳船生意了，乔潘就跟银行贷了款，把他的份额买了下来。但是为了还贷，他必须加倍工作，扩张线路，有什么活就接什么。安娜切塔蒂说，他给工人开的薪水很高——说到底，他原来也是他们之中的一员。但是，他对他们逼得也很紧。在欧南节前夕，生意最忙的时候，他的船夫和装卸工罢了工。他们要求得到公司的一部分股份。乔潘试过和他们讲道理。难道他的债务他们也想分走一份吗？他们听不进去。他觉得自己被背叛了。"你记不记得有个党员，乔潘给他拉过票，帮他在那个区当选的？"安娜切塔蒂说，"总之，那个人和党组织站在了工人的一边。比起损失所有工人的选票，还是牺牲乔潘一个人的选票好。乔潘把工人锁在门外，想雇新的人来。结果他的工人弄沉了一艘驳船，还差点烧了他的仓库。乔潘不愿意妥协，干脆关停生意，让银行把它收走了。我不知道他保住了多少钱，但我挺担心他的。"玛丽亚玛心想，他们至少应该不会挨饿，阿蜜妮卖茅草帘还能赚些钱，而且他们还有地。再说，波提可能也能帮衬一下家里，毕竟她去了沙迦投奔丈夫。

然而，这不是乔潘曾经设想的人生。她很惊讶父亲竟然没提这事，也许他是想顾及朋友的面子。

早晨，她拎起一条托土出了门。她想去看看医院的工地，却先走到了鸟巢。她深深吸气，细嗅它干燥的木香。凌霄花在向阳的一侧喧闹。这是她母亲计划好的吗？让大自然在每年每季都赋予鸟巢新的样貌？里面依然摆着那两把小凳子，她在上面坐下，膝盖撞到了下巴。她想起曾经坐在对面的波提。她们玩跳棋，或是轮流耳语"我能不能告诉你一件事情"，分享着周遭的大人不想让她们知道的秘密。有时，她会自己一个人过来，假装对面的凳子上坐着她母亲。她们会一起喝茶，聊聊家常。

石女位于通往水渠的路上。小时候，她和波提意外发现了这尊石像，它几乎被蛇葡萄和藿香蓟遮蔽得严严实实。它恢宏的气势、无脸的形象一下子就让玛丽亚玛惊呆了。它让她们显得无比渺小。如今，它依然如此。父亲说，这是她母亲放弃了的雕塑。她和波提把它解救出来，清除了它周围的杂草，种上了金盏花。玛丽亚玛曾把石女当作母亲的另一个化身，一个和卧室里那张朝她微笑的照片不一样的化身。还是孩童时，她会躺在石女的背上，想象母亲的力量渗入她的肌体，仿佛树干里向上蔓延的汁液。现在，她只是用双手拂过石女，默默向它问好。

水渠对岸，医院的混凝土地基已经浇筑完毕。单是看绳子捆扎竹竿搭起来的脚手架，就能猜到这将是一座远比她想象更大型的建筑。她努力设想大楼建成后的样子。她欣喜地想到，她在玛拉蒙集会上脱下的金手镯也在那里面，以某种方式化作了医院的一部分骨架。

水渠新近被拓宽了河道，并且直到与河水交汇处都做了清淤。水面成了绿与棕的万花筒，漂浮的落叶比她印象里跑得更快。她找了一处隐蔽的角落，脱到只剩内衣，而后踩着湿滑的青苔摸下石坡，接着纵身一跃，扎入水中。随着突如其来的变换，她内心涌起兴奋、熟悉、怀旧……和感伤。她本以为跳进水里就能潜回旧日的时光，但她已经回不去了。时间与流水都只会滚滚向前。她在下游浮出水面，位置比她预想的更远。交汇处的水浪轰隆隆地宣告它就在前方，水势凶猛得出乎意料。她径直游向河岸，寻到抓手，然后跌跌撞撞地爬了出来。不，这已经不是那条水渠了，她也不再是那个玛丽亚玛。

短暂的假期结束，她父亲奢侈地叫了一辆观光出租车，不是开到汽车站，而是直接把他们带到普纳卢尔的火车站，全程要两个半小时。他们坐在后座，好像王室一样。父亲坦诚地告诉玛丽亚玛，管理帕兰比尔的工作已经让他精疲力竭。"我向来都不善于此。我要是有沙缪尔或者我父亲的干劲，我们就可以耕更多的地，挣更多的钱。"他心虚地看着她，"但比起犁，你父亲还是更喜欢笔。"

玛丽亚玛觉得父亲是谦虚，他的非虚构作品很有名气。他每年还会写一到两篇长篇的调查报告，发表在《曼诺拉马报》的周末杂志上。

"所以，我在和乔潘商量让他来帮我们管理帕兰比尔。我给他开了条件，感觉应该能成。他现在不打算干驳船生意了，麻烦事太多了。很多年前，沙缪尔刚走的时候，我们给乔潘开过特别好的条件。他自己也说好。他会有自己的土地，比我们任何一个住在这里的亲戚都多，还可以从收成中抽一部分作为给我们当经理的报酬。但他有个征服世界的梦想——至少是征服水路，所以他拒绝了。而且，他也不想被当成是给沙缪尔接班的'普拉雅乔潘'。"

"那你这次开了新的条件吗？"

"你是应该要问的。等我不在了，这些都是你的，所以你应该多知道点。我提议直接给他十英亩地，作为回报，他帮我们耕种十年，收成的百分之十归他所有。以后，等他的耕地成气候了，赚到钱了，他要是愿意，也可以跟我买更多的地。"

"这很慷慨。"玛丽亚玛说。

父亲似乎很满意。"我希望他也这么想。我曾经开出的条件比这好得多，但时过境迁了。我也为他觉得可惜。"他望向窗外，好一会儿没有说话。"末丽，你知道吗？小时候乔潘是我们的英雄，是我们的圣乔治。命运是个奇怪的东西。看看我，中学毕业，立志要去上大学，看世界。结果呢，我仍旧在这里，停留在最开始的地方，乔潘倒成了行万里路的那个。在帕兰比尔，我是感到最满足的。也许乔潘会发现，他一直想要逃离的，才是能救赎他、给他带来幸福的。你可以抵抗命运，但猎犬最终还是会找到你。看啊，一切皆弃你而去，只因你弃我而去。"

与父亲在站台上告别令她心碎。想到有那么多事瞒着他，她内疚不已。她有多少秘密，该死的秘密。她无法想象父亲会有任何事瞒着她，但也许就连他也有秘密。

他们长久的拥抱与以往不同。他们互换了角色，她成了大人，抛下孩子，留他自己照顾自己，但孩子舍不得她离开。火车渐行渐远，她父亲站在原地挥着手，勇敢地笑着，一个孤单而落寞的身影。

第六十九章 看见想象的东西

1974年,马德拉斯

玛丽亚玛内科轮岗快结束的时候,一个身着卡其布工装的院工叫她去见病理科的乌马·拉马萨米博士。玛丽亚玛的第一反应是她做错了什么,但她的病理课早就结束了。她的第二反应是兴奋。乌马·拉马萨米刚过三十,离异,是一位惹人注目的女老师。玛丽亚玛班上的男同学都对这位教授爱慕有加。金纳说:"她有课题哎。"这在医学院的行话里意味着她精通某个领域。"金纳,你确定吸引你的是'课题',不是别的什么吗?""比如什么,嫲?老师的那辆普瑞米尔帕德米妮吗?"他一脸无辜地说,"切!才没有呢!"

普瑞米尔推出的菲亚特帕德米妮比古板的大使或者长得跟蟑螂似的标准先驱都更适合拉马萨米博士。这三款重新贴牌的外国车是少数几个获得许可,能够在社会主义印度生产的轿车。要买其他车,则需要支付百分之一百五的进口关税。乌马的菲亚特是定制的黑檀色车身拼红色车顶,加装一对大灯,车窗贴膜,排气声浪低沉浑厚。而不同寻常的是,她竟自己开车。

拉马萨米博士第一次在有着百年历史的多诺万礼堂给他们上课时,高挑、自信的她穿着短袖白大褂大步流星地走进教室,于是,连总在后排交头接耳的差生都鸦雀无声。她立刻开始讲解炎症,这是身体面对任何威胁的第一反应,是所有疾病的共同点。寥寥几分钟,她就将他们置于一场鏖战:入侵者(伤寒杆菌)被山顶的哨兵(巨噬细胞)发现,哨兵立刻向城堡(骨髓和淋巴结)传递讯号。在上一场战争中对抗过伤寒的老兵(记忆T淋巴细胞)被叫醒集合,他们匆忙将专门对抗伤寒的搏斗技术教给尚未见识过战斗的新兵，然后给他们配备了只为缠住并刺穿伤寒的盾牌而特制的长矛——本质上，老兵是克隆了年轻版的自己。这些历经上一场伤寒战役的老兵同时还集结了生物战军团（B淋巴细胞），后者迅速地制造出独一无二的热油（抗体）浇到城墙下方，它能融化伤寒入侵者的盾牌但不会误伤他人。与此同时，游走的雇佣兵（中性粒细胞）听到战斗的号角，也全副武装随时待命。一旦闻到血腥气——无论谁的血，不管是敌是友——这些雇佣兵就会大开杀戒……拉马萨米博士在黑板前踱着步子，踢起了红色纱丽金丝玫粉的镶边。玛丽亚玛想起母亲的速写中那些栩栩如生的女子，婀娜的木炭线条勾勒的不仅是垂坠的纱丽，也是布料下女子的身姿。

她办公室外的铜匾只写了"汉森研究中心"。与惯常做法不同，拉马萨米博士似乎不需要将自己的名字放上去。屋内的空调吹出习习凉风，让玛丽亚玛想起繁华的城郊T.讷格尔的那些纱丽店铺，坐在高台上的售货员满不在乎地将叠好的纱丽一条接一条地拽出来抖落开，如瀑布般垂在顾客的面前。不过在这里，镀铬冰箱、水浴锅、培养箱、光滑的实验台、离心机取代了丝绸与棉布的层峦叠嶂。

玛丽亚玛的视线落到一台漂亮的双目显微镜上。她口水都要流出来了。它甚至还有第二副目镜——用于教学的观察头——可以让学生和老师观察同一个标本，下方还有电灯泡照明。与这件尤物相比，玛丽亚玛那台只能在明亮的窗边不停调整反光镜才能使用的单目显微镜，简直是一驾牛车。

"很漂亮，是不是？"拉马萨米博士穿着海蓝色的纱丽，戴着简洁的金耳钉。她指向显微镜旁的高脚凳，示意玛丽亚玛坐下。寒暄过后，她说："嗯……我叫你来，是想问问你愿不愿和我合作一个项目——"

"好的老师我愿意！"她说，字词都扑到了一起。

拉马萨米博士笑了。"你不是应该先了解一下是什么项目吗？还是你对什么都说好？"

"不是的我是说是的老师。"玛丽亚玛觉得脑子里一团糨糊。她看起来肯定特别愚蠢。她必须慢点说话，阿妮塔总这么提醒她。

"你将会协助我研究周围神经，研究汉森氏病。"

为什么不直接说麻风病？玛丽亚玛想问。

"我们的任务是仔细解剖我们保存的汉森氏病患者的上肢，完整显露正中神经和尺神经以及它们的分支。之后，我们先对标本整体按原样进行拍摄，然后再把神经制作成多个切片用于显微镜观察。部分切片我们会送去奥斯陆做免疫组化染色和研究。"

玛丽亚玛眼前浮现出玛拉蒙集会上的麻风病人，还有一瘸一拐爬上帕兰比尔的山坡的那些病人，他们仿佛来自另一个星系，离得还远远的就停下脚步，晃动他们的杯子。她想到要解剖他们的肢体，心里不由得打了个寒战。也许还是叫"汉森氏"比较好。

"能被邀请，我感到很荣幸。"她说。

拉马萨米博士歪过脑袋，笑容更可掬了。"但是……？"

"没有，没有但是……我只是好奇，老师，为什么要选我呢？"

"好问题。是考珀博士推荐了你。我看了你在竞赛上做的手部解剖，能在两个小时里做成那样非常了不起。那就是我需要的技术，但是我的标本会更难处理。"

"谢谢老师，我很高兴你找我不是因为别的理由……"

"因为你捏扁了布里吉的蛋蛋？"她一本正经地说道。玛丽亚玛惊呆了，哑然失笑。

"啊哟，老师！"

"说实话，那是额外加分。没多久之前，我也是这里的学生。我们那个时候也有布里吉这种人，虽然没有像他这么恶心的。可惜啊，有些人现在都还在呢。"

第二天，玛丽亚玛开工了。她从福尔马林缸里捞出了标本，那里面似乎有一大堆带手的前臂。她在光线最好的窗边进行解剖。如果需要，还有一台带支架的放大镜供她使用。她必须找到前臂正中神经和尺神经的主干，然后分离出它们延伸至手指的分支，或者应该说残端，因为这个标本没有手指。问题是它的皮肤厚度堪比象皮，比一般福尔马林浸泡的尸体标本要厚得多。脂肪和皮下组织摸上去像石头一样坚硬，牢牢地附在外皮上。她必须要非常小心，才能避免扯坏神经纤维。当她感觉到神经在附近，手术刀或者剪刀这种尖锐的工具就不能使用了。所以在接连几个小时里，她或是用包着纱布的手指，或是用手术刀的刀柄，时而抠、时而推、时而刮——在手术中，他们管这叫"钝性剥离"。她仿佛是追寻猎物踪迹的猎手。迹象往往难以辨别，就像被蚯蚓微微拱起的深色泥土。她弓下腰凑近标本，就和小时候跟汉娜绣花一样。与世隔绝的修女还能有这样的爱好吗？

在耗费了一周时间，得到了酸痛的手腕和僵硬的脖子后，第一份解剖完成了。

"太棒了！"乌马在过来查看后说道，"我招募你来是因为我没有时间做这些，但是我得承认，我试过。我切得一塌糊涂！你的秘诀是什么？"

玛丽亚玛迟疑了片刻。"部分原因是我的视力。我很小的时候学过绣花，我发现我能绣非常细小的花纹，教我的汉娜却不能，但她的视力是正常的。我其实都没有用过你的放大镜，用了反而会觉得头晕。另外，老师——"她犹豫了。她试着给阿妮塔解释过，但她室友以为她疯了。"我不是想自吹自擂，也不想被当成……疯子，但在解剖的时候，我觉得我看东西的方式不一样。我的意思是，我们看到的可能是同一块被压扁了的福尔马林组织，但我能看到它立体的样子，我可以在脑海中旋转它。我不只是知道我应该看到什么——摆在我们面前的解剖手册里都画了。我能看到的是这块组织和插图之间的区别。我可以完整地想象它的样子，几乎是透视它。接下来，我要做的就只是把它剥离开来。这时我会用上我的所有感官。我会感受组织反弹的阻力，感受那种触觉，甚至感受工具划过表面时的振动或者摩擦。"

乌马思索着她的话。"别担心——我不觉得你是疯子。这是你的天赋，玛丽亚玛，要解剖成这样不可能有别的方法。人脑有非凡的潜能。在我们笼统的理解中，我们给每个功能框定了一个区域——布洛卡区掌管言语，威尔尼克区用来理解听到的句子。但这些区域是人为划分的，是简化了的。各种知觉其实相互交缠，从一处区域蔓延向另一处。比如幻肢，腿被截肢后，大脑却能感受到不存在的痛觉。所以我能理解，你的大脑接收到视觉信号后，可能会对它有不一样的处理方式。"

玛丽亚玛想到了"病"。依靠她现有的解剖学和生理学知识，她已经能判断"病"肯定和脑部中负责听觉和平衡的区域有关。也许对于有"病"的人而言，浸没在水中会导致信号蔓延到不该蔓延的脑部区域——与某种天赋相反。她必须要问问乌马，但她还没来得及说话，乌马就先开口了。

"我看到过你画的几幅图，画得真好。"

"没有没有，我真希望能继承母亲的艺术细胞。"

"她平时喜欢画什么？"

"呃，我不是说她现在，是以前……我没见过我母亲，我出生后不久她就淹死了。"

"哦，玛丽亚玛！"

乌马悲伤的语气让玛丽亚玛心头涌起一阵哀愁。这哀愁并不完全是为她母亲。她要怎么哀悼一个不认识的人呢？至于大阿嫌奇，她既是她的母亲，又是她的祖母，还是与她拥有同一个名字的人，她的离去所带来的哀伤本就是玛丽亚玛永远都无法放下的。但在乌马·拉马萨米身边，她的年龄和她热情活泼的性格让玛丽亚玛能想象到和母亲对话该是什么样的场景——如果她没被淹死的话。

乌马站起身，拍了拍玛丽亚玛的肩，回她的办公室去了。

上课、诊所、解剖、背书将她的心思填得满满的。时不时地，她会有想给列宁写信的荒唐冲动，但他自然是无从联系。她现在收到的信都是父亲寄来的，写的都是家里的新闻。乔潘同意了管理帕兰比尔，上任第一天就像他已经在这里干了一辈子似的。她父亲说，这么久以来他终于可以松口气了。振兴大师和医院基金也有故事，他写道。之前波提在振兴大师手下工作，帮他处理账目。她离开后，振兴大师新招了一个姑娘，那人却被发现挪用公款。案子还在调查，但可怜的振兴大师现在被停职了，虽然他没做错什么。医院的建设没有受到影响：

外墙快要完工了。我看着它感觉像做梦一样，我们的帕兰比尔居然也有这等现代的建筑了。要是大阿嬷奇能看到这个景象就好了，这是她的梦想。也许她已经看到了，她显然知道我们走在正确的道路上。安娜切塔蒂跟你问好。我们都为你骄傲。

爱你的阿帕

周六，玛丽亚玛努力追赶解剖进度，乌马顺道来看了看她。她们一起用双人显微镜观察了第一批神经切片。乌马说："我常常会想到阿莫尔·汉森。在他之前，有那么多科学家都用显微镜观察过麻风组织，但他们都没看到麻风杆菌。它其实并不难看到！可是他们认为，这种东西不可能存在。有时候，我们要找到某样东西，得先想象它在那里。说起来，这还是我从你那儿学到的！"

这句溢美之辞激励着玛丽亚玛更加刻苦地工作。乌马深深吸引了她。她还是小孩子时，常会幻想母亲在沉睡多年后，终于摆脱魔法师的诅咒回到了家，她珠光宝气，乘一驾敞篷战车，长发随风飞舞。这样的幻想通常在她和石女待在一起或是在鸟巢里时出现，因为在那些作品里，她母亲是活着的，她活在未完成的速写和油画中——画家暂时被打断了工作，随时都会回来。但时光荏苒，睡美人再也没能回来，画作依然没有完成。而乌马，她活生生的、有血有肉的、精力充沛的导师，一个她发现会亲手组装引擎还会上拉力赛去比拼的女人，她比任何画作都更真切，也比遗留在帕兰比尔的一尊无脸石像更实在。

她订了回家的车票，打算在短暂的假期回去住一礼拜。出发前两天，她沉浸在实验室的工作中，忙着为摄影准备解剖的标本。

她感觉到身后有人。她转过身来，是乌马站在办公室门口，身子一半在里一半在外，她脸上表情怪异，眼里噙满泪水。刚开始，玛丽亚玛以为乌马是去福尔马林缸里捞标本，被甲醛熏着了。

乌马步履虚浮，仿佛梦游似的向她缓缓走来，轻轻搂住她的肩膀。

"玛丽亚玛，"她说，"出事了。"

第七十章　投入深渊

1974年，科钦

承蒙报社的好意，菲利伯斯难得一次离开帕兰比尔，在科钦著名的马拉巴酒店过夜。不久之前，他提议写一篇文章，从不同的视角来看待被这座港口城市视为圣人的罗伯特·布里斯托。他的编辑喜欢这个想法。

布里斯托是航海工程师，1920年来到科钦。他注意到，虽然香料生意日益兴盛，科钦却注定只能是一个小港口，因为礁石嶙峋的沙洲和巨大的海岭将除小舟以外的一切船只都阻拦在外。船舶必须停泊在外海，货物和乘客需要划桨送至岸边。布里斯托完成了规模堪比挖掘苏伊士运河的工程壮举：他清除了拦障，过程中掀起的淤泥和碎石足以堆出一座威灵登岛。现在，船舶有了坐落于威灵登岛和大陆之间的深水港；威灵登岛上则发展出了科钦机场、政府大楼、商业、店铺和富丽堂皇的马拉巴酒店。

菲利伯斯一边在马拉巴的露台用餐，一边眺望着海水淌过维宾岛和科钦堡之间的宽阔海峡，最终汇往阿拉伯海。他觉得好笑——考虑到他与水的仇怨——自己这会儿竟坐在一片曾是海水的陆地上。他来这里是因为有个古怪的生物学家孜孜不倦地纠缠"平凡之人"，让他去研究布里斯托的工程壮举对文伯纳德湖生态造成的影响。海港成了大洋连通湖水的开口，作为喀拉拉的命脉与湖泊水源的河渠与回水区，如今全然暴露在咸水之下。"这对底栖生物、自游生物、浮游生物群体都造成了难以估量的伤害，"那人在信中写道，"而且疏浚工作全年无休，破坏仍在持续。珍贵的巨牡蛎属长牡蛎是食物链不可缺少的一环，从幼鱼到成鱼再到大脑正在发育的儿童都会受到影响！"菲利伯斯认为他说得有道理：他在大坝建设、柚木林砍伐、岩石开采上都见过类似的问题——有些后果是意料之外的。那些生活可能会受到影响的贫苦村民，在此类项目开工之前很少有机会能出言反对。待到伤害已经造成，他们再说什么也无关紧要。

他慢悠悠地享受晚餐和大厨赠送的白兰地，厨师原来刚巧是《平凡之人》的忠实读者。微风纤柔，仿佛女子的细指抚弄他的发丝。他多希望玛丽亚玛此刻也能和他一起身处这间大酒店。

这就是我的世界的边缘了，他想，这就是我会到达的最远的地方了。

在这缕微风中，他嗅见历史。荷兰人，葡萄牙人，英国人……他们接连留下了自己的印记。现在他们都走了，化作虚影。他们的坟头已经长满杂草，墓碑被风雨的侵蚀模糊了字迹。他又会留下怎样的印记？他的杰作会是什么？他知道答案：玛丽亚玛。她就是他的杰作。

晚餐后，他向房间走去，不习惯喝白兰地的他每一步都踏得很小心。刚才坐在长桌边的游客在椅子上留下了一本书。不对，不是书，而是一本印刷精美的小册子，用的是那种厚实的让人一看就想摸的纸。他把它捡了起来。封面上是一座室外大型石雕的黑白照片。

刹那间他清醒了。大海寂静，微风凝滞，星辰停止了闪烁。

它的肩膀和手臂过于粗壮——这是个女人，但是远超常人。它形似史前的陶像，垂荡着一对浑圆的乳房。它的肩胛骨好像贴在背后的翅膀，皮肤故意保留了粗糙的质感。它趴在地上，但举着一只手臂。女人的脸没有露出来，仍旧困在石头当中。

他胃里翻搅，浑身好似马儿般战栗，连头皮的毛囊都竖立起来：这种夸大的比例，这个姿势，这个风格——完全是埃尔茜。

他跌跌撞撞地跑回房间，在狂乱中对着台灯研究这本册子。索引将这件雕像登记为"26号，艺术家不详"。册子本身则是阿迪亚尔一所房屋的资产拍卖目录，房主看来是一名富裕的英国人，并且是"东方学家"，收集了大量的印度画作、民间艺术、雕塑。拍卖机构是温特罗布父子公司马德拉斯拍卖行。他逐字逐句读了每一页，把其他物品也研究了一遍。他没有看到埃尔茜别的东西。有可能，这件雕塑是埃尔茜在他们结婚前创作的。或者，也可以是尼南夭折后她离家那段时间的。但他的直觉告诉他不是。

他翻回封面。雕像的脸埋没在粗犷原始的石块之下，这是有意而为之。他浑身冒汗，有种想要扯开纸张、砸开石块让那张脸露出来的冲动。

他再也坐不住，只好来回踱步，试图从不合理的事件中找出合理的可能。

我们从来没有找到过尸体。没有尸体，我们只是推测。

埃尔茜溺水时，他几乎整天魂不守舍，先是迷失在对于重生的鸦片幻想中，之后又陷入无休止的怨怼。从沙缪尔、乔潘、乌尼和达摩把他扛去的森林回去后，他头脑清晰，如梦初醒。他捧起埃尔茜留在河岸上的衣物，凑到脸前呼吸她的气息，那是她离开许久后带回来的新的味道。苦楚的芳香。他始终不肯相信她是主动投身河水、自寻短见，因为如果是那样，他知道是他把她逼上了绝路。不，那一定只是意外。在噩梦中，他会在离帕兰比尔很远的地方忽然发现她腐烂的尸体，鳄鱼和野狗将它啃咬得七零八落。

然而这么多年来，他从未考虑过她没有溺亡的可能性。他从未设想过，活着的、呼吸着的她会仍然与他存在于同一个宇宙，仍然进行着她的创作。她有理由逃离他。但离开自己的孩子？不，绝不可能。

哦，埃尔茜。如果你只有牺牲玛丽亚玛，才能去追求你渴望的东西，那你是嫁给了怎样一个禽兽啊？

拍卖在后天举行。目录可以说"艺术家不详",但二十年的报刊工作经验告诉他,不详往往只是尚未发现。

他必须要去马德拉斯。这些年来,那座城市对他而言一直都是失败的同义词,哪怕女儿在那儿也没能怂恿他踏上火车。动身的念头依然让他喘不上气,冷汗直流。

但是他要去。他必须去。不只为寻求一个答案,也为弥补。

第二天早上,《曼诺拉马报》科钦分社搞定了不可能。几个小时后,他在预订窗口取到了车票。他不住地发抖,手心全是汗。他对自己的身体说:我们必须登上那辆火车,就这么定了。回到马拉巴酒店,他开始给玛丽亚玛写信。

我亲爱的女儿,我马上就要登上前往马德拉斯的火车,明天一早就到。可能这封信还没寄到,我人就已经先到了。但毕竟你说过,这么多年了,要是我哪天真的突然出现,会把你给吓死。所以,我还是写下这封信,告诉你我出发了。我有好多话要告诉你。探索的征途不在于新的大陆,而在于新的眼光。

爱你的阿帕

下午,上车的时候,他从贴在车厢的打印名单上看到了自己的名字,这勾起了他当年和振兴大师站在同一个站台时的回忆。他的人生仿佛还未曾展开;他还没遇见日后将嫁与他为妻的那个大胆的戴猫眼墨镜的女孩儿;大阿嫲奇、小末儿、沙缪尔都还在;尼南和玛丽亚玛还没出生,还在等待命运的召唤。

他登上火车,随身只带了一只软皮公文包,仿佛老练的旅客,那里面装着他的笔记本、剃须套装和一套换洗衣物。"您客气。"他帮一位妇女将箱子推到自己的床铺下面时,听见自己风度翩翩地说。火车猛地开动了。听到站台上有个珂查嫲在大喊,"别忘了内裤自己洗,可托!不许叫多俾洗,听见没有?",他和其他人一起笑了。相邻隔间的几个大学生喊:"为什么,阿嫲奇?随便他去吧!要是多俾害你得了股藓,挠挠就行了!"

旅程一开始就充满快活的气氛。他的新室友们讨论着是在伯拉卡德订餐好,还是应该等到哥印拜陀,仿佛人生就取决于这些小小的选择。他惊讶地听到自己也给出了建议,装得好像他有经验一样。你这个懦夫!他心想。多少年来,你都把去马德拉斯搞得像天大的事情!结果你需要的只是埃尔茜死而复生罢了。

傍晚,西高止山脉苍翠葱茏的马拉巴坡打断了谈天,乘客们陷入沉静。他凝望着窗外,迷失在思绪中。如果说你变了,埃尔茜,我也变了。我学会了坚定不移。我日复一日地陪女儿去上学,直到她不许我再去。每天晚上,我都给她读故事。感谢上帝,她热爱读书,恨不得把自己埋到书堆里。我规定每周三听全印广播电台的卡纳提克音乐之夜,但她非要听BBC的歌剧——多么难听。哦,埃尔茜,你错过了我们女儿的多少生活!我这辈子没什么大的成就,我自己第一个承认。但有什么成就能大过我们的女儿?你什么也不用对我说。你什么也不欠我的。埃尔茜,我来是为了告诉你对不起。告诉你,我希望我能倒转人生的齿轮。那时的我是另一个人。现在的我已与往日不同。

他们钻进第一条隧道,微弱的顶灯把车厢照得青幽幽的,火车撞击铁轨的哐当声变成了轰隆隆的巨响。

我每时每刻都在想你。我第一次遇见你时的样子,再次遇见你时的样子,我们的第一个吻……我每晚都对着你的相片说话。

但是埃尔茜,埃尔茜——这座雕像到底是什么意思?这会是你离开那年的作品吗?如果不是,那你还活着吗?也许我宁愿以为你不在了,那我就不用面对自己曾经有多么糟糕。但是埃尔茜阿玛,如果你还活着,却躲了起来,那就别再躲了。让我看看你,给我看看你的脸。我有那么多话要说……

他依稀想起,火车很快就会驶上一座横跨河水的高架桥。他记起那个场景,浑身打了个激灵,因为他上次被吓得魂飞魄散。当时,轮子压过铁轨时富有节奏的哐当声变成了尖利的呼啸,他将头探出了窗外。可当他望出去,却看到他们仿佛在水上前行,车下没有任何支撑。年轻时的他差点就要晕倒。过桥的时候,他最好还是睡着。

他爬上自己的铺位——上铺——躺了下来。这里空间狭小,天花板距离他的鼻尖只有几英寸,感觉像一口棺材。他闭上眼,想象玛丽亚玛的脸。她弥补了他的壮志未酬、形单影只,弥补了过去他自己的种种不堪。我们养育孩子不是为了实现自己的梦想;是孩子让我们放下了本就不该属于我们的梦。

就在他快要睡着的时候,另一节车厢传来的清脆碎裂声将他拉回现实,震动紧接着传过他这节列车。他感觉自己从铺位上飞了起来。真是怪了!隔间围绕他转动。他看到一个孩子飘在半空,一个大人从他身边滑翔而过。车厢爆发出阵阵尖叫和金属刮擦的刺耳声响。他被甩到了天花板上,可天花板其实是地板。

灯光熄灭。他在黑暗中不断翻滚,向下,再向下。他恶心想吐,就像许久之前与船夫和他濒死的孩子同行的那次鲁莽之旅。

砰的一声巨响,车厢好像鸡蛋一般破开。水流涌入。他条件反射性地深吸一口气,在寒冷的河水将他们所有人吞没前的瞬间往肺部吸满了空气。他钻出破碎的车厢,仿佛蛋黄流出蛋壳。这感觉是那么的熟悉。眼睛睁开!他听到沙缪尔的号令。

他瞥见脚下暗淡而模糊的黑影,犹如一条鲸鱼——他乘坐的车厢正沉向深处。肺里的空气带他向上浮去。他冲破水面,大口吞进新鲜的氧气,世界好像都在绕着他旋转。他赶紧抓住身边某个坚硬的物件稳住自己,但那东西锋利的边缘割伤了他的手。在绝望中他又抓住了另一样物什,它撑住了。眼睛睁开,眩晕感消失。

四下里死一般的寂静。他举目望去,幽暗的光笼罩着平静的水面,水上散落着行李、衣物、拖鞋和人们沉浮的头颅。一节火车车厢的一端翘出水面,指着苍天仿佛责问,而后便没入水中。

在他的身旁,峡谷两侧崎岖的崖壁逐渐逼近,露出一条狭长的星空。他看到了损毁的高架桥,火车从那里坠落。水很冷。他不觉得哪里疼,但右腿不听使唤。他身后亮起了光!他缓慢地转动身体,却发现那只是一轮凸月,冷漠地见证着一切。这时,他听到此起彼伏的呼声逐渐响起,是幸存者们的叫喊。"湿婆!湿婆!"一个女人尖叫着,相反的方向又传来另一个声音,"上帝!我的上帝!"然而,毁灭之神无动于衷,两个声音都咕嘟着陷入了可怕的寂静。

附近漂来一个纹丝不动的人影,脸朝下,衣物与长发缠作一团,身体扭曲成匪夷所思的形状,让菲利伯斯毛骨悚然。

菲利伯斯成功夹在腋下的是一个浮在水面上的湿透了的软垫,中间有条坚硬的骨架,浮力并不是太足。他划动另一只空手,竟然前进了些许。这里没有水流需要抵挡,只有尸体与残骸漂浮在一片死寂之中。他蹬了蹬腿,这才发觉右腿触电似的疼。

"阿帕!阿——!"

孩子的哭喊从他身后的某个地方传来。是个小女孩,还是小男孩?还是他出现了幻觉?

他急忙摆动空闲的手臂,转动自己的身子和笨重的浮体。如镜的水面上,他瞥见几缕湿发挡在一对惊恐的眼睛前,大如月盘的双眼中,目光正逐渐涣散,小小的口鼻在水下冒着气泡,偶尔才短暂地露出水面试图喊叫,两只小手拼命地攀登着一把不存在的梯子。孩童挣扎着呼吸的模样迫使他加快速度。这仿佛是船夫与婴儿的场景重现。小小的脑袋沉了下去,看不见了。他听见自己的喉咙深处发出一声咆哮,同时更用力地拍打水花往那里移动。可是啊,他的速度是多么慢,他的腿火烧似的疼。阿帕!这是他自己的孩子的哭喊,是所有孩子的哭喊。他现在明白了,在最不合时宜的时候,他终于明白自己那么迫切想要看见的脸,那张石女的脸,根本就无需被看见。有什么关系呢?我们在生存的同时也在死亡,即使还年轻时便已老去,哪怕我们接受了死亡的现实,我们依然攥紧最后一线生机。

但是对于这个他试图靠近的正在下沉的孩子,他,一个平凡之人,有机会做一件真正有意义的事。爱病人,爱他们每一个人,把他们当作你的亲人。这是他摘抄给女儿的帕拉塞尔苏斯名言。就在这儿,只差一点就能够到,这儿就有一个孩子。虽然不是他的,但他可以去爱他们所有人,把他们都当作自己的儿女。也许这孩子已经没救了,也许他自己也已经没救了,但这无关紧要又关乎所有。他奋力地蹬,奋力地划,只剩单手单脚的不会游泳的男人,努力游向只差一点就能够到的孩子。他挥手掠过小小的指头,它们却已经沉了下去。

他深深吸气,吸入天空,吸入繁星,吸入比繁星更远的繁星。主啊,主啊,我的主,你在哪里?主,我将你吸入肺腑,请吹给我你的气息,吹给我上帝的气息……平生第一次,他没有犹豫,没有怀疑,对自己要做什么百分之百肯定。

第七十一章　死人要复活成为不朽坏的

1974年，马德拉斯

她手中捧着一封还未拆开的信，是父亲寄来的。她的眼泪滴在父亲写的地址上，这么潦草的字迹不知为何邮递员总能看懂。

在这封信里，父亲还活着。

在这天早上的停尸间里，父亲已经不在了。

早上，停尸间的外面挤满了愤怒的家属，他们吵嚷着要知道新的消息。看见他们扭曲的沾满泪水的面孔露着不解的神情，玛丽亚玛知道自己之前肯定也是这个模样。同一只魔爪将他们如若一丛野草连根拔起，同一把镰刀夺走他们所爱之人，仿佛是朝他们的膝盖砍去。保安把噙着泪的玛丽亚玛放了进去，她穿着白大褂钻入铁闸门，而其他死者家属仍被挡在外面。"凭什么她能进去看尸体，我们为什么不行？"

尸体。这个词仿佛当头一棒。

她是来停尸间见乌马的，但乌马不在。她走在偌大的停尸间里，担架上、地板上都摆着尸体。嘈杂之中，没有人来拦她。接着，她看到了露出橡胶布的一只手，一只她了如指掌的手。她走向他，握住那只冰冷的手，揭开了他脸上的布单。她父亲看起来很安详，似乎在休息。毫无道理地，她想给他盖上毯子替换这条橡胶布，再给他一只枕头，让他的头别躺在冷冰冰的坚硬的金属上。他没有死。一定是弄错了。不，他只是要睡一觉，仅此而已，等他休息够了，他就会坐起来，跟她离开这个闹哄哄的停尸间……她双腿发软，房间逐渐昏暗，吵闹声越来越轻。出于自我保护的本能,她在他的担架旁蹲下,将头埋在膝盖间,仍旧握着他的手,无法抑制地抽泣起来。世界终结了。

慢慢地,周围的声音回来了。没有人注意到她。到处都是一片混乱,有其他人在哀号,还有人大吼着力图恢复秩序。过了许久,她强撑着站起身。她透过泪水问父亲,他为什么会坐上火车。为什么偏偏是那一班火车?他知道她就要回家,所以他为何要来?

乌马·拉马萨米穿着围裙出现时,她正在和父亲说话。乌马和这里的所有病理学家都在忙着帮焦头烂额的验尸官处理超出任何一家停尸房容量的尸体。乌马抱着她,陪着她哭泣。玛丽亚玛问起来时,乌马说橡胶布盖住了一侧膝盖的粉碎性骨折,和身体左侧的重度撕裂伤。她完全不想自己去看。

她知道乌马该走了,她不可能陪她一整天。"乌马,有件事我一直想告诉你。我没想到会是这样的情境,但现在我非说不可了。这件事很重要,关系到我的父亲、我的家人。求你了,只要几分钟就好?"

乌马一脸凝重地听着她诉说,神情非常专注。她时不时惊讶地挑起眉毛。

"我来做。"乌马说,"我亲自来做。我需要你签署几份文件。"

* * *

这会儿在宿舍里,有阿妮塔陪在身边,她双手颤抖着拆开了父亲的信。

我亲爱的女儿。

她读了一遍,又一遍。他说他在来看她的路上,但没有说原因。"探索的征途不在于新的大陆,而在于新的眼光"?

这话根本不知道是什么意思。她把信捧在唇边,期望能解读它的含义。她闻见他自制墨水的味道,那是毫无疑问的家的气息,是他深爱的红土地。

两天后,玛丽亚玛带着父亲的遗体回到了帕兰比尔。她和安娜切塔蒂紧紧相依,仿佛两个溺水的灵魂。现在,安娜切塔蒂不仅是她的亲人,更是她最后一个还在世的家人。

乔潘紧跟在安娜切塔蒂身后,他握住玛丽亚玛的手,神色严肃冰冷。他的眼眸像是灰黑的余烬,仿佛正在谋划该怎样报复那个夺走了他最好的朋友的上帝。但无论是安娜切塔蒂还是乔潘,他们对她父亲为什么要搭上那班火车都一无所知。

接着走过来安慰她的那个人形容枯槁,她几乎都没有认出来是谁——竟是振兴大师。在员工挪用公款的丑闻发生后,她父亲成了他仅剩的支持者,尽管事实上是银行承担了大部分损失,医院基金并没有减少什么。大师比其他人更苛责自己。但无论如何,遇到这样的事情还是得由他出场:当他人有需要、当葬礼要筹办,他的生活就有了意义。"我太难过了,末丽。"他说。随后,他便去找拉棺材的面包车司机聊了起来。

第二天的教堂里,出现了好多她从未见过的面孔,他们都是《平凡之人》的忠实读者,专程前来吊唁。有一个老妇人光看长相几乎能和大阿嬷奇做姐妹,但她已经驼了背,拄着拐杖。她说:"末丽,这二十五年来我们和你父亲一同欢笑、一同哭泣。我们都为你难过。"她紧紧地把玛丽亚玛抱在胸前。

玛丽亚玛心里藏着一个秘密,葬礼上没有人可以知道:她父亲躺在棺材里的尸体被取走了所有脏器,腹腔和胸腔都只是空壳。乌马把他的脊椎也整个儿取了出来,然后往空出来的沟槽里塞了一根扫帚柄。刚才棺材开着时,瞻仰遗容的宾客不会看到他脑后那条长长的切口,从一侧的耳朵贴着发际线延伸到另一侧。他的头皮被向前翻起,颅盖被打开,这样才能取出他的大脑。而后,头骨和头皮被恢复原样。按说,发生了这样的灾难,遇难者人数又众多,正常情况下是不会做脑部解剖的,尤其是肺部已经表明他死于溺水。但是,乌马会亲自解剖这一位遇难者的脑部。可无论是什么样的解剖,都解释不了为何她父亲要搭上那一班火车。

他将被埋葬在他们身旁——他父亲;大阿嬷奇;小末儿;乔乔;还有他心爱的儿子,她哥哥,尼南。他将被埋葬在哺育他们并且他们深爱的红色泥土中。如果哪天他们找到了她母亲的遗体,她也会长眠于此。玛丽亚玛自己也是。

她想知道如果大阿嬷奇得知她儿子的遗体残缺会说些什么。号筒要响,死人要复活成为不朽坏的。她祖母会把这话的字面意思当真吗?也许她会。如果上帝能让腐烂的尸体复活,那上帝肯定也能复原她的父亲,即使他留在尘世的遗体支离破碎,分散在一片大陆的两端。

棺材被放了下去。泥土扑簌簌地落在棺盖上,证明一切真的已成定局,她的泪水又一次决堤。过后,帕兰比尔的大家族齐聚大宅,她小时候眼里的大人多数都成了老人。双胞胎上了年纪,背佝偻着,长得甚至比年轻时更像了。他们的拐杖也是一对,头发都一样稀疏。正经珂查嬷没来。她现在快九十了,卧床不起,再也没有管闲事、嚼舌头的精力了。多莉珂查嬷和她的妯娌一样年纪,脸上虽长了些皱纹,但不管是外表还是身姿都精神矍铄,像是才五十岁。她这会儿还在忙里忙外,帮安娜切塔蒂把饭菜端出来。玛丽亚玛看到了小时候玩伴们的面孔,有些已经变了大人模样,完全认不出了。然而,也许最能安慰她的两张面孔现在都不在:列宁和波提。按照圣多马派基督徒的传统,下葬时是不致悼词的。但随着葬礼结束,在阿辰做祷告前,齐聚在大宅的人们纷纷看向玛丽亚玛,翘首以待。她站起身,双手合十,勇敢地面对着他们。她突然发现,只有当一个人失去了双亲,她才不再是孩子,不再是女儿。就在此刻,她是一个大人了。

"如果阿帕现在能看到你们,他一定会感激不尽。感谢大家对他的喜爱,也感谢大家能在这个悲伤的时刻给我帮助。我父亲很爱尼南,也很爱我母亲,但是他能爱他们的时间太短了。于是,他将那些爱统统倾注给了我,我比大多数女儿几辈子得到的爱都要多。我很幸运。感谢每一位客人能够在今天来到这里,谢谢你们给予我力量。我会努力继续走下去,我们都必须继续走下去。他肯定也是这样盼望的。"

葬礼那天早上,她父亲钟爱的报纸最后一次刊登了他的专栏。在他的照片和署名下方,仅标注了寥寥几个字:平凡之人,1923—1974。除此之外,专栏一片空白,只有黑色的粗线边框圈出一个空落落的方块。

第七十二章　冯·雷克林豪森病

1974年，马德拉斯

玛丽亚玛写信告诉乌马·拉马萨米自己的归期。乌马回了一封电报：带上你提到的族谱。我有东西要给你看。

葬礼后的两周，玛丽亚玛在普纳卢尔登上过夜的火车——和她父亲不是一条线路。躺在卧铺上，她辗转难眠。她无法忍受悬念。乌马为什么不直接说她发现了什么？

清晨，她到达马德拉斯，去宿舍里梳洗了一番。十一点，她已经站在阴森可怖的病理标本室等着乌马了。堆放在架子上的几百个标本盯着她，在解剖学、病理学和任何一门医学专科的口试中，考官都是用它们给学生出题。

乌马来了，她抱了抱玛丽亚玛，又伸手把她推开好好打量，确认她安然无恙。她努力思索着该说些什么，最后却还是放弃，只是把玛丽亚玛再次抱在怀里。"就是这个吗？"乌马过了许久才问道，同时她抹了抹眼睛，看向海报大小的一张纸卷成的纸筒。

"这是副本，原件快散架了，而且是用马拉雅拉姆语写的。我翻译了所有我能看懂的部分。"

她们仿佛虔诚的信徒，仔细研读着帕兰比尔几代人的人生。玛丽亚玛概括了她知道的：波浪线加十字架的意思是溺水；只有波浪线没有十字架是说对水排斥。从附注可以看出，一些有"病"的人到了五六十岁，会出现步履蹒跚或眩晕的症状。还有几条提到了耳聋。有三条提到半边面部无力，包括她的祖父。

乌马说："这好像不直接遵循孟德尔遗传定律。太奇怪了，受到影响的男性竟然多于女性!"

"呃……也可能不是。因为女性会嫁出去,她们离家以后的记录就很少了。从结婚那一刻起,她们就属于另一个家族,仿佛婚姻让她们消失了。"比如我母亲,她心想。

"谢谢你把它拿来,这非常有帮助。"乌马坐直身体,"嗯……玛丽亚玛,从尸检的一般性检查结果来看,没有外伤足以造成你父亲死亡……他是溺亡的。"她停顿片刻,等玛丽亚玛消化。如果不是那个"病",她父亲也许可以游到安全的地方。

过了一会儿,玛丽亚玛点了点头,示意乌马继续。"我在做脑部解剖前,找神经学的达斯博士聊了聊,把我知道的都告诉了他。我取出大脑时他也在。我们看到了一些东西。事实上,我差点都没有注意到那么关键的线索。它太细微了,还好有你的故事和达斯。我们一起去脑标本室,我指给你看。"她说着站起身来。

她们走向大厅时,乌马说:"大脑需要至少两周才能在福尔马林中固定,时间长一些更好。我来之前刚刚把它拿了出来,现在可以触碰,但还不能切片。"切片是病理检查的一个步骤,用的是面包刀和砧板,切大脑和切面包差不多。"另外,达斯博士会去脑标本室和我们汇合。准备好了吗?"

* * *

脑标本室看起来是一间深邃的长方形储藏间,两侧立着架子,尽头是一扇落地窗。架子上塞满了塑料桶,好像五金店的油漆,只不过这些桶里都是等待固化的大脑。刚刚取出的脑组织是柔软的,放在什么容器里就会变成什么形状。为了让它在固化时保持原来的样子,需要将一根线穿入底部的血管,然后将大脑倒着泡进福尔马林,线绳绑在一根横杆上架在水桶顶部。

达斯博士已经到了。他弓着背,是个其貌不扬的男人,正在耐心地等着她们。窗边的桌子上放着一只托盘,上面的绿布仿佛罩着一块正在发酵的面团,那就是她父亲的大脑。

相互介绍过后,乌马瞥了玛丽亚玛一眼,然后揭开了盖布。她父亲的大脑比去壳的椰子大不了多少。脑组织下方,像花椰菜的菜茎一样的,是脑干。像散开的鞋带那样垂挂在脑干上的,是颅神经,乌马从颅骨中取出大脑时将它们都切断了。这些神经将信号传递给她父亲的眼、耳、鼻、喉,让他能看、能听、能闻、能尝、能吞咽。在脑干上方,像膨胀的蘑菇云一般体积大得多的,是两个大脑半球。她父亲的大脑和其他人的看起来没什么区别,但它独一无二。它承载着他独有的记忆和他写的每一篇故事,也许还有他没来得及写的故事;它承载着他对她的爱。它藏着他为何要来马德拉斯的秘密。

乌马说:"我刚才说了,一开始我没有发现任何异常之处,但是后来……"她给玛丽亚玛递去放大镜,接着用探针指了指,"看这里,面神经和听神经靠近脑干的地方。看到了吗,听神经上有一个小小的黄色肿块?如果是其他大脑,或者达斯博士不在的话,我可能不会觉得它有问题,尤其是我在另一侧也看到有一样的东西。但是考虑到你的家族史,它恐怕意义重大。我把大脑浸泡进福尔马林之前,从肿块上取了一点样本,先做了一个冰冻切片,昨天又做了一个可以保存得久一些的染色片。我观察到了梭形细胞,成栅栏状排列。这是一个听神经瘤。"

"这能解释他的听力减退。"玛丽亚玛说。

达斯博士清了清嗓子说:"是的。"这位神经学家语气温和,短袖白大褂挂在他身上显得空荡荡的。"一般来说,听神经瘤不是恶性的,不会扩散。它们只会非常、非常缓慢地生长。但是,在颅骨和脑干之间那点狭小的缝隙里,哪怕花生米大小的东西,都像大象挤进衣柜一样,不是吗?肿瘤最开始生长的地方,是接收内耳,或者说迷路的平衡信号的听神经纤维。但是随着增长,它开始压迫会影响听力的神经纤维,就像你说的一样。它再继续长,就开始压迫紧挨着的面神经,导致半边脸部无力……"他停顿了一下,确保玛丽亚玛都听懂了。

"我诊断的大部分还在世的听神经瘤患者都只有一侧有肿瘤。那考虑到你父亲两侧都有,而且你们还有家族史,你父亲得的很有可能是神经纤维瘤病的某种亚型,也叫冯·雷克林豪森病。你知道这个病吗?"

玛丽亚玛知道。在她宿舍楼下卖茉莉花的老妇人就有冯·雷克林豪森病。她皮肤下数不胜数的肿块是长在皮下神经上的。那老妇人浑身上下能看见的地方,都被蘑菇似的肿瘤覆盖得满满的,但她好像并不在意。

"可我父亲皮肤上没有肿块,什么都没有。"

"对,我明白,"达斯博士说,"但你要知道,神经纤维瘤病有一种亚型,皮肤病变很少甚至没有,却会引起双侧的听神经瘤。它那种典型的良性肿瘤有时会长在其他地方。我其实怀疑它可能和冯·雷克林豪森病是两种不一样的疾病,但目前这两者还是归为一类的。这种病在家族里遗传的报告并不多,你们家的情况很特别。"

* * *

半小时后,拉马萨米博士和达斯博士都离开了。玛丽亚玛提出想一个人在脑标本室多待一会儿。

架子上的水桶好似盯着她的观众。她闭上了眼睛。她的双脚稳稳站在地上,人也不会摇晃。她的父亲做不到这一点,他很可能会摔倒。但是她可以闭着眼站直,这是因为在她坚硬的颅骨内,两侧各藏着一个负责平衡的器官——迷路。每个迷路中都有三个充满液体的环状管,像彼此紧扣的圆圈一样相互交错,感受着内部液体的运动,从而感知她在空间中的位置。它们会将这个信息通过听神经传递给大脑。在她父亲身上,那些肿瘤阻断了信号的传输。

达斯把迷路叫作"上帝存在的证明"。玛丽亚玛小时候学着跳旋转舞的苦行僧那样团团转的时候,停下来时总会觉得头晕眼花。那是因为在迷路的环状管中，液体还在回旋，告诉大脑她还在转圈，但她的眼睛说她没有。这两个矛盾的信号让她像醉鬼一样跌跌撞撞，甚至恶心想吐。学苦行僧转圈是列宁或者她父亲不管怎么劝说都不肯尝试的游戏。他们平时得到的已经是自相矛盾的信号了。

因为她父亲指望不上迷路给出的信号，甚至他根本得不到信号，所以他肯定在潜意识里通过严重依赖视力来弥补这种缺陷，他必须要看见地面，看到地平线。他同样依赖双脚的触觉，它让他知道自己确实站在地面上。等到了黑夜，当他看不清楚、找不到地平线，或是当他的脚在水里，找不到可以撑着的物体时，他就失去了方向。

达斯博士说现在出了一种还未被列为常规检查的新技术，叫作计算机轴向断层成像，简称CAT扫描，可以照出大脑的横截面图像，非常不可思议。像她父亲那么小的听神经瘤，是可以在患者活着时及早诊断出来的。不过，他说，就算她父亲在最后这一年里确诊了肿瘤，除非有面瘫、头痛、颅内压增高引发呕吐这种严重的症状，也不会有人想做手术。因为手术的难度太大、风险太高，只有更大的肿瘤才会考虑。对于后者，神经外科医生会在颅骨背后，沿着发际线向上切出一个信封大小的开口，然后将小脑推到一边去切除肿瘤。瘤体所在的位置本就是一块重要结构密布的雷区——粗大的静脉窦、生死攸关的颅内动脉——肿瘤上还包覆着其他颅神经，而且脑干也在附近。

她感觉大阿嬷奇与她同在，她这会儿应该正往下瞧着，震惊地看儿子的大脑被摆在桌上。她的祖母是否能不计较这番对他遗体的可怕亵渎，而是为新的发现欢呼？他们的"病"终于有了医学上的名称和解剖位置，所有奇怪的症状都得到了解释：耳聋、对水排斥。溺亡。他们终于找到了敌人，胜利却索然无味。就算有了名称又怎样？除非科学和手术先进到足以让患病的孩子摆脱溺水的威胁、摆脱耳聋和年纪增长后更可怕的症状，让他们过上正常的生活，否则，空有病名又有什么用？

这间脑标本室里,有我们三代人,玛丽亚玛心想。她出生那夜,大阿嬷奇为与她同名的女孩点亮了七层油灯,她曾对迦尼谚说:"我的玛丽亚玛世上不会再有第二个,她要做什么你们想都想不到。"小时候,她祖母每次讲这个故事,都说他们点灯是为了给玛丽亚玛照亮方向,无论她此生选择去做什么。"我会做什么呢,大阿嬷奇?"现在的玛丽亚玛问出了和很多年前一样的问题,她的声音在脑标本室里回荡。她听到祖母的回答:"做任何你想做的事情。"

阿嬷奇,我想正面迎击这个让父亲溺水的敌人,火车失事他都大难不死,它却让他死于溺水。我想征服大脑下端这点狭小的区域,把这里当作我的战场,竭尽所能去增进对这些肿瘤的了解。我会需要很多年的学习,但这就是我想做的事情,阿嬷奇,我从未如此确信——我要成为一名科学家,一名神经外科医生。

玛丽亚玛毕业后,又在马德拉斯待了两年。第一年是必修实习,要在所有科室轮岗。第二年,她当上了"高级住院医师"——其实还是实习生——但是只负责普外科。只有这两年结束后,她才有资格申请神经外科的学习名额。

立志做神经外科医生不难,难的是申请到全国少数几个神外培训计划的名额。她成绩名列前茅,得过解剖竞赛奖章,有言辞恳切的推荐信,而且已经和乌马合著发表了两篇论文(一篇是关于麻风病的,另一篇是关于她父亲的听神经瘤以及一家系多代患同病的报告)。只是,虽然没有人直说,但很多中心其实都觉得女人不该出现在神经外科。

到了最后关头,她被全国历史最悠久、最知名的神经外科项目录取了:韦洛尔基督教医学院。它在马德拉斯西面,坐火车两个半小时就到,创始人是美国传教士医生艾达·斯卡德。起初,它是一间女子医院,后来又成了女子医学院,再后来招生才不限男女。时至今日,它已是杰出的上级医疗中心,在那里任职的都是最为负责的医师。每个教派的传道会都会通过资助它的学生来支持医学院。

玛丽亚玛被录取有一个限制条件。因为她申请的名额是由她在喀拉拉的教区"资助"的,所以她必须先去一家传道会医院义务服务两年,之后才能开始培训。以后,等她成为一名合格的神经外科医生,她必须再去一家传道会医院服务两年,合同才算履行完毕。

在踏进红堡后的第七年,她离开了马德拉斯。她含着热泪告别了阿妮塔、金纳、乌马和许许多多的人,动身前往一家崭新的传道会医院开始为期两年的义务劳动。它楼高四层,目前还空空如也,但据说一定会配备上最好的设施。她会是那里的第一位医生,也是目前唯一的一位。

这家传道会医院的所在地,与她祖母在她出生时点亮油灯的地方近在咫尺:行政村帕兰比尔。

第九部

第七十三章　给未来新娘的三条规则

1976年，帕兰比尔

在乔潘的管照下，帕兰比尔逐渐化身为郁郁葱葱的伊甸园。在如今这座现代农场上，大蕉和芒果树挂着沉甸甸的果实，新长的椰树戴起了一串串厚重的黄色椰子项链。他们日益繁荣的养牛场可以把牛奶卖给一家冷藏库，带来一笔额外的营收。乔潘的两个堂弟成了他永久的帮工。过去两年，玛丽亚玛还在马德拉斯的时候，乔潘一开始总要每个月给她写封信，列明支出和收入。但仅仅六个月过去，他们就在他的强烈要求下雇用了一个兼职的会计。帕兰比尔状况良好。

不过，大宅却愈发显得上了年纪。红色水泥地面裂开的缝隙里结起了蛛网，黯淡的柚木墙板亟须涂一层清漆。玛丽亚玛带安娜切塔蒂去戈德亚姆给整座宅子挑了一套新的油漆，选了吊扇、新的水槽和台面、双头煤气灶，还有一台备用发电机。安娜切塔蒂的笑容只有在冰箱送来时才消失了。"啊哟，末丽！我该拿这东西怎么办？它难道能听懂我的话？它会说马拉雅拉姆语吗？"只消玛丽亚玛给她端来一杯甜青柠汁，杯子表面结着白雾，顶上的冰块叮咚作响，安娜切塔蒂便立即刮目相看了。从此以后，肉、鱼、蔬菜、牛奶都能放上好几天。

Mar Thoma Medical Mission Hospital——玛·多马医学传道会医院——是方圆几英里内最高的建筑。医院空旷的外围竖立着刷了白灰的围墙，墙上写的"禁止张贴广告"几个大字被贴满了国大党和共产党的竞选广告。大门正对面是一个公交车站和切里安茶馆。沿着路再往南走是一幢崭新的长方形建筑，长长的大楼里容纳了昆朱蒙冷藏库、伦敦裁缝铺和天才辅导班。玛丽亚玛几乎都快想不起来这里还是一片杂木丛生的荒地时,她和波提是怎么在这儿爬树的了。

可怜的门卫拉加万的嗓子已经喊哑了,他必须一再地向激愤的患者解释,是的,医院看起来是像盖完了,但是不行,它还没有开张。如果他们说他骗人,那他就带他们看看空落落的房间,看看到处堆着的装器械的板条箱,有些还是外国传道会捐赠的。有天晚上,拉加万半夜两点把玛丽亚玛叫醒,因为他觉得有个患严重哮喘的孩子快不行了。他是对的。要不是玛丽亚玛医疗包里有肾上腺素,这个孩子就活不下来了。

玛丽亚玛在董事会的周例会上提了这事儿——在董事长主教的坚持下,会议室这一间屋子布置得富丽堂皇。她竭力描述开设一间有基础器械的急诊室是多么迫在眉睫,董事们都礼貌地听着,然后未作任何评论,就开始讨论下一项更紧迫的事宜,那就是敲定落成典礼大厅牌匾的尺寸,以及谁的名字该上,谁的不该上。

她咬牙切齿地离开会议室,却惊讶地发现乔潘正等在外面,抽着比迪烟吞云吐雾。他陪她在黑夜里走回家,一路上听她发牢骚。"太搞笑了!照这个速度,医院永远都开不了业。"他们穿过一道门,踏上私家的人行拱桥,走向水渠对岸的帕兰比尔。两人回到大宅时,他说,"末丽,现在没有进展是因为振兴大师不在,他知道怎么对付那帮人。我会给他捎个话的。"他走了以后安娜切塔蒂才告诉她,乔潘之所以去医院,就是为了天黑接她回家。这本是她父亲会做的事。

传闻说,振兴大师喜欢昼伏夜出,不爱和人打交道,宁愿跟鬼混在一起。这话一定不假,因为大师上门的时候,安娜切塔蒂都已经睡下了。玛丽亚玛把医院的烦心事都说了一遍。她感觉,大师听到医院管理层一事无成似乎很高兴。她求他去和董事会谈谈。

"不可能!除非他们自己来问我。到现在,那个女的差点挪用医院基金的事儿他们还怪在我头上呢。"玛丽亚玛向他保证没有人责怪他。"啊,所有人都这么说。可如果我去别人家喝茶,我一走他们就会去数安拉里的稻谷粒儿。这就是我们这儿的人。"

她一再恳求，甚至搬出了她祖母和父亲的名字，可他心意已决。

"我可以在背后指导你，顶多了。接下来你这么做，玛丽亚玛。首先，不要浪费时间跟董事会要东西了。阿达里乌莫-阿纳迪-瓦尼巴？"山羊能明白屠夫的门道吗？"直接列一张清单，把你要的药品和物资都写上，我会以你的名义给戈德亚姆的T.N.T.医疗批发下订单，然后让他们把发票开给主教。第二，你的保安拉加万是个好人。这活儿还是我给他安排的呢。你给他一沓白纸，让他每次劝退别人的时候，叫人家写点东西，一两行也行，然后在下面签名、写上地址。如果不会写字，那就只签名。我们把这些信寄给都主教，要不了十封、二十封信，主教就该觉得不自在了。最后，还好你告诉了我牌匾的事。我知道他们会从哪儿订，也知道大概要花多少钱。我会假装记者给主教的秘书打电话，就说：'我听说你们没钱买十卢比的药，所以有个孩子差点死于哮喘，但是你们要花两万卢比购置一块牌匾，请问这件事属实吗？'"

"大师，你只要一分钟，就做了我一个月都做不到的事儿，"玛丽亚玛说，"我们需要你。"

"这没什么，"他嘴上这么说，看起来却很得意，"你知不知道，'Mar Thoma Medical Mission Hospital'这名字还是我起的呢？念起来就像蜂蜜在舌尖上流淌，是不是？可是地基还没浇，人们就开始管它叫'耶姆耶姆耶姆医院'了。"玛丽亚玛能理解，"M"到马拉雅拉姆语里就成了"耶姆"，马拉雅里人又特别喜欢首字母缩写。"再然后它就变成'三耶姆医院'了！你能想象么？多粗俗，三耶姆！听着像痔疮膏！"她没敢说她觉得三耶姆挺顺口的——她和其他人是一伙的。

临出门，他说："顺便，如果主教问你T.N.T.的发票是怎么回事，你就说，反正他给自己买的发油、科蒂库瑞牌爽身粉和维生素都列在'必要物资'里，你就觉得加几样救命的东西他应该也不会介意。"

有了振兴大师在幕后指导，三耶姆医院里她需要运转起来的部分很快就初具雏形。电工组装起了设备，一楼也都布置出来了。靠近大门的一间屋子成了急诊室，后面的一间面积大点的房间用作门诊，室外还设了等候区。他们划出一间"病房"，支起了四张病床，只用于紧急情况。手术室筹备完毕，用的无影灯是最先进的，灯泡密密麻麻，像昆虫的复眼。但是配备的手术器械——都是捐赠的——却很诡异：他们有白内障手术和牙科手术的全套器具，却只拿得出最基本的东西给腹腔手术。玛丽亚玛有一个夜班护士和一个白班护士，还有一个护士白天晚上都来，负责掌管小药房。

只有一样东西从来都不缺，那就是病人。

门诊开始营业后，人们身着盛装举家出动来到三耶姆，好像参加玛拉蒙集会。一天早上，有个珂查嬷排了一小时的队，坐到玛丽亚玛面前的凳子上后，她开始静静地微笑。玛丽亚玛问她为什么来，她手一摊，说，"哦，丘嘛！"没什么！"儿子儿媳要来，我就想，这儿有什么呀？我为什么不能一起来？啊，来都来了，要不给我打一针那个橘黄色的东西？"

玛丽亚玛还没准备好，就不得不硬着头皮启用了手术室，为一个情况危急的孕妇在三更半夜做了剖宫产。一上台，她的夜班护士就两脚发软，只能瘫坐在墙角。玛丽亚玛只好指望乔潘（他在那里是因为他给拉加万下了死命令，每次天黑以后去请医生都必须叫上他，否则他饶不了他）。玛丽亚玛只是简单嘱咐了几句，乔潘就镇定地将乙醚滴到了纱布口罩上，动作干脆利落。玛丽亚玛独自做手术，把胎儿拽了出来。直到听见孩子的啼哭，她紧张的心情才平复下来。夜班护士至少能做到把孩子接过去抱在怀里。玛丽亚玛合上子宫，然后缝合肌肉和皮肤。待她缝到最后一针，乔潘目瞪口呆的表情已经变成了傻笑。"你再多吸进去点乙醚，"她用故作严肃的口吻逗他，"阿蜜妮就该以为你去椰花酒店了。"他陪她回去时依然亢奋不已。"末丽，你刚才做的这些……我都不知道该说什么好了。想想要是波提能多上点学，或者要是我能多上点学……我们脑子也不笨，但就是意识不到读书有多重要，你说是不是？"

"别这么说，只有你才能让帕兰比尔繁荣起来，我们哪个亲戚都比不上。波提和她丈夫挣的钱也多——"

他摇摇头。"那不一样。不管怎么说，我为你骄傲，末丽。"

听到他这句话，直到靠在枕头上，她心里都还是喜滋滋的。

然而，每次进手术室她都神经紧绷。她没有高级外科医生可以求问，也没有合格的助手。一天夜里，面对一个肚子被捅伤的患者，她给拉加万升了职，让他负责乙醚和口罩，乔潘则成为她的器械护士兼助手。经过对她的长期观察，乔潘已经对消毒有了基本概念。现在，她教他怎么洗手、怎么戴手套、怎么穿手术衣，而后站在她对面待命。剖开肚子的场面没有把他吓倒。他遵循指示，递给她止血钳、镊子、剪刀、结扎线，还帮她拉了牵开器。很快，他就能猜到她需要什么。手术结束后，他兴高采烈。"末丽，不管什么时候，只要你需要就来叫我。白天也行，有雅科夫和奥西在，少我几个小时不要紧。"

比起别人，她宁愿是乔潘来帮她。她解释相关的生理学知识和疾病对身体机能的影响时，他很快就能领会。她发现他在等她时会研究她的手术笔记。他嘴唇翕动，仔细辨认着英文单词。

六个月过去，门诊日复一日的单调让她疲惫不堪。大多数患者都是鸡毛蒜皮的小问题——哪里酸、哪里痛、咳嗽、感冒——再要么就是哮喘这样的慢性病，或是腿上的热带溃疡，得每天换药。偶尔会出现几个急诊病人或是紧急手术，打破沉闷的日常。在医院配备麻醉师和更多的护士前，玛丽亚玛拒绝安排非急症手术。三耶姆要成为拥有专科医生的上级医院，仍旧是个遥不可及的梦想。不过，有振兴大师在背后出谋划策，玛丽亚玛代笔，很多事情还是有了进展。他精湛的手法很难深藏不露。等到主教（在都主教的逼问下）陷入崩溃，求振兴大师想想办法让海关放行扣留的设备时,大师终于正式归队了。

在精彩纷呈的马德拉斯待久了,帕兰比尔的夜晚和周末原本可能会很无聊,但玛丽亚玛有个项目,能让自己整日忙个不停:她在为水之树的每一处节点和枝干填补细节。她尤其想了解那些嫁出去以后,命运没有得到记录的女人们。她的亲戚——哪怕是可爱的多莉珂查嬷——都不愿意谈及"病",甚至不肯承认它的存在。有一个出乎意料的人却带来了突破。

每天下午,切里安都会给门诊的"医生女士"送来一杯"特别"的茶和黄油饼干,但他从来不肯收钱。这天一大早,她看见他用杆子支起茅草篷,打开木挡板上的锁,接着有条不紊地铺开他的小摊,准备营业。她走过去跟他道谢。切里安热情地留她喝咖啡。冒着热气的液体划着弧线,在他手中的两个杯子之间来回翻飞,最后被哗地倒进一只玻璃杯,递到她的面前。她说了句"谢谢",让他害羞得不知所措。她抿了一口咖啡,然后两人就尴尬地站在那里盯着三耶姆医院,好像它是突然从天而降,随时都会有火星人跑出来。大阿嬷奇以前对玛丽亚玛说过,"对安静的人可以倾诉心声,他们能腾出地方听你的想法。"但是阿嬷奇,如果他们一言不发,你怎么开口呢?

她正打算走,切里安却说:"我妹妹是淹死的。"她停下脚步盯着他。他是真的说话了,还是她出现了幻觉?

"还有我爷爷的弟弟,淹死的。我哥的两个女儿都讨厌水。"切里安为什么会突然说这些?帕兰比尔家族有"病"难道是人尽皆知的事情?"我苦命的妹妹在灌满水的稻田里干活,她没法子不去。田埂塌了,她没站稳,就淹死在了水稻田里。"

"切里安,显然你知道我们家有一样的……病。你觉得我们有血缘关系吗?"

"不会,我们家不是本地的。我以前是跑卡车的,后来出了车祸就不开了。整个喀拉拉我都跑过。那时候我就听说有几个家族和我们一样，都是基督教徒。肯定还有其他的。"

她一整天都在琢磨切里安这段非同小可的坦白。切里安错了，他们是有血缘关系的。圣多马派基督徒如今是一个相当大的群体，但他们有共同的祖先，也就是最初被怀疑的多马传道、皈依基督教的那几家人。她的脑海中浮现出一只自行车的轮子。如果她要把有"病"的每家人都放在轮子的一根辐条上，那就是切里安家占据一根，帕兰比尔的族人占据另一根。切里安提到的那些患病的家族都有自己的辐条。沿着辐条找到中心，他们就能追溯到那个基因出问题的祖先，一切都由他而起。她越想越激动。她的任务，就是找到更多的辐条，找到更多有"病"的家族。她知道有一个人能帮上忙。

媒人阿尼谚茂密的白发梳成中分，从两边的太阳穴服帖地拢到脑后。他骑车上坡来到大宅前，睿智的眼睛没有放过任何一个细节。他下车时优雅地抬起一条腿绕过前杠，穿着芒杜就只有这一种下法。在这个人人都留小胡子的地方，他干净的下巴让他看起来并没有七十多岁高龄。

"末丽，我记得清清楚楚，就好像发生在昨天一样，我给特塔纳特家的埃尔茜和帕兰比尔家的菲利伯斯说了亲。"

"我以为他们是在火车上遇见的！"

他和蔼地笑了。"啊，火车上遇见问个好可能是有的，一见钟情长相思也可能是有的，但要是没有媒人，两家怎么认识，嫁妆怎么谈，星相怎么算？"

安娜切塔蒂备好了茶和大阿嬷奇最拿手的波罗蜜哈尔瓦。

"如果星相不合，但是两个人坚决要在一起，那怎么办？"玛丽亚玛问。

阿尼谚把双眼紧紧闭上又睁开，这表情在外人看来可能会以为他是痛苦得皱起了眉头，但在喀拉拉它其实有特别的意思。"这不是问题。我们要讲求因地制宜！大部分障碍都是小障碍，小障碍都不是障碍。你要知道，父母是很容易记错详细的出生时间的。"他耐心地说着，像是不得不一遍遍背诵经文的神父。他尝了一口哈尔瓦，表示赞许。"女士们，在今天开始之前，你们要不要听听我在这行干了几十年，学到的三条经验？"

玛丽亚玛还没插上话，安娜切塔蒂就说："要！告诉我们！"

"第一条——我不是说你啊，末丽——但是你们这代人总喜欢本末倒置。而且，书读得越多，越容易犯这个错误。"他说着，向她投来意味深长的眼神，"第一步，你要找到合适的人，对不对？你要看看这个，看看那个，列张表，比较孰优孰劣，对吗？"

她们点点头。他抿了一口茶，笑了。"错！这不是第一步。"他仰身靠到椅背上，等她追问。玛丽亚玛遂了他的愿，要不然他们得在这儿坐一天。

"第一步，是先定日子！就这么简单。你们知道为什么吗？"

她们不知道。

"因为定了日子，你就当回事儿了！你说，末丽，如果你想开诊所，你会先等到病人路过，然后再租楼挂招牌吗？当然不会！你要先把它当回事儿！你要先租办公室，不管租期长短你得把合同签了。你还要买家具，是不是？啊，啊。我的上帝，你们都不知道我在那个从加利福尼亚合众国回来的伯克利博士身上浪费了多少时间。他有两周假期，我给他母亲和他介绍了八个上好的一等一的姑娘，个个般配……结果他没想好就回去了！为什么？就是没定日子！所以第一条就是，认认真真定好日子。"

"第二条呢？"

"啊,啊，第二条我一开始就说了，"他狡黠地笑着，"你们刚才可能没注意听。我说过，大部分障碍都是……？"

"小障碍。"两个女人异口同声。

"啊。那小障碍就是……?"

"没障碍!"玛丽亚玛感觉像回到了小学。

"很好,这就是因地制宜。"他面露得意之色。

安娜切塔蒂忍不住发问。"还有第三条吗?"

"当然!总共有十条呢,但是只有这三条我会说出来,做起事来方便点,剩下的我会带到坟墓里去。我儿子觉得这行没前途,现在报纸里都有登征婚广告的。那玩意儿,谁要是敢信就求上帝保佑吧。"

安娜切塔蒂清了清喉咙。

"啊,对,第三条规则是这样:长相会变,但性格不会。所以要看性格,别看长相。那么,想知道一个女孩儿的性格,你得看她的……?"

"母亲?"她们齐声说。

"啊,对了。"他点点头,对两位学生很满意,"那要知道男孩儿的性格,你得看他的……?"

"父亲!"她们斩钉截铁地说。

"错!"见她们落入陷阱,他扬扬得意。他点燃一支烟,接着将用过的火柴放回了火柴盒。玛丽亚玛真想知道为什么所有吸烟的人都这么干。这是尼古丁上瘾的副作用吗?还是在这方面讲究了,就能弥补把全世界当成烟灰缸的事实?忽然间,她好像尝到了旅馆里她从列宁嘴里抢下来的那根烟的味道。"错,亲爱的女士们,要知道男孩儿的性格,你还是得看他的母亲!毕竟,我们确定知道的只有母亲是谁,对不对?"

安娜切塔蒂过了一秒才反应过来,然后便哈哈大笑。玛丽亚玛意识到安娜切塔蒂有些太过兴奋,她还没跟她说自己为什么要请媒人阿尼谚过来。

"阿查严,您和我们家是亲戚吗?"玛丽亚玛问。

"当然是!在帕兰比尔这边,我是你曾祖父的第二代堂亲的孙女的丈夫的弟弟。"他望向天花板,"在特塔纳特这边——"

"等等,"玛丽亚玛说,"曾祖父的第二代堂亲的孙女的……这也太远了……照这么说,您去哪家都能说自己是亲戚。"

"那可不是!如果讲不清楚是什么关系,就不能说是!"他言语间有些愤怒,"我讲得清楚,所以我是。"

"阿奇内,"她用上了对长辈的尊称,"我保证,将来我想结婚了肯定来找您,绝不去报纸上登广告。请您别怪我,我找您来不是为了帮我说亲,而是为了研究一种严重的医学疾病,我父亲就是因为它去世的。还有我们家族的其他人——呃,这个您最清楚。我不知道您管它叫什么,大阿嫲奇管叫它'病'。"

她坐到他身边,摊开一张经过扩充和更新的族谱副本,这份是马拉雅拉姆语的。"这是我照原件抄下来的,它在我们家族已经传了几代了。"

阿尼谚聪慧的眼睛来回扫视纸页,尼古丁染黄的指甲在世代间游走。"这个摆明是撒谎——他一直都没结婚,"他喃喃道,"唔,这里不是三姐妹,是四姐妹——双胞胎——但是一个刚出生就夭折了,另一个是波娜马……"几分钟内,他就拿着笔补全了她祖父之前的三代人,比她几个礼拜的成果都多。他有意避开了现在还在世的几代人。

"阿查严,我想把这张表填完整。"她告诉了他切里安的事儿。阿尼谚一下子就明白了她"车轮辐条"的比喻。"如果我能把轮子上的所有辐条都填完整,我们就能知道这种疾病是怎么遗传的了。"

他思忖着她的话。"末丽,你找到其他有'病'的人以后,能做点什么吗?"

他一针见血地找到了她论点中最薄弱的一环。"不能……暂时还不能。现在只有症状最严重的人值得做手术,因为风险非常大。但是很快我们就可以做一种更安全的手术,只需要在耳朵上方开一个小孔。那些患病的孩子如果及早切除肿瘤,可能就不会耳聋,甚至不会溺水了。而且，如果能弄明白它是怎么遗传的，那么打个比方，我们就可以确保携带这种特征而不知情的男孩儿和女孩儿不要结婚。这个'病'害苦、害死了太多人了。所以，我要专攻神经外科，预防它，或者尽早治好它。这是我此生的目标。"

他一脸警惕地端详着她，回答却出乎她的意料。"行啊，我年底就打算退休了，所以行啊，多有意义的事儿，但是年底之前不行。"他把火柴盒和香烟收了起来，"走之前，我想再告诉你两件事。第一，我干的事儿是牵线搭桥，减少障碍。我对两家知道的，永远比我透露出来的多。你别误会，害人的事儿我绝不会干。精神病、痴呆、羊癫疯这些我不会隐瞒。但是末丽你记着——这是另一条规则，你想听的话，我只告诉你一个人：每家人都有秘密，但秘密并不都是为了欺骗。维系一家人的不是血缘，末丽，而是他们共同保守的秘密。所以，你这件事做起来不会容易。"

他的脚蹬上踏板时，玛丽亚玛问："等等，你说的是两件事，还有一件呢？"

"定个日子，玛丽亚玛，"他微笑着说，"哪怕是五年以后，定个日子。"

第二天傍晚，玛丽亚玛在度过了尤为漫长的一天之后，从三耶姆回家。拱桥下，渠水懒洋洋地流淌。朱瑾和夹竹桃红艳似火。地平线勾勒出两头卸下犁套的水牛的剪影，它们面对面伫立，好像一对书挡。知了好像发了狂，叫声越来越响，要不了多久，它们就该惊醒青蛙的唱诗班了。这些她年少时日复一日听到的平凡无奇的声响，如今随着至亲离去化作了回忆的颂歌，让过往在当下浮现。这会儿，是属于和蔼的魂灵的时刻。

回家的路上她会经过石女，这座雕像每一次都会闯入她的眼帘。埃尔茜嫁给了有"病"的人家，可她自己不是患者，最后溺水的却是她，这是多么残酷的玩笑。玛丽亚玛走过列宁曾经在屋顶上迎接闪电的谷仓。定个日子。我倒是能定呢。

洗过澡,她和安娜切塔蒂待在厨房里吃晚饭。尽管有新购置的餐桌和餐椅,她们还是选择了散发着肉桂香气的被熏黑了的墙壁,它鲜活地保存着对大阿嫲奇的回忆。乔潘上门来讨论新建筑的图纸和预算,是专为橡胶树准备的一间屋子,外加毗邻的烘棚。到时候,乳胶会被倒进托盘,加酸混合,固化后的乳胶会由人工辊压机挤压成薄薄的橡胶片,然后挂在烘棚熏制,最后码堆卖出去。尽管乔潘坚持说他已经吃过了,但安娜切塔蒂还是给他端来了饭菜。于是,像无数其他的夜晚一样,他们佝弓着腰坐在四英寸高的小板凳上一同吃起了饭,盘子放在地上。沙缪尔要是看见他儿子出现在宅子里面,吃饭的盘子还不是专用的,肯定得大惊失色。帕兰比尔变了。他们三个是一家人,同属一个种姓。

第七十四章　窥见思想

1976年，帕兰比尔

　　《平凡之人》栏目之前的编辑是出席医院剪彩仪式的众多名流之一。玛丽亚玛没想到，他会在活动结束后上门拜访。除了在父亲葬礼上和他打过招呼以外，这是她第一次和他说话。这位先生长相英俊，举止优雅，比她父亲年长。他缅怀起已故的专栏作家，言语间毫不掩饰对他的偏爱。然而，他对她父亲为何突然前往马德拉斯毫不知情。"他当时在科钦写一篇海水入侵回水区的文章。但是，他才刚到就让我们科钦办公室的同事帮他买了去马德拉斯的车票。我还是在事故之后才知道他去了马德拉斯。

　　"我劝了你父亲很长时间，去写写迪拜，或者卡塔尔，写写我们在那里的同胞。你知道的，五十年代海湾发现石油，很多大胆的年轻人搭上卡拉-卡帕——那种河边打的非法小木船——或是还在往返的阿拉伯帆船就去了。他们没有证件，什么都没有。但是你知道吗？现在很多人还是这么走，因为他们没钱办无异议证明，也没钱买机票。他们被扔在近海，必须蹚水或者游泳上岸。如果他们被抓了，就得进监狱。我想让你父亲登上一艘阿拉伯帆船——当然是合法的——描写一下整个旅程。我还说，我可以给他找间豪华的酒店住上一周，让他写写我们的同胞是怎么在沙漠的烈日下干活，怎么像鱼似的挤在一块儿睡觉，就为了省下每一个派沙寄回家里。我甚至还保证会给他买一等舱的机票回来。这个选题太适合《平凡之人》了。但他总是拒绝，我从来都不明白为什么。"

　　"你是说，你不知道我父亲讨厌水吗？"他不知道。玛丽亚玛给他描述那个"病"并且拿出族谱给他看时，他目瞪口呆。他面露难色地听她说了她父亲大脑尸检的细节。"我父亲的离世解开了谜团。"

他无言以对。"我的天哪,"他说,"我完全不知情!真的,我们的读者——仰慕他的人——肯定会想知道这个故事的。当然,我的嘴巴闭得牢牢的。你放心,我一个字都不会说,也不会写的。"

"其实,如果你能把它写出来,我会很高兴的。几代人对'病'都守口如瓶,到头来并没有好处。秘密会害死人。如果不知道有多少患者,也不知道它如何遗传,我们对这种疾病能做什么呢?我的亲戚可能不愿意说,但我很乐意分享我父亲的事和所有我知道的东西。这'病'是我的使命,这也是我要去韦洛尔学习神经外科的原因。"

亲爱的乌马,

自从我父亲的编辑写了那篇关于"病"的专题文章,讲述它是如何导致了平凡之人的离世,我的亲戚们忽然间都愿意和我说话了。我随信附上了剪报。我知道你看不懂马拉雅拉姆语,但你可以看看图片。这篇文章写得像侦探小说一样,我父亲是受害者之一,追查凶手的侦探则是他自己的女儿!标题是"平凡之人因'病'离世,亲身破解死亡疑云"。所幸他用了"病"这个叫法,我觉得"冯·雷克林豪森病的一种亚型"不仅冗长,而且就像达斯博士说的,它可能和冯·雷克林豪森病根本没有关系。文章里引用了我的话,我说如果谁知道家里有人对水排斥,就请写信给我。顺便提一句,我觉得用这个问题筛选患者是再好不过的了。相信我,在喀拉拉,如果你怕水,大家都会发现的。到目前为止,我收到了三家人的信。另外,多亏我的亲戚,我现在收集到了很多嫁去外地的女子的故事——就是"水之树"里缺失的那部分。

有意思的是,所有得了'病'的女人都被说成"性情古怪"。这个特点几乎和她们讨厌水一样引人注目。我们女孩子打小就被教导要"阿达库",要"奥德库"——要谦逊内敛。但是这些女孩完全没有腼腆含蓄的影子。有一个姑娘总是心直口快,把相亲的人都吓走了。(同样的特质在男性身上可能就是自信。）总算嫁出去以后，她在丈夫的土地上给自己搭了一间树屋。她恐惧洪水却不怕高。每当河水漫上堤岸，她就住在树屋里。另一个姑娘从小就对蛇痴迷，而且胆子很大。在她丈夫的村子里，如果发现厨房的瓶瓶罐罐后头藏着一条蛇，大家第一反应就是找她。她会抓住蛇尾，然后伸长手臂来回甩它。据说蛇不能向上扭动去咬人，它得有东西靠着才能往上爬，但谁敢去试呢？我发现这两个女人去世时的症状和我祖父一样：晕眩，头痛，面部无力。第三个女孩坚决要当神父，成了宗教异端。她穿上神父的衣服跑到教堂里去布道，然后挨了一顿鞭子。她又开始站在教堂外面讲道，直到他们把她赶走。她的家人没有办法，只好把她送进女修道院。可她却逃了出去，剪短头发，假装男子混进了全是男修士的修院。那之后他们把她关进了精神病院，她最后死在了那里。

但不得不说，要论性情古怪的话，我的祖父、父亲、尼南、乔乔还有我的堂哥列宁，都可以算作是性情古怪，而且各有各的怪法。他们都有不同于常人的执念，要么是爬树，要么是非得走直线的强迫症，要么是走的路远到别人难以想象。我觉得你应该也会同意这些"古怪"无法用听神经上的肿瘤来解释？所以，我的假设如下：会不会是他们的思维上也有类似听神经瘤的东西，是"病"导致了某些反常，表现出来就是"性情古怪"？他们会不会有某种"思想肿瘤"（我是这么想象的），某种我们无法用肉眼或者通常的工具看到的东西？

不过，也许我有一样工具可以用来研究父亲的思想。他有近乎痴狂的写日记的习惯（又是一种古怪之处！他每天都要记录很多条）。他的所有思想都保存在近两百本笔记本里。这就是我的下一个项目：系统性地梳理这些日记，寻找"思想肿瘤"。

要开展这个项目，她面前有一个巨大的阻碍：她父亲难以辨别的字。小时候爱打探的她也曾偷看过他的日记，想找些惊天的秘密，但他密密麻麻、留不得一丝空白的小字立马就打消了她的念头。他写起字来就仿佛纸比金子还贵，而墨水是不要钱的。用英文写作让他有了一些安全感，但他楔形的字母却长得像古老的苏美尔文字。要解读他的字迹，和学一门外语差不多。另外，她父亲最有价值的思想可能藏在数不胜数的日常的细枝末节里，比如霉菌、房梁上掉下来的壁虎之类的。玛丽亚玛大致扫了一眼笔记本的标题，看到了"气味""谣言""毛发（面部及身体）""脚""捣蛋鬼"。尽管有这些标签，他的记述在几页之后就会开始偏题讲别的东西，后面再也不会回来。他的条目没有索引也没有参见项，玛丽亚玛想快速看个大概是不可能了。眼前的任务令人望而却步。它可能根本完不成。

* * *

每天夜里入睡之前，她都会想起列宁。她多想和他说说话，告诉他她这一天过得怎么样。她会告诉他，回到家里很愉快，唯一教人气馁的，是她在这里就只是医生，其他的身份都被剥夺了。她期盼着合同期满，好开始神经外科的学习。你今天过得怎样呢，列宁？她只是想想便浑身发颤。他到底还活着吗？如果他死了，她会知道吗？

乌马对"思想肿瘤"的想法非常感兴趣，鼓励她继续研究。于是，玛丽亚玛每天晚上都埋头苦读，一边看一边给条目做索引。这项工作劳神费力，她的手指上沾满了他墨水中的铜粉。渐渐地，她的阅读速度加快了，索引越来越长。到目前为止，她对父亲思维的了解仅限于他可以快速地从一个话题跳到另一个，仿佛一只蛾子在摆满蜡烛的房间里飞舞。这是思想肿瘤在作怪吗？偶然间，她会遇到一段让她屏息凝神的文字：

昨夜，埃尔茜在床上速写，我看着妻子的侧脸，它比我所能见到的任何面庞都更美。忽然间，我的眼前浮现出未来的画面，就好像时空打开了大门。我看到了画家埃尔茜的轨迹,就如同划过空中的飞箭一般清晰。我比以往都更加清醒地意识到,她一定会为后世留下属于她的一笔。与她相比,我什么也不是,只是能够见证这样的奇才,我便已然得到了恩赐。我不禁心生感怀,几乎要潸然落泪。她见我神情怪异,什么也没问。也许她知道我在想什么,也能理解,或者她以为她知道。她放下画纸,把我推倒在床。她临幸我,就好像一位女王利用她的朝臣,好在她只爱我这一个朝臣。我真正能够名垂千古的机会就只有这一个:埃尔茜选择了我。她选择了我,所以我才配得上她。这就是我需要的全部野心了:能够继续配得上这位伟大的女性。

另一个晚上,玛丽亚玛撞见了她父母婚姻中截然不同的一个片段,好像被迎面打了一棒。在尼南可怕的夭折后,她的父母反目成仇。父亲的文字发泄似的落于纸面,让她读来脊背发凉:脚踝骨折的痛不欲生;未能把树砍掉的自我憎恶;没道理的对埃尔茜逃离帕兰比尔的愤恨——写下这段时,她已经离开了六个月。玛丽亚玛都不知道他们曾经分开过!她父亲的词句絮絮叨叨、语无伦次,仿佛一首鸦片之歌。她窥见的不是"思想肿瘤",而是一个瘾君子凌乱思绪的污水坑。没错,这确实是一项科学研究,可显微镜下的对象是她的父亲。他脑海中的想法可以压得她喘不过气。

她合上日记本走出房间,想要放弃这个项目。求您了上帝,别让我追寻着父亲的思想,最后却厌恶起这个我崇拜且深爱的人。请不要夺走我对他的感情。

她不知不觉地向石女走去。虽然已至黄昏,空地上的雕像却依然明晰可见。依托于岩石,母亲的这处陈迹不同于其他事物,在玛丽亚玛的生命里留下了恒久的印记。它亘古不变的姿态表达着大自然的从容不迫,它的时间要用世纪衡量,而不是分与时。玛丽亚玛坐在那里,久久没有起身。

"'病'……就只是生活而已,对吗,阿嬷?"她对着石女说,"也许我想解答的,不是'病'的谜题,也不是我为何会来到世上。生命本质上就是一个谜题。我就是'病'。也许我想寻找的,不是阿帕的思维方式,或者某个遗传病的线索。我觉得,阿嬷,我想找的其实是你。"

第七十五章　意识状态

1977年，帕兰比尔

这天早上，玛丽亚玛看到诊室外空空的长椅，感觉美好得不敢置信。T.T.凯瑟万医生是她的新同事，一位LMP。"T.T."会筛选门诊的病人，只把病情严重的送到她这儿来。她的空椅子很快就会坐满，但至少，她不会还没开始就已经绝望得赶不上进度。

走进办公室，她被一个黝黑、赤脚、穿卡其布上衣和短裤的男人吓了一跳。他坐在她桌边的高凳子上，正冲她咧着嘴笑。虽然他肤色很黑，五官却有一点尼泊尔人的味道，看他的脸也同样看不出年龄，只有他白色的眉毛和乱蓬蓬的白发说明他至少有六十多岁。

"早上好，医生。"他一跃而起，用英语说，"医生叫克伦威尔给你！"她一面展开纸条，一面试图理解刚才听见的话。"我是克伦威尔。"他主动解释道。

"什么医生？"

他指了指停在大门外的一辆介于吉普车和卡车之间的车子，车门上的"圣毕哲麻风病院"几个字已经褪了色。一个白人男子等在车里。她低头看向纸条。

亲爱的玛丽亚玛：我是一名医生，与你的外祖父昌迪是故交。我在救治一位情况危急的病人，需要你的专业协助。这个人你认识。考虑到你我的安危，细节容我车上再说。上车之前请不要告知任何人。另外，请问你能否暗中带一把环钻或类似的工具？你可能需要打开颅骨和硬脑膜。

在她走进视线之前，迪格比觉得空气似乎都变得稀薄了。尽管她背着沉重的桑吉，她的步态却好似舞者一般轻盈。她身材高挑，容貌秀丽，珊瑚蓝的纱丽更衬得她的皮肤白皙。她额头中间那一缕耀眼的白发让她有一种超越年龄的老成。看着她走近，他害羞得脸红了。

她悄然坐到他身边，整了整纱丽的褶皱，让布料垂落到车厢地板上。他伸出了手。她的手温暖而柔软，而他的肯定摸起来粗糙僵硬，都拗不出与她匹配的弧度。

"迪格比·基尔戈，"他结结巴巴地说着，依依不舍地松开了她的手，"我和你的外祖父昌迪很熟，而且你母亲小时候我见过——"

玛丽亚玛仔细打量着这个人。他湛蓝的眼睛好像蓝宝石，在疲惫而沧桑的脸庞上闪着光芒。他两手的手背堪比拼花布，间杂着铁锈色和白化病似的皮肤。宽松的棉布库尔塔显得他的脖颈更加瘦削。他不是快到七十岁就是刚过，身形清瘦却强健，但没有他黝黑的司机那么壮实。

"老板，我们走。太多人。"克伦威尔一边说，一边发动了引擎。

"好。"玛丽亚玛和迪格比异口同声。

他们一离开三耶姆医院的视线范围，她便急忙转向他。"他怎么样？"

迪格比注意到，她没有问是谁。"不太好，勉强还有意识，但一直在恶化。"

她陷入了沉思。她的双脚滑出凉鞋，腿像美人鱼一样蜷起横在座位上，赤脚缩进了裙摆。

"他跑到了格温德琳花园，那是我原来的庄园，在北边很远，靠近德里久尔……"在那双清澈眼睛的注视下，迪格比努力理清思路，"在很多年前，列宁的母亲怀着他的时候，因为被刀划伤来过我的庄园——"玛丽亚玛不耐烦地点点头，这个故事她知道。"总之，列宁肯定是一直听他母亲说格温德琳花园，而且也知道我，这都是他小时候的故事。昨晚，他出现在那里，但我其实已经有二十五年没在那儿待过了。我在特拉凡哥尔这里管理一家麻风病院,庄园是克伦威尔的。你知道,抓住列宁是有悬赏的,把他留在庄园太危险,对劳工来说诱惑太大。所以克伦威尔连夜开车下山,把列宁送到了我这里。"

她现在看起来丝毫不像是一名医生;她是一个被昔日的幽灵找上了门的年轻姑娘。"基尔戈医生,我们该怎么办呢?"

"请叫我迪格比吧。对,问题就是这个,该怎么办?他出现在这里对我们来说都是危险。我也不知道该怎么帮他,我是治疗麻风病的医生,是手外科医生。他到的时候就已经神志不清了。我自己是不想把你牵扯进来的。玛丽亚玛,我来找你是因为,他要你去。"

她僵住了。过了片刻,她轻声问:"他想自首吗?"

迪格比摇了摇头。"没有。听着,我不喜欢纳萨尔分子,但警察也好不到哪儿去。你懂的,他们不会让他看医生,可能原地就会把他杀害。他在呕吐,自述有严重头痛。他不停地说你知道他得了什么病。我想我也知道,我读过你家族的案例,那个遗传病。"

她点点头。"他大概率有听神经瘤,和我父亲一样,两侧都有。但这不代表我有能力治疗他。"

她双手合拢放在腿上,眼睛望着前方出神。他觉得,她侧脸的五官——眼睛、眉毛、长而尖的鼻子——都和昌迪的女儿埃尔茜一模一样。

"听我说,你不是非得掺和进来,玛丽亚玛。说不定现在已经都晚了——"她面色遽然一变,他知道自己说错话了。克伦威尔瞅着后视镜里的迪格比,表情像是在说,你这下闯祸了。"对不起!这说的是什么话。"

她的声音虚弱无力,而且似乎不是在对他们说话,更像是在自言自语:"所以,他突然间出现,然后要我去?都这么多年了,我该怎么……"

她没有说完后半句,泪水在眼眶里打转。迪格比翻找出他的手帕,还好是干净的。她拿着手帕捂住双眼，然后竟出乎迪格比的意料靠了过来，将额头倚到了他的肩头。迪格比将手伸到她背后，轻轻搭在她的肩胛骨上。他小心翼翼地举着胳膊，不敢再给她增加一点负担。

第七十六章　苏醒

1977年，圣毕哲

车驶入大门，迪格比看着玛丽亚玛向外张望，将圣毕哲的一切尽收眼底。她会怎么看待他这四分之一个世纪以来的家园？这处僻静的世外桃源？在高墙之内，甚至外界的声音都无法抵达他们的耳朵。苏查，迪格比的一名"护士"，将左手手掌与右手的残肢并拢。玛丽亚玛下意识地回礼，几乎都没有发现苏查的"合十礼"需要加上想象才能完整。

他们安置列宁的房间很隐蔽，位于麻风病院偏僻的一隅。玛丽亚玛在门槛外犹豫了一下，然后才跟上迪格比，像梦游似的走了进去。上帝保佑他还在呼吸，迪格比心想。他注视着她伸出颤抖的手指去抚摸列宁的脸颊。床上不省人事的患者脸上和头上都只留着深色的短毛茬，像是刚从蒂鲁伯蒂或者拉梅斯沃勒姆朝圣回来的虔诚信徒。蜿蜒曲折的血管凸显在他枯瘦的手臂上，因为皮下脂肪完全缺失。他的腹部有波浪似的皱褶，肋骨架突出，看起来不像游击队员，倒像是快要饿死的饥民。

迪格比默不作声地拿起血压计的袖带，绑在列宁无力的胳膊上。他的动作让玛丽亚玛回过了神，伸出手指探查起列宁的脉搏。"高压一百七，低压七十，"迪格比片刻后取下袖带说，"和之前差不多。"

"脉搏四十六，"她说，"是库欣反应。"

迪格比上次听到这个词是什么时候？五十年前格拉斯哥的手术室？他曾经遇到过几次情形，需要回想这位神经外科先驱提出的三联征。库欣发现，如果坚硬的颅骨内有出血或肿瘤导致压力增高，就会引起收缩压升高、脉搏缓慢、呼吸节律紊乱。

"我们应该让他坐起来，"玛丽亚玛说，"对降低颅内压有帮助。"这不是责备，但迪格比明白，这是他早应该想到的。克伦威尔也来帮忙，他们拿来房间里另一张空床上的床垫对折，让列宁靠在上面。他的脑袋耷拉着，像个布娃娃。

"我可以做检查吗？"她问。

"他是你的了！"

她神情复杂地看了迪格比一眼，然后开始摇晃列宁的肩膀。"列宁！"早前，迪格比叫他的名字时列宁还努力睁开了眼睛，甚至还说了几个字。但现在，他的目光呆滞无神。床底下炸响鞭炮时纹丝不动的病人，比会吓一跳的病人情况更糟。玛丽亚玛用指关节使劲去压列宁的胸骨——对意识清醒的病人来说，这种刺激会很疼痛。列宁动了动，微微蹙起眉头。

"看到了吗？"她说，"他只有右半边脸动了。"迪格比没注意到，她重复了一遍，这次他看到了。"左脸面神经麻痹，"她说，"是他左边的听神经瘤导致的，它肯定是大到压迫面神经了。"

她扒开列宁的上眼睑，左右摇摆他的脑袋检查头眼反射，接着检查咽反射。她用叩诊锤检查他两边的神经肌肉反射。而后她从包里掏出一把眼底镜，观察列宁的瞳孔。"视神经乳头水肿，两边都是。"她说。这是脑部压力增高的又一个迹象。

迪格比注视着她，意识到各种他本可以先做的事情。她眼前的躯体就是一本书。很快，她就能像《圣经》学者那样对文本做出诠释。他这下感觉自己真是老了——她比他要小两辈。不过，迪格比现在的专长是无法再恢复的神经。用不上的那些书本知识他都已经忘光了，而在肌腱移植这方面，他是专家，发表了好几篇创新论文，把鲁内的工作继续发扬光大。但是这个患者让他踏入了不熟悉的领域。

玛丽亚玛收起工具，眉头紧锁。

迪格比说："我之前想着我们可能要在他的颅骨上钻孔，所以请你带了环钻，这样也许能降低颅内压——"

她摇摇头。"那没用。列宁的肿瘤在脑干附近，它阻碍了脑脊液的流动，他现在有脑积水，所以才会昏迷。颅骨钻孔可以解决脑出血，但用在列宁身上只会引起脑疝。"

迪格比思考了一下玛丽亚玛的话。他的脑海中浮现出缝隙似的空腔——脑室，它们藏在列宁大脑左右半球的深处。大部分脑脊液由左右两个脑室产生，而后经由中央的管腔向下流动，就仿佛是淌进了一根贯穿脑干的落水管，到达脑底部后便向四周蔓延，将大脑和脊髓包裹在液体中，为它们提供缓冲。但是现在落水管被肿瘤阻塞，脑脊液回流进左右脑室，将两个缝隙灌成了涨满的气球。如果是婴儿，随着脑室增大，未闭合的颅骨直接就会膨胀。但在列宁这里，不断增大的脑室缓慢地将周围的脑组织压迫到硬性的颅骨上，导致他先是晕晕沉沉，然后陷入昏迷。

"但我们可以做的是，"玛丽亚玛说，"穿刺其中的一个脑室。我们把针穿入大脑，刺破肿胀的脑室，然后引流脑脊液。我们在这里给颅骨开个小孔，"她指向列宁头顶，中线旁边，"没有钻孔那么大，只要能穿针进去就行。"

"你是说你要盲穿？"

"有体表标志可以用来定位。但是，对，盲穿。不过他的脑室应该膨胀得非常大，很容易刺中。"她顿了顿，似乎是在等迪格比劝她打消这个念头。"我见过这个操作，不能根治，但是能争取点时间。时间就是大脑，他们在神外总这么说。如果他情况好转，然后如果可以送他去韦洛尔，去基督教医学院，当然是如果他同意手术的话……"她的声音越来越轻，那么多的"如果"让她住了口。

"这是最好的方案。"迪格比肯定地说道。

在迪格比小小的手术室里，他们让列宁坐直，用安装在手术台上包有软垫的头架固定住他的头。玛丽亚玛手持皮肤记号笔，从列宁的鼻子根部向他的颅骨中央画了一条笔直的竖线。她用卷尺量出竖线十一厘米的位置，做了一个记号。从这个位置她画了垂直于第一条线的第二条线，朝向列宁的右耳。她在第二条线的三厘米处画了一个叉。

"从其中一个脑室引流脑脊液能让两个都减小，因为它们中间是连通的。我选右边是为了避开左半球的语言中枢。如果你想知道为什么的话。"

"我是应该想知道。"迪格比说。

用玛丽亚玛带的环钻开出的口太大。讨论一番后，迪格比拿出了他用在长骨骼上的麻花钻。她在叉号处给头皮下方注射了局部麻醉。操着手术刀，她做了一个小而深的切口，直达颅骨。因为迪格比对器械更熟悉，由他来操作麻花钻。他感觉到钻头穿透颅骨外板后，由玛丽亚玛接手，用一把咬骨钳一点点地啃，直到他们看见覆盖大脑的亮晶晶的脑膜。即使在这小孔之下，脑膜也在往外鼓，大脑在到处寻找释放压力的出口。迪格比注意到玛丽亚玛的犹豫——她很在乎这个大脑的主人。

她拾起腰椎穿刺针。它很长，内里中空，里面有可移动的针芯。之前，她已经在距离针尖七厘米的针梗上做了记号。她将一把止血钳夹在针栓上，然后将止血钳递给迪格比。"站在他的正前方，迪格比，握住止血钳。我会站在他的侧面。你一定要确保，从你的视角看过去我对准的是眼球内部。我这边会对准他的耳屏。就算我的针在矢状面倾斜，你也要保证我在冠状面绝不偏离，让我始终对准目内眦。"

上帝保佑，这也太简陋了，他心想。她将针推入大脑，五厘米时，她停下动作，抽出针芯。针栓里什么也没冒出来。她重新插回针芯，将针又往前推了一厘米，然后把针芯抽出。

透明的液体仿佛清泉，汩汩地涌了出来。

"我的天！"迪格比惊叹。理论听着是不错，但眼前源源不断落在毛巾上的液滴才是证据。

"我看到大脑表面已经陷下去了！"玛丽亚玛兴奋地说。

液滴终于停止后,她再一次将针芯插回空心的针鞘,退出了针头,然后用无菌骨蜡封住头骨。当她正给缝在头皮刀口上的那一针打结的时候,他们发觉手术台颤动起来。一只没戴手套的手冒了出来。"别动。"迪格比大喊着揭开了手术巾。

迷迷糊糊的列宁顶着堆在额头上的手术巾看向四周,好像一只正从洞穴里钻出来的鼹鼠,对着强光眯起眼睛。

"把你口罩拿下来。"迪格比对玛丽亚玛轻声说,同时取下了自己的。

列宁的头动不了,但他的眼睛从迪格比转向玛丽亚玛。它们定定地望着玛丽亚玛。迪格比很难说他们俩——玛丽亚玛和列宁——谁更惊讶。他们注视着彼此,整个手术室都静止了。外界的一切声音都消失了。

"玛丽亚玛,"刚从昏迷中苏醒的病人说,他的声音虚弱而沙哑,"见到你真高兴。"

第七十七章　革命之路

1977年，圣毕哲

复活过来的列宁盯着她，无法将目光移开。她僵在原地，动弹不得。她看着迪格比划断固定列宁头部的带子，然后平静地向他自我介绍，就好像这里是俱乐部，他们刚碰面。"我是迪格比·基尔戈。早上我们见过，不过估计你不记得了。"

有一瞬间，玛丽亚玛以为他们就要像斯坦利与利文斯顿[1]一样握手。那样的话倒也应景。他们的上一次见面同样堪称传奇：列宁冲他挥舞拳头，基尔戈医生靠一根灼亮的平头雪茄给它赶了回去。

"你不在庄园，这里是圣毕哲麻风病院。"列宁面露担忧。"你在这儿很安全。我们必须把你从格温德琳花园秘密转移下来，山上太危险了。"

列宁的右手向头顶飘去。"等一下！"迪格比说，"你那里缝了针。"迪格比看向玛丽亚玛，眼神在说，快上啊！

"你的头怎么样？"她说。哦，上帝啊，与唯一的心上人阔别五年，我第一句话真的就说这个？你的头怎么样——好像我不是刚在你的颅骨上钻了一个洞，往你的大脑里插了一根针？热血涌上她的脸颊。在她小时候就只有列宁才会让她这样脸红。

"我的头挺好的，"他说，"我记得……"

---

[1] 前者为美国记者和探险家亨利·莫尔顿·斯坦利（Henry Morton Stanley，1841—1904）；后者为英国探险家、传教士戴维·利文斯顿（David Livingstone，1813—1873），被称为"非洲之父"。利文斯顿在非洲探险时失踪，报社于1869年派斯坦利前去寻找，最终斯坦利于1871年在坦桑尼亚的乌吉里找到了他。这一事件在1939年被拍成电影《斯坦利与利文斯顿》。

他们等着他继续往下说。屋外,一只缝叶莺啾啾叫,继续继续继续。玛丽亚玛屏住了呼吸。

"我记得……我头痛了好久。"他挤出来的句子是英文,但是有些生疏,"我要是咳嗽或者打喷嚏,我的头……像炸开。我的生命被一点点剥夺。"他越说越流利,"我发作过抽搐,很多次,每天都是。我们有氰化物胶囊,我都已经准备好把我的吃下去了,然后我想起来……"他又停住了,好像接触不良的收音机。

"你放哪了?"迪格比问。

列宁扒开芒杜翻找起来。迪格比帮他一起找,掏出一卷橡皮筋捆好的卢比纸钞和一团脏兮兮的塑料袋。

列宁注视着迪格比。"大夫,我母亲告诉过我,你在她最需要的时候帮过她。你阻止了我来到这个世界,现在你又阻止了我离开!"

迪格比笑了。"两次都是时候太早。不过说真的,要不是我找到了玛丽亚玛,你就用得着氰化物了。"

听到这话,玛丽亚玛心里似乎有什么崩溃了。再晚几个小时,她来此就只能见到一具尸体,而不是这个清醒的、她熟悉的人,一个即使在发生了那么多事之后,她依然深爱的人。她身子一软,倚靠在桌子上。迪格比警觉,给她拖来一张凳子。

列宁伸出手,牵住了她的。

因为面瘫,他的笑容是歪的。但他眼中的温暖、对她的疼爱和怜惜,那些都是真的,是以前的列宁。她不想再作为医生待在这里了,但事情还没结束。她平复了一下心情,心想他怎么不问他们是怎么把头痛弄走的?

"列宁?"他看起来好虚弱,额头被她的记号笔一分为二,头皮上还有缝针的伤口,"你有肿瘤,听神经瘤。它导致压力——"

"你父亲出事我很难过,玛丽亚玛,"他打断她,"我在报上读到了。

593

那个'病'。我太为你骄傲了。你把我的肿瘤拿掉了吗?"

看到他眼里的希望在她摇头时暗淡下去,她觉得一阵心痛。她拿起手术用的记号笔,在纸上给他解释发生了什么。"……然后我们把针穿进去,液体就涌了出来。你醒了。但这只是给我们争取了一点时间而已。"

他眼里闪过一丝调皮的光,接着他笑了起来,瘫痪的那半边脸瘫得更明显了,把他的表情变成了讥笑。她得努力盯着他的右半边脸才行。

"玛丽亚玛哎,"他怜爱地喊她,"我的好医生。你记不记得,我们小时候你就说我脑子有点问题?还说有一天你会把它修好的?"

当时他们在教堂。列宁与站在女人那半边的她四目相对,于是他故意从嘴角垂下一丝口水,而且全程面无表情。她忍不住咯咯笑了出来。大阿嫲奇狠狠拧了她的耳朵。

"我说的是,总有一天我要敲开你的脑袋,把恶魔揪出来。"

"你做到了!"

迪格比把他们拉回现实。"列宁,你要知道肿瘤还在。我们能做的只有暂时缓解上方的高压。"他看了一眼玛丽亚玛寻求支援,"压力还会再升高的。"

列宁说:"往我的大脑里扎针?可我一点感觉都没有。"

迪格比说:"很矛盾,是不是?直接戳大脑,你不会感到痛。可如果踩到钉子,你的大脑立刻就能精准地指出痛在哪里。除非你是这里的患者,他们什么也感觉不到,所以容易受伤。"

玛丽亚玛说:"列宁,你的肿瘤要赶紧切除,但我们在这儿做不了。"她把手放在他的胸口。"我们必须送你去韦洛尔。他们对这种手术有经验。"她察觉到他的畏缩。逃犯在盘算他的撤退路线。

"为什么这儿不行?我相信你——"

"我也希望我能行,但我没有这样的技术。现在还没有。"

"韦洛尔?用不了多久他们就会发现我的身份。"

"但只要肿瘤切除了,你就能活下来。你能过上完整的一辈子!"她屏住呼吸。

他没有说话。他退缩得更远了。她觉得他好像铁了心要去死。

迪格比柔声问:"列宁,你怎么想?"

他避开了迪格比的目光。忽然间,他看上去很疲惫。"我想……我太饿了,都想不出来了。"

"哦,天哪!"迪格比说,"我们是什么医生啊!你一定饿坏了。而且这位年轻的女士也该喝点茶。"

忽然间,玛丽亚玛感觉被压得无法喘息,好像整个天花板都落到了她的肩头。她需要透口气。

克伦威尔蹲在手术室外面。见玛丽亚玛出来,他笑了……紧接着笑容消失,他嗖地跳起来扑向她。又怎么了?她心想。这地板怎么是斜的?

她半躺在一把扶手椅上,一张软凳托着她的腿。她身上盖着一条丝绸披肩,旁边摆放着茶、饼干和水。她依稀记得被克伦威尔抱着。刚躺平她就醒了,眼前是忧心忡忡的迪格比,他坚持要她休息。她说她就闭上眼睛歇五分钟,可她肯定是睡着了。她不知道自己睡了多久。

她贪婪地吃喝起来。容纳她的屋子是一间阴凉的书房,铺了地毯,吊顶很低,书架嵌入墙壁,翻越门窗,填进门框与窗框上方的空间。这里让人感觉既私密,又亲切。厚重的窗帘装裱着法式玻璃门,门外是一小片长方形的草地,周围种了一圈色泽鲜艳的玫瑰。花园外围着木栅栏,靠远处开了扇门。她猜想这处草坪应该是迪格比的避风港,他可以坐在阳光下看书。她出神地望着草坪笔直的边缘和精心修剪的玫瑰灌木。它就像是她见过的明信片上那种英国排屋前头的小花园,篱笆里那点土地的小小面积远不够主人施展园艺的野心,但依然温馨舒适。

书架上有好几处角落都摆放着相片。她的目光被一个典雅的银色相框吸引,里面是一张黑白照片。照片上的白人小男孩穿着及膝高筒袜、短裤、V领毛衣,打了领带。她从他的眉眼可以清楚地看到成年迪格比的影子。小男孩冲着镜头露出羞涩的微笑,却掩藏不了他那一丝焦虑。也许是开学第一天?一个穿裙子的美丽女人蹲在他身边,笑容灿烂,她的双膝并拢,手搭在他的肩上。肯定是迪格比的母亲。她的脸很年轻却很疲惫,深色的秀发中已然有了一缕白丝。但在快门按下的那一刻,她展现出了最好的一面,仿佛大幕升起时的老练演员那样经验丰富,而成片也着实令人惊艳。她不仅有着电影演员的美貌,还有幸得到了与之相配的气质。

另一个格子里放着一张没有裱框的相片,里面有一个留着络腮胡的高大的白人男子,两侧站着好些麻风病人。他的手臂搭在他们的肩膀上,好像一个教练和他的球队。这张脸和她从圣毕哲的门廊进来时看到的肖像油画是一样的。这一定就是鲁内·奥尔奎斯特。在母亲那本老旧的《格氏解剖学》的衬页上,这名字她看到了太多遍。这本书是他的,虽然里面的赠言是迪格比写的。这本书对于年少有志的画家来说一定是再好不过的礼物。玛丽亚玛之前满脑子都是列宁,都还没来得及和迪格比谈及这些渊源。列宁!她急忙吞下茶水,没时间磨蹭了。

她洗了把脸,心里依然在感叹这个世界奇妙的联系。也许看不见,也许业已遗忘,但总归都在那里,就好像一家住河头,一家住河尾,不管知不知道,河水都连着两家人。特塔纳特大宅原来就在这附近——宅子现在已经没有了,舅舅早就把它变卖了。鲁内是埃尔茜的教父。菲利伯斯还是学生时也来过这儿。

走出房间,她碰见迪格比从大厅过来。没错,老人的神情中依然透着那个小男孩的焦虑和认真,甚至连笑容也还是一样。他的关心让她心里暖融融的。

"那些茶水和饼干可真神奇,"她宽慰他道,"我没事儿了。"他似乎松了口气。"迪格比,你书房里的那张照片——那是鲁内,对吗?和前厅里一样?"迪格比点点头。"他的名字在我母亲的《格氏解剖学》里。

还有你写的赠言。这些年我一直存着这本书，它就是我的护身符！"

迪格比看上去很感动，甚至有些激动难捺。他似乎想说什么却开不了口，只好作罢。他转而抬起手臂，在身侧弯曲，她很少见到这种外国礼仪，忍不住要发笑。她伸手穿过他的臂弯，仿佛这是世界上最正常不过的事情。

他们默默地往列宁那边走，路上穿过一条阴凉的回廊，砖拱结构让它有一种中世纪修道院的气质。脚下铺石路面的缝隙中生出苔藓，侵蚀着石板的边缘。在回廊的阴影处，有个麻风病人一身白衣倚靠着廊柱。她一动不动，玛丽亚玛一时以为她是雕像……直到她头上纱丽的帕鲁随着微风摇曳起来。麻风病人像盲人那样对着他们脚步的方向竖起了耳朵。玛丽亚玛不自觉地打了个寒战，不是因为女人怪诞的五官，而是因为她以为没有生命的东西忽然活了过来。

等列宁的这场噩梦结束，她要给乌马·拉马萨米写信说说这间麻风病院和这里活生生的患者。他们和她费心处理的那些泡在福尔马林里的人类残骸是多么截然不同。她很想和迪格比聊聊乌马，告诉他，他们有一样的兴趣，都在研究这种他为之付出一生的疾病，他的无期徒刑。她侥幸与乌马合作的项目引领她找到了"病"的源头，找到了列宁。但现在不是沉溺于这些想法的时候，他们有更紧要的事要讨论。

"迪格比，我觉得'病'不只能引起听神经瘤。我的推论是它也能影响性格，让他们变得更加古怪，所以列宁才……这么莽撞，选了这条蠢路。而且现在还这样执拗。"

"唔，到了法官那儿这可能是个不错的说辞，如果他自首的话，"迪格比说，"说不定能少蹲会儿班房。"

"我听说有个女的纳萨尔分子被判了无期，"玛丽亚玛说，"七年就放出来了。"

她惊讶地意识到自己的心思往哪里飘。之前她还以为再也见不到列宁，现在却已经在谋划未来。你想得太远了。

"迪格比,"她说,"如果列宁不肯自首,不肯去韦洛尔,那——"

"你必须说服他,"他松开她的手臂,"我留你们单独谈。"

列宁回到了她一开始见到他的房间,靠着重新支起的垫子半躺着,似乎睡着了。她在他床边的椅子上坐下。他睁开了眼。

"玛丽亚玛?"他冲她露出微笑。从身旁的背包里,他拿出一块饼干,掰成两半。"如果我们同一时间咬下去,就可以获得超能力,像魔术师曼德雷一样,你记得吗?只要咬一口,如果我们够快,那银河系的某个地方……"他像神父似的拿着半块饼干在她身上画十字,但她抓住了他的手。

她不由得笑了。"那是漫画《幻影奇侠》,麻库,不是曼德雷。"她让他起死回生,就是为了叫他白痴,"列宁,我们没多少时间了。你还会再次失去意识的,明白吗?让我们带你去韦洛尔吧。"

半边笑容消失了,他看向别处。他说:"都浪费了,嬿。这五年。好像过了四十年。阿迪瓦西,普拉雅,他们什么改变都没得到。而你和我呢?我太傻了,太傻了。"

她心头涌起悲伤,为他——也为他们两个。一束阳光穿过树叶的间隙,落在床铺上。从来不干涉溺水或是火车失事的上帝,却喜欢在这种回首清算的时候,瞥一眼他造人的实验,为这个场景装点一缕天国之光。她等着列宁的答案,有些不耐烦。

"玛丽亚玛,等一切都结束了,等生命快要完结的时候,你想记住什么?"

她想到了他们在摩诃钵利之城共度的那一夜。她找到了他,却因为一项注定失败的事业已经失去了他。现在同样的情节重演。找到他,却只是为了失去他。她没有回答,只是握住他的手。

"你想记住什么,列宁?"她柔声问。

他毫不犹豫。"就是这一幕,此地,此刻。阳光照在你的脸上,今天你的眼睛不像灰色,更偏蓝些。我想记住这间房间,记住饼干留在我嘴里的味道。何必再等世界给我更好的呢?"他仿佛是在告别。

阴翳拂过他的面庞——不速之客出现。他的呼吸加快,额头上豆大的汗珠闪闪发亮。

"列宁,我求你,让我们带你去韦洛尔好不好?等把肿瘤切掉,我们就顺其自然。去自首,然后该怎样就怎样。但是活下去!为了我活下去。不要让我眼睁睁看着你死。"

"玛丽亚玛,没用的。我只有死路一条。警察会杀了我的,有没有肿瘤都一样。"他吐字跌跌撞撞,含糊不清。他的眼睛来回游移,好像很难聚焦在她身上。她眼看着雾纱将他笼罩。他声音微弱。"还好你戳了我一针。我可以再见你一次,抚摸你,听你说话。玛丽亚玛,你懂的,对吗?你知道我对你的心意……?"

他的身体僵直,眼球转向一侧。

她大喊着叫迪格比,他立刻就来了,正好赶上看到列宁抽搐发作,震得病床猛烈摇晃。慢慢地,症状消退。

迪格比说:"他告诉你他想要什么了吗?"

她回避了这个问题,因为她不想撒谎。"我们要带他去韦洛尔。"

在欺骗横行的时代,陈述真相无异于革命之举。但这就是她的真相,是她为了列宁和她自己所做出的革命之举。革命万岁。

破旧的轿车上下弹跳,左右穿行,横跨印度的尖角,从一侧海岸冲向另一侧海岸的韦洛尔。开车的是克伦威尔,迪格比不能一同前去——他为此很难过。她想让他陪她,但她没有问他原因。她侧身坐着,时不时就去检查列宁的状况,但他陷入了抽搐后的昏迷——如果不是抽搐昏迷,就是脑脊液又积压了。他们要先向北开到德里久尔,然后往东攀上西高止山脉的巴尔卡德山口,再向下驶往哥印拜陀的平原。三个小时后,她的脖子因为总是扭过去照看他而酸痛不已。她打起瞌睡,醒来时,她看到列宁正盯着她,吓了一跳。好像他是监护人,她才是被紧急送去做颅脑手术的病人。

她还没想好,要怎么跟他说不顾他的意愿送他去韦洛尔这件事。她满以为这段对话还早得很,也许是手术做完的很久以后……而且前提是他能熬过旅途,更别说手术了。现在她该说什么?我想让你活着,不管你怎么想?列宁看着她难为情的样子,被逗乐了。

"哦,行吧,你说吧,"她连珠炮似的脱口而出,"说我不管你的意愿硬要带你去韦洛尔。"

"没事,玛丽亚玛,不用。克伦威尔解释过了。"

"不用谢。"克伦威尔看了一眼后视镜。"还有两小时,"他补充道,"也许更快。"

她望向窗外。月光透过薄云,幽幽地照亮一片坑洼的干旱大地——看上去他们像是降落在了月球的环形山里。世界一片宁静,车里的两个男人也宁静。焦躁不安的只有她一个人。她想掐死那两个。

列宁牵起她的手。"克伦威尔说,我们今天早上才说过话,但我感觉像是过了好几个月。在这段时间里,我一直都在想我们的对话,想你最后说的那些话。我仿佛思考了好几个礼拜。"他不自觉伸手去摸额头上的绷带,"我在车上醒来前,已经下定了决心。如果我准备好了为我不信仰的东西去死,那我一定也能为我信仰的那一样东西活下去。"

她不敢呼吸。"你信仰什么?"

他笑了。"都到这会儿了,你肯定知道了。"

几只流浪狗在名为韦洛尔的小城镇里的街道上乱窜。他们穿过基督教医学院附属医院的大门时,距离破晓还有几个小时。医院已经接到他们要来的消息。实习医生和护士围着列宁一拥而上,神经外科的主治医师也来了,和玛丽亚玛做了详细的交流。他开了负荷剂量的抗惊厥药,并且让列宁禁食禁水。天一亮,列宁就被匆匆带走去做检查。

她找到在车里睡了一觉的克伦威尔,劝他先回去——他留在这儿也没有意义。他不情愿地离开了。她给迪格比打去电话,听到他们平安到达,他如释重负。"听我说,"他说,"我觉得你可以联系一下《曼诺拉马报》的主编,告诉他现在的情况。如果他们能把列宁和你们家族、你父亲、'病'都联系在一起,也许可以起到威慑作用,让警察别伤害他。另外,韦洛尔知道他的身份,我告诉他们了。他们必须通知马德拉斯的地方警察。到最后,那些警察也必须告知他们喀拉拉的同僚。"她挂掉迪格比的电话后,开始给《曼诺拉马报》打电话。

列宁做完检查后回来了,他的头发被剃得干干净净。他睡了过去,她坐在他床边的椅子上也睡着了。中午,整个神经外科团队都回来了,这次主任医师也在。这人身材矮壮,少言寡语,无框眼镜背后是一双和蔼、睿智的眼睛,他身上还穿着手术服。高级主治医师低声给他介绍列宁的病例,汇报检查结果,他边听边朝玛丽亚玛点了点头。面对未来的领导,玛丽亚玛张口结舌。主任医师给列宁做了一番诊察,快速却周密。

"你们来得正是时候,"他对两人说,"你的病例我们和院里的神经学家也讨论过。有一场大手术正好推迟了,所以我们立刻开始,没必要再等了。让我们祈祷有好的结果吧。"

护工们出现将列宁带走。一切发生得比她期盼的还快,她只来得及吻了一下他的脸颊。列宁说:"没事的,玛丽亚玛,别担心。"

没有什么比所爱之人或许回不来的病床更空荡。她心力交瘁,伏身坐在椅子上,手捂着脸。隔壁床照顾儿子的女人走过来安慰她。让她意外的是,一个护士也坐到她身旁,念起祷词。在这家医院,信仰并非缥缈无形,而是具象的实体。父亲死后,她已经背弃宗教,失去了信仰。但在护士的祷告声中,她闭上了眼睛……任何能帮上忙的,列宁都需要。

现在，她必须等待。三个小时，四个小时。等待令人心急如焚。她能做的，只有无助地盯着手表，并且在每次有人走进病房时都抬头看去。终于，一个院工来叫她——主任医师要见她，他只知道这么多。

他们穿过走廊，走上台阶……她脑海中一片混乱。她被带到了手术室外的一间大厅，主任医师平静地坐在长椅上等她。他的口罩挂在半边耳朵上。他拍了拍身旁的座位。

"他状况不错。我们成功去除了大部分，但是有一点包膜我只能放弃，那里粘连得太危险了。他的面神经有可能恢复，也可能恢复不了，不过我持乐观态度。"他的微笑比他的话更让她安心。

她仿佛浑身都得到了解脱，顿时泪如泉涌。他耐心地等她平复心情。"谢谢您！对不起，"她终于抹着眼泪开口说道，"我就是太激动了。我忍不住想到我父亲，还有我父亲的父亲，还有我许许多多一直不知道自己得了什么病的亲戚。这是我们家族第一次有患者接受治疗。"

他颔首听着，等她说完。当他确信她没有什么要再说的，便轻声道："我读过你和申请一起寄来的论文，它让我开始思考，我们这些年收治的一些听神经瘤病人会不会和你们家有一样的问题。现在，我们会更关注家族病史。你做得不错。"

"谢谢您，能来这里我很荣幸。"她说，"你们做的手术……从那么狭小的空间里取出这样一个肿瘤……简直不可思议。真是奇迹。"

他面露微笑。"这个嘛，我们相信，我们从来都不是自己在战斗。"他点头示意对面墙上的巨幅壁画。画面中，无影灯的光晕下站着几个身穿手术服、戴着口罩的外科医生，他们俯身围绕着一位病人。暗处有几个人影在观察手术，其中一个是耶稣，他的手正搭在一位外科医生的肩上。玛丽亚玛注视着壁画，她很羡慕主任能有这样的信仰。

"我们这里最让人自豪的一点，就是世界顶级中心能做的手术，我们几乎都能做，费用却只要几分之一。但刚才的这台，贴着他的发际开一个长方形的骨窗，牵开小脑……呃，说实话，和另一种听神经瘤切除术相比，这属于粗糙的了。那种手术全世界现在只有两三个中心在做，发明者是耳鼻喉科的一位外科医生，叫威廉·豪斯。他在成为外科大夫之前是牙医。他尝试用牙科钻头打开内耳，也就是骨迷路，结果发现从这条通道深入下去，就可以抵达听神经瘤。这是非常巧妙的创新，但除非技术娴熟，否则操作起来极为困难。"

玛丽亚玛读到过这个方法，但她怕主任觉得她卖弄，便没有插话。

"我们这里要提供的，就是这样的技术。它需要手术显微镜、牙科钻头、冲洗器，还有其他几样他改造过的设备。但更重要的是，医生必须接受特殊训练，花大把的时间在尸体上练习颞骨解剖，直到掌握熟练。目前，能做这台手术的只有豪斯和他训练的几个医生。过段时间，我想派人去他那里培训。"他站起身，笑着说，"谁知道呢，玛丽亚玛，可能这就是上帝安排给你的。到时候看吧。让我们一起祈祷。"

大阿嫲奇肯定会爱上这个男人，把他说的每个字都奉为圭臬。上帝回应了祖母的祷告：治好"病"，或者赐予我们可以治好它的人。

主任医师又说："另外，地方警署的副警司拉詹和我聊过了，我向他保证列宁哪儿也不会去。我相信你会帮我信守诺言。"

第七十八章　看好了

1977年，韦洛尔

列宁躺在术后恢复室，面部浮肿。他的眼皮微微跳动，麻醉的药效让他恶心干呕。他烦躁不安。她往他干裂的嘴唇上点涂着凡士林，心里好奇：时间是不是再次延长了呢，就和他抽搐发作后一样？手术的四小时是不是就如同四年？没有了定义一生的肿瘤，他还会是那个熟悉的列宁吗？还是他会变成一个不同的人？她舀起薄冰片送进他的嘴里，喃喃地说着安慰的话。他醒了，一开始目光茫然。"玛丽亚玛！"他的声音几乎听不见。她觉得胸口有只拳头终于松开了——自打迪格比八百年前出现在三耶姆，这只拳头就一直攥在那里。

第二天，列宁转入了普通病房。他很虚弱，但四肢都能动，他的语言功能和记忆也都完整——从他们的观察来看，应该只有肿瘤受到了损害。玛丽亚玛喂他吃饭，帮他举尿壶，给他擦身，尽自己所能为忙碌的护士减轻负担。她照着见习护士的样子，学会了给卧床病人更换脏污的床单，学会了帮他翻身，学会了给他一丝不苟地擦浴。这些事能磨炼心性。每个医生难道不都应该学习这些？这难道不就是医学的本质？

* * *

列宁手术后的第二天，《曼诺拉马报》刊登了一篇题为"纳萨尔分子神父"的文章。神圣的辅祭侍童受缓慢生长的脑瘤折磨，竟在浑噩中变成纳萨尔分子；如今，脑科手术临危施救，回归正常的男子痛悔前非——这就是记者编写的情节。谁知道呢，说不定这就是事实。迪格比希望的是，这样的曝光能让喀拉拉警方在将列宁收监后手下留情。它说不定真有效果。

列宁手术十天后,玛丽亚玛应主任之邀,一整天都在观摩手术。下午五点她回到病房时,却看到一个下巴剃得光溜溜的年轻男子,穿着宽松的衣裤坐在她的椅子上,她迷惑不已。所有人都盯着玛丽亚玛看,护士们调皮地坏笑。

陌生人自己站起身,慢慢地转过来走向她。自从在圣毕哲看见列宁的第一眼,玛丽亚玛就没见过他站起来的样子。他比她记忆中高了点。列宁跌跌撞撞地走进她的怀抱。她贴着他瘦骨嶙峋的身躯,感觉尽是棱角。每个清醒的病人和他们的家属都目不转睛;护士长和护士们露出陶醉的表情……玛丽亚玛顿时脸颊发烫。亲爱的上帝啊,可别让他们再鼓起掌来!

在列宁的坚持下,他们征得护士长应允,出门去了病房后面绿荫遮蔽的院子,在长椅上坐了下来。他们面前的橡树舒展枝条,叶片发出干脆的沙沙响,好像筛箩里抖动的大米。列宁的目光顺着枝干望向树梢。他扫视着天空。"如果能睡在这儿的话,我愿意。"他说。

他的思维与缓慢毫不沾边。他的想法跟山羊似的从一座山崖跳到另一座山崖,仿佛堆了一肚子的话要说。他说过去这两年,他和剩下的为数不多的同志已经不敢相信村民,村民也不愿收留他们——虽然他们捍卫的正是这些人的诉求。"赏金太诱人了。有那么一个村民,我可以为他献出生命,他却能把我送进坟墓。"队员们躲在丛林里的时间越来越长,幻想也逐渐破灭。"你知道吗?有一种叫茶饼病的真菌,它取得的阶级斗争成果比所有纳萨尔分子加起来都大。它把所有的茶庄都消灭了。庄园主直接放弃了土地,任由部落将它们占领。那本来就是他们的土地。"列宁说,丛林的幽邃让他和同志们缄默无言,彼此之间几乎都不说话。

"瓦亚纳德有一个老部落人教过我,在细绳上绑上石头,找一棵最高的大树,把它甩到最矮的树杈上去,然后把粗绳索系在细绳上,就能拉着它绕过树杈,做成吊索把我自己拽上去。他教给我一种特殊的绳结，是他们的秘笈，可以让我把自己一点点拉上去——绳子能锁紧，所以人不会往下滑。那种抓结特别难学，是部落里一代传一代的。大家都以为继承的遗产应该是土地或者钱。那个老人把他的遗产给了我。"

逃犯列宁把自己拽向星空。他一连几天地住在林冠里，与蘑菇、天牛、鸣禽、鹦鹉和偶尔出现的椰子狸为伴。"每棵树都有自己的个性。它们对时间的感知不一样。我们以为它们不会说话，但其实那只是因为它们要花上好几天才说完一个字。你知道吗，玛丽亚玛，到了丛林里我才明白自己的徒劳，我才看清自己作为人类的局限。那就是我总沉迷在一个执念里，然后是下一个执念，再下一个执念。就比如不走弯路，想做神父，加入纳萨尔。但在大自然里，执念是不自然的。或者说，真正的信念，唯一的信念就是生命本身。就是存在，活着。"

玛丽亚玛倾听着，既觉得好笑，又有点被他的想法吓到。

护士长将他们的晚餐送了下来，还专为他们俩开了小灶——冰激凌。

"玛丽亚玛，你知道我吃过的最好吃的是什么吗？我动不动就会怀念那顿饭，就是皇家餐饮，摩诃钵利之城，记得吗？总有一天我会再带你去的，同一间房间。"

"你保证？"

他点了点头，捧起她的手亲吻，他的双眼凝望着她，仿佛是想将她的面庞牢牢刻在心里。他叹了口气。"我不想煞风景，但是你之前去旁观手术不在病房的时候，他们通知说我明天会被移交给喀拉拉警方。他们会把我送到特里凡得琅监狱。"

她的心一紧，那不是悲伤，而是本能的恐惧。她怕他会死——就像他上手术台时一样。列宁担忧地看着她。"玛丽亚玛？你感觉怎么样？"

"我难过，害怕——要不然你以为呢？我还生你的气。对，我知道现在生气也晚了。但要不是你一味坚持……坚持做列宁，我们本来是可以在一起的。"曾经的列宁会反驳，会埋怨都是误会，这个列宁却面露忏悔之色，让她于心不忍。她抚摸他的脸颊。"但话说回来，如果你是个乖孩子做了神父，我可能就觉得你无趣了。"

"现在我是法外之徒，你就欲罢不能了？"

她喜欢这个列宁。不，她爱他。尽管他们都变了很多，但一个人的本性是十岁左右就形成的——这是她的理论。"古怪"的那部分并不能被切除，但也许人可以学着去控制它。

"玛丽亚玛，我知道在马德拉斯我们说了永别。可即便如此，我还是会在心里假装和你对话。我把想说的事情都藏进心里的箱子，等着哪天告诉你……我的意思是，我从来没有放弃过你。我做不到。而现在，我人就在这儿——活着。以后，我也还会再见到你，因为你知道去哪儿找我——"

"但你在监狱里！"她委屈地喊道，泪水止不住地涌了出来。

"玛丽亚玛，你知道你不是非等我不可？"他的语调不由得流露出一丝焦虑。

"哦，别说这种话好吗？我哭是因为以后会很难，但再难也没有你难。我真希望我们不用等。可你不会以为，我好不容易找到了你还会放手吧？"

她度过了坐在他身边椅子上的最后一夜，她的头枕着列宁的床，手握着他的手。日出时，她忐忑不安，紧张得精疲力竭。列宁却冷静得出奇。病房里的每个人都知道将要发生什么。

早上十点，喀拉拉警察特遣部队的副警司马修带着两个警员来了。他们的靴子好像铁锤，咚咚地砸在瓷砖地上。副警司身形魁梧，不苟言笑，留着一撮严肃的小胡子。从他的帽子到油亮的棕色皮鞋，再到从他耳朵里甚至指关节上扎出来的几簇毛发，他全身都透着一股子凶狠。玛丽亚玛颤抖着站起身。

列宁缓缓下床起立，从两张床的间隙走出来，面向副警司。他勇敢地挺起胸膛，却好似一阵风就能将他吹倒。两个男人彼此交换的眼神让玛丽亚玛觉得毛骨悚然：那是一对宿敌在相互打量，他们唯一的欲望就是挖出对方的心脏，让他为对自己的所作所为血债血偿。不过，选择投降的是列宁，所以他眼中的反抗一闪而过就消失了，仿佛从未出现过。这却只助长了副警司眼中愤怒的火焰，他的手攥成了拳头。要不是这里有旁观者，玛丽亚玛敢肯定副警司会把列宁狠狠揍一顿，再鲜血淋漓地带走。

一个警员给列宁铐上手铐，他没有吱声。副警司大吼着命令上脚镣时，玛丽亚玛张口欲辩，却被护士长抢了先。"副警司！"护士长严厉的语调能让实习医生吓破胆，教见习护士尿裤子，"你吓到我的其他病人了！你的犯人做过脑手术，明白吗？如果他逃跑，你不觉得你能追上他吗？"副警司在她咄咄逼人的目光下动摇了。脚镣收了回去。"我把他交给你的时候状况良好，"护士长说，"请让他维持原样。"

一辆厢式车等在外面。玛丽亚玛被允许走在列宁旁边。车后门打开，露出两侧面对面的长椅。护士长没请求同意就往里面扔了一个枕头和几条毯子，同时还丢进去一大瓶水。接着她为列宁祈祷，给他赐福。警员扶他上车前，玛丽亚玛抱住他，紧贴着他冰冷的金属手铐。列宁亲吻她的额头，低声道："皇家餐饮，尊贵酒店，嫲！别忘了。这次记得带泳衣。我会来找你的，准备好。"

第七十九章　上帝的安排

1977年，帕兰比尔

犯人整整一个月都不允许被探视。对玛丽亚玛来说，这么久的等待简直是煎熬。更讨厌的是，几乎每一个来到三耶姆的病人都知道她的故事。每一天都有人跟她说："至少监狱里一天管一顿饱饭，能差到哪儿去？"有个椰花酒贩子顶着额头上的深口子，从手术巾下面发表意见："如果我能进监狱就好了，那我就不用爬树了。他们都能学门有用的手艺，踩缝纫机之类的。"她终于没了耐心，把持针钳一丢。"你说得没错。要是你进了监狱，我缝针的病人里就能少一个把山羊当自己老婆亲的男人。"她气鼓鼓地冲了出去，乔潘接手，缝合是他擅长的活。

每天早晨，安娜切塔蒂都要围着玛丽亚玛唠唠叨叨，检查一番她纱丽的褶皱，然后才放她去三耶姆。"你都瘦了，"安娜切塔蒂抱怨，"给你送的饭也不吃。"

她和振兴大师一起去特里凡得琅请律师。那人能力很强，颇有经验。他说，列宁被正式起诉前，能做的事情很少。他列出了好些被判了七年到十年甚至无期徒刑的纳萨尔分子，大部分人的刑期最后都减到了三四年。加上列宁有医疗记录，而且他没有任何直接导致死亡的案底，可能只需要服刑"几年"。

这是个好消息。应该是好消息。可等到玛丽亚玛到家的时候，想到"几年"在现实中对他们的人生将意味着什么，她气馁了。很快，她就要去韦洛尔接受神经外科培训。到时候，去看列宁就不是坐三个小时的公交，而是要乘过夜的火车。而且，每天她都会担心他在监狱里过得好不好。她觉得内心疲惫不堪。

她进门时，安娜切塔蒂只看了她一眼，什么也没说就让她坐下。她将冷藏酸奶和水放进小碗里搅打，加了一片青辣椒、一点姜末、几片咖喱叶和盐，然后倒进一只高玻璃杯端给她。她将玛丽亚玛的头发拢到耳后，就像她小时候放学回家时那样。玛丽亚玛一饮而尽，这发明比盘尼西林还要管用。她洗了澡，吃了些坎吉配泡菜，便早早去睡了。

刚过午夜，她就完全醒了。再挣扎也是徒劳，她干脆起身往父亲的书房走去，想听听他笔记里的声音。在那些他倾诉对女儿爱意的珍贵条目上，她都加了书签。每次阅读，那些段落都会让她泪眼婆娑。她还住在家里时，他为她写下的颂歌的数量就令她震惊；她离家上学后，他对她的思念更是有增无减。要是她多回几次家就好了。

她摩挲着笔记本的封皮。这是他留给她的唯一遗物——他的思想。只是有一本笔记缺了，它和那场可怖灾难中的许多物件一样，躺在了湖底。也许她永远都不会知道，他到底为何要踏上那列驶往马德拉斯的列车。迄今为止，"思想肿瘤"还没有显露原形，除非这些冗杂的笔记、它们庞大的数量、这种对生活无法自拔的喋喋不休的评论本身，就是"肿瘤"。但其他有"病"的患者并不具备这种特征，这是他独一无二的习惯。

可就算她确定她的假设是错的，"思想肿瘤"不存在，她也会继续看完每一本笔记。在这些纸页中，她的父亲，平凡之人，还活得好好的。她不敢去想翻到最后一条笔记的那天。

她调整台灯，拾起笔，继续辨认字迹、增加索引。她上次做到了一页的页尾，这会儿她翻到下一页——

——有些不对劲。她一眼就注意到空白的间距、段落的换行和一串大写字母——都是她父亲像弥天大罪一样避之不及的东西。这一页感觉像是违反了他自己定下的规章。

我的玛丽亚玛今天七岁了,她说想吃蛋糕。帕兰比尔没有人做过蛋糕,她是从《爱丽丝梦游仙境》里看来的。她和阿嫄奇在锡罐里搅拌了面糊,然后盖上盖子在上下放了热炭。我向她保证,万一这和《爱丽丝》里的一样,是个"吃我"蛋糕,让她突然长高了,我这儿有"喝我"药水。真好吃!香草和肉桂的味道。然后我把生日礼物给了她:她的第一支钢笔,派克51,金色笔帽,蓝色笔杆,很漂亮的一支笔。我之前就总是答应她,等她长成大姑娘就送她一支钢笔。她兴奋得不得了。"那我是不是终于变成大姑娘了?"我告诉她是的。她确实长大了!

玛丽亚玛看到了她自己幼稚的狗爬字,下面是她拿新笔用英语写的。

我叫玛丽亚玛。我七岁了。

再下面又是一块空白,然后她父亲继续写了下去。

只有在对尼南去世的反思中,只有在夜夜重温噩梦九年后,我才终于彻底领悟,我珍贵的玛丽亚玛是怎样的恩赐,怎样的奇迹。起初我并不明白。我需要时间。我必须像父亲一样爬上最高的椰子树,才能看到在平地上看不见的,看到我不愿意看见的。我在笔记里从来不曾提及这些,因为如果我写了,我就必须承认我心底里知道却不愿意承认的东西。想法可以放下,落在纸上的字句却和石刻的人像一样不可磨灭。

今晚,看到我女儿长成了她梦寐以求的大姑娘,为了配得上她,我必须对自己坦诚,对这些日记坦诚。有些话我一直无法写出来,

现在是时候了

巨大的字符让玛丽亚玛陷入了迷茫。显然，她父亲专门停下来反复涂写了每一个笔画，用文字建造了一座丰碑，企图纪念这个时刻。还是说，他在犹豫，对自己不愿写下来的那件事情又有了怀疑？这六个字占满了这一页剩下的部分。

她翻到后面一页。

尼南去世后，我的埃尔茜离家出走。她离开了一年多一点的时间。埃尔茜回来时，她已怀有身孕。

我能写出"已怀有身孕"，就证明我并非无知。也许大阿嬷奇一直都知道。也许就是为此，她才会在玛丽亚玛出生时对我说，"上帝以这个孩子的形象，赐予了我们一个奇迹。她来时业已成形，她只是她自己。"这个婴儿不是尼南转世，而是比那珍贵成千上万倍的东西：我的玛丽亚玛！但当时，我深陷鸦片的魔爪太过愚钝，不懂得我的孩子——今天的"大姑娘"——是无价的恩赐，不知道领受。

摆脱鸦片后，我开始全心全意去爱这个小女孩，从这时起我才真正开始痊愈。我是她的父亲——对，我是——我选择做她的父亲。如果她是我的血脉，那她就是另一个孩子，而不是我的玛丽亚玛了。那样的情形我想都不敢想。我也不愿去想。我绝不能失去我的玛丽亚玛。亲爱的上帝没有把我的儿子还给我，不，他赐予了我远远更好的。他赐予了我玛丽亚玛，而她，赐予了我生命。

她一遍遍读着父亲的文字，一开始无法理解，然后是拒绝理解，即使那些词句已经如同屋顶崩塌，砸落到她的头上。

已怀有身孕

她彻底明白过来时，可怕的真相令她喉头哽咽。她跌跌撞撞地从桌边后退，大脑一片混乱，她的胃翻腾着要把那一丁点晚饭倒出来。

这间房间，她父亲的房间，突然变得好陌生。还是说，其实是她自己——这个旁观者——成了她不认识的那个？她还记得吃完蛋糕后跟他走进这间房间的场景。她坐在父亲怀里，拿着崭新的派克51，往里面灌了墨水"帕兰比尔紫"，然后写下了现在永存于纸面上的那几个字。那行字下面她父亲的话，才是让她绝望的部分。

"阿帕，你在说什么？我最爱的父亲——却跟我说他不是我父亲——你到底在说什么？"

她要疯了。她可以问谁？大阿嬷奇知道，至少父亲觉得她知道。但是她不在这儿，玛丽亚玛问不上。她在房间里来回踱步，震惊得不知所措。她母亲消失的那一年去了哪里？是谁在抚慰她的哀伤？她是不是开启了全新的生活？如果是那样，她为何还要回家？为了生孩子？

她父亲的笔记她已经看了一半，条目凌乱地散落在时间中。但这是他唯一一次提到这件事。他一直都知道真相，但这些话要写下来却太过痛苦。每个他未曾说出口的思绪他都会记录下来，只有这条没有。他做不到……在这一页他却做到了。也许他后来再也没有写过这件事，也许他挤掉了内心溃烂已久的脓疮，找到了平静。

"你是找到了平静，但我该怎么办呢？你斩断了我的根，我和这座宅子、和祖母、和你的联系，都断了……"

她有点想去叫醒安娜切塔蒂，钻进她怀里。安娜切塔蒂会不会知道？不对，她在埃尔茜快生产时才来到帕兰比尔。看起来，她父亲从未和大阿嬷奇讨论过他的怀疑或者说出他断定的事实。而大阿嬷奇也不曾和儿子说起。不管她知道什么，她都已经带进了坟墓。她儿子也是一样……除了这段笔记。

她瞥见了父亲用来剃须的镜子。那面镜子依然搁在壁龛里，似乎还在等着他把它拿到围廊上去。她愕然后退，因为镜子里有个目光惊恐、神色痛苦的疯女人正在盯着她自己。

"我是谁？"她对着镜中的影像问。她一直都以为自己遗传了父亲的眉毛、遗传了他倾听时略略歪头的神态，尤其是他的鼻子，他的上嘴唇——这些怎么可能有假？他们连头发都很像，茂密，额角的发际线微微内凹，只是他没有她的那缕白发。

她的那缕白发……这就是她的线索。她像父亲一样，仿佛站在椰子树的树梢，目之所及，一览无余。

我看见了。

我记起来了。我明白了。

我知道了我根本不想知道的可怕的真相。

第十部

第八十章　不能眨眼

1977年，圣毕哲

玛丽亚玛的观光出租车司机是个干瘪的老头儿，在大使硕大的方向盘的衬托下，越发显得瘦小。然而只见他的手掌老练地上下推拉，怀挡便乖巧地切换了挡位。和大部分同行一样，他身体侧坐，紧贴着司机那边的车门。他早已习惯了拉一大家子去婚礼或是葬礼，后座上坐女眷、孩子、婴儿，前面的凳子上至少还有三个人和他挤在一起。

玛丽亚玛坐在后座上，用新的眼光望向窗外的世界。她一直以为帕兰比尔是她的家，但就如同她此前相信的关于自己的一切，它是一个谎言。媒人阿尼谚说过，"这世上你能确定知道的，只有生你的女人是谁"。玛丽亚玛没机会认识她的母亲，现在看来她也不认识她父亲。

上一次她坐着迪格比的车往这儿来的时候，他们是急着去见列宁，她都没有想起特塔纳特大宅。她的司机哪儿都去过，他和媒人一样，非常清楚特塔纳特大宅在被埃尔茜已故的哥哥卖掉之前位于哪里。那块地上现在矗立着六幢"海湾别墅"——房主都是从迪拜、阿曼或者其他打工前线回来，建造梦中家园的马拉雅里人。玛丽亚玛唯一能看见的与母亲昔日有联系的事物，只有他们以前那块地边上从容流淌的大河。他们继续前进。

"这里吗，女士？"离圣毕哲敞开的大门还很远，她的司机就迟疑地问道。她怀疑他拉了那么多单，恐怕还从没载过客人来这里。说不定，他正盼着她自己下车走过去。

"开到荷塘后面那幢楼，我让他们给你拿点茶喝。"

"啊哟，女士谢谢您，不用不用！"他害怕地说。她给了他十卢比，叫他午饭后再来。也许是她多心，但她总觉得他接过那张纸币时有些战战兢兢。

她说她来找迪格比，苏查——那个上次她来时穿护士服的女士——给她带路。苏查穿着旧轮胎做的拖鞋，右脚上缠着绷带，走起路来往一边儿歪。她们穿过阴暗的回廊，步入通往手术室的走道，消毒肥皂水味儿变成了灭菌锅蒸汽氤氲的温室气息。

迪格比·基尔戈正在手术，但苏查示意她进去。玛丽亚玛取了口罩和帽子，套上鞋套走了进去。迪格比的助手少了几根手指，手套空荡的指套用胶带粘了起来，免得碍事。迪格比抬起头，笑容溢出了口罩。"玛丽亚玛！"他开心地喊。

看到她表情不对，他愣了一下。"列宁……？"

"他很好。"

浅色的瞳孔仔细观察着她，试图从她的眼里读出什么。他缓慢地点点头：" 我正要开始。你要是想加入也可以……"她摇了摇头。"应该不用太久。"一切都以手术为先。她记得马德拉斯有一个离过两次婚的外科教授说过，在手术室里，他人生最糟糕的部分——失望、债务——都消失了。即使是暂时的。

她的思绪好像不受控制，要很努力才能集中注意力。在绿色手术巾的包围下，迪格比在患者手部划开三个独立的切口。她有点想训斥他。你是抡锤的木匠吗？拿手术刀要像持小提琴弓，用拇指和中指，食指在最上面！

刀片划过之处，细线隐隐出现，然后血液才迟一步涌出，和她惯常见到的一样。他的动作很慢，一丝不苟。

"我做手术不好看。"他说。他不厌其烦地处理她可能会忽略的出血点。术野暴露后，他从根部切断一根肌腱，然后把它穿入皮下隧道，引到新的位置。"我是在实践中得到的教训，"他说，"用切下来的肌腱做游离移植……不管用。"

她欲言又止。外科大夫都喜欢一边说话一边思考。助手的动作要安静，声带更要安静。观摩的人也一样。

"鲁内是游离肌腱移植术的先驱。但我现在感觉，肌腱要保留和原本肌肉的连接，才能维持血供和功能。真正的敌人是瘢痕组织。所以我尽量减小切口和出血。"

尽管不情愿，她也不得不承认，他用僵硬的手指完成的操作令她刮目相看——他大部分是靠左手。要是她也照这个速度来，护士阿奇拉肯定要说，"医生，你切口的边缘都快愈合了。"

迪格比说："你要像一条在石缝里探路的蚯蚓那样耐心……绕开一条条根茎，直到到达目的地。手腕里即使最坚硬的结构也有一层几乎看不见的光滑组织，至少我是这么认为的。所有课本里都没写过。这要靠信念，即使没有证据，你也必须相信。我尽量不破坏这层组织。听着估计像巫术。"

她不敢发言。每个外科医生都有信念，但他们内心也都住着一个小小的怀疑的多马。他们需要证据。她来到这里就是为了找证据。伸过你的指头来，摸我的手；伸出你的手来，探入我的肋旁。不要疑惑，总要信。

迪格比把肌腱缝合到手指根部新的附着点上。他缝得异常仔细。"肌腱断端这些散开的细小纤维长得像藤蔓一样，但是硬得像钢缆。漏掉一根，它就能像植物的卷须一样抓住某个不该抓住的东西，把你的成果毁于一旦。"

他做完了。她习惯性地看了一眼手术室的钟，时间没有她感觉的过得那么久。

"止血带取掉了？"玛丽亚玛脱口而出，也是习惯。

"别太指望它们。只有挂在墙上的止血带才是好的止血带。"他包扎好伤口，用石膏固定，随后脱掉了自己的手套和手术服。

他让助手准备茶水送到书房。"你介意我们顺道再去看一个病人吗？今天对她很重要，她已经等了一上午了。"

我介意得很！我都等了一辈子了。

她跟上他的脚步。

在一间不大的病房里，一个年轻的女子笔直地坐在床上，旁边已经准备好了换药盘。迪格比将手搭在患者肩上。

"这位是卡鲁帕玛。她五十多岁，但看着像二十，是不是？这就是瘤型麻风，它把皱纹都撑平了，和结核样型是两种表现。"

卡鲁帕玛很害羞，举起能动的那只鸟爪般的手捂住了嘴。

"一周前，我给卡鲁帕玛做了和你刚才看到的一样的手术。我切断了她环指的指浅屈肌腱，可以这样做是因为她还有指深屈肌腱可以顶上。我把肌腱固定在了这个位置，"他说着指向自己拇指的根部，"现在她应该可以做对掌活动，恢复她丧失的抓握能力。不过问题是，要让拇指动起来，她必须想象她是在动环指。大脑会认为这不可能，你得让它相信事情不是外表看上去的那样。"

你是在说我吗？玛丽亚玛表面上看着比刚来时镇静了些，这半天又是等待又是观摩，让她不由得放松下来。但她的心里翻涌着愤怒、怨恨、疑惑。她需要真相。我不是来听课的。尽管如此，在患者面前她还是要保持礼貌。

迪格比用马拉雅拉姆语说："你的拇指碰小指。"他说得很糟糕，少了吞进去的颤音。卡鲁帕玛听懂了。她龇牙咧嘴地使劲儿，什么也没发生。

"停。现在……动你的环指。"

动的却是她的拇指。卡鲁帕玛愣了一下，紧接着爆发出哈哈大笑。迪格比被她的快乐传染，也咧开了嘴。好几个人都被吸引过来，分享卡鲁帕玛的喜悦。玛丽亚玛也不由自主地被感动了。然而迪格比转向她时，表情却是深深的悲伤。

"这种疾病总是在不断地剥夺，每年你都会失去些东西。不是因为麻风病在发展，而是因为它导致的神经损伤。这是我们难得能还点什么回去的时候。"

他告诉卡鲁帕玛，之后每天她的拇指都能多动一点，最后可以完全恢复力量，但今天她不能让它太过劳累。他指导苏查在前臂背侧打上石膏托，固定手和手腕。

迪格比说："很快，她动拇指的时候就不需要思索了，非常神奇。就像瓦雷里说的，'灵魂的终点，是肉体。但肉体的终点，是灵魂。'"

玛丽亚玛跟着他走出病房。他说："韦洛尔的保罗·布兰德和这里的鲁内是最先明白这些手指残废的真正原因的，就是重复性外伤。不是因为麻风病的蚕食，而是因为他们没有痛觉……"

她的思绪飘远了。她在想学生时代的菲利伯斯不顾安危地随船漂到这里，让还在术后恢复期的迪格比借用他的双手。

"……保罗·布兰德看到一个患者用明火做饭，她拿着夹子给恰巴堤翻面却翻不过去。她一着急，就直接把手伸了进去。如果是你和我，这么做肯定会痛得大叫，但她什么感觉也没有。那时布兰德才明白是怎么回事。按他的话说，如果没有疼痛这份'礼物'，我们就失去了保护。"迪格比在自言自语。"让我震惊的是，理解这一点的人很少。麻风病的临床研究就是这样。愿意研究它的医生少，愿意治疗它的外科医生更少。"迪格比直视她的眼睛。

玛丽亚玛看着他的脸，心头一颤。即使年岁让它刻满皱纹，烧伤的瘢痕留下了斑驳印记，它仍然让她想起镜子里自己的面孔。难道迪格比看不出他们有多相像吗？

他们走进他的书房。她曾经在这间屋子小憩，感觉已经是上辈子的事儿了。这天早晨阳光明媚，她不禁走到法式玻璃门前，想再看一看外面精致的小花园。黄色、红色、紫色的玫瑰镶在草坪周围，与她记忆中上次看到的不一样。木栅栏远处的小门半开着。草坪上，一个穿着白色纱丽的患者坐在阳光下，挑拣着手心里烤过的谷子，然后笨拙地捧起珍珠般的小米粒送进自己嘴里。她的手仿佛是修剪过的树，只剩下残余的枝柄。她用来拣谷子的就是一小截残存的拇指。她头上披着纱丽的帕鲁。玛丽亚玛看到了她平坦的侧脸，那扁塌的鼻子就好像有人站在她身后扯她的耳朵。以麻风病为志业需要一种特别的勇气，迪格比的这一点她必须承认。

"面神经受到影响之后，他们原本的表情也被剥夺了，"迪格比来到窗边，站在她身后说道，"你以为他们是气愤得咬牙切齿，实际上他们可能是在哈哈大笑。这更让麻风病人遭到孤立。"他还在讲课。她真希望他能闭上嘴。"我学会了多听，少看。"他说。

她听出了他语气中的哀伤。如果他是个嗜酒成性、老态龙钟的种植园主，恨他会容易得多，可他却将一生奉献给了这些被疾病贬为贱民的患者。

迪格比难道不明白她来此的目的？就算他再也没见过埃尔茜，甚至不知道他有一个孩子，他至少能猜到他有可能是她的父亲吧？而如果他真的知道，那他就也是隐瞒真相欺骗她的人之一。

她正要转头面向他，他却忽然轻声道："注意她眨了几次眼。"那女人不知道自己正在被观察。"数数她每眨一次眼，你自己眨了几下。"

她努力不去眨眼。她的眼睛先是干痒，然后灼痛。她屈服在了本能下。那患者仍没有眨过眼睛。女人听见狗叫，头便往那个方向歪去，看起来就像一个盲人在寻找声音的来源。她的一只眼睛凹陷，乳白色，完全失明。另一只眼睛的角膜是混浊的。

"他们不眨眼，角膜就会脱水，接着就是失明。大多数居民来这儿的时候都不是盲人。走到这一步时，总是很难过的。"

茶来了。玛丽亚玛坐到了上次小睡的椅子上。她想也没想,就将挂在椅背上的披肩拿下来盖在了腿上。迪格比为她斟茶。

书架上,她看到银相框里那张迪格比小时候和母亲的合照。那是你光彩夺目的母亲,迪格比,长得像电影明星,发间夹着一缕白发。那是我的祖母。玛丽亚玛上次看到这张褪色的黑白照片时,以为迪格比的母亲已经长出华发,但照片里的女人其实很年轻。线索就在她眼皮子底下……只是她没有注意。要不是读了父亲的日记,她可能永远也不会注意。

迪格比在她对面坐下,俯身去啜茶,但茶显然太烫,因为他又把它放下了。茶碟撞到烟斗架,发出当的一声。

她鼓足勇气。"基尔戈医生——"

"请叫我迪格比。"

行,那就迪格比。反正我不会叫你"父亲"。我有一个父亲,他爱我胜过生命。

"迪格比……"她开口道。可是这名字现在让她浑身不舒服,好像一颗锋利的牙齿磨蹭着舌头。"你不想知道我今天为何来吗?"

他仰身靠向椅背,沉默了很久。"多少年了,我一直都在想你会不会来,玛丽亚玛,会不会问我你心里的那个问题。"他们定定地注视着彼此的眼睛。"你和你母亲长得一模一样。"他又说。

她深吸一口气。该从哪里说起呢?"迪——"她说不出他的名字。她换了个开头。"你怎么认识我母亲的?"

迪格比·基尔戈长叹一声,站了起来。有一瞬间,她荒谬地以为他是打算开门抛下她走出去,躲避他注定要被问到的问题。但不是,他只是站在那里。他的双眼迎着她的目光,严肃、痛悔,充满怜惜。"我知道,你总有一天会来找她的。"

她听不懂他在说什么。他走到法式玻璃门前站定,仿佛准备面对行刑队的枪决。他的鼻尖几乎要碰上玻璃。她站起身,仍旧拿着茶杯,走到他身边。

窗外景色依旧。草坪如茵,好似泼了一地的绿油漆。在它的中央,一身白衣不能眨眼的女人仍然坐在那里,挑拣着谷子。

"玛丽亚玛,阳光下的那个女人……她可能是印度在世的最伟大的艺术家。她是我一生的挚爱,是我在圣毕哲度过二十五年的原因。玛丽亚玛,那是埃尔茜,你的母亲。"

第八十一章　过去遇见未来

1950年，格温德琳花园

在九月的那个下午，迪格比将车停在自己的俱乐部门前时，它看起来就像是维多利亚火车站。车道的一侧停满了轿车，门廊下堆着行李箱。"五零年种植园主周"就要开始，而那一年，迪格比的俱乐部——信风——第一次有幸担任主办方。

回想一九三七年，他和克伦威尔刚刚接手疯狂米勒的时候，有一条能派上用场的山路便已然算是雄心壮志。山路建成时，巧遇茶叶和橡胶价格飙升，包括弗朗兹和其他合伙人在内的财团将买来的一万九千英亩土地分割一部分出售，很快就回笼了资金。一时之间，格温德琳花园周边的庄园遍地开花。到了一九四一年，迪格比同其他庄园主一起成立信风，并聘请了一名经验丰富的俱乐部秘书。从上任第一天起，这位秘书就在游说UPASI——南印度种植者联合会——赋予他们主办持续一周的年度会议的殊荣。不过，这项荣誉始终都还是在那些老牌俱乐部之间打转，雅靠的、乌提的、蒙纳的、皮鲁梅杜的……直到这一年。

* * *

身为俱乐部创始人之一，迪格比感觉自己有必要露个脸。他在大宴会厅的沙发上找了个座，望着落地窗之中的山峦画卷。要是在平时，几秒钟内就会有端着酒的侍应生出现。但现在，那些可怜的家伙穿戴着陌生的头巾和礼服，跑来跑去像受惊的母鸡。

自从1947年印度独立，很多白人庄园主离开，这场盛会的大部分参与者便都是印度人。可令迪格比惊奇的是，种植园主周的本质并没有改变。对板球、网球、斯诺克、马球、橄榄球等赛事挑战杯的抢夺愈发激烈,选美比赛和舞会的规模都比以往更为盛大。彼时,印度人民的国家自豪感正处于巅峰,然而对于受过教育的富人阶级,尤其是前部队军官而言,英国的语言和文化早已不可避免地与他们的印度基因纠缠在了一起。

狂风突起,吹得一顶饰有蓝色丝带的宽边草帽翻滚着落到了漂亮平整的草坪上。迪格比看到了帽子落地的全过程。有个人影出去捡它。他以为会是哪个庄园主怕晒太阳的妻子,没承想,出现的是一个风度翩翩、身材高挑、穿一袭白色纱丽的印度女子。她的头发编成粗粗的辫子搭在右肩上,在棕色皮肤的衬托下闪烁着光泽。她未施唇膏或粉黛,也不点波图,却美得引人注目。她裸露着的两条手臂又细又长。她拾到帽子,抬起头,与迪格比四目相对。他心里猛地一震,仿佛她一拳击穿了玻璃。她的眼睛令人神魂颠倒,看上去好似能预知未来,眼头下垂,连着尖尖的鼻子。迪格比好像坠入了她眼里的虚空。而后,她便消失不见了。

他再次能够呼吸的时候,香水味儿、烟味儿、嘈杂的说话声一股脑儿地涌了过来。

"高地哪是打马球,简直是打群架。那帮混蛋也太拼了,他们——"

"我忘带燕尾服了,真是蠢了。里瑟顿应该还有一套多的——"

迪格比磕磕绊绊地跑到屋外,疑心自己见了鬼。难不成她是他幻想出来的?他听到有人叫他名字。难道也是幻想?

他转过身,看到弗朗兹·迈林走来,他的大手拿着两杯酒,后面的吧台已经挤了两层棕色、白色的身躯。"我吓到你了吗,迪格比?我们把东西放在你房子里,然后直接就下来找你了。"

"弗朗兹!我以为你们还要很久才到呢!"

"莉娜出去看比赛了。那个,迪,希望你别介意,我们带了个客人来。你在喝什么呢?来,把这两杯拿着。"他说着,并不等迪格比的回答。

"那什么，我是东道主，我得——"但是弗朗兹已经一头扎进了吧台周围的人群里。迪格比一手举着一杯吉姆雷特等在原地。出乎意料的是，弗朗兹几乎是立刻就拿着两杯新的饮料回来了，脸上还带着坏笑。"这可能是那几个小崽子点的，但他们反正没在看。"

一到屋外，弗朗兹就压低了声音。"迪格比，你见过昌迪的女儿吗？埃尔茜？"

所以她不是鬼魂。"见过！"

"莉娜想让这可怜的姑娘散散心，别总想难过的事情——你也知道，莉娜嘛。"看到迪格比一脸迷茫，他问："你总归听说了吧？"

"昌迪去世？"

"不是，不是……先喝一口吧，你需要的。"迪格比紧握着冰镇鸡尾酒的杯子，听弗朗兹讲埃尔茜的孩子去年夭折的惨事，直觉得浑身发冷。埃尔茜站在草坪上时那个深不可测的眼神在他脑海中挥之不去。"……所以她从宅子逃了出来，离开了她丈夫。"

迪格比低声感叹："可怜的姑娘！人们居然还能相信上帝吗？"

"太可怕了，"弗朗兹说，"还是昌迪把鲁内带到我们山上来的。我们都是看着埃尔茜长大的，她婚礼我们也去了。她现在状况很糟糕，迪。她也不想来掺和种植园主周的这堆勾麻，但是莉娜觉得应该让她换换环境。"

迪格比跟着弗朗兹往前走。他从来没忘记过昌迪绑着麻花辫的女儿，她那时就已经是正儿八经的画家。他也从没忘记过她是多么郑重地对待他的"绘画疗法"——鲁内是这么叫的。它帮他解开了大脑与手的牢笼，将他唤回了活人的世界。

他常常会想起她。他知道，十四年前他离开圣毕哲时送她的那本《格氏解剖学》她肯定会好好利用。他相信她一定会有所成就，但在新闻里看到她获得马德拉斯画展的奖章时，他还是惊喜交集。现在，她成了那个受伤的人。面对这样的丧亲之痛,其他人能说什么呢?

莉娜看到迪格比,立刻站起来张开双臂。他紧紧拥抱她,不愿松手。在他的生命中,有两个女人见过他最潦倒的模样:莉娜和霍诺琳。她们都用自己的方式拯救了他。

埃尔茜礼貌地站起身看着他们。所以白色不仅仅是夏天的颜色,他心想,更是哀悼的颜色。

"迪,你记得埃尔茜吗?"莉娜问。埃尔茜的眼睛再一次让他出了神。他双手接过埃尔茜纤长的手,想起将炭条塞进他指间、拆下发带将他们的手绑在一起的小女孩。他们曾多么自如地驰骋纸面,打破了禁锢他的枷锁!这一刻,他觉得时光融化了,中间的这些年月都消散了。她赶上他了,长大成人了。他应该说些什么,应该放开她的手,但他两者都做不到。他沉默地握着她的手,传达着自己的感激之情,而后又传递出他对她痛苦的感同身受。

空洞而深不见底的眼睛找到了焦点,将她拉回了现实。她的嘴角微微翘起,露出一个微笑。他忽然有种强烈的预感,觉得她身处危险之中,仿佛就要坠下世界的边缘。

他们纷纷坐下,接着是一阵尴尬的沉默。弗朗兹说:"呃,干杯,迪格比。敬故友,敬新知——"

"是故友重逢。"莉娜说。

一对夫妻来与迈林夫妇打招呼,后者起身相迎。埃尔茜瞥了一眼迪格比的手。他伸出右手,活动了一下手指。她被抓了现行,羞怯地笑了。她仔细端详他的手,比较着她记忆中的模样。末了她赞许地点点头,接着便目不转睛地看向他。他无法移开自己的目光,他也不需要移开。虽然比埃尔茜年长十七岁,但在那一刻,他觉得他们是同等的。他很清楚突遭横祸、悲恸欲绝是什么感觉,现在的她与他同病相怜。他知道一个简单的道理:能起到安慰作用的从来不是话语,而只能是人本身。在这种时候,最好的朋友是那些没有其他意图,而只是舍身给予陪伴的人,就像弗朗兹和莉娜待他一样。迪格比默默地交出了自己。

过了片刻,他说:"几年前,我在马德拉斯的画展上看到了你的画。我应该写封信,告诉你它们有多出色的。"他碰巧在展览闭幕前去了马德拉斯。埃尔茜的作品都已成交,但迪格比去的那天得知有一位买家退单,于是就把那幅画买了下来。那是一个五六十岁的胖女人的肖像画。她像王后似的坐在椅子上,穿的是马拉雅里基督徒的传统服饰,白色的查塔和芒杜,她项链上巨大的金十字架躺在精致的卡瓦尼上。她的头发在脑后盘起,紧得似乎连鼻尖都被拽上去了。观画者能看得出,她的姿态有些不协调和自以为是,她的笑容和眼神流露出虚伪。这幅作品的张力在于,模特本人并不知晓画布已让她原形毕露。

"我刚才在你的客厅又遇到了我的画。"埃尔茜笑着说。他等她继续说下去,但她没话了。

"再次见到很久之前送出去的作品,是什么感觉?"

她的脸上闪过一丝愉悦,这种情绪已经许久不曾停留了。她思索着如何作答。"就好像……在野外突然撞见了我自己。"她笑了,笑声低沉,"这能让人理解吗?"他点点头。他们的说话声很轻。"惊讶过后,我对它还是挺喜欢的。通常我总想把东西改得更好,但我觉得满意了……我也知道画家已经是另一个人。如果我再画一次,应该会很不一样。"

她低头看向自己的手,它们静静地搭在她的腿上。

迪格比说:"艺术从来没有完成,只有被放弃。"她面露诧异。"列奥纳多·达·芬奇说的,"他补充道,"也有可能是米开朗琪罗。也有可能是我编的。"

她的笑声让人觉得无比悦耳,好像一个严肃的小孩被逗着露出了贪玩的一面。迪格比也笑了。对独居者而言,再响亮的笑声也无人注意,所以比沉默也好不到哪里去。

他心想,埃尔茜的外表是完好无缺的。没有任何瑕疵。她的瘢痕,她的灼伤,她的挛缩都在里面,在看不见的地方……除非你望向她的眼睛,那就好像凝视一湾平静的池塘,你可以逐渐辨认出沉入池底的汽车和困在其中的乘客。你不是一个人,他想说。埃尔茜迎上他的注视,没有移开目光。

第八十二章　艺术作品

1950年，格温德琳花园

那天晚上，他的小别墅热闹非凡。他们四个人都在，所有房间灯火通明，红色的斋浦尔雕版印花桌布仿佛炙热的营火，被他们围在中间。晚餐收拾掉之后，他们仍然依依不舍地坐在桌边，闲聊说笑，推杯换盏。埃尔茜没有说话，但似乎在他们的喧闹声中放松了下来。

第二天早晨，埃尔茜没有来吃早饭。莉娜和弗朗兹去参加开幕式，迪格比留在家。十一点时她出现了，喝了茶，但拒绝了蛋和香肠。"太麻烦你了。"她抱歉地说。她洗过了头发，编了松散的麻花辫，穿了一件浅绿色的纱丽。她眼下的青黑说明昨夜辗转难眠。也许她每夜都是如此。

"一点不麻烦。"他发现她在盯着煎锅里形状粗犷的小面包。"这是烤饼。弗朗兹吃了好多，都够铺满一个屋顶了，但他还给你剩了几个。这是苏格兰传统的点心，只需要面粉、水和黄油。克伦威尔和我在这外面野营的时候就靠这东西活着，那时候我们在拆米勒家的老房子。那房子里阴魂太多。我当时就在火堆上架一口平底锅来煎烤饼。来，试试看，就一点点。"他说着，在饼上抹了黄油和果酱。她把它放进嘴里，肯定地点了点头。

"我喜欢这里有很多大玻璃窗，"她说，"光线很好。"她的称赞让他心花怒放。她又取了一点烤饼，在上面淋了蜂蜜。他很想说这个蜂蜜是他庄园上产的，但又怕破坏了气氛。"你不用去开会吗？"她轻声问，她的嗓音低哑而独特。

"我不去也没事。我不像弗朗兹和莉娜，他们是委员。"

"格温德琳花园？"她一边咀嚼一边问，"你庄园的名字——"

"我母亲。"他简明扼要。在那一瞬间，他母亲出现在屋里，欣慰地看着他。埃尔茜点点头。迪格比想起他们一起完成的那幅肖像画。他的老妈。也许以后有机会，他会把一切告诉她。

"埃尔茜，我原本打算……"他原本什么也没打算。他在随机应变，就好像外科大夫将包着纱布的手指伸进创口，探查组织面。"你愿意和我一起出去散散步吗？"

他把她带到庄园的西面，穿入一条两侧高草丛生的小径。每当雨季过后，都会有两种蝴蝶造访此处，白箭美凤蝶和印度曙凤蝶——但它们从来不会同时出现。他总会妄想它们是属于他的，是他创造的产物。应他的默默祈祷，一只印度曙凤蝶飞到了他们前方，它细长身体的艳丽红色更凸显了翅膀的漆黑。迪格比停下脚步，埃尔茜撞上了他，柔软的躯体触碰到了他骨瘦如柴的后背。印度曙凤蝶轮廓圆滑，线条流畅，翅膀上一对黑色的燕尾让迪格比想起飞机发动机的整流罩。她凑近细细观察。

一队采茶工聊着天朝他们走来，蝴蝶飞走了。女人们拘谨起来，都不说话了。当她们擦肩而过，迪格比仿佛看到了一种朴实而蓬勃的生命力像蒸汽似的从她们身上升腾而起。埃尔茜似乎在饶有兴趣地看着她们。采茶工披在脑后的头巾这会儿垂下来遮住了笑容，而她们的眼睛则出于礼貌盯着脚下。迪格比双手合十，低声道"瓦那卡姆"，因为他的工人是来自邦界那一边的泰米尔人。埃尔茜也举起了手。女人们兴奋地回礼，声音明亮，她们的头巾掀开，露出羞涩的微笑。她们鱼贯而过，偷眼瞄着迪格比美貌的客人。埃尔茜望着她们消失在日头里。

"这上面的光线……好特别，"她说，"小时候我以为是因为我们离天堂更近，所以我叫它天使之光。"

他们沿一条古老的象径抄近路往上爬。小别墅海拔五千英尺[1],他们已经又往上爬了五百。他的呼吸有些急促。他需要提醒埃尔茜吗?他没有回头关照她的状况。不管她。迪格比身负烧伤流落到迈林家尽此庄园的客舍时,克罗威尔的疗法就是这样。静静地领路。让大自然去说话吧。

终于,他们气喘吁吁地爬上一块裸露的白色岩石,巨石探出山体,仿佛一只大手为山下的村庄赐福。它与周遭的棕色岩石格格不入。部落人管它叫女神之椅。在巨石的台面上,祈愿之人敲开过椰子,留下过鲜花,涂抹过檀香膏。迪格比把自己的保温瓶递给埃尔茜,她迫不及待地喝了几大口,同时仍然目不转睛地望着令人惊叹的美景,沁满汗珠的脸亮晶晶的。

每当迪格比矗立于此,他都会想象自己栖身于女神的肚脐,正从她的大腿之间眺望下方逐渐宽阔的青翠山谷,山谷在远处化作灰土平原,那里是她的脚踝。他希望埃尔茜觉得不枉此行。

他还没来得及警告她(又不是小孩子,怎么会有人需要警告?),她便大步跨向台面的边缘,好像跳水的人站在高台上。快回来!他咬着牙咽下了这句话,害怕吓到她。他来这里这么多年,从来都没敢想过离边缘那么近。

他一点点挪到埃尔茜的左边,让她知道他在靠近。他一边强迫自己在表面上保持冷静,一边抵挡喷涌的肾上腺素,压抑内心的恐惧。她一定听见了他的呼吸,因为他可以听见她的气息,看见她的肩膀起伏,以及她的肩胛骨随着每次呼吸展开又还原。她慢慢地前倾身体,越过脚趾往下看,山底的诱惑在勾引着她。他屏住了呼吸。一阵微风揭下她纱丽的帕鲁,它滑落她的肩头,如绿色的旗帜飘扬。

她抬起脸望向天空,天使之光沐浴着她。她的神情游离,眼里银光闪烁。他跟随她的目光,看到一只猛禽随温暖的气流上升。

---

1 约1 500米。

埃尔茜抬起双手，距身侧几英寸远，手掌向上，好像在接受上帝的祝福，又好像是在模仿那只猛禽。迪格比依然屏着呼吸。他觉得自己的心跳就要停止。他距离她一步远，如果他去抓她而没有抓住，那她就会被他推下去；如果她反抗，那他们就会一起坠入死亡的深渊。他呼唤石椅的女神，呼唤任何一个在听他祷告的神，乞求他们暂且不要计较这个祈愿者的信仰缺失，原谅他对所有神明的蔑视，但请他们留住这位丧子母亲的性命。他默默恳求埃尔茜。求你了，埃尔茜。我才刚刚找到你，我不能失去你。

过了好久、好久，她的左手才试探性地伸向身后的他，他的右手倏地将它抓住，仿佛头脑还不明白，手却已经知晓。他们十指紧扣。他牵着她离开惊险的悬崖边沿。一步，两步。他扶她转身面向他，两人的叹息同步，与山谷的呼吸合为一体。她的腿紧随着他的腿，仿佛踩着探戈的舞步，被从死亡边缘拉了回来。她浑身战栗。

他确信，她一定想过跳下去。她要让上帝丢脸，教那个无耻的骗子好看，谁让他只会袖手旁观，眼睁睁看着孩童从树梢跌落，看着丝绸着火。她一定想过，像那只猛禽一样展开双翅，滑入高空，不断加速，最终到达那个没有痛苦的地方。忽然间他对她怒不可遏，气得浑身发抖。你怎么知道你去的地方会更好？他想。万一在那个地方，你摆脱不掉的梦魇每分钟都要重复一遍？

埃尔茜注视着他，她读出他的想法，泪水默默滚下脸颊。他用拇指揩过她的颧骨，抹开她的泪珠。他先一步走下石台。接着，当她双手撑着他的肩膀倚向他时，他直接将她拦腰抱起，仿佛她轻如一片羽毛⋯⋯然后，他紧紧搂着她，将她揽入怀中，因为愤怒，因为解脱，因为爱。只要我活着，我就永远都不会让你坠落，我永远都不会让你离开。在迪格比用力的怀抱中，她抖动着肩膀，将脸埋进他的胸口，掩盖她抑制不住的痛苦的啜泣。

回程路上，他们轻松了不少。埃尔茜，如果你能从死亡线上走回来，那就意味着你选择了活下去。如果路上能看到白箭美凤蝶，他也没去注意。大自然今天已经说了足够多的话，该轮到迪格比·基尔戈了。他滔滔不绝，停不下来。

他给她说了他的校服领带，说它勒进母亲的脖子。他说起对手术的一腔热血，那口吻像是在缅怀逝去的至爱。然后他又描述了另一场死亡，他的情人西利斯特，惨死在烈火之中。小时候，他总是不理解为什么confessor这个单词既可以指聆听告解的神父，也可以指坦承罪过的自白者。现在他明白了，因为这两者本就是一体——他们两手紧握，即使没有发绳或炭条也牢牢捆在一起。哪怕窄小的小径只容一人通行，他们也没有撒开彼此的手，他也没有停下他的讲述。他描述了自己深陷绝望的那几个月，以及他有多少次被绝望再度席卷，还说他也曾想一了百了，就像她一样。"是什么阻止了你？"她问道，这是她第一次说话。

"没有东西阻止我。我每转过一个弯，面前都摆着同样的抉择：继续走，还是停下。但我不敢肯定生命结束后，痛苦也会结束。自尊又让我不愿意选择用母亲的方式离开。她那时有爱她的人，需要她的人。就像我。我需要她！"最后几个字仿佛是一场突如其来的爆发。

他默不作声地走了几步，然后彻底驻足，转过身去看着她。他之前常常会想起埃尔茜。虽然他知道她肯定长大了，结婚了，但多年来他珍藏在心中的她，总是那个十岁小女孩的样子，那个解锁了他的手、洋溢着艺术天分和灵气的女孩。

站在他面前的成年女子如今二十多岁，父母双亡，孩子被残忍地夺走，给他感觉好像是另一个完全不同的人。如果这是埃尔茜，那她已经抹除了阻隔在两人之间的十七年。也许是因为他们经历过同样的苦难。"埃尔茜，你记得我们在鲁内那里一起画的肖像吗？我们的手绑在一起？那个漂亮的女人就是她。那是我想要记住的我母亲的脸。很长时间以来，我脑海中留存的就只有一张怪诞的遗容，那是我最后见到她的样子，看到那张纸上我们一起创作的图画，我终于可以摆脱那个画面了。埃尔茜，我想说的是，你让我重获新生，这是我欠你的。"

她握住他的双手，那是两只斑驳、不对称的手爪，但它们却仍然在发挥作用、在尽其所能。她摸了摸他左手手掌上凸起的瘢痕线条，佐罗的标记，然后往下按了按。她像医师那样摆弄着每一根手指，确定它们的伸展范围——这是一次临床检查，但做检查的是艺术家。接着她捧起他的手，一只接着一只，将它们的手掌按在自己的唇上。

第二天她很晚才起，但看起来精神饱满。她难为情地指给他看，她脚掌上发了一个水疱。

"我想什么呢？就不该让你穿凉鞋走那么远的路。"

他用虹膜剪把水疱揭开，然后在上面撒了磺胺。她饶有兴趣地看着他操作。"疼吗？"他问。她摇摇头。他加压包扎了鲜红的椭圆形伤口。

"迪格比，你不用去开会吗？"

他思索了一下要怎么回答。"我宁愿和你在一起。"他沉吟许久，才低着头说道。这是实话。她没有追问。他们有了新的相处方式。

他这天没有带埃尔茜去徒步，而是领着她去了属于他的乐土：就在屋前的陡坡上，开凿出了三层弧形的梯田，形同一所圆形露天剧场。甜蜜的香气钻进了他们的鼻孔。每层梯田都种着迪格比钟爱的灌木玫瑰，好像一群五彩缤纷的观众，身着为剧院准备的正装，正在俯视山谷。他仿佛在领着她检阅一支仪仗队伍，向她介绍纷至沓来的各种不同气味：首先是他最喜欢的鸢尾，闻起来像紫罗兰；然后是一种散发着丁香气味的玫瑰；最后是旱金莲。"我养它们主要是为香气，倒不是为颜色。"

他们坐下来，埃尔茜侧身指向梯田末端的一座方尖石碑。"那是什么？"

"啊，引座员啊。他本来是个舞者的，但是石头裂了。"有她在身边,迪格比愈发活泼起来,他生活中微不足道的物品都有了意义。"米开朗琪罗说,每块石头里都藏着一个雕像。这个,"他说着拍了拍他们坐在下面的长椅,回头看了一眼玫瑰,"我以为这块石头是一头大象,但我错了,它其实注定是一张长椅。"

她笑了,起身端详了它一番。

"迪格比,"她说,他听出了她语气中的热切,"这些都是你在哪儿做的?"

他的工作室原本是一间晾晒棚,现在里面是成堆的画布、旧的电焊装备、防火门帘,但是没有乙炔。在一个乱糟糟的角落里,地板坑坑洼洼的,覆盖着滴落的水泥。

来到格温德琳花园的第三年,盘山路终于完工,那时的他在大雨期间染上了严重的忧郁症,连起床的兴致都没有。克伦威尔看不得他那副样子。他逼着迪格比起床,穿上雨具,在无穷无尽的瓢泼大雨中一路跋涉到庄园另一端的田地,那处山坡的径流随时会淹没灌溉闸。他们挖了排水渠。再后来,克伦威尔把他带到棚子。"他叫我劈柴。'做个有用的人。'他说。我劈够了三个雨季的柴。有一次我注意到一块木头的形状像玩具兵,就想把它修出来。最后,我得到了一把牙签。不过那不重要,重要的是,我用上了我的手。鲁内曾经引用过《圣经》里的一段话:'凡你手所当作的事,要尽力去作。因为在你所必去的阴间,没有工作,没有谋算,没有知识,也没有智慧。'克伦威尔没看过《圣经》,但他察觉出了一样的道理。我后来从木头换成了石灰岩。但我耐心不够,最后还是回到了水彩。"

"迪格比,"埃尔茜说,"自从尼南不在了,我一直都有冲动想挥舞更大的工具。比如大锤,推土机……或者炸药。"

"我们还是在讨论艺术吗?"

"我想用我的双手创造巨大的东西。像这里的风景那么大,甚至更大。"

他把她留在了工作室。出门时,他回头欣慰地看到她的变化。她穿上了帆布围裙,戴了花布头巾和护目镜,站在一块石灰岩的石板前,左手把着凿子,右手挥动木槌。她的动作很快就变得果断起来,只见她凿开一条裂缝,看也不看便任由一大块石材滚落下去。不多时,石板的顶部已经有了圆柱形的雏形。她沉浸其中斗志昂扬的样子是他不曾预料到的,那是一种克制的愤怒。

他傍晚从UPASI回来时,听到槌子仍在叮当作响。她一开始没有注意到他,细密的粉末落满了她的头发和每一寸裸露的肌肤。她脱下围裙、护目镜、头巾时,神情已判若两人,之前的疲乏一扫而尽。两人一起往回走。

她看着自己的双手。"迪格比,你知道吗,你已经把欠我的还清了。"她说。

后来的几天,他出席了种植园主周剩余的会议,但躲掉了晚上的社交活动。

在访客离别的前夕,迪格比敲响了弗朗兹和莉娜的房门。莉娜喊他进去。夫妇二人已经换上晚礼服,正准备回俱乐部去。弗朗兹站着,莉娜则坐在床边,把东西往小手包里放。他们好奇地转头望向他。看到他的表情,两人都愣住了。

迪格比觉得脖子里热血上涌。"莉娜?弗朗兹……?如果……如果埃尔茜想留在这儿,那,"他结结巴巴地说,"我可以等她好了再送她回去。到你们那儿去。或者她想去哪儿都行。"他觉得现在他的脸肯定是红了。"问题是……你们也看到这里带给她的变化了。我是说雕塑。"

"可能不只是雕塑呢,迪。"莉娜说。

夫妻俩默默地对视一眼。弗朗兹出了门,临走前拍了一下迪格比的肩。

莉娜说:"迪格比,你问过埃尔茜怎么想吗?"他摇了摇头。她小心地斟词酌句。"迪?我不知道什么是对她最好的。而且,对,我是看到了,非常神奇,她找到了活下去的理由。"

"对啊,莉娜!问题是——"

"那个理由可能是你,迪。"

迪格比跌坐在她身边的床上,他的胳膊肘支着膝盖,双手抱头。莉娜伸手环住他的后背。

"迪格比,你是不是爱上她了?"

这个问题如此猝不及防,他张了张口,立马就要否认。但这是莉娜,他的"亲姐姐"——她总这么说。他盯着自己的手,就好像那上面写着答案。缓缓地,他坐直身体,迎上了她凝视的目光。

"哦上帝啊,迪。好吧,她很有可能也爱上了你。但是她那么憔悴,又那么脆弱。而且别忘了,她已经——"

"莉娜,"他打断她,不想听她说出那几个字,"就算我有,就算我想……就算我确实爱她,又有什么关系呢?我不想……我不指望我们之间能发生什么。我已经四十二了,莉娜,这辈子注定打光棍了。我比她大了十七岁。但是如果留在格温德琳花园能帮她愈合,那至少这个我能给她。她在通过创作重新发现自我,这也许能拯救她。"莉娜没怎么看他,似乎也不在听。"莉娜,如果你担心我会做出不绅士的举动,我保证——"

"哦,迪格比,别说了。"她的眼睛湿润了。她摸摸他的脸,给了他一个轻轻的吻。她温柔地说:"别保证了,就做你自己。保持善良,保持真诚。也别太绅士了。"

* * *

第二天,埃尔茜整日都在工作室里忙活。他没去打扰她。什么都没变,什么都变了。这里只剩他们两个人。

他拖到不能再拖，才去叫她吃晚饭。走近棚子时，他没有听到木槌的叮当声。他慌了，跑完了最后的几码。他看到她坐在外面的长椅上，抬头望着晚霞。

他坐在她身边，试图掩盖自己的气喘吁吁。她冲他微笑，神情却格外悲伤。我可真蠢哪，还真以为一座雕像能让她忘记一切？她将头靠在他的肩上。

两人吃了一顿安静的晚餐，最后都百无聊赖地摆弄着食物。他说："在你睡前，我想带你去看我最爱的一幅画。"

他带她走上二层的阁楼，然后沿着梯子爬上房顶，他在那里摆了两张藤编躺椅。他给她盖上一块围巾保暖，把边角掖紧。厨子给他们留了一壶热茶，里面掺了小豆蔻和威士忌。随着他们的眼睛适应黑暗，夜空这件漆黑的大衣逐渐显露出绣在布料上的宝石。又过了片刻，更小的星星也出现了，仿佛害羞的小孩躲在父母的长袍后面偷看外面的世界。在他们上方，猎户座拉开了他的弓箭。他们沉默了许久。他瞥见她伸出手指划过天空，银河仿佛一缕袅袅青烟从她的指尖流淌而出。她似乎沉浸在喜悦中，凝望着天空，哑口无言。

他递给她杯子，倒上茶。

"小时候在格拉斯哥，"迪格比说，"每次天空放晴我都会爬上房顶——要知道，那儿的好天气并不多。我会找到北极星，它总能抚慰到我，是我稳固的锚点。母亲走后，我没办法再相信上帝。但是星星呢？它们还在那里。还在原地。它们让上帝这个概念微不足道。夏天夜空晴朗时，我都会爬上来，在这里看上几个小时。有时候我会怀疑我们的人生是不是一场梦。也许我根本不在这里。"

"如果你不在这里，那就是我在你的梦里。"埃尔茜说。她轻声耳语："谢谢你，迪格比，谢谢你做的一切。"

第二天早上，他发现她盘腿坐在他书房的地毯上，阳光洒进高大的窗户，穿透她的头发。他的一本对开的艺术书摊开立在她的面前。

"迪格比！"她抬头喊道。她语气中的愉悦让他喉头一哽。他在她身边坐下，两人一起注视照片中贝尼尼的《圣特雷莎的狂喜》。"你看天使和圣特雷莎，他们离得很近，却是分开独立的。但整个作品都来源于一块石头。你看到那些飘逸的布料了吗？那种动感？怎么办到的？他开始的时候是怎么能看着一块石头……然后想象到这些？"她的声音越来越轻，"他的这部作品是为一座教堂设计的，阳光从穹顶的天窗倾泻而下。这绝对是魔法。哦，迪格比，如果我明天就能去罗马，我肯定去。"

"可以啊，埃尔茜。"我们走。她盯着他，然后笑出了声。可她发现他并没有笑。泪水缓缓地溢满了她的眼眶。

他站起身，拿了两杯咖啡回来。埃尔茜说："我昨天想修改一个地方，其实不应该动它的。半边石头碎掉了。"

"哦，太可惜了。"

看到他的表情，她被逗笑了。"没事的，真的。不管那块石头里藏着的是哪位圣人，都跟我想的不一样。我们得把它搬走。真抱歉，我浪费了一块好石头。"

"没有的事。我要把它留下的。等你比现在还要出名，每个人都会想要你的第一座雕塑，但我偏不卖。另外，格温德琳花园可是坐在一山的石灰岩上。我带你去采石场，你随便挑你喜欢的。"

埃尔茜的创作继续，这次是一块更大的长条形石头。迪格比只有在早餐和晚餐时才会见到她。厨子会给她送午餐，但她很少吃。

现在，他们晚餐后的习惯是爬到房顶上，一直待到冷风吹得他们不得不进屋。夜空还能晴朗多久？迪格比总是坚持先爬下梯子，接着扶她走下最后一级横档，牵着她的手一直走到她的卧室门口，再最后道一声晚安。每个晚上，他走回自己的房间时，都会告诉自己，做好准备，迪格比。她可以突然出现，也可以突然溜走。做好准备。

一天夜里,丝丝缕缕的薄云闯进了他们的视野,不一会儿,更厚的云彩就随之而来,遮住了繁星。他们执拗地等待,直到豆大的雨点将他们赶进了屋子。梯子很滑。他在她门外说晚安,她握着他的手却没有松开。她向后倒退,牵着他走进自己的房间,然后关上了他身后的门。做好准备,迪格比。

第八十三章　爱病人

1950年，格温德琳花园

可他没做好失去她的准备。自从那一夜过后，他就做不好准备了。那封信寄到时，他依然没有准备好。信从特塔纳特大宅转寄到迈林家的庄园，然后再转寄到他这里。迪格比看到信封，浑身打了个冷战。他才刚刚有幸度过人生中最美好的一段时光。人不到盖棺那天，都不可以说幸福。

埃尔茜放下信时，她面如死灰。"是小末儿，她病了，恐怕就要死了。"

"什么病？"

"伤心病，信里是这么说的。加上她的肺也有问题。她看到我的孩子夭折，我又离家出走……信是我婆婆写的。阿嫲奇说她不肯吃东西，非要见我。"

埃尔茜没有再提那封信，他也不问。但它就像是一滴墨汁，滴进他们游泳的清澈水库，给她的心境染了颜色。雾气每晚集聚，天早已变得寒冷，阵风在夜里气势汹汹地晃动着窗户。房顶是不可能再上去了。

自从他们开始共享一张床铺，有很多个夜晚他都会感觉到她的身体在旁边默默颤抖，他会把她揽进怀里，紧紧抱住。有一次，当她的抽泣逐渐平复，她说："只有在这里，迪格比，我才觉得我的愤怒稍稍减轻了一点。甚至我的恨也是。但它没有完全消失。那种悲痛永远也不会消失。我知道他也爱孩子，他和我一样痛苦。如果有人能比我更自责，那就是他。我知道怪他没有意义，他怪我也没有意义。但就算知道，那些念头也停不下来。"他后来回想起这段话，疑心她是不是早就在为离开做铺垫？他什么也做不了。

信寄来的那天晚上，他们坐在火炉边上，他知道她下了决心。"我不能让小末儿因我而死。如果我还要活下去的话。"他什么也没说，等她讲下去。"迪，我们还没有谈论过未来，只是过一天算一天。这段时间，我觉得能呼吸了，能够活着而且想要活着，能感受到爱，我以为这些都不可能了。我知道，我不可能留在帕兰比尔。太多记忆，太多愤怒和指责了。我不敢回去。哪怕是尼南还在的时候，哪怕菲利伯斯是好心，不知道为什么，他每次想为我做点什么最后都会弄巧成拙。"她叹了口气，"迪格比，我说这些的意思是，我只是回去看看。如果你愿意，我会回来的。我没有更想去的地方，更想见的人了。"

这样的话是他梦寐以求的。他努力说服自己却很难相信她，因为他擅长失望。保护自己不受伤的办法就是预判它的到来。对所爱之人的挽留就是失望的配方；对他们生气也一样是徒劳。

他并不粉饰自己的想法，对她说话时就像往常一样直白。"你要做什么我无权干涉，埃尔茜。如果你到那里之后有了新的想法，如果你想留在那里，我也接受。我必须接受。所以，我现在表达的感情不是为了阻拦你。我……呃，我爱你。喏，我说出来了。我说出来不是要增加你的负担，只是想让你知道而已。对，我想让你回格温德琳花园来，我想和你去罗马，去佛罗伦萨。我想和你一起共度余生。"

她双手捂住了脸。火光摇曳在她的手背上，映照在她的头发上。他说错话了吗？她把手拿开时，他发现与自己想的正相反。

"迪，我明天就得走，要不然我就要改主意了。等小末儿一好转，我就回来……只要你确定。"

"如果你回来，我甚至可能会相信上帝真的存在。"

"上帝不存在，迪。星星存在，银河存在。没有上帝。但我会回来的，这你可以相信。"

迪格比开车送她驶下盘山路，随着高度下降，他们的耳朵闷痛起来。下山后，他们沿山谷向南，路过德里久尔，穿过科钦，穿过一个村庄又一个村庄。路上他们停了几次，吃了点东西，活动了一下腿脚。七个小时后，他驶过了圣毕哲。如果是其他时候，他可能把埃尔茜送到家后还会想来看看，但已经过去了那么多年，院民可能都换了一群……而且他的心情也太沉重。

"到大门前把我放下。"他们靠近特塔纳特大宅时，她说道。她的司机将继续把她送到帕兰比尔。

担心他们可能会被看见，她将手指贴着座椅滑过去找到他的手，悄悄地握了握。他感觉自己在坠落，在向着黑暗下潜。他有种怎么都摆脱不掉的预感，似乎不管她意图如何，她都不会再回来了。

第一周过去，接着是第二周，一直到无尽的雨季几乎结束时，他都怀揣着希望。电报线路断了，几截盘山路被滑坡冲走了。即使她召唤他，他也没法儿去找她。但他能感觉到，她在努力向他伸出双手，她会在夜里将他呼唤。特拉凡哥尔、科钦、马拉巴疮痍满地的情形百年难遇。但灾情不会永远持续下去。它也确实没有。有一天，太阳出来了，电报线路恢复了。他们绕过滑坡开了新路。最后，邮件也一点点渗过来了。雨季结束了。几周过去了，几个月过去了。她不会回来了。我不是还特意告诉过她不必回来吗？即便如此，他还是堕入了漆黑的深渊，陷进无尽的哀伤。他还活着，但生命好像已然终止。他提醒自己，这片群山以前也救过他一次。表面上看，他还是老样子，甚至偶尔还去俱乐部。但新的伤痕缩紧了他的心。源于爱情的幸福，本质便是稍纵即逝的过眼云烟。亘古不变的唯有陆地——土壤——它的存在将比他们所有人都更长久。

埃尔茜走后八个月零三天，克伦威尔骑着马一路小跑，在咖啡田里找到迪格比，他的手里拿着一封信。不知为何，看不懂英文字的克伦威尔就是知道，在那一堆信件里只有这一封与众不同，是迪格比久等的那一封，即使他都已经不再等了。那时，迪格比已经确信永远都不会再收到她的消息。他甚至想谢谢她，好一台截肢手术，结束得干脆利落，没有解释，没有恳求，没有来来回回的信件纠缠，把短痛拖成长痛。所以看到她的字迹，他觉得生气。她为什么要来打破他好不容易才找到的平静？他聪明的话就该把这封信直接丢掉，正所谓过了这村没这店。可他做不到。

亲爱的迪，

　　对不起，我一直没有写信。你见到我时就会明白原因。如果我们还能相见的话。我现在来不及多说。一开始没办法寄信给你，因为你肯定也知道我们被困在了洪水里。迪格比，我在雨季后依然留在这里的原因，也是我现在必须离开的原因。我生了一个孩子，迪格比。我无比渴望能将我的女儿抱在怀里，哺育她，抚养她长大，爱她。为了她，我现在必须离开。见面后我会告诉你一切。如果我留下，会让她有危险。她跟着奶奶会过得更好，这里的人都会爱她，即使我比他们所有人都更爱她。但是我留着是害她。

　　迪格比不由得伸出手，撑到站在前面的克伦威尔身上。那是我的孩子，我们的女儿！肯定是！但是为什么埃尔茜留下会让孩子有危险？这说明埃尔茜自己有危险。他想跳进车里，向她疾驰而去。他继续往下念，手仍旧撑着克伦威尔，后者耐心地站着，像根柱子。

　　你不要过来，也不要回信。求你了，一定要相信我。等见到你我会解释。我计划在三月八日晚七点黄昏时分离开宅子。我会跳进河里，顺流而下到达查拉库拉的交汇口，就在镇子旁边，你看地图可以找到。那里离宅子大概三英里[1]。交汇口上方有座桥。你等在桥的北面。那里没有商店也没有房子，晚上应该不会有人。我最晚会在八点穿过那座桥。我只能说，希望看到你的车在那里。请带上干衣服。如果你来了，我会解释一切。如果你不来，我也能理解。你什么也不欠我的。

爱你的，
埃尔茜

　　三月八号就是第二天。他不到一个小时就出发了。不顾克伦威尔的强烈反对，他一个人开走了车。他把所有事情都告诉了克伦威尔。

　　一个孩子。而且是他的孩子。他们第一次同床时太过忘情，没有考虑怀孕的事情。在那以后他们谨慎了些。但同时，他们也沉溺在某种沾沾自喜的状态中，仿佛在格温德琳花园两人世界的魔法泡泡里，只要是他们不希望发生的事情，都不会发生。

　　但是埃尔茜为什么不在通路时就回来呢？拖两个月可以理解，三个月也能想象，但是八个月？她是被关起来了吗？她为什么不带孩子一起走？为什么要这么冒险地逃跑？各种为什么在他的脑海里不停地跑。以后他们总归要把孩子接回来吧。一定要相信我。他只能选择相信。

　　那天深夜他到了桥边，停下车，迅速看了看周围。随后，他住进五英里外的一间政府招待所，努力试图入睡。第二天黄昏时，他回到桥边。桥的这一侧是古板的查拉库拉镇，和昨晚一样熄着灯光。桥的另一侧也没有光亮，杳无人烟。河流水位高涨，缓缓前行，一副帝王风范，犹如一位丰腴的女神。他把车尽量靠边，贴着灌木和芦苇停下。一个苦工费力拉着一辆装得太满的架子车，埋着头从路的那头走来。他全神贯注地拉车，丝毫没有注意到桥墩阴影下的黑车和迪格比。

---

[1] 约4.8公里。

迪格比不知道她离开帕兰比尔时具体会从哪里下水。他不敢想象天黑后泡在河里的感觉。他在原地站了十五分钟，眼睛死死盯着水面，这时，他注意到河中间有一个漂浮的物体，宛如复活的奥菲丽娅，然后是一条胳膊闪出水面，她在向岸边游去。再然后，什么都看不见了。几分钟过去了。终于，对岸有一个人影从桥身庞大的、阴森森的黑影中冒了出来。看轮廓，那好像是一个穿着短上衣和半裙的农妇。她走近后，他看到她浑身都在滴水，衣服全粘在身上。他赶忙冲上前，用大毛巾裹住她的身体，引她走到车的副驾驶侧。她冻得面色惨白，牙齿打战，浑身发抖，她的头发湿淋淋的，河水的气味还沾在身上。她扶着车剥下湿透的裙子和上衣，匆匆把自己擦干后套上了他带来的衬衣和芒杜。他搀她坐进前排座位，给她盖上毯子，在车里灯光的照射下，他被她的模样吓了一跳：黑色椅套中央凸显出一个苍白的幽灵。她的脸色憔悴不堪，仿佛过去的不是八个月而是八年。"谢谢你能来，迪。我们走吧，快。"

他开车起步，同时看了一眼后视镜，没看到人。埃尔茜拿起水瓶大口灌水。他递给她一个保温瓶，里面是他们之前在房顶上喝的那种威士忌热茶。她的脚爬上河岸时划破了，在流血。

"他们在找你吗？"他问。

她咬着下嘴唇，摇了摇头。"还没有。我把我的拖鞋和毛巾留在岸边了。"她望向他，"他们总归会看到的，然后他们就会开始找了。但是尸体可以被冲到几英里外。"她的话让他后背发凉。他想象着在另一种结局中，她真的淹死了，不是坐在这里，而是一具漂向大海的遗骸。

"孩子呢？"

她闭上眼蜷缩在座位里，像一只躲进毛毯的小猫，全然一幅描绘疲倦、悲伤与失落的图画。"求你了好吗，迪格比？让我到家以后再告诉你一切。"他将手伸进毛毯握住她的手，她的手指冷冰冰的，摸上去僵硬而粗糙，因为在水里泡得太久都起皱了。他捏了捏她，但她没有反应。他听到一声含糊不清的"迪格比"，就好像她在提醒他，他把她弄痛了。没一会儿，她就沉沉地睡了过去，像是几天没睡似的。

凌晨三点，他挣扎着开完了胆战心惊的最后一段路，在一片漆黑中沿着西高止山路盘山而上——他以前从来没敢这么开过，因为野生大象是实打实的威胁。直到在格温德琳花园的小别墅前停下，他才意识到自己的肩膀刺痛，脖子抽筋，手指像帽贝似的牢牢扒在方向盘上。他熄了火，万籁俱寂也没有把她叫醒。

房子漆黑的影子中分出一个身影，是克伦威尔。他裹着毯子，一直坐在屋外。他搀扶浑身僵硬的迪格比下车，支撑他站起来，然后把他推到车上，摇晃着他的肩膀，像是要跟他单挑。"担心坏了，老板，担心坏了。"他两眼红通通的，还带着蒙眬的睡意。

迪格比握住克伦威尔的胳膊。"我知道，对不起。"

克伦威尔打量了一下熟睡中的埃尔茜，忍着没有表现出对她外表的诧异。"小姐没事。"这既是疑问句，也是鼓足勇气的陈述句。

"我不知道。她受了很多苦。"很多他并不太理解的苦。

他打开埃尔茜的车门时，她醒了。意识到他们身处何地后，她看向迪格比，露出了一脸劫后余生的表情，这时迪格比才第一次感受到，她可能经历了怎样可怖的深渊。"哦，迪格比，这上面的空气好薄啊。"她说着深吸了一口气，然后打了个冷战。

她见到克伦威尔后疲惫地笑了笑，除此以外什么也做不了。她想要走路却差点绊倒，于是迪格比将她拦腰抱起。她搂紧他的脖子，被他抱进屋里。迪格比对克伦威尔说："谢谢你等在这里，朋友。拜托回家吧。我这样麻烦你，你家里人不会原谅我的。"

他拿进来厨子留下的装了热茶的保温瓶和鸡肉三明治。趁着她吃东西，他将雾气腾腾的热水倒进浴缸。他帮她脱掉衣物，扶她跨进去。她的胳膊一片斑驳，长了很多脱色的白色斑块，仿佛一张旧地图。他注意到她凹陷层叠的肚子，和与其截然相反的涨圆的胸部，两边的乳晕被撑开，变成了深色的圆盘。他在她旁边的小凳子上坐下来。她把脚踝搭在浴缸的边沿，整个人沉得更深，除了两只脚，都完全消失在了水中。迪格比看到她右脚大脚趾的根部在往下渗血。他凑近了些。她的脚上布满水疱。她从水下钻了出来。他去抚摸她的手，那只手粗糙不平，有种皮革质感。他仔细察看她的手指：上面有很多裂痕，似乎她一直在编铁丝网。她把手抽开。

他的心沉入谷底。

她的手，她脚上的水疱，她胳膊上的白斑——他知道了。他跟鲁内在圣毕哲待了那么久，不可能不知道。他想尖叫，想砸碎玻璃，想大骂这不公的命运，为何一只手赐予，另一只手却剥夺更多。

她瞪大眼睛默默地看着他，看着他醒悟，看着他摇晃着抓住浴缸边。她一个字也不敢说。慢慢地，他平静下来。他再次摸进水中攥住她的手，然后将她的手指放到唇边。

"别！"她喊着要把手收回去，但他不肯松开。

"现在担心这些太晚了。"他嗓音沙哑地说道，同时捧起她的手按在自己的脸上，因为他心中的爱意和他刚刚知道的可怕事实是不相干的两件事情。

"我不允许。"她说着把脚缩回浴缸，水溅了出去。

"我不允许你不允许。"他一边说，一边顺势跪在地上，将两只手臂探进水中抱住她，将她拉向他的怀抱。如果这个女人不在，他便没有活下去的理由了。"无论你做什么，我都不会离开。"他泣声说着，拥紧她湿漉漉的身躯。他追着找她的唇，她不停地躲，可他最后还是找到了。她放弃抵抗，呜咽着接受、回吻，他尝到她的嘴唇和两人交融的泪水。依偎着衣服湿透的他，她哭了，心中压抑许久的情绪终于得以释放，独自承受的千钧重负也终于有人分担。

他紧紧抱着她。在这种时候，人类能有什么办法呢？只有无用的呻吟、泪水与啜泣，什么也做不了，什么也改变不了。水泼在了瓷砖上——珍贵的水，丰沛的水，这水可以洗去疱液与血液，可以洗去泪水，于有信仰之人还可以洗去罪孽，但它洗不掉麻风病的圣痕，在他们有生之年都不可能，因为没有以利沙会对他们说，"你去在约旦河中沐浴七回而得洁净"，没有上帝之子可以触摸麻风的伤口使它们消失。

埃尔茜的信顺理成章了。他明白了她为何要丢下他们的女儿。原因就明晃晃地写在她弯曲的手指里，那是爪形手的初期。他再清楚不过，怀孕会削弱身体的抵抗力，让潜伏在体内的麻风、结核之类的疾病暴发。埃尔茜也懂，毕竟她从小就是鲁内的邻居和朋友。她知道一般人不了解的知识：新生儿极易被母亲传染麻风病。

"你明白了吗？"他点了点头。两人泪流满面。"我就不配有孩子，迪格比。"

"别这么说。"

"我多想要我们的宝宝，迪！我一发现自己怀孕就想回来找你，但我被困在那里，连信都不能寄一封给你。然后，在可恶的没完没了的雨天里，我的手和脚……它发展得好快，我都不知道是怎么回事。可后来，我握不住笔了，我就知道了。"她盯着自己开裂的指尖，"我生她的时候差点死了，迪格比。也许死了倒更好。我癫痫发作，在那之后谢天谢地，我什么都不记得。宝宝的位置上下颠倒，我严重大出血，但不知怎地我们俩居然都活了下来。玛丽亚玛，这是她的名字，随我婆婆起的。她好漂亮。我过了好几天才能把头抬起来看一眼我们的女儿。我好想抱抱她，但是我不可以。鲁内告诉过我为什么圣毕哲从来都不允许有婴儿。我知道的。"

迪格比在脑海中想象着他孩子的模样，他们的孩子，他们的女儿。玛丽亚玛。他迫切地想要见到她。"我可以把她养在这里，埃尔茜，我可以分开照顾你们两个，然后……"

"不，迪格比，我们不可以。她宁愿没有母亲，也比做癞子的女儿好。"这是迪格比把埃尔茜接回来后,他们第一次说出这个字眼。这个词回荡在空中,久久不肯消散。她注视着迪格比的脸。"对,癞子,迪格比,这就是我。没有人会把癞子留在家里。没有人可以保守这种秘密。"她探身向前,"相信我,她跟着我婆婆是最好不过的。大阿嬷奇就是慈爱的化身。而且她还有小末儿和安娜切塔蒂。"

"你丈夫呢?"

她摇了摇头。"他一塌糊涂。他因为脚踝骨折吃鸦片止痛,结果彻底离不开了。现在他满脑子只有那个。"她深吸一口气,然后直勾勾地看着迪格比,"他以为孩子是他的,迪格比。他有理由那么想。就一个理由,就一次。他当时吃了很多鸦片,我没有反抗。我可以反抗,但是我没有。他知道我怀孕以后,一门心思以为是尼南回来了,以为上帝在请求我们原谅。看到是女儿,他就更堕落到鸦片里去了。"

屋里唯一的声响,是水龙头答答落下的水滴。

埃尔茜说:"我唯一的出路就是让他们以为我死了。何必让他们也背上这个负担呢?我要是告诉大阿嬷奇,她肯定会叫我留下。无论怎样她都会对我张开怀抱。就和你一样。但那样的话,我就把全家都拖下了水,毁了他们的名声,毁了我女儿的生活。因为不能对大阿嬷奇说实话,我心如刀绞。她最好还是以为我淹死了。"

"可如果玛丽亚玛和我们住在一起,只要分开来——"

"不行,迪格比!"她坐直身体,斩钉截铁道,"听我说!你知道我熬了多少个夜晚,才把这事儿想清楚吗?我昨晚上死了!只有这样,我女儿才有可能过上正常的生活。你明白吗?也就是说,我必须要去一个永远都不会被找到的地方。永远!这个地方不能有人去,不能有人撞见我,不能有人听见有关我的闲言碎语。我女儿永远都不能知道我的存在。埃尔茜淹死了。你明白吗?格温德琳花园这个地方不可以。"看到她心急如焚,神情坚决,他不再多言。"我的另外一个选择,就是从女神之椅上跳下去。可我还不想那样,我还能工作,我想一直创作到做不动为止。这些我可以在圣毕哲做到。"

他扶她出浴,帮她擦干。她将一条毛巾纵向对折,穿过自己的两腿之间,系紧芒杜将它固定。她一躺到床上,他就拿来自己的医药箱,打算切开并包扎她的水疱。她想缩回脚去,却是徒劳。

他回想起他们第一次徒步之后的那个水疱。她当时不觉得疼。那是被他忽略了的早期征兆吗?她雕塑时手上也有水疱,但那也正常——只是她几乎从未注意到它们。现在就算她去踩钉子,感觉和踩地毯也是一样的。

"我就是不想你去碰它们。"她一边说,一边看他处理她的脚。

"这样不会传染的。"

她发出苦笑。"以前鲁内也总这么说。但是迪,我得上了。为什么?因为在麻风病院隔壁长大?因为总见鲁内?为什么?"

"我们都会接触病菌,或早或晚。有的人更容易感染。"

"万一你也容易感染呢?"她问。

他没有回答,只是继续包扎。"埃尔茜,要是我没收到信你怎么办?要是我没去呢?"

"我打算走到圣毕哲,"她毫不犹豫地说,"如果你去,我本来是想让你直接把我送过去。但我实在太累了,而且我也知道,我们需要先把话说完。我必须把事情解释清楚,这是我欠你的。"

他脱掉衣服冲了澡,然后回到她的身边。此时,他的倦意终于追了上来。他坐到床上想要躺下,她用力推开他。"你不能和我睡在一块儿。你这是要干吗,迪格比?"

他不回答,只管拽开被单盖在自己的裸体和她的身上,依偎到她的身旁。经历了泪水、磨难和解脱——虽然只是暂时的,她的眼皮愈发沉重。他听到一声含混不清的"我不允许",然后她就没了动静。他看着熟睡中的她，脸色和枕套一样苍白。尽管他疲乏不已，他的思绪还是在飞速旋转，睡意全无。

一个小时后，他依然醒着，压在她头下的那只胳膊已经麻了。它哪怕掉了他也无所谓。他已经无法从她的苦难中抽身了。她罹患的疾病现在也成了他的一部分。如果明知道此生挚爱身居别处，他不可能留在一座并不需要他的庄园里。埃尔茜从这个世界上消失了，她为的是他们两个人的孩子。这样的牺牲不能让她独自承受。他现在非常清楚自己必须做什么。这是一段生活的结束，也是另一段生活的开始，一段我从未设想过的生活。我没有选择，但没有选择才是最好的选择。

* * *

晨光洒进窗户时，她醒了，迷迷糊糊的，一时分不清自己在哪儿。随后她发觉自己正躺在他的臂弯里。迪格比睁着眼睛，在含情脉脉地看着她。她听到外面的工人聊着天走过，工头在发号施令。这是格温德琳花园的声音。又是一天开始了。她抬起头打量四周，迪格比从她身下抽出了胳膊。她定定地望着他，他神色平静。泪水袭来，她的双眼再一次模糊了。

"迪格比，我不能留在这儿，一晚上都不行。"

"我知道。"

"你在笑什么？"

"如果只有去圣毕哲，才能让别人找不到你，那我的命运也就定了。无论你去哪里，你经历什么，我就经历什么。不，别劝我，埃尔茜。我想得很清楚，再简单不过了。我会永远、永远与你同在，直到最后一刻。"

第八十四章　已知的世界

1977年，圣毕哲

玛丽亚玛感觉有什么东西烫到了她的手指——是茶。她松开手，杯子打在她身上，最后掉到了地毯上，没碎。滚烫的液体渗进衣服，灼烧着她的大腿。

疼痛不分过去或未来，疼痛只管现在。她跳起来从窗边退后，手捏着纱丽和衬裙，把它们和皮肤分开。

"我的天哪！"迪格比说，"你没事吧？"

她怎么可能没事。在法式玻璃门的另一侧，那个女人——那个她在二十六年的人生里从不曾相识的母亲——正一无所知地坐在漂亮的草坪上挑拣手中的谷子。玛丽亚玛怀疑她可能到现在都没有眨过眼。过了许久，她才终于能开口说话。

"她……多久了？"

"你活了几岁，她几乎就在这里待了几年。"迪格比说。

相互矛盾的信号在她的大脑里激烈碰撞。她脑海中记得的母亲是帕兰比尔的一张照片：在她成长中的每一天，无论她身处屋里的哪个角落，那双灰色的眸子都在追随着她——甚至就在这天早上，它们还见证了女儿梳洗穿衣，鼓起勇气来面对这个繁衍了她的男人。那母亲永远年轻、沉着、优雅、美丽，她抿紧双唇，憋着笑——可能是笑摄影师说的什么话。对着那张母亲的脸，女儿是能倾诉心事的。她要怎么将那个早已离世的母亲和草坪上这个活生生的幽灵联系在一起？

"我去喘口气。"她说完，转身背对窗户，逃离了房间。

她跑上一条砖砌的小路，将几幢主楼抛在身后；她经过一座果园，一片苗圃；她撞见院子的后墙，被挡住了去路，这时她看到一扇小门，便猛地将它推开，冲下长满青苔的石阶……她忽然停下了脚步。横亘在她面前的，是一条宁静的水渠，渠水缓缓淌过，蜿蜒流向一条她能听见却看不见的河流。她站在最后一级台阶上，双脚浸在水里。她身体的每一部分、每一个细胞都想跳进去，让水流把她带走，离这里越远越好。

她站在这水与陆地的交界处，心脏怦怦直跳，上气不接下气，可她直到现在才真正得到了喘息。在波光粼粼的绿色水面上，她看到了自己晃动着的破碎的倒影。她心如刀绞地来到这里，本是为了质问那个生下她却不曾养育她的男人。然而，她却找到了死去的母亲，而且她竟然还活着。她竟然一直都活着。在玛丽亚玛渴望她、祈祷她起死回生的那么多年里，她竟然一直都活着。

渠水濡湿了她纱丽的裙边，它并不顾忌她的心烦意乱或是她刚刚得知的消息，兀自静静流淌。这一湾水无动于衷地连接着四面八方的渠道，连接着前方那条大河，连接着回水区，连接着大海与汪洋——所有的水都是一体。同一片水曾流经特塔纳特大宅，她母亲在其中学会了游泳；同一片水将鲁内带到此地，修葺一所废弃的麻风病院；它又带来菲利伯斯，让他和迪格比手握着手救活了濒死的婴儿；同一片水载着埃尔茜投向死亡，又将她送进爱人的怀抱重获新生，那个人爱她胜过生命，那个人给了埃尔茜她唯一的女儿，玛丽亚玛。

而现在，这个女儿就站在这里，脚下是跨越时空联结所有人的水，自始至终联结一切的水。她几分钟前踏入的水早已远去，却又仍在她脚下，过去、现在、未来无可撼动地彼此纠缠，仿佛时间具象的化身。这就是水的契约——每个人的作为与不作为都不可避免地关系到所有人，没有人可以独善其身。她停在原地，听着汩汩真言永不停歇的吟诵，不断重复着"全即是一"的道理。她所知的人生不过是摩耶，是虚幻，却又是众人共同编织的虚幻。除了继续生活，她又能做什么呢？

她平复了一下心情，慢慢地往回走。她想象着埃尔茜在这附近的童年，一个没有母亲的孩子——她们俩在这点上是一样的。无论年少的埃尔茜对未来有何畅想，她肯定没想到自己最终竟会沦落至此。她母亲不是自愿成为麻风病人的。埃尔茜本可以为世界创造那么多东西，命运却让她只能隐居在一所麻风病院里，一个与外界的疏离程度堪比外星球的地方，这是何等残酷。而在这期间，一种古老的、缓慢繁殖的细菌不断剥夺着她的感官，抢走她的视力，一点点蚕食她的能力，让她与生俱来的天赋无从发挥。这时玛丽亚玛心下一惊，意识到另一个令人毛骨悚然的事实：在这整个过程中，她母亲的思维一定清晰如常。身为艺术家的她，被迫亲眼见证了自己原本美好的躯体瓦解溃散，创作能力逐日递减。玛丽亚玛根本无从想象那是什么样的煎熬。

迪格比仍然站在窗前，凝望着草坪上的那个人影。他的表情毫无防备地流露出悲伤与疼爱，那两种情感已经杂糅在一起，成了他的第二层皮肤。这么多年里，这个浑身伤疤的男人陪伴在她母亲身旁，眼睁睁看着她饱受折磨，也在目睹她每况愈下的过程中折磨自己。

见玛丽亚玛进来，迪格比回过了神，他的表情变化让她想起了父亲——当她走近他时，常常觉得他是被她从遥不可及的地方唤了回来。这两个男人有一个共同点，那就是他们都深爱她的母亲。玛丽亚玛走到迪格比身边，和他一同凝视着窗外。

他再次开口时，语气就好像她从未逃离过这间房间。"早上这个点，你母亲总会在这里晒太阳。"他的声音温柔而惆怅，"她会从篱笆的小门进来，走五步到草坪的中心。我这些玫瑰都是专为她种的。她的嗅觉还是完好的，谢天谢地。她光凭气味就可以分辨出三十多个品种。"他好像家长在炫耀孩子新学的技能。"等她晒够了，她就会走七步到窗边，将双手放在玻璃上,这样待上将近一分钟,不管我在不在。"他难为情地笑了笑。"这是她的一个小习惯。我们的小习惯。她从来没给我说过。我觉得这像是某种赐福,是她每天中午送给我的祈祷,意思是她爱我,有我在她很感激。"他陶醉地笑了起来,"如果我这时在屋子里,我就把我的手也放在玻璃上,跟她相对。我觉得我这样做的时候她是知道的。然后,不管我在还是不在,她都会离开。"

"她知道我在这儿吗?"

"不知道!"他立即答道,"不,你来见列宁的事我也从来没告诉过她。二十五年来,这是我第一次有事瞒她。"

"为什么?"

他叹了口气,闭上了眼睛。过了良久他才回答。"因为她这一生都是为了保守这个秘密。你设身处地地想一想,玛丽亚玛,想想刚经历尼南惨死的她,菲利伯斯……你父亲……怪罪她,她也怪你父亲。葬礼过后,她逃离了帕兰比尔。又过了没多久,昌迪离世。她的朋友怕她崩溃,把她带到山上来散心。她满腹的怒火与愁绪,一度想要自我了断。偶然间,她发现了我做过的雕塑和工具。她把怒气靠木槌和凿子发泄了出来。我觉得雕刻拯救了她。她朋友离开后,她继续留在我那儿。我们越走越近……我们相爱了。她收到消息,说小末儿病重,于是她打算回帕兰比尔待上几天,就只是为了看她。前所未有的季风却把她困在了那里。在那段时间里,她意识到了两件事情:她怀孕了;而麻风病的症状也出现了,病菌暴发了——你知道孕期对疾病的影响。你父亲在那时……状况不是太好。鸦片。她看不到未来,没有希望。无论她是到我这儿来还是留在那里,她都不能和你在一起——她在圣毕哲附近长大,和鲁内熟悉,所以她知道。她会让你陷入险境。她和你父亲都对彼此保持着距离,可有一晚,他见她悲不自胜,便想去安慰她,结果生出了亲近的念头。她没有阻止。等她显怀的时候,他在神志不清的状态下以为那是他的孩子。她最后做了决定:她一生下你,就必须人间蒸发。她必须死去。你们所有人都必须以为她死了,她才不会成为你永远的污点,成为帕兰比尔的污点。唯一让她感到安慰的,是你能在帕兰比尔大阿嬷奇的抚育下长大,没有哪个去处更能让她放心了。"

"可如果我父亲或者大阿嬷奇知道,他们肯定会照顾她的,他们——"

他连连摇头。"过多久鱼贩就不再带着竹筐上门?过多久你们的亲戚就会绕着宅子走?这种病对肉体的摧残已经够糟糕的了,但对传染的恐惧可以将一个个家庭撕碎。每周,我们都会收治被丈夫驱逐的母亲,被儿子扔着石块赶出家门的父亲。只有在这里,他们才都有了一个家。"

玛丽亚玛想反驳,想抗议。但事实上,如果她不是医生,她难道还会站在这四方院墙之内吗?而她偏偏是医生,是汉森的学徒;她解剖过麻风组织;她知道敌人是谁……可即便如此,她见到母亲的第一反应,却还是恐惧和反感。迪格比让她"设身处地地想一想",可她想象不出穿那些轮胎做的厚底拖鞋的滋味,想象不出如何承受她母亲曾经经历过、如今依然在经历的噩梦。当她的母亲将失明的脸庞转向阳光,玛丽亚玛不寒而栗。

迪格比继续说:"家里人得了这种病,无辜的孩子也会被孤立。她不想让你在成长的过程中,被她背负的标签打上烙印。比起认识这样的母亲,还是让你以为她死了更好。在这里和死了也没什么区别,"他语气苦涩,"你的亲友永远都不会再见到你,他们也不想见你。我们从来没见过哪位亲戚前来探视,从来都没有。你可能还是第一个。她假装溺水,让我在下游接应。我想留她在我的庄园,但她不愿意。要保守她这个艰难的秘密,只有一个地方是安全的——这里。至于我,我没有别的选择,我不能再失去她一次了。"

"还有谁知道?"

"只有克伦威尔。现在还有你。克伦威尔就和我的兄弟一样。就是因为他,我们才有可能生活在这儿。他当时就在运营庄园,现在那边已经完全归他所有了。我庄园的朋友们都以为我找到了耶稣，所以在此奉献。不过我们来了才发现，圣毕哲确实需要我。瑞典传道会很难找到愿意在这里长时间工作的医生护士。偏见太严重了，而我本来就熟悉圣毕哲。鲁内过世后，这里的状况急转直下，要做的事情太多了。

"最大的打击是你母亲失去视力的时候。现在我每晚都读报给她听。我们得知你父亲去世时，她非常伤心。她停止了创作，哀悼了好几天，为他哭泣，也为你。她每天都活在内疚里，可你成为孤儿的那一天，她的内疚到了前所未有的程度。你母亲现在唯一能感受到的痛苦，就是心灵上的痛苦。为了保护她爱的人，而必须从这个世界上消失的痛苦。她所有的作品都是围绕你而创作的，玛丽亚玛，表达的都是不得不将你放弃的悲痛。你可怜的母亲表达母爱的唯一方式，就是将自己抹除，没有面容、没有姓名，让孩子永远不认识她。从她的雕塑里，我能看出她的心事，因为它们讲述的是不得不隐姓埋名而且永远不得露面的痛苦，是她必须在你的世界里死亡，你才能活下去。"

她听着这些话，泪如雨下。她并不缺呵护与爱吻，她有大阿嫲奇、父亲、安娜切塔蒂、小末儿，他们都对她百般宠爱。她流泪，是因为她思念真正的母亲，而那个人从始至终一直都在这里。没错，她思念那个草坪上的女人，思念如果没有麻风病，埃尔茜原本可以成为的母亲。我的生命有一道裂口，撕开它的是迄今为止的所有年月，是我们各自分离的人生。

迪格比递给她一条干净的手帕，玛丽亚玛感激地接了过来。她尽可能平复心情，然后端详起她的生父，这个追随挚爱来到这里的男人。

"你也被迫放弃了世界，迪格比。"

"世界？哈！"他难得一见地发出苦笑，转头看向她，"不，不，我放弃的东西可比那重要得多，玛丽亚玛，我放弃了你！我放弃了见到我唯一一个孩子的机会。我是多么渴望认识你。你要知道，这不仅是她的伤痛，也是我的。"

面对他的真情流露和言语中的愤怒与心痛，玛丽亚玛不知所措，躲开了他灼热的目光。

"唯一能缓解失去你的伤痛的，就是我们还有彼此。再有，就是我又勉强算是一个外科大夫了——我也是为了回报鲁内的恩情——而埃尔茜从未停止过创作。你母亲和我共度了四分之一个世纪呢！这一路太难了。我们刚到这里时，她还是一个美丽的女人。而且那么强大！她思想的张力，她作品的质感……你要是能见到风华正茂的她就好了。每一次退步，我都心痛不已。看看岁月和该死的汉森氏病把她变成什么样了。"他苦涩地说，"但到了晚上，我们会依偎着彼此努力忘却一切。就这样我也知足了，玛丽亚玛。"

她不知道对这样的爱情该作何评论。她羡慕他们。

"你父亲的专栏总算重启的时候，看到那些充满智慧、幽默——还有痛苦——的文字，她就知道他战胜了毒瘾。我敢说，她肯定是《平凡之人》最忠实的读者。她会把那些文章翻译给我听，当然那是她失明之前的事了。后来，她只能找其他人读他的专栏给她听。"

"她对我的生活有了解吗？"

"啊，那是自然！"他笑了，"我们能找到的信息都找了。你父亲的编辑写的那篇文章，讲'病'的揭秘和尸检的那篇……她总是忘不掉它。她总在惋惜，那些理论对他来说太晚了，对尼南来说也太晚了。她觉得自己把尼南的夭折怪到他头上是不公平的——他们在悲痛中曾经反目成仇。他从鸦片的魔爪中解脱出来的时候，帕兰比尔的埃尔茜早已去世多时了。她最终也没有机会告诉他，她有多抱歉。"

阳光打进玻璃窗，突出了迪格比的五官。玛丽亚玛在他脸上看到了无尽的哀伤，在瘢痕的衬托下更是明显。从这个将近七十岁的男人身上，她甚至能看到自己的影子。她靠向他的肩头。他小心翼翼地伸出手去搂她——她的另一位父亲拥抱着自己的女儿，与她一起望向她的母亲。

爱病人,爱他们每一个人,把他们当作你的亲人。她父亲给她摘抄了这句引言,她依然珍藏着,夹在她母亲那本《格氏解剖学》的扉页处。

阿帕,我应该爱这个不愿出现在我生活中的女人吗?这个伪造了自己的死亡,让我永远不会想着去找她的女人?我也许能理解,但我能原谅吗?难道真的有足够的理由,能让一个人抛弃自己的孩子吗?

忽然间,她僵住了。她推开迪格比。

"迪格比,我认识她!对,虽然麻风病人长得都像,但我认识她!她是那个会去帕兰比尔乞讨的乞丐。每次都是玛拉蒙集会之前,她会爬上坡来,站在那儿一动不动。迪格比,我还往她的杯子里放过硬币!"

他脸上的愧色证明了她的猜想。

"她太想见你了,玛丽亚玛。我们都想。我不行,我是白人,太显眼了。但是每年,我都会开车把她送到附近,开到我不敢再靠近为止。她会装扮成乞丐,等上几个小时,一看到你出现就往宅子那儿走。我自己也盼望着能见到你,每次她成功了,我都会嫉妒。如果她失败了,她便失魂落魄的。越到后来,就越难成功。她失明以后,就想都不用想了。有一年,往她杯子里放钱的是安娜。埃尔茜回到车上的时候难过极了。我们一时冲动,又开车经过了宅子。那是我第一次看见你……我看到你沿着路走下来,一清二楚。我至今都记得那个场景。我太想认识你了……可你已经有一位父亲了。他是一个更好的人,是更好的父亲,我永远都——"

"对,他是。"她急促地说道。她几乎就要再加一句,你最好永远都别忘记!但她不忍心。他们受的苦都够多了。

"迪格比,你对麻风病这么了解,为什么不保全她的视力呢?或者她的手?"

他不可置信地盯着她。"你以为我啥没试过?"他连珠炮似的回道,"她是最不配合我的病人!她体内的麻风杆菌已经没有了,我们用了氨苯砜和一些其他的药,但是神经——那玩意儿死了就是死了!她没有疼痛的礼物了。我要是能拦得住她一遍遍受伤,她哪还能是现在这样儿!"她被他的怒气吓了一跳,他的语调火冒三丈,脸颊通红。她第一次注意到他的口音冒了出来。"但是她眼里就只有该死的艺术。我每天早上都给她把手包上,但她要是觉得纱布碍事,就会把它全扯了。她本来还能看见点儿东西,但是她的面神经被侵蚀、角膜干掉以后,我每次给她包上纱布,让眼睛闭起来恢复角膜,她都会把纱布拽掉!我们老是为这个吵架。现在都还在吵。她说我还不如叫她不要呼吸!她说如果她不能创作,那她就等于没了生命……那话太伤我心了。我可能是想听她说我才是她的生命吧。因为我就是在为她而活。"

迪格比看着自己的手,仿佛他的挫败都躺在手里。她疑心自己之所以想做医生,想做外科大夫,想要将世界拖过来修修补补,原因是不是都源自这个人,源自他的基因。

他的声音柔和了一些:"啊,反正……我一直都知道身边有一个天才。你母亲的那种天赋,是很久都难得一遇的。她的艺术比我、比她、比这个破病都重要!她的创作欲我们是很难理解的。你可能都不相信,她现在还在做艺术品。眼睛恶化的时候,她疯了似的赶制未完成的作品,手又坏得更厉害了。偶尔她会让我把炭条绑在她的拳头上,然后我把自己的手叠在她的手上面,我们就这样一起画画,"他凄然一笑,"一切又回到了原点!"玛丽亚玛不知道他是什么意思。"就在我们的小屋里,她会在一片昏暗当中做软陶。她现在能用的只有手掌。她会把陶土贴在脸上甚至嘴唇上来感受它的形状。她在失明的状态下,制作了几百个形态各异的陶土小东西,都足够填满一个微观世界了。她的自信令人钦佩。她很清楚自己的作品价值几何,一直都很清楚。"

"谁能看到它们?"

"只有我。没有别人了。她想让自己的作品被看见,但前提是不能暴露她的身份。我也想让它们被看见。几年前,我们谨慎地试了一次。

我把几件作品运到了马德拉斯的一个经纪人那里,那个人我认识,是以前的一个患者。我说这些作品的创作者希望自己的名字永远都不会被提及。展览上,那些作品立即就卖空了,七件里的四件销往了国外。然后,德国杂志里就出现了一篇介绍这位匿名艺术家的文章。人们都非常好奇。意识到可能会被发现,她吓坏了。我们再也没敢那么做过。我这里有两间棚子,全是她的作品。谁知道它们到底还有没有公之于众的那一天呢?唯一比她的艺术更重要的,就是所有人都必须认为她已经淹死了,没有人可以发现她是个生活在这里的麻风病人。她要把这个秘密带进坟墓,哪怕这意味着她的艺术也会被带进坟墓。"

玛丽亚玛想起了她可怜的父亲,他也把自己的秘密带进了坟墓,而且直到最后都不知道他的妻子还活着。又或许,他知道?这是他突然前往马德拉斯的原因吗?难道他发现了新的线索?

玛丽亚玛打破沉默:"迪格比……现在我已经知道了一切,秘密已经真相大白,你觉得,她会想和我说话吗?"

他叹了口气。"我不知道。她销声匿迹,就是为了让你以为她死了。她——我们——花了一辈子的时间,就是为了确保这一点。她以为她成功了,我也以为她成功了——直到你今天走进手术室的那一刻。所以……她会想和你说话吗?我们要打破她呕心沥血才打造出来的幻觉吗?我不知道。"

玛丽亚玛想着自己被打破的幻觉。"病"和列宁引导她来到这里,她是该感谢还是咒骂他们?"病"会剥夺,但也会给予一个人他可能并不想要的天赋。忽然间,她很想念列宁。

她仔细观察草坪上的女人——埃尔茜。她的母亲。处在那个变形、残破的身躯里,她看起来却莫名地怡然自得——也许,这只是她作为女儿一厢情愿的想法?曾经定义了埃尔茜的那些东西,如今仅剩的就只有她的思想……和一副几乎难以挪动却仍在创作的残躯。她还有这个爱她的男人,即使她留在世上的部分越来越少。

"玛丽亚玛,"迪格比温柔地说,"你呢？你想和她说话吗？"

这个问题让她心跳加速,喉咙干涩。不想！她心里的一个声音不假思索地说。我还没准备好。但是另一个声音,一个小女孩的声音、一个女儿的声音,她不同意,她在呼唤自己的母亲：想,因为我有好多事情想和你说,我还想和你说我的父亲——你还不知道他后来成了什么样的人,不知道他依然爱着你。他是一个女孩儿能拥有的最好的父亲。

最终出现的声音说："迪格比……我还不知道。"

她想起了媒人阿尼谚的话。每家人都有秘密,但秘密并不都是为了欺骗。帕兰比尔家族几乎算不上秘密的秘密,是"病"。她父亲保守着另一个秘密：他最爱的女儿不是他的亲生女儿。如果大阿嬷奇知道,那她也守住了这个秘密。埃尔茜和迪格比一同保守的秘密是她还活着,她没有溺水,而是背负着麻风病活在世上。出现在玛丽亚玛人生中的这些大人,他们之间的秘密契约都是为了保护她。媒人阿尼谚还说,维系一家人的不是血缘,而是他们共同保守的秘密。那些秘密一旦被揭开,或是让他们的羁绊更深,或是将他们彻底击倒。而现在,她玛丽亚玛,被瞒着所有事的一个人,知道了全部的真相。他们可真是一个美好幸福的大家庭。

埃尔茜,也就是玛丽亚玛的母亲,收拾了一下之后缓缓起身。她的两脚分得很开,头好像预言家似的微微上仰,同时跟其他盲人一样轻轻地来回摆动。她踩着僵硬的小碎步,仿佛蹒跚学步的幼儿,将身体一点点转向法式玻璃门。靠着手掌和残指,她费力地整理好披在左肩上的白色纱丽的帕鲁,然后一边数数,一边迈出了第一步。

玛丽亚玛觉得,她迄今短短的一生都被压缩到了这一刻,它的分量,比之前所有时光的总和都更重。她的心怦怦狂跳。

她母亲将手举在胸前,与肩同高,仿佛要将那对奇形怪状、残缺不全的工具当作礼物献上。她走向他们,手腕上翘、掌心向前,她伸直手臂期待玻璃门的样子有点孩子气，有点教人难过。她勇敢而悲剧的步伐让迪格比的神色像是变了个人，他看着她，脸上绽开爱怜和宠溺的微笑。她母亲走近了，更近了，最后，她双手的手掌终于触碰到了透明的窗玻璃，让她停下了前进的脚步。它们停留在那里，一动不动。迪格比正要将自己的手放在玻璃内侧，与她掌心相对……却忽然止住动作，看向自己的女儿，询问似的扬起眉毛。

玛丽亚玛没有思索，也无需思索，她不由自主地走上前去，将双手的手掌紧紧贴上玻璃，与母亲的手两两重合。于是，在这一刻，万物归一，没有什么东西能将她们的两个世界阻隔。

致谢

1998年,我的小侄女迪亚·玛丽亚姆·维基斯问她的祖母:"阿嫲奇,你小时候的生活是什么样的?"仅凭三言两语是说不清楚的,于是我的母亲——玛丽亚姆·维基斯——用从容而优雅的草体将她的儿时回忆填满了一百五十七页线圈本。我妈妈很有绘画天赋,所以她的文字旁边还穿插着一些速写的草图。她所记录的那些寓言般的轶闻趣事,对她的三个儿子来说都耳熟能详,虽然故事的细节每次讲起来都不一样。

妈妈在2016年去世了,享年九十三岁。她临终前的最后几个月里,我已经在写这本书,哪怕在那个时候,她也会打电话给我,告诉我她刚刚又想起来了什么事情——比如她有个亲戚,读小学时一直留级,有一天他终于升年级了,原因是他太重,坐塌了凳子,摔下来一骨碌滚到了同一间教室里的下一个年级。我在《水之契约》里用了好几个母亲的小故事,但对我而言更加珍贵的,是从她的语句中流露出来的情绪与语调。我在她的基础上,又增添了我自己在喀拉拉和祖父母过暑假以及后来读医学院时回去拜访的回忆。我的堂兄弟托马斯·维基斯是很有天赋的艺术家(兼工程师),也是我妈妈最喜欢的晚辈。这本书中,他活灵活现的插图特别贴切地捕捉到了书中的氛围,我对此非常感激,也很骄傲。妈妈会感到高兴的。

因为这是一个跨越三代、两大洲、好几个地区的故事,我求助了很多的亲戚、朋友、专家、资源。如果我在致谢中有所遗漏,请相信这只是出于疏忽。

喀拉拉：我要对作家拉西卡·乔治（《喀拉拉厨房[1]》的作者）致以诚挚的谢意，她带我游览科钦，慷慨地与我分享她珍贵的童年往事，而且只要是与食物相关的事情，她都能给予我帮助。从玛丽·甘古里的多篇见解深刻的邮件长文可以看出，她（在精神病学之外）还有写作的天赋，而且在喀拉拉趣闻、医学传说、心理学研究这些方面，她都是一座宝库。我的亲戚苏珊·杜赖萨米忆述了许多关于我奶奶的宅子的生动细节，也包括围绕宅子生活的人们。我的灵魂知己埃利亚玛·劳为我引见了苏基亚疗养中心优秀的创始人，艾萨克·马塔伊和苏查·马塔伊夫妇，他们让我对疗愈有了全新的概念。埃利亚玛还带我参观了桑贾伊·切里安和妻子安贾莉位于卡利卡特的家，以及他们在瓦亚纳德的地产，桑贾伊在那里为我详细介绍了庄园的运作。雅各布·马修是我在马德拉斯基督学院的同学，现在担任《马拉雅拉曼诺拉马报》的主编。他和阿姆热情地邀我上门做客，对我有求必应。我希望他能原谅我擅做主张地给《曼诺拉马报》开了《平凡之人》专栏，我相信，从书中他一定能看出我对这份久负盛名的报纸抱有的崇敬之情。苏珊·维斯瓦纳坦的著作和文章（尤其是《喀拉拉基督徒：雅各巴群体的历史、信仰与仪式》[2]一书）极有价值。我要感谢泰姬马拉巴度假酒店，它让我在科钦度过了难以忘怀的时光。我要感谢普雷·约翰和米罗伊·约翰；我大学的朋友切里安·K.乔治；阿伦·库马尔和普尼玛·库马尔；C.巴拉戈帕尔和维尼塔；才华横溢的建筑家托尼·约瑟夫。凯瑟琳·坦卡玛，著名的马拉雅拉姆语译英语翻译，逐字逐句细读了我的稿件，并且提出了很多建议。在众多为我慷慨地提供素材的亲戚中，我要感谢雅各布（拉詹）·马修和莱拉·马修；米努·雅各布和乔治（菲吉）·雅各布；托

---

[1] Lathika George (2023). *The Kerala Kitchen, Expanded Edition.* Hippocrene Books. ——原为作者尾注，下同

[2] Susan Visvanathan (1993). *The Christians of Kerala: History, Belief and Ritual Among the Yakoba.* Oxford University Press.

马斯·凯拉斯和阿努拉达·迈特拉；尤其还有我的祖父母，帕恩·维基斯和安娜·维基斯。我父亲乔治·维基斯在我写这本书的时候已经九十五岁高龄，还每天上跑步机锻炼两次，他回答了我很多问题，每次我有需要，他都会帮我回忆。书中与喀拉拉相关的部分如有错漏，那完全是我的责任。

医学院：在我马德拉斯医学院的同学中，对我帮助特别大的有以下几位：C.V.卡纳吉·乌塔拉吉，一位经验丰富的妇科医生，她描述待产与分娩的长邮件有趣又翔实，堪称无价珍宝——我欠你太多了，CVK。阿南德·卡纳德和马杜·卡纳德共享过同一间宿舍、同一间教室、同一间诊室和马德拉斯的城市回忆，这两人回复了我无数的短信——我在他们家留宿吃饭、得到滋养的次数太多了，他们是我认识最久、关系最好的朋友。同样还要感谢韦洛尔基督教医学院的毕业生：尼西·瓦尔基和阿吉特·瓦尔基；桑松·杰苏达斯和阿妮塔·杰苏达斯；阿尔琼·莫汉达斯和雷努·莫汉达斯；博比·切拉伊尔；以及我斯坦福的同事里希·拉杰。戴维·尤汉南（约翰尼）和他妻子贝蒂邀请我作客，约翰尼细致地分享了有关卡利卡特的回忆和在喀拉拉行医的故事，并且热情地回答了很多后续的疑问。

手术相关：我要感谢摩西·沙因、马特·奥利弗、约翰·他那库马、罗伯特·杰克勒、亚西尔·赛义德、贾扬塔·梅农、理查德·霍尔特、塞雷娜·胡、里克·霍兹、埃米·拉德。苏尼尔·潘迪亚地给予了我大量神经外科上的指导，非常有帮助。詹姆斯·张，我在斯坦福的备受尊敬的同事，同时也是杰出的手外科专家，他不吝花费大量时间审读了很多个版本，还为我讲解了手部手术的微小细节。

格拉斯哥和苏格兰：我的好朋友安德鲁·埃尔德和安·埃尔德尽他们所能帮助我理解了苏格兰的历史和方言，他们带我重访格拉斯哥，还读了很多遍稿件。同样也感谢斯蒂芬·麦克尤恩。再次重申，如有任何错漏，都是我的问题。

稿件：帮我考证、完善稿件细节，或是让我有时间尽情写作的同事与好友包括：谢拉·雷哈贾尼、米娅·布鲁克、奥利维娅·圣地亚哥、舒帕·拉格文德拉、凯蒂·艾伦、凯利·安德森、蓬朴朗·博朗里沙库、乔迪·乔斯帕、塔莉娅·奥乔亚、埃丽卡·布雷迪、唐纳·奥贝德、南希·达米科。斯图尔特·列维茨、埃里克·斯蒂尔和约翰·伯纳姆·施瓦茨阅读了全稿并提供了宝贵意见。约翰还是太阳谷作家峰会的文学负责人，对我来说，这个一年一度的活动总是能让我再次相信书写带来的喜悦与力量。佩姬·戈尔德温审读了初稿，给出了明智的建议。作家兼出版人凯特·杰尔姆看了无数版草稿，在最艰难的时候给予了我（和儿子）无限的爱与支持。凯特，我对你永远心存爱意与感激。我在艾奥瓦作家工作坊学习时结识的两个同学，至今仍是我最亲密的朋友与知己：艾琳·康奈利参与、审读、校对了我的每一本书，这本更是如此，她一直都在支持着我；汤姆·格兰姆斯在《水之契约》上投入了大量时间，直到最后一刻——爱你们。

没有编辑，作者孤掌难鸣，而优秀的编辑能让结果天差地别。能拥有彼得·布莱克斯托克这样的编辑，我感到三生有幸。他帮助这本书做出了必要的调整，并且在这个过程中始终保持自信、敏锐、幽默与谦逊。我的经纪人玛丽·埃文斯1990年和我在艾奥瓦相识，自此就一直负责为我代理。我的写作生涯有太多都依赖于她，尤其是她为这本书找到了彼得和杰出的格罗夫大西洋出版社团队这么好的归宿。库尔特内·霍德尔在初稿阶段给予了我宝贵的编辑工作支持，她在工作中的耐心、智慧与洞察力无与伦比。谢谢她，也谢谢内森·罗斯特伦，他阅读了稿件并且给出了十分有益的建议，衷心感谢。

写作是一件孤独的事情，但至少对我这个作家而言，如果没有朋友与家人的关爱、宽容、支持与谅解，我是难以为继的。在我亲爱的三个儿子——史蒂文、雅各布、特里斯坦——当中，只有最小的特里斯坦在这本书的写作期间和我住在一起，家里只有我们两个人。他的容忍、平和、无言却深沉的爱支撑着我走过高峰与低谷。我弟弟菲利普贴心地将母亲的手写稿转录,并且装订成册送给家人。我哥哥乔治是我人生中的基石,是我的灯塔。他不仅是受人爱戴的麻省理工教授,也是敏锐的校对兼睿智的读者。这二十年来,每周三早上我都会和圣安东尼奥的"兄弟"们见上一面,或是线下或是线上,他们是杰克·威洛姆、德鲁·考索恩、兰迪·汤森、盖伊·博丁、奥利维尔·纳达尔和已故的贝克·邓肯。我们聚在一起的初衷就是彼此扶持,相互监督。他们给予我的不求回报的兄弟情是用任何东西都无法衡量的。在写作的关键时期,兰迪和贾尼丝还将他们的夏威夷大岛度假屋借给了我。

自2007年以来,斯坦福大学就一直是我温暖的家园。我深深感激我的朋友,斯坦福大学医学部主任,鲍勃·哈林顿,感谢他毫不动摇地支持我这个不太寻常的副主任。感谢拉尔夫·霍维茨引荐我到斯坦福。感谢斯坦福大学医学院院长劳埃德·迈纳声援我的工作,是他和普里亚·辛格促成建立了我领导的医学中心"在场:人际互动的艺术与科学"。索诺·萨达尼是"在场""床边医学"和我在斯坦福所有项目背后的魔法师与指挥家。在我心中,她,还有埃罗尔·奥兹达尔加、约翰·库格勒、杰夫·迟、唐纳·苏尔曼,以及"床边医学"和"在场"团队中的每个人,都是我的另一群家人。还有数不胜数的斯坦福的其他同事,他们都在帮助我不断学习、不断成长。感谢你们所有人。得益于我获得的"琳达·R.迈耶与琼·F.莱恩"教务长讲席,我能够在各个实验院校中自由地探究我热爱的课题。病人关怀以及床边医疗教学始终是我的激情所在,我很感激在斯坦福以及其他我工作过的机构中,遇到的患者、医学生、住院医师和住院总医师,是他们让我保持谦逊,始终牢记初心。

最后,如果没有卡里·科斯坦佐,这本书和我的生活都将难以想象。无论是顺境还是逆境,她从未丧失信念。她为我朗读了这本书中的每一行字,以这种方式伴我经历了无数次的改动。她滋养着我的身体和心灵，与此同时，她还是忙碌的斯坦福教师，是卡伊和阿莱科斯贤惠的母亲。最近几年逐渐了解她的大儿子阿莱科斯的过程，对我而言就像一份特别的礼物。虽然这本书是献给我母亲的，它能够存在却是因为你，卡里。爱情征服一切，让我们向爱情屈膝称臣。[1]

---

[1] 原文为拉丁语。引自《牧歌》，［古罗马］维吉尔著，党晟译，桂林：广西师范大学出版社，2017。——译者注

说明

本书所有内容，包括大小角色在内，都纯属虚构，但在提到现实世界历史事件的部分，我尽量保持真实。日本轰炸马德拉斯是真实事件；总督、第一秘书、孟买省督这几个角色是虚构的，和现实中担任这些职位的人物没有相似之处。朗梅尔医院是虚构的；很荣幸，马德拉斯医学院是我的母校，基督教医学院我去过多次，但是涉及这两所学校的事件和人物都是虚构的。玛拉蒙集会非常著名，我期待有机会可以造访；振兴大师在集会上的那一幕是虚构的；三耶姆医院不存在，并且与我所知道的任何医院都没有相似之处。我儿时所认识的神父，包括一位主教——我们全家的朋友玛·保罗斯·格雷戈里奥（原名保罗·维基斯）——都是令人钦佩的很好的人。对教堂及神职人员的描述完全是虚构的。

"她父亲的呼吸只是空气了"这句话化用自布鲁克男爵富尔克·格雷维尔（Fulke Greville）的《卡伊利卡 83》（*Caelica* 83）。关于香料和瓦斯科·达伽马的素材大部分都源自奈杰尔·克利夫（Nigel Cliff）精彩的著作《圣战》（*Holy War*. Harper, 2011）和杰克·特纳（Jack Turner）的《香料传奇》（*Spice*. Vintage, 2005）。大阿嬷奇和柯西萨尔关于故事的思考借鉴了多萝西·艾利森（Dorothy Allison）的评论以及罗伯特·麦基（Robert McKee）在《故事》（*Story*. ReganBooks, 1997）中的经典名言。《圣经》的引文基本上都以斜体表示，出自钦定版《圣经》[1]；正式祷词都取自圣多马派基督徒晚祷书或是圣多马派基督徒礼拜

---

[1] 中文版中以仿宋表示，引自和合本。

裤文的线上版本。护士长对公学的看法是受到了BBC纪录片《大英帝国》(Empire)的启发。"放弃基本的东西但是不放弃奢侈品"这段是化用了一句类似的名言,一般认为是弗兰克·劳埃德·赖特(Frank Lloyd Wright)或者奥斯卡·王尔德(Oscar Wilde)说的。西利斯特对伦敦的描述借鉴了M.M.凯(M. M. Kaye)在《清晨的太阳》(The Sun in the Morning. Viking,1990)中的表达,以及伊丽莎白·比特纳(Elizabeth Buettner)的《帝国家庭》(Empire Families. Oxford University Press,2004)。霍诺琳的那句永不凋谢的玫瑰就是杂草,源于华莱士·史蒂文斯(Wallace Stevens)的一个观点:"死亡孕育了美。只有易逝的才是美的。"真理写给《邮报》的信中,关于马蒂尼埃学院男学生的部分借鉴了欧文·索普(Owen Thorpe)的《季风中的纸船》(Paper Boats in the Monsoon. Trafford,2007)。写信人对婆罗门进入最高阶层会一事无成的评论,来自布赖恩·斯托达特(Brian Stoddart)的《英属印度的社交达人:阿瑟·加莱特》(A People's Collector in the British Raj: Arthur Gallett. Readworthy Publications,2011)。"照顾患者的秘诀在于关心"是每个医生都耳熟能详的弗朗西斯·皮博迪(Francis Peabody)的名言(《美国医学会杂志》,JAMA. 1927;88:877)。西利斯特认为丈夫尽管外表绅士内心却并非如此的观点,受到了约翰·勒卡雷(John le Carré)笔下的角色乔治·史迈利的启发,后者曾在《史迈利的告别》(The Secret Pilgrim. Knopf,1990)中说过:"私立学校教出来的英国人是世界上最虚伪的人。"鲁内告诉大阿嬷奇坏消息后,她感谢他,因为"积习难改",这几个字引自雷蒙德·卡弗(Raymond Carver)的诗集《通往瀑布的新路》(New Path to the Waterfall. Atlantic Monthly Press,1990)中的《医生说的话》(What the Doctor Said)。鲁内关于拇指的观点借鉴了据说是艾萨克·牛顿(Isaac Newton)的一句话,首见于查尔斯·狄更斯(Charles Dickens)主办的杂志《一年四季》(All the Year Round. 1864, Vol. 10, p. 346),这句话后来被A.R.克雷格(A. R. Craig)引用在《手之书》(The Book of the Hand. Sampson Low, Son & Marston, 1867) 中:"即使没有其他证据, 拇指也会让我相信上帝的存在。"柯西萨尔背诵的诗句是丁尼生（Tennyson）1854年的诗作《轻骑兵的冲锋》(The Charge of the Light Brigade)。迪格比给埃尔茜写在《格氏解剖学》中的赠言取自罗伯特·彭斯（Robert Burns）的《死神与霍恩布克医生》(Death and Doctor Hornbook)（1785）。眼白泛蓝、骨骼脆弱的那家人得的是成骨不全症。在耳鼻喉科, 鼻孔中出现外生性生长的女病人得的是鼻孢子虫病。在1985年之前, 神经纤维瘤病的两种亚型很容易被混淆, 很多病人患的是现在所说的神经纤维瘤病Ⅱ型（NF2）——本书中的"病", 却被归类为神经纤维瘤病Ⅰ型（NF1）——"典型的"冯·雷克林豪森病, 后者的症状是皮肤或皮下肿瘤。如今已经查明, 它们是两种不同的遗传性疾病, 各自有不同的临床表现并且涉及不同的染色体（NF1为17号染色体, NF2为22号染色体）。"病"的原型大致参考了宾夕法尼亚州的一例大家系病症报告（JAMA, 1970; 214（2）: 347-353）。对饥荒的描述来自公开资料。菲利伯斯从收音机里听到的戏剧台词引自《哈姆雷特》(Hamlet) 第五幕。菲利伯斯的两句话, "你是多么幸运, 能在这水中审视自己"和后面的"多么幸运, 你能一次又一次被净化"摘自已故诗人（也是我艾奥瓦的老师和友人）杰拉尔德·斯特恩（Gerald Stern）1977年的诗歌《幸运的生活》(Lucky Life)。猴子医生名字后面的"MRVR"称号是基于K.拉贾塞卡兰·那雅尔（K. Rajasekharan Nair）在《喀拉拉的现代医学演变》(Evolution of Modern Medicine in Kerala. TBS Publishers' Distributors, 2001) 写到的一桩轶事。"圆形的世界与它在想象中的尽头"那句话是借鉴约翰·多恩（John Donne）的圣诗第七首（Holy Sonnet 7）。振兴大师之前的那些糟糕译者的行径, 受到了豪尔赫·路易斯·博尔赫斯（Jorge Luis Borges）"原文是对译文的不忠"这句话的启发, 出自他的《非虚构选集》(Selected Non-Fictions. Viking, 1999) 中的文章《论威廉·贝克福德的〈瓦提克〉》(*On William Beckford's "Vathek"*)。考珀的话，"长久的喜乐与平安是他们的，那些只为求知而读书、不求任何回报的人"，是琐罗亚斯德教关于教育的教义。"在问题里生活"[1]引自里尔克（Rilke）的《给青年诗人的信》(*Letters to a Young Poet*)（Norton，1993），这也是我常常给予学生的建议。"在欺骗横行的时代，陈述真相无异于革命之举"一般被认为是乔治·奥威尔（George Orwell）的名言。列宁和阿利卡德在瓦亚纳德突袭失败后逃跑的故事是虚构的，但是纳萨尔分子确实是存在的（现在依然存在），阿利卡德·"纳萨尔"·维基斯（Arikkad "Naxal" Varghese，1938—1970）遭到处决也是真的，他是在瓦亚纳德帮助阿迪瓦西进行斗争的真实人物。1998年，警员P.拉马钱德兰·那雅尔（P. Ramachandran Nair）承认他遵从副警司K.拉克什马纳（K. Lakshmana）的命令，枪杀了维基斯。2010年，法院裁决拉克什马纳强迫那雅尔枪击的罪名成立，他被判处无期徒刑并处罚金一万卢比。鱼贩对于瓦伊迪昂药片的不屑一顾，受到了奥利弗·温德尔·霍姆斯（Oliver Wendell Holmes）1860年5月30日致函马萨诸塞州医学会的启发："……如果全世界现在在用的药品能够统统沉入海底，那将是人类的幸事——却也是鱼类的不幸。"在"天堂的猎犬"一章中，菲利伯斯引用了弗朗西斯·汤普森（Francis Thompson）1890年的同名诗歌。菲利伯斯在信中说，真正的探索之旅不在于新大陆，而在于新视角，这是化用了普鲁斯特（Proust）在《追忆似水年华》(*À la recherche du temps perdu*. Gallimard，1919—1927）第五卷中的一个类似的想法。至于媒人阿尼谚说的"定个日子！"，我要感谢斯坦福大学商学院的同事巴巴·希夫（Baba Shiv），他在精彩的决策制定课程中分享了这个难忘的故事。谢谢你，巴巴！媒人阿尼谚对秘密的看法引用了希赛拉·博克（Sissela Bok）的《秘密：隐藏与揭露的伦理学》(*Secrets:*

---

[1] 取自冯至译本，上海译文出版社，2005。

On the Ethics of Concealment and Revelation. Vintage Reissue, 1989）。迪格比在做肌腱移植手术时表达的观点，源自外科医生先驱保罗·班德（Paul Brand），"外科医生必须锻炼自己，拥有蚯蚓在根茎和石块间寻路那样的耐心。遇到坚实的组织绝不可强行打通，否则隧道内没有柔软的部分作为缓冲"，引自《骨与关节外科杂志·英国卷》（*The Journal of Bone and Joint Surgery, British Volume*. 43-B，No. 3，1961）。"人不到盖棺那天，都不可以说幸福"是梭伦对国王克罗伊斯说的话，记载于希罗多德（Herodotus）的《历史》（*The Histories*. Penguin Classics，2003）；"无论你去哪里，你经历什么，我就经历什么"取自E.E.卡明斯（E. E. Cummings）的《我带着你的心》（*I Carry Your Heart with Me*.《诗歌全集》（*Complete Poems*），Liveright，1991）。